중고생이 꼭 읽어야 할
한국단편소설
70

1판 1쇄 발행 2013년 1월 10일
5판 3쇄 발행 2024년 8월 20일

지은이 박완서 외
엮은이 성낙수, 박찬영
펴낸이 박찬영
편집 안주영, 김지은, 김솔지, 박민정, 황민지, 이호영
디자인 박민정, 이재호, 이은정
삽화 이고은, 윤이슬, 박민정
마케팅 조병훈, 박민규, 김도언, 이다인
낭송 MBC 성우 채의진

발행처 리베르
주소 서울특별시 성동구 왕십리로 58 서울숲포휴 11층
등록신고번호 제2013-17호
전화 02-790-0587, 0588
팩스 02-790-0589
홈페이지 www.liber.site
커뮤니티 blog.naver.com/liber_book(블로그)
www.facebook.com/liberschool(페이스북)
e-mail skyblue7410@hanmail.net

ISBN 978-89-6582-048-2 (44810)
        978-89-6582-046-8 (세트)

리베르(Liber 전원의 신)는 자유와 지성을 상징합니다.

중고생이 꼭 읽어야 할

한국
단편
소설
70

박완서 외 지음 | **성낙수 · 박찬영** 엮음

리베르

머리말 --

리베르에서 나온 『한국단편소설 40』이 중고생은 물론 성인들에게도 뜨거운 사랑을 받아 왔다. 이는 엄선된 작품과 충실한 해설에 힘입은 바가 크다. 다만 작품 수를 40편으로 한정하다 보니 꼭 포함되어야 할 작품을 전부 싣지 못했다는 아쉬움이 있었다. 또한, 40편에 이어 필독 작품을 좀 더 읽고 싶다는 독자의 요구에 부응해야 한다는 책임감을 느꼈다. 이에 40편과 더불어 반드시 읽어야 할 30편을 추가로 선정했다. 1권의 40편에 30편을 더해 중요한 한국 단편 소설은 거의 망라했다는 위안을 해 본다. 이 책에 추가된 30편도 1권의 40편 못지않게 중요한 작품들이다. 문학사적 의의나 대중성, 예술성에서 뒤지지 않는다. 물론 논술과 수능에 대비하기 위해서도 반드시 읽어 두어야 할 작품들이다.

　다양한 시대상을 반영하고 있는 한국 단편 소설들은 오늘날 우리에게도 마음의 울림을 준다. 인간의 보편적 사고는 시대를 초월하기 때문이다. 일제 강점기나 전후의 참담한 상황이 이제는 지나가 버린 옛이야기처럼 보일 수도 있다. 그러나 여전히 우리 주변에서 얼마든지 일어날 수 있는 개연성을 지니고 있으므로 꾸준히 관심을 기울여야 한다. 소설 읽기를 통한 다양한 간접 체험은 우리가 실제 생활 속에서 자아를 구현하고 '더불어 사는 사회'를 만드는 데 도움을 준다.

　문학 작품을 인위적으로 선정하는 작업이 꼭 바람직하다고는 볼 수 없으나, 무슨 작품부터 읽어야 할지 혼란을 느끼는 청소년 독자들을 위해 안내하는 작업도 필요할 것이다. 학생들은 과도한 학과 공부에 시달리면서 수많은 읽을거리 속에서 방황하고 있다. 이 책이 방황하는 학생들에게 좋은 교양서 역할을 할 수 있다면 엮은이로서 더 이상 보람이 없겠다. 청소년은 물론 성인들도 반드시 읽어야 할 『한국단편소설 70』의 선정 기준과 장점을 밝혀 둔다.

1. **문학사적 의의, 예술성, 대중성을 작품 선정의 준거로 삼았다.**
   『한국단편소설 40』에 이은 필독 작품 30편을 교과서 수록 작품을 중심으로 선정했다. 작품 발표 시기를 기준으로 1900년대에서 1990년대에까지의 소설들이다. 구체적으로는 안국선의 「금수회의록」이 발표된 1908년에서 박완서의 「그 여자네 집」이 발표된 1998년까지다.

2. **해설은 '작가와 작품 세계, 작품 정리, 구성과 줄거리, 생각해 볼 문제'로 나누어 작품의 완전한 이해를 도모했다.**
   특히 소설 구성 단계(발단, 전개, 위기, 절정, 결말)에 따라 줄거리를 구분해 작품의 성격을 빠르고 정확하게 파악하도록 했다. '생각해 볼 문제'는 수능 시험, 수행 평가, 논술 고사에 대비해 창의적인 생각을 유도한다. 작품은 전문을 실어 완전한 감상을 할 수 있도록 했다.

3. **작중 등장인물의 관계를 한눈에 확인할 수 있는 '인물 관계도'를 넣었다.**
   소설을 읽다 보면 작품마다 어떤 인물이 어떤 모습으로 등장했는지 기억하기 어려울 수 있다. 소설 내용이 간략히 정리된 그림, 등장인물 시점으로 요약된 줄거리는 작품을 보다 쉽게 이해하도록 돕는다. 또한 인물 간의 관계가 소설 전개에 어떤 영향을 주었는지 생각해 보도록 유도한다.

4. **어려운 어휘는 간략한 주석을 달아 내용을 바로 이해할 수 있도록 배려했다.**
   기존의 현대 소설 작품집은 고전 문학보다 쉽다는 선입견 때문에 주석에 소홀한 면이 있었다. 그러나 문학 작품에는 일반인이 잘 모르는 토속어, 방언, 전문어 등이 자주 나온다. 이런 어휘들을 모르고 보면 감상의 중요 포인트를 놓쳐 버릴 수 있다.

엮은이 씀

시대별 주요 작품 소개 ----------------------------------

이 책에 수록된 작품의 개요를 살펴본다. 아울러 시대별 소설의 경향도 간략하게 소개한다. 수록 작품 40편의 해설을 통해 한국 단편 소설의 흐름을 한눈에 살펴볼 수 있을 것이다.

✐ 〈개화기〉

개화기는 갑오개혁(1894)에서 한일 병합 조약(1910)에 이르는 시기로, '신문학기', '애국 계몽기' 등으로도 불린다. 이 시기에는 서구 열강의 침략에 맞서 민족의 자주권을 확립하고, 인습과 전통의 구속에서 벗어나려는 움직임이 싹트기 시작했다. 개화와 계몽, 자주독립, 애국 등을 주제로 한 작품들이 많이 발표되었고, 신소설 등이 창작되었다.

> **안국선** 금수회의록 ｜ **이해조** 자유종, 빈상설, 화의 혈 ｜ **이인직** 혈의 누, 은세계, 치악산 ｜ **신채호** 꿈 하늘 ｜ **최찬식** 추월색, 안의 성

• 금수회의록 안국선(1908)

1인칭 관찰자인 '나'는 꿈속에서 '금수회의소'라는 회의장에 들어간다. 회의가 개최되자, 여덟 짐승이 나와 인간의 악행을 비판한다. 수치감을 느낀 '나'는 인간의 반성과 회개를 촉구한다. 다른 신소설들이 권선징악의 주제나 이야기 서술에 치우친 반면, 1인칭 관찰자 시점과 현실 비판적 주제 의식을 확보했다는 평가를 받는다.

• 자유종 이해조(1910)

1908년 음력 정월 16일 밤, 이매경 여사의 생일잔치에 신설헌, 홍국란, 강금운 등이 초대를 받는다. 부인들은 개화와 계몽에 관한 주제로 토론한 뒤, 이상적 사회 건설을 지향하는 지난밤 꿈 이야기를 주고받는다. 이 작품은 구성이 단순하고 평면적이라는 한계를 갖지만, 강한 시대 의식과 상황 의식을 담고 있다.

✏️ 〈1920년대〉

3 · 1 운동 이후 일제의 유화적인 문화 정책에 힘입어 문학 창작 활동이 활발해지면서 한국 문학은 큰 전환점을 맞는다. 이 시기의 작품들은 주로 일제 강점기의 암울한 현실을 배경으로 한다. 1920년대 초반에는 감상적이고 퇴폐적인 낭만주의 소설이 유행했고, 후반기에는 러시아 혁명의 영향으로 신경향파 문학이 주류를 이룬다.

> **김동인** 배따라기, 감자 | **현진건** 술 권하는 사회, 운수 좋은 날, B사감과 러브레터, 빈처, 할머니의 죽음, 고향 | **염상섭** 표본실의 청개구리, 만세전 | **나도향** 벙어리 삼룡이, 물레방아, 뽕 | **전영택** 화수분 | **최서해** 탈출기, 홍염

• 빈처 현진건(1921)

가난한 무명작가인 '나'의 아내는 생활비를 얻기 위해 전당포에 물건을 맡긴다. '나'는 처갓집에서 만난 처형의 모습을 보고 자격지심을 느낀다. 무명작가 부부의 생활고와 부부애를 다룬 이 작품은 1920년대 한국 단편 소설의 시작이라는 문학사적 의의를 갖는다.

• 할머니의 죽음 현진건(1923)

'나'는 '조모주 병환 위독'이라는 전보를 받고 고향으로 내려간다. 흩어져 있던 친척들이 모두 모여 긴장된 며칠을 보내다가, 할머니의 병세가 호전되자 집으로 돌아간다. 며칠 후 '나'는 전보로 임종 통보를 받는다. 수미상응의 방식으로 구성된 이 작품은 할머니의 임종을 대하는 가족들의 이기적이고 가식적인 모습을 통해 인간의 허위의식을 적나라하게 그리고 있다.

• 고향 현진건(1926)

'나'는 서울행 기차 안에서 우연히 만난 그에게 호기심을 갖는다. 기이한 차림새를 한 그는 고향을 떠나 유랑 생활을 하던 과거 이야기를 풀어 놓는다. '나'는 그에게 연민과 동정을 느끼며 술을 마신다. 액자식 구성을 취한 이 작품은 1920년대 중반 일제의 수탈로 황폐해진 농촌의 현실을 그렸다.

• **탈출기** 최서해(1925)

박 군은 자신이 집을 떠난 이유를 김 군에게 편지로 밝힌다. '나(박 군)'는 부농의 꿈을 안고 간도로 이주하지만 가난은 더욱 심해지고 민족적 차별에도 시달린다. 결국 '나'는 무장투쟁 단체에 가입하게 된다. 일제 강점기 하층민의 생활을 사실적으로 그려 낸 신경향파 소설로 '빈궁 문학'의 대표작으로 꼽힌다.

• **홍염** 최서해(1927)

문 서방은 경기도에서 소작인 생활을 하다가 서간도로 이주한다. 하지만 문 서방은 흉년 때문에 중국인 지주 인가에게 빚을 지게 되고 결국 딸을 빼앗긴다. 아내는 딸을 빼앗긴 슬픔 때문에 병이 들어 죽는다. 다음 날 문 서방은 인가의 집에 불을 지른 뒤 뛰쳐나오는 인가를 죽이고 만다. 식민지 시대를 살던 유랑민의 비애와 극심한 궁핍을 사실적으로 그려 낸 작품이다.

〈1930~1944년〉

1930년대는 조선을 대륙 침략을 위한 병참 기지로 삼으려는 일제가 억압과 수탈을 일삼았던 때다. 일제가 조선문학가동맹을 해체하고 이와 관계된 작가들을 검거함으로써 현실 비판적인 소설 창작 활동은 급격히 위축된다. 이 과정에서 작가들은 순수 소설, 농촌 소설, 역사 소설을 집필해 활로를 모색한다. 하지만 태평양 전쟁의 발발과 함께 한국 소설은 암흑기로 접어든다. 우리말 말살 정책으로 인해 1940년대 초반에는 한글 소설이 거의 발표되지 못했다.

김동인 붉은 산, 광염소나타, 광화사 | **이태준** 달밤, 꽃나무는 심어 놓고, 돌다리, 까마귀, 복덕방 | **박영준** 모범 경작생 | **계용묵** 백치 아다다 | **주요섭** 사랑손님과 어머니 | **유진오** 김 강사와 T교수 | **김유정** 만무방, 금 따는 콩밭, 봄봄, 동백꽃, 소낙비, 땡볕 | **이효석** 메밀꽃 필 무렵, 산, 돈(豚), 사냥 | **이상** 날개, 종생기 | **심훈** 상록수 | **이광수** 흙 | **김동리** 바위, 무녀도 | **김정한** 사하촌 | **박태원** 소설가 구보씨의 일일, 천변풍경 | **현덕** 하늘은 맑건만, 고구마, 나비를 잡는 아버지 | **채만식** 치숙, 레디메이드 인생, 왕치와 소새와 개미, 탁류, 태평천하 | **황순원** 별

• 광염소나타 김동인(1930)

예술 지상주의자 K씨가 사회 질서를 옹호하는 모씨에게 광기에 사로잡힌 천재 예술가 백성수에 관한 이야기를 들려준다. 백성수는 K의 도움으로 음악에 정진했지만, 영감을 얻기 위해 범죄를 저지른다. 결국 경찰에 붙잡힌 백성수는 정신 병원에 갇히고 만다. 예술적 영감을 위해 반사회적 행위를 하는 것이 정당한지에 대한 문제의식을 일깨우는 작품으로 김동인의 예술 지상주의적인 문학관이 잘 드러나 있다.

• 광화사 김동인(1935)

소설가 '여'는 인왕산에 올라 흐르는 물을 감상하며 감흥에 젖는다. 여는 소설 한 편을 구상하기로 한다. 추한 얼굴을 가진 솔거라는 화공이 세상에서 가장 아름다운 얼굴을 그리기 위해 미인을 찾아 나선다. 솔거는 소경 처녀의 얼굴에서 자신이 찾던 아름다움을 발견하고 하룻밤을 보낸다. 다음 날 처녀의 눈에서 순수한 빛이 사라지자 솔거는 처녀를 밀어 죽인다. 개연성의 결여라는 한계에도 불구하고, 「광화사」와 함께 김동인의 유미주의적 경향을 보여 주는 대표적인 작품으로 꼽힌다.

• 돈(豚) 이효석(1933)

식이는 온갖 정성을 다해 기른 암퇘지를 종묘장에 끌고 가 접을 붙이지만 실패한다. 그 와중에 식이는 구경꾼들의 음담을 들으며 달아나 버린 분이를 생각한다. 접붙이기에 성공하고 돌아오는 길, 암퇘지는 기차에 치어 흔적도 없이 사라진다. 원시적인 욕정을 통해 인간 생활의 애환을 잘 그려 낸 작품이다.

• 사냥 이효석(미상)

노루잡이에 동원된 학보는 친구들과 함께 산으로 가서 노루를 쫓는다. 학보는 노루잡이를 무의미한 연중행사라고 여긴다. 이때 학보를 향해 달려오던 노루가 달아나자, 친구들은 노루를 놓친 학보를 비난한다. 마침내 포수가 잡은 노루를 보고 학보는 불쾌함을 느낀다. 인간이 자연의 일부라는 관점에서 자연과 생명에 대한 경외를 표현하고 있다.

• 레디메이드 인생 채만식(1934)

인텔리 출신의 고등실업자 P는 신문사 취업에 실패한 후 방황한다. 시골 형님 집에 맡겨 둔 아들이 자신에게 오게 되자 고학력 실업자가 되기보다 생활인이 되는 게 낫다며 인쇄소에 취직시킨다. 제목 '레디메이드 인생'은 교육받은 지식인들이 사회로 나갈 준비는 갖춰졌지만, 누군가에게 선택되어 팔려 나가기를 기다리는 기성품 같은 존재라는 것을 의미한다.

• 왕치와 소새와 개미 채만식(1941)

왕치와 소새와 개미는 각자 잔치를 열기로 한다. 부지런한 소새와 개미는 잔치를 무사히 치르지만, 게으른 왕치는 잉어에게 잡아먹힌다. 왕치를 찾아 나선 소새와 개미가 잉어를 잡고, 잉어 배 속에서 왕치가 튀어나온다. 가까스로 살아난 왕치는 자신이 잉어를 잡아 왔다고 너스레를 떤다. 왕치와 소새와 개미의 신체적 특징과 행동을 통해 세상사를 풍자하는 우화 소설이다.

• 소낙비 김유정(1935)

노름으로 일확천금을 노리는 춘호는 돈을 가져오라고 아내를 닦달한다. 아내는 쇠돌네 집에 갔다가 이 주사에게 몸을 허락하고 돈을 받는다. 다음 날, 춘호는 직접 아내를 단장시켜 이 주사에게 보낸다. 춘호 부부의 모습을 통해 식민지 농촌의 타락한 현실과 유랑 농민의 애환을 그린다.

• 땡볕 김유정(1937)

땡볕이 내리쬐는 어느 날, 덕순이는 아픈 아내를 지게에 지고 대학 병원을 찾아간다. 아내의 배 속에는 죽은 아이가 들어 있어 지금 당장 수술하지 않으면 위험한 상황이다. 아내가 수술을 거부하자 덕순이는 다시 아내를 지게에 지고 땡볕 속을 걷는다. 가난하고 절망적인 삶을 객관적으로 묘사하면서도 김유정 특유의 해학미가 돋보인다.

• 까마귀 이태준(1936)

작가인 '그'는 시골에 있는 친구의 별장을 빌려 겨울을 지낸다. 별장 주위의 나무에는 많은 까마귀가 날아와 둥지를 틀고 있다. 어느 날 한 여인이 폐병 요양 차 이곳에 내려오고, 그는 여인에게 관심을 갖는다. 까마귀의 울음소리를 죽음과 연관 지어 공포를 느끼던 여인은 결국 병이 악화되어 죽는다. 유미주의적 색채를 띠는 작품으로 주인공의 비극적 운명을 감각적 문체를 통해 미화하고 있다.

• 복덕방 이태준(1937)

안 초시는 부동산 투기 실패로 딸의 재산을 축내자 스스로 목숨을 끊는다. 딸은 아버지의 죽음 앞에서도 자신의 사회적 명예가 훼손될 것만을 염려한다. 일제 강점기 근대화의 물결 속에서 소외된 노인 세대의 좌절을 그리면서 젊은 세대의 위선적 삶을 비판한다. 근대화 초기에도 부동산 투기가 사회 문제화되었음을 보여 주는 이 작품은 오늘날에도 시사하는 바가 크다.

✎ 〈1945~1949년〉

광복 직후에서 6 · 25 전쟁까지 우리 문학계는 민족 문학의 건설이란 공동의 목표를 설정했지만 극심한 이데올로기 갈등 양상을 보인다. 계급 이념 문학을 주도하던 임화 중심의 조선문학가동맹과 민족주의 이념을 내세운 박종화, 김동리 중심의 전조선문필가협회 사이의 대립이 표면화되었다. 하지만 1947년 조선문학가동맹 작가들이 월북함으로써 양대 진영의 대립은 종료된다. 이 시기에는 광복 이후의 사회적 혼란상을 다룬 작품들이 주류를 이룬다.

> **채만식** 이상한 선생님, 논 이야기, 미스터 방 | **김동리** 역마 | **염상섭** 두 파산, 임종
> **황순원** 목넘이 마을의 개 | **박종화** 홍경래 | **이태준** 해방 전후

• 논 이야기 채만식(1946)

일제 강점기 때 요시카와에게 땅을 판 한 생원은 광복 후 일인들이 온갖 재산을 남겨 두고 달아났다는 이야기를 듣는다. 이에 한 생원은 땅을 되찾았다고 생각하지만 요시카와에게 판 땅은 조선인 농장 관리인을 거쳐 이미 다른 사람에게 넘어간 상태다. 한 생원은 독립 날 만세를 부르지 않길 잘했다고 중얼거린다. 일제의 가혹한 수탈과 광복 후 부패한 사회상을 비판한 작품이다.

• **미스터 방** 채만식(1946)

신기료장수 출신 방삼복은 미군 장교의 통역이 되어 출셋길에 오른다. 친일파 백 주사는 광복이 된 후 군중의 습격을 받아 재산을 빼앗긴다. 방삼복은 복수를 원하는 백 주사의 청탁을 수락하지만, 양칫물을 S소위의 얼굴에 떨어뜨리는 바람에 턱을 가격당한다. 이 작품은 광복 직후 권력을 좇아 이익을 추구하는 기회주의적인 인물들을 비판하고 있다. 방삼복이 하루아침에 부와 권세를 거머쥐고 친일파 백 주사가 몰락해 방삼복에게 굽실거리는 모습은 당시 혼란한 사회상을 여실히 보여 준다.

• **역마** 김동리(1948)

주막을 운영하며 아들 성기와 함께 사는 옥화에게 체 장수 영감이 딸 계연을 맡기고 떠난다. 성기와 계연의 사랑은 두 사람이 조카와 이복 이모 관계라는 사실이 밝혀지면서 좌절된다. 한곳에 정착하지 못하는 운명인 역마살을 소재로 한국인의 집단 무의식을 그렸다.

🖉 〈1950~1959년〉

1950년부터 1953년까지 벌어진 6·25 전쟁은 남북한 양측에 많은 피해를 주었다. 또한, 전쟁에 대한 체험은 인간에게 정신적·육체적으로 씻을 수 없는 상처를 남겼다. 1950년대는 6·25 전쟁을 배경으로 민족 분단의 비극적 상황과 전쟁 후의 가치관 혼란을 형상화한 작품들이 많이 발표되었다. 전후의 혼란으로 야기된 부조리한 상황과 현실 참여 문제가 주로 다뤄졌지만, 인간의 본질적 문제를 형상화한 순수 소설이 창작되기도 했다.

> **황순원** 독 짓는 늙은이, 소나기, 학, 카인의 후예 | **오상원** 유예, 죽음에의 훈련 **하근찬** 수난이대 | **박경리** 불신 시대 | **이범선** 학마을 사람들, 오발탄 | **안수길** 제3인간형, 북간도 | **손창섭** 비 오는 날, 잉여 인간 | **김성한** 바비도 | **선우휘** 불꽃 **오영수** 갯마을 | **장용학** 요한시집

• **비 오는 날** 손창섭(1953)

원구는 비가 오는 날이면 동욱 남매의 음울한 모습이 떠오른다. 동욱은 여동

생 동옥이 그린 초상화를 미군 부대에 팔아 생활하고, 동옥은 불편한 다리 때문에 세상에 대해 적개심을 가지고 있다. 어느 날 원구는 남매의 집을 찾았다가 그들이 떠났다는 소식을 듣는다. 손창섭의 초기 단편 소설로, 6·25 전쟁 직후의 부산을 배경으로 동욱 남매의 절망과 무기력함을 그린다.

• 유예 오상원(1955)

인민군에게 포로로 잡힌 '나'는 전향을 거부해 처형을 당한다. '나'는 처형을 기다리는 한 시간 동안 죽음과 인간의 실존에 대해 진지하게 고민한다. 죽음 직전의 극한 상황에서 '나'의 내면세계를 의식의 흐름이란 소설 기법을 사용해 표현하고 있다. 사상이나 신념이 죽음까지 불사하며 지킬 가치가 있는지에 대한 의문점은 독자가 풀어야 할 몫이다. 「학」에서는 사상보다 우정을 내세우며 한 생명을 살려 내지만 이 소설에서는 주인공이 스스로 죽음을 선택한다.

• 불신 시대 박경리(1957)

진영의 남편은 9·28 전야에 폭사하고 마음의 상처가 채 아물기도 전에 아들 문수마저 잃는다. 진영은 갈월동 아주머니를 따라 성당에 가지만 전혀 위로받지 못한다. 절에서도 돈을 적게 냈다는 이유로 불평을 듣는다. 진영은 폐결핵을 앓고 있지만 병원도 신뢰할 수 없다. 진영이 처한 상황을 통해 타락한 전후 사회를 비판하고 현실에 대한 저항 의지를 그렸다.

• 오발탄 이범선(1959)

계리사 사무실 서기인 철호는 실성한 어머니, 만삭이 된 아내, 양공주 생활을 하는 여동생, 전쟁에서 부상당한 동생 영호를 생각하면 마음이 어둡다. 그런 와중에 동생 영호는 권총 강도 짓을 벌이다 경찰서에 갇히고, 아내는 출산 중에 목숨을 잃는다. 철호는 가족의 거듭된 불행에 삶의 방향을 잃고 방황한다. 제목 '오발탄'은 궁핍한 현실에서 비롯된 방향성 상실을 상징한다.

✎ 〈1960~1970년대〉

1960년대와 1970년대는 독재 정권의 경제 성장 정책으로 인간 소외와 빈부 격차가 심화되었다. 산업화에 소외된 민중의 삶을 그린 작품이 주류를 이루는 가운데 감각적 문체의 새로운 작품들도 대거 선보였다.

> **강신재** 젊은 느티나무 | **김동리** 등신불 | **전광용** 꺼삐딴 리 | **김승옥** 무진기행, 서
> 울, 1964년 겨울 | **김정한** 모래톱 이야기, 수라도 | **최인훈** 광장 | **이청준** 병신과 머
> 저리, 서편제, 눈길 | **황순원** 나무들 비탈에 서다 | **황석영** 아우를 위하여, 삼포 가
> 는 길 | **이범선** 표된 휴지 | **윤흥길** 장마 | **최일남** 노새 두 마리 | **조세희** 뫼비우스
> 의 띠, 난장이가 쏘아올린 작은 공 | **이문구** 관촌수필

• 젊은 느티나무 강신재(1960)

'나'는 어머니의 재혼으로 한집에서 살게 된 이복 오빠 현규에게 사랑을 느끼
게 된다. 어머니가 아버지를 따라 미국에 가게 되자 '나'는 시골로 내려간다.
'나'를 찾아온 현규는 훗날을 기약하자고 말한다. 사회 규범에 얽매여 고뇌하
는 젊은이들의 청순한 사랑을 감각적이고 섬세한 문체로 그려 냈다.

• 등신불 김동리(1961)

'나'는 일제 말기 태평양 전쟁에 학병으로 끌려갔다가 대학 선배인 진기수의
도움을 받아 극적으로 탈출한다. '나'는 정원사에 안치된 '만적'이라는 스님의
등신불을 보고 그 역사와 소신공양에 대해 생각한다. '나'의 혈서와 '만적'의
소신공양을 통해 인간 고뇌의 종교적 구원이라는 주제를 형상화한다.

• 무진기행 김승옥(1964)

제약 회사 전무로 승진할 예정인 '나(윤희중)'는 잠시 쉬기 위해 고향 무진으
로 간다. '나'는 무진에서 만난 음악 선생 하인숙에게서 자신의 과거 모습을 발
견하지만, 현실 공간인 서울로 돌아온다. 현실과 추억 사이에서 방황하는 현
대인의 심리를 감각적 문체로 형상화했다.

• 모래톱 이야기 김정한(1966)

명문 중학교 교사인 '나'는 조마이섬에 사는 학생을 가정 방문하는 과정에서
섬의 소유권이 부당하게 바뀌어 온 사실을 알게 된다. 부당한 권력의 횡포로
땅을 빼앗긴 섬사람들은 삶의 터전을 지키기 위해 처절하게 저항한다. 조마이
섬은 일제 강점기에서 1960년대까지 우리나라가 처했던 부조리한 현실을 압

축적으로 보여 주는 공간이다.

- **표구된 휴지** 이범선(1972)
어느 날 은행에 다니는 친구가 '나'에게 편지를 가져와 표구해 줄 것을 부탁한다. 편지는 친구의 은행에 저금하러 온 지게꾼 청년이 동전을 싸 가지고 온 종이다. 편지에는 아들에 대한 아버지의 그리움, 걱정, 안부 등이 쓰여 있다. 신변잡기적이고 사소하고 일상적인 소재를 사용해 마치 수필과 같은 효과를 준다.

〈1980~1990년대〉
정치적·사회적으로 급변하는 시기였던 1980년대는 5·18 민주화 운동 이후 분노와 죄의식, 원한 등을 내용으로 하는 작품들이 주로 발표되었다. 산업화 속에서 소외된 노동자를 그린 작품과 6·25 전쟁의 원인을 밝히려는 내용의 분단 문학도 나왔다. 1990년대에는 1980년대를 거치면서 정치적·사회적이념을 상실한 허무에서 출발하는 후일담 문학이 등장했다. 또한, '이념' 대신문화와 취향의 문제를 중요시해 작품의 양상이 보다 다원화되었다.

정화진 쇳물처럼 | **방현석** 새벽 출정 | **조정래** 태백산맥 | **이문열** 영웅시대 | **김원일** 불의 제전 | **박완서** 엄마의 말뚝, 그 여자네 집 | **윤후명** 돈황의 사랑 | **양귀자** 원미동 사람들 | **오정희** 바람의 넋, 소음 공해 | **신경숙** 풍금이 있던 자리 | **윤대녕** 은어낚시통신 | **은희경** 새의 선물

- **그 여자네 집** 박완서(1998)
'나'는 김용택의 시 「그 여자네 집」을 읽고 만득이와 곱단이의 사랑 이야기를 회상한다. 연인 사이였던 만득이와 곱단이는 일제 강점기 때 강제 징병과 정신대 문제 때문에 헤어지게 된다. 6·25 전쟁 후 남북이 분단되면서 둘은 영원히 보지 못한다. 개인의 아픔과 상처를 통해 일제의 만행과 전쟁, 그리고 분단으로 이어지는 민족사적 비극과 불행을 그렸다.

차례

＊ 표시된 작품은 줄거리와 해설을 담은 MP3 파일이 제공됩니다. 리베르 출판
사 블로그(http://blog.naver.com/liber_book)에서 다운받으실 수 있습니다.

금수회의록

✎ 작가와 작품 세계

안국선(1878~1926)

호는 천강(天江). 경기도 양지군 봉촌(지금의 안성시 고삼면 봉산리) 출생. 월북 작가 안회남의 아버지다. 1895년 게이오기주쿠대학을 거쳐 도쿄전문학교(지금의 와세다대학)에서 정치학을 공부하고 1899년 졸업했다. 1907년부터 강단에서 정치·경제 등을 강의하면서 『외교통의』, 『정치원론』 등을 저술했다. 한편 〈야뢰〉, 〈대한협회보〉, 〈기호흥학회월보〉 등에 정치·경제·시사에 관한 논설도 발표했다. 개화기의 대표적 지식인이며 신소설 작가인 안국선은 초기에는 민족의식을 고취한 작품을 썼으나 뒤에는 친일 성향을 드러냈다.

1908년 2월에 발표한 「금수회의록」은 동물을 내세워 당시의 현실을 비판하고 국권 수호와 자주 의식을 고취하는 작품이었다. 그러나 치안을 방해한다는 이유로 우리나라 최초의 판매 금지 소설이 되었다. 소설로는 「금수회의록」, 「공진회」 외에 필사본으로 『발섭기(跋涉記)』 상·하 2권과 『묘염전』이 있다고 하지만 전해지지 않는다. 그의 작품은 대부분 유교적 윤리와 기독교적 윤리 사상이 바탕이 되는데, 이는 당대의 혼란한 국가와 사회를 바로잡고자 한 그의 현실관에서 나온 것이다.

✎ 작품 정리

> **갈래**: 신소설, 우화 소설, 정치 소설, 풍자 소설, 액자 소설
> **배경**: 시간 – 개화기 / 공간 – '나'의 꿈과 현실 세계
> **시점**: 내화 – 1인칭 관찰자 시점
>   외화 – 1인칭 주인공 시점
> **주제**: 인간 세계의 모순과 비리, 타락상에 대한 비판
> **출전**: 『금수회의록』(1908)

✎ 구성과 줄거리 --

도입 '나'는 꿈속에서 동물들이 인간을 성토하는 자리에 참석하게 됨

인류 사회가 악해짐을 한탄하던 '나'는 꿈속에서 청산을 찾아들어 갔다가 우연히 '금수회의소'란 현판이 붙은 곳에 다다른다. 그곳에는 온갖 길짐승, 날짐승, 벌레, 물고기 등이 모여 회의를 개최하려 하고 있었다. 회의의 내용은 인간 사회의 부도덕과 비합리, 모순 등을 낱낱이 드러내어 비판하자는 것이다.

전개 여덟 동물이 차례로 나와 인간을 비판하는 연설을 함

회장이 개회를 선언하자 금수들이 하나씩 등장해 제각기 인간을 비판하고 조소하는 연설을 한다. 까마귀는 '반포지효(反哺之孝 까마귀 새끼가 자란 후 그 부모에게 먹이를 물어다 주는 일에서 비롯된 말)'를 강조하며 인간의 불효를 비난한다. 여우는 '호가호위(狐假虎威 여우가 목숨을 구하기 위해 호랑이의 권세를 빌림)'를 들면서 인간의 간사함을 성토한다. 개구리는 '정와어해(井蛙語海 우물 안 개구리가 바다에 대해 말한다는 뜻)'의 예를 들어 분수도 모르고 잘난 척하는 인간을, 벌은 '구밀복검(口蜜腹劍 입에 꿀이 있고 배에 칼이 있음)'의 예를 들어 인간의 이중성을, 게는 '무장공자(無腸公子 창자가 없다는 뜻으로 게를 일컫는 말)'의 예를 들어 외세에 의존하려는 인간의 태도를 비판한다. 또 파리는 '영영지극(營營之極 '영영하다'는 것은 세력이나 이익 따위를 얻기 위해 몹시 분주하고 바쁜 모양을 나타내는 말)'을 예로 들어 인간의 욕심을, 호랑이는 '가정이맹어호(苛政而猛於虎 가혹한 정치는 호랑이보다 더 무섭다는 말)'를 예로 들어 인간의 흉악한 점을, 원앙은 '쌍거쌍래(雙去雙來 항상 함께 다님을 이르는 말)'를 예로 들어 인간의 더럽고 괴악(怪惡 말이나 행동이 이상야릇하고 흉악함)한 심성을 비난한다.

결말 회의가 끝나고 '나'는 인간으로서 부끄러움을 느낌

회의는 '인간이란 동물이 세상에서 제일 어리석고 더럽고 괴악하다'라는 결론을 내리고 끝난다. 회의 참석자들이 모두 돌아간 후 '나'는 인간으로서 수치를 느끼며 금수로부터 업신여김을 받게 된 인간을 구할 방법이 없는지 생각한다. 그러다가 하느님은 아직도 사람을 사랑한다 하니 인간에게도 구원의 길이 있다는 희망을 가진다.

🖉 생각해 볼 문제 -

1. 이 작품의 구성상 특징은 어떠한가?

이 작품은 도입, 전개(연설 부분), 결말의 액자식 3단 구성으로 이루어졌고, 까마귀, 여우, 개구리, 벌, 게, 파리, 호랑이, 원앙 등 여덟 종류의 동물이 인간의 악행을 성토하는 우화 형식을 취한다. 동물들의 연설은 각각 고사성어로 된 소제목을 가지고 있고, 그 내용은 당시의 잘못된 개화사상을 바로잡으려는 의지가 강하게 반영되어 있다. 1인칭 관찰자인 '나'는 꿈속에서 동물들의 연설을 듣게 된다. 이는 액자 소설의 형태인 동시에 '몽유록계 소설'과의 연속적 관계를 말해 준다.

2. 이 소설은 개화기의 소설로서 어떠한 시대적 요구를 반영하는가?

개화기는 지배층과 피지배층의 갈등, 개화파와 수구파의 대립, 열강의 세력 침투 등 정치·사회적으로 격동과 혼란의 시기였다. 이러한 위기 상황을 타개하기 위해 개화와 계몽 운동이 전개되었고, 문학도 이 대열에 합류하게 되었다. 그러나 신소설은 불행하게도 시대적 사명을 잊고 대중 문학으로 전락했는데, 이 작품은 당대의 시대상을 해박한 지식을 통해 비판하고 민중 계몽이라는 시대적 요구에 부응했다는 점에서 그 의의가 인정된다.

3. 풍자 소설로서 이 작품이 지닌 한계는 무엇인가?

이 작품은 부도덕하고 타락한 당시 사회를 강하게 비판하는 풍자 소설이다. 그러나 결말 부분에서 이제까지 제기한 문제들을 기독교에 의존해 해결하려는 안이한 태도를 보여 준다. 이는 우리나라가 외세에 침탈당하던 때에 실질적인 도움을 줄 수 없었다. 한편에서는 이를 한때 친일파로 변절한 작가의 역사 인식으로 보기도 한다.

4. 이 작품이 다른 신소설과 다른 점은 무엇인가?

이 작품은 '나'가 꿈속에서 인간 사회를 성토하는 동물들의 회의장에 들어가 회의 내용을 전달하는 방식을 취하고 있다. 또 내용상으로 다른 신소설들이 갖는 소재와 주제의 한계를 넘어선다. 즉, 권선징악적 주제나 이야기 서술에서 벗어나 현실 비판적 주제 의식과 1인칭 관찰자 시점으로 구체성을 확보했다고 볼 수 있다.

금수회의소

인간이라 부끄럽구나!

나

까마귀   여우   개구리   벌

게   파리   호랑이   원앙

꿈속에서 저(나)는 금수회의소에 찾아갔어요. 각종 동물들이 모여 인간의 여러 특성을 비판하는 회의를 하고 있었지요. 까마귀는 불효를, 여우는 간사함을, 개구리는 잘난 척을, 벌은 이중성을 지탄했어요. 게는 외세에 의존하려는 태도를, 파리는 욕심을, 호랑이는 흉악함을, 원앙은 괴악한 심성을 비난했지요. 저는 인간으로서 너무 부끄러웠어요.

금수회의록

서언(序言)

머리를 들어 하늘을 우러러보니 해와 달과 별이 오랜 세월의 빛을 잃지 않고, 눈을 떠서 땅을 굽어보니 강과 바다와 산이 먼 옛날의 형상을 바꾸지 않는다. 어느 봄에 꽃이 피지 않으며, 어느 가을에 잎이 떨어지지 아니할까.

우주는 의연히 백대(百代)에 걸쳐 한결같거늘, 사람의 일은 어찌하여 고금 (古今)이 다른 것인가? 지금 세상 사람을 살펴보니 애달프고 불쌍하여 탄식하고 통곡할 만하다.

전인(全人 지·정·의를 모두 갖춘 사람)의 말씀을 듣든지 역사를 보든지 옛적 사람은 양심이 있어 천리(天理)를 순종하여 하느님께 가까웠거늘, 지금 세상은 인문 (人文 인류의 질서)이 결딴나서 도덕도, 의리도, 염치도, 절개도 없어져 사람마다 더럽고 흐린 풍랑에 빠져 헤어나올 줄을 모른다. 온 세상이 다 악해졌으니 옳고 그름을 분별치 못하여 악독하기로 유명한 도척(盜跖 중국 춘추 시대의 대도석) 같은 도적놈은 백주에 국도(國都 수도)를 거리낌 없이 돌아다녀도 이상히 여기지 않고, 안자(顏子 공자의 수제자로서 빈궁한 처지에도 높은 학덕을 성취한 인물)같이 착한 사람이 더러운 거리에서 거지들처럼 한 도시락밥을 먹고 한 표주박 물을 마시며 견디지 못할 고생을 해도 한 사람 불쌍히 여기는 이가 없으니 슬프다! 착한 사람과 악한 사람이 거꾸로 되고 충신과 역적이 바뀌었으니, 천리가 어긋나고 도덕이 없어져 더럽고, 어둡고, 어리석고, 악독하여 금수(禽獸 날짐승과 길짐승) 만도 못한 이 세상을 장차 어찌하면 좋을까?

나도 또한 인간의 한 사람이라, 우리 인류 사회가 이같이 악하게 됨을 근심하여 늘 성현의 글을 읽고 그 마음을 본받으려 하였다. 마침 한가롭고 여유로운 마음에 곤히 잠이 들었는데, 꿈속에서 봄바람에 유흥(遊興 흥겹게 놂)을 금치 못하여 죽장망혜(竹杖芒鞋 대지팡이와 짚신. 간편한 차림새를 말함)로 청산을 찾아가 한 곳에 다다르게 되었다. 사면에 고운 꽃과 풀이 우거졌고 시냇물 소리는 종종하며 인적이 고요한데, 흰 구름 푸른 수풀 사이에 현판(懸板) 하나가 달려 있는 것이었다. 자세히 보니 '금수회의소'라는 다섯 글자가 씌어 있고, 그 옆에 '인류를 논박할 일'이라는 문제가 걸려 있었다. 또 광고를 붙였는데, '하늘과 땅 사이에 무슨 물건이든지 의견이 있거든 의견을 말하고 방청을 하려거든 방청하되 각기 자유롭게 하라'라는 것이었다.

그곳에는 길짐승·날짐승·버러지·물고기·풀·나무·돌 등등 모든 물(物)이 다 모여 있었다. 혼자 마음속으로 가만히 생각해 보니, 무릇 사람은 만물 중에 가장 귀하고 제일 신령하여 천지의 화육(化育 천지자연의 이치로 만물을 만들어 기름)을 도우며 하느님을 대신해 금수·초목까지도 다 맡아 다스리는 권능이 있지 않는가. 또 사람이 만일 흉악한 일을 하면 천히 여겨 금수 같은 행위라 하며, 어리석고 하는 일이 없으면 초목같이 아무 생각도 없는 물건이라고 욕하지를 않는가. 그러면 금수·초목은 천하고 사람은 귀하며 금수·초목은 아무것도 모르고 사람은 신령하거늘, 지금 세상은 바뀌어서 금수·초목이 도리어 사람의 무도(無道 패덕(도덕이나 의리 또는 올바른 도리에 어긋남)함을 공격하려하는 것이 아닌가. 괴상하고 부끄럽고 절통(切痛)하여 열었던 입을 다물지도 못하고 정신없이 서 있을 뿐이었다.

개회 취지(開會趣旨)

별안간 뒤에서 무엇이 와락 떠다밀며 재촉했다.

"어서 들어갑시다. 시간 되었소."

하고 바삐 들어가는 기세에 나도 따라 들어가서 방청석에 앉아 보니, 각색 길짐승·날짐승·모든 버러지·물고기 들이 꾸역꾸역 들어와서 그 안에 빽빽하게 서고 앉아 있었다. 모인 물건은 형형색색이나 좌석은 정숙하고 질서가 정연한데, 곧 개회하려는지 방망이 소리가 똑똑 들렸다. 회장인 듯한 한 물건이 머리에는 금색이 찬란한 큰 관을 쓰고, 몸에는 오색이 영롱한 의복을 입은 이상한 모습으로 회장석에 올라섰다. 그리고는 허리를 구부려 절하더니 엄숙하고 단정하게 서서 여러 회원을 향해 말하였다.

"여러분, 내가 지금 여러분을 청하여 만고에 없던 일대 회의를 열고자 합니다. 한마디로 개회 취지를 말하려 하오니 재미있게 들어주시기를 바라오.

무릇 우리들이 사는 이 세상은 당초부터 있던 것이 아니라, 지극히 거룩하시고 전능하신 하느님께서 조화로 만드셨습니다. 세상 만물을 창조하신 조화주를 곧 하느님이라 하니, 하느님께서 세계를 만드시고 또 만물을 만들어 각색 물건이 세상에 생기게 하신 것입니다. 이같이 만드신 목적은 그 영광을 나타내어 모든 생물로 하여금 인자한 은덕을 베풀어 영원한 행복을 받게 하려 함이었습니다. 그러므로 세상에 있는 모든 물건은 사람이든지 짐승이든지 초목이든지 무슨 물건이든지 다 귀하고 천한 분별이 없는 즉, 어떤 것은 높고 어떤 것은 낮다 할 이치가 있을 리 없습니다. 다 각각 천지의 기운을 타고 생겨나서 이 세상에 사는 것이지요. 이들은 다 천지 본래의 이치만 좇아서 하느님의 뜻대로 본분을 지키고, 한편으로는 제 몸의 행복을 누리고, 또 한편으로는 하느님의 영광을 나타낼 것입니다. 그중에도 사람이라 하는 물건은 당초에 하느님이 만드실 때에 특별히 영혼과 도덕심을 넣어서 다른 물건과 다르게 하셨으니, 사람들은 더욱 하느님의 뜻에 순종하여 천리(天理)를 지키고 착한 행실과 아름다운 일로 하느님의 영광을 나타내어야 합니다.

그런데 지금 세상 사람이 하는 행위를 보니 그 하는 일이 모두 악하고 부정하여 하느님의 영광을 드러내기는 고사하고, 도리어 하느님의 영광을 더럽게 하고 은혜를 배반하여 여러 가지 악한 일들을 일삼습니다. 외국 사람에게 아첨하여 벼슬만 하려 하고, 제 나라가 다 망하는지 제 동포가 다 죽든지 거들떠보지 않는 역적 놈도 있습니다. 임금을 속이고 백성을 해롭게 하여 나랏일을 결딴내는 소인 놈도 있으며, 부모는 자식을 사랑하지 않고, 자식은 부모를 효도로 섬기지 않으며, 형제간에 재물로 인하여 서로 해치고 죽이는 일도 벌어집니다. 또 부부간에 음란한 생각으로 화목지 않는 사람이 많으니, 이 같은 인류에게 좋은 영혼과 제일 귀한 특권을 주어 무엇 하겠습니까. 하느님을 섬기던 천사도 악한 행실을 하다가 떨어져서 마귀가 된 일이 있거든, 하물며 사람이야 더 말할 것이 없지요. 태곳적 맨 처음 하느님이 사람을 만드실 때 영혼과 덕의심을 주셔서 만물 중에 제일 귀한 특권을 주셨으나, 저희들이 그 권리를 내버리고 그 성품을 잃어버리니 몸은 비록 사람의 형상이라도 만물 중에 가장 귀하다 할 수 있는 인류의 자격은 있다 할 수가 없습니다.

여러분은 금수라, 초목이라 하여 사람보다 천하다 하나, 하느님이 정하신 법대로 행하여 기는 자는 기고, 나는 자는 날고, 굴에서 사는 자는 깃들이는 (주로 조류가 보금자리를 만들어 그 속에 들어 사는) 자를 해치지 않으며, 깃들인 자는 굴을 빼앗지 않고, 봄에 생겨서 가을에 죽으며, 여름에 나와서 겨울에 들어가니, 하느님의 법을 지키고 천지 이치대로 행하여 정도에 어김이 없었습니다. 따라서 지금 여러분 금수·초목과 사람을 비교해 보면 사람이 도리어 낮고 천하며, 여러분이 도리어 귀하고 높은 지위에 있다 할 수 있습니다. 사람이 이같이 제 자격을 잃고도 거만한 마음으로 오히려 만물 중에 제가 가장 귀하다, 높다, 신령하다 하여 우리 족속 여러분을 멸시하니, 우리가 어찌 그 횡포를 참아 내겠습니까. 내가 여러분의 생각에 찬동하여 하느님께 아뢰고 본회의를 소집하였는데, 이 회의에서 결의할 안건은 세 가지입니다.

　　제일, 사람 된 자의 책임을 의논하여 분명히 하는 일
　　제이, 사람의 행위를 들어서 옳고 그름을 의논하는 일
　　제삼, 지금 세상 사람 중에 인류의 자격이 있는 자와 없는 자를 조사하는 일

　이 세 가지 문제를 토론하여 여러분과 사람의 관계를 분명히 하고, 사람들이 여전히 악한 행위를 하여 회개하지 않으면 사람이라는 이름을 빼앗고 이등 마귀라는 이름을 주기로 하느님께 아뢸 터이니, 여러분은 이 뜻을 받들어 이 회의에서 결의한 일을 진행하시기를 바랍니다."
　회장이 개회 취지를 연설하고 회장석에 앉으니, 한 모퉁이에서 까마귀가 우렁찬 소리로 회장을 부르고 일어서서 연단으로 올라갔다.

　제일석 까마귀, 반포지효(反哺之孝)

　프록코트(보통 검은색이며 저고리 길이가 무릎까지 내려오는 남자용의 서양식 예복)를 입어서 전신이 새까맣고 똥그란 눈이 말똥말똥한데, 물 한 잔 조금 마시고 연설을 시작했다.
　"나는 까마귀올시다. 지금 인류에 대하여 마음에 품은 회포를 진술할 터인데, '반포의 효'라는 문제를 가지고 잠깐 말씀 드리겠소. 사람들은 만물 중에 제가 제일이라 하지마는, 그 행실을 살펴보면 다 천리(天理)에 어긋나 하나도 그 취할 것이 없소. 사람들의 옳지 못한 일을 모두 다 말하려면 너무 지루하겠기에 오늘은 불효함만을 말하겠소이다. 옛날 동양 성인들이 말씀

하기를, 효도는 덕의 근본이라 하였소. 효도는 백 가지 행실의 근원이며, 효도로써 천하를 다스린다 하였고, 예수교 계명에도 부모를 효도로 섬기라 하였으니, 효도라 하는 것은 자식 된 자가 당연히 행해야 할 일이올시다.

우리 까마귀 족속은 먹을 것을 물고 돌아와 어버이에게 효성을 극진히 하여 망극한 은혜를 갚고, 하느님이 정하신 본분을 지키어 자자손손이 천만 대를 내려가도록 가법(家法)을 지켜 왔소. 그런 이유로 옛적에 백낙천(白樂天 백거이(772~846). 자는 낙천. 5세부터 시를 지었으며 15세가 지나자 모두가 놀랄 만한 시재를 보였다고 함)이라 하는 분이 우리를 가리켜 새 중의 증자(曾子)라 하였고, 『본초강목(本草綱目 한방에서 약재나 약학에 대해 연구하는 학문인 본초학의 연구서)』에는 자조(慈鳥 새끼가 어미에게 먹이를 물어다 주는 인자한 새)라 일컬었지요. 증자라 하는 양반은 부모에게 효도 잘하기로 유명한 사람이요, 자조의 뜻은 사랑하는 새를 말하는 것이니, 우리는 '부모는 자식을 사랑하고 자식은 부모에게 효도하라'는 하느님의 법을 한 치도 어기지 아니하오.

그런데 지금 세상 사람들은 말하는 것을 보면 모두 효자 같으나, 실상 하는 행실을 보면 주색잡기(酒色雜技 술과 여자와 노름)에 혹하여 부모의 뜻을 어기며, 형제간에 재물로 다투어 부모의 마음을 상하게 하고, 제 한 몸만 생각하여 부모가 주리더라도 돌보지를 않소. 여편네는 학식이라도 조금 있으면 주제넘은 마음이 생겨서 온화, 유순한 부덕을 잊어버리고 시부모를 아무것도 모르는 어리석은 물건같이 대접하고, 심하면 원수같이 미워하기도 하지요. 그러니 인류 사회에 효도가 사라지는 것이 지금 세상보다 더 심한 때가 없었소. 사람들이 이렇듯 모든 행실의 근본이 되는 효도를 알지 못하니 다른 것은 더 말할 게 무엇 있겠소? 우리는 천성이 효도를 주장하는 고로 효성이 있는 사람이면 감동하여 노래자(老萊子 중국 춘추 시대 초나라의 효자)를 도와서 종일토록 그 부모를 즐겁게 하여 주며, 증자의 갓 위에 모여서 효자의 아름다운 이름을 천추에 전하게 하였고, 또 우리가 효도만 극진할 뿐 아니라 『사기(史記)』에 빛난 일이 한두 가지가 아니니 대강 말씀 드리오리다.

우리가 떼를 지어 논밭으로 내려갈 때는 곡식을 해치는 버러지를 없애려고 가는 것인데, 사람들은 미련한 생각에 그 곡식을 파먹는 줄로 알고 있소! 서양 책력 일천팔백칠십사 년에 미국 조류 학자 피이르라 하는 사람이 까마귀 이천이백오십팔 마리를 잡아다가 배를 가르고 오장을 해부한 뒤 말하기를 '까마귀는 곡식을 해하지 않고 곡식에 해되는 버러지를 잡아서 먹는

다' 하였소. 따라서 우리가 곡식밭에 가는 것은 곡식에 이로우면 이로웠지 해롭지 않은 게 분명하오. 또 우리가 밤중에 우는 것은 공연히 우는 것이 아니오. 그것은 나라의 법령이 아름답지 못하여 백성이 도탄에 빠지고 천하에 큰 병화(兵禍 전쟁으로 인한 재앙)가 일어날 징조가 있으면 우리가 울어서 사람들이 깨닫고 허물을 고쳐서 세상이 태평무사하기를 희망하고 권고하는 것이오. 강소성(江蘇省 장쑤성) 한산사(寒山寺)에서 달은 넘어가고 서리 친 밤에 쇠북(종)을 주둥이로 쪼아 소리를 내서 대망에게 죽을 것을 살려 준 은혜를 갚았고, 한나라 효무제(孝武帝)가 아홉 살 되었을 때 왕망(王莽)의 난리에 부모를 잃고 혼자 달아나다 길을 잃자 우리들이 가서 인도하였으며, 연(燕) 태사 단이 진(秦)나라에 볼모로 잡혀 있을 때 우리가 머리를 희게 하여 그 나라로 돌아가게 하였소. 또 진나라의 문공(文公)이 개자추(介子推 중국 춘추 시대의 은자)를 찾으려고 면산(緜山)에 불을 놓자 우리가 연기를 에워싸고 타지 못하게 하였더니, 그 후에 진나라 사람이 그 산에 '은연대'라 하는 집을 짓고 우리의 은덕을 기념하였소.

당나라 이의부는 글을 짓되 상림에 나무를 심어 우리를 준다 하였고 또 물병에 돌을 던지니 이솝이 상을 주고 탁자의 포도주를 다 먹어도 프랭클린이 사랑하도다. 우리 까마귀의 사적(事蹟)이 이러하거늘, 사람들이 까마귀 우리 소리를 흉한 징조라 함은 저희들 마음대로 하는 말이요, 우리와는 상관없는 일이오. 사람의 일이 흉하든지 길하든지 우리가 울 일이 무엇이겠소? 그것은 사람들이 무식하고 어리석어서 저희들이 좋지 않을 때 흉하게 듣고 하는 말일 뿐이오. 사람이 염병이나 괴질을 앓아서 죽게 된 때에 우리가 어찌하여 그 근처에 가서 울면, 사람들은 저희가 약도 잘못 쓰고 위생도 잘못하여 죽는 줄은 알지 못하고 우리가 울어서 죽는 줄로만 알지요. 또 욕설을 할 때 염병에 까마귀 소리라 하니, 사람같이 어리석은 것이 세상에 또 어디 있겠소. 요순(堯舜 요임금과 순임금) 적에도 봉황이 나왔고 왕망 때도 봉황이 나오매, 요순 때의 봉황은 상서로운 것이요 왕망 때의 봉황은 흉조처럼 알았으니 무슨 소리든지 사람이 근심 있을 때에 들으면 흉조로 듣고, 좋은 일 있을 때에 들으면 상서롭게 듣는 것이라. 무엇을 알고 하는 말은 아니지만 길하다 흉하다 하는 것은 듣는 저희에게 있는 것이지 우리에게 있는 것이 아니오. 그런데 까마귀는 흉한 일이 생길 때에 와서 우는 것이라 하여 듣기 싫어하니, 사람들은 이렇듯 이치를 알지 못하는 어리석은 동물이라 책망하여 무엇하겠소.

또 우리는 아침 일찍 해 뜨기 전에 집을 떠나서 사방으로 날아다니며 먹을 것을 구하여 부모 봉양도 하고, 나뭇가지를 물어다가 집도 짓고, 곡식에 해되는 버러지도 잡아서 하느님 뜻을 받들다가, 저녁이 되면 반드시 내 집으로 돌아가되 나가고 돌아올 때에 일정한 시간을 어기는 법이 없소. 헌데 사람들은 점심때까지 자빠져 잠을 자며, 한 번 집을 나가면 협잡질하기(옳지 않은 방법으로 남을 속이기), 술 마시기, 계집의 집 뒤지기, 노름하기에 세월 가는 줄을 모르고, 저희 부모가 진지를 잡수었는지 처자가 기다리는지를 모르고 쏘다니니 어찌 우리 까마귀 족속만 하리요. 사람은 일하지 않고 놀면서 잘 입고 잘 먹기를 좋아하되, 우리는 제가 벌어 제가 먹는 것이 옳은 줄을 아니, 결단코 우리는 사람들이 하는 행위는 하지 않소. 여러분도 다 아시거니와 우리가 사람에게 업신여김을 받을 까닭이 없음을 살피시오."

손뼉 소리에 까마귀가 연단을 내려가니, 또 한편에서 여우가 아리땁고도 밉살스러운 소리로 회장을 부르면서 강똥강똥 연설단을 향하여 올라갔다. 그 어여쁜 태도는 남을 가히 호릴 만하고 갸웃거리는 모양은 본색이 드러났다.

제이석 여우, 호가호위(狐假虎威)

여우가 연단에 올라서서 기생이 시조를 부르려고 목을 가다듬는 것처럼 기침 한 번 캑 하더니 간사한 목소리로 연설을 시작하였다.

"나는 여우올시다. 점잖으신 여러분 모이신 데 감히 나와 연설하기가 방자한 듯하오나, 저 인류에 대하여 하고 싶은 말이 있기에 호가호위라는 문제를 가지고 두어 마디 하려 하오. 비록 학문은 없는 말이나 용서하고 들어주시기 바랍니다.

사람들이 옛적부터 우리 여우를 가리켜 요망한 것이라, 간사한 것이라 하여 저희들 중에도 요망하거나 간사한 자를 보면 여우 같은 사람이라 해 왔지요. 이렇듯 우리가 더럽고 괴악한 이름을 듣고는 있으나 실제로 요망하고 간사한 것은 우리가 아니라 사람들이오. 지금 우리와 사람의 행위를 비교하여 보면 사람과 우리와 명칭을 바꾸는 것이 옳겠소.

사람들이 우리를 간교하다 하는 것은 다름 아니라 『전국책(戰國策 중국 춘추 전국 시대에 활약한 책사와 모사들의 문장을 기록한 책)』이라 하는 책에 기록된 것을 가지고 그런 것이오. 호랑이가 일백 짐승을 잡아먹으려 할 때 먼저 여우를 얻은지라, 여우가 호랑이더러 말하였소. '하느님이 나로 하여금 모든 짐승의 어른이 되게 하였으니, 지금 자네가 나의 말을 못 믿겠거든 내 뒤를 따라와 보라. 모든 짐승이 나를 보면 다 두려워하느니라.' 호랑이가 여우의 뒤를 따라가니, 과연 모든 짐승이 보고 벌벌 떨며 두려워하는지라 여우의 말을 정말로 알고 잡아먹지 못하였다는 것이오. 이는 저들이 여우를 보고 두려워한 것이 아니라 여우 뒤의 호랑이를 보고 두려워한 것이니, 여우가 호랑이의 위엄을 잠시 빌린 것뿐인데, 사람들은 우리 여우더러 간사하니 교활하니 하는 것이오. 하지만 남이 나를 죽이려 하면 어떻게 하든지 죽지 않으려고 애쓰는 것은 당연한 일이며, 호랑이가 아무리 산중 영웅이라 하지마는 우리에게 속은 것이 어리석을 뿐이니, 속인 우리야 무슨 잘못이 있으리오.

지금 세상 사람들은 당당한 하느님의 위엄을 빌려야 할 터인데, 외국의 세력을 빌려 몸을 보전하고 벼슬을 얻으려 하며, 줏대 없이 타국 사람을 좇아 제 나라를 망하게 하고 제 동포를 압박하니, 그것이 우리 여우보다 나은 일이오? 결단코 우리 여우만 못한 물건들이라 할 수 있소. (손뼉 소리가 천지에 진동)

또 대포와 총의 힘을 빌려서 남의 나라를 위협하여 속국도 만들고 보호국도 만드니, 불한당이 칼이나 총을 가지고 남의 집에 들어가서 재물을 탈취하고 부녀를 겁탈하는 것이나 다를 것이 무엇 있소? 각국이 평화를 보전한다 하여도 하느님의 위엄을 빌려서 도덕상으로 평화를 유지할 생각은 조금도 없고, 병장기의 위엄으로 평화를 보전하려 하니 우리 여우가 호랑이의 위엄을 빌려서 죽음을 면한 것과 비교해 어떤 것이 옳고 어떤 것이 그르오? 또 세상 사람들이 구미호(九尾狐)를 요망하다 하나, 그것은 대단히 잘못 알고 있는 것이오. 옛적 책을 보면 꼬리 아홉 있는 여우는 상서(祥瑞 복되고 길한 일이 일어날 조짐)라 하였소. 『잠학거류서』라는 책에는 '구미호가 도(道) 있으면 나타나고, 나올 적에는 글을 물어 상서를 주문에 지었다' 하였고, 왕포 『사자강덕론』이라는 책에는 주(周)나라 문왕(文王)이 구미호를 응하여 동편 오랑캐를 돌아오게 하였다 하였고, 『산해경(山海經)』이라는 책에는 '청구국(靑丘國)에 구미호가 있어서 덕이 있으면 오느니라' 하였으니, 이를 보더라도 우리 여우를 요망한 것이라 할 까닭이 없소. 단지 사람들이 무식하여 이런 것은 알지 못하고 여우가 천 년을 묵으면 요사스러운 여편네로 변한다, 옛적에 음란한 계집이 죽어서 여우로 태어났다 하니, 이런 거짓말이 어디 또 있으리오.

사람들은 음란하여 별일이 많지만 우리 여우는 그렇지 않소. 우리는 분수를 지켜서 다른 짐승과 교통하는(남녀 사이에 서로 사귀거나 육체적 관계를 가지는) 일이 없고, 우리뿐 아니라 여러분이 다 그러하시되 사람이라 하는 것들은 음란하기가 짝이 없소. 어떤 나라 계집은 개와 통간한 일도 있고, 말과 통간한 일도 있으니, 이런 일은 천하만국에 한두 사람뿐이겠지마는, 한 숟가락에 뜬 국으로 온 솥에 있는 국 맛을 알 것이오. 근래에 덕의가 끊어지고 인도(人道)가 없어져서 세상이 결딴난 일을 이루 다 말할 수 없소. 사람의 행위가 이러하되 오히려 하느님을 두려워하지 아니하며, 짐승을 부끄러워하지 아니하오. 대갓집 규중 여자가 갈보로 놀아나서 이 사람 저 사람 호리기와 관청에서 기생 불러 놀음 놀기, 앞길이 만 리 같은 각 학교 학도들이 기생집에 다니기, 제 혈육으로 난 자식을 돈 몇 푼에 갈보로 내어놓기, 이런 행위를 볼라치면 말하는 내 입이 다 더러워지오. 에이 더러워, 천지간에 더럽고 요망하고 간시한 것은 사람이오. 우리 여우는 그렇지 않소. 그런데도 저희들끼리 간사한 사람을 보면 여우라 하니, 그렇다면 지금 세상 사람 중에 여우 아닌 사람이 몇 명이나 있겠소? 또 저희는 서로 여우 같다 하여도 가만히 듣고 있지만, 만일 우리더러 사람 같다 하면 우리는 그 이름이 더러워서 받아들일 수가 없소. 내 소견 같으면 이후로는 사람을 사람이라 하지 말고 여우라 하고, 우리 여우를 사람이라 하는 것이 옳은 줄로 압니다."

제삼석 개구리, 정와어해(井蛙語海)

여우가 연설을 마치고 할금할금 돌아보며 제자리로 내려가니, 또 한편에서 개구리가 회장을 부르며 아장아장 걸어와서 연단 위로 깡충 뛰어올라갔다. 눈은 톡 불거지고 배는 뚱뚱하고 키는 작달막한데, 눈을 깜작깜작하며 입을 벌죽벌죽하고 연설을 시작하였다.

"나의 성명은 말을 하지 않아도 여러분이 다 아시리다. 나는 출입이라고는 미나리꽝^(미나리를 심은 논)밖에 못 가 보아 세계 형편도 모르고, 또 맹꽁이를 이웃하여 살아 구학문의 맹자 왈 공자 왈은 대강 들었으나 신학문은 아는 것이 변변치 않으오. 그러나 지금 정와어해라 하는 문제로 인류 사회를 논란코자 합니다.

사람들은 거만한 마음이 많아서 저희가 천하에 제일이라고, 만물 중에 가장 귀하다고 자칭하지만, 제 나랏일도 잘 모르면서 큰소리 탕탕하고 주제넘은 말을 하는 게 우습디다. 그들은 우리 개구리를 가리켜 말하기를 우물 안 개구리와 바다 이야기 할 수 없다고 하지요. 그러나 항상 우물 안에 있는 개구리는 우물이 좁은 줄만 알고 바다에는 가 보지 못하여 바다가 큰지 작은지, 넓은지 좁은지, 긴지 짧은지, 깊은지 얕은지 알지 못하나 못 본 것을 아는 체는 하지 않습니다. 그런데 사람들은 좁은 소견으로 외국 형편도 모르고 천하대세도 살피지 못하면서, 공연히 떠들고 아는 체하고 나라는 다 망해 가건만 썩은 생각으로 갑갑한 말만 합니다. 또 어떤 사람들은 제 나라 일도 다 알지 못하면서 보지도 듣지도 못한 다른 나라 일을 다 아노라고 하니 가증스럽고 우습기만 하오. 몇 해 전 어느 나라 어떤 대신이 외국 대관을 만나서 말을 서로 주고받는데 그때 외국 대관이 물었소.

'대감이 지금 내부대신^(內部大臣 조선 후기에 내무행정을 맡아보던 벼슬)으로 있으니 전국의 인구와 호수가 얼마나 되는지 아시오?'

대신이 아무 대답도 못하자 외국 대관이 또 물었소.

'대감이 전에 탁지대신^{(度支大臣 대한 제국 때에 둔, 탁지부의 으뜸 관직. 국가 전반의 재정(財政)을 맡아보던 중앙 관청)}을 지내었으니 전국의 결총^(結總 토지세 징수의 기준이 된 논밭 면적의 전체 수)과 국고의 세출 · 세입이 얼마나 되는지 아시오?'

한데 대신이 또 아무 말도 못하는지라 그 외국 대관이 탄식하는 것이었소.

'대감이 이 나라의 정부 대신으로 이같이 모르니 귀국을 위하여 안타까운 마음 금할 수가 없구려.'

또 작년에 어느 나라 내부에서 각 읍에 훈령하여 부동산을 조사해 보라 하였더니, 어떤 군수가 '이 고을에는 부동산이 없다'라고 고하여 웃음거리가 되었다 하오. 이같이 제 나라 일도 크나 작으나 도무지 아는 것 없는 것들이 일본이 어떠하니, 아라사^(러시아)가 어떠하니, 구라파^(유럽)가 어떠하니, 아메리카가 어떠하니 제가 가장 잘 아는 듯이 지껄이니 기가 막히오. 무릇 천지의 이치는 무궁무진하여 만물의 주인 되시는 하느님밖에 아는 이가 없소. 하여 『논어(論語)』에 말하기를 하느님께 죄를 지으면 빌 곳이 없다 하였는데, 그 주(註)에 '하느님은 곧 이치라' 하였으니 하느님이 곧 이치요, 만물의 주인인 것이오. 그런고로 하느님은 곧 조화주요 천지 만물의 대주제시니 천지 만물의 이치를 다 아시려니와, 사람은 다만 천지간의 한 물건인데 어찌 이치를 알 수 있으리오. 좀 아는 것이 있거든 그 아는 대로 세상에 유익하게 아름다운 사업을 영위할 것이거늘, 조금 남보다 먼저 알았다고 그 지식을 이용하여 남의 나라 빼앗기와 남의 백성 학대하기와 군함·대포를 만들어서 악한 일에 종사하니, 그런 나라 사람들은 당초에 사람 되는 영혼을 주지 아니 하였더라면 도리어 좋을 뻔하였소.

또 더욱 도리에 어긋나는 일이 있으니, 나의 지식이 남보다 조금 낫다고 하면 남을 가르쳐 준다면서 실상은 해롭게 하고, 남을 인도하여 준다 하고 제 욕심만 채우는 것이오. 어떤 사람은 제 나라 형편도 모르면서 타국 형편을 아노라며 외국 사람을 부동하여 임금을 속이고 나라를 해치며 백성을 위협하여 재물을 도둑질하고 벼슬을 도둑질하며 개화하였다 자칭하고 양복 입고, 단장 짚고, 궐련(卷煙 얇은 종이로 말아 놓은 담배) 물고, 시계 차고, 살죽경 쓰고, 인력거나 자행거(자전거의 옛말) 타고, 제가 외국 사람인 체하여 제 나라 동포를 압제하기도 하오. 혹은 외국 사람과 상종하는 것을 영광으로 알고 아첨하며, 제 나라 일을 변변히 알지도 못하면서 가르쳐 주기 잘하오. 또 월급 몇 푼이나 벼슬 한자리 얻으려고 남의 나라 정탐꾼이 되어 애매한 사람 모함하기, 어리석은 사람 위협하기를 능사로 삼으니, 이런 사람들은 아는 것이 도리어 큰 병이 아니겠소?

우리 개구리 족속은 우물에 있으면 우물에 있는 분수를 지키고, 미나리꽝에 있으면 미나리꽝에 있는 분수를 지키고, 바다에 있으면 바다에 있는 분수를 지키니, 그러면 우리는 사람보다 상등이 아니오리까. (손뼉 소리 짤각짤각)

또 무슨 동물이든지 자식이 아비 닮는 것은 하느님의 정하신 뜻이오. 우리 개구리는 대대로 자식이 아비 닮고 손자가 할아비를 닮되, 형용도 똑같고 성품도 똑같아서 추호도 틀리지 않거늘, 사람의 자식은 제 아비 닮는 것이 별로 없소. 요임금의 아들이 요임금을 닮지 아니하고, 순임금의 아들이 순임금과 같지 아니하고, 하우씨와 은왕 성탕(成湯)은 성인이로되, 그 자손 중에 포악하기로 유명한 걸(桀)·주(紂) 같은 이가 났고, 왕건(王建) 태조는 영웅이로되 왕우(王偶)·왕창(王昌)이 생겼으니, 이렇게 보면 개구리 자손은 개구리를 닮되 사람의 새끼는 사람을 닮지 않는 것이오. 이러한즉 천지자연의 이치를 지키는 것은 우리를 사람에게 비교할 것이 아니요, 만일 아비를 닮지 아니한 자식을 마귀의 자식이라 한다면 사람의 자식은 다 마귀의 자식이라 하겠소.

또 우리는 관가 땅에 있으면 관가를 위하여 울고, 개인 땅에 있으면 그 주인을 위하여 울거늘, 사람은 한 번만 벼슬자리에 오르면 붕당(朋黨)을 세워서 권리를 다투고 권문세가에 아첨하러 다니기 바쁘오. 그뿐 아니라 백성을 잡아다가 주리 틀고 돈 빼앗기, 무슨 일을 당하면 뒤로 부탁을 받고 뇌물 받기, 나랏돈 도적질하기와 인민의 고혈을 빨아먹기에 종사하니, 날더러 도적놈 잡으라 하면 벼슬하는 관인들은 거지반 다 감옥소 감이오. 또 우리들은 울 때에 울고, 길 때에 기고, 잠잘 때에 자는 것이 천지 이치에 합당하거늘, 불란서(프랑스)라는 나라의 양반들이 우리 개구리의 우는 소리를 듣기 싫다고 백성들을 불러 개구리를 다 잡으라 하다가 마침내 혁명당이 일어나서 난리가 되었으니, 사람같이 무도한 것이 세상에 또 있으리오. 당나라 때에 한 사람이 우리를 두고 글을 짓되, '개구리가 도의 맛을 아는 것 같아 연꽃 깊은 곳에서 운다' 하였으니, 우리의 도덕심 있는 것은 사람도 아는 것이라, 우리가 어찌 사람에게 굴복하리요. 동양 성인 공자께서 말씀하시기를, '아는 것은 안다 하고 알지 못하는 것은 알지 못한다 하는 것이 정말 아는 것이라' 하였으니, 사람들은 천박한 지식으로 남을 속이기를 능사로 알고 천하만사를 모두 아는 체하지만 우리는 거짓말은 하지 않으오. 사람이란 것은 하느님의 이치를 알지 못하고 악한 일만 많이 해 그대로 둘 수 없으니, 차후는 사람이라 하는 명칭을 주지 않는 것이 옳은 줄로 생각하오."

넙죽넙죽하는 말이 소진·장의(蘇秦·張儀 중국 전국 시대의 사람들로 말솜씨가 매우 좋았다고 함)가 오더라도 당치 못할 듯하였다. 말을 그치고 내려오니 또 한편에서 벌이 회장을 부르며 나는 듯이 연설단에 올라갔다.

제사석 벌, 구밀복검(口蜜腹劍)

허리는 잘록하고 체격은 조그마한데 두 어깨를 떡 벌리고 맑고 명랑한 소리로 머리를 까딱까딱하면서 연설하였다.

"나는 벌이올시다. 지금 구밀복검이라는 문제를 가지고 잠깐 두어 마디 말할 터인데, 먼저 서양에서 들은 이야기를 잠깐 하오리다. 당초에 천지개벽할 때에 하느님이 에덴동산에다 갖가지 초목과 짐승을 두고 사람을 만들어 거기서 살게 하시니, 그 사람의 이름은 아담이라 하고 그 아내는 하와라 하였는데 둘은 지금 온 세상 사람들의 조상이었소. 사람의 모양과 마음을 특별히 하느님과 같게 한 것은 곧 하느님의 아들임을 잊지 말고 그 마음을 본받아 지극히 착하게 되라고 한 것인데, 아담과 하와는 죄를 짓고 에덴동산에서 쫓겨난 것이외다. 우리 벌의 조상은 죄도 짓지 않고 하느님의 뜻대로 순종하여 각색 초목의 꽃으로 우리의 전답을 삼고 꿀을 농사하여 양식을 만들어 복락을 누리니, 조상 적부터 우리가 사람보다 나은 것이지요.

세상이 오래되어 갈수록 사람은 하느님과 더욱 멀어지고, 오늘날 와서는 거죽은 사람의 모습이 그대로 있으나 실상은 시랑(豺狼 승냥이와 이리)과 마귀라 할 수 있소. 서로 싸우고, 서로 죽이고, 서로 잡아먹어서 약한 자의 고기는 강한 자의 밥이 되고, 큰 것은 작은 것을 압제하여 남의 권리와 재산을 강제로 빼앗으며 남의 토지를 앗아 가며, 남의 나라를 위협하여 망하게 하니, 그 흉측하고 악독한 것을 무엇이라 이르겠소? 사람들이 우리 벌을 독한 사람에게 비유하여 말하기를 '입에 꿀이 있고 배에 칼이 있다' 하나, 우리 입의 꿀은 남을 꾀려 하는 것이 아니라 우리 양식을 만드는 것이요, 우리 배의 칼은 남을 공연히 쏘거나 찌르는 것이 아니라 남이 나를 해치려 할 때 정당방위로 쓰는 칼이지요. 사람처럼 입으로는 꿀같이 말을 달게 하고 배에는 칼 같은 마음을 품은 우리가 아니오. 또 우리의 입은 항상 꿀만 있으되 사람의 입은 변화무쌍하여 꿀같이 단 때도 있고, 고추같이 매운 때도 있고, 칼같이 날카로운 때도 있고, 비상(독)같이 독한 때도 있어서, 마주 대하였을 때에는 꿀을 들어붓는 것같이 달게 말하다가 돌아서면 흉보고, 욕하고, 노여워하고, 악담을 합니다. 또 좋아지낼 때에는 깨소금 항아리같이 고소하고 맛있게 행동하다가, 조금만 마음에 들지 않으면 죽일 놈 살릴 놈 하며 무성포가 있으면 곧 놓아 죽이려 드니 그런 악독한 것이 어디 또 있으리오. 에, 여러

분, 여보시오, 그래, 우리 짐승 중에 사람들처럼 그렇게 악독한 것들이 있단 말이오? (손뼉 소리에 귀가 먹먹)

사람들이 서로 욕설하는 소리를 들으면 차마 귀로 들을 수 없을 만큼 별 흉악망측한 말이 많소. '빠가', '갓뎀' 같은 욕설은 아무것도 아니오. '네밀 붙을 놈', '염병에 땀을 못 낼 놈' 하는 욕설을 제 입만 더럽히고 제 마음 악한 줄도 모르고 함부로 하니 얼마나 흉악한 일이오. 에, 사람들은 도덕상 좋은 말은 별로 않고 못된 소리만 쓸데없이 지저귀니 그것들이 사람이라고? 그것들이 만물 중에 가장 귀한 것이라고? 우리는 천지간의 미물이로되 그렇지는 않소. 또 우리는 임금을 섬기되 충성을 다하고, 장수를 뫼시되 군령이 분명하여, 다 각각 자기 일만 부지런히 하여 주리지 아니하지요. 그런데 어떤 나라 사람들은 제 임금을 죽이고 역적의 일을 하며, 제 장수의 명령을 복종치 않고 반란군도 되며, 백성들은 게을러서 아무 일도 하지 않고 공연히 쏘다니며 놀고먹기만 좋아하오. 술 먹고, 노름하고, 계집의 집이나 찾아다니고, 협잡이나 하고, 그렁저렁 세월을 보내 집이 구차하고 나라가 가난하니, 사람으로 생겨나서 우리 벌들보다 나은 것이 무엇이오? 서양의 어느 학자가 우리를 두고 노래를 지었는데 한번 들어 보시오.

아침 이슬 저녁 별에
이 꽃 저 꽃 찾아가서
부지런히 꿀을 물고
제 집으로 돌아와서
반은 먹고 반은 두어
겨울 양식 저축하여
무한 복락 누릴 때에
하느님의 은혜라고
빛난 날개 좋은 소리
아름답게 찬미하네

그래, 사람 중에 사람다운 것이 몇이나 있소? 우리는 사람들에게 시비 들을 것 조금도 없소. 사람들의 악한 행위를 말하려면 끝이 없겠으나 시간이 부족하여 그만둡니다."

제오석 게, 무장공자(無腸公子)

벌이 연설을 마치고 미처 연단에 내려서기도 전에 또 한편에서 회장을 부르고 나오는 것이 있었다. 모양이 기괴하고 눈에 영채(映彩 환하게 빛나는 고운 빛깔)가 감도는데, 힘센 장수같이 두 팔을 쩍 벌리고 어깨를 추썩추썩하며(어깨를 자꾸 가볍게 추켜올렸다 내렸다 하며) 연설을 시작하였다.

"나는 게올시다. 지금 무장공자라 하는 문제로 연설할 터인데, 무장공자는 창자 없는 물건을 뜻하는 말이니 옛적에 포박자(抱朴子)라는 사람이 우리 게의 족속을 가리켜 무장공자라 한 것은 대단히 무례한 말이오. 그래, 우리는 창자가 없고 사람들은 창자가 있소. 그런데 시방 세상 사는 사람 중에 옳은 창자 가진 사람이 몇 명이나 되겠소? 사람의 창자는 참으로 썩었고 흐리고 더럽소. 의복은 비단 명주로 잘 입어서 외양은 좋아도 다 가죽만 사람이지 그 속에는 똥밖에 아무것도 없소. 좋은 칼로 배를 가르고 그 속을 보면, 구린내가 물큰물큰 나오.

지금 어떤 나라 정부를 보면 깨끗한 창자라고는 아마 몇 개 없으리다. 신문에서 그렇게 나무라고, 사회에서 그렇게 시비하고, 백성이 그렇게 원망하고, 외국 사람이 그렇게 욕들을 하여도 모르는 체하니 이것이 창자 있는 사람들이오? 그 정부에 옳은 마음먹고 벼슬하는 사람 누가 있소? 한 사람이라도 있거든 있다고 하시오. 오직 크게 마음먹고 일을 계획한다는 것이 임금 속일 생각, 백성 잡아먹을 생각, 나라 팔아먹을 생각밖에 아무 생각이 없소. 이같이 썩고 더럽고 똥만 들어서 구린내가 물큰물큰 나는 창자라면 차라리 우리처럼 없는 것이 도리어 낫소.

또 욕을 보아도 성낼 줄도 모르고, 좋은 일을 보아도 기뻐할 줄 모르는 사람이 많이 있소. 남의 압제를 받아 살 수 없는 지경에 이르렀는데 분한 마음이 없고, 남에게 그렇게 욕을 보아도 노여워할 줄 모르고 종노릇 하기만 달게 여기며, 관리에 무례한 압박을 당하여도 자유를 찾을 생각이 도무지 없으니, 이것이 창자 있는 사람들이라 하겠소? 우리는 창자가 없어도 남이 나를 해치려 하면 죽더라도 가위로 집어 한 놈 물고 죽소. 어느 나라에서 외국 병정 하나가 지나가다 그 나라 부인을 건드려 젖통을 만지려 하는데, 그 부인이 소리를 지르고 욕을 하자 그 병정이 발로 차고 손으로 때리며 악행을 저지르는 것이었소. 그런데도 그 나라 사람들은 그것을 구경만 하고 한 사람도 대들어 그 부인을 도와주고 구해 주는 이가 없었소. 그 부인이 외국 사람에게 당하는 것을 자기와 상관없는 일로 알아서 그랬는지 겁이 나서 그랬는지 알 수 없으나, 결단코 남의 일이 아니라 제 동포가 당하는 일이니 저희가 당하는 것이나 매한가지 아니겠소? 그런데 그것을 보고 화낼 줄도 모르고 도리어 웃고 구경만 하니, 그 부인이 당한 욕을 내일 제 어미나 제 아내가 똑같이 당할 줄을 알지 못하는가? 이런 것들이 창자 있다고 사람이라 으스대니 허리가 아파 못 살겠소. 창자 없는 우리 게는 어찌하면 좋겠소? 나라에 경사가 있어도 기뻐할 줄 모르고 국기 하나 내어 꽂을 줄 모르니 그것이 창자 있는 것이오? 그런 창자는 부럽지 않소.

창자 없는 우리 게가 행한 사적을 좀 들어 보시오. 송나라 때 추호라는 사람이 채경에서 사로잡혀 소주로 귀양 갈 때 우리가 구원하였고, 산주구세라 하는 때에 한 처녀가 죽게 된 것을 살려 내느라고 큰 뱀을 우리 가위로 잘라 죽였으며, 산신과 싸워서 호인의 배를 구원하였고, 객사한 송장을 드러내어 음란한 계집의 죄를 발각하였으니, 우리가 행한 일은 다 옳고 아름다운 일이오. 우리는 사람같이 더러운 일은 하지 않소. 또 사람들도 우리의 행위를 자세히 아는즉, '게도 제 구멍이 아니면 들어가지 아니 한다'라는 속담이 있소. 참 그러하지요. 우리는 암만 급하더라도 들어갈 구멍이라야 들어가지, 부당한 구멍에는 들어가지 않소. 사람들을 보면 부당한 데로 들어가는 사람이 많소. 부모처자를 내버리고 중이 되어 산속으로 들어가는 이도 있고, 여염(閭閻)집(일반 백성의 살림집) 부인네들은 음란한 생각으로 불공을 드린다, 핑계하고 절간 초막으로 들어가는 이도 있소. 명예 있는 신사라 자칭하고 쓸데없는 돈 내버리러 기생집에 들어가는 이도 있고, 옳은 길 내버리고 그른 길로 들어가는 사람, 옳은 종교 싫다 하고 이단으로 들어가는 사람, 돌을 안고 못으로 들어가는 사람, 섶을 지고 불로 들어가는 사람, 이루 다 말할 수 없소. 당연히 들어갈 데와 못 들어갈 데를 분별치 못하고 못 들어갈 데를 들어가서 화를 당하고 패를 보고 해를 끼치니, 이런 사람들이 무슨 창자가 있다고 우리의 창자 없는 것을 비웃소? 지금 사람들을 보면 그 창자가 다 썩어서 얼마 안 있어 모두 무장공자(無腸公子 창자가 없는 동물. 곧 게)가 될 것이니, 이다음에는 사람더러 무장공자라 불러야 옳겠소."

제육석 파리, 영영지극(營營之極)

게가 입에서 거품이 부걱부걱 나오며 수용산출(水湧山出 풍부한 시상으로 시문을 짓는 재주가 뛰어남을 비유해 이르는 말)로 하던 말을 그치고 엉금엉금 기어 내려가니, 파리가 또 회장을 부르고 나는 듯이 연단에 올라가 두 손을 싹싹 비비면서 말을 하였다.

"나는 파리올시다. 사람들이 우리 파리를 가리켜 말하기를 '파리는 간사한 소인이라' 하니, 대저 사람이라 하는 것들은 제 흉은 모르고 남의 말만 잘하는 것들이오. 간사한 소인의 성품과 태도를 가진 것들은 우리가 아니라 사람들이오. 우리는 결단코 소인의 성품과 태도를 가진 것이 아니오. 『시전(詩傳)』이라는 책에 말하기를 '영영한 푸른 파리가 횃대에 앉았다' 하였으니, 이것은 우리를 가리켜 한 말이 아니라 사람들을 비유한 말이오. 또 옛글에 '방에 가득한 파리를 쫓아도 없어지지 않는다' 하는 말도 우리를 두고 한 말이 아니라 사람 중의 간사한 소인을 가리켜 한 말이오. 우리는 결코 간사한 일은 하지 않았소마는 인간에는 참 소인이 많습니다.

사슴을 가리켜 말이라 하여 임금을 속인 것이 비단 조고(중국 진나라의 음모에 능했던 환관) 한 사람뿐 아니라, 지금 망해 가는 나라 조정을 보면 온 정부가 다 조고 같은 간신이오. 또한 천자를 끼고 제후에게 호령함이 또한 조조(曹操) 한 사람뿐 아니라, 지금은 도덕이 떨어지고 효박(淆薄 인정이나 풍속이 아주 각박함)한 풍기를 보면 온 세계가 다 조조 같은 소인이오. 이러하니 웃음 속에 칼이 있고 말속에 총이 있어 친구라고 사귀다가 저 잘되면 차 버리기, 동지라고 상종하다가 남 죽이고 저 잘되기, 빈천지교(貧賤之交 빈천할 때 가깝게 사귄 벗) 저버리고 조강지처 내쫓기, 뜻있는 이를 고발하여 감옥소에 몰아넣고 저 잘되기를 희망하니, 그것도 사람인가? 쓸개에 가 붙고 간에 가 붙어 요리조리 알씬알씬 하는 사람들 정말 밉기도 밉습디다. 여러분도 다 아시거니와 그래 공평한 말로 말하자면 우리가 소인이오, 사람들이 간물이오?

또 우리는 먹을 것을 보면 혼자 먹는 법 없소. 여러 족속을 청하고 여러 친구를 불러서 화락한 마음으로 똑같이 먹지요. 그런데 사람들은 조금의 이해관계만 있으면 형제간에도 의가 상하고, 일가 간에도 정이 없어지며, 심한 자는 혈육끼리도 서로 싸우기를 예사로 아니 참 기가 막히오. 동포끼리 서로 사랑하고 구제하는 것은 하느님의 이치거늘, 사람들은 과연 저희

동포끼리 서로 사랑하오? 저희끼리 서로 빼앗고, 서로 싸우고, 서로 시기하고, 서로 흉보고, 서로 총을 쏘아 죽이고, 서로 칼로 찔러 죽이고, 서로 피를 빨아 마시고, 서로 살을 깎아 먹지요. 그러나 우리는 그렇지 않소. 세상에 제일 더러운 것은 똥이라 하지만, 우리는 똥을 눌 때 남이 다 보고 알도록 흰 데는 검게 누고 검은 데는 희게 누어서 남을 속일 생각은 하지 않소. 사람들은 똥보다 더 더러운 일을 많이 하지만 혹 남의 눈에 보일까, 남의 입에 오르내릴까 겁을 내어 은밀히 하지만, 무소부지(無所不知 모르는 것이 없음)하신 하느님은 먼저 알고 계시오.

옛적에 유형이라 하는 사람은 부채를 들고 참외에 앉은 우리를 쫓고, 왕사라 하는 사람은 칼을 빼어 먹을 먹는 우리를 쫓았는데, 사람들은 그렇게 쫓아도 우리가 도로 온다며 성내고 미워하니 저희가 쫓을 것은 쫓지 않고 쫓지 않을 것은 쫓는 줄을 모르오. 우리를 쫓으려 할 것이 아니라 불가불 쫓아야 할 것이 있으니, 사람들아, 부채를 놓고 칼을 던지고 잠깐 내 말을 들어라. 너희들이 당연히 쫓을 것은 너희 마음을 괴롭게 하는 마귀니라. 사람들아 사람들아, 너희 마음속에 있는 물욕을 쫓아 버려라. 너희 머릿속에 있는 썩은 생각을 내쫓으라. 너희 조정에 있는 간신들을 쫓아 버려라. 너희 세상에 있는 소인들을 내쫓으라. 참외가 다 무엇이며, 먹이 다 무엇이냐? 사람들아 사람들아, 우리 수억만 마리 파리가 일제히 손을 비비고 비나니, 우리를 미워하지 말고 하느님이 미워하시는 너희를 해치는 여러 마귀를 쫓으라. 손으로만 빌어서 안 들으면 발로라도 빌겠다."

파리는 의기양양하여 사람을 저희 똥만치도 못하게 나무라고, 겸하여 충고의 말로 권고하고 내려갔다.

제칠석 호랑이, 가정맹어호(苛政猛於虎)

다음은 호랑이가 웅장한 소리로 회장을 부르니 산천이 울리었다. 연단에 올라서서 머리를 설레설레 흔들고 좌중을 내려다보니 눈알이 등불 같고 위풍이 늠름한데, 주홍 같은 입을 떡 벌리고 어금니를 부지직 갈며 연설을 시작하자 좌중이 조용하였다.

"본원의 이름은 호랑이인데 별호는 산군이올시다. 여러분 중에도 혹 아시는 이가 있을 듯하오. 지금 '가정이 맹어호'라 하는 문제를 가지고 두어 마디 할 터인데, 이것은 여러분 아시는 것과 같이 옛적 유명한 성인 공자님이 하신 말씀이오. 가정이 맹어호라 하는 뜻은 '까다로운 정사(政事)가 호랑이보다 무섭다' 함이니, 양자(楊子)라 하는 사람도 이와 같은 말로 '혹독한 관리는 날개 있고 뿔 있는 호랑이와 같다'라고 하였소. 세상 사람들이 말하기를 제일 포악하고 무서운 것은 호랑이라 하였으니, 자고 이래로 사람들이 우리에게 해를 받은 자가 몇 명이나 되오? 도리어 사람이 사람에게 해를 당하며 살육을 당한 자가 몇억만 명인지 알 수 없소. 우리는 설사 포악한 일을 할지라도 깊은 산과 깊은 골과 깊은 수풀 속에서만 횡행할 뿐이요, 사람처럼 백주에 왕궁 국도에서는 하지 않소. 그러나 사람들은 대낮에 사람을 죽이고 재물을 빼앗으며 죄 없는 백성을 감옥서에 몰아넣어서 돈 바치면 내어놓고 세 없으면 죽이지요. 또 임금은 아무리 인자하여 사전(赦典 국가적인 경사가 있을 때 죄인을 용서해 놓아주던 일)을 내리더라도 법관이 공평치 못하게 죄인을 조종하고, 돈을 받고 벼슬을 내어서 그 벼슬한 사람이 밑천을 뽑으려고 음흉한 수단으로 정사를 까다롭게 하여 백성을 못 견디게 하니, 사람들의 악독한 일을 호랑이에게 비하면 몇만 배가 되는지 알 수 없소.

또 우리는 다른 동물을 잡아먹더라도 하느님이 만들어 주신 발톱과 이빨로 하느님의 뜻을 받아 천성의 행위를 행할 뿐이오. 그런데 사람들은 학문을 이용하여 화학이니 물리학이니 배워서 사람의 도리에 유익한 옳은 일에 쓰는 것은 별로 없고, 각색 병기를 발명하여 군함이니 대포니 총이니 탄환이니 화약이니 칼이니 활이니 하는 온갖 병기를 만들어서 재물을 무한히 내버리고 사람을 무수히 죽여서 나라를 만들 때의 만반 경륜은 다 남을 해하려는 마음뿐이라. 그런고로 영국 문학 박사 판스라 하는 사람이 말하기를, '사람이 사람에게 대하여 잔인한 까닭으로 수천만 명 사람이 참혹한 지경에 처했도다' 하였고, 옛날 진회왕이 초회왕을 청하여 초회왕이 진나라에 들어가려 할 때 신하 굴평이 간하되, '진나라는 호랑이 나라이라 가히 믿지 못할지니 가시지 마소서' 하였으니, 호랑이의 나라가 어찌 진나라 하나뿐이리오. 오늘날 오대주(五大洲)를 둘러보면 사람 사는 곳곳마다 욕심 없는 나라가 어디 있으며 포악하지 않은 나라가 어디 있소? 또 어느 인간에 고상한 천리를 말하는 자가 있으며 어느 세상에 진정한 인도를 의논하는 자가 있소? 나라마다 진나라요 사람마다 호랑이요.

세상 사람들이 말하기를 '호랑이는 포악무쌍한 것이라' 하였으나 이것은 잘못된 말이오. 우리는 원래 천품이 은혜를 잘 갚고 의리를 깊이 아니, 글자 읽은 사람은 짐작할 듯하오. 옛적에 진나라 곽무자라 하는 사람이 호랑이 목구멍에 걸린 뼈를 빼내어 주었더니 사슴을 드려 은혜를 갚았고, 영윤 자문을 나서 몽택에 버렸더니 젖을 먹여 길렀으며, 양위의 효성에 감동하여 몸을 물리쳤소. 이런 일을 보면 우리가 은혜에 감동하고 의리를 아는 것 아니겠소? 사람들로 말하면 은혜를 알고 의리를 지키는 사람이 몇몇이나 되겠소? 옛말에 호랑이를 기르면 후환이 된다 하여 지금까지 양호유환(養虎遺患)이라 하는 문자를 쓰지마는, 되지 못한 사람의 새끼를 기르는 것이 도리어 정말 후환이 되는 것이오. 호랑이 새끼를 길러서 덕을 모으는 사람은 있으되, 사람의 자식을 길러서 덕을 보는 사람은 별로 없소.

또 속담에 이르기를 '호랑이는 죽어서 가죽을 남기고 사람은 죽어서 이름을 남긴다'라고 하였는데, 지금 세상에 정말 명예 있는 사람이 몇 명이나 있소? 인생 칠십 고래희(人生 七十 古來稀 예로부터 사람이 칠십을 살기는 매우 드문 일)라, 한세상 살 기간이 얼마 안 되니 옳은 일만 해도 다 못 하고 죽을 것이오. 그럼에도 꿈결 같은 이 세상을 구차하게 살려 하고 못된 일을 할 생각만 시꺼멓게 있어서, 앞문으로 호랑이를 막고 뒷문으로 승냥이를 불러들이는 자도 있으니 어찌 불쌍타 하지 않겠소. 옛날 사람은 호랑이 가죽을 쓰고 도적질하였으나, 지금 사람들은 껍질은 사람의 껍질을 쓰고 마음은 호랑이 마음을 가졌으니 더욱 험악하고 더욱 흉포하오. 하느님은 지극히 공평하고 조금도 사사로움이 없는 분이시니, 이같이 험악하고 흉포한 것들에게 제일 귀하고 신령하다는 권리를 줄 까닭이 무엇이오? 사람으로 못된 일 하는 자의 종자를 없애는 것이 좋은 줄로 생각합니다."

제팔석 원앙, 쌍거쌍래(雙去雙來)

호랑이가 연설을 마치고 내려가니, 또 한편에서 단정한 모습에 태도가 신중한 어여쁜 원앙새가 연단에 올라서서 구슬픈 목소리로 말을 하였다.

"나는 원앙이올시다. 여러분이 인류의 악행을 공격하는 것이 다 지당한 말씀이로되, 인류의 제일 괴악한 일은 음란한 것이오. 하느님이 사람을 내실 때에 한 남자에 한 여인을 내셨으니, 한 사나이와 한 여편네가 서로 저버리지 아니함은 천리에 정한 인륜입니다. 그러므로 사나이도 계집을 여럿 두는 것이 옳지 않고 여편네도 서방을 여럿 두는 것이 옳지 않거늘, 세상에는 계집을 많이 두고 호강하는 것이 좋은 줄 알고 처첩을 두셋씩 두는 사람도 있으며, 어떤 사람은 오륙 명 두는 자도 있소. 혹은 장가든 뒤에 그 아내를 돌아다보지 않고 두 번 세 번 장가드는 자도 있으며, 혹은 아내를 소박하고 첩을 사랑하다가 패가망신하는 자도 있으니, 사나이가 두 계집을 두는 것은 천리에 어긋나는 일이오. 계집이 두 사나이를 두면 변고로 알고 사나이가 두 계집을 두는 것은 예사로 아니 어찌 그리 편벽되며, 사나이가 남의 계집 도적질함은 꾸짖지 않고 계집이 남의 사나이와 상관하면 큰 변인 줄 아니 어찌 그리 불공평하오?

하느님의 이치로 말하자면 사나이는 아내 한 사람만 두고 여편네는 남편 한 사람만 좇는 것이 당연지사요. 지금 세상 사람들은 괴악하고 음란하여 길가의 한 가지 버들을 꺾기 위해 백년해로하려던 사람을 잊어버리고, 동산의 한 송이 꽃을 보기 위해 조강지처를 내쫓으며, 남편이 병들어 누웠는데 의원과 간통하는 일도 있고, 복을 빌어 불공한다 거짓 핑계를 대고 중을 서방 삼는 일과 남편 죽어 사흘도 못 되어 새 서방을 찾는 일도 있으니, 사람들은 계집이나 사나이나 인정도 없고 의리도 없고 다만 음란한 생각뿐이라밖에 말할 수 없소. 우리 원앙새는 천지간에 지극히 작은 물건이나 사람같이 더러운 행실은 하지 않소. 남녀의 법이 유별하고 부부의 윤리와 기강이 지중한 줄을 아는 고로 음란한 일은 결코 없소.

사람들도 우리 원앙새의 역사를 알고 이야기하는 말이 있소. 옛날에 한 사냥꾼이 원앙새 한 마리를 잡았더니 암원앙새가 수원앙새를 잃고 수절하여 과부로 있은 지 일 년 만에 또 그 사냥꾼의 화살에 맞은 것이었소. 사냥꾼이 원앙새를 잡아 가지고 집으로 돌아와서 털을 뜯었더니 날개 아래 무엇이 있는데, 자세히 보니 지난해에 자기가 잡아온 수원앙새의 대가리였더란 말이오. 이것은 암원앙새가 수원앙새와 같이 있다가 수원앙새가 사냥꾼의 화살에 맞아서 떨어졌을 때, 그 경황 중에도 암원앙새가 수원앙새의 대가리를 집어 가지고 숨어서 짝 잃은 한을 잊지 않았던 것이오. 이렇듯 서방의 대가리를 날개 밑에 끼고 슬피 세월을 보내다 또한 사냥꾼에게 잡히었으니, 그 사냥꾼이 이것을 보고 정절이 지극한 새라 하여 먹지 않고 정결한 땅에 장사를 지내 주었소. 그 후로부터 사냥꾼은 다시는 원앙새를 잡지 않았다 하니, 우리 원앙새는 짐승이로되 절개를 지킴이 이러하오. 사람들의 행위를 보면 추하고 비루(鄙陋)하고 음란하여 우리보다 귀하다 할 것이 조금도 없소.

사람들의 행사를 대강 말할 터이니 잠깐 들어 보시오. 부인이 죽으면 불쌍히 여기는 남편이 몇이나 되겠소? 상처한 후에 사나이 수절하였다는 말은 들어 보도 못하였소. 낱낱이 재취(再娶)를 하든지 첩을 얻든지, 자식에게 못할 노릇 하고 집안에 화근을 일으켜 가정의 화목을 해치오. 계집으로 말하면 남편 죽은 후에 수절하는 사람은 많으나 속으로 서방질 다니며 상을 당한 지 며칠이 못 되어 개가할 길 찾느라고 분주한 계집도 있고, 또 자식을 낳아서 개구멍이나 다리 밑에 내버리는 것도 있소. 심한 계집은 간통한 남자에게 혹하여 산 서방을 두고 도망질하거나 약을 먹여 죽이는 일까지 있으니, 사람의 별별 괴악한 일은 이루 다 말할 수 없소. 세상에 제일 더럽고 괴악한 것은 사람이라, 다 말하려면 내 입이 더러워질 터이니 그만두겠소."

원앙새가 연설을 마치고 연단에서 내려오니, 회장이 다시 일어나서 말했다.

폐회

"여러분 하시는 말씀을 들으니 다 옳으신 말씀이오. 대저 사람이라 하는 동물은 세상에 제일 귀하다 신령하다 하지마는, 사실을 말하자면 제일 어리석고 제일 더럽고 제일 괴악하오. 그 행위를 들어 말하자면 한정이 없고, 또 시간이 다하였으니 그만 폐회하오."

회의가 끝나자 그 안에 모였던 짐승이 일시에 나는 자는 날고, 기는 자는 기고, 뛰는 자는 뛰고, 우는 자는 울고, 짖는 자는 짖고, 춤추는 자는 춤추며 다 각각 돌아갔다.

슬프다! 여러 짐승의 연설을 듣고 가만히 생각하여 보니, 세상에 불쌍한 것은 바로 사람이 아닌가. 내가 어찌하여 사람으로 태어나서 이런 욕을 보는가! 사람은 만물 중에 귀하기로 제일이요, 신령하기도 제일이요, 재주도 제일이요, 지혜도 제일이라 하여 동물 중에 제일 좋다 하더니, 오늘날 보면 제일 악하고 제일 흉괴하고 제일 음란하고 제일 간사하고 제일 더럽고 제일 어리석은 것은 사람이구나. 까마귀처럼 효도할 줄도 모르고, 개구리처럼 분수를 지킬 줄도 모르고, 여우보다도 간사하고, 호랑이보다도 포악하고, 벌과 같이 정직하지도 못하고, 파리같이 동포 사랑할 줄도 모르고, 창자 없는 것은 게보다 심하고, 부정한 행실은 원앙새 보기가 부끄럽다. 여러 짐승이 연설할 때 나는 사람을 위해 변명 연설을 하리라 몇 번이나 생각하였으나 무슨 말로도 변명할 수가 없고, 반대를 하려 하였으나 능변을 가지고도 쓸데가 없었다. 사람이 떨어져서 짐승의 아래가 되고, 짐승이 도리어 사람보다 상등이 되었으니, 어찌하면 좋을까? 예수 씨의 말씀을 들으니 하느님이 아직도 사람을 사랑하시며 사람들이 악한 일을 많이 하였을지라도 회개하면 구원 얻는 길이 있다 하였으니, 이 세상에 있는 여러 형제자매는 깊이 깊이 생각하시오.

자유종

✎ 작가와 작품 세계 --

이해조(1869~1927)

필명은 우산거사. 호는 동농(東濃). 경기도 포천 출생. 1906년 〈소년한반도〉에 소설 『잠상태』를 연재하면서 문학 활동을 시작했다. 주로 여성 해방을 주제로 한 소설을 썼다. 언론계에 종사하면서 〈제국신문〉과 〈매일신보〉 등을 통해 30편에 가까운 신소설을 발표했다. 대표작인 『자유종(自由鐘)』과 『빈상설(鬢上雪)』, 『춘외춘(春外春)』, 『구마검(驅魔劍)』, 『화세계(花世界)』 등은 봉건 부패 관료에 대한 비판, 여권 신장, 신교육, 개가 문제, 미신 타파 등의 근대적 의식과 계몽성을 담고 있으면서도 고대 소설의 전통적인 구조를 바탕으로 한 전형적인 신소설들이다. 또 『화(花)의 혈(血)』, 『탄금대(彈琴臺)』 등에서 나타난 소설의 허구성에 대한 인식과, 소설의 사회 계몽이라는 도덕적 기능과 오락적 기능에 대한 인식은 근대적인 문학관으로 평가된다.

이해조는 신소설 작가 가운데 가장 많은 작품을 남겨 신소설의 대중화에 기여했다. 또한, 고전 소설의 구조적 특징과 이념형 인간을 계승하는 동시에 근대적 사상을 담았다는 점에서 이인직과 더불어 신소설 확립에 뚜렷한 공적을 남긴 것으로 평가받는다. 신소설 외의 작품으로는 『철세계(鐵世界)』 등의 번안 소설과 『옥중화(獄中花)』, 『연(燕)의 각(脚)』, 『토(兎)의 간(肝)』 등의 개작 소설이 있다.

✎ 작품 정리 --

갈래: 신소설, 계몽 소설, 정치 소설, 토론 소설
배경: 시간 - 1908년 음력 1월, 이매경 부인의 생일 저녁부터 새벽까지
　　　　공간 - 서울, 이매경 부인의 집
시점: 3인칭 전지적 작가 시점
주제: 민족과 국가의 바람직한 방향 제시
출전: 『자유종』(1910)

✎ 구성과 줄거리 --

도입 이매경 여사의 생일잔치에서 토론회 제의가 나옴

1908년 음력 1월 16일 밤, 이매경 여사의 생일잔치에 신설헌, 홍국란, 강금운 등이 초대받고 모인다. 신설헌 부인이 사회자로 나서며 토론회를 제의한다.

전개 네 여인이 돌아가면서 여권 신장, 애국정신에 대해 의견을 제시함

토론회에서는 '남자가 절대 지배권을 행사하는 폐습이 시정되어야 한다', '교육은 부국강병과 새 사회 건설에 필수 불가결하다', '형식에 치우치는 관혼상제의 폐단을 고쳐야 한다'라는 주장이 제기된다. 지난날의 부모 우선주의를 철폐해야 하며 그 대안으로 '자녀 공물론'이 거론된다. 또한, 부인들은 사회 개혁과 부국강병의 실현을 위한 신분 문제 해소책으로 적서(嫡庶)의 그릇된 인식과 차별의 폐지를 주장한다.

결말 서로의 꿈 이야기를 하면서 이상 사회 건설에 대한 희망을 가짐

부인들은 토론을 마치고 지난밤에 꾸었던 신기한 꿈을 이야기한다. 그들은 대한 제국이 자주독립할 꿈, 대한 제국이 개명할 꿈, 대한 제국이 영원히 안녕할 꿈을 서로 이야기하며, 자신들이 꿈꾸는 우리 사회의 이상적 건설 형태를 피력한다.

✎ 생각해 볼 문제

1. 이 작품이 지닌 한계와 의의는 무엇인가?

이 작품은 장면이 단조롭고 시종일관 대화로만 이어져 구성이 단순하고 평면적이다. 또한, 토론이 이야기 자체로 끝나고 현실적인 실천 내용이 뒷받침되지 않아 주제를 관념적으로 제시한다는 한계도 있다. 이러한 결점에도 불구하고 『자유종』이 여러 신소설 가운데 주목받는 이유는 강한 시대 의식과 상황 의식 때문이다. 개화기에 우리 사회는 반봉건과 근대화, 반외세와 자주독립, 주체성 확립이라는 과제를 안고 있었다. 이 작품에는 이러한 정신이 강한 줄기를 이루고 있다. 또한, 이 작품은 특이하게도 대화체 형식 안에 계몽성을 담고 있는데, 이러한 형식은 개화기 서사 문학의 한 장르라고 말할 수 있다.

2. 이 작품에서 가장 두드러지는 토론 주제는 무엇인가?

이 소설은 자주독립과 부국강병, 여권 신장과 남녀평등 의식, 애국정신 고취, 자유 교육 등을 주제로 한다. 그중 가장 강조되는 것은 새로운 교육의 중요성이다. 작가는 근대적 학문의 필요성과 국어 국문의 확대, 여성 교육 시행, 교육 제도 개선, 자녀 교육 방법 등을 논한다. 봉건적 사회 제도인 적서 차별과 반상 제도의 해체에 대한 주장은 사회 제도를 비판한 것이지만, 이와 더불어 교육 기회의 균등화와도 관련된다.

3. 이 작품의 토론 양식을 당시의 시대 상황과 연결 지어 설명해 보자.

개화기에는 연설체, 토론체 작품이 많이 발표되었는데, 이는 당시 시대 상황과 밀접한 관련이 있다. 사회가 혼란할 때 문학은 미학적 기능보다는 계몽적 기능을 가질 수밖에 없다. 이것은 곧 문학이 정치성을 띤다는 것을 의미한다. 즉, 문학을 통해 사회 비판과 정치적 입장을 강조한다는 것이다. 논설문도 아닌 문학에서 이러한 양식을 보인 것은 개화기 문학이 다분히 계몽성을 띠고 있었다는 것을 말해 준다.

🖉인물 관계도

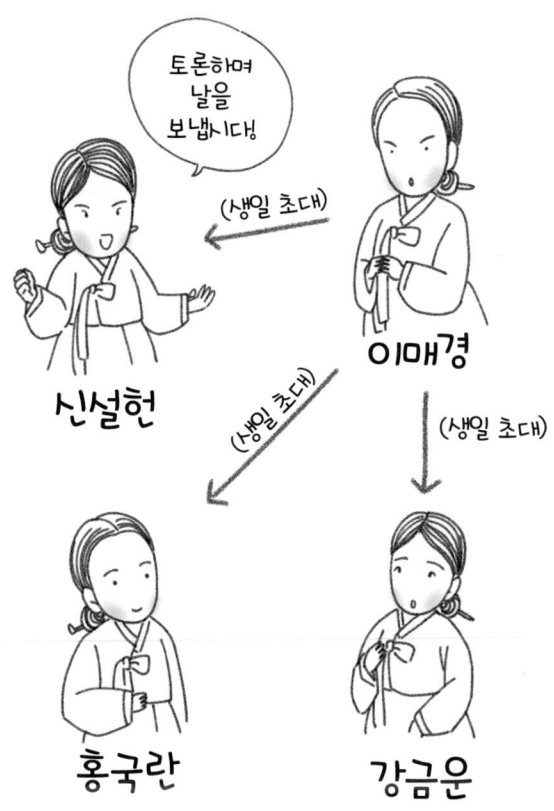

이매경 여사의 생일잔치에 저(신설헌)와 홍국란 씨, 강금운 씨를 포함한 여러 부인들이 초대되었어요. 우리나라를 생각하면 태평하게 놀 수만은 없기에 토론을 제안했어요. 우리들은 남성 중심의 사회와 구시대적 관습을 비판하고 사회 개혁을 논했지요. 우리 대한 제국이 독립하고 안녕할 날이 올 수 있겠지요?

자유종 49

자유종

　천지간 만물 중에 동물 되기 희한하고, 천만 가지 동물 중에 사람 되기 극난(極難 지극히 어려움)하다. 그같이 희한하고 그같이 극난한 동물 중 사람이 되어 자유를 잃는다면 하늘이 주신 직분을 지키지 못하는 것이거늘, 하물며 사람 중에도 여자가 되어 남자의 압제를 받아 자유를 빼앗기면 어찌 사람의 권리를 스스로 버리는 것이 아니라 하겠는가.

　여러분, 나는 옛날 태평 시대에 숙부인(淑夫人 조선조 정3품 당상 문무관의 아내에게 주던 외명부의 품계)까지 바쳤더니 지금은 가련한 민족 중의 한 몸이 된 신설헌입니다. 오늘 이매경 씨 생신에 초대받아 왔는데, 마침 홍국란 씨와 강금운 씨와 그 외 여러 귀중하신 부인들이 만좌하셨으니 두어 말씀 하겠습니다.

　이전 같으면 오늘 같은 잔치에 취하고 배부르면 무슨 걱정이 있겠습니까. 하지만 지금 시대가 어떠한 시대며 우리 민족은 어떠한 민족이오? 우리 규중 여자도 결코 모를 일이 아닐 것입니다.

　일본도 삼십 년 전 형편이 우리나라보다 걱정스러워 혹 천하대세라 혹 자국 전도라 말하는 자는 미친 자라 지목하고 사람으로 치지 않았습니다. 연설회가 점점 크게 열리는데 거리거리 떠드는 것이 국가 형편이요, 부르는 것이 민족 사세였습니다. 이삼 인 못거지(모꼬지. 놀이나 잔치 등으로 여러 사람이 모이는 일)라도 술잔을 대하기 전에 마음속에 품은 생각을 말하고 마시니, 전국 남녀들이 십여 년을 한담도 끊고 잡담도 끊고 말을 할 때마다 반드시 국가니 민족이니 하더니, 지금 동양에 제일 제이 되는 일대 강국이 되었습니다.

　그런데 오늘 우리나라는 얼마나 비참한 지경이오? 세월은 물같이 흘러가고 풍조는 날로 닥치는데, 우리 비록 아홉 폭 치마는 둘렀으나 오늘만도 더 못한 지경을 또 당하면 상전벽해(桑田碧海 뽕나무 밭이 변해 푸른 바다가 된다는 뜻. 세상일의 변천이 심함을 비유)가 잠깐이면 될 것입니다. 하늘을 부르면 대답이 있나, 부모를 부르면 능력이 있나, 가장을 부르면 무슨 방책이 있나. 고대광실에 들 사람은 누가 있으며 금의옥식(錦衣玉食 비단옷과 흰쌀밥. 호화스러운 생활을 이르는 말)은 내 것입니까? 이 지경이 이마에 당도했소. 우리 삼사 인이 모이든지 오륙 인이 모이든지 어찌 심상한 말로 좋은 음식을 먹겠습니까? 나라가 태평할 때에도 하는 일

없이 놀고먹는 것은 법으로 금하였는데, 이 시대에 두 눈과 두 귀가 남과 같이 총명한 사람이 어찌 국가 의식만 축내리까? 우리 재미있게 학리상으로 토론하여 이날을 보냅시다.

"지당한 말씀이오. 지금이 어떠한 시대요? 이 같은 비참하고 통곡할 시대에 나 같은 여자의 생일잔치가 왜 있겠소마는, 변변치 못한 술잔으로 여러분을 청하기는 심히 부끄럽고 죄송하나 첫째는 여러분 만나 뵈옵기를 위한 것이고, 둘째는 좋은 말씀을 듣고자 함이올시다.

남자들은 자주 만나 지식을 교환하지만 우리 여자는 한 번 만나기도 어렵지 않습니까? 『예기(禮記)』에 여자는 안에 있어 밖의 일을 말하지 말라 하였고, 『시전(詩傳)』에 오직 술과 밥을 마땅히 할 뿐이라 하였으나, 층암절벽 같은 네 기둥 안에서 나고 자라고 늙었으되 보고 듣는 것이 있어야 아는 것이 있지요.

이러므로 신체 연약하고 지각이 몽매하여 쌀이 무슨 나무에 열리는지, 도미를 어느 산에서 잡는지도 모르고, 오직 가장의 비위만 맞춰 앉으라면 앉고 서라면 서니, 이는 밥 먹는 안석(案席 벽에 세워 놓고 앉을 때 몸을 기대는 방석)이요 옷 입은 퇴침(退枕 서랍이 있는 목침)이지 어디 사람이라 칭하리까? 그러나 그런 이는 차라리 현철한 부인이라고나 하지요. 성품이 괴악하고 행실이 불미하여 시앗(남편의 첩을 본처가 이르는 말)에 투기하기, 친척에 이간하기, 무당 불러 굿하기, 절에 가서 불공하기 등 모든 악행은 소위 대갓집 부인이 더합디다. 가도가 무지고 욕되게 되는 것은 제 한 집안 일인 듯하나, 그 영향이 실로 전국에 미치니 어찌 한심치 않겠습니까?

그런 부인이 자식을 낳는다면 어찌 쓸만한 자식을 낳겠습니까? 태내 교육부터 가정 교육까지 모두 없으니 제가 생지(生知 생이지지(生而之知). 배우지 않아도 앎)의 바탕이 아닌 바에야 맹모(孟母)의 삼천(三遷) 하시던 교육이 없다면 무슨 사람이 되겠소? 그러나 재상도 그 자제요 관찰·군수도 그 자제니 국가의 정치가 무엇인지, 법률이 무엇인지 어찌 알겠소? 우리 비록 여자나 무식을 면치 못함을 항상 한탄해 왔는데, 다행히 오늘 여러분 고명하신 부인께서 왕림하여 좋은 말씀을 들려주시니 대단히 기꺼운 일이올시다."

"변변치 못한 구변이나 내 먼저 말하겠습니다. 우리 대한의 정계가 부패한 것은 학문이 없는 까닭이요, 민족의 부패함도 학문이 없기 때문입니다. 우리 여자도 학문이 없어 기천 년 금수 대우를 받았으니, 우리나라에도 제일 급한 것이 학문이요 우리 여자들에게도 제일 급한 것이 학문입니다. 그러니 내 학문 말씀을 먼저 하지요. 우리 이천만 민족 중에 일천만 남자들은 응당 고명한 학교를 졸업하여 정치·법률·군제·농·상·공 등 만 가지 사업이 족하겠지마는, 우리 일천만 여자들은 학문이 무엇인지 도무지 모르고 남자만 의지하여 먹고 입으려 하니 국세가 어찌 빈약치 않겠습니까? 옛말에 백짓장도 맞들어야 가볍다는 말이 있습니다. 우리 일천만 여자도 일천만 남자의 사업을 백짓장과 같이 거들었으면 백 년에 할 일을 오십 년에 했을 것이요, 십 년에 할 일을 다섯 해면 했을 것입니다. 그리되면 그 이익이 막대하여 나라의 독립도 거기 있고 인민의 자유도 거기 있었겠지요.

세계 문명국 사람들은 남녀의 학문과 기예가 차등이 없고, 여자가 남자보다 해산하는 재주 한 가지가 더 있다 한답니다. 혹 전쟁이 있어 남자가 다 죽어도 겨우 절반만 죽은 것이라 하니, 여자들이 창법 검술까지 능했음을 가히 알겠습디다.

사람마다 대성인 공부자(孔夫子)가 아니거든 어찌 처음 날 때부터 알고 태어나는 사람이 있겠습니까. 불란서(프랑스) 파리대학교에서 토론회가 열렸는데, 가편은 사람을 가르치지 못하면 금수와 같다 하고, 부편은 사람이 천생한 성질이니 비록 가르치지 않아도 저절로 사람 노릇을 한다 하여 서로 자기편이 옳다고 경쟁을 벌였답니다. 그러나 아무 결론도 내리지 못하더니, 학생들이 시험을 해 보려고 부모 없는 아이들을 깊은 산속 문 하나만 뚫린 집에 데리고 들어가 길렀더랍니다. 그리고 칠팔 년이 된 후에 그 아이들을 학교로 데려왔지요. 그런데 그 아이들 평생 사람 많은 것을 보지 못하다가 육칠 층 양옥에 사람이 꽉 찬 것을 보고는 크게 놀라 하나는 꼬꼬댁꼬꼬댁하고 하나는 끼익끼익하더랍니다. 이는 다름 아니라 제 집에 아무것도 없고 닭과 돼지만 있었는데, 닭이 놀라면 꼬꼬댁하고 돼지가 놀라면 끼익끼익하므로 들은 대로 소리를 낸 것이지요. 그것은 바로 닭과 돼지의 교육을 받은 것이 아니고 뭐겠습니까. 학생들은 이것을 본 후에 사람을 가르치지 아니하면 금수와 다름없음을 깨달아 가편이 이겼다 하니, 이로 보건대 우리 여자가 그와 다를 게 무엇이오? 일용 범절에 여간 안다는 것이 저 아이의 꼬꼬댁·끼익보다 얼마나 낫소이까? 우리 여자가 기천 년을 비참한 처지에 있었으니 이렇고서야 자유권이니 자강력이니 하는 것이 세상에 있는 줄이나 알겠소? 일생에 생사고락이 다 남자 압제 아래 있어, 말하는 제웅(짚으로 만든 사람 모양의 물건)과 숨쉬는 송장을 면치 못하니 옛 성인의 법제가 어찌 이러 하겠소.

우리나라 남자들이 아무리 정치가 밝다 하나 여자에게는 대단히 악한 짓을 많이 하였고, 법률이 밝다 하나 여자에게는 대단히 죄를 많이 지었습니다. 우리는 기왕지사 이렇게 된 것 말할 것도 없지만, 후생이나 교육을 잘 하여야 할 터인데 권리 있는 남자들은 꿈도 깨지 못하니 답답하오. 남자들 마음에는 아들만 귀하고 딸은 귀치 아니한지 한치라도 귀한 생각이 있으면 사지 오관 멀쩡한 자식을 어찌 차마 금수와 같이 길러 이 같은 고해에 빠지게 하는 것이오? 그 아들 가르치는 법도 별수는 없습니다. 『사략통감(史略通鑑)』을 일등 교과서로 삼으니 자국 정신은 간 데 없고 중국 혼만 길러서, 좌전(左傳)이니 강목(綱目)이니 하여 남의 나라 기천 년 흥망성쇠만 의논하고 내 나라 빈부강약은 꿈도 꾸지 않다가 오늘 이 지경을 당하였소.

이태리국 역비다산에 올차학이라는 구멍이 있어 바닷물과 통하였는데, 홀연 산이 무너져 구멍 어구가 막히니 그 속이 캄캄하여 본래 있던 고기들이 나오지 못하고 수백 년을 생장하여 눈이 있으나 쓸 곳이 없었더랍니다. 어구의 막혔던 흙이 해마다 바닷물에 패어 도로 열리자, 밖의 고기가 들어와 수없이 잡아먹는데도 그 안에 있던 고기는 눈을 멀뚱멀뚱 뜨고도 저 해하려는 것을 전연 몰랐다는 것입니다. 저절로 밀려 어구 밖을 나왔으나 못 보던 눈이 졸지에 태양 빛을 보니 현기가 나며 정신이 어릿어릿하였다 합니다. 그와 같이 대문·중문 꽉꽉 닫고 밖에 눈이 오는지 비가 오는지 도무지 알지 못하고 살던 우리나라 교육은 올차학 교육이라 할 만하니, 그 교육을 받은 남자들이 무슨 정신으로 우리 정치를 생각하겠소? 우리 여자의 말이 쓸데없는 듯하나 자국의 정신으로 하는 말이니, 오히려 만국 공사의 헛담판보다 낫습니다. 여러분 부인들은 대한 여자 교육계의 별방침을 연구하시오."

"여보, 설헌 씨는 학문 설명을 자세히 하셨으나 그 성질과 형편이 그래도 미진한 곳이 있습니다.

우리나라 교육을 제대로 하려면 소위 무슨 변에 무슨 자, 무슨 아래 무슨 자라는, 옛날 상전으로 알던 중국 글을 폐지할 필요가 있소. 글이라 하는 것은 그 나라의 정신을 담은 것인데, 우리나라의 소위 한문은 다만 중국의 정신만 실었으니 우리나라 사람이야 평생을 끌고 당긴들 무슨 이익이 있겠소?

그 글은 졸업 기한이 없고 일평생을 읽어도 이태백은 못 되며, 혹 아주 총명한 자가 십 년 이십 년을 읽어서 실재(實才 글재주가 있는 사람)라, 거벽(巨擘 학문 등 전문적인 분야에서 남달리 뛰어난 사람)이라 하게 되면 눈앞에 영웅이 없소. 그 사람더러 정치를 물으면 모른다, 법률을 물으면 모른다, 철학·화학·이화학을 물으면 모르노라, 농학·상학·공학을 물으면 모르노라 할 뿐이오. 그러면 우리 대종교 공부자 도학의 성질은 어떠하냐 묻게 되면, 그 신성하신 진리는 모르고 다만 아는 것이 공자님은 꿇어앉으셨지, 공자님은 광수의(廣袖衣 유생들이 입는 소매가 넓은 옷)를 입으셨지 하며 가장 도통한 듯 여기니, 광수의만 입고 꿇어만 앉았으면 사람마다 천만년 종교 부자가 되겠습니까?

공자님은 춤도 추시고, 노래도 하시고, 풍류도 하시고, 선배도 되시고, 문장도 되시고, 장수 천자도 가히 되실 신성하신 분인데, 어찌하여 속은 컴컴하고 외양만 번주그레한(생김새가 겉보기에 번번한) 위인들이 광수의만 입고 꿇어만 앉아 공자님 도학이 이뿐이라 하여 고담준론(高談峻論 뜻이 높고 바르며 엄숙하고 날카로운 말)을 하는 것인지요. 또 이렇게 하여야 집을 보존하고 임금을 섬긴다 하여 자기 자손뿐 아니라 남의 자제까지 골생원님이 되게 하니, 그런 자들은 종교에 난적(亂賊)이요 교육에 공적(公敵)이라 공자님께서 대단히 욕보셨소. 설사 공자님이 생존하셨을지라도 오히려 북을 울려 그자들을 벌하셨을 것입니다.

대체 글을 무엇에 쓰자고 읽소? 사리를 통하려고 읽는 것인데 내 나라 지리와 역사를 모르고서 『제갈량전』과 『비사맥전(비스마르크전)』을 천만 번이나 읽은들 비참한 지경을 면하겠소? 일본 학교 교과서를 보시오. 소학교 교과는 것은 아예 대한이라 청국이라는 말도 없이 다만 자국 인물이 어떠하고 자국 지리가 어떠하다 하여 자국 정신이 굳은 후에 비로소 만국 역사와 만국 지리를 가르치니, 남녀 할 것 없이 자국의 보통 지식 없는 자가 없어 오늘날 저러한 큰 세력을 얻어 나라의 영광을 내었소.

우리나라 남자들은 거룩하고 고명한 학문이 있는 듯하나, 우리 여자 사회에야 그 썩고 냄새나는 글을 아는 사람이 몇이나 되오? 남자들도 응당 귀도 있고 눈도 있을 것이니 타국 남자와 같이 학문에 힘쓸 것이려니와, 우리 여자도 타국 여자와 같이 지식이 있어야 우리 대한 삼천리강토도 보전하고 누백 년 금수도 면할 것이오. 지식을 넓히려면 어렵고 어려워 십 년 이십 년을 배워도 천치를 면치 못할 학문은 쓸데가 없소. 불가불 자국 교과에 힘써야 되겠다는 것입니다."

"아니오, 우리나라가 가뜩이나 무식한데 그나마 한문도 없어지면 수모 세계를 만들려는 것이오? 수모란 것은 눈이 없이 새우를 따라다니면서 새우 눈을 제 눈같이 아니, 수모 세계가 되면 새우는 어디 있겠소? 아니 될 말이오. 졸지에 한문을 없애고 국문만 힘쓰면 무슨 별지식이 나리까? 나도 한문을 좋다 하는 것은 아니나, 요순 이래 치국평천하(治國平天下 나라를 잘 다스리고 온 세상을 평안하게 함)하는 법과 수신제가(修身齊家 마음과 몸을 닦고 집안을 다스림)하는 천사만사가 모두 한문에 있으니 졸지에 한문을 없애고 국문만 쓰면 비유컨대 유리창을 떼어 버리고 흙벽 치는 셈이오. 국문은 우리나라 세종대왕께서 만드실 때 그 공로가 대단하셨소. 사신을 여러 번 중국에 보내어 그 성음 이치를 알아다가 자모음을 만드시니, 반절(反切 '훈민정음'을 달리 이르는 말)이 그것이오.

우리 세종대왕 성덕은 다 말씀할 수 없거니와, 반절 몇 줄에 나라 돈도 많이 들었소. 그렇건마는 백성들은 죽도록 한문자만 숭상하고 국문은 버려두어서, 암글이라 하여 부인이나 천인이 배우되 반만 깨치면 다시 읽을 것이 없으니 보는 것은 다만 『춘향전』, 『심청전』, 『홍길동전』뿐이오. 『춘향전』을 보면 정치를 알겠소? 『심청전』을 보고 법률을 알겠소? 『홍길동전』을 보아 도덕을 알겠소? 말하건대 『춘향전』은 음탕 교과서요, 『심청전』은 처량 교과서요, 『홍길동전』은 허황 교과서요. 국민을 음탕 교과로 가르치면 어찌 풍속이 아름다우며, 처량 교과로 가르치면 무슨 발전과 희망이 있으며, 허황 교과서로 가르치면 어찌 정대한 기상이 있겠소? 우리나라 난봉 남자와 음탕한 여자의 제반 악징(惡徵 흉조)이 다 이에서 나니 그 영향이 어떠하오?

『춘향전』을 누가 가르쳤나, 『심청전』을 누가 배우랬나, 『홍길동전』을 누가 읽으랬나, 다 제게 달렸지 할 터이나, 이것이 가르친 것보다 더하지요. 휘문의숙(1906년 민영휘가 서울에 설립한 사립 중등학교) 같은 수층 양옥과 보성학교 같은 너른 교정에 칠판·괘종·책상·걸상을 벌여 놓고 고명한 교사를 월급 주어 가르치는 것보다 더 심하오. 그것은 구역과 시간이나 있겠지만 이것은 구역도 없고 시간도 없이 전국 남녀들이 자유로 틈틈이 보고 곳곳이 읽으니, 그 좋은 몇백만 청년을 음탕하고 처량하고 허황한 구멍에 쓸어 묻는단 말이오.

그나 그뿐이오? 혹 기도하면 아이를 낳는다, 혹 산신이 강림하여 복을 준다, 혹 면례를 잘하여 부귀를 얻는다, 혹 불공하여 재액을 막았다, 혹 돌구멍에서 용마가 났다, 혹 신선이 학을 타고 논다, 혹 최판관(저승의 벼슬아치)이 붓을 들고 앉았다 하는 괴괴망측한 말을 다 국문으로 기록하여 출판한 책도 많고 세를 받고 빌려 주는 책도 많아 각처에 없는 집이 없으니 평생을 보아도 다 못 볼 것이오.

그 책을 나도 여간 보았지만 좋은 종이에 주옥같은 글씨로 혹 이삼 권 혹 수십여 권 되는 것이 많고 백 권 내외 되는 것도 있으니, 그 자본은 적으며 그 세월은 얼마나 허비하였겠소? 백해무익한 그 책을 값을 주고 사며 세를 주고 얻어 보니 그 돈은 헛돈이 아니오? 국문 폐단은 그러하지만 지금 금운 씨의 말과 같이 한문을 전폐하고 국문만 쓴다면 괴악망측한 소설이 제자백가(諸子百家 춘추 전국 시대의 여러 학파를 통틀어 이르는 말)가 되겠소? 나도 항상 말하기를 자국 정신을 보존하려면 국문을 써야 되겠다 하지마는 그 방법은 졸지에 계획할 수 없습니다.

가령 남의 큰 집에 들었다가 그 집이 본래 남의 집이라 믿음성이 없다 하고 떠나 내 집을 지으려면, 한편으로 차차 재목을 준비하고 목수 석수를 불러 시역(始役 토목이나 건축 따위의 공사를 시작함)할 때 먼저 배산임수 좋은 곳에 터를 닦아 모월 모일 모시에 입주하고, 일대 문장에게 상량문(上樑文 상량식을 할 때에 축복하는 글)을 받아 수십 척 들보를 높이 얹고 정당 몇 간, 침실 몇 간, 행랑 몇 간을 예산대로 세워 방과 다락 조밀하고 도배장판도 꼼꼼히 해야 하오. 그런데 우리나라 효자, 열녀의 좋은 말씀을 명필로 기록하여 여기저기 붙이고, 나도 내 집 사랑한다는 대자 현판을 정당에 높이 단 연후 세간을 옮겨다가 쌓을 데 쌓고 놓을 데 놓아 부지깽이 한 개라도 빠짐이 없어야 이사한 해가 없는 것이니, 만일 옛집을 남의 집이라 하여 졸지에 몸만 나오든지 세간을 한데 내어놓든지 하면 어디로 가자는 말이오?

우리나라 국문은 좋은 글이나 손보지 않은 재목과 같으니, 만일 한문을 버리고 국문만 쓰려면 한문에 있는 천만사와 천만법을 국문으로 번역하여 빠지거나 실수한 것이 없은 연후에 서서히 해야 하오. 그렇게 한문을 폐하여 중국 사람을 돌려주든지 우리가 휴지로 쓰든지 하면 그제야 국문을 가히 글이라 할 것이니, 이 일을 예산한즉 오십 년 가량은 지나야 성공하겠소.

만일 졸지에 한문을 없앤다면 남의 집이라고 몸만 나오는 것과 무엇이 다르오? 남의 집은 주인이 있어 혹 내어놓으라고 독촉도 하려니와 한문이야 누가 내어놓으라는 말이 있소? 서서히 형편을 보아 폐지함이 좋을 것이오. 국문만 쓴다 해도 옛날 보던 『춘향전』이니 『홍길동전』이니 『심청전』이니 그 외에 여러 가지 음담패설을 다 엄금하여야 국문에 영향이 정대하고 광명하지, 그렇지 못하면 수천 년 숭상하던 한문만 잃어버릴 것이오. 이렇게 내 말대로 한다면 정대한 국문만 쓴다 해도 누가 편리치 않다 하겠소?

가령 한문의 부자 군신이 국문의 부자 군신과 경중이 있소? 국문의 백 냥 천 냥이 한문의 백 냥 천 냥과 다소가 있소? 국문으로 패독산(敗毒散 감기와 몸살을 다스리는 약) 방문을 내어도 매일반이요, 국문으로 삼해주(三亥酒) 방법을 빙거(憑據 사실을 증명할 증거를 댐)하여도 취하기는 한 모양이오. 국문으로 욕설하면 시비를 않겠소? 한문으로 칭찬하면 더 좋아하겠소? 국문의 호랑이도 무섭고, 국문의 원앙새도 어여쁠 것이오.

문부 관리들 참 딱한 것이, 국문은 쓰든지 안 쓰든지 그 잡담 소설이나 금하였으면 좋겠소. 그것 발매하는 자들은 투전 장사나 다름없으니, 투전은 재물이나 상하겠지만 음담 소설은 정신조차 버리오. 문부 관리들 참으로 답답하오. 청년 남녀의 정신 잃는 것을 어찌 차마 앉아 보기만 한다는 것이오. 학무국(學務局 대한 제국 때에, 각 학교와 외국 유학생에 관한 일을 맡아보던 관청)은 무슨 일들을 하며, 편집국은 무슨 일들 하는지, 저러한 관리를 믿다가는 배꼽에 노송나무가 나겠소. 우리 여자 사회가 단체하여 문부 관리에게 질문 한번 하여 봅시다.

여보, 사회단체가 그리 용이하오? 우리나라 백 년 이하 각항 단체를 내 대강 말하오리다. 관인 사회는 말할 것이 없거니와 종교 사회로 말하더라도 물론 어느 나라라고 종교 없이 살겠소? 야만 부락의 코끼리에게 절하는 것과, 태양에게 비는 것과, 불과 물을 위하는 것을 웃기는 웃거니와, 그 진리를 연구하면 그렇다 해도 괴이할 것은 없소. 만일 다수한 국민이 겁내는 것도 없고 의지할 곳도 없고 존칭할 것도 없으면 어찌 국민의 질서가 있겠소? 약육강식하는 금수 세계만도 못할 것이오.

그런고로 태서(泰西) 정치가에서 남의 나라의 강약 허실을 살피려면 먼저 그 나라 종교 성질을 본다 하니 그 말이 유리하오. 만일 종교에 의지할 바 없으면 비록 인물이 번성하고 토지가 강대한 나라로 군부에 대포가 가득하고 탁지에 금전이 가득하고 공부에 기재가 가득할지라도 수백 년 전 남미 인종과 다름없을 것이오.

동서양 종교 수효와 범위를 말씀하건대 회교·희랍교·토숙탄교·천주교·기독교·석가교와 그 외에 여러 교가 각각 범위를 넓혀 세계에 세력을 확장하고 있소. 그리하여 저 교는 그르다, 이 교는 옳다 하여 경쟁하는 세력이 대포 장창보다 맹렬하니, 그중에 망하는 나라도 많고 흥하는 사람 많소.

　우리 동양 제일 종교는 세계의 유일무이하고 대성 지성하신 공부자 아니시오? 그 말씀에 정대한 부자·군신·부부·형제·붕우에 일용상행하는 일을 의론하사 사람으로 하여금 사람 되는 도리를 가르치시지요. 하여 그 성덕이 거룩하시고 융성하시며 향념하시는 마음이 일광과 같아 귀천남녀 없이 다 비추이건마는, 우리나라는 범위를 좁혀서 남자만 종교를 알지 여자는 모르고, 귀인만 종교를 알지 천인은 모르오. 대성전(大成殿)에 제관 싸움이나 하고 시골 향교에 재임(齋任 성균관이나 향교에서 먹고 자고 하던 유생으로서 그 안의 일을 맡아보던 임원)이나 팔아먹고 상사람들은 향교 추렴이나 물으니 공자님의 도하는 것이 무엇이오?

　도포나 입고 상투나 틀고 꿇어앉아서 마음이 어떠한 것이라, 성품이 어떠한 것이라 하며 진리는 모르고 주위들은 풍월을 지껄이면서 이만하면 수신제가도 자족하지, 치국평천하도 자족하지, 세상이 한심하여 나 같은 도학군자를 쓰지 않지, 백 가지로 개탄만 하오. 혹 세도재상에게 소개하여 좨주(조선 때 성균관의 한 벼슬) 찬선으로 초선(抄選 의정대신과 이조 당상이 모여서 경연관이나 특정 벼슬의 적임자를 뽑던 일)이나 되면 공자님이 당시의 자기인 줄 알고 천하대세도 모르고 척양(斥洋)합시다, 척외(斥外)합시다, 눈치를 보아 가며 한두 번 명예를 얻어 시골 선배의 칭찬이나 듣는 것이 대욕소관(大慾所關 큰 욕심과 관계되는 바가 있음)이지요.

　옛적 정자산의 외교 수단을 공자님도 칭찬하셨으니 공자님은 척화를 모르시오. 척화도 형편대로 하는 것이지 붓끝으로만 척화 척화 하면 척화가 되오? 또 고상하다 자칭하는 자는 당초 사직으로 장기를 삼아 나라가 내게 무슨 상관있나? 백성이 내게 무슨 이득이 있나? 독선기신(獨善其身 남을 돌보지 아니하고 자기 한 몸의 처신만을 온전하게 함)이 제일이지, 하는 것이오. 혹 총명한 사람이 각국 문명을 흠모하여 정치가 어떠하다, 법률이 어떠하다, 교육이 어떠하다, 말을 하게 되면 자세히 듣지는 아니하고 고담준론으로 아무 집 자식도 버렸다, 그 조상도 불쌍하다 하며 아무개와 상종을 말라, 그 말을 들으려면 내 눈앞에 보이지 말라 하니, 우리 이천만 인이 다 그 사람의 제자 되면 나라꼴은 잘되겠지요.

그만도 못한 시골고라리(어리석은 시골 사람을 얕잡아 일컫는 말) 사회는 더구나 장관이지요. 공자님 성씨가 누구신지, 휘자(諱字 돌아가신 높은 어른의 생존했을 때의 이름)가 무엇인지 알지도 못하는 인류들이 향교와 서원은 자기들의 밥자리로 알고 있소. 사돈 여보게 출표하러 가세, 생질(甥姪 누이의 아들) 너도 술 먹으러 오너라, 돼지나 잡았는지 개장국도 꽤 먹겠네, 수복아 추렴 통문 놓아라, 고직아 별하기 닭이라, 저마다 야단이오. 아무가 문필은 똑똑하지마는 지체가 나빠 봉향가음 못 되지, 아무는 무식하지마는 세력을 생각하면 대축(大祝)이야 갈 데 있나, 명륜당(明倫堂)이 견고하여 술주정 좀 하여도 무너질 바 없지, 교궁(校宮 각 지방에 있는 문묘)은 이렇게 위하여야 종교를 밝히지, 말들도 많소. 아무 골 향교에는 학교를 설시(設施 시설)하였다 하고, 아무 골 향교 전답을 학교에 붙였다 하니, 그 골에는 사람의 새끼 같은 것이 하나 없어 그러한 변이 어디 또 있나? 아무 골 향족이 명륜당에 앉았다니 그 마룻장은 대패질을 하여라, 아무 집 일명이 색장(色掌 성균관 유생 자치회의 간부)을 붙었다니 그 재판을 수세미질이나 하여라, 하여 종교라는 종 자는 무슨 종 자며 교 자는 무슨 교 자인지 착착 접어 먼지 속에 파묻고, 싸우나니 양반이요 다투나니 재물이오. 이것이 우리 신성하신 대종교라 하오. 한심하고 통곡할 만도 하오. 종교가 이렇듯 부패하니 국세가 어찌 강성하겠소?

학교와 서원 성질을 말하리다. 서원은 소학교 자격이요, 향교는 중학교 자격이요, 태학은 대학교 자격이라. 서원은 선현 화상을 봉안하여 소학동자로 하여금 자국 인물을 기념케 함이요, 향교에는 대성인 위패를 봉안하여 중학 학생으로 하여금 종교를 경앙(敬仰 존경해 우러러 봄)케 함이요, 태학에는 예악 문물을 더 융성히 하여 태학 학생으로 하여금 종교 사상이 더욱 견고케 함이니, 어찌 다만 제사만 소중하다 하여 사당집과 일반으로 돌려보내리오? 교육을 주장하는 고로 향교와 서원을 당초에 설시하였고, 종교를 귀중히 하는 고로 대성인과 명현을 뫼셨고, 성현을 뫼신 고로 제례를 행하는 것이오. 그리하여 교육과 종교는 주체가 되고 제사는 객체가 되거늘, 근래는 주체는 없어지고 객체만 숭상하니 어찌 열성조(列聖朝 여러 대의 임금의 시대)의 설시하신 본의라 하리요?

제사만 위한다 할진대 태묘(太廟 종묘)도 한 곳뿐이거늘, 아무리 성인을 존봉(尊奉 존경해 높이 받듦)할지라도 어찌 삼백육십여 군의 골골마다 향화(香火 향불, 제사)를 받들리까? 저 무식한 자들이 교육과 종교는 버리고 제사만 중히 여긴다 한들 성현의 마음이 어찌 편안하시리까?

종교에야 어찌 귀천과 남녀가 다르겠소? 지금이라도 종교를 위하려면 성경현전(聖經賢傳 성현들이 지은 여러 가지 책)을 알아보기 쉽도록 국문으로 번역하여 거리거리 연설하고, 성묘와 서원에 무애희 농용하며, 가령 제사로 말할지라도 귀인은 귀인 예복으로 참사하고, 천인은 천인 의관으로 참사하고, 여자는 여자 의복으로 참사하여, 너도 공자님 제자, 나도 공자님 제자 되기 일반이라 하면 종교 범위도 넓고 사회단체도 굳으리다. 또 사회의 폐습을 말하자면 확실한 단체는 못 보겠습디다. 상업 사회는 에누리 사회요, 공장 사회는 날림 사회요, 농업 사회는 야매 사회라, 하나도 진실하고 기묘하여 외국 문명을 당할 것은 없으니 무슨 단체가 되겠소? 근래 신교육 사회는 구교육 사회보다는 낫다 하나 다 거기서 거기요.

관공립은 화욕 학교라 실상은 없고 문구뿐이요, 각처 사립은 단명 학교라 기본이 없어 돌아가며 폐지할 뿐이오. 아무 학교든지 그중에 열심히 한다는 교장이니 찬성장이니 하는 임원더러 묻되, 이 학교에 제갈량과 이순신과 비사맥과 격란사돈(글래드스턴. 영국의 정치가(1809~1898)) 같은 인재를 교육하여 일후의 국가 대사를 경륜하려오. 하면 열에 한둘도 없소. 또 묻기를 이 학교에 인재 성취는 이다음 일이고 교육 사회에 명예나 취하려 하오. 하면 열에 칠팔이 더 되니, 그 성의가 그러하고야 어찌 장구히 유지하겠소? 교원 강사도 한가하고 느긋하게 학교 출입을 아니하고 시간을 지키어 왕래한다니 그 열심은 거룩하오만, 그것이 공익을 위함인지, 명예를 위함인지, 월급을 위함인지 의심스럽소. 명예도 아니요, 월급도 아니요, 실로 공익만 위한다 하는 자는 몇이나 되겠소?

공사 관립하고 여러 학생에게 묻되, 학문을 힘써 일후에 벼슬살이나 일신 쾌락을 희망하느냐 국가에 몸을 바치는 정신 얻기를 주의하느냐 하면 대중소 학교 몇만 명 학도 중에 국가 정신이라고 대답하는 자 몇몇이나 되겠소?

또 여자 교육회니 여학교니 하는 것도 권리 없고 자본 없는 부인에게만 맡겨 두니 어찌 흥왕하리요? 아무 사회나 이익만 위하고, 좀 낫다는 자는 명예만 위하니, 진실한 성심으로 나라를 위하여 이것을 한다든가 백성을 위하여 이것을 한다는 자 역시 몇이나 되겠소?

이렇게 교육 교육 할지라도 십 년 이십 년에 영향을 알리니 그중에도 몇 사람이야 열심 있고 성의 있어 시사를 통곡할 자가 있겠지만 단체 효력을 오히려 못 보거든, 하물며 우리 여자에게 무슨 단체가 조직되겠소? 아직 가정 여러 자녀를 잘 가르치고 정분 있는 여자들에게 서로 권고하여 십 인이 모이고 이십 인이 모여 차차 단정히 설립하여야 사회든지 교육이든지 하여보지, 졸지에 몇백 명, 몇천 명을 모아도 실효가 없어 일상 남자 사회만 못하리다.”

“그러하오만 세상일이 어찌 아무것도 하지 않고 앉아서 기다리기만 하리까? 여보, 우리 여자 몇몇이 지껄이는 것이 풀벌레 같을지라도 몇 사람이 주창하고 몇 사람이 권고하면 아니 될 일이 어디 있소? 석 달 장마에 한 점 볕이 갤 장본(張本 어떤 일이 크게 벌어지게 되는 근원)이요, 몇 달 가물에 한 조각구름이 비 올 장본이니, 우리 몇 사람의 말로 천만 인 사회가 될지 누가 알겠소?

청국 명사 양계초(梁啓超 량치차오) 씨가 말씀하였으되, 사람이 일을 하려면 이기려다가 패함도 있거니와 패할까 염려하여 애당초 하지 않으면 이는 처음부터 패한 사람이라 하니, 오늘 시작하여 내일 성공할 일이 우리 팔자에 왜 있겠소? 그러나 우리가 우쭐거려야 우리 자식 손자들이나 행복을 누리지요. 우리나라 사람을 부패하다, 무식하다 조롱만 한다고 똑똑하고 눈치 빠른 남의 나라 사람이 우리에게 소용 있겠소?

우리나라 삼백 년 이전이야 어떠한 정치며 어떠한 문물이오? 일본이 지금 아무리 문명하다 하여도 범백(凡百 갖가지의 모든 것) 제도를 우리나라에서 많이 배워 갔소. 그 나라 국문도 우리나라 왕인(王仁 백제 근초고왕 때의 학자) 씨가 지은 것이니, 근일 우리나라가 부패하지 않은 것은 아니나 단군 기자 이후로 수천 년 이래에 어떠한 민족이오?

철학가 말에, 편안한 것이 위태한 근본이라 하니, 우리나라 사람이 기백 년 편안하였으니 한 번 위태한 일이 어찌 없겠소? 또 말하였으되, 무식은 유식의 근원이라 하였으니 우리나라 사람이 오래 무식하였으니 한번 유식하지 아니할 이유가 어디 있겠소?

가령 남의 집에 가 보고 그 집 사람들은 음식도 잘하더라, 의복도 잘하더라, 내 집에서는 의복 음식 솜씨가 저러하지 못하니 무엇에 쓸꼬 하면서 가속을 박대하면 남의 좋은 의복 음식이 내게 무슨 상관 있겠소? 차라리 저 음식은 어떠하니 좋지 아니하다, 이 의복은 어떠하니 좋지 아니하다 하여 제도를 자세히 가르쳐서 남의 것과 같이하는 것만 못하니, 부질없이 내 집

안사람만 불만스러워하면 기도가 바로잡힐 리가 있으리까?

소학에 가로되, 좋은 사람이 없다 함은 덕 있는 말이 아니라 하였으니, 내 나라 사람을 무식하다고 능멸하여 권고 한마디 없으면 유식하신 매경 씨만 홀로 살으시려오? 열심을 잃지 말고 어서어서 잡지도 발간하고 교과서도 지어서 우리 일천만 여자 동포에게 돌립시다.

우리 여자의 마음이 이러하면 남자도 응당 귀가 있겠지. 십 년 이십 년을 멀다 마오. 산림(山林 벼슬하지 않은 숨은 선비) 어른이 연설꾼 아니 될지 누가 알며, 향교 재임이 체조 교사 아니 될지 누가 알겠소?

지금은 범백 권리가 다 남자에게 있다 하나 영원한 권리는 우리 여자가 차지합시다. 매경 씨 말씀에, 자녀를 교육하자 함이 진리를 아시는 일이오. 우리 여자만 합심하고 자녀를 잘 교육하면 제 이세의 문명은 우리 사업이라 할 수 있소.

자식 기르는 방법을 대강 말하오리다. 자식을 낳은 후에 가르칠 뿐 아니라 태 속에서부터 가르친다 하였소. 『예기』에 태육법을 자세히 말하였으되, 부인이 잉태하면 돗자리가 바르지 않거든 앉지 아니하며, 벤 것이 바르지 않거든 먹지 말라 하였소. 이는 그 앉는 돗, 먹는 음식이 탯덩이에 무슨 상관이 있겠소마는 바른 도리로만 행하여 마음에 잊지 말라 하는 것이오. 의원의 말에도 자식 밴 부인에게 잡것을 먹지 말라 하고, 음식의 차고 더운 것을 평균케 하고, 배를 항상 덥게 하고, 해산달이 되거든 약간 노동하여야 순산한다 하였소.

배 속에서도 이렇게 조심하거든 나온 후에야 어찌 범연히 양육하오리까? 제가 비록 지각이 없을 때라도 어찌 그 앞에서 터럭만치 그른 일을 행하겠소? 밥 먹는 법, 잠자는 법, 말하는 법, 걸음 걷는 법 일동 일정을 가르치되, 속이지 아니함을 가르쳐 정대한 성품을 양육한다면 대인군자가 어찌하여 되지 못하리까?

맹자님 모친께서 맹자님 기르실 때에, 마침 동편 이웃집에서 돼지를 잡는 것을 보고 맹자께서 물으셨소. 저 돼지는 어찌하여 잡습니까? 맹모가 장난으로 '너를 먹이려고 잡는다' 하셨는데, 즉시 후회하시고는 어린아이에게 속이는 법을 가르쳤다며 곧 그 고기를 사다가 먹이신 일이 있지요. 또 산 밑에서 사실 때 맹자가 점점 장난이 심해져 상두꾼(상여꾼) 흉내를 내시니, 맹모가 '이곳이 아이 기를 곳이 못 된다' 하시고 저자 근처로 이사를 하였지요.

그런데 맹자께서 또 물건 매매하는 흉내를 내시니 맹모가 또 집을 떠나 학궁(學宮 성균관) 곁에 거하셨소. 그제야 맹자는 예절 있는 흉내를 내시는지라 맹모가 '이는 참 자식 기를 곳이라' 하시고는 맹자를 가르쳐 만세 아성이 되도록 하셨소. 한 아들을 가르쳐 억조창생에게 무궁한 도학이 있게 하시니 교육이란 것이 어떠하오? 만일 맹자께서 상두나 메시고 물건이나 팔러 다니셨다면 오늘날 맹자님을 누가 알겠소?

『비유요지』라 하는 책에서 말한 것도 있소. 서양에 한 부인이 그 아들을 잘 교육하여 장성하게 한 후, 아들이 나가게 되었지요. 그 부인이 아들에게 부탁하되, '너는 어디 가든지 남을 속이지 아니하기로 공부하라' 하였소. 그 아들이 대답하고 지화 몇백 원을 옷깃 속에 넣고 가다가 중로(中路 오가는 길의 중간)에서 도적을 만났는데, 그 도적이 '너는 무슨 업을 하며 무슨 물건을 몸에 지녔느냐' 묻는 것이었소. 그 아들이 '나는 장사하는 사람이니 지화 몇백 원이 옷깃 속에 있노라' 대답하길래, 도적이 그 정직함을 괴히 여겨 뒤져 보니 과연 그 돈이 있는 것이오. 도적이 당초에 깊이 감추고 숨기지 않은 이유를 물으니 아들이 대답하였지요. '내 모친이 남을 속이지 말라 경계하셨으니 어찌 재물을 위하여 친교를 어기리요.' 이 말에 도적들이 탄복하여 '너는 효성 있는 사람이라. 우리 같은 자는 어찌 인류라 하리요' 하였다 하오. 그러고는 그 지화를 다시 옷깃에 넣어 주고 그 후로는 다시 도적질도 아니하였다 하였소.

그 부인이 자기 아들을 잘 교육하여 남의 자식까지 도적의 행위를 끊게 하니, 교육이라는 것이 어떠하오? 송나라 구양수(歐陽修) 씨도 과부의 아들로 자랄 때 집이 심히 가난하여 서책과 필묵이 없었지만, 그 모친이 갈대로 땅을 그어 글을 가르쳐 만고 문장이 되었소. 우리나라 퇴계 이 선생도 어릴 때 그 모친이 말씀하되 '내 일찍 과부 되어 너희 형제만 있으니 공부를 잘하라. 세상 사람이 과부의 자식은 사귀지 아니한다니 너희는 그 근심을 면하게 하라' 하였고, 평상시에 무슨 물건을 보면 이치를 가르치며 아무 일이든 당하면 사리를 분석하여 순순히 교훈하여 동방 공자가 되셨으니, 교육이라는 것이 어떠하오?

예로부터 교육은 어머니께 받는 일이 많으니 우리도 자식을 그런 성력(誠力 정성과 힘)과 그런 방법으로 교육하였으면 그 영향이 어떠하겠소? 우리 여자 사회에 큰 사업이 이에서 더한 일이 있겠소? 여러분 여자들, 지금 남자와 지금 여자를 조롱 말고 이다음 남자와 이다음 여자나 교육 좀 잘하여 봅시다."

"그 말씀 대단히 좋소. 자식 기르는 법과 가르치는 보람을 많이 말씀하셨으나, 자식 사랑하는 이유가 미진하므로 여러분에게 그 진리를 말씀하오리다.

세상 사람들이 자식을 사랑한다 하나 실상은 자기 일신을 사랑함이오. 자식을 낳고 좋아하는 마음을 보면 필경은 '저 자식이 있으니 내 몸이 의탁할 곳이 있으며, 내 자식이 자라니 내 몸 봉양할 자가 있도다' 하는 것이오. 또 자식이 병이 들면 근심하고 불행해지는 것을 설워하는 마음을 궁구하면 필경은 '내 자식이 병들었으니 누가 나를 봉양하며, 내 자식이 없으니 내가 누구를 의탁하리요' 하는 것이오. 그 마음이 하나도 자식을 위하는 자가 없고 국가를 위하는 자가 없으니 사람마다 자식 자식 하여도 진리는 실상 모릅다.

자식의 효도를 받는 것이 어찌 내 몸만 잘 봉양하면 효도라 하겠소? 증자 말씀에 '인군을 잘못 섬겨도 효가 아니요, 전장에 용맹이 없어도 효가 아니라' 하셨으니, 이 말씀을 생각하면 자식이라는 것이 내 몸만 위하여 난 것이 아니요, 실로 나라를 위하여 생긴 것이니 자식을 공물(公物 국가 기관이나 공공 단체에 속하는 물건)이라 하여도 합당하오.

혹 모르는 사람은 이 말을 들으면 필경 크게 놀라 말하되, '실로 그러할진대 누가 자식 있다고 좋아하며 자식 없다고 설워하리오?' 할지도 모르오. 청국 강남해 말에 '대동 세계에는 자식 못 낳은 여자는 벌이 있다' 하더니, 과연 벌하기 전에야 생산하려는 자가 있겠소? 혹 생산하더라도 내 몸은 봉양하여 주지 않고 국가만 위하여 교육을 받으라 하겠소? 이러한 말이 널리 들리면 윤리상에 대단히 불행하겠다 하여 중언부언할 터이지만, 지금 내 말이 윤리상의 불행함이 아니라 매우 다행하오이다.

자식을 공물로 인정하더라도 그렇지 않은 까닭이 있으니, 가령 우마를 공물이라 하면 농업가와 상업가에서 우마를 부리지 아니하리까? '저 집에 우마가 있으면 내 집에 없어도 관계가 없다'고 사람마다 마음이 그러하면 우마가 이미 절종되었을 터이나, 비록 공물이라도 우마가 있어야 농업과 상업에 낭패가 없으니 자식이 공물이더라도 어찌 귀히 여기지 아니하리요? 기왕 자식이 있는 이상에는 공물이라고 교육을 하지 않다가는 참말 윤리에 불행한 일이오.

가령 어부가 동무와 함께 고기를 잡되 남의 그물에 걸린 것이 내 그물에 걸린 것만 못하다 하니, 국가 대사업을 바라는 마음은 같으나 어찌 남의 자식 성취한 것이 내 자식 성취한 것만 하오리까? 그러한즉 불가불 자식을 교육할 것이요, 자식이 나서 나라의 사업을 성취하고 국민에 이익을 끼치면 그 부모는 어찌 영광이 없으리까?

옛날 사파달이라는 땅에 한 노파가 여덟 아들을 낳아서 교육을 잘 시켰는데, 여덟이 다 전장에 나갔다가 죽었다는 것이오. 노파가 살아 돌아오는 사람더러 '이번 전장에 승부가 어떠한고?' 물었더니 그 사람이 '전쟁은 이기었으나 노인의 여러 아들은 다 불행하였나이다' 대답하는 것이었소. 그런데 노파는 즉시 일어나 춤을 추며 노래를 부르는 것이었소. '사파달아, 사파달아, 내 너를 위하여 아들 여덟을 낳았도다' 하고는 슬퍼하는 빛이 없으니, 그 노파가 참 자식을 공물로 인정하는 사람이라, 생산도 잘하고 교육도 잘하고 영광도 대단하였던 것이외다.

우리나라 사람들이 자식의 진리를 몇이나 알겠소? 제일 가관인 것은, 본처에 자식이 없으면 첩의 소생이 비록 문장은 이태백이요, 풍채는 두목지요, 사업은 비사맥이라도 서자(庶子)라 하여 버려두고, 정도 없고 눈에도 서투른 남의 자식을 양자로 데려다 아들이라 하는 것이 무슨 일이오?

성인의 법제가 어찌 그같이 인정 없고 각박할 이유가 있으리까? 적서(嫡庶)라는 말씀은 있으나 그래, 적서와는 대단히 다르오. 본처의 소생이라도 장자 다음에는 다 서자라 하거늘, 우리나라는 남의 본처 소생을 서자라 하면 대단히 뛰겠소. 양자법으로 말할지라도 적서에 자녀가 하나도 없어야 양자를 하거늘, 서자라 버리고 남의 자식을 데려다 아들이라 키우니 하나도 성인의 법제는 아니오. 자식을 부모가 이같이 대우하니 어찌 세상에서 대우를 받겠소?

그 서자이니 얼자이니 하는 사람들 가운데 영웅이 몇몇이며, 문장이 몇몇이며, 도덕군자가 몇몇인지 누가 알겠소? 그 사람도 원통하거니와 나랏일이야 더구나 말할 것이 있소? 남의 나라 사람도 고문이니 보좌니 쓰는 법도 있거든 우리나라 사람에 무엇을 그리 많이 고르는지 모르겠소. 이성호(李星湖)는 적서 등분을 혁파하자, 서북 사람을 통용하자 하여 열심히 의논하였고, 조은당의 부인 김씨는 자제를 경계하되 '너희가 서모를 경대(敬待)하지 아니하니 어찌 인사라 하리요?' 하였고. 아비의 계집은 다 어머니라 하셨나니 이 두 말씀이 몇백 년 전에 주창하였으니 그 아니 고명하오?

또 남의 후취로 들어가서 전취 소생에게 험히 구는 자 있으니 그것은 무슨 지각이오? 아무리 나의 소생은 아니나 남편의 자식은 분명하니 양자보다야 매우 절실하오. 사람의 전조모와 후조모라 하여 자손의 마음에 후박(두텁게 구는 일과 박하게 구는 일)이 있으리까? 그렇건마는 몰지각한 후취 부인들은 내 속으로 낳지 않으면 내 자식이 아니라 하여 동네 아이만도 못하고 종의 자식만도 못하게 대우하니 어찌 그리 박정하고 무식하오? 아무리 원수 같은 자식이라도 내 몸이 늙어지면 소생 자식 열보다 나으며, 그 손자로 말할지라도 큰자식의 손자가 소생 손자 열보다 낫지 아니하오?

원수같이 알고 도척같이 알던 그 자식 그 손자가 일후에 만반진수(滿盤珍羞 상 위에 가득히 차린 귀하고 맛있는 음식)를 차려 놓고, 유세차 효자모 효손모는 감소고우 현비 현조비 모봉 모씨라 하면 아마 혼령이라도 무안하겠지요. 또 자식을 기왕 공물로 인정한다면 내 소생만 공물이요, 전취 소생은 공물이 아니겠소? 아무리 전취 자식이라도 잘 교육하여 국가의 대사업을 성취하면 그 영광이 아마 못생긴 소생 자식보다 얼마쯤 더 될 것이니, 이 말씀을 우리 여자 사회에 공포하여 그 소위 서자이니 전취 자식이니 하는 악습을 다 개량하여 윤리상 영원한 행복을 누리게 합시다."

"자식의 진리를 자세히 말씀하셨으나 그 범위는 대단히 넓다고는 못 하겠소. 기왕 자식을 공물이라 말씀하셨으면 공물이 많아야 좋겠소, 공물이 적어야 좋겠소? 공물이 많아야 좋다고 한다면 어찌 서자이니 전취 소생이니 그것만 공물이라 하겠소.

비록 종의 자식이나 거지의 자식이라도 우리나라 공물임은 마찬가지거늘, 소위 양반이니 중인이니 상놈이니 서울이니 시골이니 하여 서로 보기를 타국 사람같이 하니 단체가 성립할 날이 어찌 있겠소? 또 서북으로 말할지라도 몇백 년을 나라 땅에 생장하기는 마찬가지인데 그 사람 중에 재상이 있겠소, 도학군자가 있겠소? 천향(賤鄕 풍속이 비천한 시골)이라 하여도 그러하니, 그 사람들 중에 진개(眞箇) 재상 재목과 도학군자 자격이 없는 것이 아니라, 재상의 교육과 군자의 학문이 없음이오. 그런데 몇백 년 좋은 공물을 다 버리고 쓰지 아니하였으니 어찌 나라가 왕성하오리까?

이성호 말씀에, '반상을 타파하자, 서북을 통용하자' 하여 수천 마디 말을 반복 의논하였으나 아무 소용이 없었으니 어찌 한심치 아니하겠소? 평안도의 심의 도사 오세양 씨는 그 학문이 우리 동방에 드문 군자라 그 학설과 이설이 대단히 발표하였건마는 서원도 없고 문집도 없이 초목과 같이 썩어진 일이 그 아니 원통하오.

그 정책은 다름 아니라 서북은 인재가 배출하니 기호(畿湖 경기도와 충청도)와 같이 교육하면 사환(벼슬아치) 권리를 다 빼앗긴다 하니 그러한 좁은 말이 어디 있겠소? 사환이라는 것은 백성을 대표한 자인즉 백성의 지식이 고등한 자라야 참여하나니, 아무쪼록 내 지식을 넓혀서 할 것이지 남의 지식을 막고 나만 못하도록 하면 어찌 천도가 무심하오리까?

철학 박사의 말에, '차라리 대대로 제 나라 민족의 노예가 될지언정 타국 정부의 보호는 받지 않는다' 하였으니, 그 말을 생각하면 이왕의 일이 대단히 잘못되었소.

또 반상으로 말할지라도 그렇게 심한 일이 어디 있겠소? 어찌하다가 한번 상놈이라 패호(牌號 남들이 붙여 부르는 좋지 못한 별명)가 붙으면 비록 영웅 열사가 있을지라도 자자손손이 상놈이라 하대하니 그 같은 악한 풍속이 어디 있으리까? 그러나 한번 상사람 된 자는 도저히 인재 나기가 어려우니, 가령 서울 사람이라 해도 그 실상은 태반이나 내 시골에서 태어나 자랐으니 시골 풍속으로 잠깐 말하리다. 그 부모 된 자들이 자식의 나이 칠팔 세만 되면 나무를 하여라, 꼴을 베어라 하여, 초등 교과가 꼬부랑 호미와 낫이요, 중등 교과가 가래와 쇠스랑이요, 대학 교과가 밭 갈기 논 갈기요, 외교 수단이 소 장사 등짐꾼('등짐장수'의 방언)이니, 비록 금옥 같은 바탕이 있을지라도 어찌 저절로 영웅이 되겠소? 결단코 그중에 주정꾼과 노름꾼의 무수한 협잡배들이 당초에 교육을 받았으면 영웅도 되고 호걸도 되었으리라 생각하오.

혹 그 부모가 소견이 바늘구멍만 해 자식을 동네 생원님 하꼬방에 보내면 그 선생이 처지를 따라 가르치되, '너는 시부표책(詩賦表策)하여 무엇하느냐, 『전등 신화(중국 전기체 형식의 소설집)』나 읽어서 아전(관청의 벼슬아치 밑에서 일을 보던 사람)질이나 하여라' 하니, 그런 참혹한 일이 어디 있겠소? 입학하던 날부터 장래 목적이 이뿐이요, 선생의 가르침이 이러하니 제갈량 비사맥 같은 바탕이 몇백만 명이라도 속절없이 전진할 가망이 없겠소. 이는 소위 양반의 죄뿐 아니라 자기가 공부를 우습게 보아서 그 지경에 빠진 것이오. 옛날 유명한 송귀봉과 서거정은 남의 집 종의 아들로 일대 도학가가 되었고, 정금남은 광주

관비의 아들로 크게 사업을 이루었으니, 남의 집 종과 외읍 관비보다 더 천한 상놈이 어디 있겠소마는 이 어른들을 누가 감히 존중치 아니하겠소?

그러나 무식한 자들이야 어찌 그러한 사적을 알겠소? 도무지 선지라 선각이라 하는 양반이 교육 아니한 죄가 대단하오. 물론 어느 나라나 상 중 하등 사회가 없는 것은 아니나, 국가 질서를 유지하려면 불가불 등급이 있어야 문란한 일이 없는 것이오. 그런데 우리나라 경장대신(更張大臣)들이 양반의 폐만 생각하고 양반의 공효(功效 공을 들인 보람이나 효과)는 생각지 못하여 졸지에 반상 등급을 벽파(劈破 쪼개어 깨뜨림)하라 하니 누가 상쾌치 아니하겠소마는, 국가 질서의 문란은 양반보다 더 심한 자 많으니 어찌 정치가의 수단이라고 인정하겠소?

지금 형편으로 보면 양반들은 명분 없는 세상에 무슨 일을 조심하리요? 그 행세가 전일 양반만도 못하고 상인들은 '요새 양반이 어디 있어. 비록 문장이 된들 무엇하며, 도학이 있은들 무엇하나' 하여 혹 목불식정(目不識丁 丁 자를 보고도 고무래임을 알지 못한다는 뜻으로, 아주 까막눈임을 비유한 말)하고 준준무식(蠢蠢無識 굼뜨고 어리석어 아무것도 아는 것이 없음)한 금수 같은 유들이 제 집에서 제 형을 욕하며 제 부모에게 불효하오. 이를 동네 양반들이 말하면 팔뚝을 뽐내며 하는 말이, '시방 무슨 양반이 따로 있나? 내 자유권을 왜 상관이 있나? 내 자유권을 무슨 걱정이야?' 그러다가는 뺨을 칠라, 복장을 지를라 하면서 무수히 욕설을 하니 누가 감히 옳다 그르다 말하겠소?

갑오년 경장 대신의 정책이 웬 까닭이오? 양반은 양반대로 두고, 학교 하는 임원도 양반이며, 학도의 부형도 양반이며, 학도도 양반이라 하고, 학도의 자모도 학부인이라 내부인이라 반포하면 전국이 다 양반이 될 일을, 어찌하여 양반을 없이한다 하니 사천 년 전래하던 습관이 졸지에 잘 변하겠소? 나도 양반으로 말하면 친정이나 시집이나 삼한갑족(三韓甲族 우리나라 대대로 문벌이 높은 집안)이지만, 그것이 다 쓸데 있소? 우리도 자식을 공물이라 하면 그 소위 서북이니 반상이니 썩고 썩은 말을 다 그만두고 내 나라 청년이면 아무쪼록 교육하여 우리 어렵고 설운 일을 그 어깨에 맡깁시다."

"어제는 융희(조선의 마지막 임금인 순종 때의 연호) 이 년 제일 상원(대보름날)이니, 달도 그전과 같이 밝고, 오곡밥도 그전과 같이 달고, 각색 채소도 그전과 같이 맛나건마는 우리 심사는 왜 이리 불편하오?

어젯밤이 참 유명한 밤이오. 우리나라 풍속에 상원일 밤에 꿈을 잘 꾸면 그해 일 년에 벼슬하는 이는 벼슬을 잘하고, 농사하는 이는 농사를 잘하고, 장사하는 이는 장사를 잘한다 하니, 꿈이라는 것은 제 욕심대로 꾸어서 혹 일 년, 혹 수십 년이라도 필경은 아니 맞는 이유가 없소. 우리 한 노래로 긴 밤새우지 말고, 대한 융희 이 년 상원일에 크나 작으나 꿈꾼 것을 하나도 남김없이 이야기합시다."

"그 말씀이 매우 좋소. 나는 어젯밤에 대한 제국 자주독립할 꿈을 꾸었소. 활멸사라 하는 사회가 있는데 그 사회 중에 두 당파가 있으니, 하나는 자활당이라 하였소. 그 주의인즉, 교육을 확장하고 상공을 연구하여 신공기를 흡수하며 부패 사상을 타파하여, 대포도 무섭지 않고 장창도 두렵지 않아 국가에 몸을 바치는 사업을 이루고자 하는 것이었소. 그 말에 외국 의뢰도 쓸데없고, 한두 개 영웅이 혹 국권을 만회하여도 쓸데없고, 오직 전국 남녀 청년이 보통 지식이 있어서 자주권을 회복하여야 확실히 완전하다 하여, 학교도 세우며 신서적도 발간하여 남이 미쳤다 하든지 못생겼다 하든지 자주권 회복하기에 골몰하나, 그 당파의 수효는 전 사회의 십분지 삼이오.

또 하나는 자멸당이라 하니 그 주의인즉, 우리나라가 이왕 이 지경에 빠졌으니 제갈공명이 있으면 어찌하며, 격란사돈이 있으면 무엇하나? 십승지지(十勝之地 난리가 났을 때 피하기 좋다는 열 군데의 명승지) 어디 있노, 피란이나 갈까 보다, 필경은 세상이 바로잡히면 그때에야 한림(조선 때, 예문관(藝文館) 검열의 별칭) 직각(조선 때 규장각의 벼슬)을 나 내놓고 누가 하나? 학교는 무엇이야, 우리 마음에는 십대 생원님으로 죽는대도 자식을 학교에는 보내고 싶지 않다. 소위 신학문이라는 것은 모두 천주학(天主學 예전에 '가톨릭교'를 달리 이르던 말)인데 우리네 자식이야 설마 그것이야 배우겠나?

또 물리학이니 화학이니 정치학이니 법률학이니, 다 무엇에 쓰는 것인가? 그것을 모를 때에는 세상이 태평하였네. 요사이 같은 세상일수록 어디 좋은 명당자리나 얻어서 부모의 백골을 잘 면례(緬禮 무덤을 옮겨서 장사를 다시 지냄)하였으면 자손이 발음(發蔭 조상의 묏자리를 잘 써서 그 음덕으로 운수가 열리고 복을 받는 일)이나 내릴는지, 우선 기도나 잘해야 망하기 전에 집안이나 평안하지, 전곡이 썩어지더라도 학교에 보조는 아니할 테야. 바로 도적놈을 주면 매나 안 맞지, 아무개는 제 집이 어렵다 하면서 학교에 명예 교사를 다닌다지. 남의 자식 가르치기에 어찌 그리 미쳤을까? 글을 읽어라, 수를 놓아라 하는 소리 참 가소롭데. 유식하면 검정 콩알이 안 들어가나? 운수를 어찌해? 아무것도 할 일

없지. 요대로 앉았다가 죽으면 죽고 살면 사는 것이 제일이라 하오. 그 당파의 수효는 십분지 칠이요, 그 회장은 국참정이라는 사람이니, 아무 학회 회장과 흡사하여 얼굴이 풍후(豊厚)하고(살쪄서 덕성스럽고) 수염이 많고 성품이 순실하여 이 당파도 좋고 저 당파도 좋아 반박이 없이 가부취결(可否取決 회칙에 따라 의안(議案)의 가부를 결정함)만 물어서 흥하자 하면 흥하고 망하자 하면 망하여 회원의 다수만 점검하오. 그런데 소수한 자활당이 자멸당을 이기지 못하여 혹 권고도 하며, 혹 욕질도 하며, 혹 통곡도 하면서 분주 왕래하되, 몇 번 통상 회의니 특별 회의니 번번이 동의하다가 부결을 당한지라, 또 국회장에게 무수 애걸하여 마지막 가부회를 독립관에 개설하고 수만 명이 몰려가더이다. 그러니 소위 자멸당도 목석과 금수는 아니라, 자활당의 정대한 언론과 비창한 형용을 보고 서로 기뻐하며 자활주의로 전수가결(全數可決 회의에 모인 모든 사람이 찬성해 결정함)되니, 그 여러 회원들이 독립가를 부르고 춤을 추며 돌아오는 모습을 보았소."

"(깔깔 웃으며) 나는 어젯밤에 대한 제국이 개명할 꿈을 꾸었소. 전국 사람들이 모두 병이 들었다는데, 혹 반신불수도 있고 혹 수중다리(병으로 퉁퉁 부은 다리)도 있고 혹 내종병(한방에서 '내장에 생긴 종기'를 이르는 말)도 들고 혹 정충증(까닭 없이 가슴이 울렁거리고 불안해지는 증세)도 있고 혹 체증·횟배와 귀먹고 눈멀고 벙어리까지 되어 여러 가지 병으로 집집이 앓는 소리요, 곳곳이 넘어지는 빛이라, 남녀노소를 막론하고 성한 사람은 하나도 없더이다. 마침 한 명의가 하는 말이, '이 병들을 급히 고치지 않으면 우리 삼천리강산이 빈터만 남을 테니 어찌 통곡할 일이 아니오? 내가 화제(和劑 '약화제(藥和劑)'의 준말. 한방에서 약을 짓기 위해 약재의 이름과 그 분량을 적은 종이) 한 장을 낼 것이니 제발 믿으시오' 하였소. 그러고는 방문(方文 '약방문'의 준말. 약의 이름과 분량을 적은 종이)을 써서 돌리니, 그 방문 이름은 청심환 골산이니 성경(誠敬 정성을 다해 공경함)으로 위군(임금을 섬김)하고, 정치·법률·경제·산술·물리·화학·농학·공학·상학·지리·역사 각 등분하여 극히 정묘하게 국문으로 법제하여 병세 쾌차하도록 아무 때나 약을 먹되, 병자의 증세를 보아 임시 가감도 하며 대기(大忌 매우 꺼림)하기는 주색잡기·경박·퇴보·게으름 등이라.

이 방문을 사람마다 베껴다가 시험할 때, 그 약을 방문대로 잘 먹고 나면 병 낫기는 더 할 말이 없고 또 마음이 청상해지며(맑고 상쾌해지며) 환골탈태(換骨奪胎 얼굴이 전보다 아름다워지고 환하게 되어 딴사람처럼 됨)가 되는데 매미와 뱀과 같이 묵은 허물을 일제히 벗어 버립디다.

오륙 세 전 아이들은 당초에 벗을 것이 없으나 팔 세 이상 아이들은 가뭇가뭇한 종잇장 두께만 하고, 십오 세 이상 사람들은 검고 푸르러서 장판 두께만 하고, 삼십 사십씩 된 사람들은 각색 빛이 얼룩얼룩하여 멍석 두께만 하고, 오십 육십 된 사람들은 어룩어룩 두틀두틀하며 또 각색 악취가 코를 찔러 보료(앉는 자리에 늘 깔아 두는 요) 두께만 하여, 노소남녀가 각각 벗을 때 참 대단히 장관입디다. 아이들과 젊은이와, 당초에 무식한 사람들은 벗기가 오히려 쉽고 조금 유식하다는 사람들과 늙은이들은 벗기가 극히 어려워서 혹 남이 붙잡아도 주고 혹 가르쳐도 주되, 반쯤 벗다가 기진한 사람도 있고 안 벗으려고 앙탈하다가 그대로 죽는 사람도 왕왕 있습디다.

경은 그 허물을 다 벗어 옥골선풍(玉骨仙風 살빛이 희고 고결해 신선과 같은 풍채)이 된 후에 그 허물을 주체할 데가 없어 공론이 일치하지 않는데, 혹은 이것을 집에 두면 그 냄새에 병이 재발하기 쉽다 하며, 혹은 그 냄새는 고사하고 그것을 집에 두면 철모르는 아이들이 장난으로 다시 입어 보면 이것이 큰 탈이라 하는 것이오. 또 혹은 이것을 모두 한곳에 몰아 쌓고 그 근처에 사람 다니는 것을 금하면 다시 물들 염려도 없을 터이나, 그것을 한곳에 모아 쌓은즉 백두산보다도 클 것이니, 이러한 조그마한 나라에 백두산이 둘이면 집은 어디 짓고 농사는 어디서 하냐는 것이오. 그것도 못 될 말이지 하며, 혹은 매미 허물은 선퇴(蟬退 매미의 허물. 두드러기, 열병, 소아 경련 따위에 씀)라는 것이니 혹 간기증에도 쓰고, 뱀의 허물은 사퇴(蛇退 뱀의 허물. 어린아이의 풍증과 독벌레에 물린 데 쓰임)라는 것이니 혹 인후증에도 쓰는데, 이 허물은 말하자면 인퇴라 하겠으나 백 가지에 한 군데 쓸데가 없으며 그 성질이 육기(肉氣)가 많고 가스 냄새가 많아서 동해 바다의 멸치 썩은 것과 방불한즉, 우리나라 척박한 천지에 거름으로 썼으면 각각 주체하기도 편하고 농사에도 심히 유익하겠다 하니, 그제야 여러 사람들이 그 말을 시행하여 혹 지게에도 져 내고 혹 구루마(수레)에 실어 내기를 끊임없이 하는 것을 보았소."

"나는 어젯밤에 대한 제국이 독립할 꿈을 꾸었소. 오뚝이라는 것은 조그마하게 아이를 만들어 집어던지면 드러눕지 않고 오뚝오뚝 일어서므로 이름을 오뚝이라 지은 것이오. 한문으로 쓰려면 나 오 자, 홀로 독 자, 설 립 자 세 글자를 모아 부르면 오독립이지요. 이는 독립하겠다는 의미가 있고, 또 오뚝이의 사적을 들으니 옛날 조그마한 동자로 정신이 똘똘하여 일찍 일어선 아이라 하오. 그러므로 후세 사람들이 아이를 낳아서 혹 더디 일어설까 염려하여 오뚝이 모양을 만들어 아이들을 주니, 그 정신이 오뚝이와 같이 오뚝오뚝 일어서라는 뜻이었소. 우리나라 사람들 중 오뚝이 정신이 있는 이는 하나도 없기에, 아이들뿐 아니라 장정 어른들도 오뚝이 정신을 길러서 오뚝이와 같이 오뚝오뚝 일어서기를 배워야겠다 하여 우리 영감이 한 일이 있소. 우리 영감이 평양 서윤(조선 시대 한성부, 평양부에 소속된 종4품 관직으로 공무원의 근무를 평가했음)으로 있을 때에 장만한 수백 석지기 좋은 땅을 방매(放賣 물건을 내놓고 팜)하여 오뚝이 상점을 설치하고 각 신문에 영업 광고를 발표하였더니, 과연 오뚝이를 몇 달이 못 되어 다 팔고 큰 이익을 얻어 보았소."

"나는 어젯밤에 대한 제국이 천만 년 영구히 안녕할 꿈을 꾸었소. 석가여래라 하는 양반이 전신이 황금과 같이 윤택하고 양미간에 큰 점이 박히고 한 손은 감중련하고(감괘의 가운데 획이 이어져 틈이 막혔다는 뜻으로, 입을 다물고 말을 하지 않음을 이르는 말) 한 손에는 석장을 들고 높고 빛나는 옥탑자 위에 앉아 있는 게 아니겠소? 내가 합장 배례 하고 황공 복지하여 앞으로 바라는 소원을 비는데, 어떤 신수 좋은 부인 한 분이 곁에 섰다가 책망하는 것이었소. '적선(積善)한 집에는 경사가 있고, 불선(不善)한 집에는 앙화(殃禍 어떤 일로 인해 생기는 재난)가 있음은 소소한 이치거늘, 어찌 구구히 부처에게 비는 것이냐? 그대는 악을 쌓은 일이 없고, 이생에도 부모에 효도하며 형제에 우애하고 투기를 아니하며, 무당과 소경을 멀리하여 음사 기도를 아니하며 전곡을 인색히 아니하여 어려운 사람을 잘 구제하고, 학교에나 사회에나 공익상으로 보조를 많이 하였으니, 너는 가위 선녀라 할지니라. 그 행복을 누리려면 너의 일생뿐 아니라 천만 년이라도 자손은 끊기지 아니하고 부귀공명과 충신 효자를 많이 점지하리라' 하시니, 이 말씀을 미루어 본즉 내 자손이 천만년 부귀를 누릴 지경이면 대한 제국도 천만년을 안녕하심을 짐작할 일이 아니겠소?"

여러 부인 중에 한 부인이 일어나서 말하였다.

"나는 지식이 없어 말은 잘 못하지만 사상이야 어찌 다르며 꿈이야 못 꾸었겠소? 나도 어젯밤에 좋은 꿈을 꾸었으나 벌써 닭이 울어 밤이 들었으니 이다음에 이야기하오리다."

 빈처

✎ 작가와 작품 세계 --

현진건(1900~1943)

호는 빙허(憑虛). 경북 대구 출생. 일본 도쿄 독일어학교를 졸업하고 중국 상하이 외국어학교에서 수학했다. 1920년 〈개벽〉에 단편 소설 「희생화」를 발표하면서 등단했다. 1921년 자전적 소설 「빈처」에 이어 「술 권하는 사회」를 발표해 작가로서 주목받기 시작했다. 1922년 〈백조〉 동인으로 활동하며 「타락자」, 「운수 좋은 날」, 「불」 등을 발표했다. 김동인과 함께 근대 단편 소설의 선구자로 꼽히고, 염상섭과 함께 사실주의를 개척한 작가로 평가받는다. 1935년 〈동아일보〉 사회부장 재직 당시 일장기 말살 사건으로 1년간 복역하기도 했다.

대표작으로 「할머니의 죽음」, 「B사감과 러브레터」 등의 단편과 『적도』, 『무영탑』, 『흑치상지』(미완) 등의 장편이 있다. 현진건의 소설에는 식민지 치하에서 핍박받는 우리 민족의 참상과 일제에 대한 저항 의식이 은연중에 담겨 있다. 그는 사실주의 작가로서 정확하고 섬세한 묘사체의 문체를 구사했으며 긴밀한 극적 구성법과 탁월한 반전의 기법으로 단편 소설의 기교를 확립했다.

✎ 작품 정리 --

갈래: 순수 소설, 사실주의 소설
배경: 시간 - 1920년대 / 공간 - 서울 종로
시점: 1인칭 주인공 시점
주제: 가난한 무명작가 부부의 생활고와 부부애
출전: 〈개벽〉(1921)

발단 아내는 전당포에 물건을 맡겨 가난한 살림을 꾸림

아내는 아침거리를 장만하기 위해 전당포에 잡힐 모본단 저고리를 찾는
다. '나'는 아내와 16세 때 결혼한 후 곧 집을 떠나 중국과 일본을 떠돌다
가 거지 같은 행색으로 집에 돌아왔다. 무명작가인 '나' 때문에 아내는 결
국 세간과 의복에 손을 대 돈을 마련한다. 이런 고생을 하면서도 아내는
'나'의 성공을 굳게 믿는다.

전개 T의 양산 자랑을 계기로 '나'와 아내가 갈등을 빚음

처량한 생각이 든 '나'는 불현듯 한성은행에 다니는 T가 공일이라고 찾
아온 일을 생각한다. T가 제 처에게 줄 양산을 샀다고 자랑하자 아내는
매우 부러워하는 눈치였다. 가난한 예술가의 처 노릇을 잘해 오던 아내
가 "당신도 살 도리를 좀 하세요."라고 핀잔을 준다. '나'는 불쾌한 생각을
억제하지 못하고 "예술가의 처가 다 뭐야!" 하고 소리를 꽥 지른다.

위기 '나'는 처형과 비교되는 아내의 모습을 보고 자격지심을 느낌

'나'와 아내는 장인의 생일이라는 전갈을 받고 처가에 간다. 처형은 돈을
잘 버는 남편을 만나 비단옷을 입고 있다. 처형의 얼굴에는 부유한 태가
흐르지만 눈 위에는 시퍼런 멍이 있다. 초라한 몰골의 '나'를 얕잡아 보는
것 같아 '나'는 괴로운 생각을 잊으려고 술을 취하도록 마신다.

절정 처형의 불행을 통해 '나'와 아내는 정신적 행복에 만족하려 함

처가에서 가져온 음식으로 저녁을 먹은 후 '나'와 아내는 처형에 대해 이
야기한다. 처형의 남편은 주야로 기생집을 다니면서 이를 탓하는 처형을
걸핏하면 때린다고 한다. "없더라도 의좋게 지내는 것이 행복"이란 아내
의 말에 '나'는 흡족해한다. 이틀 뒤에 처형이 아내에게 새 신발을 하나
주며 한바탕 남편 욕을 한다. 아내가 처형이 사 온 신발을 보며 좋아하자
'나'는 정신적인 행복에만 만족하려 해도 기실 부족하다고 생각한다.

결말 아무도 인정해 주지 않는 '나'를 믿고 따른 아내의 허리를 껴안음

무명작가인 '나'를 믿고 눈살 한번 찌푸리지 않는 아내에게 고마움을 느
낀 '나'는 두 팔로 덥석 아내의 허리를 잡아 안는다. 두 사람의 눈에는 그
렁그렁 눈물이 넘쳐흐른다.

🖋 생각해 볼 문제 --

1. **이 작품에서 부부간의 갈등은 어디에서 비롯되는가?**

   '나'와 아내의 갈등은 부부간의 문제에서 오는 것이 아니라 사회적 가치의 대립에서 오는 것이다. 이러한 갈등은 결국 가정의 행복을 깨뜨리는 요인으로 작용한다. 소설의 마지막 부분에서 애정의 회복을 통해 부부간의 갈등을 극복하는 모습이 나오지만, 애정만으로 가난의 고통이 치유될 수는 없다. 그렇지만 이들이 척박한 식민지의 토양에서 합리적 대안을 마련하기는 어려웠을 것이다.

2. **이 작품에는 장인의 생일에 모인 처형과 아내가 선명하게 대비된다. 두 인물의 외형과 그것이 상징하는 바는 무엇인가?**

   처형은 비단옷을 입은 화려한 여인이고, 아내는 돈 없는 무명작가의 아내다. 처형은 '이글이글 만발한 꽃'이고 아내는 '시들어 말라빠진 낙엽'과 같다. 부유하지만 늘 불만족스럽게 살아가는 처형은 현실적인 보상을 주는 물질적인 면을 상징하고, 가난하지만 장래의 기대 속에 살아가는 아내는 현실적인 보상이 없는 정신적인 면을 상징한다.

3. **'나'는 어떤 자아의 소유자인지 설명해 보자. 또 '나'가 당대 지식인의 전형이라고 한다면, 당대 지식인의 내면 풍경은 어떠한 것인지 말해 보자.**

   '나'는 작가로서의 자부심을 지니고 있으며 청빈함을 미덕으로 여긴다. 그리고 근대적 자아상을 가진 인물인 동시에 아내에게는 남편의 권위를 내세우는 전근대적 자아상을 지니고 있다. 또 경제적인 초라함 때문에 열등감에 시달리며 아내로부터 끊임없이 위로를 받는 '유아적 자아상'을 보이기도 한다. 즉, '나'가 문사로서 자부심을 강조하는 이면에는 생활인으로서의 열등감이 숨어 있는 것이다. 이처럼 당대 지식인들은 생활적인 면에서 무능력한 모습을 보인다. 그들은 전통에서 근대로 넘어가는 변혁기의 어중간한 위치에 서 있다. 따라서 근대적 정신을 지향하면서도 전통적 의식에서 벗어나지 못하는 모순된 점을 보인다. 이런 점은 당대 지식인들의 공통적인 내면 풍경이라고 할 수 있다.

나 — (미안함) → 아내

나 — 친구 (열등감) → T

나 — (열등감) → 처형

처형 — (신발 선물) → 아내

아내는 가난한 작가인 저(나)를 굳게 믿어 주는 사람이에요. 그런데
제 친구 T가 자기 아내에게 줄 양산을 자랑하는 걸 보고는 순간 서운
한 말을 하더라고요. 처형도 부잣집에 시집을 갔는데, 저는 그걸 보니
아내에게 부끄럽고 미안했어요. 하지만 아내는 남편에게 맞고 사는 처
형의 처지를 이야기하며 저를 위로하고, 계속 제게 믿음을 보여 주고
있답니다.

빈처

1

"그것이 어째 없을까?"

아내가 장문을 열고 무엇을 찾더니 입안말로 중얼거린다.

"무엇이 없어?"

나는 우두커니 책상머리에 앉아서 책장만 뒤적뒤적하다가 물어보았다.

"모본단(模本緞 본래 중국에서 난 비단의 하나. 품질이 정밀하고 윤이 나며 무늬가 아름다움) 저고리가
하나 남았는데……."

"……."

나는 그만 묵묵하였다. 아내가 그것을 찾아 무엇하려는 것을 앎이라. 오
늘 밤에 옆집 할멈을 시켜 잡히려 하는 것이다.

이 2년 동안에 돈 한 푼 나는 데는 없고 그대로 주리면 시장할 줄 알아 기
구(器具 세간, 도구, 기계 따위)와 의복을 전당국 창고(典當局倉庫)에 들이밀거나 고물상
한구석에 세워 두고 돈을 얻어 오는 수밖에 없었다. 지금 아내가 하나 남은
모본단 저고리를 찾는 것도 아침거리를 장만하려 함이라.

나는 입맛을 쩍쩍 다시고 폈던 책을 덮으며 후— 한숨을 내쉬었다.

봄은 벌써 반이나 지났건마는 이슬을 실은 듯한 밤기운이 방구석으로부
터 슬금슬금 기어 나와 사람에게 안기고 비가 오는 까닭인지 밤은 아직 깊
지 않건만 인적조차 끊어지고 온 천지가 빈 듯이 고요한데 투닥투닥 떨어
지는 빗소리가 한없는 구슬픈 생각을 자아낸다.

"빌어먹을 것 되는대로 되어라."

나는 점점 견딜 수 없어 두 손으로 흐트러진 머리카락을 쓰다듬어 올리
며 중얼거려 보았다. 이 말이 더욱 처량한 생각을 일으킨다. 나는 또 한 번,
"후—" 한숨을 내쉬며 왼팔을 베고 책상에 쓰러지며 눈을 감았다.

이 순간에 오늘 지낸 일이 불현듯 생각이 난다.

늦게야 점심을 마치고 내가 막 궐련 한 개를 피워 물 적에 한성은행(漢城銀
行) 다니는 T가 공일이라고 놀러 왔었다.

친척은 다 멀지 않게 살아도 가난한 꼴을 보이기도 싫고 찾아갈 적마다
무엇을 꿔 내라고 조르지도 아니하였건만 행여나 무슨 구차한 소리를 할

까 봐서 미리 방패막이를 하고 눈살을 찌푸리는 듯하여 나도 발을 끊고 따라서 찾아오는 이도 없었다. 다만 이 T는 촌수가 가까운 까닭인지 자주 우리를 방문하였다.

그는 성실하고 공순하며 소소한 소사(小事)에 슬퍼하고 기뻐하는 인물이었다. 동년배(同年輩)인 우리 둘은 늘 친척 간에 비교(比較)거리가 되었었다. 그리고 나의 평판이 항상 좋지 못했다.

"T는 돈을 알고 위인이 진실해서 그 애는 돈푼이나 모을 것이야! 그러나 K(내 이름)는 아무짝에도 못 쓸 놈이야. 그 잘난 언문(諺文) 섞어서 무어라고 끼적거려 놓고 제 주제에 무슨 조선에 유명한 문학가가 된다니! 시러베아 들(실없는 사람을 낮잡아 이르는 말. 시러베자식) 놈!"

이것이 그네들의 평판이었다. 내가 문학인지 무엇인지 하는 소리가 까닭 없이 그네들의 비위에 틀린 것이다. 더군다나 나는 그네들의 생일이나 혹은 대사(大事) 때에 돈 한 푼 이렇다는 일이 없고 T는 소위 착실히 돈벌이를 하여 가지고 국수 밥소라(밥·떡국·국수 등을 담는 큰 놋그릇)나 보조를 하는 까닭이다.

"얼마 아니 되어 T는 잘살 것이고 K는 거지가 될 것이니 두고 보아!"

오촌 당숙은 이런 말씀까지 하였다 한다. 입 밖에는 아니 내어도 친부모 친형제까지라도 심중(心中)으로는 다 이렇게 생각할 것이다. 그래도 부모는 달라서 화가 나시면,

"네가 그리하다가는 말경(末境)에 비렁뱅이가 되고 말 것이야."
라고 꾸중은 하셔도,

"사람이란 늦복 모르느니라."

"그런 사람은 또 그렇게 되느니라."
하시는 것이 스스로 위로하는 말씀이고 또 며느리를 위로하는 말씀이었다. 이것을 보아도 하는 수 없는 놈이라고 단념을 하시면서 그래도 잘되기를 바라시고 축원하시는 것을 알겠더라.

여하간 이만하면 T의 사람됨을 가히 알 수가 있다. 그러고 그가 우리 집에 올 것 같으면 지어서 쾌활하게 웃으며 힘써 재미스러운 이야기를 하였다. 단둘이 고적(孤寂)하게 그날그날을 보내는 우리에게는 더할 수 없이 반가웠다.

오늘도 그가 활발하게 집에 쑥 들어오더니 신문지에 싼 기름한 것을 '이 것 봐라' 하는 듯이 마루 위에 올려놓고 분주히 구두끈을 끄른다.

"이것은 무엇인가!"

나는 물어보았다.

"저— 제 처의 양산이야요. 쓰던 것이 벌써 다 낡았고 또 살이 부러졌다나요."

그는 구두를 벗고 마루에 올라서며 나오는 웃음을 참지 못하여 벙글벙글하면서 대답을 한다. 그는 나의 아내를 보며 돌연히,

"아주머니 좀 구경하시렵니까?"

하더니 싼 종이와 집을 벗기고 양산을 펴 보인다. 흰 비단 바탕에 두어 가지 매화를 수놓은 양산이었다.

"검정이는 좋은 것이 많아도 너무 칙칙해 보이고…… 회색이나 누렁이는 하나도 그것이야 싶은 것이 없어서 이것을 산걸요."

그는 '이것보다 더 좋은 것을 살 수가 있나' 하는 뜻을 보이려고 애를 쓰며 이런 발명(發明 변명)까지 한다.

"이것도 퍽 좋은데요."

이런 칭찬을 하면서 양산을 펴 들고 이리저리 홀린 듯이 들여다보고 있는 아내의 눈에는, '나도 이런 것을 하나 가졌으면' 하는 생각이 역력히 보인다.

나는 갑자기 불쾌한 생각이 와락 일어나서 방으로 들어오며 아내의 양산 보는 양을 빙그레 웃고 바라보고 있는 T에게,

"여보게, 방에 들어오게그려, 우리 이야기나 하세."

T는 따라 들어와 물가 폭등에 대한 이야기며, 자기의 월급이 오른 이야기며, 주권(株券 주주의 출자에 대해 교부하는 유가 증권)을 몇 주 사 두었더니 꽤 이익이 남았다든가, 이번 각 은행 사무원 경기회(競技會)에서 자기가 우월한 성적을 얻었다든가 이런 것 저런 것 한참 이야기하다가 돌아갔었다.

T를 보내고 책상을 향하여 짓던 소설의 결미를 생각하고 있을 즈음에,

"여보!"

아내의 떠는 목소리가 바로 내 귀 곁에서 들린다. 핏기 없는 얼굴에 살짝 붉은빛이 돌며 어느 결에 내 곁에 바싹 다가앉았더라.

"당신도 살 도리를 좀 하셔요."

"……."

나는 또 '시작하는구나' 하는 생각이 번개같이 머리에 번쩍이며 불쾌한

생각이 벌컥 일어난다. 그러나 무어라고 대답할 말이 없어 묵묵히 있었다.

"우리도 남과 같이 살아 보아야지요!"

아내가 T의 양산에 단단히 자극을 받은 것이다. 예술가의 처 노릇을 하려는 독특한 결심이 있는 그는 좀처럼 이런 소리를 입 밖에 내지 아니하였다. 그러나 무엇에 상당한 자극만 받으면 참고 참았던 이런 소리를 하게 되는 것이다. 나도 이런 소리를 들을 적마다 '그럴 만도 하다'는 동정심이 없지 아니하나 심사가 어쩐지 좋지 못하였다. 이번에도 '그럴 만도 하다'는 동정심이 없지 아니하되 또한 불쾌한 생각을 억제키 어려웠다. 잠깐 있다가 불쾌한 빛을 드러내며,

"급작스럽게 살 도리를 하라면 어찌할 수가 있소? 차차 될 때가 있겠지!"

"아이구, 차차란 말씀 그만두구려, 어느 천년에……."

아내의 얼굴에 붉은빛이 짙어지며 전에 없던 흥분한 어조로 이런 말까지 하였다. 자세히 보니 두 눈에 은은히 눈물이 괴었더라.

나는 잠시 멍멍하게 있었다. 성낸 불길이 치받쳐 올라온다. 나는 참을 수 없다.

"막벌이꾼한테 시집을 갈 것이지 누가 내게 시집을 오랬어! 저 따위가 예술가의 처가 다 뭐야!"

사나운 어조로 몰풍스럽게(성격이나 태도가 정이 없고 냉랭하며 퉁명스럽게) 소리를 꽥 질렀다.

"에그……!"

살짝 얼굴빛이 변해지며 어이없이 나를 보더니 고개가 점점 수그러지며 한 방울 두 방울 방울방울 눈물이 장판 위에 떨어진다.

나는 이런 일을 가슴에 그리며 그래도 내일 아침거리를 장만하려고 옷을 찾는 아내의 심중을 생각해 보니, 말할 수 없는 슬픈 생각이 가을바람과 같이 설렁설렁 심골(心骨 마음속)을 분지르는 것 같다.

쓸쓸한 빗소리는 굵었다 가늘었다 의연(依然)히 적적한 밤공기에 더욱 처량히 들리고 그을음 앉은 등피(燈皮 등불이 꺼지지 않도록 바람을 막고 불빛을 밝게 하기 위해 남포등에 씌우는 유리로 만든 물건) 속에서 비추는 불빛은 구름에 가린 달빛처럼 우는 듯 조는 듯 구차히 얻어 산 몇 권 양책(洋冊)의 표제(表題) 금자가 번쩍거린다.

2

장 앞에 초연히 서 있던 아내가 무엇이 생각났는지 고개를 끄덕끄덕하며 들릴 듯 말 듯 목 안의 소리로,

"오호…… 옳지 참 그날……."

"찾았소!"

"아니야요, 벌써…… 저 인천 사시는 형님이 오셨던 날……."

"……."

아내가 애써 찾던 그것도 벌써 전당포의 고운 먼지가 앉았구나! 종지 하나라도 차근차근 아랑곳하는 아내가 그것을 잡혔는지 아니 잡혔는지 모르는 것을 보면 빈곤이 얼마나 그의 정신을 물어뜯었는지 가히 알겠다.

"……."

"……."

한참 동안 서로 아무 말이 없었다. 가슴이 어째 답답해지며 누구하고 싸움이나 좀 해 보았으면 소리껏 고함이나 질러 보았으면 실컷 울어 보았으면 하는 일종 이상한 감정이 부글부글 피어오르며, 전신에 이가 스멀스멀 기어 다니는 듯 옷이 어째 몸에 끼어 견딜 수가 없다.

나는 이런 감정을 노골적으로 드러내며,

"점점 구차한 살림에 싫증이 나서 못 견디겠지?"

아내는 무엇을 생각하는지 모르게 정신을 잃고 섰다가 그 게슴츠레한 눈이 둥그레지며,

"네에? 어째서요?"

"무얼 그렇지!"

"싫은 생각은 조금도 없어요."

이렇게 말이 오락가락함을 따라 나는 흥분의 도(度)가 점점 짙어 간다.

그래서 아내가 떨리는 소리로,

"어째 그런 줄 아셔요?"

하고 반문할 적에,

"나를 숙맥(菽麥 사리 분별을 못하고 세상 물정을 잘 모르는 사람)으로 알우?"

라고, 격렬하게 소리를 높였다.

아내는 살짝 분한 빛이 눈에 비치며 물끄러미 나를 들여다본다. 나는 괘씸하다는 듯이 흘겨보며,

"그러면 그것 모를까! 오늘날까지 잘 참아 오더니 인제는 점점 기색이 달라지는걸 뭐! 물론 그럴 만도 하지마는!"

이런 말을 하는 내 가슴에는 지난 일이 활동사진 모양으로 얼른얼른 나타난다.

육 년 전에(그때 나는 십육 세이고 저는 십팔 세였다) 우리가 결혼한 지 얼마 아니 되어 지식에 목마른 나는 지식의 바닷물을 얻어 마시려고 표연히 집을 떠났었다. 광풍에 나부끼는 버들잎 모양으로 오늘은 지나(支那 중국 본토의 다른 명칭) 내일은 일본으로 굴러다니다가 금전의 탓으로 지식의 바닷물도 흠씬 마셔 보지도 못하고 반거들충이(무엇을 배우다가 중도에 그만두어 다 이루지 못한 사람)가 되어 집에 돌아오고 말았다. 내게 시집올 때에는 방글방글 피려는 꽃봉오리 같던 아내가 어느 결에 이울어 가는 꽃처럼 두 뺨에 선연한 빛이 스러지고 이마에는 벌써 두어 금 가는 줄이 그리어졌다.

처가 덕으로 집칸도 장만하고 세간도 얻어 우리는 소위 살림을 하게 되었다. 처음에는 그럭저럭 지내었지마는 한 푼 나는 데 없는 살림이라 한 달가고 두 달 갈수록 점점 곤란해질 따름이었다. 나는 보수 없는 독서와 가치 없는 창작으로 해가 지고 날이 새며 쌀이 있는지 나무가 있는지 망연케 몰랐다. 그래도 때때로 맛있는 반찬이 상에 오르고 입은 옷이 과히 추하지 아니함은 전혀 아내의 힘이었다. 전들 무슨 벌이가 있으리요, 부끄럼을 무릅쓰고 친가에 가서 눈치를 보아 가며 구차한 소리를 하여 가지고 얻어 온 것이었다. 그것도 한 번 두 번 말이지 장구한 세월에 어찌 늘 그럴 수가 있으랴! 말경에는 아내가 가져온 세간과 의복에 손을 대는 수밖에 없었다. 잡히고 파는 것도 나는 알은체도 아니하였다. 그가 애를 쓰며 퉁명스러운 옆집 할멈에게 돈푼을 주고 시켰었다.

이런 고생을 하면서도 그는 나의 성공만 마음속으로 깊이깊이 믿고 빌었었다. 어느 때에는 내가 무엇을 짓다가 마음에 맞지 아니하여 쓰던 것을 집어던지고 화를 낼 적에,

"왜 마음을 조급하게 잡수서요! 저는 꼭 당신의 이름이 세상에 빛날 날이 있을 줄 믿어요. 우리가 이렇게 고생을 하는 것이 장래에 잘될 근본이야요."
하고 그는 스스로 흥분되어 눈물을 흘리며 나를 위로한 적도 있었다.

내가 외국으로 돌아다닐 때에 소위 신풍조(新風潮)에 떠어 까닭 없이 구식 여자가 싫었었다. 그래서 나의 일찍이 장가든 것을 매우 후회하였다. 어떤

남학생과 어떤 여학생이 서로 연애를 주고받고 한다는 이야기를 들을 적마다 공연히 가슴이 뛰놀며 부럽기도 하고 비감(悲感)스럽기도 하였었다.

그러나 낫살이 들어갈수록 그런 생각도 없어지고 집에 돌아와 아내를 겪어 보니 의외에 그에게 따뜻한 맛과 순결한 맛을 발견하였다. 그의 사랑이야말로 이기적 사랑이 아니고 헌신적 사랑이었다. 이런 줄을 점점 깨닫게 될 때에 내 마음이 얼마나 행복스러웠으랴! 밤이 깊도록 다듬이를 하다가 그만 옷 입은 채로 쓰러져 곤하게 자는 그의 파리한 얼굴을 들여다보며,

"아아, 나에게 위안을 주고 원조를 주는 천사여!"

하고 감격이 극하여 눈물을 흘린 일도 있었다.

내가 알다시피 내가 별로 천품(天稟 타고난 기품)은 없으나 어쨌든 무슨 저작가(著作家)로 몸을 세워 보았으면 하여 나날이 창작과 독서에 전심력을 바쳤다. 물론 아직 남에게 인정될 가치는 없는 것이다. 그 영향으로 자연 일상생활이 말유(末由 방법이 없음)하게 되었다.

이런 곤란에 그는 근 이 년 견디어 왔건마는 나의 하는 일은 오히려 아무 보람이 없고 방 안에 놓였던 세간이 줄어 가고 장롱에 찼던 옷이 거의 다 없어졌을 뿐이다.

그 결과 그다지 견딜성 있던 저도 요사이 와서는 때때로 쓸데없는 탄식을 하게 되었다. 손잡이를 잡고 마루 끝에 우두커니 서서 하염없이 먼 산만 바라보기도 하며 바느질을 하다 말고 실심(失心 근심 걱정으로 맥이 빠지고 마음이 산란함)한 사람 모양으로 멍멍히 앉았기도 하였다. 창경(窓鏡 창문에 단 유리)으로 비치는 어스름한 햇빛에 나는 흔히 그의 눈물 머금은 근심 있는 눈을 발견하였다. 이럴 때에는 말할 수 없는 쓸쓸한 생각이 들며 일없이,

"마누라!"

하고 부르면 그는 몸을 흠칫하고 고개를 저리로 돌리어 치맛자락으로 눈물을 씻으며,

"네에?"

하고 울음에 떨리는 가는 대답을 한다. 나는 등에 찬물을 끼얹는 듯 몸이 으쓱해지며 처량한 생각이 싸늘하게 가슴에 흘렀었다. 그렇지 않아도 자비(自卑 스스로를 낮춤)하기 쉬운 마음이 더욱 심해지며,

'내가 무자격한 탓이다.'

하고 스스로 멸시를 하고 나니 더욱 견딜 수 없다.

'그럴 만도 하다.'

는 동정심이 없지 아니하되 그래도 그만 불쾌한 생각이 일어나며,

'계집이란 할 수 없어.'

혼자 이런 불평을 중얼거리었다.

환등(幻燈) 모양으로 하나씩 둘씩 이런 일이 가슴에 나타나니 무어라고 말할 용기조차 없어졌다. 나의 유일의 신앙자이고 위로자이던 저까지 인제는 나를 아니 믿게 되고 말았다.

그는 마음속으로,

'네가 육 년 동안 내 살을 깎고 저미었구나! 이 원수야!'

할 것이다. 이렇게 생각하매 그의 불같던 사랑까지 엷어져 가는 것 같았다. 아니 흔적도 없이 사라지고 만 것 같았다. 나는 감상적으로 허둥허둥하며,

"낸들 마누라를 고생시키고 싶어 시켰겠소! 비단옷도 해 주고 싶고 좋은 양산도 사 주고 싶어요! 그러길래 온종일 쉬지 않고 공부를 아니 하우. 남 보기에는 편편히 노는 것 같아도 실상은 그렇지 않아! 본들 모른단 말이오."

나는 점점 강한 가면을 벗고 약한 진상을 드러내며 이와 같은 가소로운 변명까지 하였다.

"온 세상 사람이 다 나를 비소(非笑 남을 비방하거나 비난해 웃음. 또는 그런 미소)하고 모욕하여도 상관이 없지만 마누라까지 나를 아니 믿어 주면 어찌한단 말이오."

내 말에 스스로 자극이 되어 마침내,

"아아!"

길이 탄식을 하고 그만 쓰러졌다. 이 순간에 고개를 숙이고 아마 하염없이 입술만 물어뜯고 있던 아내가 홀연,

"여보!"

울음소리를 떨면서 무너지는 듯이 내 얼굴에 쓰러진다.

"용서……."

하고는 북받쳐 나오는 울음에 말이 막히고 불덩이 같은 두 뺨이 내 얼굴을 누르며 흑흑 느끼어 운다. 그의 두 눈으로부터 샘솟듯 하는 눈물이 제 뺨과 내 뺨 사이를 따뜻하게 젖어 퍼진다.

내 눈에서도 눈물이 흘러내린다. 뒤숭숭하던 생각이 다 이 뜨거운 눈물에 봄눈 슬듯 스러지고 말았다.

한참 있다가 우리는 눈물을 씻었다. 내 속이 얼마큼 시원한 듯하였다.

"용서하여 주셔요! 그렇게 생각하실 줄은 참 몰랐어요."

이런 말을 하는 아내는 눈물에 불어 오른 눈꺼풀을 아픈 듯이 꿈적거린다.

"암만 구차하기로니 싫증이야 날까요! 나는 한번 먹은 마음이 있는데……."

가만가만히 변명을 하는 아내의 눈물 흔적이 어룽어룽한 얼굴을 물끄러미 바라보며 겨우 심신이 가든하였다^(마음이 가볍고 상쾌하였다).

3

어제 일로 심신이 피곤하였던지 그 이튿날 늦게야 잠을 깨니 간밤에 오던 비는 어느 결에 그치었고 명랑한 햇발이 미닫이에 높았더라. 아내가 다시금 장문을 열고 잡힐 것을 찾을 즈음에 누가 중문을 열고 들어온다. 우리는 누군가 하고 귀를 기울일 적에 밖에서,

"아씨!"

하는 소리가 들렸다.

아내는 급히 방문을 열고 나갔다. 그는 처가에서 부리는 할멈이었다. 오늘이 장인 생신이라고 어서 오라는 말을 전한다.

"오늘이야! 참 옳지, 오늘이 이월 열엿샛날이지, 나는 깜빡 잊었어!"

"원 아씨는 딱도 하십니다. 어쩌면 아버님 생신을 잊으신단 말씀이오. 아무리 살림이 재미가 나시더래도……."

시큰둥한 할멈은 선웃음^(우습지도 않은데 꾸며서 웃는 웃음)을 쳐 가며 이런 소리를 한다.

가난한 살림에 골몰하느라고 자기 친부의 생신까지 잊었는가 하매 아내의 정지^(情地 딱한 사정에 있는 처지)가 더욱 측연하였다.

"오늘이 본가 아버님 생신이라요. 어서 오시라는데……."

"어서 가구려……."

"당신도 가셔야지요. 우리 같이 가셔요."

하고 아내는 하염없이 얼굴을 붉힌다.

나는 처가에 가기가 매우 싫었었다. 그러나 아니 가는 것도 내 도리가 아닐 듯하여 하는 수 없이 두루마기를 입었다.

아내는 머뭇머뭇하며 양미간을 보일 듯 말 듯 찡그리다가 곁눈으로 살짝 나를 엿보더니 돌아서서 급히 장문을 연다.

'흥, 입을 옷이 없어서 망설거리는구나.'

나도 슬쩍 돌아서며 생각하였다. 우리는 서로 등지고 섰건만 그래도 아내가 거의 다 빈 장 안을 들여다보며 입을 만한 옷이 없어 눈살을 찌푸린 양이 눈앞에 선연함을 어찌할 수가 없었다.

"자아, 가셔요."

무엇을 생각는지 모르게 정신을 잃고 섰다가 아내의 부르는 소리를 듣고 나는 기계적으로 고개를 돌리었다. 아내는 당목 옷을 갈아입고 내 마음을 알았던지 나를 위로하는 듯이 방그레 웃었다. 나는 더욱 쓸쓸하였다.

우리 집은 천변 배다리 곁에 있고 처가는 안국동에 있어 그 거리가 꽤 멀었다. 나는 천천히 가느라고 가고 아내는 속히 오느라고 오건마는 그는 늘 뒤떨어졌다. 내가 한참 가다가 뒤를 돌아보면 그는 꽤 멀리 떨어져 나를 따라오려고 애를 쓰며 주춤주춤 걸어온다. 길가에 다니는 어느 여자를 보아도 거의 다 비단옷을 입고 고운 신을 신었는데 아내만 당목(唐木 가는 실로 되게 꼰 무명실로 폭이 넓고 발이 곱게 짠 피륙)옷을 허술하게 차리고 청목당혜(울이 깊고 작은, 앞뒤에 당문 따위를 새긴 가죽신의 하나)로 타박타박 걸어오는 양이 나에게 얼마나 애연(哀然)한 생각을 일으켰는지!

한참 만에 나는 넓고 높은 처가 대문에 다다랐다. 내가 안으로 들어갈 적에 낯선 사람들이 나를 흘끔흘끔 본다. 그들의 눈에,

'이 사람이 누구인가. 아마 이 집 하인인가 보다.'

하는 경멸히 여기는 빛이 있는 것 같았다. 안대청 가까이 들어오니 모두 내게 분분히 인사를 한다. 그 인사하는 소리가 내 귀에는 어째 비소하는 것 같기도 하고 모욕하는 것 같기도 하여 공연히 가슴이 두근거리고 얼굴이 후끈거리었다.

그중에 제일 내게 친숙하게 인사하는 사람이 있다. 그는 아내보다 삼 년 맏이인 처형이었다. 내가 어려서 장가를 들었으므로 그때 그는 나를 못 견디게 시달렸다. 그때는 그가 싫기도 하고 밉기도 하더니 지금 와서는 그때 그러한 것이 도리어 우리를 무관하고 정답게 만들었다. 그는 인천 사는데 자기 남편이 기미(期米 현물 없이 쌀을 거래하는 일)를 하여 가지고 이번에 돈 십만 원이나 착실히 땄다 한다. 그는 자기의 잘사는 것을 자랑하고자 함인지 비단을 내리감고 치감고 얼굴에 부유한 태(態)가 질질 흐른다. 그러나 분으로 숨기려고 애쓴 보람도 없이 눈 위에 퍼렇게 멍든 것이 내 눈에 띄었다.

"왜 마누라는 어쩌고 혼자 오셔요!"

그는 웃으며 이런 말을 하다가 중문 편을 바라보더니,

"그러면 그렇지! 동부인 아니하고 오실라구!"

혼자 주고받고 한다.

나도 이 말을 듣고 슬쩍 돌아다보니 아내가 벌써 중문 안에 들어섰더라. 그 수척한 얼굴이 더욱 수척해 보이며 눈물 고인 듯한 눈이 하염없이 웃는다. 나는 유심히 그와 아내를 번갈아 보았다. 처음 보는 사람은 분간을 못하리만큼 그들의 얼굴은 혹사(酷似 아주 비슷)하다. 그런데 얼굴빛은 어쩌면 저렇게 틀리는지(다른지)! 하나는 이글이글 만발한 꽃 같고 하나는 시들시들 마른 낙엽 같다. 아내를 형이라 하고, 처형을 아우라 하였으면 아무라도 속을 것이다. 또 한 번 아내를 보며 말할 수 없는 쓸쓸한 생각이 다시금 가슴을 누른다. 딴 음식은 별로 먹지도 아니하고 못 먹는 술을 넉 잔이나 마시었다. 그래도 바늘방석에 앉은 것처럼 앉아 견딜 수가 없다. 집에 가려고 나는 몸을 일으켰다. 골치가 띵하며 내가 선 방바닥이 마치 폭풍에 도도(滔滔 막힘이 없고 기운참)하는 파도같이 높았다 낮았다 어질어질해서 곧 쓰러질 것 같다. 이 거동을 보고 장모가 황망히 일어서며,

"술이 저렇게 취해 가지고 어데로 갈라구. 여기서 한잠 자고 가게."

나는 손을 내저으며,

"아니에요. 집에 가겠어요."

취한 소리로 중얼거리었다.

"저를 어쩌나!"

장모는 걱정을 하시더니,

"할멈! 어서 인력거 한 채 불러오게."

한다.

취중에도 인력거를 태우지 말고 그 인력거 삯을 나를 주었으면 책 한 권을 사 보련만 하는 생각이 있었다. 인력거를 타고 얼마 아니 가서 그만 잠이 들고 말았다.

한참 자다가 잠을 깨어 보니 방 안에 벌써 남폿불이 키었는데 아내는 어느 결에 왔는지 외로이 앉아 바느질을 하고 화로에서는 무엇이 끓는 소리가 보글보글하였다. 아내가 나의 잠 깬 것을 보더니 급히 화로에 얹은 것을 만져 보며,

"인제 그만 일어나 진지를 잡수셔요."

하고 부리나케 일어나 아랫목에 파묻어 둔 밥그릇을 꺼내어 미리 차려 둔 상에 얹어서 내 앞에 갖다 놓고 일변 화로를 당기어 더운 반찬을 집어 얹으며,

"자아 어서 일어나셔요."

나는 마지못하여 하는 듯이 부스스 일어났다. 머리가 오히려 아프며 목이 몹시 말라서 국과 물을 연해 들이켰다.

"물만 잡수셔서 어째요. 진지를 좀 잡수셔야지."

아내는 이런 근심을 하며 밥상머리에 앉아서 고기도 뜯어 주고 생선뼈도 추려 주었다. 이것은 다 오늘 처가에서 가져온 것이다. 나는 맛나게 밥 한 그릇을 다 먹었다. 내 밥상이 나매 아내가 밥을 먹기 시작한다. 그러면 지금껏 내 잠 깨기를 기다리고 밥을 먹지 아니하였구나 하고 오늘 처가에서 본 일을 생각하였다. 어제 일이 있은 후로 우리 사이에 무슨 벽이 생긴 듯하던 것이 그 벽이 점점 엷어져 가는 듯하며 가엾고 사랑스러운 생각이 일어났다. 그래서 우리는 정답게 이런 이야기 저런 이야기를 하게 되었다. 우리의 이야기는 오늘 장인 생신 잔치로부터 처형 눈 위에 멍든 것에 옮겨 갔다.

처형의 남편이 이번 그 돈을 딴 뒤로는 주야 요리점과 기생집에 돌아다니더니 일전에 어떤 기생을 얻어 가지고 미쳐 날뛰며 집에만 들면 집안 사람을 들볶고 걸핏하면 처형을 친다 한다. 이번에도 별로 대단치 않은 일에 처형에게 밥상으로 냅다 갈겨 바로 눈 위에 그렇게 멍이 들었다 한다.

"그것 보아 돈푼이나 있으면 다 그런 것이야."

"정말 그래요. 없으면 없는 대로 살아도 의좋게 지내는 것이 행복이야요."

아내는 충심으로 공명(共鳴 남의 사상이나 감정, 행동 따위에 공감해 찬성함)해 주었다.

이 말을 들으매 내 마음은 말할 수 없이 만족해지며 무슨 승리자나 된 듯이 득의양양하였다.

그리고 마음속으로,

'옳다, 그렇다. 이렇게 지내는 것이 행복이다.'

하였다.

4

이틀 뒤 해 어스름에 처형은 우리 집에 놀러 왔었다. 마침 내가 정신없이 무엇을 생각하고 있을 즈음에 쓸쓸하게 닫혀 있는 중문이 찌그덩하며(단단한 물건이 서로 여기저기 쓸리면서 듣기 거북한 소리가 나며) 비단옷 소리가 사르륵사르륵 들리더니 아랫목은 내게 빼앗기고 윗목에서 바느질을 하고 있던 아내가 문을 열고 나간다.

"아이고 형님 오셔요."

아내의 인사하는 소리가 들리더니 처형이 계집 하인에게 무엇을 들리고 들어온다.

나도 반갑게 인사를 하였다.

"그날 매우 욕을 보셨지요. 못 잡숫는 술을 무슨 짝에 그렇게 잡수셔요."

그는 이런 인사를 하다가 급작스럽게 계집 하인이 든 것을 빼앗더니 그 속에서 신문지로 싼 것을 끄집어내어 아내를 주며,

"내 신 사는데 네 신도 한 켤레 샀다. 그날 청목당혜를……."

말을 하려다가 나를 곁눈으로 흘끗 보고 그만 입을 닫친다.

"그것을 왜 또 사셨어요."

해쓱한 얼굴에 꽃물을 들이며 아내가 치사하는 것도 들은 체 만 체 하고 처형은 또 이야기를 시작한다.

"올 적에 사랑양반을 졸라서 돈 백 원을 얻었겠지. 그래서 오늘 종로에 나와서 옷감도 바꾸고 신도 사고……."

그는 자랑과 기쁨의 빛이 얼굴에 퍼지며 싼 보를 끌러,

"이런 것이야!"

하고 우리 앞에 펼쳐 놓는다.

자세히는 모르나 여하간 값 많은 품 좋은 비단일 듯하다.

무늬 없는 것, 무늬 있는 것, 회색·옥색·초록색·분홍색이 갖가지로 윤이 흐르며 색색이 빛이 나서 나는 한참 황홀하였다. 무슨 칭찬을 해야 되겠다 싶어서,

"참 좋은 것인데요."

이런 말을 하다가 나는 또 쓸쓸한 생각이 일어난다. 저것을 보는 아내의 심중이 어떠할까? 하는 의문이 문득 일어남이라.

"모다 좋은 것만 골라 샀습니다그려."

아내는 인사를 차리느라고 이런 칭찬은 하나마 별로 부러워하는 기색이 없다.

나는 적이 의외의 감이 있었다.

처형은 자기 남편의 흉을 보기 시작하였다. 그 밉살스럽다는 둥 그 추근추근하다는 둥 말끝마다 자기 남편의 불미한 점을 들다가 문득 이야기를 끊고 일어선다.

"왜 벌써 가시려고 하셔요. 모처럼 오셨다가 반찬은 없어도 저녁이나 잡수셔요."

하고 아내가 만류를 하니,

"아니 곧 가야지. 오늘 저녁차로 떠날 것이니까 가서 짐을 매어야지. 아직 차 시간이 멀었어? 아니 그래도 정거장에 일찍이 나가야지 만일 기차를 놓치면 오죽 기다리실라구. 벌써 오늘 저녁차로 간다고 편지까지 했는데……."

재삼 만류함도 돌아보지 아니하고 그는 홀홀히 나간다. 우리는 그를 보내고 방에 들어왔다.

나는 웃으며 아내에게,

"그까짓 것이 기다리는데 그다지 급급히 갈 것이 무엇이야."

아내는 하염없이 웃을 뿐이었다.

"그래도 옷감 바꿀 돈을 주었으니 기다리는 것이 애처롭기는 하겠지."

밉살스러우니 추근추근하니 하여도 물질의 만족만 얻으면 그것으로 위로하고 기뻐하는 그의 생활이 참 가련하다 하였다.

"참, 그런가 보아요."

아내도 웃으며 내 말을 받는다. 이때에 처형이 사 준 신이 그의 눈에 띄었는지 (혹은 나를 꺼려, 보고 싶은 것을 참았는지 모르나) 그것을 집어 들고 조심조심 펴 보려다가 말고 머뭇머뭇한다. 그 속에 그를 해케 할 무슨 위험품이나 든 것같이.

"어서 펴 보구려."

아내가 하도 머뭇머뭇하기로 보다 못하여 내가 재촉을 하였다.

아내는 이 말을 듣더니,

'작히('어찌 조금만큼만', '얼마나'의 뜻으로 희망이나 추측을 나타내는 말) 좋으랴.'

하는 듯이 활발하게 싼 신문지를 헤친다.

"퍽 예쁜걸요."

그는 근일에 드문 기쁜 소리를 치며 방바닥 위에 사뿐 내려놓고 버선을 당기며 곱게 신어 본다.

"어쩌면 이렇게 맞아요!"

연해연방 감탄사를 부르짖는 그의 얼굴에 흔연한 희색이 넘쳐흐른다.

"……"

묵묵히 아내의 기뻐하는 양을 보고 있는 나는 또다시,

'여자란 할 수 없어!'

하는 생각이 들며,

'조심하였을 따름이다!'

하매 밤빛 같은 검은 그림자가 가슴을 어둡게 하였다.

그러면 아까 처형의 옷감을 볼 적에도 물론 마음속으로는 부러워하였을 것이다. 다만 표면에 드러내지 않았을 따름이다. 겨우,

"어서 펴 보구려."

하는 한마디에 가슴에 숨겼던 생각을 속임 없이 나타내는구나 하였다.

내가 무엇을 생각하고 있는지 저는 모르고 새 신 신은 발을 조금 쳐들며,

"신 모양이 어때요?"

"매우 예뻐!"

겉으로는 좋은 듯이 대답을 하였으나 마음은 쓸쓸하였다. 내가 제게 신 한 켤레를 사 주지 못하여 남에게 얻은 것으로 만족하고 기뻐하는도다…….

웬일인지 이번에는 그만 불쾌한 생각이 일어나지 아니하였다. 처형이 동서(同壻 자매의 남편끼리 또는 형제의 아내끼리의 호칭)를 밉다거니 무엇이니 하면서도 기차를 놓치면 남편이 기다릴까 염려하여 급히 가던 것이 생각난다. 그것을 미루어 아내의 심사도 알 수가 있다. 부득이한 경우라 하릴없이 정신적 행복에만 만족하려고 애를 쓰지마는 기실(其實) 부족한 것이다. 다만 참을 따름이다. 그것은 내가 생각해야 된다. 이런 생각을 하니 전날 아내에게 그런 말을 한 것이 후회가 난다.

'어느 때라도 제 은공을 갚아 줄 날이 있겠지!'

나는 마음을 좀 너그럽게 먹고 이런 생각을 하며 아내를 보았다.

"나도 어서 출세를 하여 비단신 한 켤레쯤은 사 주게 되었으면 좋으련만……."

아내가 이런 말을 듣기는 참 처음이다.

"네에?"

아내는 제 귀를 못 미더워 하는 듯이 의아한 눈으로 나를 보더니 얼굴에 살짝 열기가 오르며,

"얼마 안 되어 그렇게 될 것이야요!"

라고 힘 있게 말하였다.

"정말 그럴 것 같소?"

나는 약간 흥분하여 반문하였다.

"그러문요, 그렇고말고요."

아직 아무도 인정해 주지 않은 무명작가인 나를 다만 저 하나가 깊이깊이 인정해 준다. 그러기에 그 강한 물질에 대한 본능적 요구도 참아 가며 오늘날까지 몹시 눈살을 찌푸리지 아니하고 나를 도와준 것이다.

'아아, 나에게 위안을 주고 원조를 주는 천사여!'

마음속으로 이렇게 부르짖으며 두 팔로 덥석 아내의 허리를 잡아 내 가슴에 바싹 안았다. 그다음 순간에는 뜨거운 두 입술이…….

그의 눈에도 나의 눈에도 그렁그렁한 눈물이 물 끓듯 넘쳐흐른다.

할머니의 죽음

작가: 현진건(73쪽 '작가와 작품 세계' 참조)
갈래: 사실주의 소설
배경: 시간 - 1920년대 / 공간 - 시골
시점: 1인칭 관찰자 시점
주제: 인간의 허위의식에 대한 풍자
출전: 〈백조〉(1923)

✎ 구성과 줄거리 --

발단 '나'는 '조모주 병환 위독'이라는 전보를 받고 급히 귀향함

3월 그믐날 '나'는 시골 본가로부터 '조모주 병환 위독'이라는 전보를 받고 급히 시골로 내려간다. 여든둘이 넘은 할머니는 정신이 가물가물하기 때문에 자손들이 여러 번 바쁜 걸음을 치게 했다. 곡성이 들릴 듯한 사립문을 들어서니 할머니의 병세는 이미 악화되어 있다.

전개 중모(仲母)가 극진한 효성으로 자신의 위치를 드러내려 함

친척이 모두 모여 긴장된 며칠을 보내는 가운데 집안의 효부로 알려진 중모는 할머니 곁에서 연일 밤을 새워 가며 간호한다. 하지만 '나'는 중모의 행동을 '우리를 야단치기 위한 밑천 장만하기'라고 생각할 뿐이다. 중모는 할머니가 빨리 기운을 회복하길 빌며 연신 염불을 외운다. 위독한 할머니를 지켜보는 자손들은 마음속으로 할머니가 빨리 돌아가시기를 기다린다.

위기 할머니는 죽음을 거부하는 허망한 몸짓을 하며 고통스러워함

할머니는 정신이 흐릿해져 '나'를 '서방'이라고 부르고 단추를 끌러 앞가슴을 풀어 젖히라고 하는 등 이상한 언행을 해 자손들의 웃음거리가 된다.

절정 **자손들은 할머니가 빨리 돌아가시기를 은근히 바람**

자손들은 직장 때문에 무작정 머물 수도 없어 한의원을 부른다. 오늘내일을 넘기기 힘들다는 진단과는 달리 하루하루가 무사히 지나자 양의(洋醫)에게 다시 진찰을 받는다. 몇 주일은 염려 없다는 양의의 말에 안심한 자손들은 바쁘다는 핑계로 모두 떠난다. '나'도 할머니에게 곧 완쾌되실 거라고 위로하고 서울로 올라온다.

결말 **할머니는 결국 외로운 죽음을 맞이함**

어느 화창한 봄날, '나'는 벚꽃 놀이를 막 나가려는 때에 '오전 3시 조모주 별세'라는 전보를 받는다.

✐ **생각해 볼 문제** ---------------------------------------

1. **할머니의 죽음을 바라보는 인물들의 태도는 어떠한가?**

이 작품은 현진건이 신변 소설에서 객관적인 심리 묘사 소설로 변화하는 계기를 이루는 소설이다. 할머니의 죽음을 예고하는 병환 소식을 들은 양조모는 슬피 울다가 곧 신세 한탄을 한다. 양조모에게 할머니의 죽음이란 자신도 얼마 되지 않아 죽을 것을 뜻하기 때문이다. 양모는 사회적 통념에 따라 할머니의 죽음을 호상이라 말한다. 나도 양모의 생각에 동의한다. 결국 양조모와 양모, 그리고 '나'는 자신의 입장에서만 할머니의 죽음을 바라보고 있을 뿐이다.

2. **할머니의 임종을 준비하는 자손들의 위장된 허위의식은 어떻게 드러나는가?**

'나'는 할머니의 임종을 앞둔 자손들의 행동에서 천륜으로 얽혀진 끊을 수 없는 정(情)보다는 인간들의 요식적인 행위를 발견한다. 할머니에게 극진한 효성을 보이는 중모에게서 '나'는 도덕적 우위를 드러내기 위한 위선적 모습을 본다. 또한, 할머니의 처지를 비웃는 자손들의 모습에 경멸감을 느낀다. 하지만 '나'는 결국 가족들을 모욕할 권리가 없다는 것을 시인한다. 사람들은 누구나 남의 죽음에 대해 진정으로 아파하지 않는다는 반성적인 깨달음에 이른 것이다. 위장된 허위성은 왕진을 청하는 데서 극도에 달한다. 왕진을 청한 것은 결국 할머니의 병을 치료하기 위한 것이 아니라 수명이 어느 정도 지속될 것인지를 알기 위한 것이다.

3. **이 소설의 결말 부분이 노리는 반어적 효과에 대해 설명해 보자.**

어느 아름다운 봄날, 깨끗하게 봄옷으로 갈아입고 친구들과 벚꽃 놀이를 나가다가 사망 전보를 받는 마지막 장면은 아이러니로 극적인 효과를 준다. 벚꽃 놀이와 할머니의 죽음이 극적으로 대비되어 인간의 이기적인 모습이 탁월하게 형상화되었다. '조모주 병환 위독'이라는 전보로 시작해 '오전 3시 조모주 별세'라는 전보로 끝나는 수미상응(首尾相應 양쪽 끝이 서로 통함)의 구성도 탁월하다. 두 전보는 소설의 내용을 압축적으로 보여 준다.

4. **작가는 '할머니의 죽음'을 어떻게 그렸는가?**

할머니의 임종을 지켜보기 위해 무거운 발걸음을 했을 친척들은 막상 '할머니의 죽음'보다 개개인의 사정을 더 우선시한다. 하지만 작가는 이런 가족들의 모습을 직접적으로 비판하지는 않는다. 오히려 독자는 오랜 병환으로 정신이 흐릿해진 할머니가 '나'를 서방으로 부르고 이상한 언행을 하는 부분을 통해 죽음이라는 긴박한 상황을 앞두고 다소간 긴장이 완화되는 기분을 느낄 수 있을 것이다.

✐인물 관계도

할머니

(효심) →

(무관심) ↑

중모

자손들

나

3월에 저(나)는 할머니가 위독하다는 전보를 받고 바로 찾아 갔어요. 할머니가 이렇게 자손을 불러 모은 게 몇 번째인지 모르겠어요. 친척들은 모두 지쳤는데 중모만은 할머니를 극진히 간호했지요. 할머니는 저를 서방으로 착각할 정도로 정신이 없었어요. 몇 주는 괜찮을 거라는 양의의 말에 결국 친척들은 모두 돌아갔어요. 어느 날 꽃놀이를 가려던 차에 할머니가 돌아가셨다는 전보를 받았어요.

할머니의 죽음

'조모주(주로 편지글에서 '할머니'를 이르는 말) 병환 위독'

3월 그믐날 나는 이런 전보를 받았다. 이는 ××에 있는 생가에서 놓은 것이니 물론 생가 할머니의 병환이 위독하단 말이다. 병환이 위독은 하다 해도 기실 모나게 무슨 병이 있는 게 아니다. 벌써 여든둘이나 넘은 그 할머니는 작년 봄부터 시름시름 기운이 쇠진해서 가끔 가물가물하기 때문에 그동안 자손들로 하여금 한두 번 아니게 바쁜 걸음을 많이 치게 하였다.

그 할머니의 오 년 맏이인 양조모(養祖母 양자로 간 집의 할머니)는 갑자기 울기 시작하였다.

"아이고…… 이승에서는 다시 못 보겠다. 동서라도 의로 말하면 친형제나 다름이 없었다……. 육십 년을 하루같이 어디 뜻 한 번 거슬러 보았을까……."

연해연방 이런 넋두리를 섞어 가며 양조모는 울었다. 운다 하여도 눈 가장자리가 붉어지고 목소리가 떨릴 뿐이었다. 워낙 연만(年滿 나이가 많음)한 그는 제법 울음답게 울 근력조차 없었다.

"그래도 그 할머니는 팔자가 좋으시다. 자손이 늘은 듯하고…… 아이고."

끝으로 이런 말을 하며 울음이 한숨으로 변하였다. 자기가 너무 수(壽)한 까닭으로 외동자들을 앞세워, 원이 되고 한이 되어 노상 자기의 생을 저주하는 그는 아들이 둘(본래 셋이더니 그중에 중부(仲父 결혼을 한 아버지의 형제 가운데 둘째 되는 이)가 일찍이 돌아갔다), 직손자가 여덟이나 되는 그 할머니를 언제든지 부러워하였다.

"지금 돌아가시면 호상(好喪 복을 누리고 오래 산 사람의 죽음)이지. 아드님이 백발이 허연데……."

라고, 양모(養母)도 맞방망이를 치며 눈을 멍하게 뜬다. 나도 과연 그렇기도 하겠다 싶었다.

나는 그날 밤차로 ××를 향하고 떠났다. 새로 석 점이 지나 기차를 내린 나는 벌써 돌아가시지나 않았나고 염려를 마지않으며 캄캄한 좁은 골목을 돌아들어 생가의 삽짝('사립짝'의 준말) 가까이 다다를 제 곡성이 나는 듯 나는 듯하여 마음이 조마조마하였다. 하건만 다행히 그 불길한 소리는 들리지 않았다. 삽짝은 빠끔히 열려 있었다.

마당에 들어서니 추녀 끝에 달린 그을음 앉은 괘등(掛燈 전각이나 누각의 천장에 매다는 등)이 간 반밖에 아니 되는 마루와 좁직한 뜰을 쓸쓸하게 비추고 있었다. 우물 둑과 장독간의 사이에 위는 거적으로 덮고 양 가는 삿자리(갈대를 엮어서 만든 자리)로 두른 울 막을 보고 나는 가슴이 덜컥하고 내려앉았다. 상청(喪廳 죽은 이의 영위를 두는 영궤와 그에 딸린 물건을 차려 놓는 곳)이 아닌가—.

그러나 나의 어림짐작은 틀리었다. 마루에 올라선 내가 안방 아랫방에서 뛰어나온 잠 못 잔 피로한 얼굴들에게 이끌리어 할머니의 거처하는 단칸 건넌방으로 들어가니 할머니는 까라진 듯이 아랫목에 누웠으되 오히려 숨은 붙어 있었다. 그 앞에 앉는 나를 생선의 그것 같은 흐릿한 눈자위로 의아하게 바라본다.

"얘가 누구입니까. 어머니 얘가 누구입니까."

예안(禮安) 이씨로, 예절 알기와 효성 있기로 집안 중에 유명한 중모(仲母 둘째 어머니)는 나를 가리키며 병자의 귀에 대고 부르짖었다.

"몰라……."

환자는 담이 그르렁그르렁하면서 귀찮은 듯이 대꾸하였다.

"제가 누구입니까? 할머니!"

나는 그 검버섯이 어룽어룽한 뼈만 남은 손을 만지면서 물어보았다. 나의 소리는 떨리었다.

"저를 모르시겠습니까? 제가 ××이 아닙니까?"

"응, 네가 ××이냐……."

우는 듯이 이런 말을 하고 그윽하나마 내가 잡은 손에 힘을 주는 듯하였다. 그 개개풀린 눈동자 가운데도 반기는 빛이 역력히 움직였다.

할머니의 병환이 어젯밤에는 매우 위중해서 모두 밤새움을 한 일, 누구누구 자손을 찾던 일, 그중에 내 이름도 부르던 일, 지금은 한결 돌린 일…… 온갖 것을 중모는 나에게 가르쳐 주었다. 나는 그날 밤을 누울락 앉을락, 깰락 졸락 할머니 곁에서 밝혔다. 모였던 자손들이 제각기 돌아간 뒤에도 중모만은 할머니 곁을 떠나지 않았다. 불교의 독신자인 그는 잠 오는 눈을 비비기도 하고 기침으로 목청을 가다듬기도 하면서 밤새도록 염불을 그치지 않았다. 그 소리는 적적한 새벽녘에 해가와 같이 처량히 들렸다. 나는 새삼스럽게 그 효심의 지극함과 그 정서의 놀라움에 탄복하였다.

아침저녁으로 각지에 흩어져 있는 자손들이 모여들기 시작하였다. 방이라야 단지 셋밖에 없는데, 안방은 어머니, 형수들이 점령하고 뜰아랫방 하나 있는 것은 아버지, 삼촌, 당숙들에게 빼앗긴 우리 젊은이 패—사·육촌 형제들은 밤이 되어도 단 한 시간을 눈 붙일 곳이 없었다. 이웃집에 누누이 교섭한 끝에 방 한 칸을 빌려서 번차례(돌려 가며 서로 번갈아드는 차례)로 조금씩 쉬기로 하였다. 이 짧은 휴식이나마 곰비임비(물건이 계속 쌓이거나 일이 계속 일어남을 나타내는 말) 교란되었나니 그것은 십 분들이(십 분 간격)로 집에서 불러들이는 까닭이다. 아버지와 삼촌네들의 큰 심부름 잔심부름도 적지 않았지만 할머니 곁에 혼자 앉아 있는 중모의 꾸준한 명령일 때가 많았다. 더욱이 밤새 한 시에나 두 시에나 간신히 잠이 들어 꿀보다 더 단잠이 온몸에 나른하게 퍼진 새벽녘에 우리는 끄들리어(꺼들리어. 잡아 쥐고 당겨서 추켜들리어) 일어나는 수밖에 없었다.

"할머니 병환이 이렇듯 위중하신데 너희는 태평 치고 잠을 잔단 말이냐?"

우리가 건넌방에 들어서면 그는 다짜고짜로 야단을 쳤다. 그중에도 가장 나이 어리고 만만한 내가 이 꾸중받이가 되었다. 인정사정없는 그의 태도가 불쾌하기는 하였지만 도덕적 우월을 빼앗긴 우리는 대꾸 한마디 할 수 없었다.

"다들 뭐란 말이냐. 나는 한 달이나 밤을 새웠다. 며칠들이나 된다고."

졸음 오는 눈을 비비는 우리를 보고 그는 자랑스럽게 또 이런 꾸중도 하였다.

'놀라운 효성을 부리는 게 도무지 우리 야단칠 밑천을 장만하는 게로구나.'

나는 속으로 꿀꺽꿀꺽하며 이런 생각을 하였다.

한번은 또 그의 명령으로 우리는 건넌방에 모여들었다. 그 방문을 열어젖히었는데 문지방 위에 할머니의 지팡이가 놓이고 그 밑에 또 신으시던 신이 놓여 있었다. 방 안 할머니의 머리맡 벽에는 다라니(석가모니의 오묘한 가르침이 담긴 것으로, 신비한 힘을 지닌 것으로 믿어지는 주문 또는 주문을 적은 경전)가 걸려 있다.

'할머니가 운명을 하시나 보다!'

우리는 번개같이 이런 생각을 하며 할머니 곁으로 다가들었다. 그는 담을 그르렁그르렁거리며 혼혼히(정신이 흐리고 가물가물한 상태) 누워 있었다. 중모는 흐르는 눈물을 걷잡지 못하며 그의 귀에 들이대고 울음소리로 아미타불과 지장보살을 구슬프게 부르짖고 있었다.

한동안 엄숙한 긴장이 여기 있었다. 모두 같은 일을 기대하면서.

십 분! 이십 분! 환자의 신상에는 아무 별증(어떤 병에 딸려 일어나는 다른 증상)이 나타나지 않았다.

"아마, 잠이 드신 모양입니다."

이윽고 아버지가 이 긴장한 침묵을 깨뜨렸다. 그리고 중모를 향하여,

"잠 주무시게스리 염불(念佛)을 고만 외십시오."

하고 나가 버렸다. 그 뒤를 따라 빽빽하게 들어섰던 자손들이 하나씩 둘씩 헤어졌다.

그래도 눈물을 섞어 가며 염불을 멈추지 않던 중모가 얼마 뒤에 제풀에 부처님 찾기를 그치었다. 그리고 끝끝내 남아 있던 나에게 할머니가 중부가 왔다고 하던 일, 자기를 데리러 교군(가마를 메는 사람)이 왔다던 일, 중모의 손을 비틀며 어서 가자고 야단을 치던 일을 이야기하였다. 그러다가 숨구멍에서 무엇이 꿀꺽하더니 그만 저렇게 정신을 잃으신 것을 설명해 듣기었다.

그날 저녁때에 할머니는 여상히(평소와 다름이 없이) 깨어나셨다. 이런 일이 한 두 번이 아니었다. 몇 번이나 신과 지팡이가 놓였다 치워졌다, 다라니가 벽에 걸리었다 떼였다 하였다. 그러는 동안에 자손의 얼굴은 자꾸자꾸 축이 나갔다. 말하기는 안되었지만 모두 불언(不言 말하지 않음) 중에 할머니의 하루바삐 끝장나기를 기다리고 있었다. 관조차 맞추어서 칠까지 먹여 놓았다. 내가 처음 오던 날 상청이 아닌가고 놀래던 그 울 막도 이 관을 놓아두려는 의지간(원래 있던 집채에 더 달아서 꾸민 칸)이었다.

그러하건만 할머니는 연해 한 모양으로 그물그물하다가 또 정신을 차리었다. 아니 정신이 돌아오는 때가 도리어 많아간다. 자기 앞에 들어서는 자손들을 거의 틀림없이 알아맞혔다.

그리고 가끔 몸부림을 치면서 일으켜 달라고 야단을 쳤다. 이럴 때에 중모는 거북스럽게도 염불을 모시었다.

"어머니 어머니, 가만히 계셔요. 가만히 계셔요."

그는 몸부림하는 할머니를 제지하면서 이렇게 타일렀다.

"저를 따라 염불을 외셔요. 나무아미타불, 나무아미타불."

"나 일어날란다."

"에그, 왜 그러셔요. 가만히 계셔요, 제발 덕분에. 나무아미타불, 나무아미타불……."

"나무아미타불, 나무아미타불."

할머니는 마지못하여 중모를 따라 두어 번 입술을 달싹달싹하더니 또 얼굴을 찡그리며 애원하는 어조로,

"인제 고만 외우고 날 좀 일으켜다고. 내 인제 고만 가련다."

"인제 가세요! 가만히 누워 가시지요. 왜 일어나시긴. 나무아미타불……왕생극락(죽어서 극락세계에 가서 태어남)…… 나무아미타불……."

할머니는 귀찮아 못 견디겠다는 듯이 팔을 내어 저으며,

"듣기 싫다, 염불 소리 듣기 싫다! 인제 고만해라."

하며 몸을 일으키려고 애를 쓴다.

"그게 무슨 말씀입니까."

중모는 질색을 하며 더욱 비장하게 부처님을 찾았다.

"듣기 싫다! 듣기 싫어. 나는 고만 갈 테야."

할머니는 또 이렇게 재우쳤다(빨리 몰아치거나 재촉했다).

나는 이 광경을 보고 적이 의외의 감이 있었다. 할머니는 중모보다 못하지 않은 불교의 독신자이다. 몇십 년을 하루같이 새벽마다 만수향(선향(線香)의 한 가지. 국숫발같이 가늘고 길이가 한 자쯤 됨)을 켜 놓고 염불 모시기를 잊지 않은 어른이다. 정신이 혼혼한 뒤에도 염주 담은 상자와 만수향만은 일일이 아랑곳하던 어른이다.

"……하루에도 만수향을 세 갑 네 갑 켜시겠지. 금방 사다 드리면 세 개씩 네 개씩 당장 다 켜 버리시고 또 안 사온다고 꾸중이시구나……."

작년 가을 내가 귀성하였을 제, 계모가 웃으며 할머니의 노망 이야기를 하는 가운데 만수향 켜는 것을 그 하나로 헤아렸다.

그러하던 할머니가 왜 지금 와서 염불을 듣기 싫다는가? 그다지 할머니는 일어나고 싶으신가? 죽어 가면서도 일어나려는 이 본능 앞에는 모든 것이 권위를 잃은 것인가?

"저렇게 일어나시려니 좀 일으켜 드리지요."

나는 보다 못해 이런 말을 했다.

"안 된다, 일으켜 드릴 수가 없다. 하도 저러시기에 한번 일으켜 드렸더니 어떻게 아파하시는지 차마 뵈올 수가 없었다."

"어째 그래요?"

나는 이렇게 반문하였다. 이 반문에 대한 중모의 설명은 더욱 놀랄 것이

었다.

할머니가 작년 봄부터 맑은 정신을 잃은 결과에 늙은이가 어린애 된다고, 뒤를 가리지 않게 되었다. 게다가 이 두어 달 전부터 물을 자꾸 청해 잡수시고 옷에고 요 바닥에 함부로 뒤를 보았다. 그것을 얼른 빨아 드리지 못한 때문에 제풀에 뭉켜지고 말라붙은 데다가 뜨거운 불목(온돌방 아랫목의 가장 더운 자리)에 데어 궁둥이 언저리가 모두 벗겨졌다. 그러므로 일어나려면 그곳이 당기고 배기어 아파하는 것이라 한다.

이 말을 들은 나는 할머니를 모로 누이고 그 상처를 보았다. 그 자리는 손바닥 넓이만치나 빨갛게 단 쇠로 지진 듯이 시커멓게 벗겨졌는데 그 위에는 하얀 해가 징그럽게 끼었고 그 가장자리는 독기를 품고 아른아른히 부르터 올라 있다. 나는 차마 더 볼 수가 없었다!

이것이 무슨 일인가! 양조모, 양모가 부러워하던 늘은 듯한 자손은 다 무엇을 하고 우리 할머니를 이 지경이 되게 하였는가? 왜 자주 옷을 갈아입혀 드리며 빨아 드리지 못하였는가? 이 직접 책임자인 계모가 더할 수 없이 괘씸하였다.

그러나 가만히 생각해 보면 그를 그르다고도 할 수 없다. 위에도 말하였거니와 할머니가 이리된 지는 하루 이틀이 아니다. 벌써 몇 달이 되었다. 이 긴 시일에 제아무리 효부라 한들 하루도 몇 번을 흘리는 뒤를 그때 족족 빨아 낼 수 없으리라. 더구나 밤에 그런 것이야, 일일이 알 수도 없으리라. 하물며 계모는 시집오던 첫날부터 골머리를 앓으리만큼 큰 병객이다. 병명은 의원을 따라 혹은 변두머리(편두통)라고도 하고 혹은 뇌진이라고도 하고 혹은 선천 부족(先天 不足 타고난 체력이 부족해 몸이 허약한 상태)이라고도 하였지마는 하나도 고쳐 주지는 못하였다. 삼십이 될락 말락 하건만 육십이나 칠십이 다 된 노인 모양으로 주야장천(晝夜長川 밤낮으로 쉬지 않고 잇따라서) 자리보전하고 누워 있는 터이다. 제 몸이 괴로우니 모든 것이 싫은 것이다. 그리고 나까지 아우르면 아버지 슬하에 아들만 넷이나 되건마는 지금 육십 노경에 받드는 어느 아들, 어느 며느리 하나 없다. 집안이 넉넉지 못한 탓으로 사방에 흩어져서 제 입 풀칠하기에 눈코를 못 뜨는 까닭이다.

이 책임을 누구에게 돌릴까? 나는 알 수가 없었다. 쓴 물만 입안에 돌 뿐이다.

그 후에 또 이런 일이 있었다. 어느 때 내가 할머니 곁에 갔을 적이었다.

할머니는 그 뼈만 남은 손으로 나의 손을 만지고 있었다.

"××아, ××아."

할머니는 문득 나를 불렀다.

"인제는 다시 못 보겠다, 인제는 다시 못 보겠다."

"왜 그런 말씀을 하 니까?"

"인제 내가 안 죽니, 그런데 너, 내 청 하나 들어주겠니."

"네? 무슨 말씀입니까?"

"나, 나 좀 일으켜 다고."

나는 눈물이 날 듯이 감동하였다. 어찌 차마 이 청을 떼칠 건가. 나는 다짜고짜로 두 손을 할머니 어깨 밑으로 넣으려 하였다. 이것을 본 중모는 깜짝 놀라며 나를 말렸다.

"애, 네가 왜 또 그러니? 일으켜 드리면 아파하신대두 그 애가 그러네."

"그때 약을 사다 드렸으니 그 자리가 인제는 아물었겠지요."

나는 데었단 말을 듣던 그날, 약 사다 드린 것을 생각하고 이런 말을 하였다.

"아니야, 아직 다 낫지 않았어. 오늘 아침에도 일으켜 드렸더니 몹시 아파하시더라."

나는 주춤하였다. 할머니의 앓는 것이 애처로웠음이다.

"어머니! 어머니! 가만히 누워 계셔요, 네? 일어나시면 아프십니다."

중모는 자상히 타이르듯 말하였다. 할머니는 물끄러미 나와 중모를 번갈아 보시더니 단념한 듯이 눈을 감았다. 한참 앉아 있다가 나는 몸을 일으켰다. 이때에 할머니가 눈을 번쩍 뜨며 문득,

"어데를 가?"라고 물었다. 나는 주춤 발길을 멈추었다.

할머니는 퀭한 눈으로 이윽고 나를 쳐다보더니 무엇을 잡을 듯이 손을 내어 저으며 우는 듯한 소리로,

"서방님! 제발 나를 좀 일으켜 주십시오. 서방님, 제발 나를 좀 일으켜 주시오."라고 부르짖었다.

"에그머니! 그게 무슨 말입니까? 그 애가 ××이 아닙니까. 서방님이 무엇이야요."

중모는 바싹 할머니에게 다가들며 애처롭게 가르쳐 드렸다. 이때 마침 할머니가 잡수실 배즙을 가지고 들어오던 둘째 형수가 무슨 구경거리나 생

긴 듯이 안방을 향하고 외쳤다.

"에그, 할머니 좀 보아요! 서울 아주버님더러 서방님! 서방님! 하십니다."

이 외침을 듣고 자부(子婦 며느리)와 손부(孫婦 손자며느리)들은 모여들었다. 그들의 눈은 호기심에 번쩍이고 있었다. 나는 또 할머니의 청을 물리칠 수는 없었다.

그것이 어떠한 나쁜 영향을 초치(招致 불러서 오게 함)할지라도 아니 일으켜 드릴 수 없었다.

그러나 할머니는 요 바닥 위로 반자를 떠나지 못하여,

"아야야……"라고 외마디소리를 쳤다. 나는 얼른 들어 올리던 손을 뺄 수밖에 없었다.

다시금 눕기 싫어하던 요 위에 누운 뒤에도 할머니는 앓기를 말지 않았다. 나는 적지 아니한 꾸중을 모시었다.

이윽고 조금 진정이 되더니만 또 팔을 내저으며 기를 쓰고 가슴을 덮은 이불자락을 자꾸자꾸 밀어 내리었다. 감기나 들까 염려하는 중모는 그것을 꾸준히 도로 집어 올렸다.

할머니는 또 손을 내밀더니 이번에는 내 조끼 단추를 붙잡아 당기었다.

"왜 이리하십니까? 단추를 빼란 말씀입니까?"

할머니는 고개를 끄덕이었다. 끄덕였다 하여도 끄덕이려는 의사를 보였을 뿐이었다. 나는 단추 한 개를 빼었다. 그래도 할머니는 자꾸 조끼의 단추와 씨름을 말지 아니하였다. 나는 단추를 낱낱이 빼는 수밖에 없었다. 그러고 나니 그는 또 옷고름과 실랑이를 시작하였다.

"옷고름을 끄를까요?"

"응."

나는 또 옷고름을 끌렀다. 끄른 뒤에 할머니는 또 소매를 잡아당기었다.

"왜 이리하셔요?"

"벼, 벗어라, 답답지 않니?"

여기저기서 물어 멈추려고 애쓰는 웃음이 키키 하였다.

나는 경멸과 모욕의 시선을 그들에게 던졌다. 자기가 얼마나 답답하고 갑갑하길래 남의 단추 끼운 것과 옷고름 맨 것과 저고리 입은 것조차 답답해 보일 것이랴! 여기는 쓰디쓴 눈물과 살을 저미는 슬픔이 있어야 하겠거늘, 이 기막힌 광경을 조소로 맞아야 옳을까?

나는 곧 그들에게 침이라도 뱉고 싶었다. 하되 나의 마음을 냉정하게 살펴본즉 슬프다! 나에게는 그들을 모욕할 권리가 없었다. 형수들 앞에서 앞가슴을 풀어 젖히라는 할머니가 민망스럽기도 하고 딱하기도 하였다. 환자를 가엾다고 생각하면서도 나의 속 어디인지 웃음이 움직인 것은 부정할 수 없는 사실이었다. 더구나 내가 젊은이 패가 모인 이웃집 방에 들어갔을 제 무슨 재미스러운 일이나 보고 온 사람 모양으로 득의양양히 이 이야기를 하고서 허리를 분질렀다…….

거기에서는 할머니의 병세에 대하여 의논이 분분하였다. 그들은 하나도 한가한 이가 없었다. 혹은 변호사, 혹은 은행원, 혹은 회사원으로 다 무한년(無限年)하고 (햇수에 제한이 없는 상태로) 있을 수 없는 형편이었다.

"나는 암만해도 내일은 좀 가 보아야 되겠는데…… 나는 그 전보를 보고 벌써 돌아가신 줄 알았어. 올 때에 친구들이 북포(北布)니 뭐니 부의(賻儀)를 주기에 아직 돌아가시지도 않았는데 이게 웬일이냐 하니까, 그 사람들 말이, 돌아가셔도 자손들에게 그렇게 전보를 놓으니, 하데그려. 그래 모두 받아 왔는데…… 허허허…….."

그중에 제일 연장자로 쾌활하고 말 잘하는 백형(佰兄 맏형)은 웃음 섞어 이런 말을 하고 있었다.

"암만해도 오늘내일 돌아가실 것 같지는 않는데…… 이거 큰일 났는걸, 가는 수도 없고……."

"딴은 곧 돌아가실 것 같지는 않아."

은행원으로 있는 육촌은 이렇게 맞방망이를 쳤다.

"의사를 불러서 진단을 해 보는 것이 어떨까요?"

부산 방직 회사에 다니는 사촌이 이런 제의를 하였다.

"옳지, 참 그래 보아야 되겠군."

아버지께 이 사연을 아뢰었다.

"시방 그물그물하시지 않나, 그러면 하여간 의원을 좀 불러올까."

의원은 아버지와 절친한 김 주부(主簿 한약방을 차린 사람)를 청해 오기로 하였다.

갓을 쓴 그 의원은 얼마 아니 되어 미륵(彌勒) 같은 몸뚱이를 환자 방에 나타내었다. 매우 정신을 모으는 듯이 눈을 내리감고 한나절이나 진맥을 하더니 고개를 절레절레 흔들며 물러앉는다.

"매우 말씀하기 안되었소마는 아마 오늘 밤이 아니면 내일은 못 넘길 것

같소."

매우 말하기 어려운 듯이. 기실 조금도 말하기 어렵지 않은 듯이, 그 의원은 최후의 판결을 언도하였다.

"글쎄 그래 워낙 노쇠하셔서 오래 부지를 하실 수 없지……."

그러면 그렇지 하는 얼굴로 아버지는 맞방망이를 쳤다.

가려던 자손은 또 붙잡히었다. 그러나 할머니는 그날 저녁부터 한결 돌리었다. 가끔 잡수실 것을 찾기도 하였다. 잡숫는 건 고작해야 배즙, 국물에만 한술도 안 되는 진지였다. 죽과 미음은 입에 대기도 싫어하였다. 그리고 전일에 발라 드린 양약(洋藥)의 효험이 나서 상처가 아물었든지 자부와 손부에게 부축되어 꽤 오래 일어나 앉게도 되었다.

그 이튿날이 무사히 지나가자 한의(韓醫)의 무지를 비소하고 다른 것은 몰라도 환자의 수명이 어느 때까지 계속될 시간 아는 데 들어서는 양의(洋醫)가 나으리라는 우리 젊은 패의 주장에 의하여 ××의원 원장으로 있는 천엽 의학사(千葉醫學士)를 불러오게 되었다.

그는 진찰한 결과에 다른 증세만 겹치지 않으면 이삼 주일은 무려(無慮 염려하는 것이 없음)하리라 하였다.

"그래, 그저 그럴 거야. 아직 괜찮으신데 백주에(공연히) 서둘고 야단을 했지." 하고, 일이 바쁜 백형은 그날 밤으로 떠나갔다.

그 이튿날 아침이었다.

우리가 집에 돌아오니까 할머니 곁을 떠난 적 없던 중모가 마당에서 한가롭게 할머니의 뒤 흘린 바지를 빨고 있다가 웃는 낯으로 우리를 맞으며,

"할머님이 오늘 아침에는 혼자 일어나셨다. 시방 진지를 잡수시고 계시다. 어서 들어가 뵈어라."

나는 뛰어들어 갔다. 자부와 손부의 신기해 여기는 시선을 받으면서 할머니는 정말 진지를 잡숫고 있었다.

나는 빙글빙글 웃으며,

"할머니, 어떻게 일어나셨습니까?"

할머니는 합죽한 입을 오물오물하여 막 떠 넣은 밥 알맹이를 삼키고,

"내가 혼자 일어났지, 어떻게 일어나긴. 흉악한 놈들, 암만 일으켜 달라니어데 일으켜 주어야지. 인제 나 혼자라도 일어난다."
하며 자랑스럽게 대답하였다.

"어제 의원이 왔지요. 인제 할머니가 곧 나으신대요."

"정말 낫겠다고 하든, 응?"

하고 검버섯 핀 주름을 밀며 흔연(欣然 매우 기쁘거나 반가워 기분이 흐뭇함)한 웃음의 그림자가 오래간만에 그의 볼을 스쳤다.

나의 눈엔 어쩐지 눈물이 핑 돌았다.

그날 밤차로 모였던 자손들은 제각기 흩어졌다. 나도 그날 밤에 서울로 올라왔다.

어느 아름다운 봄날이었다……. 말갛게 갠 하늘은 구름 한 점도 없고 아른아른한 아지랑이가 그 하늘거리는 깁(무늬 없는 비단) 올로 봄 비단을 짜 내는 어느 아름다운 봄날이었다. 나는 깨끗하게 춘복(春服)을 차리고 친구 몇몇과 우이동 앵화(櫻花 벚꽃) 구경을 막 나가려던 때이었다. 이때에 뜻 아니한 전보 한 장이 닥치었다.

'오전 3시 조모주 별세'

 고향

✏ 작품 정리

작가: 현진건(73쪽 '작가와 작품 세계' 참조)
갈래: 사실주의 소설
배경: 시간 – 1920년대 일제 강점기 / 공간 – 서울행 열차 안
시점: 1인칭 관찰자 시점(서술자의 직접적 개입이 부분적으로 엿보임)
주제: 일제의 수탈로 인한 우리 민족의 비참한 삶
출전: 〈조선일보〉(1926)

✏ 구성과 줄거리

발단 서울행 기차 안에서 만난 그는 기이한 차림새로 '나'의 주목을 끎

'나'는 서울행 기차간에서 그와 마주 앉게 된다. 그는 한 · 중 · 일 동양 삼국의 옷을 한 몸에 감은 듯한 기이한 복장을 하고 있다. 그는 옆에 앉아 있던 중국인, 일본인과 대화를 하려다 여의치 않자 '나'에게 말을 걸어 온다.

전개 그에게 동정을 느낀 '나'는 그의 사정을 들음

'나'는 처음에는 그에 대해 경멸적인 태도를 가지지만 그의 찌든 모습에 동정을 느끼고 호기심을 갖는다. '나'는 그의 신세타령을 듣게 된다.

위기 고향을 떠나 유랑 생활을 하던 그의 과거 이야기가 펼쳐짐

그는 대구 근교의 평화로운 농촌에서 남부럽지 않게 살았으나 동양 척식 주식회사에게 농토를 빼앗겼다. 9년 전 그는 일제의 핍박과 수탈을 피해 서간도로 갔다. 거기서도 생활은 비참했으며 부모까지 잃었다. 일본으로 건너가 탄광과 철공소에서 일하며 돈벌이를 했지만, 가진 것 없이 폐허가 된 고향으로 돌아왔다.

절정 고향에 와서 다시 만난 옛 애인도 비참한 과거를 지녔음

무덤과 해골을 연상하게 하는 고향을 둘러보고 나오던 그는 고향 사람을 만난다. 열네 살 때 혼인 말이 있던 여자였다. 열일곱 살 때 아버지에

의해 유곽으로 팔려 갔던 그녀는 고향에서 일본인의 집에 기거하며 식모살이를 한다고 했다.

결말 이야기를 마친 그는 술에 취해 노래를 흥얼거림

'나'는 더 이상 그런 이야기가 듣기 싫어 술을 마시고, 그는 취흥에 겨워 어릴 때 멋모르고 부르던 노래를 읊조린다.

✎ **생각해 볼 문제** --

1. 이 작품의 구성을 세 부분으로 나누어 보자.

이 작품은 액자형 소설이다. 이야기를 듣는 사람은 '나'(지식인)이고 이야기를 하는 사람은 '그'(민중)다. 이 소설의 첫 부분은 '나'가 그의 신세타령을 듣게 된 경위를 서술한 부분이고, 중간 부분은 고향을 떠난 그의 9년간의 비참한 유랑 생활을 서술한 부분이고, 마지막 부분은 술에 취한 그가 신민요를 부르는 부분이다.

2. 결말 부분의 민요는 어떤 의미를 지니는가?

"바른말 하는 지식인은 감옥에 가고 인물 좋은 계집은 창기가 될 수밖에 없다."라는 신민요의 내용은 일제 강점기에 억압받고 수탈당하던 우리 민족의 모습을 보여 준다. 또한, 작품에 현실감을 더하는 역할도 한다.

3. 1920년대 시대 상황에 비추어 볼 때 제목 '고향'은 무엇을 상징하는가?

1920년대는 일제의 농촌 수탈 정책이 본격화된 시기다. 일제는 농업 생산력 증대 및 농촌 근대화를 명분으로 토지 조사 사업을 벌인다. 이 과정에서 빼앗은 토지를 동양 척식 주식회사가 관리한다. 제목인 '고향'은 그의 고향을 말한다. 고향을 떠나 유랑하는 그를 우리라고 볼 때, 그의 고향은 우리 모두의 고향, 즉 잃어버린 조국이라고 할 수 있다.

4. 그의 3개국 복장은 무엇을 상징하는가?

그가 한곳에 정착하지 못하고 떠돌이 생활을 했다는 것을 말해 준다. 누덕누덕 기워지고 조잡하게 얽힌 옷은 그의 모습이자 조국의 모습이다.

🖊️인물 관계도

옛 연인
(비참한 과거)

나 ──────────── 그 (유랑 생활을 함)
(기차에서 만남)

서울행 기차에서 만난 그는 조선, 일본, 중국의 복식이 뒤섞인 이상한 차림을 하고 있었어요. 그는 저(나)에게 자신의 이야기를 털어놓았어요. 그는 간도와 일본을 떠돌며 살다가 고향으로 돌아갔다고 해요. 고향에서 옛날에 알던 여자를 만났는데 그 사람도 힘들게 살았대요. 이 이야기를 듣고 있으니까 너무 씁쓸했어요.

고향

대구에서 서울로 올라오는 차중에서 생긴 일이다. 나는 나와 마주앉은 그를 매우 흥미 있게 바라보고 또 바라보았다. 두루마기 격으로 기모노를 둘렀고, 그 안에서 옥양목 저고리가 내어 보이며, 아랫도리엔 중국식 바지를 입었다. 그것은 그네들이 흔히 입는 유지 모양으로 번질번질한 암갈색 피륙으로 지은 것이었다. 그리고 발은 감발을 하였는데 짚신을 신었고, 고부가리로 깎은 머리엔 모자도 쓰지 않았다. 우연히 이따금 기묘한 모임을 꾸미는 것이다. 우리가 자리를 잡은 찻간에는 공교롭게 세 나라 사람이 다 모였으니, 내 옆에는 중국 사람이 기대었다. 그의 옆에는 일본 사람이 앉아 있었다. 그는 동양 삼국 옷을 한 몸에 감은 보람이 있어 일본 말로 곧잘 철철대이거니와 중국말에도 그리 서툴지 않은 모양이었다.

"도꼬마데 오이데 데수까(어디까지 가십니까)." 하고 첫마디를 걸더니만 동경이 어떠니 대판이 어떠니 조선 사람은 고추를 끔찍이 많이 먹는다는 둥 일본 음식은 너무 싱거워서 처음에는 속이 뉘엿거린다는 둥 횡설수설 지껄이다가 일본 사람이 엄지와 곤지 손가락으로 짧게 끊은 꼿꼿한 윗수염을 비비면서 마지못해 까땍까땍하는 고개와 함께 "소오데수까(그렇습니까)."란 한마디로 코대답을 할 따름이요 잘 받아 주지 않으매 그는 또 중국인을 붙들고서 실랑이를 한다. "니쌍나올취—." "니씽섬마." 하고 덤벼 보았으나 중국인 또한 그 기름 낀 뚜우한(말수가 적고 묵직한) 얼굴에 수수께끼 같은 웃음을 띨 뿐이요 별로 대꾸를 하지 않았건만, 그래도 무에라도 연해 웅얼거리면서 나를 보고 웃어 보였다.

그것은 마치 짐승을 놀리는 요술쟁이가 구경꾼을 바라볼 때처럼 훌륭한 제 재주를 갈채해 달라는 웃음이었다. 나는 쌀쌀하게 그의 시선을 피해 버렸다. 그 주적대는(아는 체하며 요란스럽게 떠들어대는) 꼴이 어쭙지 않고 밉살스러웠다. 그는 잠깐 입을 닫치고 무료한 듯이 머리를 덕억덕억 긁기도 하며 손톱을 이로 물어뜯기도 하고 멀거니 창밖을 내다보기도 하다가 암만해도 지절대지 않고는 못 참겠던지 문득 나에게로 향하며 "어디꺼정 가는기오."라고 경상도 사투리로 말을 붙인다.

"서울까지 가오."

"그런기오. 참 반갑구마. 나도 서울꺼정 가는데. 그러면 우리 동행이 되겠구마."

나는 이 지나치게 반가워하는 말씨에 대하여 무어라고 대답할 말도 없고 또 굳이 대답하기도 싫기에 덤덤히 입을 닫쳐 버렸다.

"서울에 오래 살았는기오?"

그는 또 물었다.

"육칠 년이나 됩니다."

조금 성가시다 싶었으되 대꾸 않을 수도 없었다.

"에이구, 오래 살았구마. 나는 처음 길인데 우리 같은 막벌이꾼이 차를 내려서 어디로 찾아가야 되겠는기오? 일본으로 말하면 '기진야도' 같은 것이 있는기오."

하고 그는 답답한 제 신세를 생각했던지 찡그려 보였다. 그때 나는 그의 얼굴이 웃기보다 찡그리기에 가장 적당한 얼굴임을 발견하였다. 군데군데 찢어진 경성드뭇한 눈썹이 올올이 일어서며 아래로 축 처지는 서슬에 양미간에는 여러 가닥 주름이 잡히고 광대뼈 위로 뺨살이 실룩실룩 보이자 두 볼은 쪽 빨아든다. 입은 소태나 먹은 것처럼 왼편으로 삐뚤어지게 찢어 올라가고 조이던 눈엔 눈물이 괸 듯, 삼십 세밖에 안 되어 보이는 그 얼굴이 십 년가량은 늙어진 듯하였다. 나는 그 신산스러운 표정에 얼마쯤 감동이 되어서 그에 대한 반감이 풀리는 듯하였다.

"글쎄요, 아마 노동 숙박소란 것이 있지요."

노동 숙박소에 대해서 미주알고주알 묻고 나서,

"시방 가면 무슨 일자리를 구하겠는기요."

라고 그는 매달리는 듯이 또 재우쳤다.

"글쎄요, 무슨 일자리를 구할 수 있을는지요."

나는 내 대답이 너무 냉랭하고 불친절한 것이 죄송스러웠다. 그러나 일자리에 대하여 아무 지식이 없는 나로서는 이 외에 더 좋은 대답을 해 줄 수가 없었던 것이다. 그 대신 나는 은근하게 물었다.

"어디서 오시는 길입니까."

"흥, 고향에서 오누마."

하고 그는 휘 한숨을 쉬었다. 그러자 그의 신세타령의 실마리는 풀려 나왔다. 그의 고향은 대구에서 멀지 않은 K군 H란 외딴 동리였다. 한 백 호 남짓한 그곳 주민은 전부가 역둔토(역의 급전으로 준 둔토)를 파먹고 살았는데 역둔토로 말하면 사삿집(개인이 살림하는 집) 땅을 붙이는 것보다 떨어지는 것이 후하였다. 그러므로 넉넉지는 못할망정 평화로운 농촌으로 남부럽지 않게 지낼 수 있었다. 그러나 세상이 뒤바뀌자 그 땅은 전부가 동양척식회사의 소유에 들어가고 말았다. 직접으로 회사에 소작료를 바치게나 되었으면 그래도 나으련만 소위 중간 소작인이란 것이 생겨나서 저는 손에 흙 한번 만져 보지도 않고 동척엔 소작인 노릇을 하며 실작인에게는 지주 행세를 하게 되었다. 동척(동양 척식 주식회사)에 소작료를 물고 나서 또 중간 소작인에게 긁히고 보니 실작인의 손에는 소출(所出 논밭에서 나는 곡식)의 삼 할도 떨어지지 않았다. 그 후로 '죽겠다', '못 살겠다' 하는 소리는 중이 염불하듯 그들의 입길에서 오르내리게 되었다. 남부여대(男負女戴 남자는 짐을 등에 지고 여자는 짐을 머리에 인다는 뜻. 가난한 사람이 떠돌아다님을 이르는 말)하고 타처로 유리하는 사람만 늘고 동리는 점점 쇠진해 갔다.

　지금으로부터 구 년 전 그가 열일곱 살 되던 해 봄에 (그의 나이는 실상 스물여섯이었다. 가난과 고생이 얼마나 사람을 늙히는가) 그의 집안은 살기 좋다는 바람에 서간도로 이사를 갔었다. 쫓겨 가는 운명이거든 어디를 간들 신신(아주 신선함)하랴. 그곳의 비옥한 전야도 그들을 위하여 열려질 리 없었다. 조금 좋은 땅은 먼저 간 이가 모조리 차지를 하였고 황무지는 비록 많다 하나 그곳 당도하던 날부터 아침거리 저녁거리 걱정이라 무슨 행세로 적어도 일 년이란 장구한 세월을 먹고 입어 가며 거친 땅을 풀 수가 있으랴. 남의 밑천을 얻어서 농사를 짓고 보니 가을이 되어 얻는 것은 빈주먹뿐이었다. 이태 동안을 사는 것이 아니라 억지로 버티어 갈 제 그의 아버지는 우연히 병을 얻어 타국의 외로운 혼이 되고 말았다. 열아홉 살밖에 안 된 그가 홀어머니를 모시고 악으로 악으로 모진 목숨을 이어 가는 중 사 년이 못 되어 영양 부족한 몸이 심한 노동에 지친 탓으로 그의 어머니 또한 죽고 말았다.

　"모친꺼정 돌아갔구마." "돌아가실 때 흰 죽 한 모금 못 자셨구마." 하고 이야기하던 이는 문득 말을 뚝 끊는다. 그의 눈이 번들번들함은 눈물이 쏟아졌음이리라. 나는 무엇이라고 위로할 말을 몰랐다. 한동안 머뭇머뭇이 있다가 나는 차를 탈 때에 친구들이 사 준 정종병 마개를 빼었다. 찻잔에 부어서 그도 마시고 나도 마셨다. 악착한 운명이 던져 준 깊은 슬픔을 술로 녹이려는 듯이 연거푸 다섯 잔을 마신 그는 다시 말을 계속하였다. 그 후 그는 부모 잃은 땅에 오래 머물기 싫었다. 신의주로 안동현으로 품을 팔다가 일본으로 또 벌이를 찾아가게 되었다. 구주 탄광에 있어도 보고 대판 철공장에도 몸을 담아 보았다. 벌이는 조금 나았으나 외롭고 젊은 몸은 자연히 방탕해졌다. 돈을 모으려야 모을 수 없고 이따금 울화만 치받치기 때문에 한곳에 주접(住接 한때 머물러 삶)을 하고 있을 수 없었다. 화도 나고 고국산천이 그립기도 하여서 훌쩍 뛰어나왔다가 오래간만에 고향을 둘러보고 벌이를 구할 겸 서울로 올라가는 길이라 한다.

"고향에 가시니 반가워하는 사람이 있습디까?"

나는 탄식하였다.

"반가워하는 사람이 다 뭐기오, 고향이 통 없어졌더마."

"그렇겠지요. 구 년 동안이면 퍽 변했겠지요."

"변하고 뭐고 간에 아무것도 없더마. 집도 없고 사람도 없고 개 한 마리도 얼씬을 않더마."

"그러면 아주 폐농이 되었단 말씀이오?"

"흥, 그렇구마. 무 지다가 담만 즐비하게 남았즈마. 우리 살던 집도 터야 안 남았겠는기오."

하고 그의 짜는 듯한 목은 높아졌다.

"썩어 넘어진 서까래, 뚤뚤 구르는 주추는! 꼭 무덤을 파서 해골을 헐어 젖혀 놓은 것 같더마. 세상에 이런 일도 있는기오? 백여 호 살던 동리가 십년이 못 되어 통 없어지는 수도 있는기오, 후!"

하고 그는 한숨을 쉬며 그때의 광경을 눈앞에 그리는 듯이 멀거니 먼 산을 보다가 내가 따라 준 술을 꿀걱 들이켜고,

"참! 가슴이 터지드마, 가슴이 터져."

하자마자 굵직한 눈물 뒤 방울이 뚝뚝 떨어진다.

나는 그 눈물 가운데 음산하고 비참한 조선의 얼굴을 똑똑히 본 듯싶었다.

이윽고 나는 이런 말을 물었다.

"그래, 이번 길에 고향 사람은 하나도 못 만났습니까."

"하나 만났구마, 단지 하나."

"친척 되시는 분이던가요."

"아니구마, 한이웃에 살던 사람이구마."

하고 그의 얼굴은 더욱 침울해진다.

"여간 반갑지 않으셨겠지요."

"반갑다마다, 죽은 사람을 만난 것 같더마. 더구나 그 사람은 나와 까닭도 좀 있던 사람인데……."

"까닭이라니?"

"나와 혼인 말이 있던 여자구마."

"하?!"

나는 놀란 듯이 벌린 입이 닫히지 않았다.

"그 신세도 내 신세만이나 하구마."

하고 그는 또 이야기를 계속하였다. 그 여자는 자기보다 나이 두 살 위였는데 한 이웃에 사는 탓으로 같이 놀기도 하고 싸우기도 하며 자라났었다. 그가 열네 살 적부터 그들 부모 사이에 혼인 말이 있었고 그도 어린 마음에 매우 탐탁하게(마음에 들게 흐뭇하게) 생각하였었다. 그런데 그 처녀가 열일곱 살 된 겨울에 별안간 간 곳을 모르게 되었다. 알고 보니 그 아비 되는 자가 이십 원을 받고 대구 유곽(창녀들이 모여서 몸을 팔던 집이나 그 구역)에 팔아먹은 것이었다. 그 소문이 퍼지자 그 처녀 가족은 그 동리에서 못 살고 멀리 이사를 갔는데 그 후로는 물론 피차에 한 번 만나 보지도 못하였다. 이번에야 빈터만 남은 고향을 구경하고 돌아오는 길에 읍내에서 그 아내 될 뻔한 댁과 마주치게 되었다. 처녀는 어떤 일본 사람 집에서 아이를 보고 있었다. 궐녀(그녀, 그 여자)는 이십 원 몸값을 십 년을 두고 갚았건만 그래도 주인에게 빚이 육십 원이나 남았었는데 몸에 몹쓸 병이 들고 나이 늙어져서 산송장이 되니까 주인 되는 자가 특별히 빚을 탕감해 주고 작년 가을에야 놓아 준 것이었다. 궐녀도 자기와 같이 십 년 동안이나 그리던 고향에 찾아오니까 거기에는 집도 없고 부모도 없고 쓸쓸한 돌무더기만 눈물을 자아낼 뿐이었다. 하루해를 울어 보내고 읍내로 들어와서 돌아다니다가 십 년 동안에 한 마디 두 마디 배워 두었던 일본 말 덕택으로 그 일본 집에 있게 되었던 것이었다.

"암만(아무리) 사람이 변하기로 어째 그렇게도 변하는기오? 그 숱 많던 머리가 훌렁 다 벗어졌더마. 눈은 푹 들어가고 그 이들이들하던 얼굴빛도 마치 유산을 끼얹은 듯하더마."

"서로 붙잡고 많이 우셨겠지요."

"눈물도 안 나오드마. 일본 우동집에 들어가서 둘이서 정종만 열 병 따라

뉘고 헤어졌구마."

하고 가슴을 짜는 듯이 괴로운 한숨을 쉬더니만 그는 지낸 슬픔을 새록새록이 자아내어 마음을 새기기에 지쳤음이더라.

"이야기를 다 하면 무얼 하는기오."

하고 쓸쓸하게 입을 다문다. 나 또한 너무도 참혹한 사람살이를 듣기에 쓴 물이 났다.

"자, 우리 술이나 마저 먹읍시다."

하고 우리는 서로 주거니 받거니 한 되 병을 다 말리고 말았다. 그는 취흥에 겨워서 우리가 어릴 때 멋모르고 부르던 노래를 읊조렸다.

볏섬이나 나는 전토는
신작로가 되고요―.
말마디나 하는 친구는
감옥소로 가고요―.
담뱃대나 떠는 노인은
공동묘지 가고요―.
인물이나 좋은 계집은
유곽으로 가고요―.

탈출기

🖉 작가와 작품 세계 --

최서해(1901~1932)

본명은 학송. 호는 서해. 함경북도 성진 출생. 3년 정도 보통학교에 다닌 것이 학력의 전부다. 불우한 가정에서 태어난 그는 어려서부터 각지로 전전하며 밑바닥 생활을 뼈저리게 체험했다. 1917년에 간도로 이주해 극도로 궁핍한 생활을 했다. 1924년 단편 「고국」이 〈조선문단〉에 추천되면서 등단했다. 이어서 「탈출기」, 「기아와 살육」, 「홍염」을 발표하면서 신경향파 문학의 기수로 각광받았다. 특히 「탈출기」는 신경향파 문학의 대표작으로 평가된다. 그의 작품은 모두 체험을 토대로 해 호소력을 지니지만, 예술적 형상화가 미흡해 초기의 인기를 지속하지는 못했다.

그는 1925년 카프에 가입해 빈궁(貧窮) 문학을 사상에 접목시키려는 시도를 했다. 그러나 고통받는 민족에게 애정을 가진 그는 고정된 이데올로기를 지향하는 프롤레타리아 문학의 생리와는 어울리지 않았다. 1929년 카프에서 탈퇴한 그는 차츰 인도주의적 경향의 소설을 쓰기 시작했다. 그해 발표된 「인정」, 「무명」 등이 그 예다.

🖉 작품 정리 --

> **갈래**: 신경향파 소설, 서간체 소설, 고백체 소설
> **배경**: 시간 – 일제 강점기 / 공간 – 간도
> **시점**: 1인칭 주인공 시점
> **주제**: 식민지 시절 만주 이주민의 궁핍한 생활상과 저항 의식
> **출전**: 〈조선문단〉(1925)

발단 **'나(박 군)'는 집을 나간 이유를 친구인 김 군에게 편지로 밝힘**

'나'는 김 군으로부터 집으로 돌아가라는 내용의 편지를 받고 답신에서 충정을 받아들일 수 없는 이유를 밝힌다.

전개 **'나'는 간도로 이주했지만 날품팔이로 전전함**

'나'는 5년 전 극심한 가난에서 벗어나기 위해 어머니와 아내를 데리고 간도로 간다. '나'의 꿈은 농사를 지어 배불리 먹고, 깨끗한 초가에서 글이나 읽으며 무지한 농민들을 가르치는 것이었다. 간도에 정착한 지 한 달도 못 되어 '나'의 꿈은 물거품이 된다. 간도의 H라는 시골에서 셋방살이를 시작하게 된 '나'는 농사를 지으려고 밭을 구하지만 빈 땅이 없다. 일자리를 얻지 못한 '나'는 닥치는 대로 아무 일이나 한다. 어머니와 아내는 삯방아를 찧고 강가에서 나뭇개비를 주워 연명한다.

위기 **두부 장수로 연명하지만 가난과 민족적 차별에 시달림**

일거리를 찾아 헤매다가 집에 돌아온 '나'는 임신한 아내가 부엌 앞에서 무엇인가를 먹고 있는 장면을 목격한다. '나'는 어머니보다는 자신을 먼저 생각하는 아내의 행동에 배신감을 느낀다. '나'는 아내가 뛰쳐나간 뒤 아궁이를 뒤져 보다가 귤껍질을 발견하고 눈물을 흘린다. 가을이 되자 '나'는 대구어 장사를 해 바꾸어 온 콩 열 말로 두부를 만든다. 산후 몸조리를 해야 할 아내는 힘든 맷돌질을 한다. 두부를 만들기 위해 산 임자 몰래 땔나무를 하다가 잡혀간 적도 한두 번이 아니다.

절정 **절박한 상황에서 삶에 대한 분노가 꿈틀댐**

겨울이 깊어 가고 일자리는 없다. '나'는 지금까지 사회 제도의 희생자로 살아온 삶에 대한 분노가 치솟아 오른다.

결말 **민중의 의무를 이행하려는 마음으로 ××단에 가입함**

'나'는 궁핍한 현실을 타파하려는 생각으로 ××단에 가입한다. 김 군은 집으로 돌아와서 어머니와 처자를 구하라는 내용의 편지를 여러 차례 보낸다. '나'는 집에서 나와 어떤 단체에 가입하게 된 경위를 밝히는 내용의 편지를 김 군에게 보낸다.

1. '나(박 군)'가 집을 나가기까지의 의식 변화 과정을 짚어 보자.

(1) 집을 나가기 전에는 생계 유지를 위해 발버둥치지만 모두 죽는 수밖에 없다는 극단적인 심리 상태에 이른다.

(2) 가난에서 벗어나기 위해서는 세상과 제도를 바꾸는 길밖에 없다는 것을 깨닫는다.

(3) 그는 집을 나가 사회 변혁을 지향하는 ××단에 가입한다.

2. 이 작품과 같은 소설의 형식이 지닌 장점은 무엇인가?

서간체 소설은 이야기를 간결하면서도 충실하게 진행할 수 있는 장점이 있다. 상대에게 친근감을 드러내며 화자의 내면 심리를 설득력 있게 전달할 수도 있다. 작가는 허구성보다는 서간문이 지닌 사실성에 중점을 두어 주제를 전달한다.

3. 이 작품의 문학사적 의의는 무엇인가?

이 소설은 초기 프로 문학의 대표작으로 리얼리즘을 구현했다. 민족 문제를 주제로 한 민족주의 문학의 표본이 된다는 점에서도 문학사적 의의가 있다.

4. 신경향파 문학의 발생 배경과 소멸 과정을 설명해 보자.

신경향파 문학은 1920년대 초 백조파의 퇴폐적 낭만주의에 대한 반동으로 박영희, 김기진, 주요섭 등을 중심으로 주창된 문학 사조다. 최서해는 신경향파 문학의 기수로 평가받는다. 신경향파 문학의 특징은 주로 궁핍한 삶을 다루며 대개 살인이나 방화 등으로 결말을 맺는다는 점을 들 수 있다. 1920년대 후반 이 용어는 자취를 감추기 시작하고 대신 프로 문학, 카프 문학이 혼용되었다. 신경향파 문학이 자연 발생적이라면 카프 문학은 사회주의 성향이 더욱 강해진 경향을 보인다. 카프 문학파는 계급보다는 민족을 강조하는 염상섭, 양주동의 국민 문학파와 대립했다. 카프는 내부 분쟁이 커지고 조직원들이 대거 검거됨으로써 1935년 정식 해산되었다.

인물 관계도

어머니

김 군!
나는 XX단에
가입했다.

친구

나(박 군)

아내

김 군

김 군은 저(박 군)에게 여러 번 집으로 돌아가라는 편지를 보냈어요.
저는 김 군에게 간도에서 우리가 어떻게 생활했는지를 설명하는 편지
를 보냈지요. 아내와 어머니는 간도에 이주한 이후로 가난과 차별을
겪으며 살아야 했어요. 저는 사회 제도에 화가 나서 XX단에 가입했어
요. 집에 돌아가지 않고 민중의 의무를 다 할 거예요.

탈출기

1

김 군! 수삼 차 편지는 반갑게 받았다. 그러나 나는 한 번도 회답하지 못하였다. 물론 군의 충정에는 나도 감사를 드리지만 그 충정을 나는 받을 수 없다.

──박 군! 나는 군의 탈가(脫家 일정한 조건이나 환경, 구속 따위에서 벗어나기 위해 자기 집에서 나감)를 찬성할 수 없다. 음험한 이역에 늙은 어머니와 어린 처자를 버리고 나선 군의 행동을 나는 찬성할 수 없다.

박 군! 돌아가라. 어서 집으로 돌아가라. 군의 부모와 처자가 이역 노두에서 방황하는 것을 나는 눈앞에 보는 듯싶다. 그네들이 의지할 곳은 오직 군의 품밖에 없다. 군은 그네들을 구하여야 할 것이다.

군은 군의 가정에서 동량(棟樑 기둥)이다. 동량이 없는 집이 어디 있으랴? 조그마한 고통으로 집을 버리고 나선다는 것이 의지가 굳다는 박 군으로서는 너무도 박약한 소위이다.

군은 ××단에 몸을 던져 ×선에 섰다는 말을 일전 황 군에게서 듣기는 하였으나 그렇다 하여도 나는 그것을 시인할 수 없다. 가족을 못 살리는 힘으로 어찌 사회를 건지랴.

박 군! 나는 군이 돌아가기를 충정으로 바란다. 군의 가족이 사람들 발아래서 짓밟히는 것을 생각할 때! 군의 가슴인들 어찌 편하랴.

김 군! 군은 이러한 말을 편지마다 썼지? 나는 군의 뜻을 잘 알았다. 내 사랑하는 나의 가족을 위하여 동정하여 주는 군에게 내 어찌 감사치 않으랴? 정다운 벗의 충고에 나는 늘 울었다. 그러나 그 충고를 들을 수 없다. 듣지 않는 것이 군에게는 고통이 될는지? 분노가 될는지? 나에게 있어서는 행복일지도 알 수 없는 까닭이다.

김 군! 나도 사람이다. 정애(情愛 따뜻한 사랑)가 있는 사람이다. 나의 목숨 같은 내 가족이 유린받는 것을 내 어찌 생각지 않으랴? 나의 고통을 제삼자로서는 만분의 일이라도 느낄 수 없을 것이다.

나는 이제 나의 탈가한 이유를 군에게 말하고자 한다. 여기에 대하여 동정과 비난은 군의 자유이다. 나는 다만 이러하다는 것을 군에게 알릴 뿐이다. 나는 이것을 군이 아니면 다른 사람에게라도 알리지 않고는 견딜 수 없는 충동을 받는 까닭이다.

그러나 나는 단언한다. 군도 사람이어니 나의 말하는 것을 부인치는 못하리라.

2

김 군! 내가 고향을 떠난 것은 오 년 전이다. 이것은 군도 아는 사실이다. 나는 그때에 어머니와 아내를 데리고 떠났다. 내가 고향을 떠나 간도로 간 것은 너무도 절박한 생활에 시들은 몸이, 새 힘을 얻을까 하여 새 희망을 품고 새 세계를 동경하여 떠난 것도 군이 아는 사실이다.

간도는 천부금탕(天賦金湯 하늘이 준 좋은 땅)이다. 기름진 땅이 흔하여 어디를 가든지 농사를 지을 수 있고 농사를 잘 지으면 쌀도 흔할 것이다. 삼림이 많으니 나무 걱정도 될 것이 없다.

농사를 지어서 배불리 먹고 뜨뜻이 지내자. 그리고 깨끗한 초가나 지어 놓고 글도 읽고 무지한 농민들을 가르쳐서 이상촌을 건설하리라. 이렇게 하면 간도의 황무지를 개척할 수도 있다.

이것이 간도 갈 때의 내 머릿속에 그리었던 이상이었다. 이때에 나는 얼마나 기뻤으랴! 두만강을 건 고 오랑캐령을 넘어서 망망한 평야와 산천을 바라볼 때 청춘의 내 가슴은 이상의 불길에 탔다. 구수한 내 소리와 헌헌한 내 행동에 어머니와 아내도 기뻐하였다.

오랑캐령을 올라서니 서북으로 쏠려 오는 봄 세찬 바람이 어떻게 뺨을 갈기는지,

"에그, 춥구나! 여기는 아직도 겨울이로구나."

어머니는 수레 위에서 이불을 뒤집어썼다.

"무얼요, 이 바람을 많이 맞아야 성공이 올 것입니다."

나는 가장 씩씩하게 말하였다. 이처럼 나는 기쁘고 활기로웠다.

3

김 군! 그러나 나의 이상은 물거품으로 돌아갔다. 간도에 들어서서 한 달이 못 되어서부터 거친 물결은 우리 세 생령(生靈 살아 있는 넋, 생명)의 앞에 기탄없

이 몰려왔다.

나는 농사를 지으려고 밭을 구하였다. 빈 땅은 없었다. 돈을 주고 사기 전에는 일 평의 땅이나마 손에 넣을 수 없었다. 그렇지 않으면 지나인(支那人 중국인)의 밭을 도조(賭租 남의 논밭을 부치고 그 세로 해마다 내는 벼)나 타조(打租 타작한 후에 그 수량에 따라 지주가 분량을 정하고 도조로 빼앗아 가는 제도)로 얻어야 된다. 일 년 내 중국 사람에게서 양식을 꾸어 먹고 도조나 타조를 지으면 가을 추수는 빚으로 다 들어가고 또 처음 꼴이 된다. 그러나 농사라고 못 지어 본 내가 도조나 타조를 얻는대야 일 년 양식 빚도 못 될 것이고 또 나 같은 시로도(아마추어)에게는 밭을 주지 않았다.

생소한 산천이요, 생소한 사람들이니, 어디가 어쩌면 좋을는지 의논할 사람도 없었다. H라는 촌 거리에 셋방을 얻어 가지고 어름어름하는 새에 보름이 지나고 한 달이 넘었다. 그새에 몇 푼 남았던 돈은 다 불려 먹고 밭은 고사하고 일자리도 못 얻었다.

나는 팔을 걷고 나섰다. 이리저리 돌아다니면서 구들도 고쳐 주고 가마도 붙여 주었다. 이리하여 호구(糊口 입에 풀칠을 함)하게 되었다. 이때 H장에서는 나를 온돌장이(구들 고치는 사람)라고 불렀다. 갈아입을 의복이 없는 나는 늘 숯검정이 꺼멓게 묻은 의복을 벗을 새가 없었다.

H장은 좁은 곳이다. 구들 고치는 일도 늘 있지 않았다. 그것으로 밥 먹기는 어려웠다. 나는 여름 불볕에 삯김도 매고 꼴도 베어 팔았다. 그리고 어머니와 아내는 삯방아 찧고 강가에 나가서 부스러진 나뭇개비를 주워서 겨우 연명하였다.

김 군! 나는 이때부터 비로소 무서운 인간고(人間苦 사람이 세상살이에서 받는 고통)를 느꼈다. 아아, 인생이란 과연 이렇게도 괴로운 것인가 하는 것을 나는 생각하게 되었다. 나는 나에게 닥치는 풍파 때문에 눈물 흘린 일은 이때까지 없었다. 그러나 어머니가 나무를 줍고 아내가 삯방아를 찧을 때! 나의 피는 끓었으며 나의 눈은 눈물에 흐려졌다.

"에구, 차라리 내가 드러누워 앓고 있지, 네 괴로워하는 꼴은 차마 못 보겠다."

이것은 언제 내가 병들어 신음할 때에 어머니가 울면서 하신 말씀이다. 이것을 무심히 들었던 나는 이때에야 이 말의 참뜻을 느꼈다.

'아아, 차라리 나의 고기가 찢어지고 뼈가 부서지는 것은 참을 수 있으나,

내 눈앞에서 사랑하는 늙은 어머니와 아내가 배를 주리고 남의 멸시를 받는 것은 참으로 견디기 어렵구나!'

나는 이렇게 여러 번 가슴을 쳤다. 나는 밤이나 낮이나, 비 오나 바람이 치나 헤아리지 않고 삯김, 삯심부름, 삯나무, 무엇이든지 가리지 않았다.

"오늘도 배고프겠구나, 아침도 변변히 못 먹고……. 나는 너 배 주리잖는 것을 보았으면 죽어도 눈을 감겠다."

내가 삯일을 하다가 늦게 돌아오면 어머니는 우실 듯이 말씀하셨다. 그러나 나는 흔연하게,

"배는 무슨 배가 고파요."

대답하였다.

내 아내는 늘 별 말이 없었다. 무슨 일이든지 시키는 대로 소곳하고 아무 소리 없이 순종하였다. 나는 그것이 더욱 불쌍하게 생각되었다. 나는 어머니보다는 아내 보기가 퍽 부끄러웠다.

'경제의 자립도 못 되는 내가 왜 장가를 들었누?'

이것이 부모의 한 일이지만 나는 이렇게도 탄식하였다. 그럴수록 아내에게 대하여 황공하였고 존경하였다.

어떻게 하면 살 수 있을까? ……이러한 생각은 이때 내 머리를 몹시 때렸다. 이때 나에게는 부지런한 자에게 복이 온다 하는 말이 거짓말로 생각되었다. 그 말을 지상의 격언으로 굳게 믿어 온 나는 그 말에 도리어 일종의 의심을 품게 되었고 나중은 부인까지 하게 되었다.

부지런하다면 이때 우리처럼 부지런함이 어디 있으며, 정직하다면 이때 우리 식구같이 정직함이 어디 있으랴? 그러나 빈곤은 날로 심하였다. 이틀 사흘 굶은 적도 한두 번이 아니었다. 한번은 이틀이나 굶고 일자리를 찾다가 집으로 들어가니 부엌 앞에서 아내가(아내는 이때 아이를 배어서 배가 남산만 하였다) 무엇을 먹다가 깜짝 놀란다. 그리고 손에 쥐었던 것을 얼른 아궁이에 집어넣는다. 이때 불쾌한 감정이 내 가슴에 떠올랐다.

'……무얼 먹을까? 어디서 무엇을 얻었을까? 무엇이기에 어머니와 나 몰래 먹누? 아! 여편네란 그런 것이로구나! 아니 그러나 설마…… 그래도 무엇을 먹던데…….'

나는 이렇게 아내를 의심도 하고 원망도 하고 밉게도 생각하였다. 아내는 아무 말 없이 어색하게 머리를 숙이고 앉아서 씩씩하다가 밖으로 나간

다. 그 얼굴은 좀 붉었다.

아내가 나간 뒤에 나는 아내가 먹다가 던진 것을 찾으려고 아궁이를 뒤졌다. 싸늘하게 식은 재를 막대기에 뒤져 내니 벌건 것이 눈에 띄었다. 나는 그것을 집었다. 그것은 귤껍질이다. 거기엔 베 먹은 잇자국이 났다. 귤껍질을 쥔 나의 손은 떨리고 잇자국을 보는 내 눈에는 눈물이 괴었다.

김 군! 이때 나의 감정을 어떻게 표현하면 적당할까?

'오죽 먹고 싶었으면 오죽 배고팠으면, 길바닥에 내던진 귤껍질을 주워 먹을까! 더욱 몸비잖은(임신한) 그가! 아아, 나는 사람이 아니다. 그러한 아내를 나는 의심하였구나! 이놈이 어찌하여 그러한 아내에게 불평을 품었는가? 나 같은 간악한 놈이 어디 있으랴. 내가 양심이 부끄러워서 무슨 면목으로 아내를 볼까······?'

이렇게 생각하면서 나는 느껴 가며 눈물을 흘렸다. 귤껍질을 쥔 채로 이를 악물고 울었다.

"야, 어째 우느냐? 일어나거라. 우리도 살 때 있겠지, 늘 이렇겠느냐."

하면서 누가 어깨를 친다. 나는 그것이 어머니인 것을 알았다. 나는,

"아이구 어머니, 나는 불효외다."

하면서 어머니의 발을 안고 자꾸자꾸 울고 싶었다. 그러나 나는 아무 소리 없이 가슴을 부둥켜안고 밖으로 나왔다.

'내가 왜 우누? 울기만 하면 무엇하나? 살자! 살자! 어떻게든지 살아 보자! 내 어머니와 내 아내도 살아야 하겠다. 이 목숨이 있는 때까지는 벌어 보자!'

나는 이를 갈고 주먹을 쥐었다. 그러나 눈물은 여전히 흘렀다. 아내는 말없이 울고 서 있는 내 곁에 와서 손으로 치마끈을 만지작거리며 눈물을 떨어뜨린다. 농삿집에서 길러 난 아내는 지금도 어찌 수줍은지 내가 울면 같이 울기는 하여도 어떻게 말로 위로할 줄은 모른다.

4

김 군! 세월은 우리를 위하여 여름을 항상 주지 않았다.

서풍이 불고 서리가 내리기 시작하였다. 찬 기운은 헐벗은 우리를 위협하였다.

가을부터 나는 대구어 장사를 하였다. 삼 원을 주고 대구 열 마리를 사서

등에 지고 산골로 다니면서 콩과 바꾸었다. 그러나 대구 열 마리는 등에 질 수 있었으나, 대구 열 마리를 주고받은 콩 열 말은 질 수 없었다. 나는 하는 수 없이 삼사십 리나 되는 곳에서 두 말씩 두 말씩 사흘 동안이나 져 왔다. 우리는 열 말 되는 콩을 자본 삼아 두부 장사를 시작하였다.

아내와 나는 진종일 맷돌질을 하였다. 무거운 맷돌을 돌리고 나면 팔이 뚝 떨어지는 듯하였다. 내가 이렇게 괴로울 적에 해산한 지 며칠 안 되는 아내의 괴로움이야 어떠하였으랴? 그는 늘 낯이 부석부석하였다. 그래도 나는 무슨 불평이 있는 때면 아내를 욕하였다. 그러나 욕한 뒤에는 곧 후회하였다.

콧구멍만 한 부엌방에 가마를 걸고 맷돌을 놓고 나무를 들이고 의복가지를 걸고 하면 사람은 겨우 비비고 들어앉게 된다. 뜬 김에 문창은 떨어지고 벽은 눅눅하다. 모든 것이 후줄근하여 의복을 입은 채 미지근한 물속에 들어앉은 듯하였다. 어떤 때는 애써 갈아 놓은 비지가 이 뜬 김 속에서 쉬어버렸다. 두붓물이 가마에서 몹시 끓어 번질 때에 우윳빛 같은 두붓물 위에 버터 빛 같은 노란 기름이 엉기면(그것은 두부가 잘될 징조다) 우리는 안심한다. 그러나 두붓물이 희멀끔해지고 기름기가 돌지 않으면 거기에만 시선을 쏘고 있는 아내의 낯빛부터 글러 가기 시작한다. 초를 쳐 보아서 두붓발이 서지 않고 매캐지근하게 풀려질 때에는 우리의 가슴은 덜컥한다.

"또 쉰 게로구나! 저를 어쩌누?"

젖을 달라고 빽빽 우는 어린아이를 안고 서서 두붓물만 들여다보시던 어머니는 목메인 말씀을 하시면서 우신다. 이렇게 되면 온 집안은 신산(辛酸 맛이 맵고 심. 세상살이가 힘들고 고생스러움을 비유적으로 이르는 말)하여 말할 수 없는 울음, 비통, 처참, 소조한(호젓하고 쓸쓸한) 분위기에 싸인다.

"너 고생한 게 애달프구나! 팔이 부러지게 갈아서……. 그거(두부) 팔아서 장을 보려고 태산같이 바랐더니……."

어머니는 그저 가슴을 뜯으면서 운다. 아내도 울듯 울듯이 머리를 숙인다. 그 두부를 판대야 큰돈은 못 된다. 기껏 남는대야 이십 전이나 삼십 전이다. 그것으로 우리는 호구를 한다. 이십 전이나 삼십 전에 어머니는 운다. 아내도 기운이 준다. 나까지 가슴이 바짝바짝 조인다.

그날은 하는 수 없이 쉰 두붓물로 때를 메우고 지낸다. 아이는 젖을 달라고 밤새껏 빽빽거린다. 우리의 살림에는 어린것도 귀찮았다.

5

울면서 겨자 먹기로 괴로운 대로 또 두부를 하지 않으면 안 된다. 그러나 이번에는 땔나무가 없다. 나는 낫을 들고 떠난다. 내가 낫을 들고 떠나면 산후 여독으로 신음하는 아내도 낫을 들고 말없이 나를 따라 나선다. 어머니와 나는 굳이 만류하나 아내는 듣지 않는다.

내 손으로 하는 나무이건만 마음 놓고는 못 한다. 산 임자에게 들키면 여간한 경을 치지 않는다. 그러므로 우리는 황혼이면 산에 가서 도적나무를 하여 지고 밤이 깊어서 돌아온다. 아내는 이고 나는 지고 캄캄한 밤에 산비탈로 내려오다가 발이 미끄러지거나 돌에 채면 곤두박질을 하여 나뭇짐 속에 든다. 아내는 소리 없이 이었던 나무를 내려놓고 나뭇짐에 눌려서 버둥거리는 나를 겨우 끄집어 일으킨다. 그러나 내가 나뭇짐을 지고 일어나면 아내는 혼자 나뭇짐을 이지 못한다. 또 내가 나뭇짐을 벗고 아내에게 이워 주면 나는 추어 주는 이 없이는 나뭇짐을 질 수 없다. 하는 수 없이 나는 후에 지기 편하도록 어떤 높은 바위에 벗어 놓고 아내에게 이워 준다. 이리하여 산비탈을 내려오면, 언제 왔는지 어머니는 애를 업고 우들우들 떨면서 산 아래서 기다리시다가도,

"인제 오니? 나는 너 또 붙들리지나 않는가 하여 혼이 났다."

하신다. 이때마다 내 가슴은 저렸다. 나는 이렇게 나무 도적질을 하다가 중국 경찰서에까지 잡혀가서 여러 번 맞았다.

이때 이웃에서는 우리를 조소하고 경찰에서는 우리를 의심하였다.

"흥, 신수가 멀쩡한 연놈들이 그 꼴이야, 어디 가 일자리도 구하지 않구. 그 눈이 누래서 두부 장사 하는 꼬락서니는 참 더러워서 못 보겠네. 불알을 달고 나서 그렇게야 살리……?"

이것은 이웃 남녀가 비웃는 소리였다. 그리고 어떤 산 임자가 나무 잃은 고발을 하면 경찰서에서는 불문곡직하고 우리 집부터 수색하고 질문하면서 나를 때린다. 그러나 나는 호소할 곳이 없었다.

6

김 군! 이러구러 겨울은 점점 깊어 가고 기한은 점점 박두하였다. 일자리는 없고……, 그렇다고 손을 털고 앉아 있을 수는 없었다. 모든 식구가 퍼러 퍼레서^(시퍼레서) 굶고 앉은 꼴을 나는 그저 볼 수 없었다. 시퍼런 칼이라도 들

고 하루라도 괴로운 생을 모면하도록 그네들을 쿡쿡 찔러 없애고 나까지 없어지든지, 그렇지 않으면 칼을 들고 나서서 강도질이라도 하여서 기한을 면하든지 하는 수밖에는 더 도리가 없게 절박하였다. 일이 없으면 없느니만치, 고통이 닥치면 닥치느니 만치 내 번민은 컸다. 나는 어떤 날은 거의 얼빠진 사람처럼 눈을 감고 깊은 생각에 잠긴 일이 있었다.

이때 내 머릿속에서는 머리를 움실움실 드는 사상이 있었다. 오늘날에 생각하면 그것은 나의 전 운명을 결정할 사상이었다. 그 생각은 누구의 가르침에 일어난 것도 아니려니와 일부러 일으키려고 애써서 일어난 것도 아니다. 봄 풀싹같이 내 머릿속에서 점점 머리를 들었다.

나는 여태까지 세상에 대하여 충실하였다. 어디까지든지 충실하려고 하였다. 내 어머니, 내 아내까지도 뼈가 부서지고 고기가 찢기더라도 충실한 노력으로 살려고 하였다. 그러나 세상은 우리를 속였다. 우리의 충실을 받지 않았다. 도리어 충실한 우리를 모욕하고 멸시하고 학대하였다. 우리는 여태까지 속아 살았다. 포악하고 허위스럽고 요사한 무리를 용납하고 옹호하는 세상인 것을 참으로 몰랐다. 우리뿐 아니라 세상의 모든 사람들도 그것을 의식하지 못하였을 것이다. 그네들은 그러한 세상의 분위기에 취하였었다. 나도 이때까지 취하였었다. 우리는 우리로서 살아온 것이 아니라 어떤 험악한 제도의 희생자로서 살아왔었다.

김 군! 나는 사람들을 원망치 않는다. 그러나 마주(魔酒 정신을 흐리게 하는 술)에 취하여 자기의 피를 짜 바치면서도 깨지 못하는 사람을 그저 볼 수 없다. 허위와 요사와 표독과 게으른 자를 옹호하고 용납하는 이 제도는 더욱 그저 둘 수 없다.

이 분위기 속에서는 아무리 노력하여도, 충실하여도, 우리는 우리의 생의 만족을 느낄 날이 없을 것이다. 어찌하여 겨우 연명을 한다 하더라도 죽지 못하는 삶이 될 것이요, 그 영향은 자식에게까지 미칠 것이다. 나는 어미 품속에서 빽빽 하는 어린것의 장래를 생각할 때면 애잡짤한 감정과 분함을 금할 수 없다. 내가 늘 이 상태면(그것은 거의 정한 이치다) 그에게는 상당한 교양은 고사하고, 다리 밑이나 남의 집 문간에 버리게 될 터이니, 아! 삶을 받은 한 생령을 죄 없이 찌그러지게 하는 것이 어찌 애닯잖으며 분치 않으랴? 그렇다 하면 그것을 나의 죄라 할까?

김 군! 나는 더 참을 수 없었다. 나는 나부터 살리려고 한다. 이때까지는 최면술에 걸린 송장이었다. 제가 죽은 송장으로 남(식구들)을 어찌 살리랴? 그래서 나는 나에게 최면술을 걸려는 무리를, 험악한 이 공기의 원류를 쳐부수려고 하는 것이다.

나는 이것을 인간의 생의 충동이며 확충이라고 본다. 나는 여기서 무상의 법열(法悅 설법을 듣고 마음속에 일어나는 기쁨)을 느끼려고 한다. 아니 벌써부터 느껴진다. 이 사상이 드디어 나로 하여금 집을 탈출케 하였으며, ××단에 가입하게 하였으며, 비바람 밤낮을 헤아리지 않고 벼랑 끝보다 더 험한 ×선에 서게 한 것이다.

김 군! 거듭 말한다. 나도 사람이다. 양심을 가진 사람이다. 애정을 가진 사람이다. 내가 떠나는 날부터 식구들은 더욱 곤경에 들 줄도 나는 알았다. 자칫하면 눈 속이나 어느 구렁에서 죽는 줄도 모르게 굶어 죽을 줄도 나는 잘 안다. 그러므로 나는 이곳에서도 남의 집 행랑어멈이나 아범이며, 노두에 방황하는 거지를 무심히 보지 않는다. 아! 나의 식구도 그럴 것을 생각할 때면 자연히 흐르는 눈물과 뿌직뿌직 찢기는 가슴을 덮쳐잡는다. 그러나 나는 이를 갈고 주먹을 쥔다. 눈물을 아니 흘리려고 하며 비애에 상하지 않으려고 한다. 울기에는 너무도 때가 늦었으며 비애에 상하는 것은 우리의 박약을 너무도 표시하는 듯싶다. 어떠한 고통이든지 참고 분투하려고 한다.

김 군! 이것이 나의 탈가한 이유를 대략 적은 것이다. 나는 나의 목적을 이루기 전에는 내 식구에게 편지도 하지 않으려고 한다. 그네가 죽어도, 내가 또 죽어도…….

나는 이러다가 성공 없이 죽는다 하더라도 원한이 없겠다. 이 시대, 이 민중의 의무를 이행한 까닭이다.

아아, 김 군아! 말을 다하였으나 정은 그저 가슴에 넘치누나!

 홍염

🖋 작품 정리

작가: 최서해(117쪽 '작가와 작품 세계' 참조)
갈래: 신경향파 소설
배경: 시간 – 1920년대 일제 강점기
　　　공간 – 중국 서간도 빼허, 조선인 이주민 마을
시점: 3인칭 전지적 작가 시점
주제: 간도로 이주한 조선인들의 비참한 삶과 악덕 지주에 대한 저항
출전: 〈조선문단〉(1927)

🖋 구성과 줄거리

발단 소작인 문 서방은 서간도로 이주해 인가의 소작인이 됨

백두산 서북편 서간도 한 귀퉁이에 있는 가난한 촌락 '빼허(白河)'에 겨울이 찾아든다. 이곳에는 조선인들의 귀틀집 다섯 채가 이리저리 흩어져 있다. 몹시 추운 날 아침, 문 서방은 죽어 가는 아내의 애원을 생각하면서 되놈 사위가 사는 달리소로 향한다.

전개 문 서방은 소작료를 체납해 인가에게 딸 용례를 빼앗김

문 서방은 본래 경기도에서 소작인 생활을 해 왔는데 10년이 되도록 겨죽만 먹다가 서간도로 이주했다. 그는 이곳에 와서도 흉년으로 소작료를 갚지 못해서 매까지 맞은 일을 생각하며 자신의 신세를 한탄한다. 마당에서 깨를 떨던 아내는 인가가 오는 것을 보고 걱정한다. 인가가 빚을 갚으라고 고래고래 소리를 지르며 문 서방을 때리자 아내는 인가의 팔에 매달리며 살려 달라고 애원한다. 인가가 문 서방의 아내를 끌고 가려 하자 방 안에서 바느질을 하던 용례는 달려가서 인가의 손을 물어뜯는다. 용례를 본 인가는 문 서방의 아내 대신 용례를 데려간다. 용례를 인가에게 빼앗긴 문 서방의 아내는 시름시름 앓는다.

위기 **문 서방은 인가를 찾아가지만 인가는 딸을 보여 주는 것을 거절함**

용례가 끌려간 지 며칠 후 문 서방은 인가로부터 땅날갈이를 받고 지금의 뻬허로 쫓기듯 이주한다. 그 이후 인가는 용례를 문 서방 부부에게 절대 보여 주지 않는다. 문 서방은 인가를 찾아가 딸아이를 보게 해 달라고 간절히 사정하지만 인가는 얼마간의 돈을 주고 그냥 가라고 한다.

절정 **아내는 용례를 부르다 마침내 피를 토하고 죽음**

문 서방이 집에 돌아오니 아내가 누덕이불에 싸여 누워 있다. 문 서방은 아내의 손을 잡는다. 딸에 대한 죄책감으로 실성한 아내는 용례를 부르다가 피를 토하며 쓰러진다. 한씨는 경문을 외며 은동침을 꺼내 아내의 인중을 눌러 댄다. 아내의 몸은 점점 식어 간다.

결말 **문 서방은 인가의 집에 방화를 한 뒤 인가를 죽임**

문 서방의 아내가 죽은 이튿날 밤, 그림자 하나가 눈발을 헤치고 달리소 언덕으로 올라가 인가의 집 울타리 뒤로 돌아간다. 그림자(문 서방)가 보리 짚더미에 불을 붙이자 불은 울타리를 타고 집으로 옮겨 붙는다. 인가가 도망치는 것을 발견한 문 서방은 인가를 도끼로 찍어 죽인 후 딸을 부둥켜안고 운다.

✎ **생각해 볼 문제** --

1. 이 작품의 제목인 '홍염'은 무엇을 상징하는가?

'홍염(紅焰 붉은 불꽃)'은 기존 질서에 대한 분노와 저항의 의미를 담고 있다. 모순된 현실에 대한 저항 정신은 방화와 살인이라는 극단적 행동으로 불꽃처럼 퍼진다. 주인공 문 서방은 가난 때문에 딸을 빼앗기는 처참한 상황에 이르고 이로 말미암아 아내까지 죽는다. 이 순간 문 서방의 누적된 울분이 폭발해 '불꽃'으로 타오른 것이다. 불길이 치솟는 가운데 문 서방은 딸을 안고 뜨거운 눈물을 흘린다. 그의 희열은 단지 딸을 보았다는 데서 오는 것이 아니라 작다고 믿었던 자신의 힘이 철옹성을 무너뜨려 욕구를 채웠다는 데서 오는 것이다. 즉, '불꽃'은 세속적인 현실의 고통을 정화하는 의미도 지닌다.

2. 이 소설의 결말과 「탈출기」의 결말은 어떤 차이점이 있는가?

작가는 이 작품에서 문제의 해결책을 '살인과 방화'에서 찾고 있다. 이것은 사회의 구조적 모순에 따른 폭력에 지극히 개인적이고 감정적 차원에서 항거하는 것이다. 그러나 「탈출기」에서는 이런 개인적 차원의 대응이 아니라 조직적 차원의 대응 방안을 모색한다. 「탈출기」에서 주인공이 민중의 의무를 이행하겠다는 마음으로 ××단에 가입하는 것은 사회적 · 집단적 차원의 대응 방식이라고 볼 수 있다.

3. 이 소설의 결말 부분이 갖는 소설 구성상의 한계점에 대해 지적해 보자.

일반적인 소설의 결말에서는 갈등이 해소되지지만 이 소설의 결말에서는 문 서방이 자신의 분노를 극단적인 행동으로 표출하는 데 그친다. 문 서방은 방화와 살인을 통해 무한한 희열을 느끼지만 그것이 근본적인 해결책은 되지 못한다. 즉, 「홍염」은 착취 계급과 피착취 계급 사이의 갈등을 해소할 방법을 제시하지는 못한다는 점에서 한계를 지닌다고 볼 수 있다.

✏️ 인물 관계도

문 서방   아내

(소작)

(끌고 감)

인가   용례

> 원래 경기도에 살던 저(문 서방)는 서간도로 이주해서 중국인 인가의
> 소작인이 되었어요. 인가는 빚을 갚으라고 행패를 부리다가 제 딸 용
> 례를 끌고 갔지요. 딸을 보여 달라고 찾아가 빌어도 인가는 절대 허락
> 하지 않았고, 아내는 시름에 잠겨 세상을 떠나 버렸어요. 저는 인가의
> 집에 불을 지르고 인가를 도끼로 찍어 버렸답니다.

홍염

1

겨울은 이 가난한─백두산 서북편 서간도 한 귀퉁이에 있는 이 가난한 촌락 빼허(白河 백하. 서간도의 가난한 촌락 이름)에도 찾아들었다. 겨울이 찾아들면 조그만 강을 앞에 끼고 큰 산을 등진 빼허는 쓸쓸히 눈 속에 묻히어서 차디찬 좁은 하늘을 치어다보게 된다.

눈보라는 북국의 특색이다. 빼허의 겨울에도 그러한 특색이 있다. 이것이 빼허의 생령(生靈 생명)들을 괴롭게 하는 것이다.

오늘도 눈보라가 친다.

북극의 얼음 세계나 거쳐 오는 듯한 차디찬 바람이 우 하고 몰려오는 때면 산봉우리와 엉성한 가지 끝에 쌓였던 눈들이 한꺼번에 휘날려서 이 좁은 산골은 뿌연 눈안개 속에 들게 된다. 어떤 때는 강골 바람에 빙판에 덮였던 눈이 산봉우리로 불리게 된다. 이렇게 교대로 산봉우리의 눈이 들로 내리고 빙판의 눈이 산봉우리로 올리달려서(아래에서 위로 향해 달려) 서로 엇바뀌는 때면 그런대로 관계치 않으나, 하늬(天風 하늬바람. 북풍)와 강바람이 한꺼번에 불어서 강으로부터 올리닫는 눈과 봉우리로부터 내리닫는 눈이 서로 부딪치고 어우러지게 되면 눈보라와 바람 소리에 빼허의 좁은 골짜기는 터질 듯한 동요를 받는다.

등진 산과 앞으로 낀 강 사이에 게딱지(여기서는 '게의 등딱지'처럼 아주 볼품없고 작은 상태를 말함)처럼 끼어 있는 것이 이 빼허의 촌락이다. 통틀어서 다섯 호밖에 되지 않는 집이나마 밭을 따라서 이리저리 흩어져 있다. 모두 커다란 나무를 찍어다가 우물 정(井) 자로 틀을 짜 지은 집인데 여기 사람들은 이것을 '귀틀집'이라 한다. 지붕은 대개 조짚(조나 피 따위의 낟알을 떨어낸 짚)이요, 혹은 나무껍질로도 이었다. 그 꼴은 마치 우리 내지(간도에서는 조선을 내지라 한다)의 거름집(堆肥숨 두엄을 넣어 두는 헛간)과 같다. 심하게 말하는 이는 돼지굴과 같다고 한다.

이것이 남부여대로 서간도 산골을 찾아들어서 사는 조선 사람의 집들이다. 빼허의 집들은 그러한 좋은 표본이다.

험악한 강산, 세찬 바람과 뿌연 눈보라 속에 게딱지처럼 붙어서 위태롭게 침묵을 지키고 있는 이 모든 집에도 어느 때든─공도(公道 공평하고 바른 도리)가

위대한 공도가 어그러지지 않으면, 언제든지 꼭 한때는 따뜻한 봄볕이 지내리라. 그러나 이렇게 눈발이 날리고 바람이 우짖으면 그 어설궂은 집 속에 의지 없이 들어박힌 사람들은 자기네로도 알 수 없는 공포에 몸을 부르르 떨게 된다.

이렇게 몹시 춥고 두려운 날 아침에 문 서방은 집을 나섰다. 산산이 흐트러진 머리카락을 뿌연 상투에 휘휘 거둬 감고 수건으로 이마를 질끈 동인 위에 까맣게 그은 대패밥 모자를 끈 달아 썼다. 부대처럼 툭툭한 토수래^{(베실}을 삶어서 짠 것) 바지저고리는 언제 입은 것인지 뚫어지고 흙투성이 되었는데 바람에 무겁게 흩날린다.

"문 서뱅이 발써 갔소?"

문 서방은 짚신에 들맥^(들메. 신이 벗어지지 않도록 신을 발에 동여매는 끈)을 단단히 하고 마당에 내려서려다가 부르는 소리에 머리를 돌렸다. 펄쩍 문을 열면서 때가 지덕지덕한 늙은 얼굴을 내미는 것은 한 관청^(관청은 직함)이었다.

"왜 그러시우?"

경기 말씨가 그저 남아 있는 문 서방은 한 발로 마당을 밟고 한 발로 흙마루를 밟은 채 한 관청을 보았다.

"엑, 바름두…… 저, 엑 흑…….."

한 관청은 몰아치는 바람이 아츠러운지 연방 흑흑 느끼면서,

"저, 일절 욕을 마오! 그게…… 엑, 워쩐 바름이 이런구. 그게 되놈^{(胡人 '만주}사람'을 일컫는 말)인데, 부모두 모르는 되놈인데…….."

하는 양은 경험 있는 늙은 사람의 말을 깊이 들으라는 어조이다.

"나는 또 무슨 말씀이라구! 아 그늠이 이번두 그러면 그저 둔단 말이요?"

문 서방의 소리는 좀 분개하였다.

눈을 몰아치는 바람은 또 몹시 마당으로 몰아들었다. 그 판에 문 서방은 바람을 등지고 돌아서고 한 관청의 머리는 창틀 안으로 자라목처럼 움츠러들었다.

"글쎄 이 늙은 거 말을 듣소! 그늠이 제 가새비^('장인'을 낮잡아 이르는 말)를 잘 알겠소? 흥…….."

한 관청은 함경도 사투리로 뇌면서 다시 머리를 내밀었다.

"염려 마슈! 좋게 하죠."

문 서방은 더 들을 말 없다는 듯이 바람을 안고 획 돌아섰다.

"그새 무슨 일이나 없을까?"

밭 가운데로 눈을 헤치면서 나가던 문 서방은 주춤하고 돌아다보면서 혼자 뇌었다.

눈보라 때문에 눈도 뜰 수 없거니와 지척을 분간할 수 없이 되어서 집은 커녕 산도 보이지 않았다.

"그새 무슨 일이 날라구!"

그는 또 이렇게 혼자 뇌고 저고리 섶을 단단히 여미면서 강가로 내려가다가 발을 돌려서 언덕길로 올라섰다. 강 얼음을 타고 가는 것이 빠르지만 바람이 심하면 빙판에서 걷기가 거북하여 언덕길을 취하였다. 하도 다니던 길이니 짐작으로 걷지 눈에 묻히어서 길이 보이지 않았다.

언덕길에 올라서니 바람은 더욱 심하였다. 우와— 하고 가슴을 쳐서 뒤로 휘딱 자빠질 것은 고사하고 눈발이 아스럽게 낯을 치어서 눈도 뜰 수 없고 숨도 바로 쉴 수 없었다. 뻣뻣하여 가는 사지에 억지로 힘을 주어 가면서 이를 악물고 두 마루턱이나 넘어서 '달리소' 강가에 이르니 가슴에서는 잔나비가 뛰노는 것 같고 등골에는 땀이 흘렀다. 그는 서리가 뿌연 수염을 씻으면서 빙판을 건 갔다. 빙판에는 개가죽 모자 개가죽 바지에 커다란 울레^(신)를 신은 중국 파리^(썰매)꾼들이 기다란 채찍을 휘휘 두르면서,

"뚜—어, 뚜—어, 딱딱."

하고 말을 몰아간다.

"꺼울리 날취(저 조선 거지 어디 가나)?"

중국 파리꾼들은 문 서방을 보면서 욕을 하였으나 문 서방은 허둥허둥 빙판을 걸어서 높다란 바위 모퉁이를 지나 언덕에 올라섰다.

여기가 문 서방이 목적하고 온 '달리소'라는 땅이다. 이 땅 주인은 인^(殷)가라는 중국 사람인데 그 인가는 문 서방의 사위이다. 저편 밭 가운데 굵은 나무로 울타리를 한 것이 인가의 집이다. 그 밖으로 오륙 호나 되는 게딱지같은 귀틀집은 지팡살이^(광복 전 만주 땅에서 성행하던 소작 제도의 하나)하는 조선 사람들의 집이다. 문 서방은 바위 모퉁이를 돌아 언덕에 오르니 산이 서북을 가리어서 바람이 좀 잠잠하여 좀 푸근한 느낌을 받았으나, 점점 인가—사위의 집 용마루가 보이고 울타리가 보이고 그 좌우의 같은 조선 사람의 집이 보이니 스스로 다리가 움츠러지면서 걸음이 떠졌다.^(속도가 더디어졌다)

"엑 더러운 놈! 되놈에게 딸 팔아먹는 놈!"

그것은 자기 스스로 한 일은 아니지만 어디선지 이런 소리가 귓청을 징 징 치는 것 같은 동시에 개기름이 번지르르하여 핏발이 올올한 눈을 흉악 하게 굴리는 인가—사위의 꼴이 언뜻 눈앞에 떠올라서 그는 발끝을 돌릴까 말까 하고 주저하였다. 그러다가도,

"여보 용례(딸의 이름)가 왔소? 용례 좀 데려다 주구려."

하고 죽어 가는 아내의 애원하던 소리가 귓가에 울려서 다시 앞을 향하였다.

"이게 문 서뱅이! 또 딸 집을 찾아가옵느마?"

머리를 수굿하고 걷던 문 서방은 불의의 모욕이나 받는 듯이 어깨를 툭 떨어뜨리면서 머리를 들었다. 그것은 길옆에서 돼지우리를 치던 지팡살이 꾼의 한 사람이었다.

"네! 아아니……."

문 서방은 대답도 아니요 변명도 아닌 이러한 말을 하고는 얼른얼른 인 가의 집으로 향하였다. 온 동리가 모두 나서서 자기의 뒤를 비웃는 듯해서 곁눈질도 못하였다.

여기는 서북이 가리어서 뻬허처럼 바람이 심하지 않았다. 흐릿하나마 볕 도 엷게 흘렀다.

2

"여보! 저 인가가 또 오는구려!"

가을볕이 쨍쨍한 마당에서 깨를 떨던 아내는 남편 문 서방을 보면서 근 심스럽게 말하였다.

"오면 어쩌누? 와도 하는 수 없지!"

뒤주간(곡식을 보관하기 위해 나무로 지은 창고) 앞에서 옥수수 껍질을 바르던 문 서방 은 기탄없이 말하였다.

"엑 그 단련을 또 어찌 받겠소?"

아내의 찌푸린 낯은 스스로 흐리었다.

"참 되놈이란 오랑캐……."

"여보, 여기 왔소."

문 서방의 높은 소리를 주의시키던 아내는 뒤주간 저편을 보면서,

"아, 오셨소?"

하고 어색한 웃음을 웃었다.

"예 왔소? 장구재^(주인) 있소?"

지주 인가는 어설픈 웃음을 지으면서 마당에 들어서다가 뒤주간 앞에 앉은 문 서방을 보더니,

"응, 저기 있소!"

하고 손가락질을 하면서 그 앞에 가 수캐처럼 쭈그리고 앉았다.

서천에 기운 태양은 인가의 이마에 번지르르 흘렀다.

"어디 갔다 오슈?"

문 서방은 의연히 옥수수를 바르면서 하기 싫은 말처럼 힘없이 끄집어내었다.

"문 서방! 그래 오레두 비들^(빚을) 못 가프겠소?"

인가는 문 서방 말과는 딴전을 치면서 담뱃대를 쌈지에 넣는다.

"허허 어제두 말했지만 글쎄 곡식이 안 된 거 어떡하오?"

"안 돼! 안 돼! 곡시기 자르 되고 모 되구 내가 아르오? 오늘은 받아 가지구야 가겠소!"

인가는 담배를 피우면서 버티려는 수작인지 땅에 펑덩 들어앉았다.

"내년에는 꼭 갚아드릴게 올만 참아 주오! 장구재도 알지만 흉년이 되어서 되지두 않은 이것^(곡식)을 모두 드리면 우리는 어떻게 겨울을 나라구 응? ……자 내년에는 꼭, 하하……."

인가를 보면서 넋이 없는 웃음을 치는 문 서방의 눈에는 애원하는 빛이 흘렀다.

"안 되우! 안 돼! 퉁퉁디^(모두) 주! 우리두 많이 부족이오."

"부족이 돼두 하는 수 없지. 글쎄 뻔히 보시면서 어떡하란 말이오? 휴……."

"어째 어부소^(없소)? 응 니디 어째 어부소! 응 니디 어째 어부소! 마리해! 울리 쌀리디, 울리 소금이디, 울리 강냉이디…… 니디 입이(그는 입을 가리키면서) 디 안 먹어? 어째 어부소, 응?"

인가는 낯빛이 거무락푸르락해서 소리를 고래고래 질렀다. 문 서방은 더 말이 나오지 않았다.

언제나 이놈의 소작인 노릇을 면하여 볼까? 경기도에서도 소작인 생활 십 년에 겨죽^(쌀의 속겨로 쑨 죽)만 먹다가 그것도 자유롭지 못하여 남부여대로 딸 하나 앞세우고 이 서간도로 찾아들었더니 여기서도 그네를 맞아 주는 것

은 지팡살이였다. 이름만 달랐지 역시 소작인이다. 들어오던 해는 풍년이었으나 늦게 들어와서 얼마 심지 못하였고 그 이듬해에는 흉년으로 말미암아 일 년 내 꾸어 먹은 것도 있거니와 소작료도 못 갚아서 인가에게 매까지 맞고 금년으로 미뤘더니 금년에도 흉년이 졌다. 다른 사람들도 빚을 지지 않은 바가 아니로되 유독이 문 서방을 조르는 것은 음흉한 인가의 가슴속에 문 서방의 용례(금년 열일곱)가 걸린 까닭이었다. 문 서방은 벌써 그 눈치를 알아챘으나 차마 양심이 허락지 않았다. 인가의 욕심만 채우면 밭맥(1)맥은 10일경=1일경은 약 천 평(坪))이나 단단히 생겨 한평생 기탄없을 것을 모르지는 않지만 무남독녀로 고이 기른 딸을 되놈에게 주기는 머리에 벼락이 내릴 것 같아서 죽으면 그저 굶어 죽었지 차마 할 수 없었다. 그는 그런 것 저런 것 생각할 때마다 도리어 내지—쪼들려도 나서 자란 자기 고향에서 쪼들리던 옛날이—삼 년 전의 그 옛날이 그리웠다. 그러나 그것도 한 꿈이었다. 그 꿈이 실현되기에는 그네의 경제적인 기초가 너무나도 없었다. 빈 마음만 흐르는 구름에 부쳐서 내지로 보낼 뿐이었다.

"어째서 대답이 어부소, 응? 그래 울리 비디디 안 가파? 창우니! 빠피야(이놈 껍질 벗긴다)."

인가는 담뱃대를 꽁무니에 찌르면서 일어나 앉더니 팔을 걷는다. 그것을 본 문 서방 아내는 낯빛이 파랗게 질려서 부들부들 떨면서 이편만 본다. 문 서방도 낯빛이 까맣게 죽었다.

"자, 그러면 금년 농사는 온통 드리지요."

문 서방의 목소리는 힘없이 떨렸다. 마치 종아리채를 든 초학 훈장의 앞에 엎드린 어린애의 소리처럼…….

"부요우(싫어)…… 퉁퉁디…… 모모 모두 우리 가져가두 보미(옥수수) 쓰단(四石), 쌔옌(소금) 얼씨진(20斤), 쑈미(좁쌀) 디 빠단(八石) 디유아(있다)…… 니디 자리 알라 있소! 그거 안 줘?"

검붉은 인가의 뺨은 성난 두꺼비 배처럼 불떡불떡 하였다.

"나머지는 내년에 갚지요."

문 서방은 머리를 뚝 떨어뜨렸다.

"슴마(무엇)? 창우니 빠피야!"

인가의 억센 손이 문 서방의 멱살을 잡았다. 문 서방은 가만히 받았다. 정신이 아찔하였다.

"에구, 장구재…… 흑흑…… 장구재…… 제발 살려 줍쇼! 제발 살려 주시면 뼈를 팔아서라두 갚겠습니다. 장구재 제발!"

문 서방의 아내는 부들부들 떨면서 인가의 팔에 매달렸다. 그의 애걸하는 소리는 벌써 울음에 떨렸다.

"내 보미 워디 소금이 닐라! 아니 췄소? 아니 췄소? 어 어쩌니 췄소?"

인가의 주먹은 문 서방의 귓벽을 울렸다.

"아이구!"

문 서방은 땅에 쓰러졌다.

"엑 에구…… 응응응…… 에구 장구재! 제발 제제…… 흑 제발 살려 줍소…… 응."

쓰러지는 문 서방을 붙잡던 아내는 인가를 보면서 땅에 엎드려서 손을 비빈다.

"이 상느므 샛지(상놈의 자식)…… 니디 로포(아내) 워디(내가) 가져 가!"

하고 인가는 문 서방을 차더니 엎디어서 손이야 발이야 비는 문 서방의 아내의 손목을 잡아끌었다.

"니디 울리 집이 가! 오늘리부터 니디 울리 에미네(아내)!"

"장구재…… 제발…… 아이구 응……?"

"에구 엄마."

집 안에서 바느질하던 용례가 내달았다. 인가는 문 서방의 아내를 사정없이 끌고 자기 집으로 향한다.

"나를 잡아가라! 나를……."

쓰러졌던 문 서방은 인가의 팔을 잡았다.

"타마나(상소리)!"

하는 소리와 함께 인가의 발길은 문 서방의 불걸음(불두덩. 생식기 언저리의 불룩한 부분)으로 들어갔다. 문 서방은 거꾸러졌다.

"아이구 어머니! 왜 울 어머니를 잡아가요? 응응…… 흑."

용례는 어머니의 팔목을 잡은 중국인의 손을 물어뜯었다. 용례를 본 인가는 문 서방의 아내는 놓고 문 서방의 딸 용례를 잡았다.

"이 개새끼야! 이것 놔라…… 응응 흑…… 아이구 아버지…… 엄마!"

억센 장정 인가에게 티끌같이 연연한(가냘프고 약한) 처녀는 몸부림을 하면서 발악을 하였다.

"용례야! 아이구 우리 용례야!"

"에이구 응……너를 이 땅에 데리구 와서 개 같은 놈에게……."

문 서방의 내외는 허둥지둥 달려갔다.

낯빛이 파랗게 질린 흰옷 입은 사람들은 쭉 나와서 섰건마는 모두 시체같이 서 있을 뿐이었다. 여편네 몇몇은 치맛자락으로 눈물을 씻었다.

의연히 제 걸음을 재촉하는 볕은 서산에 뉘엿뉘엿하였다. 앞강으로 올라오는 찬바람은 스르르 스쳐 가는데 석양에 돌아가는 까마귀 울음은 의지없는 사람의 넋을 호소하는 듯 처량하였다.

"에구 용례야! 부모를 못 만나서 네 몸을 망치는구나! 에구 이놈의 돈이 우리를 죽이는구나!"

문 서방 내외는 그 밤을 인가의 집 울타리 밖에서 새었다. 누구 하나 들여다보지도 않는데 인가의 집에서 내놓은 개들은 두 내외를 잡아먹을 듯이 짖으며 덤벼들었다.

이리하여 용례는 영영 인가의 손에 들어갔다. 며칠 후에 인가는 지금 문 서방이 있는 빼허에 땅날갈이(소를 데리고 하루 낮 동안에 갈 수 있는 밭의 넓이)나 있는 것을 문 서방에게 주어서 그리로 이사시켰다.

문 서방은 별별 욕과 애원을 하였으나 나중에 인가는 자기 집 일꾼들을 불러서 억지로 몰아내었다. 이리하여 문 서방은 차마 생목숨을 끊기 어려워서 원수가 주는 땅을 파먹게 되었다. 그것이 작년 가을이었다. 그 뒤로 인가는 절대로 용례를 밖으로 내보내지 않을 뿐만 아니라 그 어버이 되는 문 서방 내외에게도 보이지 않았다.

'용례는 매일 밥도 안 먹고 어머니 아버지만 부르고 운다.'

하는 희미한 소식을 인가의 집에 가까이 드나드는 중국인들에게서 들을 때마다 문 서방은 가슴을 치고 그 아내는 피를 토하였다.

이리하여 문 서방의 아내는 늦은 여름부터 아주 병석에 드러누웠다. 그는 병석에서 매일 용례만 부르고 용례만 보여 달라고 졸랐다. 그래서 문 서방은 벌써 세 번이나 인가를 찾아가서 말했으나 효과가 없었다.

이번까지 가면 네 번째다. 이번은 어떻게 성사가 될는지?

(간도에 있는 중국인들은 조선 여자를 빼앗아 가든지 좋게 사 가더라도 밖에 내보내지도 않고 그 부모에게까지 흔히 면회를 거절한다. 중국인은 의심이 많아서 그런다고 들었다.)

3

문 서방은 울긋불긋한 채필로 관운장과 장비를 무섭게 그려 붙인 집 대문 앞에 섰다. 문밖에서 뼈다귀를 핥던 얼룩개 한 마리가 웡웡 짖으면서 달려들더니 이 구석 저 구석에서 개무리가 우 하고 덤벼들었다. 어떤 놈은 으르렁 으르고, 어떤 놈은 꼬리를 뒷다리 사이에 바싹 끼면서 금방 물듯이 송곳 같은 이빨을 악물었고, 어떤 놈은 대들었다가는 뒷걸음치고 뒷걸음을 쳤다가는 대들면서 산천이 무너지게 짖고, 어떤 놈은 소리도 없이 코만 실룩실룩하면서 달려들었다. 그 여러 놈들이 문 서방을 가운데 넣고 죽 돌라서서 각각 제 재주대로 날뛴다. 그렇지 않아도 지금 개 때문에 대문 밖에서 기웃거리던 문 서방은 이 사면초가를 어떻게 막으면 좋을지 몰랐다. 이러는 판에 한 마리가 획 들어와서 문 서방의 바짓가랑이를 물었다.

"으악…… 꺼우디(개를)!"

문 서방이 소리를 치면서 돌멩이를 찾느라고 엎드리는 것을 보더니 개들은 일시에 뒤로 물러났으나 또다시 덤벼들었다.

"창우니 타마나가비(상소리다)!"

안에서 개가죽 모자를 쓰고 뛰어나오는 일꾼은 기단 호미 자루를 휘두르면서 개를 쫓았다. 개들은 몰려가면서도 몹시 짖었다.

문 서방은 수수깡이 지저분하게 널려 있는 방문으로 들어갔다. 누릿하고 퀴퀴한 더운 기운이 후끈 낯을 스칠 때 얼었던 두 눈은 뿌연 더운 안개에 스르르 흐리어서 어디가 어디인지 잘 분간할 수 없었다.

"윈따야 랠라마(문 영감 오셨소)?"

캉(구들)에서 지껄이는 중국인 중에서 누군지 첫인사를 붙였다.

"에헤 랠라 장구재 유(있소)?"

문 서방은 어색한 웃음을 지었다. 얼었던 몸은 차차 녹고 흐리었던 눈앞도 점점 밝아졌다.

"쨩캉바(구들로 올라오시오)!"

구들 위에서 나는 틱틱한 소리는 인가였다. 그는 일꾼들과 무슨 의논을 하던 판인가? 지껄이던 일꾼들은 고요히 앉아서 담배를 피우면서 호기심에 번득이는 눈을 인가와 문 서방에게 보내었다. 어느 천년에 지은 집인지, 거미줄이 얼키설키 서린 천장과 벽은 아궁이 속같이 까만데 벽에 붙여 놓은 삼국풍진도(三國風塵圖)며 춘야도리원도(春夜桃李園圖)는 이리저리 찢기고 그을었다. 그을음과 담배 연기에 싸여서 눈만 반짝반짝하는 무리들은 아귀도(餓鬼道 삼악도의 하나. 아귀들이 모여 사는 세계로 늘 굶주리고 매를 맞는다고 함)를 생각케 한다. 문 서방은 무시무시한 기분에 몸을 부르르 떨었다.

"추엔바(담배 잡수시오)?"

인가는 웬일인지 서투른 대로 곧잘 하던 조선말은 하지 않고 알아도 못 듣는 중국말을 쓰면서 담뱃대를 문 서방 앞에 내밀었다.

"여보 장구재! 우리 로포가 딸을 못 봐서 죽겠으니 좀 보여 주 응……?"

문 서방은 담뱃대를 받으면서 또 전처럼 애걸하였다. 인가는 이마를 찡그리면서 볼을 불렸다.

"저게(아내) 마지막 죽어 가는데 철천지한(徹天之恨 하늘에 사무치는 크나큰 원한)이나 풀어야 하잖겠소, 응? 한 번만 보여 주! 어서 그러우! 내가 용례를 만나면 꼬일까 봐…… 그럴 리 있소! 이렇게 된 바에야…… 한 번만…… 낯이나…… 저 죽어 가는 제 에미 낯이나 한 번 보게 해 주! 네? 제발……!"

"안 되우! 보내지 모하겠소. 우리 지비 문바께 로포(용례를 가리키는 말) 나갔소. 재미어부소."

배짱을 부리는 인가의 모양은 마치 전당포 주인과 같은 점이 있었다. 문 서방의 가슴은 죄였다. 아쉽고 안타깝고 슬픔이 어우러지더니 분한 생각이 났다. 부뚜막에 놓은 낫을 들어서 인가의 배를 왁 긁어 놓고 싶었으나 아직도 행여나 하는 바람과 삶에 대한 애착심이 그 분을 제어하였다.

"그러지 말고 제발 보여 주오! 그러면 내 아내를 데리구 올까? 아니 바람을 쏘여서는…… 엑 죽어두 원이나 끄고 죽게 내가 데리고 올게 낯만 슬쩍 보여 주오, 네? 흑…… 끅…… 제발……."

이십 년 가까이 손끝에서 자기 힘으로 기른 자기 딸을 억지로 빼앗긴 것도 원통한데 그나마 자유로 볼 수도 없이 되는 것을 생각하니! 더구나 그 우악한(무지하고 포악한) 인가에게 가슴과 배를 사정없이 눌리이는 연연한 딸의 버둥거리는 그림자가 눈앞에 언뜻 하여(갑자기 떠올라) 가슴이 꽉 막히고 사지가 부르르 떨리면서 주먹이 쥐어졌다. 그러나 뒤따라 병석의 아내가 떠오를 때 그의 주먹은 풀리고 머리는 숙었다.

"넬리 또 왔소 이얘기하오! 오늘리디 울리디 일이디 푸푸디! 많이 있소!"

인가는 문 서방을 어서 가라는 듯이 자기 먼저 캉(구들)에서 내려섰다.

"제발 그러지 말구! 으흑 흑…… 제제 제발 단 한 번만이라두 낯만……

으흑흑 웅!"

문 서방은 인가를 따라 밖으로 나오면서 울었다. 등 뒤에서는 웃음소리가 들렸다. 그러나 그 웃음소리는 이때의 문 서방에게는 아무러한 자극도 주지 못하였다.

"자— 이거 적지만……."

마당에 한참이나 서서 무엇을 생각하던 인가는 백조(百弔)짜리 관체(官帖 돈) 석 장을 문 서방의 손에 쥐었다. 문 서방은 받지 않으려고 했다. 더러운 놈의 더러운 돈을 받지 않으려 하였다. 그러나 지금 붙어먹는 밭도 인가의 밭이다. 잠깐 사이 분과 설움에 어리어서 튀기던 돈은…… 돈 힘은 굶고 헐벗은 문 서방을 누르지 않을 수 없었다. 그는 못 이기는 것처럼 삼백 조를 받아 넣고 힘없이 나오다가,

'저 속에는 용례가 있으려니!'

생각하면서 바른편에 놓인 조그마한 집을 바라볼 때 자기도 모르게 발길이 도로 돌아섰다. 마치 거기서는 용례가 울면서 자기를 부르는 것 같았다. 그러나 인가는 문 서방을 문밖에 내보내고 문을 닫아 잠갔다.

문밖에 나서니 천지가 아득하였다. 발길이 돌아서지 않았다. 사생을 다투는 아내를 생각하면 아니 가든 못할 일이고 이 울타리 속에는 용례가 있거니 생각하면 눈길이 다시금 울타리로 갔다.

그가 바위 모퉁이 빙판에 올 때까지 개들은 쫓아 나와 짖었다. 그는 제 분김에 한 마리 때려잡는다고 얼른 돌멩이를 집어 들었다가, 작년 가을에 어떤 조선 사람이 어떤 중국 사람의 개를 때려죽이고 그 사람이 주인에게 총맞아 죽은 일이 생각나서 들었던 돌멩이를 헛뿌렸다.

돌아 떨어지는 겨울 해는 어느새 강 건너 봉우리 엉성한 가지 끝에 걸렸다. 바람은 좀 자고 날씨는 맑으나 의연히 추워서 수염에는 우물가처럼 얼음 보쿠지(여러 겹으로 얼어붙은 얼음)가 졌다.

4

눈옷 입은 산봉우리 나뭇가지 끝에 남았던 붉은 석양볕이 스르르 자취를 감추고 먼 동쪽 하늘가에 차디찬 연자주빛이 싸르르 돌더니 그마저 스러지고 쌀쌀한 하늘에 찬 별들이 내려다보게 되면서부터 어둑한 황혼빛이 빼허의 좁은 골에 흘러들어서 게딱지 같은 집 속까지 흐리기 시작하였다.

까만 서까래가 드러난 수수깡 천장에는 그은 거미줄이 흐늘흐늘 수없이 드리우고, 빈대 죽인 자리는 수묵으로 댓잎(竹葉)을 그린 듯이 흙벽에 빈틈이 없는데 먼지가 수북한 구들에는 구름 깔개(참나무를 엷게 밀어서 결은 자리)를 깔아 놓았다. 가마 저편 바당(부엌)에는 장작개비가 흩어져 있고 아궁이에서는 뻘건 불이 훨훨 붙는다.

뜨끈뜨끈한 부뚜막에는 문 서방의 아내가 누덕이불에 싸여 누웠고 문 앞과 윗목에는 이웃집 사람들이 모여 앉았는데 지금 막 달리소 인가의 집에서 돌아온 문 서방은 신음하는 아내의 가슴에 손을 얹고 앉았다. 등잔걸이에 켜 놓은 등불은 환하게 이 실내의 모든 사람을 비쳤다.

"용례야! 용례야! 용례야!"

고요히 누웠던 문 서방의 아내는 마지막 소리를 좀 크게 질렀다. 문 서방은 아내의 가슴을 지그시 눌렀다.

"에구, 우리 용례! 우리 용례를 데려다 주구려!"

그는 눈을 번쩍 뜨면서 몸을 흔들었다.

"여보 왜 이러우. 용례가 지금 와요. 금방 올걸!"

어린애를 어르듯 하면서 땀내가 께저분한 아내의 얼굴을 내려다보는 문 서방의 눈은 흐렸다.

"에구, 몹쓸 놈두! 저런 거 모르는 체하는가? 쩻!"

윗목에 앉은 늙은 부인은 함경도 사투리로 구슬피 뇌었다.

"허 그러게 되놈이라지! 그놈들께 인륜(人倫)이 있소?"

문 앞에 앉았던 한 관청은 받아쳤다.

"용례야! 용례야! 흥 저기 저기 용례가 오네!"

문 서방의 아내는 쑥 꺼진 두 눈을 모들떠서(두 눈동자를 안 으로 몰아 떠서) 천장을 뚫어지게 보면서 보기에 아츠러운(보거나 듣기에 견디기 어려울 정도로 거북한) 웃음을 웃었다.

"어디? 아직은 안 오. 여보, 왜 이러우? 응?"

문 서방의 목소리는 떨렸다.

"저기 액…… 용 용례…….."

그는 눈을 더 크게 뜨고 두 뺨의 근육을 경련적으로 움직이면서 번쩍 일어났다. 문 서방은 아내의 허리를 안았다. 그는 또 정신에 착오를 일으켰는지, 창문을 바라보고 뛰어나가려고 하면서,

"용례야! 용례 용례…… 저 저기 저기 용례가 있네! 용례야! 어디 가느냐, 응?"

고함을 치고 눈물 없는 울음을 우는 그의 눈에서는 파란 불빛이 번쩍하였다. 좌중은 모진 짐승의 앞에나 앉은 듯이 모두 숨을 죽이고 손을 틀었다. 문 서방은 전신의 힘을 내어서 아내의 허리를 안았다.

"하하하(그는 이상한 소리를 내어 웃다가 다시 성을 잔뜩 내면서)…… 용례, 용례가 저리로 가는구나! 으응…… 저놈이 저놈이 웬 놈이냐?"

하면서 한참 이를 악물고 창문을 노려보더니,

"저 저…… 이놈아! 우리 용례를 놓아라! 저 되놈이, 저 되놈이 용례를 잡아가네! 이놈 놔라! 이놈 모가지를 빼놓을 이 이……."

그의 눈앞에는 용례를 인가에게 빼앗기던 그때가 떠올랐는지, 이를 뿍 갈면서 몸을 번쩍 일으켜 창문을 향하고 내달았다.

"여보 정신을 차리오! 여보 왜 이러우? 아이구 응……."

쫓아 나가면서 아내의 허리를 안아서 뒤로 끌어 들이는 문 서방의 소리는 눈물에 젖었다.

"이늠아! 이게 웬 놈이 남을 붙잡니? 응? 으윽."

그는 두 손으로 남편의 가슴을 밀다가도 달려들어서 남편의 어깨를 물어 뜯으면서,

"이것 놔라! 에그 용례야, 저게 웬 놈이…… 에구구…… 저놈이…… 에구구…… 저놈이 용례를 깔고 앉네!"

하고 몸부림을 탕탕하는 그의 눈에는 핏발이 서고 낯빛은 파랗게 질렸다.

이때 한 관청 곁에 앉았던 젊은 사람은 얼른 일어나서 문 서방을 조력하였다. 끌어 들이려거니 뛰어나가려거니 하여 밀치고 당기는 판에 등잔걸이가 넘어져서 등불이 펄렁 죽어 버렸다. 방 안이 갑자기 깜깜하여지자 창문만 히슥하였다^(색깔이 조금 허옇다).

"조심들 하라니! 엑 불두!"

한 관청은 등을 화로에 대이고 푸푸 불면서 툭턱툭턱하는 사람들께 주의를 시켰다. 불은 번쩍하고 켜졌다.

우우 쏴— 스르르륵.

문을 치는 바람 소리가 요란하였다.

"엑 또 바람이 나는 게로군! 날쎄두 폐릅(괴상하)다."

한 관청은 이렇게 뇌면서 등잔걸이에 등을 꽂고 몸부림하는 문 서방 내외와 젊은 사람을 피하여 앉았다.

"이것 놓아 주오! 아이구, 우리 용례가 죽소! 저 흉한 되놈에게 깔려서…… 엑 저저…… 저것 봐라! 이놈, 네 이놈아! 에이구 용례야! 용례야! 사람 살려 주오! (소리를 더욱 높여서) 우리 용례를 살려 주! 옹 으윽 에엑 끅……."

그는 마지막으로 오장육부가 쏟아지게 소리를 지르다가 검붉은 핏덩이를 왈칵 토하면서 앞으로 거꾸러졌다.

"으윽!"

"옹 끔직두 한 게!"

하면서 여러 사람들은 거꾸러진 문 서방의 아내 앞에 모여들었다.

"여보! 여보소! 아이구 정신 좀……."

떨려 나오는 문 서방의 소리는 절반이나 울음으로 변하였다.

거불거불하는 등불 속에 검붉은 피를 한 말이나 토하고 쓰러진 그는 낯이 파랗게 되어서 숨결이 없었다.

"허! 잡싱(雜神)이 붙었는가?"

"으흠 옹! 으흠 흥! 각황제방 심미기, 두우열로 구슬벽……."

여러 사람들과 같이 문 서방의 아내를 부뚜막에 고요히 뉘어 놓고 한 관청은 귀신을 쫓는 경문(기도할 때 외는 글)이라고 발음도 바로 못 하는 이십팔 수를 줄줄줄 읽었다.

"으응응…… 흑흑…… 여여보!"

문 서방의 목메인 울음을 받는 그 아내는 한 관청의 서투른 경문 소리를 듣는지 마는지, 손발은 점점 식어 가고 낯은 파랗게 질렸는데, 무엇을 보려고 애쓰던 눈만은 멀거니 뜨고 그저 무엇인지 노리고 있다. 경문을 읽던 한 관청은,

"엑 인제는 늙어 가는 사람이 울기는? 우지 마오! 살아날 꺼!"

하고 문 서방을 나무라면서 문 서방의 아내 앞에 다가앉더니 주머니에서 은동침(어느 때에 얻어 둔 것인지?)을 꺼내 문 서방 아내의 인중(人中)을 꾹 찔렀다. 그러나 점점 식어 가는 그는 이마도 찡기지 않았다. 다시 콧구멍에 손을 대어 보았으나 숨결은 없었다.

바람은 우우 쏴— 하고 문에 눈을 들이쳤다. 여러 사람은 약속이나 한 듯

이 두려운 빛을 띤 눈으로 창을 바라보았다.

"으응 에이구! 여보! 끝끝내 용례를 못 보고 죽었구려…… 잉잉…… 흑."

문 서방은 울기 시작하였다. 그 울음소리는 고요한 방 안 불빛 속에 바람소리와 함께 처량하게 흘렀다.

"에구 못된 놈도 있는게!"

"에구 참 불쌍하게두!"

"흥 우리두 다 그 신세지!"

무시무시한 기분에 싸여서 낯빛이 푸르러 가는 여러 사람들은 각각 한마디씩 뇌었다. 그 소리는 모두 갈 데 없는 신세를 호소하는 듯하게 구슬프고 힘없었다.

<h2 style="text-align:center">5</h2>

문 서방의 아내가 죽은 그 이튿날 밤이었다. 그날 밤에도 바람이 몹시 불었다. 그 바람은 강바람이어서 서북에 둘린 산 때문에 좁한(어지간하고 웬만한) 바람은 움쩍도 못하던 달리소까지 범하였다. 서북으로 산을 등지고 앞으로 강 건너 높은 절벽을 대하여 강골밖에 터진 데 없는 달리소는 강바람이 들어차면 빠질 데는 없고 바람과 바람이 부딪쳐서 흔히 회오리바람이 일게 된다. 이날 밤에도 그 모양으로, 달리소에는 회오리바람이 일어서 낟가리가 날리고 지붕이 날리고 산천이 울려서 혼돈이 배판(별러서 차림)할 때 빙세계나 트는 듯한 판이라 사람은커녕 개와 돼지도 굴속에서 꿈쩍 못하였다.

밤이 퍽 깊어서였다.

차디찬 별들이 총총한 하늘 아래, 우렁찬 바람에 휘날리는 눈발을 무릅쓰고 달리소 앞강 빙판을 건너서 달리소 언덕으로 올라가는 그림자가 있다. 모진 바람이 스치는 때마다 혹은 엎드리고 혹은 우뚝 서기도 하면서 바삐바삐 가던 그 그림자는 게딱지 같은 지팡살이 집 근처에서부터 무엇을 꺼리는지 좌우를 슬멋슬멋 보면서 자취를 숨기고 걸음을 느리게 하여 저편으로 돌아가 인가의 집 높은 울타리 뒤로 돌아갔다.

"으르릉 웡웡."

하자 어느 구석에서인지 개가 한 마리, 두 마리, 세 마리 뒤이어 나와서 짖으면서 그 그림자를 쫓아간다. 그 개소리는 처량한 바람 소리 속에 싸여 흘러서 건너편 산을 즈르렁즈르렁 울렸다.

"꽝! 꽝꽝."

인가의 집에서는 개 짖음에 홍우재(마적)나 돌아오는가 믿었던지 헛총질을 네댓 방이나 하였다. 그 소리도 산천을 울렸다. 그 바람에 슬근슬근 가던 그림자는 휙 돌아서서 손에 들었던 보자기를 개 앞에 던졌다. 보자기는 터지면서 둥글둥글한 것이 우루루 쏟아졌다. 짖으면서 달려오던 개들은 짖기를 그치고 거기 모여들어서 서로 물고 뜯고 빼앗아 먹는다. 그러는 사이에 그림자는 인가의 울타리 뒤에 산같이 쌓아 놓은 보릿짚 더미에 가서 성냥을 쭉 긋더니 뒷산으로 올리닫는다.

처음에는 바람 속에서 판득판득하던 불이 삽시간에 그 산 같은 보릿짚 더미에 붙었다.

"휘쓰(불이야)!"

하는 고함과 함께 사람의 소리는 요란하였다. 모진 바람에 하늘하늘 일어서는 불길은 어느새 보릿짚 더미를 살라 버리고 울타리를 살라 버리고 울타리 안에 있는 집에 옮았다.

푸우 우루루루 쏴아…….

동풍이 몹시 이는 때면 불기둥은 서편으로, 서풍이 몹시 부는 때면 불기둥은 동으로 쏠려서 모진 소리를 치고 검은 연기를 뿜다가도 동서풍이 어울치면(어울려서 불어치면) 축융(火神 불을 맡은 신)의 붉은 혓발은 하늘하늘 염염히(불꽃이 활활 타오르는 모양) 타올라서 차디찬 별—억만년 변함이 없을 듯하던 별까지 녹아내릴 것같이 검은 연기는 하늘을 덮고 붉은빛은 깜깜하던 골짜기에 차 흘러서 어둠을 기회로 모아들었던 온갖 요귀(妖鬼)를 몰아내는 것 같다. 불을 질러 놓고 뒷숲 속에 앉아서 내려다보는 그 그림자…… 딸과 아내를 잃은 문 서방은,

"하하하……."

시원스럽게 웃고 가슴을 만지면서 한 손으로 꽁무니에 찼던 도끼를 만져 보았다.

일 동리 사람들과 인가의 집 일꾼들은 불붙는 데 모여들었으나 모두 어쩔 줄을 모르고 떠들고 덤비면서 달려가고 달려올 뿐이었다.

그러는 사이에 울타리는 물론 울타리 속에 엉큼히 서 있던 큰 집 두 채도 반이나 타서 쓰러졌다.

이런 불 속으로부터 여러 사람이 오고 가는 밭 가운데로 튀어나가는 두

그림자가 있었다. 하나는 커다란 장정이요, 하나는 작은 여자이다. 뒷산 숲에서 이것을 본 문 서방은 그 두 그림자를 향하여 내리뛰었다. 그는 천방지방(天方地方 천방지축. 몹시 급해 방향을 모르고 함부로 날뛰는 모양) 내리뛰었다. 독살이 잔뜩 올라서 불빛에 번쩍이는 그의 눈에는 이 두 그림자밖에는 아무것도 보이지 않았다.

"으윽 끅."

문 서방이 여러 사람을 헤치고 두 그림자 앞에 가 섰을 때 앞에 섰던 장정의 그림자는 땅에 거꾸러졌다. 그때는 벌써 문 서방의 손에 쥐었던 도끼가 장정 인가의 머리에 박혔다. 도끼를 놓은 문 서방의 품에는 어린 여자의 그림자가 안겼다. 용례가……

그 바람에 모여 섰던 사람들은 혹은 허둥지둥 뛰어 버리고 혹은 뒤로 자빠져서 부르르 떨었다. 용례도 거꾸러지는 것을 안았다.

"용례야! 놀라지 마라! 나다! 아버지다! 용례야!"

문 서방은 딸을 품에 안으니 이때까지 악만 찼던 가슴이 스르르 풀리면서 독살이 올랐던 눈에서 뜨거운 눈물이 떨어졌다. 이렇게 슬픈 중에도 그의 마음은 기쁘고 시원하였다. 하늘과 땅을 주어도 그 기쁨을 바꿀 것 같지 않았다.

그 기쁨! 그 기쁨은 딸을 안은 기쁨만이 아니었다. 작다고 믿었던 자기의 힘이 철통같은 성벽을 무너뜨리고 자기의 요구를 채울 때 사람은 무한한 기쁨과 충동을 받는다.

불길은—그 붉은 불길은 의연히 모든 것을 태워 버릴 것처럼 하늘하늘 올랐다.

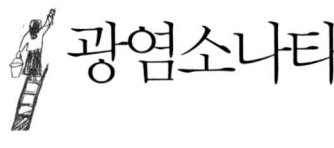

광염소나타

김동인(1900~1951)

호는 금동(琴童). 평안남도 평양 출생. 일본 메이지학원대학 중학부를 졸업하고, 화가가 되기 위해 가와바타 미술 학교를 다니다 중퇴했다. 1919년 주요한, 전영택 등과 함께 최초의 문학 동인지 〈창조〉를 발간하고, 창간호에 최초의 자연주의 작품으로 알려진 「약한 자의 슬픔」을 발표했다.

자연주의적 사실주의 계열에 속하는 「배따라기」, 「감자」, 「태형」, 「발가락이 닮았다」 등과, 탐미주의적 계열에 속하는 「광염소나타」, 「광화사」, 민족주의적 색채를 보이는 「붉은 산」 등 다양한 단편 소설을 발표했다. 『젊은 그들』, 『운현궁의 봄』, 『대수양』 등 후기의 장편 소설들은 상업적이면서 통속적인 경향을 보여 준다. 이는 방탕한 생활과 사업 실패로 가산을 탕진한 후 생활고를 해결하기 위해 소설 쓰기에 진력한 것과 무관치 않다. 평론에도 일가견이 있었는데, 특히 「춘원 연구」는 역작으로 평가된다.

김동인은 문학에서의 계몽주의의 청산, 소설의 구어체 문장 확립, 순수 문학 정신 및 근대 사실주의의 도입, 근대적 문예 비평 개척 등 한국 문학사에 큰 공적을 남겼다. 시점의 도입, 과거 시제의 사용, 액자 형태의 스토리 구성등을 통해 한국 단편 소설의 한 전형을 이룩했다는 평가를 받는다.

✏️ **작품 정리** --

> **갈래**: 액자 소설, 탐미주의 소설, 유미주의 소설
> **배경**: 시간과 공간의 제한을 받지 않는 곳
> **시점**: 1인칭 관찰자 시점('백성수'가 서술하는 경우 – 1인칭 주인공 시점)
> **주제**: 예술을 향한 한 음악가의 광기 어린 열정
> **출전**: 〈중외일보〉(1930)

도입 서술자는 이 이야기가 어디에서나 있을 수 있다고 전제함

서술자는 '독자는 이제 쓰려는 이야기를 이 세상 어떤 곳에서 생긴 일이라고 생각해도 좋다. 주인공 되는 백성수를 어떤 사람이라고 생각해도 좋다.'라는 전제로 이야기를 시작한다.

외화 음악 비평가와 사회 교화자가 대화를 나눔

음악 비평가 K가 사회 교화자 모씨에게 천재가 범죄라는 기회를 통해 천재성을 발현하는 것이 정당한지에 대해 질문하면서 백성수에 관한 이야기를 시작한다.

내화 영감을 얻기 위해 범죄 행위를 한 백성수는 정신 병원에 갇힘

백성수의 아버지는 광포한 천재 음악가였다. 술에 절어 살던 그는 양가의 처녀를 아내로 맞이했으나 심장마비로 죽고 만다. 30년 세월이 흐른다. 재작년 예배당에서 명상을 즐기던 K는 이상한 소리를 듣는다. 밖을 내다보니 집이 불타고 있다. K는 불타는 것에 묘한 흥미를 느끼면서 피아노를 치려 한다. 그때 예배당 문을 열고 한 사나이가 들어온다. 사나이는 불타는 광경을 한참 바라보다가 피아노를 발견하고는 연주를 시작한다. 사나이의 야성적 연주에 매료된 K는 오선지에 악보를 쓰기 시작한다. K는 그의 얼굴이 백○○와 너무나 닮았다고 느낀다.

그날 밤 백성수는 K에게 지난날의 사연을 털어놓는다. 홀어머니는 자신을 제대로 키우기 위해 애를 썼으며, 여섯 살 때 피아노를 장만해 주기도 했다. 10여 년이 지난 후 어머니가 몹쓸 병에 걸리게 되고, 성수는 돈을 마련하기 위해 담배 가게를 털다가 붙잡혀 감옥살이를 한다. 출옥한 그는 어머니가 자신을 기다리다 길에 나와 죽었다는 소식을 듣는다. 성수는 복수심으로 담배 가게에 불을 지른 뒤 예배당에 들어왔다는 것이다.

백성수는 K의 배려로 음악에 정진하지만 방화, 살인, 시체 간음 등의 범죄 행위를 통해 작품 창작의 영감을 얻는다. 결국 백성수는 경찰에 붙잡혀 정신 병원에 갇힌다.

외화 천재 예술가를 놓고 K와 모씨의 견해가 엇갈림

편지를 다 읽고 난 뒤 K는 사회 교화자의 의견을 묻는다. 사회 교화자가 죗값은 치러야 한다고 말하자, K는 천재 예술가를 구하는 것이 옳다고 말하며 눈물을 흘린다.

1. 이 작품은 액자식으로 구성되어 있다. 일반적인 액자 소설과 다른 점은 무엇인가?

   이 소설은 액자 소설의 형식을 띠고 있으면서도 삼중 구조로 이루어져 있다. 첫째, 작가의 도입 부분이 K와 사회 교화자의 대화를 액자로 둘러싸고 있다. 둘째, K가 보여 준 편지에는 백성수의 사연이 담겼으므로 K의 이야기는 백성수의 이야기를 액자로 둘러싸고 있다.

2. K의 예술관에는 어떤 문제점이 있는가?

   K는 범죄를 통해 예술을 승화시킬 수도 있다고 본다. K는 작가의 입장을 대변하고 있기도 하다. 그의 극단적 예술관은 반사회적이므로 용인되기 힘들다. 예술은 삶의 일부이지 삶이 예술의 수단은 아니기 때문이다.

3. 백성수가 방화 후 예배당에 들어가 연주하는 것은 무엇을 상징하는가?

   예배당은 영혼과 도덕을 상징하고, 백성수는 예술적 광기를 상징한다. 예배당은 백성수의 광기를 더욱 부각시키는 효과를 준다.

저(K)는 백성수의 아버지와 알던 사이였습니다. 그는 음악 천재였지만, 일찍 세상을 떠났지요. 삼십 년 뒤에 저는 화재가 일어난 인가 근처의 예배당에서 피아노를 연주하는 백성수를 만나 그의 음악에 매료되었습니다. 모씨는 백성수가 화염과 범죄에서 영감을 얻는 것이 잘못되었다고 하지만 정말로 잘못된 일일까요? 범죄보다 예술이 더 중요하지 않나요?

광염소나타

독자는 이제 내가 쓰려는 이야기를, 유럽의 어떤 곳에 생긴 일이라고 생각하여도 좋다. 혹은 사십, 오십 년 뒤에 조선을 무대로 생겨날 이야기라고 생각하여도 좋다. 다만, 이 지구상의 어떠한 곳에 이러한 일이 있었는지도 모르겠다, 있는지도 모르겠다, 혹은 있을지도 모르겠다, 가능성만은 있다— 이만치 알아두면 그만이다.

그런지라, 내가 여기 쓰려는 이야기의 주인공 되는 백성수(白性洙)를 혹은 알벨트라 생각하여도 좋을 것이요, 짐이라 생각하여도 좋을 것이요, 또는 호모(胡某)나 기무라모(木村某)로 생각하여도 괜찮다. 다만 사람이라 하는 동물을 주인공 삼아 가지고 사람의 세상에서 생겨난 일인 줄만 알면…….

이러한 전제로써, 자 그러면 내 이야기를 시작하자.

"기회라고 하는 것이 사람을 망하게도 하고, 흥하게도 하는 것을 아시오?"

"네, 새삼스러이 연구할 문제도 아닐걸요."

"자, 여기 어떤 상점이 있다 합시다. 그런데 마침 주인도 없고 사환도 없고 온통 비었을 적에 우연히 그 앞을 지나가던 신사—그 신사는 재산도 있고 명망도 있는 점잖은 사람인데—그 신사가 빈 상점을 들여다보고 혹은 이렇게 생각할 수도 있지 않아요? '통 비었으니깐 도적놈이라도 넉넉히 들어갈 게다, 들어가서 훔치면 아무도 모를 테다, 집을 왜 이렇게 비워 둔담…….' 이런 생각 끝에 혹은 그, 그 뭐랄까 그 돌발적 변태 심리로써 변변치도 않고 욕심도 안 나는 조그만 물건 하나를 집어서 주머니에 넣는 경우가 있을지도 모르지 않겠습니까?"

"글쎄요."

"있습니다, 있어요."

어떤 여름날 저녁이었다. 도회를 떠난 교외 어떤 강변에 두 노인이 앉아서 이런 이야기를 하고 있었다. 그 기회론을 주장하는 사람은 유명한 음악 비평가 K씨였었다. 듣는 사람은 사회 교화자 모씨였다.

"글쎄 있을까요?"

"있어요. 좌우간 있다 가정하고 그러한 경우에는 그 책임은 어디 있습니까?"

"동양 속담 말에 외밭서는 신 끈도 다시 매지 말랬으니 그 신사가 책임을 질까요?"

"그래 버리면 그뿐이지만 그 신사는 점잖은 사람으로서 그런 절대적 기묘한 찬스만 아니더라면 그런 마음은커녕 염(念 생각)도 내지도 않을 사람이라 생각하면 어찌 됩니까?"

"……."

"말하자면 죄는 '기회'에 있는데 '기회'라는 무형물은 벌은 할 수가 없으니깐 그 신사를 가해자로 인정할 수밖에는 지금은 없지요."

"그렇습니다."

"또 한 가지, 사람의 천재라 하는 것도 경우에 따라서는 어떤 '기회'가 없으면 영구히 안 나타나고 마는 일이 있는데, 그 '기회'란 것이 어떤 사람에게서 그 사람의 '천재'와 '범죄 본능'을 한꺼번에 끌어내었다면 우리는 그 '기회'를 저주하여야겠습니까, 축복하여야겠습니까?"

"글쎄요."

"선생은 백성수라는 사람을 아시오?"

"백성수? 자, 기억이 없는데요."

"작곡가로서 그……."

"네, 생각납니다. 유명한 '광염(狂炎)소나타'의 작가 말씀이지요?"

"네, 그 사람이 지금 어디 있는지 아십니까?"

"모릅니다. 뭐 발광했단 말이 있었는데……."

"네, 지금 ××정신 병원에 감금돼 있는데 그 사람의 일대기를 이야기할 터이니 들으시고 사회 교화자로서의 의견을 말씀해 주십쇼."

내가 이제 이야기하려는 백성수의 아버지도 또한 천분(天分 타고난 재질이나 직분) 많은 음악가였습니다. 나와는 동창생이었는데 학생 시대부터 벌써 그의 천분은 넉넉히 볼 수가 있었습니다. 그는 작곡을 전공하였는데 때때로 스스로 작곡을 하여서는 밤중에 혼자서 피아노를 두드리고 하여서 우리들로 하여금 뜻하지 않고 일어나게 하고 하였습니다. 그리고 우리는 그 밤중에 울리어 오는 야성적 선율에 몸을 소스라치고 하였습니다.

그는 야인(野人 교양이 없고 예절을 모르는 사람)이었습니다. 광포스런 야성은 때때로 비위에 틀리면 선생을 두들기기가 예사이며 우리 학교 근처의 술집이며 모든 상점 주인들은 그에게 매깨나 안 얻어맞은 사람이 없었습니다. 그러한 야성은 그의 음악 속에 풍부히 잠겨 있어서 오히려 그 야성적 힘이 그의 예술을 더 빛나게 하는 것이었습니다.

그러나 그가 학교를 졸업하고 난 뒤에는 그 야성은 다른 곳으로 발전되고 말았습니다. 술! 술! 무서운 술이었습니다. 아침부터 저녁까지, 저녁부터 아침까지, 술잔이 그의 입에서 떠나지를 않았습니다. 그리고 술을 먹고는 여편네들에게 행패를 하고, 경찰서에 구류를 당하고, 나와서는 또 같은 일을 하고…….

작품? 작품이 다 무엇이외까! 술을 먹은 뒤에 취흥에 겨워 때때로 피아노에 앉아서 즉흥으로 탄주를 하였는데 지금 생각하면 그 귀기(鬼氣)가 사람을 엄습하는 힘과 야성, 베토벤 이래로 근대 음악가에게서 발견할 수 없던, 그런 보물이라 하여도 좋을 것이 많았지만 우리들은 각각 제 길 닦기에 바쁜 사람이라 주정꾼의 즉흥악을 일일이 베껴 둔다든가 그런 일은 꿈에도 생각하지 않았습니다.

우리는 그의 장래를 생각하여 때때로 술을 삼가기를 권고하였지만 그런 야인에게 친구의 권고가 무슨 소용이 있겠습니까!

"술? 술은 음악이다!"

하고는 하하하하 웃어 버리고 다시 술집으로 달아나고 합니다.

그러한 지 칠팔 년이 지난 뒤에 그는 아주 폐인이 되고 말았습니다. 술이 안 들어가면 그의 손은 떨렸습니다. 눈에는 눈곱이 꼈습니다. 그리고 술이 들어가면, 술이 들어가면 그는 그 광포성을 발휘하였습니다. 누구를 막론하고 붙잡고는 입에 술을 부어 넣어 주었습니다. 그러다가는 장소를 불문하고 아무 데나 누워서 잡니다.

사실 아까운 천재였습니다. 우리들 새에는 때때로 그의 천분을 생각하고 아깝게 여기는 한숨이 있었지만 세상에서는 그 '장래가 무서운 한 천재'가 있었다는 것은 몰랐습니다.

그러는 동안에 그는 어떤 양가의 처녀를 어떻게 관계를 맺어서 애까지 뱄습니다. 그러나 그 애의 출생을 보지 못하고 아깝게도 심장 마비로 죽어 버리고 말았습니다.

그 유복자로 세상에 나온 것이 백성수였습니다.

그러나 우리는 백성수가 세상에 출생되었다는 풍문만 들었지, 그 애 아버지가 죽은 뒤부터는 그 애의 소식이며 그 애 어머니의 소식은 일절 몰랐습니다. 아니, 몰랐다는 것보다, 그 집안의 일은 우리의 머리에서 온전히 잊혀지고 말았습니다.

삼십 년이라는 세월이 흘렀습니다.

십 년이면 산천도 변한다 하는데 삼십 년 새의 변천을 어찌 이루 다 말하겠습니까! 좌우간 그동안에 나는 내 이름을 닦아 놓았습니다. 아시다시피 지금 K라 하면 이 나라에서 첫 손가락을 꼽는 음악 비평가가 아닙니까! 견실한 지도적 비평가 K라면 이 나라의 음악계의 권위이며, 이 나의 한마디는 음악가의 가치를 결정하는 판결문이라 하여도 옳을 만치 되었습니다. 많은 음악가가 내 손 아래서 자랐으며 많은 음악가가 내 지도로써 이름을 날렸습니다.

재작년 이른 봄 어떤 날이었습니다.

그때 나는 조용한 밤중의 몇 시간씩을 ○○예배당에 가서 명상으로 시간을 보내는 것이 습관이 되어 있었습니다. 언덕 위에 홀로 서 있는 집으로서 조용한 밤중에 혼자 앉아 있노라면 때때로 들보에서 놀라 깬 비둘기의 날개 소리와 간간이 기둥에서 뚝뚝 하는 소리밖에는 아무 소리도 들리지 않는, 말하자면 나 같은 괴상한 성미를 가진 사람이 아니면 돈을 주면서 들어가래도 들어가지 않을 음침한 집이었습니다. 그러나 나 같은 명상을 즐기는 사람에게는 다른 데서 구하기 힘들도록 온갖 것을 가진 집이었습니다. 외딸고 조용하고 음침하며 간간이 알지 못할 신비한 소리까지 들리며 멀리서는 때때로 놀란 듯한 기적 소리도 들리는…… 이것뿐으로도 상당한데, 게다가 이 예배당에는 피아노도 한 대 있었습니다. 예배당에는 오르간은 있을지나 피아노가 있는 곳은 쉽지 않은 것으로서 무슨 흥이나 날 때에는 피아노에 가서 한 곡조 두드리는 재미도 또한 괜찮았습니다.

아마 두 시는 지났을걸요. 그날 밤도 그 예배당에서 혼자서 눈을 감고 조용한 맛을 즐기고 있노라는데, 갑자기 저편 아래에서 재재 하는 소리가 납니다. 그래서 눈을 번쩍 뜨니까 화광이 충천하였는데, 내다보니까 언덕 아래 어떤 집이 불이 붙으며 사람들이 왔다 갔다 야단이었습니다.

이렇게 말하면 어떨지 모르지만 그다지 멀지 않은 곳에서 불붙는 것을 바라보는 맛도 괜찮은 것이었습니다. 일어서는 불길이며 퍼져 나가는 연기, 불씨의 날아나는 양, 그 가운데 거뭇거뭇 보이는 기둥, 집의 송장, 재재거리는 사람의 무리, 이런 것은 어떻게 생각하면 과연 시도 될 것이며 음악도 될 것이었습니다. 옛날에 네로가 로마의 불붙는 것을 바라보면서, 자기는 비파를 들고 노래를 하였다는 것도 음악가의 견지로 보면 그다지 나무랄 것이 아니었습니다.

나도 그때에 그 불을 보고 차차 흥이 났습니다.

……네로를 본받아서 나도 즉흥으로 한 곡조 두드려 볼까. 어렴풋이 이런 생각을 하며 나는 그 불을 정신없이 바라보고 있었습니다.

그때였습니다. 갑자기 덜컥덜컥하는 소리가 들리더니 예배당 문이 열리며 웬 젊은 사람이 하나 낭패한 듯이 뛰어 들어왔습니다. 그리고 무엇에 놀란 사람같이 두리번두리번 사면을 살피더니 그래도 내가 있는 것은 못 보았는지 저편에 있는 창 안에 가서 숨어 서서 아래서 붙는 불을 내다봅니다.

나도 꼼짝을 못하였습니다. 좌우간 심상스런 사람은 아니요, 방화범이나 도적으로밖에는 인정할 수 없지 않겠습니까? 그래서 꼼짝을 못하고 서 있노라니까 그 사람은 한숨을 쉽니다. 그리고 맥없이 두 팔을 늘이고 도로 나가려고 발을 떼려다가 자기 곁에 피아노가 놓인 것을 보더니 교의를 끌어다 놓고 피아노 앞에 주저앉고 말겠지요. 나도 거기는 그만 직업적 흥미에 끌렸습니다. 그래서 무엇을 하나 보자 하고 있노라니까 뚜껑을 열더니 한 번 뚱 하고 시험을 해 보아요. 그리고 조금 있더니 다시 뚱뚱 하고 시험을 해 보겠지요.

이때부터 그의 숨소리가 차차 높아 가기 시작했습니다. 씩씩거리며 몹시 흥분된 사람같이 몸을 떨다가 벼락같이 양손을 키 위에 갖다가 덮었습니다. 그다음 순간으로 C샤프 단음계의 알레그로(allegro 악보에서 빠르고 경쾌하게 연주하기를 지시하는 말)가 시작되었습니다.

처음에는 다만 흥미로써 그의 모양을 엿보고 있던 나는 그 알레그로가 울리어 나오는 순간 마음은 끝까지 긴장되고 흥분되었습니다.

그것은 순전한 야성적 음향이었습니다. 음악이라 하기에는 너무 힘 있고 무기교(無技巧)이었습니다. 그러나 음악이 아니라기에는 거기는 너무 괴롭고도 무겁고 힘 있는 '감정'이 들어 있었습니다. 그것은 마치 야반의 종소리와도 같이 사람의 마음을 무겁고 음침하게 하는 음향인 동시에 맹수의 부르짖음과 같이 사람으로 하여금 소름 돋치게 하는 무서운 감정의 발현이었습니다. 아아, 그 야성적 힘과 남성적 부르짖음, 그 아래 감추어 있는 침통한 주림과 아픔, 순박하고도 아무 기교가 없는 그 표현!

나는 털썩 그 자리에 주저앉고 말았습니다. 그리고 음악가의 본능으로써 뜻하지 않고 주머니에서 오선지와 연필을 꺼내었습니다. 피아노의 울리어 나아가는 소리에 따라서 나의 연필은 오선지 위에서 뛰놀았습니다.

좀 급속도로 시작된 빈곤, 거기 연하여 주림, 꺼져 가는 불꽃과 같은 목숨, 그러한 것을 지나서 한참 연속되는 완서조(緩徐調 느린 곡조)의 압축된 감정, 갑자기 튀어져 나오는 광포, 거기 연한 쾌미(快味 쾌감) 홍소(哄笑 입을 크게 벌리고 떠들썩하게 웃음)……, 이리하여 주화조(主和調 평화로운 곡조)로 탄주는 끝이 났습니다. 더구나 그 속에 나타나 있는 압축된 감정이며 주림 또는 맹렬한 불길 등이 사람의 마음에 주는 그 처참함이며 광포성은 나로 하여금 아직 '문명'이라 하는 것의 은택에 목욕하여 보지 못한 야인을 연상케 하였습니다.

탄주가 다 끝이 난 뒤에도 나는 정신을 못 차리고 망연히 앉아 있었습니다. 물론 조금이라도 음악의 소양이 있는 사람일 것 같으면 이제 그 소나타를 음악에 대하여 정통으로 아무러한 수양도 받지 못한 사람이 다만 자기의 천재적 즉흥뿐으로 탄주한 것임을 알 것입니다. 해결이 없이 감칠도 화현(減七度和絃)이며 증육도 화현(增六度和絃)을 범벅으로 섞어 놓았으며 금칙(禁則)인 병행 오팔도(竝行伍八度)까지 집어넣은 것으로서, 더구나 스케르초(scherzo 해학곡. 경쾌하고 해학적인 느낌의 빠른 3박자의 곡)는 온전히 뽑아 먹은, 대담하다면 대담하고 무식하다면 무식하달 수도 있는 방분 자유한 소나타였습니다.

이때에 문득 내 머리에 떠오른 것은 삼십 년 전에 심장마비로 죽은 백○○였습니다. 그의 음악으로서 만약 정통적 훈련만 뽑고 거기다가 야성을 더 집어넣으면 지금 내 눈앞에 있는 그 음악가의 것과 같은 것이 될 것이었습니다. 귀기가 사람을 엄습하는 듯한 그 힘과 방분스런 표현과 야성, 이것은 근대 음악가에게 구하기 힘든 보물이었습니다.

그 소나타에 취하여 한참 정신이 어리둥절히 앉았던 나는 고즈넉이 일어서서, 그 피아노 앞에 가서 그의 어깨에 가만히 손을 얹었습니다. 한 곡조를 타고 나서 아주 곤한 듯이 정신이 없이 앉아 있던 그는 펄떡 놀라며 일어서

서 내 얼굴을 보았습니다.

"자네 몇 살 났나?"

나는 그에게 이렇게 첫 말을 물었습니다. 가슴이 답답한 나로서는 이런 말밖에는 갑자기 다른 말이 생각 안 났습니다. 그는 높은 창에서 들어오는 달빛을 받고 있는 내 얼굴을 한순간 쳐다보고 머리를 돌이키고 말했습니다.

"배고프나?"

나는 두 번째 그에게 물었습니다.

그는 시끄러운 듯이 벌떡 일어섰습니다. 그리고 달빛이 비친 내 얼굴을 정면으로 바라보다가,

"아, K선생님 아니세요?"

하면서 나를 붙들었습니다. 그래서 그렇노라고 하니깐,

"사진으로는 늘 봤습니다마는……."

하면서 다시 맥없이 나를 놓으며 머리를 돌렸습니다.

그 순간, 그가 머리를 돌이키는 순간 달빛에 얼핏, 나는 그의 얼굴을 처음으로 보았습니다. 그리고 나는 거기서 뜻밖에 삼십년 전에 죽은 벗 백○○의 모습을 발견하였습니다.

"자, 자네 이름이 뭣인가?"

"백성수……."

"백성수? 그 백○○의 아들이 아닌가? 삼십 년 전에, 자네가 나오기 전에 세상 떠난……."

그는 머리를 번쩍 들었습니다.

"네? 선생님 어떻게 아세요?"

"백○○의 아들인가? 같이두 생겼다. 내가 자네의 아버지와 동창이네. 아아, 역시 그 애비의 아들이다."

그는 한숨을 길게 쉬며 머리를 수그려 버렸습니다.

나는 그날 밤 그 백성수를 데리고 집으로 돌아왔습니다. 그리고 비록 작곡상 온갖 법칙에는 어그러진다 하나 그만치 힘과 정열과 야성으로 찬 소나타를 거저 버리기가 아까워서 다시 한 번 피아노에 올라앉기를 명하였습니다. 아까 예배당에서 내가 베낀 것은 알레그로가 거의 끝난 곳부터였으므로 그 전 것을 베끼기 위해서였습니다.

그는 피아노를 향하여 앉아서 머리를 기울였습니다. 몇 번 손으로 키를 두드려 보다가는 다시 머리를 기울이고 생각하고 하였습니다. 그러나 다섯 번 여섯 번을 다시 하여 보았으나 아무 효과도 없었습니다. 피아노에서 울려 나오는 음향은 규칙 없고 되지 않은 한낱 소음에 지나지 못하였습니다. 야성? 힘? 귀기? 그런 것은 없었습니다. 감정의 재뿐이 있었습니다.

"선생님, 잘 안 됩니다."

그는 부끄러운 듯이 연하여 고개를 기울이며 이렇게 말하였습니다.

"두 시간도 못 되어서 벌써 잊어버린담?"

나는 그를 밀어 놓고 내가 대신하여 피아노 앞에 앉아서 아까 베낀 그 음보를 펴 놓았습니다. 그리고 내가 베낀 곳부터 다시 시작하였습니다.

화염! 화염! 빈곤, 주림, 야성적 힘, 기괴한 감금당한 감정! 음보를 보면서 타던 나는 스스로 흥분이 되었습니다. 미상불(未嘗不 아닌 게 아니라 과연) 그때 내 눈은 미친 사람같이 번득였으며 얼굴은 흥분으로 새빨갛게 되었을 것이었습니다.

즉, 그때에 그가 갑자기 달려들더니 나를 떠밀쳐 버렸습니다. 그리고 자기가 대신하여 앉았습니다.

의자에서 떨어진 나는 너무 흥분되어 다시 일어날 힘도 없이 그 자리에 앉은 대로 그의 양을 쳐다보았습니다. 그는 나를 밀쳐 버린 다음에 그 음보를 들고서 읽기 시작하였습니다. 아아 그의 얼굴! 그의 숨소리가 차차 높아지면서 눈은 미친 사람과 같이 빛을 내기 시작하였습니다. 그러더니 그 음보를 홱 내어던지며 문득 벼락같이 그의 두 손을 피아노 위에 얹었습니다.

'C샤프 단음계'의 광포스런 '소나타'는 다시 시작되었습니다. 폭풍우같이 또는 무서운 물결같이 사람으로 하여금 숨막히게 하는 그 힘, 그것은 베토벤 이래로 근대 음악가에게서 보지 못하던 광포스런 야성이었습니다. 무섭고도 참담스런 주림, 빈곤, 압축된 감정, 거기서 튀어져 나온 맹염(猛炎), 공포, 홍소…… 아아, 나는 너무 숨이 답답하여 뜻지 않고 두 손을 홰홰 내저었습니다.

그날 밤이 새도록, 그는 흥분이 되어서 자기의 과거를 일일이 다 이야기하였습니다. 그 이야기에 의지하면 대략 그의 경력이 이러하였습니다.

그의 어머니는 그를 밴 뒤에 곧 자기의 친정에서 쫓겨 나왔습니다. 그때부터 그의 가난함은 시작되었습니다.

그러나 교양이 있고 어진 그의 어머니는 품팔이를 할지언정 성수는 곱게 길렀습니다. 변변치는 않으나마 오르간 하나를 준비하여 두고, 그가 잠자려 할 때에는 슈베르트의 '자장가'로써 그의 잠을 도왔으며, 아침에 깰 때는 하루 종일 유쾌히 지내게 하기 위하여 도 랜드의 '세컨드 왈츠'로써 그의 원기를 돋우었습니다.

그는 세 살 났을 적에 어머니의 품에 안겨서 오르간을 장난하여 보았습니다. 이 오르간을 장난하는 것을 본 어머니는 근근이 돈을 모아서 그가 여섯 살 나는 해에 피아노를 하나 샀습니다.

아침에는 새소리, 바람에 버석거리는 포플러 잎, 어머니의 사랑, 부엌에서 국 끓는 소리, 이러한 모든 것이 이 소년에게는 신비스럽고도 다정스러워 그는 피아노에 향해 앉아서 생각나는 대로 키를 두드리고 하였습니다.

이러한 가운데 고이 소학과 중학도 마치었습니다. 그러는 동안에 음악에 대한 동경은 그의 가슴에 터질 듯이 쌓였습니다.

중학을 졸업한 뒤에는 인젠 어머니를 위하여 그는 학업을 중지하지 않을 수가 없었습니다. 그는 어떤 공장의 직공이 되었습니다. 그러나 어진 어머니의 교육 아래서 길러 난 그는 비록 직공은 되었다 하나 아주 온량한 사람이었습니다.

그리고 음악에 대한 집착은 조금도 줄지 않았습니다. 비록 돈이 없어서 정식으로 음악 교육은 못 받을망정 거리에서 손님을 끄느라고 틀어 놓은 유성기 앞이며 또는 일요일날 예배당에서 찬양대의 노래에 젊은 가슴을 뛰놀리던 그이었습니다. 집에서는 피아노 앞을 떠나 본 일이 없었습니다.

때때로 비상한 감흥으로 오선지를 내어놓고 음보를 그려 본 적도 한두 번이 아니었습니다. 그러나 이상한 것은 그만치 뛰놀던 열정과 터질 듯한 감격도 음보로 그려 놓으면 아무 긴장도 없는 싱거운 음계가 되어 버리고 하였습니다. 왜? 그만치 천분이 있고, 그만치 열정이 있던 그에게서 왜 그런 재와 같은 음악만 나왔느냐고 물으실 테지요. 거기 대하여서는 이따가 설명하리다.

감격과 불만, 열정과 재, 비상한 흥분과 그 흥분에 대한 반비례되는 시원치 않은 결과, 이러한 불만의 십 년이 지났습니다.

그의 어머니는 문득 몹쓸 병에 걸렸습니다.

자양과 약값, 그의 몇 해를 근근이 모았던 돈은 차차 줄기 시작하였습니다. 조금이라도 안락한 생활이 되기만 하면 정식으로 음악에 대한 교육을 받으려고 모아 두었던 저금은 그의 어머니의 병에 다 들어갔습니다. 그러나 그의 어머니의 병은 차도가 보이지 않았습니다.

그리하여 그와 내가 그 예배당에서 만나기 전해 여름 어떤 날, 그의 어머니는 도저히 회복할 가망이 없는 중태에까지 빠지게 되었습니다. 그러나 그때는 벌써 그에게 돈이라고는 다 떨어진 때였습니다.

그날 아침, 그는 위독한 어머니를 버려두고 역시 공장에를 갔습니다. 그러나 아무리 하여도 마음이 놓이지 않아서 일을 중도에 그만두고 집으로 돌아왔습니다. 그때 어머니는 벌써 혼수상태에 빠져 있었습니다. 가슴이 덜컥 내려앉은 그는 황급히 다시 뛰어나갔습니다. 그러나 어디로? 무얼 하러? 뜻 없이 뛰어나와서 한참 달음박질하다가, 그는 문득 정신을 차리고 의사라도 청할 양으로 히끈(얼른) 돌아섰습니다.

그때였습니다. 아까 내가 말한 바 '기회'라는 것이 그때에 그의 앞에 나타났습니다. 그것은 조그만 담배 가게 앞이었는데 가게와 안방 새의 문은 닫겨 있고 안에는 미상불 사람이 있을지나 가게를 보는 사람은 눈에 안 띄었습니다. 그리고 그 담배 상자 위에는 오십 전짜리 은전 한 닢과 동전 몇 닢이 놓여 있었습니다.

그는 자기로도 무엇을 하는지 몰랐습니다. 의사를 청하여 오려면, 다만 몇십 전이라도 돈이 있어야겠단 어렴풋한 생각만 가지고 있던 그는, 한번 사면을 살핀 뒤에 벼락같이 그 돈을 쥐고 달아났습니다.

그러나 그는 이십 간도 뛰지 못하여 따라오는 그 집 사람에게 붙들렸습니다.

그는 몇 번을 사정하였습니다. 마지막에는 자기의 어머니가 명재경각(命在頃刻 거의 죽게 되어 숨이 곧 넘어갈 지경에 이름)이니, 한 시간만 놓아 주면 의사를 어머니에게 보내고 다시 오마고까지 하여 보았습니다. 그러나 그런 말은 모두 헛소리로 돌아가고, 그는 마침내 경찰서로 가게 되었습니다.

경찰서에서 재판소로, 재판소에서 감옥으로……, 이러한 여섯 달 동안에 그는 이를 갈면서 분해하였습니다. 자기 어머니의 운명이 어찌 되었나? 그는 손과 발을 동동 구르면서 안타까워했습니다. 만약 세상을 떠났다 하면 떠나는 순간에 얼마나 자기를 찾았겠습니까! 임종에도 물 한 잔 떠 넣어 줄 사람이 없는 어머니였습니다. 애타 하는 그 모양, 목말라하는 그 모양을 생각하고는 그 어머니에게 지지 않게 자기도 애타 하고 목말라했습니다.

반년 뒤에 겨우 광명한 세상에 나와서 자기의 오막살이를 찾아가매 거기는 벌써 다른 사람이 들어 있었으며 그의 어머니는 반년 전에 아들을 찾으며 길에까지 기어 나와서 죽었다 합니다. 공동묘지를 가 보았으나 분묘조차 발견할 수가 없었습니다.

이리하여 갈 곳이 없이 헤매던 그는 그날도 역시 잘 곳을 찾으러 헤매다가 그 예배당(나하고 만난)까지 뛰쳐 들어온 것이었습니다.

여기까지 이야기해 오던 K씨는 문득 말을 끊었다. 그리고 마도로스 파이프를 꺼내어 담배를 피워 가지고 빨면서 모씨에게 향하였다.

"선생은 이제 내가 이야기한 가운데 모순된 점을 발견 못하셨습니까?"

"글쎄요."

"그럼 내가 대신 물으리다. 백성수는 그만치 천분이 많은 음악가였었는데 왜 그 광염소나타(그날 밤의 소나타를 '광염소나타'라고 그랬습니다)를 짓기 전에는 그만치 흥분되고 긴장되었다가도 일단 음보로 만들어 놓으면 아주 힘없는 것이 되어 버리고 했겠습니까?"

"그게야 미상불 그때의 흥분이 '광염소나타'를 지을 때의 흥분만 못한 연고겠지요."

"그렇게 해석하세요? 듣고 보니 그것은 한 해석이 되기는 합니다. 그러나 나는 그렇게 해석 안 하는데요."

"그럼 K씨는 어떻게 해석하십니까?"

"나는, 아니, 내 해석을 말하는 것보다 그 백성수한테서 내게로 온 편지가 한 장 있는데, 그것을 보여 드리리다. 선생은 오늘 바쁘시지 않으세요?"

"일은 없습니다."

"그러면 우리 집까지 잠깐 같이 가 보실까요?"

"가지요."

두 노인은 일어섰다.

도회와 교외의 경계에 달린 K씨의 집에까지 두 노인이 이른 때는 오후 너덧 시가 된 때였었다.

두 노인은 K씨의 서재에 마주 앉았다.

"이것이 이삼 일 전에 백성수한테서 내게로 온 편지인데 읽어 보세요."

K씨는 서랍에서 기다란 편지 뭉치를 꺼내어 모씨에게 주었다. 모씨는 받아서 폈다.

"가만, 여기서부터 보세요. 그 전에는 쓸데없는 인사이니까."

……그리하여 그날도 또한 이제 밤을 지낼 집을 구하느라고 돌아다니던 저는 우연히 그 집, 제가 전에 돈 오십여 전을 훔친 집 앞에까지 이르렀습니다. 깊은 밤 사면은 고요한데 그 집 앞에서 잘 곳을 구하느라고 헤매던 저는 문득 마음속에 무서운 복수의 생각이 일어났습니다. 이 집만 아니었더면, 이 집 주인이 조금만 인정이라는 것을 알았더면, 저는 그 불쌍한 제 어머니로서 길에까지 기어 나와서 세상을 떠나게 하지는 않았겠습니다. 분묘가 어디인지조차 알지 못하여 꽃 한 번 갖다가 꽂아 보지 못한 이러한 불효도 이 집 때문이외다. 이러한 생각에 참지를 못하여, 그 집 앞에 가려 있는 볏짚에다가 불을 놓았습니다. 그리고 거기 서서 불이 집으로 옮아가는 것을 다 본 뒤에 갑자기 무서운 생각이 나서 달아났습니다.

좀 달아나다 보매 아래서는 벌써 사람이 꾀어들기 시작한 모양인데 이때에 저의 머리에 타오르는 생각은 통쾌하다는 생각과 달아나려는 생각뿐이었습니다. 그리하여 저는 몸을 숨기기 위하여 앞에 보이는 예배당 안으로 뛰어 들어갔습니다.

거기서 불이 다 꺼지도록 구경을 한 뒤에 나오려다가 피아노를 보고…….

"이보세요."

K씨는 편지를 보는 모씨를 찾았다.

"비상한 열정과 감격은 있어두 그것이 그대로 표현 안 된 것이 그것 때문이었습니다. 즉, 성수의 어머니는 몹시 어진 사람으로서 어렸을 때부터 성수의 교육을 몹시 힘을 들여서 착한 사람이 되도록, 이렇게 길렀습니다그려. 그 어진 교육 때문에 그가 하늘에서 타고난 광포성과 야성이 표면상에 나타나지를 못하였습니다. 그 타오르는 야성적 열정과 힘이 음보로 그려 놓으면 아주 힘없는, 말하자면 김빠진 술과 같이 되고 하는 것이 모두 그 때문이었습니다그려. 점잖고 어진 교훈이, 그의 천분을 못 발휘하게 한 셈이지요."

"흠."

"그것이, 그 사람 성수가, 감옥 생활을 할 동안에 한 번 씻기기는 하였으나, 그러나 사람의 교양이라 하는 것은 온전히 씻기지는 못하는 것이외다.

그러다가, 그 '원수'의 집 앞에서 갑자기, 말하자면 돌발적으로 야성과 광포성이 나타나서 불을 놓고 예배당 안에 숨어 서서 그 야성적 광포적 쾌미를 한껏 즐긴 다음에, 그에게서 폭발하여 나온 것이 그 '광염소나타'였소이다.

일어서는 불길, 사람의 비명, 온갖 것을 무시하고 퍼져 나가는 불의 세력, 이런 것은 사실 야성적 쾌미 가운데 으뜸이 되는 것이니깐요."

"······."

"아셨습니까? 그러면 그다음에 그 편지의 여기부터 또 보세요."

······저는 그날의 일이 아직 눈앞에 어리는 듯하외다. 선생님이 저를 세상에 소개하시기 위하여 늙으신 몸이 몸소 피아노에 앉으셔서 초대한 여러 음악가들 앞에서 제 '광염소나타'를 탄주하시던 그 광경은 지금 생각하여도 제 눈에서 눈물이 나오려 합니다. 그때에 그 손님 가운데 부인 손님 두 분이 기절을 한 것은 결코 '광염소나타'의 힘뿐이 아니고 선생의 그 탄주의 힘이 많이 섞인 것을 뉘라서 부인하겠습니까! 그 뒤에 여러 사람 앞에 저를 내어 세우고,

"이 사람이 '광염소나타'의 작자이며 삼십 년 전에 우리를 버려두고 혼자 간 일대의 귀재 백○○의 아들이외다."

라고 소개를 하여 주신 그때의 그 감격은 제 일생에 어찌 잊사오리까!

그 뒤에 선생님께서 저를 위하여 꾸며 주신 방도 또한 제 마음에 가장 맞는 방이었습니다. 널따란 북향 방에 동남쪽 귀에 든든한 참나무 침대가 하나, 서북쪽 귀에 아무 장식 없는 참나무 책상과 의자, 피아노가 하나씩, 그밖에는 방 안에 장식이라고는 서남쪽 벽에 커다란 거울이 하나 있을 뿐, 덩더렇게 넓은 방은 사실 밤에 전등 아래 앉아 있노라면 저절로 소름이 끼치도록 무시무시한 방이었습니다. 게다가 방 안은 모두 꺼먼 칠을 하고, 창밖에 늙은 홰나무 고목이 한 그루 서 있는 것도 과연 귀기가 돌았습니다. 이러한 가운데서 선생님은 저로 하여금 방분스러운(제멋대로 나아가 거침이 없는 듯한) 음악을 낳도록 애써 주셨습니다.

저도 그런 환경 아래서 좋은 음악을 낳아 보려고 얼마나 애를 썼겠습니

까? 어떤 날 선생님께 작곡에 대한 계통적 훈련을 원할 때에 선생님은 이렇게 대답하셨습니다.

"자네에게는 그러한 교육이 필요가 없어. 마음대로 나오는 대로 하게. 자네 같은 사람에게 계통적 훈련이 들어가면 자네의 음악은 기계화해 버리고 말아. 마음대로 온갖 규칙과 규범을 무시하고 가슴에서 터져 나오는 대로……."

저는 이 말씀의 뜻을 똑똑히는 몰랐습니다. 그러나 대략한 의미만은 통하였습니다. 그리하여 저는 마음대로 한껏 자유스러운 음악의 경지를 개척하려 하였습니다.

그러나 그동안에 제가 산출한 음악은 모두 이상히도 저의 이전, 제 어머니가 아직 살아 계실 때의 것과 마찬가지로 아무러한 힘도 없는 음향의 유희에 지나지 못하였습니다.

저는 얼마나 초조하였겠습니까? 때때로 선생님께서 채근 비슷이 하시는 말씀은 저로 하여금 더욱 초조하게 하였습니다. 그리고 마음이 초조하면 초조할수록 제게서 생겨나는 음악은 더욱 나약한 것이 되었습니다.

저는 때때로 그 불붙던 광경을 생각하여 보았습니다. 그리고 그때에 통쾌하던 감정을 되풀이하여 보려 하였습니다. 그러나 그것 역시 실패로 돌아갔습니다.

때때로 비상한 열정으로 음보를 그려 놓은 뒤에 몇 시간이 지나서 다시 한 번 읽어 보면 거기는 아무 힘이 없는 개념만 있고 하였습니다.

저의 마음은 차차 무거워지기 시작하였습니다. 그리고 큰 기대를 가지고 계신 선생님께도 미안하기가 짝이 없었습니다.

"음악은 공예품과 달라서 마음대로 만들고 싶은 때에 되는 것이 아니니 마음 놓고 천천히 감흥이 생긴 때에……."

이러한 선생님의 위로의 말씀이 듣기가 제 살을 깎아 먹는 듯하였습니다. 그러나 제 마음상은 인제는 제게서 다시 힘 있는 음악이 나올 기회가 없는 것같이만 생각되었습니다.

이러는 동안에 무위의 몇 달이 지났습니다.

어떤 날 밤중, 가슴이 너무 무겁고 가슴속에 무엇이 가득 찬 것같이 거북하여서, 저는 산보를 나섰습니다. 무거운 머리와 무거운 가슴과 무거운 다리를 지향 없이 옮기면서 돌아다니다가 저는 어떤 곳에서 커다란 볏짚 낟

가리를 발견하였습니다.

이때의 저의 심리를 어떻게 형용하였으면 좋을지 저는 모르겠습니다. 저는 무슨 무서운 적을 만난 것같이 긴장되고 흥분되었습니다. 저는 사면을 한번 살펴보고, 그 낟가리에 달려가서 불을 그어서 놓았습니다. 그리고 갑자기 무서움증이 생겨서 돌아서서 달아나다가, 멀찌가니까지 달아나서 돌아보니까, 불길은 벌써 하늘을 찌를 듯이 일어났습니다. 왁, 왁, 꺄, 꺄, 사람들이 부르짖는 소리도 들렸습니다. 저는 다시 그곳까지 가서, 그 무서운 불길에 날아 올라가는 볏짚이며, 그 낟가리에 연달아 있는 집을 헐어 내는 광경을 구경하다가 문득 흥분되어서 집으로 돌아왔습니다.

그날 밤에 된 것이 '성난 파도'이었습니다.

그 뒤에 이 도회에서 일어난, 알지 못할 몇 가지의 불은, 모두 제가 질러 놓은 것이었습니다. 그리고 불이 있던 날 밤마다 저는 한 가지의 음악을 얻었습니다. 며칠을 연하여 가슴이 몹시 무겁다가 그것이 마침내 식체(食滯 먹은 음식물이 잘 소화되지 않은 증상을 이르는 말)와 같이 거북하고 답답하게 되는 때는 저는 뜻없이 거리를 나갑니다. 그리고 그러한 날은 한 가지의 방화 사건이 생겨나며 그날 밤에는 한 곡의 음악이 생겨났습니다.

그러나 그것도 번수가 차차 많아 갈 동안, 저의, 그 불에 대한 흥분은 반비례로 줄어졌습니다. 온갖 것을 용서하지 않는 불꽃의 잔혹함도, 그다지 제 마음을 긴장시키지 못하였습니다.

"차차, 힘이 적어져 가네."

선생님께서 제 음악을 보시고 이렇게 말씀하신 것이 그러한 때였습니다.

그러나 저는 게서 더할 도리가 없었습니다. 하는 수 없이 저는 한동안 음악을 온전히 잊어버린 듯이 내버려 두었습니다.

모씨가 성수의 마지막 편지를 여기까지 읽었을 때에, K씨가 찾았다.

"재작년 봄에서 가을에 걸쳐서, 원인 모를 불이 많지 않았습니까? 그것이 죄 성수의 장난이었습니다그려."

"K씨는 그것을 온전히 모르셨습니까?"

"나요? 몰랐지요. 그런데 그 어떤 날 밤이구려. 성수는 기대에 반해서, 우리집으로 온 지 여러 달이 됐지만, 한 번도 힘 있는 것을 지어 본 일이 없겠지요. 그래서 저 사람에게 무슨 흥분될 재료를 줄 수가 없나 하고 혼자 생각하며 있더랬는데, 그때에 저—편—."

K씨는 손을 들어 남편 쪽 창을 가리켰다.

"저—편 꽤 멀리서 불붙는 것이 눈에 뜨입디다그려. 그래서 저것을 성수에게 보이면, 혹 그때의 감정(그때는, 나는 그 담배 장수네 집에 불이 일어난 것도 성수의 장난인 줄은 꿈에도 생각 안 했구료)을 부활시킬지도 모르겠다, 이렇게 생각하구 성수의 방으로 올라가려는데, 문득 성수의 방에서 피아노 소리가 울려 나옵디다그려. 나는 올라가려던 발을 부지중 멈추고 말았지요. 역시 C샤프 단음계로서, 제일곡은 뽑아 먹고, 아다지오에서 시작되는데, 고요하고 잔잔한 바다, 수평선 위로 넘어가려는 저녁 해, 이러한 온화한 것이 차차 스케르초로 들어가서는 소낙비, 풍랑, 번개질, 무서운 바람소리, 우레질, 전복되는 배, 곤해서 물에 떨어지는 갈매기, 한 번 뒤집어지면서 해일에 쓸려 나가는 동네 사람의 부르짖음, 흥분에서 흥분, 광포에서 광포, 야성에서 야성, 온갖 공포와 포학한 광경이 눈앞에 어릿거리는데, 이 늙은 내가 그만 흥분에 못 견디어, 뜻하지 않고 '그만두어 달라'고 고함친 것만으로도 짐작하시겠지요. 그리고 올라가서 보니깐, 그는 탄주를 끝내고 피곤한 듯이 피아노에 기대어 앉아 있고, 이제 탄주한 것은 벌써 '성난 파도'라는 제목 아래 음보로 되어 있습디다."

"그러면 성수는 불을 두 번 놓고, 두 음악을 얻었다는 말씀이지요?"

"그렇지요. 그리고 그 뒤부터는 한 십여 일 건너서는 하나씩 지었는데, 그것이 지금 보면, 한 가지의 방화 사건이 생길 때마다 생겨난 것이었습니다. 그러나 그의 편지마따나, 얼마 지나서부터는 차차 그 힘과 야성이 적어지기 시작했지요. 그래서…….."

"가만 계십쇼. 그 사람이 그다음에도 '피의 선율'이나 그 밖에 유명한 곡조를 여러 개 만들지 않았습니까?"

"글쎄 말이외다. 거기 대한 설명은 그 편지를 또 보십쇼. 여기서부터 또 보시면 알리다."

……××다리 아래로서 나오려는데, 무엇이 발길에 채는 것이 있었습니다. 성냥을 그어 가지고 보니깐, 그것은 웬 늙은이의 송장이었습니다. 저는 그것이 무서워서 달아나려다가, 돌아서려던 발을 다시 돌이켰습니다.

선생님은 이제 제가 쓰는 일을 이해하여 주실는지요. 그것은 너무도 기괴한 일이라 저로서도 믿어지지 않는 일이었습니다. 그 송장을 타고 앉았습니다. 그리고 그 송장의 옷을 모두 찢어서 사면으로 내어던진 뒤에, 그 벌거벗은 송장을, (제 힘이라 생각되지 않는) 무서운 힘으로써 높이 쳐들어서, 저편으로 내어던졌습니다. 그런 뒤에는, 마치 고양이가 알을 가지고 놀듯, 다시 뛰어가서 그 송장을 들어서, 도로 이편으로 던졌습니다. 이렇게 몇번을 하여 머리가 깨지고, 배가 터지고—그 송장은 보기에도 참혹스러이 되었습니다. 그리하여 그 송장을 다시 만질 곳이 없이 된 뒤에, 저는 그만 곤하여 그 자리에 앉아서 쉬려다가 갑자기 마음이 긴장되고 흥분되어서, 집으로 달려왔습니다.

그날 밤에 된 것이 '피의 선율'이었습니다.

"선생은 이러한 심리를 아시겠습니까?"

"글쎄요."

"아마, 모르실걸요. 그러나 예술가로서는 능히 머리를 끄덕일 수 있는 심리외다. 그리고 또 여기를 읽어 보십시오."

……그 여자가 죽었다는 것은 제게는 사실 뜻밖이었습니다.

저는, 그날 밤 혼자 몰래 그 여자의 무덤을 찾아갔습니다. 그리고 칠팔 시간 전에 묻어 놓은 그의 무덤의 흙을 다시 파서 그의 시체를 꺼내어 놓았습니다.

푸르른 달빛 아래 누워 있는 아름다운 그의 모양은 과연 선녀와 같았습니다. 가볍게 눈을 닫고 있는 창백한 얼굴, 곧은 콧날, 풀어헤친 검은 머리……. 아무 표정도 없는 고요한 얼굴은 더욱 처염함(처절하도록 아름다움)을 도왔습니다. 이것을 정신이 없이 들여다보고 있던 저는 갑자기 흥분이 되어, 아아, 선생님 저는 이 아래를 쓸 용기가 없습니다. 재판소의 조서를 보시면 저절로 아실 것이올시다.

그날 밤에 된 것이 '사령(死靈 죽은 사람의 영혼)'이었습니다.

"어떻습니까?"

"……."

"네?"

"……."

"언어도단(言語道斷 말이 안 됨)이에요? 선생의 눈으로는 그렇게 뵈시리다. 또 여기를 읽어 보십쇼."

……이리하여 저는 마침내 사람을 죽인다 하는 경우에까지 이르렀습니다. 그리고 한 사람이 죽을 때마다 한 개의 음악이 생겨났습니다. 그 뒤부터 제가 지은 그 모든 것은 모두 다 한 사람씩의 생명을 대표하는 것이었습니다.

"인전 더 보실 것이 없습니다. 그런데 그만큼 보셨으면 성수에 대한 대략한 일은 아셨을 터인데, 거기 대한 의견이 어떻습니까?"

"……."

"네?"

"어떤 의견 말씀이오니까?"

"어떤 '기회'라는 것이 어떤 사람에게서, 그 사람의 가지고 있는 천재와 함께, '범죄 본능'까지 끌어내었다 하면, 우리는 그 '기회'를 저주하여야겠습니까, 혹은 축복하여야겠습니까? 이 성수의 일로 말하자면 방화, 사체 모욕, 시간(屍姦 시체를 간음함), 살인, 온갖 죄를 다 범했어요. 우리 예술가협회에서 별수단을 다 써서 정부에 탄원하고 재판소에 탄원하고 해서 겨우 성수를 정신병자라 하는 명목 아래 정신 병원에 감금했지, 그렇지 않으면 당장에 사형이 아닙니까? 그런데 이제 그 편지를 보셔도 짐작하시겠지만 통상시에는 그 사람은 아주 명민하고 점잖고 온화한 청년입니다. 그러나 때때로 그, 뭐랄까, 그 흥분 때문에 눈이 아득하여져서 무서운 죄를 범하고 그 죄를 범한 다음에는 훌륭한 예술을 하나씩 산출합니다. 이런 경우에 우리는 그 죄를 밉게 보아야 합니까, 혹은 그 범죄 때문에 생겨난 예술을 보아서 죄를 용서하여야 합니까?"

"그게야 죄를 범치 않고 예술을 만들어 냈으면 더 좋지 않습니까?"

"물론이지요. 그러나 이 성수 같은 사람도 있는 것이니깐 이런 경우엔 어떻게 해결하렵니까?"

"죄를 벌해야지요. 죄악이 성하는 것을 그냥 볼 수는 없습니다."

K씨는 머리를 끄덕였다.

"그렇겠습니다. 그러나 우리 예술가의 견지로는 또 이렇게 볼 수도 있습니다. 베토벤 이후로는 음악이라 하는 것이 차차 힘이 빠져 가서 꽃이나 계집이나 찬미할 줄 알고 연애나 칭송할 줄 알아서 선이 굵은 것은 볼 수가 없이 되었습니다. 게다가 엄정한 작곡법이 있어서 그것은 마치 수학의 방정식과 같이 작곡에 대한 온갖 자유스런 경지를 제한해 놓았으니깐 이후에 생겨나는 음악은 새로운 길을 개척하기 전에는 한 기술이 될 것이지 예술이 될 수는 없습니다. 예술가에게는 이것이 쓸쓸해요. 힘 있는 예술, 선이 굵은 예술, 야성으로 충일된 예술……, 우리는 이것을 기다린 지 오래됐습니다. 그럴 때에, 백성수가 나타났습니다. 사실 말이지 백성수의 그새의 예술은 그 하나하나가 모두 우리의 문화를 영구히 빛낼 보물입니다. 우리 문화의 기념탑입니다. 방화? 살인? 변변치 않은 집개, 변변치 않은 사람개는 그의 예술 하나가 산출되는 데 희생하라면 결코 아깝지 않습니다. 천 년에 한 번, 만 년에 한 번 날지 못 날지 모르는 큰 천재를, 몇 개의 변변치 않은 범죄를 구실로 이 세상에서 없이하여 버린다 하는 것은 더 큰 죄악이 아닐까요. 적어도 우리 예술가에게는 그렇게 생각됩니다."

K씨는 마주 앉은 노인에게서 편지를 받아서 서랍에 집어넣었다. 새빨간 저녁 해에 비치어서 그의 늙은 눈에는 눈물이 반득였다.

 # 광화사

✏️ 작품 정리 --

작가: 김동인(151쪽 '작가와 작품 세계' 참조)
갈래: 순수 소설, 액자 소설
배경: 외화: 시간 – 일제 강점기 / 공간 – 인왕산
   내화: 시간 – 조선 세종 때 / 공간 – 인왕산. 아름다움을 추구할 수 있
       는 탈속의 자연환경
시점: 외화 – 1인칭 관찰자 시점
   내화 – 3인칭 전지적 작가 시점
주제: 한 화공의 일생을 통해 나타난 현실(세속)과 이상(예술) 세계의 괴리
출전: 〈야담〉(1935)

✏️ 구성과 줄거리 --

도입 **'여(余)'는 인왕산에 올라 한 편의 이야기를 꾸며 봄**
(외화) '여'는 인왕산에 올라 골짜기와 흐르는 물을 감상하면서 감흥에 젖는다.
'여'는 암굴 하나 때문에 불쾌한 공상에 빠지기 시작한다. '여'는 불쾌한
공상보다 좀 더 아름다운 이야기가 꾸며지지 않을까 하고 이야기 한 편
을 꾸민다.

발단 **추한 얼굴을 가진 화공 솔거는 사람을 피해 그림 그리기에 몰두함**
(내화) 솔거라는 화공은 얼굴이 매우 흉해 대낮에는 다니지 않는다. 솔거는 열
여섯 살에 장가를 들었지만 처녀는 솔거의 흉한 얼굴을 보고 놀라서 달
아났다. 다시 장가를 들었지만 두 번째 처녀도 마찬가지였다. 이후 여인
에게 소모되지 않은 정력이 솔거의 머리로 모이게 되고, 다시 손끝으로
가서 마침내 수천 점의 그림을 완성한다.

전개 **솔거는 생동하는 얼굴을 그리기 위해 미인을 찾아 나섬**
(내화) 솔거는 기존의 그림에 만족하지 않고 색다른 표정의 얼굴을 그리고 싶어
한다. 솔거는 세상에서 가장 아름다운 얼굴을 그리리라 다짐한다. 솔거

는 장안을 쏘다니기도 하고 뽕밭에서 궁녀의 얼굴을 훔쳐보기도 하지만 자신이 바라던 얼굴을 찾지 못하자 점차 괴팍해져 간다.

위기
(내화) **솔거는 소경 처녀의 표정에서 자신이 찾던 아름다움을 발견함**

어느 가을 솔거는 물가에 앉은 소경 처녀를 본다. 온갖 공상과 정열과 환희가 담긴 처녀의 절묘한 미소를 보고 솔거는 자신이 찾던 미녀를 발견했다고 생각한다. 처녀를 오두막으로 데려온 솔거는 용궁 이야기를 들려주면서 그림을 그린다. 그는 그림의 눈동자만 남겨둔 채 처녀와 하룻밤을 보낸다.

절정
결말
(내화) **그림을 완성한 솔거는 광인이 되어 죽음을 맞이함**

다음 날 솔거는 눈동자를 그리려고 하지만 처녀의 눈에는 자신이 바라던 아름다운 눈빛이 나타나지 않는다. 화가 난 솔거가 처녀를 다그치며 멱살을 잡고 흔드는 바람에 처녀는 넘어지면서 목숨을 잃는다. 순간 벼루에서 먹물이 튀고, 그림 속에 원망의 빛을 담은 눈동자가 찍힌다. 수일 후에 한양 성내에 여인의 화상을 들고 음울한 얼굴로 돌아다니는 광인이 나타난다. 솔거는 수년 동안 방황하다가 돌베개를 베고 죽는다.

종결
(외화) **저녁 무렵 '여'는 몸을 일으켜 멀리 산의 모습을 바라봄**

'여'는 지팡이를 짚고 일어선다. 석양이 비치는 천고의 계곡 위로 산새가 날고 있다.

✎ **생각해 볼 문제** -

1. **'솔거'라는 이름에서 보이는 작가의 의식은 어떠한가?**

   '솔거'라는 이름은 화가의 범칭(두루 쓰이는 이름)으로 쓰였다. 따라서 현대 소설의 관점에서 보면 '솔거'라는 이름은 화공의 개성을 드러내지는 못한다. 즉, 작가는 한 화가의 기묘하고 천재적인 예술 행각에 초점을 두었을 뿐 인물의 개성 창조에는 큰 관심을 두지 않았다.

2. **솔거의 내면 심리를 어머니와 소녀에 대한 애정과 어떻게 연관 지을 수 있는가?**

   이 작품의 주제는 화공으로서의 열정이다. 솔거의 내면 의식을 추적해 볼 때 그의 열정은 오이디푸스 콤플렉스에서 연유한다. 유복자로 태어난 솔거는 어려서 어머니를 잃는 바람에 어머니의 영상만 마음에 남아 있다. 이러한 모성의 결핍은 솔거가 무의식적으로 고착되었다. 아름답고 황홀한 어머니의 눈빛을 처녀가 계속 지녀 주기를 갈망하는 것은 모성에 대한 갈망으로 설명할 수 있다. 솔거는 처녀와 하룻밤을 보낸 후에는 처녀로부터 더 이상 이상적인 모습을 찾지 못한다. 이 작품에서 제시된 아름다움은 쾌락이 아닌 순수함에서 나온다.

3. 솔거가 미녀의 얼굴을 그리는 것에 집착하는 이유는 무엇인가?

솔거는 흉한 외모 때문에 두 번이나 결혼하고도 모두 여자로부터 버림을 받는다. 여자와 함께하는 것이 불가능하다고 생각한 솔거는 세상에 대해 반발심을 느낀다. 세상 사람들에 대한 적개심은 솔거가 이 세상의 모든 아름다움을 비웃을 수 있을 만한 아름다움을 표현하는 원동력이 된다.

4. 솔거를 통해 드러나는 김동인의 예술가상에 대해 말해 보자.

「광화사」는 「광염소나타」와 함께 작가 김동인의 유미주의적 경향이 짙게 나타난 작품이다. 솔거의 예술에 대한 열정, 예술적 대상에 대한 그의 심미안, 밤을 함께 지내고 난 후 소경 처녀의 눈빛에 일어난 변화, 처녀에 대한 안타깝고 절망적인 분노 등은 작가의 예술 지상주의적 경향을 극명하게 보여 준다. 소경 처녀가 죽으면서 엎은 벼루의 먹 방울이 튀어 그림의 눈동자를 이루고, 그 눈동자가 죽은 처녀의 원망의 눈으로 나타난다. 화공이 미치게 되는 작품의 마지막 부분은 거의 악마적인 분위기를 느끼게 한다. 「광화사」는 모든 것의 희생 위에서 희귀한 예술이 완성된다는, 즉 예술적 완성은 모든 가치에 우선한다는 작가의 예술 지상주의적 경향을 반영한다. 서구의 유미주의자들이 완벽한 형식미를 작품에 구현하고자 한 데 반해, 김동인은 개연성과 같은 소설의 필수 요소조차 무시하는 경향을 보인다. 절세 미녀인 어머니를 둔 솔거가 추남이라는 설정, 먹이 튀어 눈동자가 완성되는 등 비상식적인 설정이 그것이다.

솔거
(미녀상 그림)

(아름다움이
사라져 죽임)

소경 처녀

여(솔거 이야기를 만듦)

📎

저(여)는 인왕산에 올라 화공 솔거의 이야기를 만들었어요. 미녀상을 그리고 싶었던 솔거는 소경 처녀를 만났어요. 그는 눈동자만 그리면 되는 상태로 그림을 남겨 두고 처녀를 아내로 맞이했습니다. 그러나 처녀의 아름다움은 사라져 버렸고 솔거는 광인이 되어 처녀를 죽이고 말았어요. 그때 먹물이 튀어 그림 속 미인의 눈동자가 되었답니다.

광화사

인왕(仁王).

바위 위에 잔솔(어린 소나무)이 서고 아래는 이끼가 빛을 자랑한다.

굽어보니 바위 아래는 몇 포기 난초가 노란 꽃을 벌리고 있다. 바위에 부딪치는 잔바람에 너울거리는 난초 잎.

여(余)는 허리를 굽히고 스틱으로 아래를 휘저어 보았다. 그러나 아직 난에서는 사오 척의 거리가 있다. 눈을 옮기면 계곡.

전면이 소나무의 잎으로 덮인 계곡이다. 틈틈이는 철색(鐵色 검푸르고 약간 흰빛이 도는 빛깔)의 바위도 보이기도 하나 나무 밑의 땅은 볼 길이 없다. 만약 그 자리에 한번 넘어지면 소나무의 잎 위로 굴러서 저편 어디인지 모를 골짜기까지 떨어질 듯하다.

여의 등 뒤에도 이십삼 장(丈 한 장은 약 3미터에 해당)이 넘는 바위다. 그 바위에 올라서면 무학(舞鶴)재로 통한 커다란 골짜기가 나타날 것이다. 여의 발아래도 장여(丈餘 한 길 남짓한 길이. 한 길은 약 2.4미터 또는 3미터에 해당)의 바위다.

아래는 몇 포기 난초, 또 그 아래는 두세 그루의 잔솔, 잔솔 넘어서는 또 바위, 바위 위에는 도라지꽃. 그 바위 아래로부터는 가파른 계곡이다.

그 계곡이 끝나는 곳에는 소나무 위로 비로소 경성 시가의 한편 모퉁이가 보인다. 길에는 자동차의 왕래도 가맣게(헤아릴 수 없이 많게) 보이기는 한다. 여전한 분요(紛擾 어수선하고 소란스러움)와 소란의 세계는 그곳에 역시 전개되어 있기는 할 것이다.

그러나 여가 지금 서 있는 곳은 심산이다. 심산이 가져야 할 온갖 조건을 구비하였다. 바람이 있고 암굴이 있고 산초 산화가 있고 계곡이 있고 생물이 있고 절벽이 있고 난송(亂松)이 있고…… 말하자면 심산이 가져야 할 유수미(幽邃味 그윽하고 깊은 맛)를 다 구비하였다.

본시는 이 도회는 심산 중의 한 계곡이었다. 그것을 오백 년간을 닦고 갈고 지어서 오늘날의 경성부를 이룬 것이다.

이러한 협곡에 국도(國都 수도)를 창건한 이태조의 본의가 어디 있었는지는 알 길이 없다. 그러나 오늘날의 한 산보객의 자리에서 보자면 서울은 세계에 유례가 없는 미도(美都)일 것이다.

도회에 거주하며 식후의 산보로서 풀대님(바지나 고의를 입고서 대님을 매지 않고 그대로 터놓음) 채로 이러한 유수한(그윽하고 깊숙한) 심산에 들어갈 수 있다는 점으로 보아서 서울에 비길 도회가 세계에 어디 다시 있으랴.

회흑색(灰黑色)의 지붕 아래 고요히 누워 있는 오백 년의 도시를 눈 아래 굽어보는 여의 사위(四圍 사방의 둘레)에는 온갖 고산 식물이 난성(亂盛 어지럽게 무성함)하고, 계곡에 흐르는 물소리와 눈 아래 날아드는 기조(奇鳥)들은 완연히 여로 하여금 등산객의 정취를 느끼게 한다.

여는 스틱을 바위틈에 꽂아 놓았다. 그리고 굴러떨어지기를 면키 위하여 바위와 잔솔의 새에 자리 잡고 비스듬히 앉았다. 담배를 피우고 싶었으나 잠시의 산보로 여기고 담배도 안 가지고 나온 발이 더듬더듬 여기까지 미쳤으므로 담배도 없다.

시야(視野)의 한편에는 이삼 장(丈)의 바위, 다른 한편에는 푸르른 하늘, 그 끝으로는 솔잎이 서너 개 어렴풋이 보인다. 그윽이 코로 몰려 들어오는 송진 내음새. 소나무에 불리는 바람 소리.

유수키 짝이 없다. 여가 지금 앉아 있는 자리는 개벽 이래로 과연 몇 사람이나 밟아 보았을까. 이 바위 생긴 이래로 혹은 여가 맨처음 발 대어 본 것이 아닐까. 아까 바위를 기어서 이곳까지 올라오느라고 애쓰던 그런 맹랑한 노력을 하여 본 바보가 여 이외에 몇 사람이나 있었을까. 그런 모험을 맛보기 위하여 심산을 찾는 용사는 많을 것이로되 결사적 인왕 등산을 한 사람은 그리 많으리라고 생각되지 않는다.

등 뒤 바위에는 암굴이 있다.

뱀이라도 있을까 무서워서 들어가 보지는 않았지만 스틱으로 휘저어 본 결과로 두세 사람은 넉넉히 들어가 앉아 있음직하다. 이 암굴은 무엇에 이용할 수가 없을까. 음모(陰謀)의 도시 한양은 그새 오백 년간 별별 음흉한 사건이 연출되었다. 시가 끝에서 반시간 미만에 넉넉히 올 수 있는 이런 가까운 거리에 뚫린 암굴은, 있는 줄 알기만 하였으면 혹은 음모에 이용되지 않았을까.

공상!

유수한 맛에 젖어 있던 여는 이 암굴 때문에 차차 불쾌한 공상에 빠지기 시작하려 한다. 온갖 음모, 그 뒤를 잇는 살육, 모함, 방축(放逐 자리에서 쫓아냄), 이조 오백 년간의 추악한 모양이 여로 하여금 불쾌한 공상에 빠지게 하려 한다. 여는 황망히 이런 불쾌한 공상에서 벗어나려고 또 주머니에 담배를 뒤적이었다. 그러나 담배는 여전히 있을 까닭이 없었다.

다시 눈을 들어서 안하(眼下 눈 아래)를 굽어보면 일면에 깔린 송초(松梢)!

반짝!

보매 한 줄기의 샘이다. 소나무 틈으로 보이는 그 샘은 아마 바위틈을 흐르는 샘물인 듯. 똘똘똘똘 들리는 것은 아마 바람 소리겠지. 저렇듯 멀리 아래 있는 샘의 소리가 이곳까지 들릴 리가 없다.

샘물! 저 샘물을 두고 한 개 이야기를 꾸미어 볼 수가 없을까. 흐르는 모양도 아름답거니와 흐르는 소리도 아름답고 그 맛도 아름다운 샘물을 두고 한 개 재미있는 이야기가 여의 머리에 생겨나지 않을까. 암굴을 두고 생겨나려던 음모 살육의 불쾌한 공상보다 좀 더 아름다운 다른 이야기가 꾸미어지지 않을까.

여는 바위틈에 꽂았던 스틱을 도로 뽑았다. 그 스틱으로써 여의 발아래 바위를 가볍게 두드리면서 한 개 이야기를 꾸미어 보았다.

한 화공(畵工)이 있다.

화공의 이름은? 지어내기가 귀찮으니 신라 때의 화성(畵聖)의 이름을 차용(借用 물건을 빌리거나 돈을 꾸어 씀)하여 솔거(率居)라 하여 두자.

시대는? 시대는 이 안하에 보이는 도시가 가장 활기 있고 아름답던 시절인 세종 성주(聖主 성군(聖君))의 대쯤으로 하여 둘까.

백악이 흘러내리다가 맺힌 곳. 거기는 한양의 정기를 한 몸에 지닌 경복궁 대궐이 있다. 이 대궐의 북문인 신무문(神武門) 밖 우거진 뽕밭 새에 한 중로(中老 중늙은이)의 사나이가 오뇌(懊惱 뉘우쳐 한탄하고 번뇌함)스러운 얼굴을 하고 숨어 있다.

화공 솔거였다.

무르익은 여름 뜨거운 볕은 뽕잎이 가려 준다 하나 훈훈한 기운은 머리 위 뽕잎과 땅에서 우러나서 꽤 무더운 이 뽕밭 속에 숨어 있는 화공. 자그마한 보따리에는 점심까지 싸 가지고 온 것으로 보아서 저녁까지 이곳에 있을 셈인 모양이다.

그러나 무얼 하는지. 단지 땀을 펑펑 흘리며 오뇌 어린 얼굴로 앉아 있을 뿐이다.

왕후 친잠(王后親蠶 양잠업을 장려하는 의미로 왕후가 몸소 누에를 치던 일)에 쓰이는 이 뽕밭은 잡인들이 다니지 못할 곳이다. 하루 종일을 사람의 그림자 하나 얼씬하지 않는다.

때때로 바람이 우수수하니 통나무 위로 불기는 하나 솔거가 숨어 있는 곳에는 한 점의 바람도 들어오지 않는다. 이 무더운 속에 솔거는 바람이 불 적마다 몸을 흠칫흠칫 놀라며 그러면서도 무엇을 기다리는 듯이 뽕나무 그루 아래로 저편 앞을 주시하곤 한다.

이윽고 석양이 무악을 넘고 이 도시도 황혼이 들었다.

날이 어둡기를 기다려서 이 화공은 몸을 숨겨 가지고 거기서 나왔다.

"오늘은 헛길, 내일이나 다시 볼까."

한숨을 쉬면서 제 오막살이를 찾아 돌아가는 화공. 날이 벌써 꽤 어두웠지만 그래도 아직 저녁빛이 약간 남은 곳에 내어놓은 이 화공은 세상에 보기 드문 추악한 얼굴의 주인이었다. 코가 질병(질흙으로 구워 만든 병) 자루 같다. 눈이 통방울(품질이 낮은 놋쇠로 만든 방울) 같다. 귀가 박죽('밥주걱'의 방언) 같다. 입이 나발통(나발) 같다. 얼굴이 두꺼비 같다. 소위 추한 얼굴을 형용하는 온갖 형용사를 한 얼굴에 지닌 흉한 얼굴의 주인으로서 그 얼굴이 또한 굉장히도 커서 멀리서 볼지라도 그 존재가 완연하리만 하다.

이 얼굴을 가지고는 백주(白晝 대낮)에는 나다니기가 스스로 부끄러울 것이다.

아닌 게 아니라 솔거는 철이 든 아래 아직껏 백주에 사람 틈에 나다닌 일이 없었다.

일찍이 열여섯 살에 스승의 중매로써 어떤 양가 처녀와 결혼을 하였지만 그 처녀는 솔거의 얼굴을 보고 기절을 하고 기절에서 깨어나서는 그냥 집으로 도망쳐 버리고,

그다음에 또 한 번 장가를 들어 보았지만 그 색시 역시 첫날밤만 정신 모르고 치른 뒤에는 이튿날은 무서워서 죽어도 같이 못 살겠노라고 부모에게 떼를 써서 두 번째의 비극을 겪고,

이러한 두 가지의 사변을 겪고 난 뒤에는 솔거는 차차 여인이라는 것을 보기를 피하여 오다가 그 괴벽이 점점 자라서 나중에는 일체로 사람이란 것의 얼굴을 대하기가 싫어졌다.

사람을 피하기 위하여―그리고 또한 일방으로는 화도(畵道 그림을 그리는 올바른 도리)에 정진하기 위하여 인가를 떠나서 백악의 숲속에 조그만 오막살이를 하나 틀고 거기 숨은 지 근 삼십 년, 생활에 필요한 물건 혹은 그림에 필요한 물건을 구하기 위하여 부득이 거리에 나가야 할 필요가 있을 때는 반드시 밤을 택하였다. 피할 수 없이 낮에 나갈 때는 방립(方笠 방갓. 예전에 상제(喪制)가 밖에 나갈 때 쓰던 갓)을 쓰고 그 위에 얼굴을 베로 가리었다.

화도에 발을 들여놓은 지 근 사십 년, 부득이한 금욕 생활 부득이한 은둔 생활을 경영한 지 삼십 년, 여인에게로 소모되지 못한 정력은 머리로 모이고 머리로 모인 정력은 손끝으로 벋어서 종이에 비단에 갈겨 던진 그림이 벌써 수천 점. 처음에는 그 그림에 대하여 아무 불만도 느껴 보지 않았다.

하늘에서 타고난 천분과 스승에게서 얻은 훈련과 저축된 정력의 소산인 한 장의 그림이 생겨날 때마다 그것을 보면서 스스로 만족히 여기고 스스로 자랑스레 여기던 그였다.

그러나 그런 과정을 밟기 이십 년에 차차 그의 마음에 움 돋은 불만, 그것은 어떻게 보자면 화도에는 이단적인 생각일는지도 모를 것이다.

좀 다른 것은 그릴 수가 없는가.

산이다. 바다다. 나무다. 시내다. 지팡이 잡은 노인이다. 다리다. 혹은 돛단배다. 꽃이다. 과즉 달이다. 소다. 목동이다.

이 밖에 그가 아직 그려 본 것이 무엇이었던가.

유원(幽遠 심오하여 아득함)한 맛, 단 한 가지밖에 없는 전통적 그림보다 좀 더 다른 것을 그려 보고 싶다. 아직껏 스승에게 배운 바의 백발 백념의 노옹이나 피리 부는 목동 이외에 좀 더 얼굴에 움직임이 있는 사람을 그려 보고 싶다. 표정이 있는 얼굴을 그려 보고 싶다.

이리하여 재래의 수법을 아낌없이 내어던진 솔거는 그로부터 십 년간을 사람의 표정을 그리느라고 세월을 보냈다.

그러나 사람의 세상을 멀리 떠나서 따로 사는 이 화공에게는 사람의 표정이 기억에 가맣다.

상인(商人)들의 간특(奸慝 보기에 간사하고 사악함)한 얼굴, 행인들의 무표정한 얼굴, 새꾼('나무꾼'의 방언)들의 싱거운 얼굴. 그새 보고 지금도 대할 수 있는 얼굴은 이런 따위뿐이다. 좀 더 색채 다른 표정은 없느냐.

색채 다른 표정!

색채 다른 표정!

이 욕망이 화공의 마음에 익고 커 가는 동안 화공의 머리에 솟아오르는 몽롱한 기억이 있다.

이 화공의 어머니의 표정이다.

지금은 거의 그의 기억에서 사라졌지만 어린 시절에 자기를 품에 안고 눈물 글썽글썽한 눈으로 굽어보던 어머니의 표정이 가끔 한순간씩 그의 기억의 표면까지 뛰어올랐다.

그의 어머니는 희세(稀世 세상에 드묾)의 미녀였다. 대대로 이후의 자손의 미까지 모두 미리 빼앗았던지 세상에 드문 미인이었다.

화공은 이 미녀의 유복자였다.

아비 없는 자식을 가슴에 붙안고(두 팔로 부둥켜 안고) 눈물 머금은 눈으로 굽어보던 표정.

철이 든 이래로 자기를 보는 얼굴에서는 모두 경악과 공포밖에는 발견하지 못한 이 화공에게는 사십여 년 전의 어머니의 사랑의 아름다운 얼굴이 때때로 몸서리치도록 그리웠다.

그것을 그려 보고 싶었다.

커다란 눈에 그득히 담긴 눈물. 그러면서도 동경과 애무로서 빛나던 눈. 입가에 떠오르던 미소.

번개와 같이 순간적으로 심안(心眼 사물을 살펴 분별하는 마음의 작용)에 나타났다가는 사라지는 이 환영을 화공은 그려 보고 싶었다.

세상을 피하고 세상에서 숨어 살기 때문에 차차 비뚤어진 이 화공의 괴벽(乖僻 성격 따위가 이상야릇하고 까다로움)한 마음에는 세상을 그리는 정열이 또한 그만치 컸다. 그리고 그것이 크면 크니만치 마음속으로 늘 울분과 분만(憤懣 억울하고 원통한 마음이 가득함)이 차 있었다.

지금도 세상에서는 한창 계집 사내들이 서로 부둥켜안고 좋다고 야단할 것을 생각하고는 음울한 얼굴로 화필을 뿌리는 화공.

이러한 가운데서 나날이 괴벽하여 가는 이 화공은 한 개 미녀상(美女像)을 그려 보고자 노심하였다.

처음에는 단지 아름다운 표정을 가진 미녀를 그려 보고자 하였다.

그러나 미녀를 가까이 본 일이 없는 이 화공이 마음대로 되지 않는 붓끝에 역정을 내며 애쓰는 동안 차차 어느덧 미녀상에 대한 관념이 달라져 갔다.

자기의 아내로서의 미녀상을 그려 보고 싶어졌다.

세상은 자기에게 아내를 주지 않는다.

보면 한 마리의 곤충 한 마리의 날짐승도 각기 짝을 찾아 즐기고 짝을 찾아 좋아하거늘 만물의 영장인 사람이 짝 없이 오십 년을 보냈다 하는 데 대한 분만이 일어났다.

세상 놈들은 자기에게 한 짝을 주지 않고 세상 계집들은 자기에게 오려는 자가 없이 홀몸으로 일생을 보내다가 언제 죽는지도 모르게 이 산골에서 죽어 버릴 생각을 하면 한심하기보다 도리어 이렇듯 박정한 사람의 세상이 미웠다.

세상이 주지 않는 아내를 자기는 자기의 붓끝으로 만들어서 세상을 비웃어 주리라.

이 세상에 존재한 가장 아름다운 계집보다도 더 아름다운 계집을 자기 붓끝으로 그리어서 못나고도 아름다운 체하는 세상 계집들을 웃어 주리라.

덜난 계집을 아내로 맞아 가지고 천하의 절색이라 믿고 있는 사내놈들도 깔보아 주리라.

사오 명의 처첩을 거느리고 좋다구나고 춤추는 헌놈들도 굽어보아 주리라.

미녀! 미녀!

눈을 감고 생각하고 눈을 뜨고 생각하고 머리를 움켜쥐고 생각해 보나 미녀의 얼굴이 어떤 것인지 알 수가 없었다.

무론(無論 물론) 얼굴에 철요(凸凹 요철. 오목함과 볼록함)가 없고 이목구비가 제대로 놓였으면 세상 보통의 미인이라 한다. 그런 얼굴에 연지나 그리고 눈에 미소나 그려 놓으면 더 아름다워지기는 할 것이다. 이만 것은 상상의 눈으로도 볼 수가 있는 자며 붓끝으로 그릴 수도 없는 바가 아니다.

그러나 가만 어린 시절의 어머니의 얼굴을 순영(瞬影 순간적으로 떠오른 모습)적으로나마 기억하는 이 화공으로서는 그런 미녀로는 만족할 수가 없었다.

오뇌와 분만 중에서 흐르는 세월은 일 년 또 일 년 무위(無爲 아무 것도 하는 일이 없음)히 흘러간다.

미녀의 아랫동아리는 그려진 지 벌써 수 년. 그 아랫동아리 위에 올려 놓일 얼굴은 어떻게 하여야 할지 짐작도 가지 않았다.

화공의 오막살이 방 안에 들어서면 맞은편에 걸려 있는 한 폭 그림은 언제든 어서 목과 얼굴을 그려 주기를 기다리듯이 화공을 힐책한다.

화공은 이것을 보기가 거북하였다.

특별한 일이라도 있기 전에는 낮에 거리에 다니지를 않던 이 화공이 흔히 얼굴을 싸매고 장안을 돌아다녔다.

행여나 길에서라도 미녀를 만날까 하는 요행심으로였다. 길에서 순간적으로라도 마음에 드는 미녀를 볼 수만 있으면 그것을 머리에 똑똑히 캐치하여 그 기억으로써 화상을 그릴까 하는 요행심으로……

그러나 내외(內外 외간 남녀 간에 얼굴을 바로 대하지 않고 피함) 법이 심한 이 도회에서 대낮에 양가의 부녀가 얼굴을 내놓고 길을 다니지 않았다. 계집이라는 것은 하인배나 하류배뿐이었다.

하인배 하류배에도 때때로 미녀라 일컬을 자가 있기는 있었다. 그러나 아무리 산뜻한 미를 갖기는 했다 하나 얼굴에 흐르는 표정이 더럽고 비열하여 캐치할 만한 자가 없었다.

얼굴을 싸매고 거리로 방황하며 혹은 계집들이 많이 모이는 우물가며 저자를 비슬비슬 방황하며 어찌어찌하여 약간 예쁜 듯한 계집이라도 보이면 따라가면서 얼굴을 연구해 보고 했으나 마음에 드는 미녀를 지금껏 얻어 내지를 못하였다.

혹은 심규(深閨 여자가 거처하는, 깊숙이 들어앉은 집이나 방)에는 마음에 드는 계집이라도 있을까. 심규! 심규! 한번 심규의 계집들을 모조리 눈앞에 벌여 세우고 얼굴 검사를 하여 보았으면……

초조하고 성가신 가운데서 날을 보내고 날을 맞으면서 미녀를 구하던 화공은 마지막 수단으로 친잠 상원(桑園 뽕밭)에 들어가서 채상(採桑 뽕을 땀)하는 궁녀의 얼굴을 얻어보려('찾다'의 방언) 하였다. 그러나 불행히도 화공의 모험도 헛길로 돌아가고 그날은 채상을 하러 오지도 않았다.

그러나 때 바야흐로 누에 시절이라 견딜성 있게 기다리노라면 궁녀가 오는 날도 있을 것이다. 미녀―아내의 얼굴을 그리려는 욕망에 열이 오르고 독이 난 이 화공은 그 이튿날도 또 뽕밭에 들어가 숨었다. 숨어 기다리지 않을 수가 없었다.

그로부터 한 달, 화공은 나날이 점심을 싸 가지고 상원으로 갔다. 그러나 저녁때 제 오막살이로 돌아올 때는 언제든 그의 입에서는 기다란 탄식성이 나왔다.

궁녀를 못 본 바가 아니었다.

마치 여기 숨어 있는 화공에게 선보이려는 듯이 나날이 궁녀들은 번갈아 왔다. 한 떼씩 밀려와서는 옷소매 치맛자락을 펄럭이며 뽕을 따 갔다. 한 달 동안에 합계 사오십 명의 궁녀를 보았다.

모두 일률로(한결같이) 미녀들이었다. 그리고 길가 우물가에서 허투루 볼 수 있는 미녀들보다 고아(高雅 고상하고 우아함)한 얼굴에는 틀림이 없었다.

그러나 그 눈. 화공이 보는 바는 눈이었다.

그 눈에 나타난 애무와 동경이었다. 철철 넘어 흐르는 사랑이었다. 그것이 궁녀에게는 없었다. 말하자면 세상 보통의 미녀였다.

자기에게 계집을 주지 않는 고약한 세상에게 보복하는 의미로 절세의 미녀를 차지하고자 하는 이 화공의 커다란 야심으로서는 그만 따위의 미녀로 만족할 수가 없었다.

오막살이로 돌아올 때마다 그의 입에서 나오는 기다란 한숨, 이런 한숨을 쉬기 한 달―그는 다시 상원에 가지 않았다.

가을 하늘 맑고 푸르른 어떤 날이었다.

마음속에 분만과 동경을 가득히 담은 이 화공은 저녁쌀을 씻으러 소쿠리를 옆에 끼고 시내로 더듬어 갔다.

가다가 문득 발을 멈추었다.

우거진 소나무 틈으로 보이는 시냇가 바위 위에 웬 처녀가 하나 앉아 있다. 솔가지 틈으로 내리비추이는 얼룩지는 석양을 받고 망연히 앉아서 흐르는 시냇물을 내려다보고 있다.

웬 처녀일까.

인가에서 꽤 떨어진 이곳. 사람의 동리보다 꽤 높은 이곳. 길도 없는 이곳—아직껏 삼십 년간을 때때로 초부나 목동의 방문은 받아 본 일이 있지만 다른 사람의 자취를 받아 보지 못한 이곳에 웬 처녀일까.

화공도 망연히 서서 바라보았다. 바라볼 동안 가슴에 차차 무거운 긴장을 느꼈다.

한 걸음 두 걸음 화공은 발소리를 감추고 나아갔다. 차차 그 상거(相距 떨어져 있는 두 곳의 거리)가 가까워 감을 따라서 분명하여 가는 처녀의 얼굴.

화공의 얼굴에는 피가 떠올랐다.

세상에 드문 미녀였다. 나이는 열일여덟(열일고여덟). 그 얼굴 생김이 아름답다기보다 얼굴 전면에 나타난 표정이 놀랄 만치 아름다웠다.

흐르는 시내에 눈을 부었는지 귀를 기울였는지 하여간 처녀의 온 주의력은 시내에 모여 있다. 커다랗게 뜨인 눈은 깜박일 줄도 잊은 듯이 황홀한 눈으로 시내를 굽어보고 있다.

남벽(藍碧 남빛을 띤 짙은 푸른색)의 시냇물에는 용궁(龍宮)이 보이는가. 소나무 그루에 부딪쳐서 튀어나는 바람에 앞머리를 약간 날리면서 처녀가 굽어보고 있는 것은 무엇인가.

처녀의 공상과 정열과 환희가 한꺼번에 모인 절묘한 미소를 눈과 입에 띠고 일심불란히(한 가지에 마음을 집중해 혼란스럽지 아니하게) 처녀가 굽어보는 것은 무엇인가.

아아.

화공은 드디어 발견하였다. 그새 십 년간을 여항(閭巷 여염(閭閻). 인가가 모여 있는 곳)의 길거리에서 혹은 우물가에서 내지는 친잠 상원에서 발견하여 보려고 애쓰다가 종내 달하지 못한 놀랄 만한 아름다운 표정을 화공은 뜻 안 한 여기서 발견하였다.

화공은 걸음을 빨리하였다. 자기의 얼굴이 얼마나 더럽게 생겼는지 이 처녀가 자기를 쳐다보면 얼마나 놀랄지 이 점을 온전히 잊고 걸음을 빨리하여 처녀의 쪽으로 갔다.

처녀는 화공의 발소리에 머리를 번쩍 들었다. 화공을 바라보았다. 그 무한히 먼 곳을 바라보는 듯한 기묘한 눈을 들어서.

"아."

가슴이 무득하여 무슨 말을 하여야 할지 망설이며 화공이 반벙어리 같은 소리를 할 때에 처녀가 먼저 입을 열었다.

"여기가 어디오니까."

여기가 어디?

"여기는 인왕산록 이름도 없는 곳이지만 너는 웬 색시냐?"

"네……."

문득 떠오르는 적적한 표정.

"더듬더듬 시내를 따라왔습니다."

화공은 머리를 기울였다. 몸을 움직여 보았다. 무한히 먼 곳을 바라보는 듯한 처녀의 눈은 그냥 움직임 없이 커다랗게 뜨여 있기는 하지만 어디를 보는지 무엇을 보는지 알 수가 없다. 드디어 화공은 부르짖었다.

"너 앞이 보이느냐?"

"소경이올시다."

소경이었다. 눈물 머금은 소리로 하는 이 대답을 듣고 화공은 좀 더 가까이 갔다.

"앞도 못 보면서 어떻게 무얼 하려 예까지 왔느냐?"

처녀는 머리를 푹 수그렸다. 무슨 대답을 하는 듯하였으나 화공은 알아듣지 못하였다. 그러나 화공으로 하여금 적이 호기심을 잃게 한 것은 처녀의 얼굴에 아까와 같은 놀라운 매력 있는 표정이 없어진 것이었다.

그만하면 보기 드문 미인임에는 틀림이 없다. 그러나 아까 화공이 그렇듯 놀란 것은 단지 미인인 탓이 아니었다. 그 얼굴에 나타난 놀라운 매력에 끌린 것이었다.

"불쌍도 하지. 저녁도 가까워 오는데 어둡기 전에 집으로 내려가거라."

이만치 하여 화공은 처녀를 포기하려 하였다. 이 말에 처녀가 응하였다.

"어두운 것은 탓하지 않습니다마는 황혼이 매우 아름답다지요?"

"그럼. 아름답구말구."

"어떻게 아름답습니까."

"황금빛이 서산에서 줄기줄기 비추이는구나. 거기 새빨갛게 물든 천하…… 푸른 소나무도 남빛 바위도 검붉은 나무그루도 모두 황금빛에 잠겨서……."

"황금빛은 어떤 것이고 새빨간 빛과 붉은빛이며 남빛은 모두 어떤 빛이

오니까? 밝은 세상이라지만 밝은 빛과 붉은빛이 어떻게 다릅니까? 이 산 경
치가 아름답다는 소문을 듣고 더듬어 왔습니다마는 바람 소리 돌물(일정한 곳
에서 소용돌이치는 물의 흐름) 소리 귀로 들리는 소리밖에는 어디가 아름다운지 알 수
가 없습니다."

차차 다시 나타나는 미묘한 표정. 커다랗게 뜨인 눈에 비치는 동경의 물
결. 일단 사라졌던 아름다운 표정은 다시 생기가 비롯하였다.

화공은 드디어 처녀의 맞은편에 가 앉았다.

"이 샘 줄기를 따라 내려가면 바다가 있구 바닷속에는 용궁이 있구나. 칠
색 비단을 감은 기둥과 비취를 아로새긴 댓돌이며 황금으로 만든 풍경. 진
주로 꾸민 문설주……."

마주 앉아서 엮어 내리는 이 화공의 이야기에 각일각(시간이 지나갈수록) 더욱
황홀하여 가는 처녀의 눈이었다. 화공은 드디어 이 처녀를 자기의 오막살
이로 데리고 돌아갈 궁리를 하였다.

"내 용궁 이야기를 들려주마. 너의 집에서 걱정만 안 하실 것 같으면."

화공이 이렇게 꼬일 때에 처녀는 그의 커다란 눈을 들어서 유원히 하늘
을 우러러보면서 자기네 부모는 병신 딸 따위는 없어져도 근심을 안 한다
고 쾌히 화공의 뒤를 따랐다.

일사천리로 여기까지 밀려오던 여의 공상은 문득 중단되었다.

이야기를 어떻게 진전시키나?

잡념이 일어난다. 동시에 여의 귀에 들리어 오는 한 절의 유행가.

여는 머리를 들었다. 저편 뒤 어디 잡인들이 온 모양이다. 그 분요가 무의
식중에 귀로 들어와서 여의 집중되었던 머리를 헤쳐 놓는다.

귀찮은 가사(歌師)들이여. 저주 받을 가사들이여.

이 저주 받을 가사들 때문에 중단된 이야기는 좀체 다시 모이지 않는다.

그러나 결말 없는 이야기가 어디 있으랴. 되었던 결말은 지어야 할 것이
아닌가.

그러면 그 화공은 처녀를 데리고 제 오막살이로 돌아와서 용궁 이야기를
들려주면서 그동안에 처녀의 얼굴을 그대로 그려서 십 년래의 숙망(宿望 오랫동
안 품은 소망)을 성취하였다는 결말로 맺어 버릴까?

그러나 이런 싱거운 결말이 어디 있으랴? 결말이 되기는 되었지만 이따위 결말을 짓기 위하여 그런 서두는 무의미한 것이다.

그러면?

그럼 다르게 결말을 맺어 볼까?

화공은 처녀를 제 오막살이로 데리고 돌아왔다. 그리고 처녀에게 용궁 이야기를 들려주었다. 그러나 아까 용궁 이야기로 초벌 들은 처녀는 이번은 그렇듯 큰 감흥도 느끼지 않는 모양으로 그다지 신통한 표정도 보이지 않았다. 화공의 계획은 수포로 돌아갔다. 화공은 그 그림을 영 미완품 채로 남기지 않을 수 없었다.

역시 마음에 들지 않는 결말이다.

그럼 또다시…….

화공은 처녀를 데리고 돌아왔다. 돌아와서 처녀를 보면 볼수록 탐스러워서 그림은 집어던지고 처녀를 아내로 삼아 버렸다. 앞을 못 보는 처녀는 이 추하게 생긴 화공에게도 아무 불만이 없이 일생을 즐겁게 보냈다. 그림으로나 아내를 얻으려던 화공은 절세의 미녀를 아내로 얻게 되었다.

역시 불만이다.

귀찮고 성가시다. 저주받을 유행 가사여.

여는 일어났다. 감흥을 잃은 이 자리에 그냥 앉아 있기가 싫었다. 그냥 들리는 유행가. 그것이 안 들리는 곳으로 자리를 옮기자.

굽어보매 저 멀리 소나무 틈으로 한 줄기 번득이는 것은 아까의 샘물이다.

그 샘물로, 가장 이 이야기의 원천이 된 그 샘으로 내려가자.

벼랑을 내려가기는 올라가기보다 더 힘들었다. 올라가는 것은 올라가다가 실수하여 떨어지면 과즉('기껏해야'를 예스럽게 이르는 말) 제자리에 내린다. 그러나 내려가다가 발을 실수하면 어디까지 굴러갈지 예측할 길이 없다. 잘못하다가는 청운동(清雲洞) 어구까지 굴러갈는지도 모를 일이다. 게다가 올라갈 때에는 도움이 되던 스틱조차 내려갈 때에는 귀찮기 짝이 없다.

반각(시간의 단위. 1각은 약 15분 동안)이나 걸려서 여는 드디어 그 샘가에 도달하였다.

샘가에는 과연 한 개의 바위가 사람 하나 앉기 좋을 만한 자리가 있다. 이 바위가 화공이 쌀 씻던 바위일까. 처녀가 앉아서 공상하던 바위일까. 그 아래를 깊은 남벽으로 알았더니 겨우 한 뼘 미만의 얕은 물로서 바위 위를 기운 없이 뚤뚤 흐르고 있다.

그러나 이 골짜기는 고요하기 짝이 없었다. 바람 소리도 멀리 위에서만 들린다. 그리고 소나무와 바위에 둘러싸여서 꽤 음침한 이 골짜기는 옛날 세상을 피한 화공이 즐겨 하였음직하다.

자, 그러면 이 골짜기에서 아까 그 이야기의 꼬리를 마저 지을까.

화공은 처녀를 데리고 오막살이로 돌아왔다.

그의 마음은 너무도 긴장되고 또한 기뻐서 저녁도 짓기 싫었다. 들어와 보매 벌써 여러 해를 멀리 달리기를 기다리는 족자의 여인의 몸집조차 흔연히 화공을 맞는 듯하였다.

"자, 거기 앉아라."

수년간 화공을 힐책하던 머리 없는 그림이 화공의 앞에 펴졌다. 단청도 준비되었다.

터질 듯 울렁거리는 마음으로 폭 앞에 자리를 잡은 화공은 빛이 비치도록 남향하여 처녀를 앉히고 손으로는 붓을 적시며 이야기를 꺼내었다.

벌써 황혼은 인제 얼마 남지 않은 오늘 해로써 숙망을 달하려 하는 것이었다. 십 년간을 벼르기만 하면서 착수를 못 하기 때문에 저축되었던 화공의 힘은 손으로 모였다.

"그러구— 알겠지?"

눈으로는 처녀의 얼굴을 보며 입으로는 용궁 이야기를 하며 손은 번개같이 붓을 둘렀다.

"용궁에는 여의주(如意珠)라는 구슬이 있구나. 이 여의주라는 구슬은 마음에 있는 바는 다 달할 수 있는 보물로서 그 구슬을 네 눈 위에 한번 굴리면 너도 광명한 일월을 보게 된다."

"네? 그런 구슬이 있습니까?"

"있구말구. 네가 내 말을 잘 듣고 있기만 하면 수일 내로 너를 데리고 용궁에 가서 여의주를 빌려서 네 눈도 고쳐 주마."

"그러면 저도 광명한 일월을 볼 수가 있겠습니까."

"그럼. 광명한 일월, 무지개라는 칠색이 영롱한 기묘한 것, 아름다운 수

풀, 유수한 골짜기 무엇인들 못 보랴."

"아이구, 어서 그 여의주를 구해서."

아아. 놀라운 아름다운 표정이었다. 화공은 처녀의 얼굴에 나타나 넘치는 이 놀라운 표정을 하나도 잃지 않고 화폭 위에 옮겼다.

황혼은 어느덧 밤으로 변하였다. 이때는 그림의 여인에게는 단지 눈동자가 그려지지 않을 뿐 그 밖의 것은 죄 완성이 되었다.

동자까지 그리고 싶었다. 그러나 이 그림의 생명을 좌우할 눈동자를 그리기에는 날은 너무도 어두웠다.

눈동자 하나쯤이야 밝은 날로 남겨 둔들 어떠랴. 하여간 십 년 숙망을 겨우 달한 화공의 심사는 무엇에 비기지 못하도록 기뻤다.

"아—아."

이 탄성은 오래 벼르던 일이 끝난 때에 나는 기쁨의 소리였다.

이 일단의 안심과 함께 화공의 마음에는 또 다른 긴장과 정열이 솟아올랐다.

꽤 어두운 가운데서 처녀의 얼굴을 유심히 보기 위하여 화공이 잡은 자리는 처녀의 무릎과 서로 닿을 만치 가까웠다. 그림에 대한 일단의 안심과 함께 화공의 코로 몰려들어 오는 강렬한 처녀의 체취와 전신으로 느끼는 처녀의 접근 때문에 화공의 신경은 거의 마비될 듯싶었다. 차차 각일각(刻一刻 각각(刻刻)으로. 시간이 지남에 따라 점점) 몸까지 떨리기 시작하였다. 어두움 가운데서 황홀하게 빛나는 처녀의 커다란 눈과 정열로 들먹거리는 입술은 화공의 정신까지 혼미하게 하였다.

밝는 날 화공과 소경 처녀의 두 사람은 벌써 남이 아니었다.

"오늘은 동자를 완성시키리라."

삼십 년의 독신 생활을 벗어 버린 화공은 삼십 년간을 혼자 먹던 조반을 소경 처녀와 같이 먹고 다시 그림 폭 앞에 앉았다.

"용궁은?"

기쁨으로 빛나는 처녀의 눈.

그러나 화공의 심미안(審美眼)에 비친 그 눈은 어제의 눈이 아니었다.

아름답기는 다시없는 아름다운 눈이었다. 그러나 그 눈은 사내의 사랑을 구하는 '여인의 눈'이었다. 병신이라 수모받던 전생을 벗어 버리고 어젯밤

처음으로 인생의 봄을 맞본 처녀는 인제는 한 개의 그 지어미의 눈이요 한 개의 애욕의 눈이었다.

"용궁은?"

"용궁에 어서 가서 여의주를 얻어서 제 눈을 뜨게 해 주세요. 밝은 천지도 천지려니와 당신이 어서 눈뜨고 보고 싶어."

어젯밤 잠자리에서 자기는 스물네 살 난 풍신 좋은 사내라고 자랑한 화공의 말을 그대로 믿는 소경 처녀였다.

"응, 얻어 주지. 그 칠색이 영롱한!"

"그 칠색도 어서 보고 싶어요."

"그래그래, 좌우간 지금 머리로 생각해 보란 말이야."

"네, 참 어서 보고 싶어서."

굽어보면 무릎 앞의 그림은 어서 한 점 동자를 찍어 주기를 기다리고 있다.

그러나 소경의 눈에 나타난 것은 아름답기는 아름다우나 그것은 애욕의 표정에 지나지 못하였다. 그런 눈을 그리려고 십 년을 고심한 것이 아니었다.

"자, 용궁을 생각해 봐"

"생각이나 하면 뭘 합니까? 어서 이 눈으로 보아야지."

"생각이라도 해 보란 말이야."

"짐작이 가야 생각도 하지요."

"어제 생각하던 대로 생각을 해 봐."

"네……."

화공은 드디어 역정을 내었다.

"자 용궁, 용궁!"

"네……."

"용궁을 생각해 봐! 그래 용궁이 어때?"

"칠색이 영롱하구요."

"그래 또."

"또 황금 기둥, 아니 비단으로 싼 기둥이 있구요. 또 푸른 진주가……."

"푸른 진주가 아냐! 푸른 비취지."

"비취 추녀던가 문이던가."

"에익! 바보!"

화공은 커다란 양손으로 콱 소경의 어깨를 잡았다. 잡고 흔들었다.

"자 다시 곰곰이. 용궁은."

"용궁은 바닷속에……."

겁에 띄어서 어릿거리는 소경의 양에 화공은 손으로 소경의 따귀를 갈기지 않을 수가 없었다.

"바보!"

이런 바보가 어디 있으랴. 보매 그 병신 눈은 깜박일 줄도 모르고 허공을 바라보고 있다. 그 천치 같은 눈을 보매 화공의 노염은 더욱 커졌다. 화공은 양손으로 소경의 멱을 잡았다.

"에이 바보야. 천치야. 병신아."

생각나는 저주의 말을 연하여 퍼부으면서 소경의 멱을 잡고 흔들었다. 그리고 병신답게 멀겋게 뜨인 눈자위에 원망의 빛깔이 나타나는 것을 보고 더욱 힘 있게 흔들었다.

흔들다가 화공은 탁 그 손을 놓았다. 소경의 몸이 너무도 무거워졌으므로.

화공의 손에서 놓인 소경의 몸은 눈을 뒤솟은('뒤어쓰다'의 방언. 눈알이 위쪽으로 몰려서 흰자위만 나타나게 뜬) 채 번뜻 나가넘어졌다. 넘어지는 서슬에 벼루가 전복되었다. 뒤집어진 벼루에서 튀어난 먹 방울이 소경의 얼굴에 덮였다.

깜짝 놀라서 흔들어 보매 소경은 벌써 이 세상의 사람이 아니었다.

화공은 어찌할 줄을 몰랐다. 망지소조(罔知所措 너무 당황하거나 급해 어찌할 바를 모르고 갈팡질팡함)하여 허든거리던(다리에 힘이 없어 중심을 잃고 이리저리 헛디디던) 화공은 눈을 뜻 없이 자기의 그림 위에 던지다가 소리를 내며 자빠졌다.

그 그림의 얼굴에는 어느덧 동자가 찍히었다. 자빠졌던 화공이 좀 정신을 가다듬어 가지고 몸을 겨우 일으켜서 다시 그림을 보매 두 눈에는 완연히 동자가 그려진 것이었다.

그 동자의 모양이 또한 화공으로 하여금 다시 덜썩 엉덩이를 붙이게 하였다. 아까 소경 처녀가 화공에게 먹을 잡혔을 때에 그의 얼굴에 나타났던 원망의 눈! 그림의 동자는 완연히 그것이었다.

소경이 넘어지는 서슬에 벼루를 엎는다는 것은 기이할 것도 없고 벼루가 엎어질 때에 먹 방울이 튄다는 것도 기이하달 수도 없지만 그 먹 방울이 어떻게 그렇게도 기묘하게 떨어졌을까? 먹이 떨어진 동자로부터 먹물이 번진 홍채에 이르기까지 어찌도 그렇게 기묘하게 되었을까?

한편에는 송장, 한편에는 송장의 화상을 놓고 망연히 앉아 있는 화공의 몸은 스스로 멈출 수 없이 와들와들 떨었다.

수일 후부터 한양성 내에는 괴상한 여인의 화상을 들고 음울한 얼굴로 돌아다니는 늙은 광인(狂人) 하나가 생겼다. 그의 내력을 아는 사람이 없었고 그의 근본을 아는 사람이 없었다. 그 괴상한 화상을 너무도 소중히 여기므로 사람들이 보고자 하면 그는 기를 써서 보이지 않고 도망하여 버리고 한다. 이렇게 수년간을 방황하다가 어떤 눈보라치는 날 돌베개를 베고 그의 일생을 마감하였다. 죽을 때도 그는 그 족자는 깊이 품에 품고 죽었다.

늙은 화공이여. 그대의 쓸쓸한 일생을 여는 조상하노라(명복을 비노라).
여는 지팡이로써 물을 두어 번 저어 보고 고즈넉이 몸을 일으켰다.
우러러보매 여름의 석양은 벌써 백악 위에서 춤추고, 이 천고의 계곡을 산새가 남북으로 건넌다.

돈(豚)

✏️ **작가와 작품 세계** -

이효석(1907~1942)

호는 가산(可山). 강원도 평창에서 출생. 경성제1고등보통학교를 거쳐 경성제국 대학 법문학부 영문과를 졸업했다. 1928년 〈조선지광〉에 단편 「도시와 유령」 을 발표하면서 동반작가로 데뷔했다. 「행진곡」, 「기우」 등을 발표하면서 동반 작가를 청산한다. 구인회(九人會)에 참여, 「돈(豚)」, 「수탉」 등 향토색이 짙은 작품 을 발표했다. 이효석은 1933년 단편 「돈」을 발표하면서 초기의 신경향파 노선 에서 벗어나 자연주의와 심미주의로 옮겨간다.

1934년 평양 숭실전문대학 교수가 된 후 「산」, 「들」 등 자연과의 교감을 수 필적인 필체로 유려하게 묘사한 작품들을 발표했다. 1936년에는 한국 단편 소 설의 걸작으로 꼽히는 「메밀꽃 필 무렵」을 발표했다. 그 후 서구적인 분위기를 풍기는 「장미 병들다」, 장편 『화분』 등을 통해 성 본능과 개방을 추구하는 작품 을 선보였다. 이효석 문학의 핵심 모티브는 애욕의 예찬이다. 그의 에로티시즘 은 자연주의와 마찬가지로 사회로부터의 도피라는 한계를 지닌다.

✏️ **작품 정리** -

> **갈래**: 순수 소설
> **배경**: 시간 – 1930년대 / 공간 – 종묘장에서 건널목에 이르는 길
> **시점**: 3인칭 전지적 작가 시점
> **주제**: 원시적인 욕정을 통해 드러나는 인간 생활의 애환
> **출전**: 〈조선문학〉(1933)

발단 **식이는 암퇘지 접붙이기를 쉽게 성공하지 못함**

식이는 푼푼이 모은 돈으로 돼지 한 쌍을 기른다. 수놈은 죽고 암놈만 겨우 살아남는다. 식이는 방에 지푸라기를 깔고 자기 밥그릇에 먹이를 담아 주는 등 온갖 정성을 들여 암놈을 기른다. 여섯 달이 지난 후 식이는 10리가 넘는 종묘장까지 끌고 가서 접을 붙인다. 그러나 돼지가 너무 어려 실패한다.

전개 **식이는 암퇘지를 접붙이는 동안 도망간 분이 생각에 열중함**

달포가 지나서 또 접붙이기를 시도하나 실패하고 한참 뒤에야 가까스로 성사된다. 식이는 암퇘지를 접붙이는 동안 구경꾼들의 낄낄거리는 음담(淫談)을 들으며 달아난 분이를 생각한다. 식이는 지나가는 버스 안을 살펴보며 분이의 모습을 찾는다. 어쩌면 버스 차장이 되었을지도 모를 일이다.

절정 **식이의 돼지가 기차에 치여 흔적도 없이 날아감**
결말

식이는 돼지를 팔아 노자를 만든 뒤 분이를 찾고 싶어 한다. 식이는 분이와 함께 살면 얼마나 좋을까 하는 공상에 사로잡혀 정신없이 기찻길을 건넌다. 순간 돼지가 기차에 치여 흔적도 없이 사라지고 만다.

📝 **생각해 볼 문제**

1. 이 작품에서 에로티시즘은 어떻게 나타나는가?

이 소설은 분이에 대한 식이의 애욕을 돼지의 교접 행위와 대비하면서 그 동질성을 암시하고 있다. 자칫 추하게 느껴질 수도 있는 성적 내용이 인간의 내면에 잠재한 의식과 연결되어 자연스러운 상황을 연출한다. 하지만 작품에서 대담하게 다뤄진 성 문제가 사회적 의미로까지는 연결되지 못하고 있다.

2. 결말에서 돼지가 기차에 치이는 것은 식이에게 어떤 의미가 있는가?

기차 때문에 돼지가 흔적도 없이 사라진 것은 분이가 상실될 것을 의미한다. 식이에게 돼지는 분이와 함께 살게 해 줄 유일한 희망이었기 때문이다.

저(식이)는 지난여름에 돈을 모아 돼지 한 쌍을 샀어요. 얼마 안 가 수 놈이 죽어 버렸고 암놈은 교접을 위해 돈이라도 내서 새끼를 배게 하 려고 했는데 잘 되지가 않네요. 그러고 있으니 도망간 분이가 자꾸 생 각나요. 나도 이곳을 떠나면 분이를 다시 만날 수 있을까요? 이런 생 각을 하고 있는데 갑자기 돼지가 기차에 치여 버렸네요.

돈(豚)

옛성 모롱이 버드나무 까치 둥우리 위에 푸르뎅뎅한 하늘이 얕게 드리웠다. 토끼우리에서는 하얀 양토끼가 고슴도치 모양으로 까칠하게 웅크리고 있다. 능금나무 가지를 간들간들 흔들면서 벌판을 불어오는 바닷바람이 채 녹지 않은 눈 속에 덮인 종묘장(種苗場 식물의 씨앗이나 모종, 묘목 따위를 심어서 기르는 곳) 보리밭에 휩쓸려 돼지우리에 모질게 부딪친다.

우리 밖 네 귀의 말뚝 안에 얽어 매인 암퇘지는 바람을 맞으면서 유난히 소리를 친다. 말뚝을 싸고도는 종묘장 종돈(種豚 씨를 받으려고 기르는 돼지. 씨돼지)은 시뻘건 입에 거품을 품으면서 말뚝의 뒤로 돌아 그 위에 덥석 앞다리를 걸었다. 시꺼먼 바위 밑에 눌린 자라 모양인 암퇘지는 날카로운 비명을 울리며 전신을 요동한다. 미끄러진 종돈은 게걸떡거리며 다시 말뚝을 싸고돈다. 앞뒤 우리에서 응하는 돼지들 고함에 오후의 종묘장 안은 떠들썩하다.

반시간이 넘어도 여의치 않았다. 둘러싸고 보던 사람들도 흥이 식어서 주춤주춤 움직인다. 여러 번째 말뚝 위에 덮쳤을 때에 육중한 힘에 말뚝이 와싹 무지러지면서 그 바람에 밑에 깔렸던 돼지는 말뚝의 테두리가 벗어지자 뛰어나갔다.

"어려서 안 되겠군."

종묘장 기수가 껄껄 웃는다.

"황소 앞에 암탉 같으니 쟁그라워서 볼 수 있나."

"겁을 먹고 달아나는데."

농부는 날쌔게 우리 옆을 돌아 뛰어가는 돼지의 앞을 막았다.

"달포(한 달이 조금 넘는 기간) 전에 한 번 왔다 갔으나 씨가 붙지 않아서 또 끌고 왔는데요."

식이는 겸연쩍어서 얼굴이 붉어졌다.

"아무리 짐승이기로 저렇게 어리구야 씨가 붙을 수 있나."

농부의 말에 식이는 다시 얼굴을 붉혔다.

"빌어먹을 놈의 짐승."

무안도 무안이려니와 귀찮게 구는 짐승에 식이는 화를 버럭 내면서 농부의 부축을 하여 달아나는 돼지의 뒤를 쫓는다. 고무신이 진창에 빠지고 바지춤이 흘러내린다.

돼지의 허리를 맨 바를 붙들었을 때에 그는 홧김에 바를 뒤로 잡아 낚으며 기운껏 매질한다. 어린 짐승은 바들바들 떨면서 비명을 울린다. 농가 일년의 생명선―좀 있으면 나올 제일기분 세금과 첫여름 감자가 나올 때까지의 가족 양식의 예산 부담을 맡은 이 어린 짐승에 대한 측은한 뉘우침이 나중에는 필연코 나련마는 종묘장 사람들 숲에서의 무안을 못 이겨 식이의 흔드는 매는 자연 가련한 짐승 위에 잦게 내렸다.

"그만 갖다 매시오."

말뚝을 고쳐 든든히 박고 난 농부는 식이에게 손짓한다.

겁과 불안에 떨며 허둥거리는 짐승을 이번에는 한결 더 든든히 말뚝 안에 우겨 넣고 나뭇대를 가로질러 배까지 떠받쳐 올려 꼼짝 요동하지 못하게 탐탁하게 얽어매었다.

털 몸을 근실근실 부딪치며 그의 곁을 궁싯궁싯 감도는 종돈은 미처 식이의 손이 떨어지기도 전에 화차와도 같이 말뚝 위를 엄습한다. 시뻘건 입이 욕심에 목메어서 풀무같이 요란히 울린다. 깔린 암돼지는 목이 찢어져라 날카롭게 고함친다.

둘러선 좌중은 일제히 웃음소리를 멈추고 일시 농담조차 잊은 듯하다.

문득 분이의 자태가 눈앞에 떠오른다. 식이는 말뚝에서 시선을 돌려 딴 전을 보았다.

'분이 고것 지금 넌 어디 가 있는구.'

제이기분은 새로 일기분 세금조차 밀려오는 농가의 형편에 돼지보다 나은 부업이 없었다. 한 마리를 일 년 동안 충실히 기르면 세금도 세금이려니와 잔돈푼의 가용 돈은 훌륭히 우러나왔다. 이 돼지의 공용을 잘 아는 식이다. 푼푼이 모은 돈으로 마을 사람들의 본을 받아 종묘장에서 갓난 양돼지 한 자웅(雌雄 암수)을 사 온 것이 지난여름이었다. 기름이 자르르 흐르는 새까만 자웅을 식이는 사람보다도 더 귀히 여겨 갓 사 왔던 무렵에는 우리에 넣기가 아까워 그의 방 한구석에 짚을 펴고 그 위에 재우기까지 하던 것이 젖이 그리워서인지 한 달도 못 돼서 수놈이 죽었다. 나머지의 암놈을 식이는 애지중지하여 단 한 벌의 그의 밥그릇에 물을 받아 먹이기까지 하였다. 물도 먹지 않고 꿀꿀 앓을 때에는 그는 나무하러 가는 것도 그만두고 종일 짐승의 시중을 들었다. 여섯 달을 기르니 겨우 암퇘지 티가 났다. 달포 전에 식이는 첫 시험으로 십 리가 넘는 읍내 종묘장까지 끌고 왔었다. 피 같은 돈 오십 전이나 내서 씨를 받은 것이 종시 붙지 않았다. 식이는 화가 났다. 때마침 정을 두고 지내던 이웃집 분이가 어디론지 도망을 갔다. 식이는 속이 상해서 며칠 동안 일이 손에 잡히지 않았다. 늘 뾰로통해서 쌀쌀하게 대꾸하더니 그 고운 살을 한 번도 허락하지 않고 늙은 아비를 혼자 둔 채 기어코 도망을 가 버렸구나 생각하니 분이가 괘씸하였다. 그러나 속 깊은 박 초시의 일이니 자기 딸 조처에 무슨 꿍꿍이수작을 대었는지 도무지 모를 노릇이었다. 청진으로 갔느니 서울로 갔느니 며칠 전에 박 초시에게 돈 십 원이 왔느니 소문은 갈피갈피였으나 하나도 종잡을 수 없었다. 이래저래 상할 대로 속이 상했다. 능금꽃 같은 두 볼을 잘강잘강 씹어 먹고 싶던 분이인만큼 식이는 오늘까지 솟아오르는 심화를 억제할 수 없었다.

"다 됐군."

딴전만 보고 섰던 식이는 농부의 목소리에 그쪽을 보았다. 종돈은 만족한 듯이 여전히 꿀꿀 짖으면서 그곳을 떠나지 않고 빙빙 돈다.

파장(罷場 과장(科場)·백일장(白日場)·시장 따위가 파함) 후의 광경이건만 분이의 그림자가 눈앞에 어른거리는 식이는 몹시도 겸연쩍었다. 잠자코 서 있는 까칠한 암퇘지와 분이의 자태가 서로 얽혀서 그의 머릿속에 추근하게 떠올랐다. 음란한 잡담과 허리 꺾는 웃음소리에 얼굴이 더한층 붉어졌다. 환영을 떨쳐 버리려고 애쓰면서 식이는 얽어매었던 돼지를 풀기 시작하였다. 농부는 여전히 게걸떡거리며 어른어른 싸도는 욕심 많은 종돈을 몰아 우리 속에 가두었다.

"이번에는 틀림없겠지."

장부에 이름을 올리고 오십 전을 치러 주고 종묘장을 나오니 오후의 해가 느지막하였다.

능금밭 건 편 양옥 관사의 지붕이 흐린 석양에 푸르뎅뎅하게 빛난다. 옛성 어귀에는 성안으로 드나드는 장꾼의 그림자가 어른어른한다. 성안에서 한 채의 버스가 나오더니 폭 넓은 이등 도로(지방도)를 요란히 달려온다. 돼지를 몰고 길 왼편 가로 피한 식이는 퍼뜩 지나는 버스 안을 흘끗 살펴본다. 분이를 잃은 후로부터는 그는 달아나는 버스 안까지 조심스럽게 살피게 되었다. 일전에 나남에서 버스 차장 시험이 있었다더니 그런 데로나 뽑혀 들어가지 않았을까? 분이의 간 길을 이렇게도 상상하여 보았기 때문이다.

'장이나 한 바퀴 돌아올까?'

북문 어귀 성 밑 돌 틈에 돼지를 매 놓고 식이는 성을 들어가 남문 거리로 향하였다.

분이가 없는 이제 장꾼의 눈을 피하여 으슥한 가게 앞에 가서 겸연쩍은 태도로 매화분을 살 필요도 없어진 식이는 석유 한 병과 마른 명태 몇 마리를 사 들고 장판을 오르락내리락하였다. 한 동리 사람의 그림자도 눈에 띄지 않기에 그는 곧게 성밖으로 나와 마을로 향하였다.

어기적거리며 돼지의 걸음이 올 때만큼 재지 못하였다. 그러나 이제 매질할 용기는 없었다.

철로를 끼고 올라가 정거장 앞을 지나 오촌포 한길에 나서니 장 보고 돌아가는 사람의 그림자가 드문드문 보인다. 산모롱이가 바닷바람을 막아 아늑한 저녁 빛이 한길 위를 덮었다. 먼 산 위에는 전기의 고가선이 솟고 산 밑을 물줄기가 돌아내렸다. 온천 가는 넓은 도로가 철로와 나란히 누워서 남쪽으로 줄기차게 뻗쳤다. 저물어 가는 강산 속에 아득하게 뻗친 이 두 줄의 길이 새삼스럽게 식이의 마음을 끌었다. 걸어가는 그의 등 뒤에서는 산모롱이를 돌아오는 기차 소리가 아련히 들린다. 별안간 식이에게는 이상한 생각이 들었다.

'이 길로 아무 데로나 달아날까.'

장에 가서 돼지를 팔면 노자가 되겠지, 차 타고 노자 자라는 곳까지 달아나면 그곳에 곧 분이가 있지 않을까. 어디서 들었는지 공장에 들어가기가 분이의 소원이더니, 그곳에서 여직공 노릇 하는 분이와 만나 나도 노동자가 되어 같이 살면 오죽 재미있을까. 공장에서 버는 돈을 달마다 고향에 부치면 아버지도 더 고생하실 것 없겠지. 돼지를 방에서 기르지 않아도 좋고 세금 못 냈다고 면소 서기들한테 밥솥을 뺏길 염려도 없을 터이지. 농사같이 초라한 업이 세상에 또 있을지. 아무리 부지런히 일해도 못살기는 일반이니…… 분이 있는 곳이 어디인가…… 돼지를 팔면 얼마나 받을까. 암퇘지 양돼지…….

"앗!"

날카로운 소리에 번쩍 정신이 깨었다.

찬바람이 획 앞을 스치고 불시에 일신이 딴 세상에 뜬 것 같았다. 눈 보이지 않고, 귀 들리지 않고—잠시간 전신이 죽고 감각이 없어졌다. 캄캄하던 눈앞이 차차 밝아지며 거물거물 움직이는 것이 보이고 귀가 뚫리며 요란한 음향이 전신을 쓸어 없앨 듯이 우렁차게 들렸다—우레 소리가…… 바닷소리가…… 바퀴 소리가……. 별안간 눈앞이 환해지더니 열차의 마지막 바퀴가 쏜살같이 눈앞을 달아났다.

"앗, 기차!"

다 지나간 이제 식이는 정신이 아찔하며 몸이 부르르 떨린다.

진땀이 나는 대신 소름이 쪽 돋는다. 전신이 불시에 빈 듯이 거뿐하다. 글자대로 전신은 비었다. 한쪽 팔에 들었던 석유병도 명태 마리도 간 곳이 없고 바른손으로 이끌던 돼지도 종적이 없다.

"아, 돼지!"

"돼지구 무어구 미친놈이지, 어디라구 후미키리(건널목)를 막 건너."

따귀를 철썩 맞고 바라보니 철로 망보는 사람이 성난 얼굴로 그를 노리고 섰다.

"돼지는 어찌 됐단 말이오."

"어젯밤 꿈 잘 꾸었지. 네 몸 안 치인 것이 다행이다."

"아니 그럼 돼지가 치었단 말요."

"다음부터 차에 주의해!"

독하게 쏘아붙이면서 철로 망꾼은 식이의 팔을 잡아 낚아 후미키리 밖으로 끌어냈다.

"아 돼지가 치었다니 두 번이나 종묘장에 가서 씨받은 내 돼지 암돼지 양돼지……."

엉겁결에 외치면서 훑어보았으나 피 한 방울 찾아볼 수 없다. 흔적조차 없다니—기차가 달랑 들고 간 것 같아서 아득한 철로 위를 바라보았으나 기차는 벌써 그림자조차 없다.

"한방에서 잠재우고, 한 그릇에 물 먹여서 기른 돼지, 불쌍한 돼지……."

정신이 아찔하고 일신이 허전하여서 식이는 금시에 그 자리에 푹 쓰러질 것도 같았다.

🎩 사냥

✏️ 작품 정리 --

> **작가**: 이효석(196쪽 '작가와 작품 세계' 참조)
> **갈래**: 순수 소설
> **배경**: 시간 – 구체적 시간은 나오지 않음 / 공간 – 산
> **시점**: 3인칭 전지적 작가 시점
> **주제**: 생명 경시 풍조에 대한 비판
> **출처**: 미상

✏️ 구성과 줄거리 --

발단 **학보는 노루 사냥에 동원됨**

노루잡이에 동원된 학보는 친구들과 함께 산으로 가서 노루를 쫓는다. 여러 사람이 무리를 지어 노루 사냥을 한다.

전개 **노루잡이를 비판적으로 생각함**

학보는 노루를 잡는 것이 무의미하고 미친 짓이라고 생각한다. 인간은 자기 생각밖에 하지 못하는 잔인한 동물이고, 노루잡이는 무의미한 연중행사라고 여긴다.

위기 **학보가 자기 앞으로 온 노루를 놓침**

송아지만 한 노루가 학보 앞으로 달려오다가 달아난다. 친구들은 학보를 비난하고, 학보는 부끄럽게 생각한다.

절정 **죽은 노루를 보고 회의함**

포수가 잡은 죽은 노루를 보고 학보는 불쾌해진다. 그리고 다시 인간 중심주의에 깊은 회의를 느낀다.

결말 **자신이 먹은 고기가 노루였음을 알고 괴로워함**

며칠 후, 한동안 노루 생각에 입맛을 잃었던 학보는 고기를 먹는다. 그러나 자신이 먹은 고기가 노루 고기였음을 어머니에게 듣고 학보는 짜증을 낸다.

✏ **생각해 볼 문제** ---

1. **노루 사냥꾼의 입장에서 학보의 생각을 비판하는 편지를 써 보자.**

   학보야, 너는 우리가 노루를 사냥하는 행동이 무의미하고 이기적이라고 생각하고 있지? 인간을 위해 동물의 생명을 빼앗는다는 점에서 보자면, 너의 지적도 옳다고 할 수 있겠지. 하지만 그런 잔인한 살생이 인간의 역사에서 거듭되어 왔기 때문에 오늘날 인간이 생존할 수 있었고, 나아가서는 이 정도의 문명을 이루었다는 것에 대해서도 한번 생각해 보렴. 열매를 따 먹고 곡식을 길러 먹는 것만으로는 부족하기 때문에 우리는 필요에 의해 살생을 저지르는 것이지, 재미 삼아 아무 이유 없이 노루를 죽이는 것은 아니란다. 물론 네가 느낀 것과 같은 이유에서, 아니면 또 다른 이유에서 동물의 고기를 먹지 않고 채식을 하는 사람들도 많단다. 우리가 그들을 비난하지 않듯이 너도 필요에 따른 사냥에 대해서는 관용적인 태도로 바꾸어 보는 것은 어떨까?

2. **머리 북친**(Murray Bookchin)**은 "인간에 의한 자연 지배는 인간에 의한 인간 지배로부터 비롯된다."라고 지적했다. 이 말의 의미는 무엇인가?**

   머리 북친은 대표적인 사회 생태주의 이론가다. 그는 사회 속에 존재하는 인간 개개인 간의 편차(계급적 차이, 소수자에 대한 억압 등)를 무시한 근본 생태주의를 비판했다. 사회 구조적 모순을 고려하지 않고 자연 파괴의 책임을 모든 인간에게서 찾는 것은 옳지 않다는 것이다. 이러한 입장에 따르면 억압적인 사회 구조의 변화가 문제 해결의 기본이라고 할 수 있다.

학보

(불쌍해하지만
고기를 먹음)

노루

(조롱)

(잡음)

친구들

포수

수백 명의 학생들이 노루 사냥에 동원되었어요. 대체 이걸 왜 하는지 모르겠어요. 저(학보)는 제 쪽으로 뛰어 왔던 노루를 놓쳐서 친구들에게 놀림 받았지요. 포수는 노루를 잡았더라고요. 피 흘리는 노루가 너무 불쌍했어요. 그런데 며칠 뒤에 어머니가 준 맛있는 고기가 사실은 노루 고기였어요. 고기를 먹지 말아야 하는 걸까요?

사냥

연달아 총 소리가 두어 번 산속에서 울렸다. 몰이꾼의 행렬은 산등을 넘어, 골짜기를 향하여 차차 죄어들어 왔다. 발밑에서 요란히 버석거리는 떡갈잎, 가랑잎의 어지러운 소리에, 산을 싸고도는 동무들의 고함 소리도 귀 밖에 멀다. 상기된 눈앞에 늘씬한 자작나무의 허리통이 유난스럽게도 희끗 희끗 어린다.

수백 명의 학생이 한 줄로 늘어서서, 멀리 산을 둘러싸고 노루를 골짜기로 모조리 내리몰고 있다. 골짜기 어귀에는 대여섯 명의 포수가 미리 기다리고 서 있다. 노루를 놓칠 염려는 포수 편보다도 늘 몰이꾼 편에 있다. 시끄러운 책임을 모면하기 위하여, 몰이꾼들은 물샐틈없는 계획과 담력으로 맡은 목을 한결같이 경계해야 된다.

"학년 사이의 연락을 긴밀히! 1학년 우익 급속 전진!"

전령이 차례차례로 전해 온다.

일제히 내닫는 바람에 온 산이 가랑잎 밟히는 소리에 묻혀 버렸다. 낙엽 속은 걷기 힘들다. 숨들이 차다.

학년의 앞장을 선 학보도 양쪽 동무와의 간격을 고르게 지키면서 헐레벌 떡거린다. 참나무 휘추리(가늘고 긴 나뭇가지)가 사정없이 손등과 얼굴을 갈긴다. 발이 낙엽 속에 빠진다. 홧김에, 손에 든 몽둥이로 나뭇가지를 후려치기도 멋없다.

"미친 짓이다. 노루는 잡아서 무엇한담."

아까부터, 실상은 처음부터, 이런 생각이 마음속에 맴돌았다. 노루잡이가 그다지 훈련이 될 듯도 싶지 않으며, 쓸모없는 애매한 짐승을 일없이 잡는 것이 도무지 뜻 없는 일 같다. 소풍이면 소풍, 그저 하루를 산속에서 뛰고 노는 편이 더 즐겁지 않은가?

"인간이란 제 생각밖에 하지 못하는 잔인한 동물이다. 노루잡이는 무의미한 연중행사에 지나지 않는다."

기어이 입 밖에 내서까지 중얼거리게 되었다. 땀이 흘러 등이 끈끈하다. 별안간 포위선이 어지럽게 움직이더니, 몽둥이가 날며, 날쎄게들 뛰어든다.

고함 소리가 산을 뒤흔든다.

"노루! 노루! 노루!"

"우익 주의!"

개암나무 숲에 가리어, 노루의 꼬리도 못 본 채 어안이 벙벙해 서 있는데, 송아지만 한 노루가 학보의 곁을 쏜살같이 지나 포위선을 뚫었다. 학보는 거의 반사적으로 몽둥이를 휘두르며 쫓았으나, 날쌘 짐승은 순식간에 산등성이를 넘어 버렸다.

"또 한 마리! 놓치지 마라!"

고함 소리와 함께 둘째 노루가 어느 결엔지 껑충껑충 뛰어온다. 겨누고 있는 학보의 모양을 보더니, 옆으로 빗뛰어가^(자세가 비뚤어지게 뛰어가) 이것도 약삭빠르게 뒷산으로 달아나 버렸다.

날씬한 귀여운 짐승—극히 짧은 찰나의 생각이나, 학보는 놓친 것이 못내 아까웠다.

동시에, 겸연쩍고 부끄러운 느낌이 들었다. 놀리는 동무들의 말소리가 얼굴을 달아오르게 하였다.

"바보, 노루 두 마리 찾아내라."

이런 말을 들을 때, 확실히 몽둥이로 한 마리라도 두들겨 잡았더라면 얼마나 버젓했을까^(번듯했을까), 하는 생각이 들었다. 이 골 안에는 이미 짐승은 더 없다. 동무들의 조롱을 하는 수 없이 참으면서, 힘없이 산을 내려가는 수밖에 없었다.

요행히 잡은 것은 있었다. 망아지만 한 노루 한 마리가 배에 총알을 맞고 쓰러져 있었다.

쏜 포수는 쏠 때의 형편을 거듭 말하며, 은근히 오늘의 솜씨를 자랑하는 눈치였다. 다른 포수들은 잠자코 있었다. 소득이 있으므로 동무들의 책망은 덜해졌으나, 학보는 검붉은 피를 흘리고 쓰러진 가엾은 짐승을 볼 때, 문득 일종의 반항심이 솟아오르며, 소득을 기뻐하는 무리가 한없이 밉고, 쏜 포수의 잔등이를 총개머리^(개머리판. 나무나 플라스틱으로 만든 총의 아랫부분)로 쳐서 거꾸러뜨리고 싶은 충동이 솟았다.

품 안에 들어온 두 마리의 짐승을 놓친 것이 얼마나 다행인가! 위대한 공같이도 생각되었다. 잃어버린 동무 한 마리를 찾느라고, 애달픈 노루 떼가 이 밤에 얼마나 산속을 헤맬까를 생각하니, 뼈가 저렸다. 인간의 잔인성이 갑절로 미워지며, 인정 없는 인간 중심주의의 사상에 다시 침을 뱉고 싶었다.

　죽은 짐승을 생각하고, 며칠 동안 마음이 언짢았다. 삼사 일이 지난 후에야 겨우 입맛이 돌았다. 학보는 며칠이 지난 어느 날, 저녁상에 놓인 맛있는 고기가 무엇인지를 기어이 물어보았다.

　"장에 났더라. 노루 고기다."

　어머니의 대답에 불현듯 입맛이 없어져서 숟가락을 놓았다.

　"노루 고긴 왜 사요?"

　퉁명스런 짜증에 어머니는 도리어 어안이 벙벙한 모양이었다. 학보는 먹은 것도 모두 게우고 싶었다. 결국 고기를 먹지 말아야 옳을까? 하기는, 다시 더 생각이 날 것 같지도 않았다.

레디메이드 인생

✎ 작가와 작품 세계

채만식(1902~1950)

호는 백릉(白菱). 전라북도 옥구(현 군산시) 출생. 중앙고등보통학교를 거쳐 일본 와세다대학교 영문과를 중퇴했다. 귀국 후 〈동아일보〉, 〈조선일보〉 기자를 역임했다. 1925년 단편 「세 길로」가 〈조선문단〉에 추천되면서 등단했다. 그 후 희곡 「사라지는 그림자」, 단편 「화물자동차」, 「부촌」 등 동반작가적 경향의 작품을 발표했다. 1934년에 「레디메이드 인생」, 「인텔리와 빈대떡」 등 풍자적인 작품을 발표해 작가로서의 기반을 굳혔다. 그 뒤 단편 「치숙」, 「소망」, 「예수나 믿었더면」, 「지배자의 무덤」 등 풍자성이 짙은 작품을 계속 발표했다. 중편으로는 『태평천하』가 있고, 장편으로는 『탁류』가 있다.

식민지 시절 채만식의 사회적 관심사는 실직 인텔리들의 고뇌와 궁핍한 생활이었다. 「레디메이드 인생」, 「치숙」 등과 같은 작품에서 인텔리를 양산하면서 그들에게는 기회를 만들어 주지 않는 식민지 정책에 대해 비판한다. 그는 비판적인 글에 대한 일제의 검열을 피하기 위해 풍자라는 우회적 방법을 이용해 부정적인 사회 현실을 작품에 담았다.

✎ 작품 정리

갈래: 풍자 소설
배경: 시간 - 일제의 수탈이 강화되던 1930년대 / 공간 - 경성
시점: 3인칭 전지적 작가 시점
주제: 식민지 치하 지식인 실업자가 겪는 고통과 좌절
출전: 〈신동아〉(1934)

발단 P는 K사장을 찾아가서 일자리를 부탁했다가 거절당함

　고등 교육을 받고도 실업자 신세인 P는 안면이 있는 신문사의 K사장을 찾아가 일자리를 부탁한다. K사장은 빈자리가 없다는 이유로 거절하면서 농촌 운동이나 하라고 충고한다. 그는 당장 먹고살기도 힘든 형편에 문맹 퇴치나 농촌 생활 개선 운동이 웬 말이냐며 반발한다.

전개 P는 자신과 같은 '레디메이드 인생'을 양산한 사회를 비난함

　거리로 나온 P는 자신이 농민이나 노동자였다면 실직하지 않았을 것이라고 생각하며 자신이 인텔리인 것을 한탄한다. 또한, 노동자와 농민의 교육열을 부추겨 자신과 같은 지식인 실업자를 양산해 낸 일제의 교육 정책을 원망한다. 그가 거리를 배회하다 산꼭대기에 있는 셋방으로 돌아오자, 주인 노파가 시골 형이 부친 편지를 건네준다. 편지에는 아들 창선을 거두기가 힘드니 올려 보내겠다고 쓰여 있다.

위기 P는 M, H와 함께 법률책을 잡히고 술을 마심

　마침 비슷한 처지에 있는 M과 H가 P를 찾아온다. 법률을 전공한 M과 경제학을 전공한 H도 빈털터리 실업자다. 세 사람은 M의 법률책을 잡혀서 마련한 돈으로 술을 마신다.

절정 아들 창선이 서울로 올라옴

　이튿날 P는 아들이 올라온다는 전보를 받는다. 돈을 변통한 그는 풍로, 냄비, 양재기 등을 사 가지고 오는 길에 인쇄소의 문선 과장을 찾아간다. P는 월급은 필요 없으니 자기 아이에게 일만 가르쳐 달라고 조른다. 다음 날 P는 고향 사람과 함께 올라온 창선을 집으로 데리고 온다.

결말 P는 창선을 인쇄소에 무료 견습공으로 취직시킴

　이튿날 창선을 인쇄소에 맡긴 P는 레디메이드 인생이 드디어 임자를 만나 팔렸다고 자조한다.

✎ 생각해 볼 문제 --

1. 이 작품에서 작가는 무엇을 비판하는가?

일제의 문화 정책과 교육열 때문에 과잉 공급된 지식인들이 아무 쓸모 없는 고등실업자로 전락해 버린 당대의 현실을 신랄하게 비판하고 있다. 작가는 인텔리의 소외를 그리면서도 인텔리의 무능과 허위의식을 동시에 지적하고 있다.

2. P가 아홉 살 난 아들을 인쇄소 직공으로 취직시킨 행동은 어떤 의미를 지니고 있는가?

식민지 교육은 물론, 인텔리 계층인 자신까지도 부정하고 있는 P는 아들을 통해 정당한 노동에 대해 새로운 가치를 부여한다. 다만 P 자신은 변하지 못하는 지식인의 한계를 지니고 있다.

3. '레디메이드 인생'은 무엇을 상징하는가?

자신의 의지와는 무관하게 사회의 요구에 따라 하나의 부속품처럼 사용되는 존재를 상징한다. 지식인들은 교육을 받고 사회에 나갈 준비를 갖췄지만 누군가에게 선택되어 팔려 나가기만을 기다리는 레디메이드, 즉 기성품 같은 존재라는 것이다. 작가는 일제라는 공장이 우민화를 위해 불필요한 기성품을 과잉 공급했음을 꼬집고 있다.

4. P와 K사장에게서 나타나는 이율배반적인 면을 지적해 보자.

P는 식민지 체제에 대한 비판 의식을 갖고 있으나 체면과 허위의식에서 벗어나지 못한다. 지식인이 노동자보다 못하다며 자식을 인쇄소에 취직시키지만, 정작 자신은 노동 현장과 거리를 두는 것이다. K사장은 전형적인 신흥 자본가 계급이지만, 일본의 우민화 정책에 동조해서 직장을 구하는 후배들에게 대안 없이 농촌으로 돌아갈 것을 권하고 있다.

✎ 인물 관계도

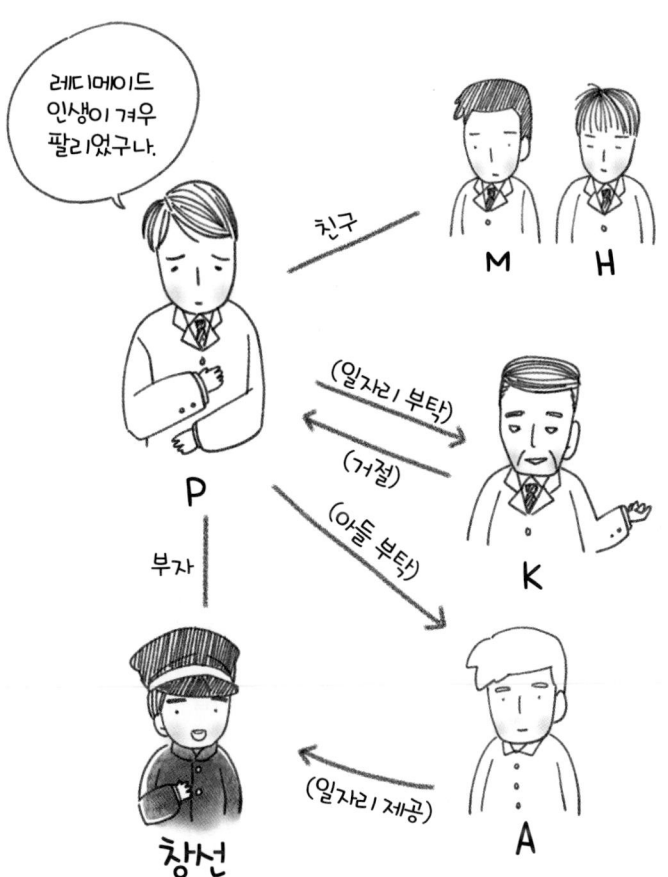

저(P)는 일자리를 구하고 있어요. K사장에게 부탁했지만 농촌 계몽 운동이나 하라며 거절당했지요. 대체 저는 공부를 왜 했던 걸까요? 인텔리가 아니라면 노동자가 되어 돈을 벌 수 있었을 텐데. 제 친구들 M과 H도 마찬가지 사정이에요. 저는 제 아들 창선이 저처럼 되지 않기를 바라서 인쇄소에 취업시키기로 했답니다.

레디메이드 인생

1

"머, 어데 빈자리가 있어야지."

K사장은 안락의자에 푹신 파묻힌 몸을 뒤로 벌떡 젖히며 하품을 하듯이 시원찮게 대답을 한다. 미상불 그는 두 팔을 쭉— 내뻗고 기지개라도 한번 쓰고 싶은 것을 겨우 참는 눈치다.

이 K사장과 둥근 탁자를 사이에 두고 공손히 마주 앉아 얼굴에는 '나는 선배인 선생님을 극히 존경하고 앙모합니다' 하는 비굴한 미소를 띠고 있는 구변, 없는 구변을 다하여 직업 동냥의 구걸 문구를 기다랗게 늘어놓던 P……. P는 그러나 취직 운동에 백전백패의 노졸인지라 K씨의 힘 아니 드는 한마디의 거절에도 새삼스럽게 실망도 아니 한다. 대답이 그렇게 나왔으니 이제 더 졸라도 별수가 없는 것이지만 헛일 삼아 한마디 더 해 보는 것이다.

"글쎄올시다, 그러시다면 지금 당장 어떻게 해 주십사고 무리하게 조를 수야 있겠습니까마는…… 그러면 이담에 결원이 있다든지 하면 그때는 꼭……."

이렇게 말하고 P는 지금까지 외면하였던 얼굴을 돌리어 K사장을 조심성 있게 바라보았다. 그러나 K사장은 우선 고개를 좌우로 두어 번 흔들고는 여전히 하품 섞인 대답을 한다.

"결원이 그렇게 나나 어데…… 그러고 간혹 가다가 결원이 난다 하더라도 유력한 후보자가 몇십 명씩 밀려 있어서……."

P는 아무 말도 아니 하고 고개를 숙였다. 이제는 영영 틀어진 것이다. '안녕히 계십시오' 하고 일어서는 것밖에는 별수가 없다.

별수가 없이 되었으니 '네 그렇습니까' 하고 선선히 일어서야 할 것이지만 지금까지 은근히 모시고 있던 태도에 비하여 그것이 너무 낯이 간지러운 표변임을 알기 때문에 실망이나 하는 체하고 잠시 더 앉아 있는 것이다.

"거 참, 큰일들 났어."

K사장은 P가 낙심해 하는 것을 보고 별로 밑천이 들지 아니하는 일이라서 알뜰히 걱정을 나누어 준다.

"저렇게 좋은 청년들이 일거리가 없어서 저렇게들 애를 쓰니."

P는 속으로 코똥(콧방귀)을 '흥' 하고 뀌었으나 아무 대답도 아니 하였다. K 사장은 P가 이미 더 조르지 아니하리라고 안심한지라 먼저 하품 섞어 '빈자리가 있어야지' 하던 시원찮은 태도는 버리고 그가 늘 흉중에 묻어 두었다가 청년들에게 한바탕씩 해 들려주는 훈화를 꺼낸다.

"그렇지만 내가 늘 말하는 것인데…… 저렇게 취직만 하려고 애를 쓸 게 아니야. 도회지에서 월급 생활을 하려고 할 것만이 아니라 농촌으로 돌아가서……."

"농촌으로 돌아가서 무얼 합니까?"

K는 말중동을 갈라 불쑥 반문하였다. 그는 기왕 취직 운동은 글러진 것이니 속 시원하게 시비라도 해 보고 싶은 것이다.

"허! 저게 다 모르는 소리야…… 조선은 농업국이요, 농민이 전 인구의 팔 할이나 되니까 조선 문제는 즉 농촌 문제라고 볼 수가 있는데, 아 지금 농촌에서 할 일이 오죽이나 많다구?"

"저는 그 말씀 잘 못 알아듣겠는데요. 저희 같은 사람이 농촌에 가서 할 일이 있을 것 같잖습니다."

"그럴 리가 있나! 가령 응…… 저……."

K사장은 '응…… 저……' 하고 더듬으면서 끝내 대답을 하지 못한다. 그것은 무리가 아니다.

그가 구직하러 오는 지식 청년들에게 농촌으로 돌아가 농촌 사업을 하라는 것과 다음에 또 꺼내는 일거리를 만들라는 것은 결코 현실에서 출발한 이론적 근거가 있는 것이 아니었었다. 그저 지식 계급의 구직꾼이 넘치는 것을 보고 막연히 '농촌으로 돌아가라', '일을 만들어라'고 해 왔을 따름이다. 따라서 거기에 대한 구체적 플랜 있는 것도 아니었었던 것이다. 한편으로는 한 행셋거리로, 또 한편으로는 구직꾼 격퇴의 수단으로 자룡이 헌 창 쓰듯 썼을 뿐이다.

그리하여 그동안까지는 대개는 그 막연한 설교를 들은 성 만 성하고 물러가는 것이 그들의 행투였었는데 오늘 이 P에게만은 그렇지가 아니하여 불가불 구체적 설명을 해 주어야 하게 말머리가 돌아선 것이다. 그래서 그는 떠듬떠듬 생각해 가면서 생각나는 대로 주워섬기는 것이다.

"가령 응…… 저…… 문맹 퇴치 운동도 있지. 농민의 구 할은 언문도 모른단 말이야! 그리고 생활 개선 운동도 좋고…… 헌신적으로."

"헌신적으로요?"

"그렇지…… 할 테면 헌신적으로 해야지."

"무얼 먹고 헌신적으로 그런 사업을 합니까……? 먹을 것이 있어서 그런 농촌 사업이라도 할 신세라면 이렇게 취직을 못해서 애를 쓰겠습니까?"

"허! 그게 안된 생각이야……. 자기가 먹고 살 재산이 있으면서 사회를 위해서 일도 아니하고 번들번들 논다는 것은 그것은 타락된 생각이야."

P는 K사장이 억단(臆斷 억측으로 판단함)을 내세우는 것을 보고 속으로 싱긋이 웃었다.

"그렇지만 지금 조선 농촌에서는 문맹 퇴치니 생활 개선이니 합네 하고 손끝이 하얀 대학이나 전문학교 졸업생들이 몰려오는 것을 그다지 반겨하기는커녕 머릿살을 앓을 것입니다……. 농민이 우매하다든지 문화가 뒤떨어졌다든지 또 생활이 비참한 것의 근본 원인이 기역니은을 모른다든가 생활 개선을 할 줄 몰라서 그런 것이 아니니까요. 그리고 조선의 지식 청년들이 모두 그런 인도주의자가 되어집니까?"

"되면 되지 안 될 건 무어야?"

"그건 인도주의란 그것이 한 개 공상이니까 그렇겠지요."

"허허……, 그러면 P군은 ××주의잔가?"

"되다가 찌부러진 찌스레깁니다. 철저한 ××주의자라면 이렇게 선생님한테 와서 취직 운동도 아니 합니다."

"못써! 그렇게 과격한 사상으로 기울어서야 쓰나……. 정 농촌으로 돌아가기가 싫거든 서울서라도 몇 사람 맘 맞는 사람이 모여서 무슨 일을, 조선에 신문이 모자라니 신문을 하나 경영하든지 또 조그맣게 하자면 잡지 같은 것도 좋고 또 영리사업도 좋고……. 그러면 취직 운동하는 것보다 훨씬 낫지 않은가?"

"좋은 줄이야 압니다만 누가 돈을 내놓습니까?"

"그거야 성의 있게 하면 자연 돈도 생기는 거지."

P는 엉터리없는 수작을 더 하기가 싫어 웬만큼 말을 끊고 일어섰다.

속에 있는 말을 어느 정도까지 활활 해 준 것이 시원은 하나, 또 취직이 글렀구나 생각하니 입안에서 쓴 침이 괴어 나온다.

복도에서 편집국장 C를 만났다. P는 C와 자별히(친분이 남보다 특별하게) 사이가 가까운 터였었다.

"사장 만나러 왔소?"

C가 묻는 것이다.

"아니."

P는 거짓말을 하였다. 그는 지금 K사장을 만나 거절당한 이야기를 하기가 어쩐지 창피하기도 할 뿐 아니라, 또 전부터 C더러 K사장에게 자기의 취직 운동을 부탁해 왔던 터인데 직접 이렇게 찾아와서 만났다고 하기가 혐의쩍기(마음에 꺼리고 싫어할 만한 점이 있음)도 하여 시치미를 뚝 뗀 것이다.

"아주 단념하오."

C는 자기에게 부탁한 취직 운동을 단념하란 말이다. 그러면 벌써 C가 K사장에게 이야기를 하였고 그 결과 일이 틀어진 것을 P는 모르고 와서 헛노릇을 한바탕한 것이다. P는 먼저 C를 만나 보지 아니하고 K사장을 만난 것을 후회하였다. C는 잠깐 멈췄던 말을 계속한다.

"어제 아침에 사장더러 P군의 사정이 퍽 난처하니 어떻게 생각해 봐 주면 좋겠다고 여러 말을 했다가 코떼었소(무안하도록 핀잔을 들었소). 신문사가 구제 기관이 아닌데 남의 사정 난처한 것을 어떻게 하라느냐고 그럽디다. 하기야 그게 옳은 말이지만……."

신문사가 구제 기관이 아니라고 한다는 그 말이 P의 머리에는 침 끝으로 찌르는 것같이 정신이 들게 울리었다.

"흥! 망할 자식들!"

P는 혼잣말로 이렇게 두덜거리며 C와 작별도 아니 하고 밖으로 나와 버렸다.

2

P는 광화문 네거리의 기념 비각 옆에서 발길을 멈추고 망설였다. 어디로 갈까 하는 것이다.

봄 하늘이 맑게 개었다. 햇볕이 살이 올라 포근히 온몸을 싸고돈다. 덕석(추울 때 소의 등을 덮어 주기 위해 만든 멍석 같은 것) 같은 겨울 외투를 벗어 버리고 말쑥말쑥하게 새로 지은 경쾌한 춘추복의 젊은이들이 봄볕처럼 명랑하게 오고 가고 한다.

멋쟁이로 차린 여자들의 목도리가 나비같이 보드랍게 나부낀다. 그 오동보동한 비단 다리를 바라다보노라니 P는 전에 먹던 치킨커틀릿 생각이 났다.

창을 활활 열어젖힌 전차 속의 봄 사람들을 보니 P도 전차를 잡아타고 교외나 나가고 싶었다. 그러나 크림 맛을 못 본 지 몇 달이 된 낡은 구두, 구기적거린 동복 바지, 양편 포켓이 오뉴월 쇠불알같이 축 처진 양복 저고리, 땟국 묻은 와이셔츠와 배배 꼬인 넥타이, 엿장수가 이 전어치 주마던 낡은 모자, 이렇게 아래로부터 훑어 올려 보며 생각하니 교외의 산보는커녕 얼른 돌아가서 차라리 이불을 뒤집어쓰고 드러눕고만 싶었다.

마침 기념비각 앞에 자동차 하나가 머무르더니 서양 사람 내외가 내린다. 그들은 사내가 설명을 하고 여자가 듣고 하면서 기념비각을 앞뒤로 구경한다. 여자는 사진까지 찍는다.

대원군이 만일 이 꼴을 본다면……. 이렇게 생각하매 P는 저절로 미소가 입가에 떠올랐다.

3

대원군은 한말(韓末 대한 제국의 마지막 시기)의 돈키호테였다. 그는 바가지를 쓰고 벼락을 막으려 하였다. 바가지는 여지없이 부스러졌다. 역사는 조선이라는 조그마한 땅덩이나마 너무 오래 뒤떨어뜨려 놓지 아니하였다.

갑신정변에 싹이 트기 시작하여 가지고 일한합방의 급격한 역사 변천을 거쳐 자유주의 사조는 기미년에 비로소 확실한 걸음을 내디뎠다.

자유주의의 새로운 깃발을 내어 걸은 '시민'의 기세는 등등하였다.

"양반? 흥! 누구는 발이 하나기에 너희만 양발(班)이라느냐?"

"법률의 앞에서는 만인이 평등이다."

"돈……, 돈이 있으면 무어든지 할 수 있다."

신흥 부르주아지는 민주주의의 간판을 이용하여 노동자 농민의 등을 어루만지고 경제적으로 유력한 봉건 귀족과 악수를 하는 동시에 지식 계급을 대량으로 주문하였다.

'유자천금 불여교자 일권서(遺子千金 不如教子 一卷書 자식에게 재산을 남겨 주는 것보다 한 권의 책을 가르치는 것이 낫다)'라는 봉건 시대의 진리가 자유주의의 세례를 받아 일단의 더 발전된 얼굴로 민중을 열광시켰다.

"배워라. 글을 배워라……. 지식만 있으면 누구나 양반이 되고 잘살 수가 있다."

이러한 정열의 외침이 방방곡곡에서 소스라쳐 일어났다.

신문과 잡지가 붓이 닳도록 향학열을 고취하고 피가 끓는 지사들이 향촌으로 돌아다니며 삼 촌(세 치)의 혀를 놀려 권학(勸學)을 부르짖었다.

"배워라. 배워야 한다. 상놈도 배우면 양반이 된다."

"가르쳐라. 논밭을 팔고 집을 팔아서라도 가르쳐라. 그나마도 못하면 고학(苦學)이라도 해야 한다."

"공자 왈 맹자 왈은 이미 시대가 늦었다. 상투를 깎고 신학문을 배워라."

"야학을 실시하여라."

재등(齋藤 사이토 마코토, 제3대, 제5대 조선 총독, 형식상의 문화 정책으로 우리 민족에 대한 회유 정책을 씀) 총독이 문화 정치의 간판을 내어 걸고 골골이 학교를 증설하였다. 보통학교의 교장이 감발(발감개, 버선이나 양말 대신 발에 칭칭 감는 좁고 긴 무명천)을 하고 촌으로 돌아다니며 입학을 권유하였다. 생도에게는 월사금을 받기는커녕 교과서와 학용품을 대 주었다.

민간의 유지는 돈을 걷어 학교를 세웠다. 민립 대학도 생기려다가 말았다. 청년회에서 야학을 설치하였다. 갈돕회가 생겨 갈돕만주 외우는 소리가 서울에 신풍경을 이루었고 일반은 고학생을 존경하였다.

여학생이라는 새 숙어가 생기고 신여성이라는 새 여인이 생겨났다.

이와 같이 조선의 관민이 일치되어 민중의 지식 정도를 높이는 데 진력을 하였다. 즉, 그들 관민이 일치하여 계획한 조선의 문화 정도는 급속도로 높아 갔다.

그리하여 민중의 지식 보급에 애쓴 보람은 나타났다.

면 서기를 공급하고, 순사를 공급하고, 군청 고원을 공급하고, 간이 농업학교 출신의 농사 개량 기수를 공급하였다.

은행원이 생기고 회사 사원이 생겼다. 학교 교원이 생기고 교회의 목사가 생겼다.

신문 기자가 생기고 잡지 기자가 생겼다. 민중의 지식 정도가 높았으니 신문 잡지 독자가 부쩍 늘고 의사와 변호사의 벌이가 윤택하여졌다.

소설가가 원고료를 얻어먹고, 미술가가 그림을 팔아먹고, 음악가가 광대의 천호(賤號 천한 호칭)에서 벗어났다.

인쇄소와 책 장사가 세월을 만나고 양복점 구둣방이 늘비하여졌다.

연애결혼에 목사님의 부수입이 생기고 문화 주택을 짓느라고 청부업자가 부자가 되었다. 그리하여 부르주아지는 '가보'를 잡고, 공부한 일부의 지식꾼은 진주(투전이나 화투 따위의 노름에서 다섯 끗을 이르는 말)를 잡았다.

그러나 노동자와 농민은 무대(노름판에서 투전의 끗수가 열이나 스물로 되어 쓸 끗수가 아주 없게 된 경우를 말함)를 잡았다. 그들에게는 조선의 문화 향상이나 민족적 발전이나가 도리어 무거운 짐을 지어 주었을지언정 덜어 주지는 아니하였다. 그들은 배 주고 속 얻어먹은 셈이다.

…… (원문 20여 자 탈락) ……

인텔리……, 인텔리 중에도 아무런 손끝의 기술이 없이 대학이나 전문학교의 졸업 증서 한 장을, 또는 그 조그마한 보통 상식을 가진 직업 없는 인텔리……, 해마다 천여 명씩 늘어 가는 인텔리……, 뱀을 본 것은 이들 인텔리다.

부르주아지의 모든 기관이 포화 상태가 되어 더 수요가 아니 되니 그들은 결국 꾀임을 받아 나무에 올라갔다가 흔들리는 셈이다. 개밥의 도토리다.

인텔리가 아니 되었으면 차라리 …… (원문 7~8자 탈락) …… 노동자가 되었을 것인데, 인텔리인지라 그 속에는 들어갔다가도 도로 달아나오는 것이 구십구 퍼센트다. 그 나머지는 모두 어깨가 축 처진 무직 인텔리요, 무기력한 문화 예비군 속에서 푸른 한숨만 쉬는 초상집의 주인 없는 개들이다. 레디메이드 인생이다.

4

"제一길!"

P는 혼자 두덜거리며 지금까지 서 있던 기념 비각 옆을 떠났다.

…… (원문 80여 자 탈락) ……

P는 자기 자신이고 세상의 모든 일이고 모두 짜증이 나고 원수스러웠다.

광화문 큰 거리를 총독부 쪽으로 어슬어슬 걸어가노라니 그의 그림자가 짤막하게 앞에 누워 간다. P는 그 자기 그림자를 콱 밟고 싶었다. 그러나 발을 내어 디디면 그림자도 그만큼 앞으로 더 나가곤 한다. 이 그림자와 자기 자신에서, 그리고 그림자를 밟으려는 자기 자신과 앞으로 달아나는 그림자에서 P는 자기의 이중인격의 모순상을 발견하였다.

동십자각 옆에까지 온 P는 그 건너편 담배 가게 앞으로 갔다.

"담배 한 갑 주시오."

하고 돈을 꺼내려니까 담배 가게 주인이,

"네, 마콥니까?"

묻는다.

P는 담배 가게 주인을 한번 거듭떠보고 다시 자기의 행색을 내려 훑어보다가 심술이 버쩍 났다. 그래서 잔돈으로 꺼내려는 것을 일부러 일 원짜리로 꺼내려는데 담배 가게 주인은 벌써 마코 한 갑 위에다 성냥을 받쳐 내어민다.

"해태 주어요."

P는 돈을 들이밀면서 볼먹은 소리를 질렀다. 그러나 담배 가게 주인은 그저 무신경하게 '네―' 하고는 마코를 해태로 바꾸어 주고 팔십오 전을 거슬러 준다.

P는 저편이 무렴(無廉 염치가 없음)해 하지 아니하는 것이 더욱 얄미웠다.

그는 해태 한 개를 꺼내어 붙여 물고 다시 전찻길을 건너 개천가로 해서 올라갔다. 이제는 포켓 속에 남은 것이 꼭 삼 원하고 동전 몇 푼이다. 엊그제 겨울 외투를 사 원에 잡혀서 생긴 것이다.

방세와 전깃불 값이 두 달 치나 밀렸다. 삼 원은 방세 한 달 치를 주고 일 원에서 전등 삯 한 달 치를 주고도 싶었으나, 그러고 나면 그 나머지로 설렁탕이나 호떡을 사 먹어도 하루밖에는 못 지낸다. 그래 그대로 넣어 두고 한 이틀 지내는 동안에 일 원이 거진 달아났던 판인데 공연한 객기를 부리느라고 당치도 아니한 해태를 샀기 때문에 이제는 일 원 돈은 완전히 달아나고 삼 원만 남은 것이다.

P는 포켓 속에 손을 넣고 잔돈과 지폐를 섞어 삼 원 남은 돈을 만지작거렸다. 그러면서 왼편 손으로는 손가락을 꼽아 가며 삼 원을 곱쟁이 쳐 보았다.

육 원, 십이 원, 이십사 원, 사십팔 원, 구십육 원, 백구십이 원, 팔 원 모자라는 이백 원…… 사백 원, 팔백 원, 일천육백 원, 삼천이백 원, 육천사백 원, 일만 이천팔백 원. 팔백 원은 떼어 버리고 이만 사천 원, 사만 팔천 원, 구만 육천 원, 십구만 이천 원, 삼십팔만 사천 원, 칠십육만 팔천 원, 일백오십삼 만 육천 원……

삼 원을 열여덟 번만 곱집으면 일백오십만 원이 된다. 일백오십만 원 그놈이 있으면…… 이렇게 생각하매 어깨가 으쓱해졌다.

삼 원의 열여덟 곱쟁이가 일백오십만 원이니 퍽 쉬운 것이다……. 그놈만 있으면 백만 원을 들여서 오십 전짜리 십육 페이지 신문을 하나 했으면 우선 K사장의 엉엉 우는 꼴을 볼 수가 있을 것이다.

그러나 아쉬운 대로 십오만 원만 있어도, 일만 오천 원 아니 일천오백 원만 있어도, 아니 일백오십 원만 있어도, 십오 원만 있어도 우선 방세와 전등 삯을 주고 한 달은 살아가겠다.

P는 한숨을 내쉬었다. 한 달? 한 달만 살고 나면 그다음은 어떻게 하나……? 그래도 몇백 원은 있어야지, 아니 몇천 원은, 아니 몇만 원은…….

P는 늘 하는 버릇으로 이런 터무니없는 공상을 되풀이하였다.

그는 최근 이러한 공상을 하면서부터 취직을 시들하게 여겼다. 취직이 된댔자 사오십 원이나 오륙십 원이 월급이다. 그것을 가지고 빠듯빠듯 살아간들 무슨 아기자기한 재미가 있을 턱도 없는 것이다.

가령 근실히 해서 월괘 저금(月掛 貯金 매달 적립하는 저금) 같은 것도 하고 집도 장만하고 여편네도 생기고 사장이나 중역들의 눈에 들어 지위도 부장쯤으로는 올라가고, 그리하여 생활의 근거도 안정이 되고 하면 지금 같은 곤란은 당하지 아니하겠지만, 그러나 P에게는 아직도 젊은 때의 야심이 있어 그러한 고식된 안정이나 명색 없는 생활은 도리어 피하고 싶었던 것이다. 좀 더 남의 눈에 띄고, 좀 더 재미있고 그리고 자유로운 생활.

물론 그는 지금이라도 누가 한 달에 삼십 원만 줄 테니 와서 일을 해 달라면 마치 주린 개가 고기를 보고 덤비듯이 덮어놓고 덤벼들 것이다. 그러나 속으로는 그와 딴판으로 배포를 부리고 있는 것이다.

P가 삼청동으로 올라가느라고 건춘문 앞까지 이르렀을 때 저편에서 말쑥하게 몸치장을 한 여자 하나가 마주 내려왔다. 역시 삼청동 근처에 사는 여자인지 P와는 가끔 마주치는 여자다.

P는 그 여자와 만날 때마다 일부러 눈여겨보지 않는 체하면서도 실상은 고비 샅샅 관찰을 하였고, 그리고 속으로는 연애라도 좀 했으면 하던 터였었다. 무엇보다도 동그스름한 얼굴에 이목구비가 모두 모지지 아니하고 얼굴의 윤곽이 둥글듯이 모가 나지 아니한 것, 그래서 맘자리(마음의 본바탕)도 그렇게 둥글려니 하는 것이 P의 마음을 끈 것이다.

그 여자는 자주 만나는 이 협수룩한 양복쟁이 P를 먼빛으로도 알아보았는지 처녀다운 조심스런 몸매로 길을 가로 비켜 가까이 왔다.

P는 고개를 꼿꼿이 쳐들고 앞만 쳐다보면서도 속으로는, '저 여자가 지금 내 옆으로 다가와서 조그만 소리로 정답게 구애를 한다면? 사뭇 들여 안긴 다면? ……어쩔꼬?'

이런 생각을 하면서 히죽이 웃는데 여자는 벌써 지나쳐 버렸다.

'흥! 어쩌긴 무얼 어째? ……이년아, 일없다는데 왜 이래! 하고 발길로 칵 차 내던지지.'

하고 P는 어깨를 으쓱하였다.

삼청동 꼭대기에 있는 집(집이 아니라 사글세로 든 행랑방)에 돌아왔다. 객지에 혼자 있으니 웬만하면 하숙에 있을 것이로되 방값이 밀리고 그것에 졸릴 것이 무서워 P는 방을 얻어 가지고 있던 것이다.

먹는 것이야 수중에 돈이 있는 데에 따라 호떡도, 설렁탕도, 백화점의 런치도, 그러잖고 몇 끼씩 굶기도 하여 대중이 없었다.

볕 구경을 잘 못해서 겨울에도 곰팡이가 슬고 이불을 며칠씩 그대로 펴 두는 방바닥에서는 먼지가 풀신풀신 올랐다.

하도 어설퍼 앉으려고도 아니 하고 방 가운데 우두커니 서서 있노라니까 안방 문 여닫는 소리가 들리며 주인 노파가 나와서 캑 하고 기침을 한다. P 는 또 방세 졸릴 일이 아득하였다.

그러나 노파는 방세보다도 우선 편지 한 장을 들이밀어 준다. 고향의 형에게서 온 것이다.

편지를 뜯어 읽고 난 P는 말가웃^(한 말 반쯤의 분량)이나 되게 한숨을 푸— 내쉬었다. 그러고는 편지를 박박 찢어 버렸다.

5

편지의 요건은 P의 아들에 관한 것이다.

P에게는 연전에 갈린 아내와의 사이에 생긴 창선이라는 아들이 있다. 금년에 아홉 살이다.

아내와 갈릴 때에 저편에서 다만 어린애만이라도 주었으면 그것을 데리고 길러 가는 재미로 혼자 사는 세상에 낙을 붙이겠다고 사정하였다. 그리고 적어도 중학까지는 마치게 하겠다는 것이었다.

그렇게 했으면 P도 한 짐을 덜었을 것이다. 그러나 그는 듣지 아니하였다.

어릴 적부터 소박데기(소박맞은 여자) 어미의 손에서 아비의 원망과 푸념을 들어 가면서 자란 자식은 자란 뒤에 그 아비에게 호감을 가지지 못한다. P는 자식을 꼭 찾고 싶은 것은 아니나 아무튼 장성하면 아비라고 찾아올 터인데 그때에 P는 이미 늙고 자식은 팔팔하게 젊은 놈이 옛날에 제 어미를 소박한 아비라서 아니꼽게 군다면 그것은 차마 못 당할 노릇이다.

이러한 생각으로 P는 창선이를 내주지 아니한 것이다. 그러나 빼앗아 놓고 보니 이제 겨우 네댓 살밖에 아니 먹은 것을 자기 손으로 어찌할 수가 없다. 그리하여 할 수 없이 어렵사리 지내는 그 형에게 맡겨 놓고 다시 서울로 올라온 것이다. 보통학교에 다닐 나이가 되면 서울로 데려오겠다고 해 두고……

P의 형은 작년에 조카를 보통학교에 입학시켰다. 그러나 극빈 축에 드는 집안인지라 몇 푼 아니 되는 월사금과 학비를 대지 못하여 중도에 퇴학시켰다. 애초에 입학시킬 상의로 P에게 편지를 했을 때에 P는 공부 같은 것은 시켜 봤자 소용이 없으니 차라리 뼈가 보드라운 때부터 생일(특별한 지식이 필요 없는, 몸으로 하는 일)을 시키라고 하였다. P의 형은 그러나 백부의 도리로나 집안의 체면으로나 창선이에게 생일을 시킬 수가 없었다. 차라리 자기 손에 두어 헐벗기고 헐입히면서 공부도 시키지 못하느니 제 아비인 P더러 데려가라고 작년부터 편지를 하던 터이다.

금년도 입학 시기가 당하매 P의 형은 P에게 누차 편지를 하였다. 금년에 입학을 시키지 못하면 명년에는 학령이 초과되어 들여 주지 아니할 것이니 어서 데려다가 공부를 시키라는 것이다.

그 어린것이 굶기를 먹듯 하고 재주는 있으면서 남의 집 아이들이 학교에 다니는 것을 부러워하는 꼴은 차마 애처로워 볼 수가 없다. 차라리 이 꼴 저 꼴 보지 않는 것이 속이나 편하겠다.

이번 편지에는 이러한 구절이 있고 끝에 가서,

여비가 몇 원 변통되면 차를 태우고 전보를 칠 테니 정거장에 나와 데려가거라. 나도 웬만하면 객지에 혼자 있는 너에게 어린 자식을 떠맡기듯이 보내겠느냐마는 잘못하다가 그것을 굶겨 죽이겠기에 생각다 못해 단행하는 것이다.

이러한 말이 씌어 있었다.

P는 박박 찢은 편지를 돌돌 뭉쳐 방구석에 내던지고 한숨을 푸— 내쉬었다.

이제는 자식을 데리고 있기가 피할 수 없이 되었는데, 어떻게 했으면 좋을까 하는 것이다. 그는 형이 원망스럽고 아니꼬웠다.

굳이 제 아비를 따라 보낸다는 것이 아니라 부득부득 공부를 시키려는 것 때문이다. 기왕 서울로 보내나 시골서 데리고 있으나 고생시키기는 일반이니 차라리 시골서 일찍부터 생일이나 시켰으면 P에게는 여러 가지로 좋을 것이었다.

"흥! 체면! 공부! 죽여도 인텔리는 만들잖는다."

P는 혼자 이렇게 두덜거렸다.

"집에서 온 편지유? 무슨 걱정이 생겼수?"

말거리를 찾지 못하여 머뭇거리고 섰던 안방 노인이 동정이나 하는 듯이 이렇게 묻는다.

"아니오."

P는 마지못해 코대답을 하였다.

"필경 무슨 걱정이 생긴 게구려!"

노인은 자기의 말거리를 만들려고 아니라는데도 이렇게 걱정을 내어놓는다.

"그게 모다 가난한 탓이지! 저렇게 젊고 똑똑한 이가……. 저게 모다 가난한 탓이야! 어데 구실자리^(일자리) 말한다더니 아직 아니 됐수?"

"네, 아직……."

"거 큰일 났구려! 어서 돼야 할 텐데……. 나도 꼭 죽겠수……. 이 늙은 것이……! 돈 좀 마련되잖았수?"

"네, 아직 좀……."

"저걸 어쩌나! 오늘은 물값이야 전깃불 값이야 사뭇 받으러 달려들 텐데!"

"메칠만 더 미루십시오. 설마하니 마나님이야 아니 드리겠습니까……."

"아무렴! 실수야 없을 줄 알지만 내가 하도 옹색하니깐 그러는 거지……."

P는 노인이 지껄이게 두어 두고 혼자 생각하였다. 전에 아는 집에서 셋방을 얻어 들었을 때에는 두 달이고 석 달이고 세가 밀려도 조르는 법이 없었다.

밀려도 조르지 아니하는 아는 집……, 이것이 P는 도리어 미안해서 이곳으로 옮겨 온 것이다. 옮겨 와 가지고 막상 졸림질을 당하니 미안해도 졸리지는 아니하던 옛집이 그리워지는 것이다.

노인이 문을 가로막고 서서 수다스런 소리로 더 지껄이려고 하는데 마침 P의 동무 M과 H가 찾아왔다.

"어데 나가나?"

M이 그러잖아도 벌씸한 코를 한 번 더 벌씸하고 사이 벌어진 앞니를 내어 보이며 싱끗 웃는다.

몸집은 M과 같이 통통하지만 키가 적어 M의 뒤에 가려 섰던 H가 옆으로 나서며,

"안녕합시요."

하고 인사를 한다.

P는 싱끗이 웃었다. 이 M과 H는 같은 하숙에 있는데 두 사람은 곧잘 같이 돌아다닌다. 같이 가는 것을 나란히 세워 놓고 보면 하나는 키가 커서 우뚝하고 하나는 키가 작아서 납작 붙어 가는 것 같다.

얼굴도 M은 우둘부둘한 게 정객 타입으로 생겼고(잘못하면 복싱 링에 내세워도 좋겠고) H는 안존한 게 사무원 타입이다.

일상의 언행을 보아도 H는 무슨 이야기가 자기 전문인 법률에 관한 것에 다다르면 육법전서의 조목을 따르르 외우면서 이러고저러고 하다고 설명을 하고, M은 동경서 학생 ××에 제휴를 했던 만큼, 그리고 전문이 정경과인만큼 좌익 진영에서 쓰는 어투가 그대로 나온다.

"여전히 모다 동색(冬色)이 창연하군!"

P는 두 사람의 특한한 겨울 양복을 보고, 그리고 자기의 행색을 내려 보며 웃었다.

M이 신을 벗고 들어와 먼지 앉은 책상 위에 걸터앉으며,

"춘래불사춘(春來不似春 봄이 왔지만 봄답지 않다는 뜻)일세."

하고 한마디 외운다. H도 따라 들어와 한편에 앉으며 한마디 한다.

"아직 괜찮아…… 거리에서 보니까 동복 입은 사람이 많데……."

"괜찮기는 무어 괜찮아…… 우리가 길로 돌아다니니까 사방에서 아이구 아아! 소리가 들리데."

"왜?"

"봄이 발밑에서 짓밟히느라고."

"하하하하."

세 사람은 소리를 내어 웃었다.

"참 시험 본 것 어떻게 되었소?"

P는 H가 일전에 총독부에서 본 고원 채용 시험을 생각하고 물어보았다.

"말두 마시우…… 이제는 꼭 들어앉어 공부나 해 갖고 변호사 시험이나 치겠소."

사람이 별로 변통성도 없고 그렇다고 여기저기 반연도 없어 취직이 여의하게 되지 못하는 것을 볼 때에 P는 가엾은 생각이 늘 들곤 하였다.

"가만있게…… 어서 변호사 시험만 패스하게. 그러면 이제 내가 백만 원짜리 주식회사를 조직해 가지고 자네를 법률 고문으로 모셔 옴세."

이것은 M이 늘 농 삼아 하는 농담이다. M도 일 년 동안이나 취직 운동을 하면서 지냈건만 그는 되레 배포가 유하다. 조금 더 재빠르게 했으면 M은 벌써 취직이 되었을는지도 모르나 그는 타고난 배포와 그리고 남에게 아유구용(阿諛苟容 남에게 잘 보이려고 구차스럽게 아첨하는 모양)을 하기 싫어하는 성질로 말하자면 취직 전선의 낙오자다.

별로 만나야 할 일도 없다. 그러나 제각기 혼자 있으면 우울해지니까 이렇게 서로 찾으며 자주 만나게 된다.

만나 앉아서 이야기라도 지껄이면 그동안만은 명랑하여진다. 지금 서울 안에 P니 M이니 H와 매일 만나 하는 일 없이 돌아다니고 주머니 구석에 돈 푼 있으면 서로 털어 선술 잔이나 먹고 하는 룸펜(lumpen 독일어로 부랑자, 실업자를 뜻함)의 패가 수없이 많다.

무어나 일을 맡겼으면 불이 번쩍 일게 해낼 팔팔한 젊은 사람들이다. 그렇건만 그들은 몸을 비비 꼬고 있다.

아무 데도 용납지 못하는 사람들이다. ××적 ××에서 그들을 불러들이기에는 ××적 ××의 주관적 정세가 너무도 미약하다. 그것은 그들의 몇 부분이 동경서 학생으로 있을 시절에는 그 속에서 활발하게 ××을 계속하던 것이 조선에 나오면서 탈리되는 것으로 보아 그러한 해석을 내리지 아니할 수가 없다.

그렇다고 부르주아의 기성 문화 기관에 들어가자니 그곳에서는 수요를 찾지 아니한다. 레디메이드로 된 존재들이니 아무 때라도 저편에서 필요해야만 몇씩 사들여 간다.

M이 마코를 꺼내 놓고 붙여 문다. P는 포켓 속에 들어 있는 해태를 차마 내놓기가 낯이 따가워 M의 마코를 집어 당겼다.

…… (원문 80여 자 탈락) ……

P는 설명을 시작한다. P 자신 그러한 장난 비슷한 공상은 하면서 일단 해 보라고 하면 주저할 것이지만 어쨌거나 그랬으면 통쾌하리라는 것이다.

"먼점 경무국에 들어가서 아주 까놓고 이야기를 한단 말이야. 우리가 지금 대상으로 하는 것은 총독부가 아니라 조선의 소위 민간 측 유지들이니까 간섭을 말어 달라고."

"그러면 관허(官許) 메이데이(May Day 노동절. 5월 1일)로구만."

"그래 관허도 좋아…… 그래 가지고는 기에다가는 무어라고 쓰느냐 하면 '우리에게 향학열을 고취한 놈이 누구냐?'……어때?"

"조—치!"

"인텔리에게 직업을 대라…… 이렇게 노래를 지어 부르거든."

…… (원문 10여 자 탈락) ……

"응…… 유지와 명사의 가면을 박탈시키라고…… 한 몇십 명이 그렇게 데모를 한단 말이야! 하하하하."

M은 이렇게 웃고 H는 시원찮게 핀잔을 준다.

"듣그럽소(떠드는 소리가 듣기 싫소), 여보…… 아 글쎄, 멀끔멀끔한 양복쟁이들이 종로 네거리로 기를 받고 그렇게 다녀 봐! 애들이 와서 나 광고지 한 장 주, 하잖나."

"하하하하."

"허허허허."

창밖에서 냉이 장수가 싸구려 소리를 외치고 지나간다. M이 그에 응하여,

"이크! 봄을 덤핑하는구나!"

"흥, 경제학자라 다르군…… 참, 우리 하숙에서는 채소를 좀 멕여 주어야지!"

"밥값을 잘 내 보지."

"그도 그렇지만."

"나는 석 달 치 밀렸네."

"나도 그렇게 될걸."

"그러니까 나처럼 이렇게 아파트 생활을 해요."

이것은 P의 말이다. 아파트라고 말해 놓고도 서글퍼서 허허 웃었다.

"조선식 아파트! 그렇지만 우리가 아파트 생활을 했다면 아마 두어 달 전에 굶어 죽었을걸."

"나는 돈을 보면 초면 인사를 해야 되겠네……. 본 지가 하도 오래라서 낯을 잊었어."

"여보게."

하고 M이 의젓하게 H를 달군다.

"돈 구경한 지 오래됐다지?"

"응."

"존 수가 있네."

"뭣?"

"자네 책 좀 삼사(三四) 구락부에 보내세."

"싫으이."

"자네 돈 구경하고…… 구경하고 나서 그놈으로 한잔 먹고…… 한잔 말이 났으니 말이지 요즘 같으면 술이나 실컷 먹고 주정이라도 했으면 속이 시원하겠네."

"그러니까 말이야…… 가세. 가서 다섯 권만 잽혀."

"일없다."

"내가 찾어 주지."

"흥."

"정말이야."

"싫어."

6

그날 밤.

P와 M은 H를 졸라 그의 법률 책을 잡혀 돈 육 원을 만들어 가지고 나섰다.

선술집에 가서 엔간히 취하도록 먹은 뒤에 C라는 카페에 가서 술 두 병을 놓고 자정이 되도록 노닥거렸다.

그곳에서 나올 때는 육 원 돈이 이 원 남았다. 이 원의 처치를 생각하던 세 사람은 일제히 동관으로 가기로 하였다.

세 사람이 모두 다리가 비틀거렸다. 그중에도 P는 더욱 취하였다.

널리리 가락으로 들어박힌 갈봇집.

다 쓰러져 가는 초가집을 세 사람이 아는 집 들어서듯이 쑥쑥 들어서니,

"들어옵시오."

"어서 옵시오."

라고 머리 딴 계집애와 배가 북통 같은 애 밴 계집이 마루로 나선다.

P가 무심결에 해태 갑을 꺼내어 붙여 무니까 머리 딴 계집애가 P의 목을 걸싸 안고 볼에다 입을 쪽 맞추더니,

"나도 하나."

하고 손을 벌린다. P는 기가 막혀 담뱃갑을 내미는데 H와 M은 박수를 하며,

"브라보!"

하고 굉장하게 큰 소리로 외친다.

건넌방에 들어가 앉으니 마루에서 따그락따그락 소리가 난다.

배부른 계집은 푸대접을 받고 머리 딴 계집애가 H와 M의 손으로 옮겨 다니면서 주물린다. 깩깩 소리를 지르고 엄살을 한다. 말을 붙이고 대답을 주고받고 하는 것이 H와 M은 전에 한번 와 본 집인 듯하다.

술상이 들어왔다.

잔은 사발만 한데 술 주전자는 눈알만 하다. 술을 부어 놓으니 M이 척 받아 놓고는 노래를 투정한다. 계집애는 그보다 더 약아 제가 그 술을 쪽 들이마시고는 빈 잔만 M의 입에 대어 준다.

P는 개숫물(음식 그릇을 씻은 물)같이 밍밍한 술을 두어 잔 받아먹는 동안에 비위가 콱 거슬려서 진정하느라고 드러누웠다.

H가 계집애를 무릎에 올려놓고 신이 나게 노래를 부른다. 물론 고저도, 장단도 맞지 아니하는 노래다.

M이 애 밴 계집을 실컷 시달려 주다가 머리 땋은 계집애를 빼앗아 가더니 귀에 대고 무어라고 속삭거린다. 그러면서 둘이서 연해 P를 건너다보며 싱긋벙긋 웃는다.

조금 있다가 계집애가 P에게로 오더니 귀에다 입을 대고 속삭인다.

"저이가 나더러 당신하고 오늘 저녁…… 응, 어때?"

"그래라."

P는 불쑥 성난 것처럼 대답했다.

"아이! 승거워!"

계집애는 P를 한 번 꼬집어 주고 다시 M에게로 달아났다.

M에게로 가서 또 무어라고 속삭거리더니 재차 와 가지고는 귓속말을 한다.

"자고 가, 응."

"그래 글쎄."

"꼭."

"응."

"정말."

"응."

술은 네 주전자가 들어왔는데 세 사람 손님은 두서너 잔씩밖에 아니 먹었다. 그 나머지는 다 저희가 먹었다. 계집애가 술이 곤주가 되게 취해 가지고 해롱해롱 까분다.

술값을 치르는 것을 보고 P도 따라 일어섰다. M이 몸뚱이로 슬쩍 밀어서 방 안으로 들여보내고 뒤에서 계집애가 양복 뒷깃을 잡아당긴다.

"그래라, 자고 간다."

P는 방 가운데 벌떡 드러누웠다.

"이 집이 어디냐?"

계집애가 옆에 와서 앉는 것을 보고 P가 물었다.

"××도 ××."

"언제 왔니?"

"작년에."

P는 몸을 일으켰다. 또 속이 왈칵 뒤집혀 좀더 진정하려고 하는 생각인데 계집애가 콱 밀어뜨린다.

"나이 몇 살이냐?"

"열여덟."

"부모는?"

"부모가 있으면 여기서 이 짓을 해?"

"왜 이 짓이 나쁘냐?"

"흥…… 나도 사람이야."

"에—꾸! 나는 네가 신선인 줄 알았더니 인제 알고 보니까 사람이로구나!"

"드끄러!"

계집애는 눈을 쭉 흘기고는 갑자기 웃으면서 P의 목을 그러안는다.

"자고 가, 응."

"우리 마누라한테 자볼기 맞고 쫓겨난다."

"그러면 나한테 와서 나하고 살지…… 여기 내 빚 팔십 원만 물어 주면……."

"팔십 원이냐?"

"응."

"가겠다."

P가 또 일어나려는 것을 계집이 껴안고 놓지 아니한다.

"자고 가…… 내가 반했어."

"아서라."

"정말!"

"놓아."

"아니야, 안 놓아. 자고 가요, 응…… 자고…… 나 돈 좀 주어."

"돈? 내가 돈이 있어 보이니?"

"돈 소리가 절렁절렁 나는데?"

미상불 P의 포켓 속에서는 아까부터 잔돈 소리가 가끔 잘랑거렸다.

"자고 나 돈 조─꼼 주고 가, 응."

"얼마나?"

"암만도 좋아…… 오십 전도, 아니 이십 전도."

계집애의 말이 떨어지기도 전에 P는 불에 덴 것같이 벌떡 일어섰다. 일어서면서 그는 포켓 속에 손을 넣어 있는 대로 돈을 움켜쥐어 방바닥에 홱 내던졌다. 일 원짜리 지전 두 장과 백동전이 방바닥에 요란스럽게 흐트러진다.

"아따 돈!"

해 던지고는 P는 뛰어나왔다. 그의 눈에는 눈물이 괴었다.

7

P는 정조(貞操)적으로 순진한 사나이가 아니다. 열네 살 때에 소꿉질 같은 장가를 갔고 그 뒤 동경 가서 있을 동안에 거기 여자와 살림도 하였다.

조선에 돌아와 직업을 가지고 있는 사이에 기생과 사귀어 한동안 죽을 동 살 동 모르게 지내기도 하였다.

그 밖에도 정을 두어 지낸 여자가 두엇 더 있다. 그러나 삼십이 되도록 지금까지 유곽을 가거나 은근짜(몰래 정조를 파는 여자) 집을 가거나 동관의 색주가 집에 가서 잠자리를 한 일은 없다.

그것은 P의 괴벽이다. 어떠한 여자를 막론하고 그가 정이 들지 아니한 여자면 절대로 관계를 아니 한다는 것이다.

그 대신 한번 P의 눈에 들면 따라서 정이 들면 아무것도 돌아보지 아니하고 심각한 열정에 맡기어 완전히 그 여자를 움켜쥐어 버리며 또한 그 여자에게 전부를 내주어 버린다. 그리하여 그는 늘 올 오어 너싱(All or nothing 전부가 아니면 아무것도 아님)을 말한다.

이것이 처세상 퍽 이롭지 못한 것을 P도 잘 안다. 또 공연한 승벽(勝癖 이기기를 남달리 즐기는 성벽)이요 고집인 줄 알건만 그는 그것을 고치지 못한다.

이날 밤에도 그는 그 계집애를 조금도 어떻게 하겠다는 생각은 나지 아니하였다.

술 취한 끝에 속이 괴로우니까 진정을 하자는 판인데 '오십 전 아니 이십 전도 좋아' 하는 소리에 버쩍 흥분이 된 것이다.

너무도 인간이 단작스럽고(하는 짓이 보기에 매우 치사스럽고) 악착스러운 것 같았다. P가 노상 보고 듣는 세상이 돈을 중간에 놓고 악착스럽게 아등바등하는 것임을 모르는 바는 아니나 정조 대가로 일금 이십 전을 요구하는 것은 처음 보았다.

P는 그러한 여자가 정조를 파는 데 무신경한 것도 잘 알고 있으며, 따라서 그것이 비도덕이니 어쩌니 하는 것도 아니다. 그의 관점과 해석은 그런 것보다 더 나아간 입장에 있었다.

그러나 '이십 전만 주어도' 소리에는 이것저것 생각하고 헤아릴 나위도 없었다. 더럽고 얄미우면서 그러면서도 눈물이 괴었다. 삼 원쯤 되는 전 재산을 털어 내던지고 정신없이 뛰어나온 것이다.

술 취한 P를 혼자 남겨 둔 H와 M은 골목에 기다리고 서서 있었다. P가 뛰어나오는 것을 보고 그들은 우선 농을 건넨다.

"한턱 하오."

"장가간 턱 하게."

P는 고개를 흔들었다. 그리고 멍하니 서서 생각을 하였다.

다분의 가면 밑에서 꿈틀거리는 인도주의에 몹시 증오를 느끼는 P는 이날 밤 자기의 행동을 어떻게 해석할지 몰라 괴로워하였다.

내일을 굶어야 할 그 돈이지만 돈이 아까운 것이 아니다. 정조 값으로 이십 전을 주어도 좋다는데 왜 정조는 퇴하고 돈만 있는 대로 다 떨어 주었는가? 왜 눈에 눈물은 괴었는가?

8

P는 머리가 멍하고 속이 뉘엿거리어 정신을 차릴 수가 없었다. 그는 두 친구에게 인사도 변변히 하지 아니하고 코를 벤 듯이 삼청동으로 올라왔다. 어서 바삐 좀 드러눕고만 싶었던 것이다.

아무리 방구들은 차고 지저분하게 늘어놓았어도 제 처소는 반가운 것이다. 더구나 몸이 괴로울 때는!

P는 누더기 양복이나마 벗으려고도 아니 하고 그대로 펴 두었던 이부자리 속에 몸을 파묻었다. 드러누우니 취기가 새삼스레 더하여 영영 옷 벗을 생각도 잊어버리고 그대로 잠이 들었다.

얼마를 자고 났는지 괴로워 부대끼다 못하여 잠이 깨었을 때는 목이 타는 듯이 말랐다.

물은 없다. 물이 없어 못 먹는다고 생각하니 목은 더 말랐다.

밤은 어느 때나 되었는지 짐작할 수가 없다. 전등은 그대로 켜져 있다. 밖에서는 사람 지나다니는 발자국 소리도 들리지 아니한다. 전차 갈리는 소리도 들리지 아니하고 가끔가다가 자동차의 경적이 딴 세상의 소리같이 감감하게 들려온다.

밤이 깊지 아니했으면 잠긴 안대문을 두드려 주인 노인에게라도 물을 청하겠지만 이 깊은 밤에 그리하기도 미안하다. 그것도 방세나 여일하게^(한결같게) 내었을 제 말이지 얼굴 대하기를 이편에서 피하는 판에 차마 못할 일이다.

물지게장수의 삐득거리는 소리가 들리나 하고 귀를 기울였으나 감감히 소리가 없다.

목은 더욱더욱 말라 들어온다. 입술이 바싹 마르고 입안이 침기가 없고 목구멍이 바삭바삭 소리가 날 듯이 마르고, 그러고는 창자 속까지 말라 내려가는 듯하다.

방금 미칠 듯하다. 눈앞에 용용하게 흘러가는 푸른 한강이 어릿어릿하고 쏴— 쏟아지는 수통 꼭지가 보이는 듯하다.

P는 배고픈 고비는 많이 겪어 보았으나 이대도록 목마른 참은 당하기 처음이다. 배는 고프면 기운이 없고 착 가라앉을 뿐이었지만 목이 극도로 마름에는 금시 미치고 후덕후덕 날뛸 것 같다.

일어나서 삼청동 꼭대기로 올라가면 산골짜기의 물도 있고 또 우물도 있기는 하다. 그러나 이 어두운 밤에 어디가 어딘지 보이지 아니할 테고 또 우물에는 두레박도 없을 것이다.

겨우겨우 참아 가며 몇 시간을 삐대었다. 실상 한 시간도 못 되는 동안이지만 P에게는 여러 시간인 듯만 싶었다.

그런 뒤에 겨우 물지게 소리를 듣고 그는 수통 있는 곳을 찾아 뛰어나갔다.

사정 이야기도 변변히 하지 아니하고 쏟아지는 수통 꼭지에 매어 달려 한 동이는 되리시피 냉수를 들이켰다. 물장수가 어이가 없어 멀끔히 쳐다보고만 있다가 P의 꾸벅 하고 돌아서는 등 뒤에다 혀를 끌끌 찬다.

밥보다도 더 다급하게 그립던 물을 실컷 들이켜고 나니 찌뿌듯하게 엉킨 듯 불쾌하던 취기도 적이 걷히고 정신이 말쑥하여졌다.

P는 새삼스럽게 양복을 벗어 던지고 다시 자리에 파묻혔다. 이제는 잠이 십 리나 달아나고 눈이 초랑초랑하여진다. 그러면서 어젯밤 일이 머리에 떠오른다.

그것은 마치 못 먹을 것을 먹은 것처럼 께름칙한 기억이다. 아무렇게나 씻어 넘겨 버리재도, 그러나 머리 한구석에 박혀 가지고 사라지려 하지 아니하는 어룽(瑕點 어룽이. 어룽어룽한 무늬가 있는 점)과 같다. 어떻게 해서라도 시원스러운 해석을 내리고라야 마음이 놓일 것 같다.

정조 대가로 일금 이십 전을 부르는 여자…….

방금 세상에는 한 번 정조를 빼앗긴 것으로 목숨을 버려 자살하는 여자가 있다. 그러는 한편 '이십 전도 좋소' 하는 여자가 있다.

여자의 정조가 그것을 잃었다고 자살을 하도록 그다지도 고귀한 것이라면 '이십 전에도 팔겠소' 하는 여자가 눈을 멀끔멀끔 뜨고 살아 있는 사실은 무엇으로 설명할 것인가?

또 정조를 '이십 전에도 팔겠소' 하는 여자가 있도록 그것이 아무렇지도 아니한 것이라면 그것을 한 번 빼앗긴 때문에 생명을 내버리는 여자가 있는 것은 무엇으로 설명할 것인가?

이 두 여자가 모두 건전한 양심의 소유자라고 볼 수는 없다.

그러나 그 가운데 나무라기로 들면 차라리 정조를 빼앗긴 것으로 자살한 여자를 나무랄 것이지 '이십 전에 팔겠소' 하는 여자는 나무랄 수가 없다.

열여섯 살부터 시작하여 이래 삼 년이나 색주가 집으로 굴러다니는 여자다.

언제 누구에게 귀 떨어진 도덕관념이나 정당한 인생관을 얻어들은 적이 없을 것이다.

술잔을 들고 앉아 한 잔이라도 오는 손님에게 더 먹여 한 푼어치라도 주인의 수입을 도와주면 칭찬이 오니 그만이다.

"고년 어여쁘다. 나하고 ××."

하고 손님이 말하면 그에 좇아 비록 조발(早發 어떤 꽃이 다른 꽃보다 일찍 핌)일지언정 생리적 만족을 얻는 한편, 그야말로 단돈 이십 전이라도 벌면 그만이다.

옆에서 그것을 시키기는 할지언정 그것이 나쁘다고 가르쳐 주는 사람이 있을 턱이 없는 것이다. 사실 일반 매춘부가 정조적으로 양심을 가진 듯이 보인다는 것은 그 대부분이 되레 한 가식(假飾)에 지나지 못하는 것이다.

그것은 그들에게 있어서 일종의 정당성을 가진 노동인 것이다.

그러니까 그것을 보고 불쌍하다고 여기고 동정을 하는 것은 위문이 폐문이다(위로의 말이 쓸데없는 말이다).

지금 세상은 정당한 성도덕이 서 있는 때도 아니다.

그것은 한 세대에 여러 가지의 시대사조가 헝클어져 있는 때문이다. 그러니까 여자의 정조에 대하여도 일률적으로 선악과 시비를 가릴 수는 없는 것이다.

하룻밤 몸값을 '이십 전도 좋소' 하는 여자, 그에게는 다른 사람이 갖는 성도덕도 없고 따라서 자신을 타락이라서 슬퍼하지도 아니한다.

그 여자 자신을 나무랄 필요도 없는 것이요, 동정을 할 필요도 없는 것이다. 그 여자 자신은 결코 불쌍한 사람이 아니다.

예수의 사랑도 아무리 그 사랑이 크고 넓다 했을지언정 그것은 '불쌍한 사람', '죄 지은 사람'에게 미칠 수 있는 것이다.

'불쌍하지 아니한', '죄 짓지 아니한' 동관의 색주가 계집애에게는 누구의 동정이나 사랑도 일없는 것이다.

'뭣? 관념적이라고?'

그렇다. 관념적이라도 할 수 없다. 그러나 그것은 그 여자의 주관을 객관화한 것이다. 그러니까 그것은 한 엄연한 현실이다.

…… (원문 30여 자 탈락) ……

또 그 병적 현실에 메스를 대는 것은 집단의 역사적 문제이지만 룸펜 인텔리의 결벽과 흥분쯤으로는 문제도 되지 아니한다.

다만 취객이 삼 원 각수(角數 돈을 '원'으로 셀 때 남는 몇 전)를 던져 주었음으로 해서 그 여자는 감격 없는 기쁨을 맛보았을 뿐일 것이다.

'이게 웬 떡이냐…… 어제 저녁에 꿈이 괜찮더니 이런 땡을 잡을 양으로 그랬구나…… 웬 얼간망둥이냐.'

그 계집애는 응당 그렇게밖에는 더 생각되지 아니하였을 것이다. 그것이 결코 무리가 없는 당연한 일이다.

P는 여기까지 생각하고 입맛 쓴 고소를 띠었다.

'흥! 되지 못하게…… 장님이 눈병 앓는 사람더러 불쌍하다고 한 셈인가.'

P는 돌아누우면서 혀를 끌끌 찼다.

9

일천구백삼십사 년의 이 세상에도 기적이 있다.

그것은 P가 굶어 죽지 아니한 것이다. 그는 최근 일주일 동안 돈이 생긴 데가 없다. 잡힐 것도 없었고 어디서 벌이를 한 적도 없다.

그렇다고 남의 집 문 앞에 가서 '밥 한술 주시오' 하고 구걸한 일도 없고 남의 것을 훔치지도 아니하였다.

그러나 그동안 굶어 죽지 아니하였다. 야위기는 하였지만 그래도 멀쩡하게 살아 있다. P와 같은 인생을 이 세상에 하나도 없이 싹 치운다면 근로하는 사람이 조금은 편해질는지도 모른다.

P가 소부르주아 축에 끼이는 인텔리가 아니요 노동자였더라면 그동안 거지가 되었거나 비상수단을 썼을 것이다. 그러나 그에게는 그러한 용기도 없다. 그러면서도 죽지 아니하고 살아 있다. 그렇지만 죽기보다도 더 귀찮은 일은 그를 잠시도 해방시켜 주지 아니한다.

그의 아들 창선이를 올려 보낸다고 어제 편지가 왔고 오늘은 내일 아침에 경성역에 당도한다는 전보까지 왔다.

오정 때 전보를 받은 P는 갑자기 정신이 난 듯이 쩔쩔매고 돌아다니며 돈 마련을 하였다. 최소한도 이십 원은…… 하고 돌아다닌 것이 석양 때 겨우 십오 원이 변통되었다.

종로에서 풍로니 냄비니 양재기니 숟갈이니 무어니 해서 살림 나부랭이를 간단하게 장만하여 가지고 올라오는 길에 전에 잡지사에 있을 때 안 ××인쇄소의 문선 과장을 찾아갔다.

월급도 일없고 다만 일만 가르쳐 주면 그만이니 어린아이 하나를 써 달라고 졸라 대었다.

A라는 그 문선 과장은 요리조리 칭탈(무엇 때문이라고 핑계를 댐)을 하던 끝에 그는 P가 누구 친한 사람의 집 어린애를 천거하는 줄 알았던 것이다.

"보통학교나 마쳤나요?"

하고 물었다.

"아니요."

P는 솔직하게 대답하였다.

"나이 몇인데?"

"아홉 살."

"아홉 살?"

A는 놀라 반문을 하는 것이다.

"기왕 일을 배울 테면 아주 어려서부터 배워야지요."

"그래도 너무 어려서 원…… 뉘 집 애요?"

"내 자식놈이랍니다."

P는 그래도 약간 얼굴이 붉어짐을 깨달았다. A는 이 말에 가장 놀라운 일을 보겠다는 듯이 입만 벌리고 한참이나 P를 물끄러미 바라다본다.

"왜? 내 자식이라고 공장에 못 보내란 법 있답디까?"

"아니, 정말 그래요?"

"정말 아니고?"

"괜히 실없는 소리……! 자제라고 해야 들어줄 테니까 그러시지?"

"아니, 그건 그렇잖아요. 내 자식놈야요."

"그럼 왜 공부를 시키잖구?"

"인쇄소 일 배우는 것도 공부지."

"그건 그렇지만 학교에 보내야지."

"학교에 보낼 처지도 못 되고 또 보낸댔자 사람 구실도 못 할 테니까……."

"거 참, 모를 일이오……. 우리 같은 놈은 이 짓을 해 가면서도 자식을 공부시키느라고 애를 쓰는데 되려 공부시킬 줄 아는 양반이 보통학교도 아니 마친 자제를 공장엘 보내요?"

"내가 학교 공부를 해 본 나머지 그게 못쓰겠으니까 자식은 딴 공부를 시키겠다는 것이지요."

"글쎄 정 그러시다면 내가 내 자식 진배없이 잘 데리고 있으면서 일이나 착실히 가르쳐 드리리다마는…… 원, 너무 어린데 애차랍잖애요?"

"애차라운 거야 애비 된 내가 더하지요만 그것이 제게는 약이니까……."

P는 당부와 치하를 하고 인쇄소를 나왔다. 한 짐 벗어 놓은 것같이 몸이 거뜬하고 마음이 느긋하였다.

그는 집으로 올라가는 길에 싸전에 쌀 한 말을 부탁하고 호배추도 몇 통 사들였다. 그렁저렁 오 원을 썼다.

십 원 남은 중에 주인 노인에게 육 원을 내어 주니 입이 귀밑까지 찢어진다. 그 끝에 P가 사 온 호배추를 내어 주며 김치를 담가 달라고 하니 선선히 응낙한다. 그리고 자식을 데리고 자취를 하겠다니까 깍두기야 간장이야 된장 같은 것을 아까운 줄 모르고 날라다 주곤 한다.

10

이튿날 전에 없이 첫새벽에 일어난 P는 서투른 솜씨로 화롯밥을 지어 놓고 정거장으로 나갔다.

그의 형에게서 온 편지에 S라는 고향 사람이 서울 올라오는 길에 따라 보낸다고 했으니까 P는 창선이보다도 더 낯이 익은 S를 찾았다.

과연 차가 식식거리고 들어서매 인간을 뱉어 내놓는 찻간에서 S가 창선이를 데리고 두리번거리며 내려왔다.

어디서 생겼는지 새까만 고쿠라 양복을 입고 이화표 붙은 학생 모자를 쓰고 거기다가 보따리를 하나 지고 무엇 꾸린 것을 손에 들고 차에서 내리는 어린아이…… 저게 내 자식이니라 생각하니 P는 어쩐지 속으로 얼굴이 붉어지며 한편 가엾기도 하였다.

S가 두 손에 짐을 가득 들고 두리번거리다가 가까이 온 P를 보고 반겨 소리를 지른다. 창선이가 모자를 벗고 학교식으로 경례를 한다. 얼굴을 자세히 보니 너댓 살 적에 보던 것보다 더한층 저의 외가를 닮았다. P는 그것이 몹시 불만이었다.

"그새 재미나 좋았나?"

S의 하는 첫인사다.

"뭘 그저 그렇지……. 괜한 산 짐을 지고 오느라고 애썼네."

P는 이렇게 인사 겸 치하를 하였다.

"원, 천만에……! 그 애가 나이는 어려도 어떻게 속이 찼는지……. 너 늬 아버지 알아보겠니?"

S는 창선이를 돌아보며 웃는다. 창선이는 고개를 숙이고 수줍은지 아무 대답도 아니 한다.

P는 S와 창선이를 데리고 구름다리로 올라왔다.

"저희 외할머니가 저 양복이야 떡이야 모두 해 가지고 자네 댁에까지 오셨더라네……. 오셔서 어제 떠나는데 정거장까지 나오셨는데 여러 가지 신신당부를 하시데…… 자네에게 전하라고."

S는 P가 그다지 듣고 싶지도 아니한 이야기를 뒤따라오며 늘어놓는다. 그의 가슴에는 옛날의 반감이 솟구쳐 올랐다.

"별걱정 다 하던 게로군……. 내 자식 내가 어련히 할까 봐 쫓아다니며 그래!"

"그래도 노인들이야 어데 그런가……. 객지에서 혼자 있는데 데리고 있기 정 불편하거든 당신에게로 도루 보내게 하라고 그러시데……."

"그 집에 내 자식이 무슨 상관이 있어서 보내라는 거야? ……보낼 테면 그때 데려왔을라구……."

P는 그것이 모두 그와 갈린 아내의 조종인 줄 알기 때문에 더구나 심정이 났다. 화가 나는 대로 하면 어린아이가 입고 온 양복도 벗겨 내던지고 싶었으나 꿀꺽 참았다.

11

일찍 맛보아 보지 못한 새 살림을 P는 시작하였다.

창선이가 도착한 날 밤.

창선이는 아랫목에서 삭삭 잠을 자고 있다. 외롭게 꿈을 꾸고 있으려니 생각하매 전에 없던 애정이 솟아오르는 듯하였다.

이튿날 아침 일찍 창선이를 데리고 ××인쇄소에 가서 A에게 맡기고 안 내키는 발길을 돌이켜 나오는 P는 혼자 중얼거렸다.

"레디메이드 인생이 비로소 겨우 임자를 만나 팔리었구나."

왕치와 소새와 개미

🖉 작품 정리

작가: 채만식(210쪽 '작가와 작품 세계' 참조)
갈래: 우화 소설
배경: 시간 – 가을 / 공간 – 농촌
시점: 3인칭 전지적 작가 시점
주제: 조화로운 공동체 생활의 추구, 이기적 태도에 대한 경계
출전: 〈문장〉(1941)

🖉 구성과 줄거리

발단 왕치와 소새와 개미의 생김새와 성격을 소개함

왕치는 머리가 벗어지고, 소새는 주둥이가 나오고, 개미는 허리가 잘룩한 데는 내력이 있다. 왕치와 개미와 소새는 함께 산다. 개미는 부지런하고 소새는 제 앞가림을 했으나 왕치는 놀고먹기만 해서 눈치를 먹는다.

전개 셋은 잔치 계획을 세우고 개미와 소새는 잔치를 치름

어느 가을날 셋은 하루씩 맡아 잔치를 치르기로 한다. 개미는 촌 마누라의 넓적다리를 물어 촌 마누라가 내동댕이친 밥 광주리로 푸짐한 상을 차린다. 다음 날 소새는 물가로 나가 잉어를 잡아 와서 잔치를 치른다.

위기 고생만 하고 허탕을 친 왕치가 잉어에게 잡아먹힘

왕치의 차례인 셋째 날 왕치는 들로, 산으로, 잔디밭으로 나가 보았으나 아무것도 잡지 못한다. 물가에 온 왕치는 용기를 내어 잉어를 잡으려다 오히려 잉어에게 잡아먹힌다.

절정 소새와 개미가 왕치를 구했지만 오히려 왕치는 큰소리침

개미와 소새는 왕치를 찾으러 나선다. 왕치를 찾지 못하고 돌아오는 길에 소새가 물가에서 잉어를 잡는다. 소새와 개미가 잉어를 먹고 있는데 배 속에서 왕치가 뛰어나온다. 왕치는 자신을 구출한 소새와 개미에게 고맙다는 말은커녕, 자기가 잉어를 잡아 온 것처럼 너스레를 떤다.

결말 왕치, 소새, 개미의 생김새에 얽힌 내력을 밝힘

소새는 왕치의 넉살에 화가 나서 주둥이가 한 발이나 나왔고, 왕치는 속을 못 차리고 공것을 밝혀 이마가 벗어졌고, 개미는 소새와 왕치를 보고 너무 웃어서 허리가 부러진다.

✏️ **생각해 볼 문제** --

1. 이 작품에서 민담적 요소는 어떻게 드러나는가?

설화의 하나인 민담에는 여러 특징이 있다. '옛날 옛적에'와 같은 막연한 배경은 그중 하나다. 민담에는 비현실과 현실이 공존할 수 있다. 왕치와 소새와 개미가 함께 사는 것도 같은 맥락이다. 또 민담은 자유로운 반복과 대립으로 흥미를 끈다. 세 동물 이야기의 반복은 줄거리를 기억하게 하며 시와 같은 율동감과 안정감을 준다. 이 소설은 민담적 요소를 많이 지니고 있지만 민담은 아니다. 민담은 입에서 입으로 전승되는 것이지만 이 소설은 작가의 창작물이기 때문이다.

2. 왕치와 소새와 개미의 성격은 어떠한가?

매일 놀고먹는 왕치는 체면만 생각해 제 분수를 모르고 이 일 저 일에 경솔하게 뛰어들어 죽을 뻔하다가 가까스로 살아난다. 제 몫을 제대로 해내는 소새는 이기적이어서 제 앞가림을 못하는 왕치를 미워한다. 부지런한 개미는 인정이 많아서 제 앞가림도 못하는 왕치를 측은하게 생각한다.

3. 이 소설의 주제는 무엇인가?

서술자가 글의 앞뒤에서 밝힌 내용에 초점을 맞추면 '왕치, 소새, 개미의 생김새에 얽힌 내력'이 주제가 된다. 왕치의 이기적인 모습과 왕치를 죽음으로 몰고 간 소새의 좁은 소견에 초점을 맞추면 '조화로운 공동체 생활 추구'가 주제가 될 수 있다. 허황되게 자신보다 몸집이 큰 송아지나 잉어를 잡으려는 왕치를 볼 때는 '자기 분수를 알아야 한다'는 교훈을 얻을 수 있고, 먹을 것을 챙기고 놀기만 하는 왕치에 초점을 맞추면 '이기심을 버리자'는 교훈을 얻을 수 있다.

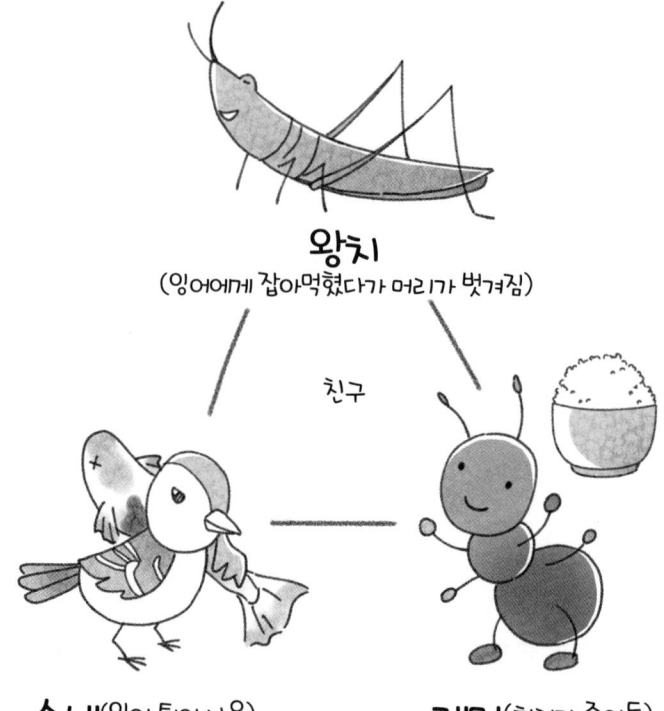

왕치
(잉어에게 잡아먹혔다가 머리가 벗겨짐)

친구

소새(입이 튀어 나옴)   **개미**(허리가 줄어듦)

소새와 개미와 저(왕치)는 돌아가며 음식을 맡아 잔치를 열기로 했어요. 개미는 밥을 들고 왔고, 소새는 잉어를 잡아 왔어요. 저도 잉어를 잡기로 하고 잉어 배 속에 들어갔답니다. 저를 끄집어낸 건 소새와 개미였어요. 소새는 뭐가 불만인지 입이 나왔고, 개미는 웃느라 허리가 줄었어요. 어쩐 일인지 제 이마는 벗겨져 버렸네요.

왕치와 소새와 개미

왕치(방아깨비의 큰 암컷)는 머리가 훌러덩 벗어지고, 소새(물새의 한 종류)라는 새는 주둥이가 뚜우 나오고, 개미는 허리가 잘록 부러졌다. 이 왕치의 대머리와 소새의 주둥이 나온 것과 개미의 허리 부러진 것과는 이만저만찮은 내력이 있다.

옛날 옛적, 거기 어디서, 개미와 소새와 왕치가 한집에서 함께 살고 있었다.

개미는 시방이나 그때나 다름없이 부지런하고 일을 잘했다. 소새도 소갈 찌(소갈머리. 마음이나 속생각을 낮잡아 이르는 말)는 좀 괴팍하고 박절스런 구석은 있으나, 본이 재치가 있고 바지런바지런해서, 제 앞 하나는 넉넉 꾸려 나가고도 남았다.

딱한 건 왕치였다. 파리 한 마리 건드릴 근력도 없는 약질이었다. 편편 놀고먹어야 했다. 놀고먹으면서도 양 통만 커서, 먹기는 남 갑절이나 먹었다. 놀고먹으면서 양 통만 커 가지고 먹기는 남 갑절이나 먹는 것도 염치 아닌 노릇인데, 속이 없고 빙충맞았다. 희떱고(실속은 없어도 마음이 넓고 손이 크고) 비위가 좋았다.

부모 자식이나 동태(同胎) 동기간(同氣間)이라도 모를 텐데, 타성바지(자기와 다른 성(姓)을 가진 사람)의 아무렇지도 않은 남남끼리 한집 한 울안에 모여 살면서 그 모양이니, 눈치는 독판(독무대) 먹어 두어야 했다. 개미는 그래도 천성이 너그럽고 낙천가가 되어서 과히 허물을 하지 않았지만, 성미 까슬한(몹시 거칠고 빳빳한 느낌이 있는) 소새는 영 아주 왕치를 못 볼 상으로 미워했다. 걸핏하면 꽁해 가지고는 구박을 하고 눈치를 했다.

어느 가을이었다. 백곡이 풍등한(농사를 지은 것이 아주 잘된) 식욕의 가을이었다.

가을도 되고 했으니, 우리 잔치나 한번 차리는 게 어떠냐고, 셋이 모여 앉은 자리에서 소새가 발의를 했다.

"거참, 조오흔 말일세!"

잔치도 잔치지만, 일변 저를 끕끕수(체면이 깎일 일을 당해 갖는 부끄러움)를 주자는 설도(舌刀 '칼날 같은 혀'라는 뜻으로, 날카로운 말을 비유적으로 이르는 말)인 줄은 모르고, 먹을 속 살

가운 왕치가 냉큼 받아서 찬성이었다.

잠자코 있으나, 개미도 이의는 없었다.

사흘 잔치를 하기로 했다.

사흘 동안 계속해서 잔치를 하는데, 차리기는 하나가 하루씩 독담(獨擔 혼자서 담당함)으로 맡아서 차리기로 했다. 가령 첫날은 소새가 잔치를 차리면 둘째 날은 왕치가, 그리고 마지막 날은 개미가…… 이렇게.

왕치는 그렇게 잔치를 하루씩 독담해서 차린다는 데는 속으로 뜨악 걱정스러웠으나, 그렇다고 체면에 나는 못합네 할 수는 없는 터라, 어물어물 코대답(탐탁하지 아니하거나 대수롭지 아니하게 여겨 건성으로 하는 대답)을 해 두었다. 둘이가 먼저 차리거든 우선 먹어 놓고 볼 일이라는 떡심(억세고 질긴 근육. 성질이 매우 질긴 사람을 비유적으로 이르는 말)이었다. 반생을 이런 떡심으로 부지해 왔으니, 별로 새삼스러울 것도 없었다.

첫날은 개미가 나섰다.

들로 나갔다.

들에서는 한참 벼를 거두기가 바빴다. 마침 보니, 촌 마누라 하나가 샛밥('곁두리'의 방언. 농사꾼이나 일꾼들이 끼니 외에 참참이 먹는 음식)을 내가느라고, 한 광주리 목이 오므라들게 해서 이고, 들 가운데로 지나고 있었다.

좋을씨구나. 개미는 뽀르르 쫓아가서 가랑이 속으로 기어올라 가서는, 너벅다리('넓적다리'의 방언)께를 사정없이 꽉 물어 떼었다.

"아이고머닛!"

죽는 소리를 치면서 촌 마누라는 머리의 밥 광주리를 내동댕이치고는, 다리야 날 살리라고 도망을 쳤다.

부—연 입쌀밥(입쌀로 지은 밥)에, 얼큰한 풋김치에, 구수한 된장찌개에, 짭짤한 자반갈치 토막에, 골콤한 새우젓에—.

죄다 집으로 날라다 놓고는, 셋이 모여 앉아서 맛있게 잘 먹었다. 보기 드문, 건(푸짐하고 배부른) 잔치였다.

다음 날은 소새가 나섰다.

물가로 갔다.

바닥이 들여다보이게 맑은 물에서 붕어도 뛰고 가물치도 놀고 했다. 여느 때와는 달라, 소새는 붕어나 가물치나 단치(민물고기의 하나) 따위는 눈도 거들떠보지 않고, 말뚝에 가 오도카니(작은 사람이 넋이 나간 듯이 가만히 한자리에 서 있거나 앉아 있는

^{모양)} 앉아서는 기다렸다.

이윽고 싯누런 잉어가 한 놈 꿈틀거리면서 물 위로 머리를 솟구쳤다.

잔뜩 겨냥을 대고 노리던 소새는, 휘익 날면서 주둥이로 잉어의 눈을 꿰어 들었다.

집으로 돌아오니, 개미와 왕치는 손뼉을 치며 맞이했다.

싱싱한 잉어를 놓고 둘러앉아서 먹는 맛은 또한 자별했다.

소새 차례의 둘째 날의 잔치도 그래서 걸게 지났다.

마지막, 셋째 날은 드디어 왔다.

왕치는 무어라고든 핑계를 대고서 뱃심(염치나 두려움이 없이 제 고집대로 버티는 힘)으로 뭉갤 생각이었으나, 보니 소새의 팽―팽한 눈살이, 안 될 말이었다.

잘 먹은 죄가 이렇게 큰 거라고 생각하면서, 아무 가량(假量 어떤 일에 대해 확실한 계산은 아니나 얼마쯤이나 정도가 되리라고 짐작해 봄)도 없는 채 집을 나섰다.

우선 들로 나가 보았다.

편한(끝이 아득할 정도로 넓은) 들에는 벼만 가득히 익고, 농군들이 벼를 거두기에 바빴지, 보아야 만만히 건드림 직한 거라곤 없었다. 설마 한들 벼 이삭이나 한 목쟁이('목정강이'의 잘못) 주워 가지고 갈 수는 없고.

막막히 헤매고 다니다가 한 곳을 당도한즉, 애꾸눈이 엿장수가 엿목판을 뚜드리면서

"엿들 사려! 호두엿 사려."

하고 멋들어지게 외우고 지나갔다.

덮어놓고 후룩후룩 날아가서, 엿목판에 가 앉았다. 한 목판 그득 담긴 엿이 또한 먹음직스러웠다.

이걸 송두리째 집으로 가져만 갔으면 걸기도 하고 한바탕 뽐낼 판인데, 그러나 무슨 재주로!

어떻게 했으면 좋을꼬 하고 요리조리 엿목판을 끼웃거리며 궁리를 한다는 게, 무심결에 엿장수의 어깨에 가 앉았던 모양이었다.

"잡것, 재수 없네!"

엿장수가 손바닥으로 탁 치는 바람에, 하마터면 엿장수의 어깨에서 참혹한 죽음을 할 뻔하고는, 혼비백산 질겁하여 도망을 쳤다.

들을 지나서 산 밑으로 가 보았다.

꿩도 날고, 토끼도 기었다. 바위 틈바구니엔 벌집도 있고, 그 단 꿀 냄새

에 회가 동했다. 그러나 모두가 화중지병(畵中之餠 그림의 떡)이었다.

잔디밭에서 송아지 데리고 암소가 놀고 있었다.

어미는 너무 크고, 송아지들한테 가 앉아 보았다. 간지럽다고 강중강중 뛰었다.

요놈을 어떻게 살살 꼬여서 집으로 끌고 갔으면 좋겠는데, 그게 도무지 도리가 없었다.

이마빡으로 옮아앉아서 터럭을 물고 진득이 잡아당겼다. 부룩송아지(아직 길들지 아니한 송아지)니, 대가리를 사뭇 내젓는 통에 저만치 가서 떨어졌다.

이 녀석 어디 보자고 엉덩짝에 가 앉아서는,

"이러! 이러!"

하고 간질여 보았다.

하는 것을 송아지는 파리인 줄 알고, 꼬리를 획 쳐서 옆구리가 끄덕하도록 얻어맞았다.

하릴없이 물가로 와 보았다.

붕어가 뛰고 메기가 놀고, 역시 그럼직한 것이 없는 게 아니나, 잡는 재주가 없었다.

그럭저럭 해는 점심 새때(끼니와 끼니의 중간 되는 때)도 지나, 오래지 않아 날이 저물게 되었다.

그대로 빈손으로 돌아가자니 차마 체모가 아니었다. 그렇다고 해서 언제까지고 이렇게 헤매기만 할 수도 없었다.

답답했다.

엉엉 앉아서 울었다.

막 그럴 즈음, 어저께 소새가 잡아 가지고 온 그런 잉어가 한 놈, 싯누런 몸뚱이를 굼실거리면서 물 위로 떠올랐다.

왕치는 분연히(성을 벌컥 내며 분해하는 기색으로), 울기를 그치고 팔을 부르걷었다(옷의 소매나 바지를 힘차게 걷어 올렸다).

"그래, 사내대장부가 세상에 나서, 온 이래야 옳담매?"

그러면서 단연 그 잉어를 잡을 결심으로, 후르륵 날아, 마침 솟구치는 잉어의 콧등에 오똑 앉았다.

잉어야 그렇잖아도 속이 출출한 판인데, 이게 웬 떡이냐고 날름 혀로 차서는, 씹고 무엇하고 할 것도 없이 그대로 꼴깍 삼켜 버렸다.

아침에 일찍 나간 채 한낮이 겨워도(때가 지나거나 기울어서 늦어도) 왕치는 돌아오지 않아서, 집에서는 소새와 개미는 걱정을 하며 이제나 저제나 까맣게 기다렸다.

그러면서 개미는 소새를 자꾸만 탓을 했다. 부질없이 그런 설도를 해서 그 못난이를 갖다가 못할 노릇을 시켰냐고. 괜히 참, 어디 가서 함부로 넘성거리다가 몸을 다치든지, 아닐 말로 죽든지 하면 저 일을 장차 어떡한단 말이냐고.

소새는 민망하여, 아 작자가 하도 염장(艶粧 예쁘고 아리땁게 단장함)을 못 차리고 보기 싫게 굴기에 좀 그래 보았다고. 그래도 난 못 하겠노라고 아랫목에 앉아서 뭉개든지, 무어라고 핑계를 대고 꾀로 바워 내려니 했지, 누가 그렇게 성큼 나설 줄이야 알았느냐고. 아무려나 어서 무사히 돌아오기나 했으면 좋겠다고. 누누이 발명(發明 죄나 잘못이 없음을 말해 밝힘. 또는 그리해 발뺌하려 함) 겸 후회하기를 마지않았다.

한낮이 겨우고 다시 새때가 되어 오자, 참다못해 둘이는 왕치를 찾으러 나섰다.

개미는 들로 나섰다. 그러나 암만 찾고 다녀도 왕치의 종적은 알 길이 없었다.

소새는 물가로 나갔다. 역시 암만 찾고 다녀도(벌써 잉어의 배 속으로 들어간 뒤라) 왕치는 눈에 뜨이지 않았다.

어느덧 날은 저물어 땅거미가 져서 더 찾을래야 찾을 수도 없고, 소새는 마음만 한껏 초조하면서, 거듭 뉘우쳐 싸면서 하릴없이 집으로 돌아가기로 했다. 혹시 그동안 왕치가 제풀에 돌아와서 있으면 작히 좋으면 하는 일루(一縷 한 오리의 실이라는 뜻으로, 몹시 미약하거나 불확실하게 유지되는 상태를 이르는 말)의 희망을 가지고.

그리하여 마침 수면을 날아 건 는데, 잉어가 한 놈 굼실거리며 물 위로 떠오르는 게 보였다. 이왕이니 사냥이나 해 가지고 갈 생각으로 홱, 몸을 떨어뜨리면서 주둥이로 잉어의 눈을 꿰어 찼다.

집에서는 개미가 먼저 돌아와서 까맣게 혼자 기다리고 있었다.

둘이는 필경 일을 저지른 일이라고 걱정에 땅이 꺼졌으나, 다시 더 찾아본들 날은 이미 저물었고, 밝는 다음 날로 미루는 수밖에 없었다.

하나가 빠졌는데 집 안이 텅 빈 것같이 섭섭한 집 안에서, 둘이는 방금 소새가 잡아 가지고 온 잉어를 먹기 시작했다. 좋은 음식을 대하니, 한결 없는 동무가 생각이 나서 목에 걸렸다.

중간쯤 먹었을 때였다.

별안간 후루룩하더니 둘이가 먹고 있는 잉어 배때기 속에서 왕치가 풀쩍 뛰어나오는 것이었다. 아까, 왕치를 산 채로 먹은 그 잉어를 공교로이 소새가 잡아 온 것이었다.

소새와 개미는 (반가운 것도 반가운 것이지만 깜짝 놀라) 뒤로 나가자빠지는데, 풀쩍 그렇게 잉어 배때기 속에서 뛰어나오면서 왕치의 하는 거동이 과연 절창(絶唱 뛰어나게 잘 부름. 또는 그런 노래)이었다.

"휘! 더워! 어서들 먹게! 아, 이놈의 걸 내가 잡느라고 어떻게 그만 애를 썼던지! 에이 덥다! 어서들 먹게!"

이렇게 너스레를 떨면서, 땀 난 이마를 쓱쓱 손바닥으로 씻으면서.

소새는 반가운 것도 놀란 것도 인제는 어디로 가고, 슬그머니 배알이 상했다. 잡기를 번연히 소새 제가 잡아, 그 덕에 생선 배때기 속에서 귀신도 모르게 죽을 것을 살려 냈어, 한 것을, 넉살 좋게, 제가 잡느라고 애를 쓴 건 무어며, 숫제 어서들 먹으라고 연성 생색을 내니, 세상 그런 비위 장도 있더 란 말이었다.

소새는 그래서 주둥이가 한 자나 되게 뚜— 하니 나와 가지고는 샐룩한 눈을 깔아뜨리고 앉아 말이 없었다.

개미가 비로소 정신을 차려 둘이를 다시금 보니, 참 우스워 기절을 하였겠다.

속을 못 차리고 공것을 너무 바치고(무엇을 지나칠 정도로 바라거나 요구하고) 하면 이마가 벗어진다더니, 정말 왕치는 이마의 땀을 쓱쓱 씻는데 보기 좋게 빈대 머리(번들번들한 게 빈대 같은 모양이라는 뜻으로 '대머리'를 빗대어 말함)가 홀러덩 단박에 벗어지고 만 것이었다.

소새는 또 주둥이가 한 발이나 쑥— 나와 버렸고.

개미는 하도하도 우습다 못해 대굴대굴 구르다가 그만 허리가 부러지고 말았다.

이래서 그때부터 왕치는 대머리가 벗어진 것이고, 소새는 주둥이가 길어진 것이고, 개미는 허리가 부러진 것이고 했다는 것이다.

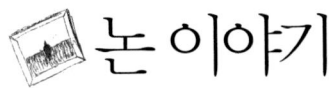
논 이야기

📝 작품 정리

작가: 채만식(210쪽 '작가와 작품 세계' 참조)
갈래: 풍자 소설
배경: 시간 – 8 · 15 광복 직후(동학 농민 운동, 일제 강점기, 8 · 15 광복)
　　　　공간 – 전라도 옥구의 어느 농촌
시점: 3인칭 전지적 작가 시점
주제: 엉뚱한 기대와 절망의 아이러니를 통해 이기적인 개인과 현실을 풍자
출전: 『해방문학선집』(1946)

📝 구성과 줄거리

발단 **광복 직후 한 생원은 논을 되찾을 수 있다는 기대에 들뜸**
　　일인(日人)들이 온갖 재산을 그대로 내어놓고 달아나게 되었다는 이야기를 들은 한 생원은 어깨가 우쭐하다. 일인에게 팔아넘긴 땅이 도로 자신의 것이 된다고 생각하니 조선이 독립했다는 소식보다 더 기쁜 일이다.

전개 **한태수는 구한말에 누명을 쓰고 잡혀가 논의 일부를 빼앗기고 풀려남**
　　한 생원네는 아버지 한태수가 장만한 열서너 마지기와 일곱 마지기의 두 자리 논이 있었다. 그런데 그 논을 동학의 잔당에 가담했다는 누명을 쓰고 고을 원(군수)에게 빼앗겨 버렸다. 그는 잡혀간 지 사흘 만에 열서너 마지기의 논을 바치고 풀려났다. 그 뒤 한 생원은 경술년에 나라가 망하자 오히려 잘되었다고 생각한다.

위기 **한 생원은 남은 토지를 일본인에게 팔고 나머지 돈도 모두 탕진함**
　　경술합방 이듬해, 한 생원은 나머지 논 일곱 마지기를 팔지 않으면 안 될 형편에 놓인다. 마침 일인 요시카와가 땅을 시세보다 갑절이나 더 주고 산다기에, 그 돈으로 빚도 갚고 다른 논을 사리라 생각하고 모두 판다. 그러나 요시카와가 주변 땅값을 올려놓았기 때문에 빚만 갚고 논은 살 수가 없다.

절정 광복 후 일인에게 판 멧갓에 가 보니 이미 남의 소유가 됨

그로부터 35년 후 광복이 된다. 한 생원이 요시카와에게 팔아넘긴 멧갓은 농장 관리인 강태식을 거쳐 다른 사람에게 소유권이 넘어간다. 잇속에 밝은 무리들이 일본인 농장이나 재산을 부당 처분한 것이다.

결말 한 생원은 논을 판 나라의 농정(農政)에 대해 불만을 토로함

그 뒤 일인의 재산을 조선 사람에게 판다는 소문이 들린다. 한 생원은 돈을 내고 논을 살 재력도 없거니와, 전의 임자가 있는데 아무에게나 판다는 것이 불합리한 처사라고 생각한다. 구장에게 달려간 한 생원은 조선의 독립 날 만세 안 부른 것을 다행으로 여긴다.

✏ 생각해 볼 문제 ---------------------------------------

1. 이 소설에서 풍자하는 대상은 무엇인가?

이 작품은 한일 합방 이전부터 일제 강점기를 거쳐 광복 직후까지의 농정을 풍자한 소설이다. 일인에게 팔아먹은 토지를 광복 덕에 되찾으려다가 뜻을 이루지 못한 한 생원은 '차라리 나라 없는 백성이 낫다'고 탄식한다. 이 소설은 원칙이 없는 나라는 물론, 헛된 기대를 품는 주인공 한 생원까지 풍자한다. 즉, '모자라는 인물(백성)'과 그 모자라는 인물이 '비난하는 대상(국가)'에 대해서도 비판을 하는 것이다.

2. 한 생원은 근대사를 어떤 관점에서 보고 있으며, 그 시각은 어떤 점에서 문제가 있는가?

이 작품은 구한말, 식민지 시대, 광복 후까지의 근대사를 조망하는 '농민 수탈사'를 다룬다. 한 생원은 구한국에 대해서는 수탈만 일삼는 시대였다고 규정하고 식민지 시대 또한 압제의 나날이었으며, 광복 후에도 백성들을 중하게 여기지 않는다고 비판한다. 즉, 근대사 전체를 억압의 시대로 보는 것이다. 한 생원은 자신에게 불리하면 공동체의 질서나 이상 따위는 아무 소용이 없다고 생각하는 사람이다. 그는 광복 후 일인이 물러가자 일본인 지주에게 판 땅이 고스란히 제 손에 들어와야 한다는 억지 논리를 가지고 있다.

3. **한 생원의 심리는 시대적 상황에 따라 어떻게 변화하는가?**

구한말에 고을 수령에게 땅을 빼앗긴 한 생원은 나라가 망하자 '그깟 놈의 나라 잘 망했다'고 생각한다. 경술국치 이듬해에 한 생원은 일인 요시카와에게 나머지 논을 팔아 그 돈으로 다른 논을 사려는 계획이 어긋나자 '착취당하는 것은 조선 때나 별다를 것이 없다'고 푸념한다. 광복이 된 후에도 일인이 남겨 놓고 간 재산을 조선 사람에게 판다는 소문이 들리자 '독립 날 만세 안 부르기 잘했다'고 중얼거린다.

4. **이 작품을 통해 당시 우리나라의 경제적 현실에 대해 생각해 보자.**

일본인의 토지 매입은 일본 자본에 의한 조선의 실질적 잠식을 의미한다. 높은 금액으로 땅을 매입하면 가난한 농민들은 땅을 팔고 결국은 소작농으로 전락한다. 일본의 자본력은 자본주의 논리에 익숙지 않은 식민지 백성들에게는 무자비한 것이었다. 농민들이 논을 빼앗긴다는 것은 삶 자체를 박탈당하는 것을 의미한다. 일본인의 토지 잠식은 경찰력이라는 폭력적 지배와 더불어 조선의 농촌을 초토화시켰다. 일제 강점기 때 우리 민족이 만주로 유랑할 수밖에 없었던 이유는 바로 일본의 토지 잠식 때문이었다고 할 수 있다. 광복 후에도 일본인에게 빼앗긴 농토는 원래 주인에게 돌아가지 못했으며, 오히려 친일파를 중심으로 한 지주 세력의 기득권을 견고하게 유지하는 역할을 했다.

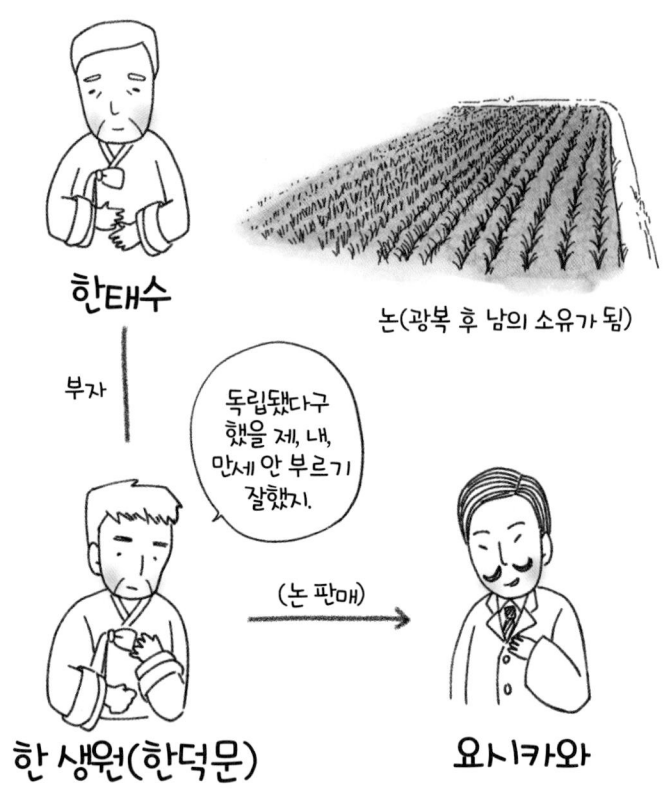

🖊️인물 관계도

한태수

논(광복 후 남의 소유가 됨)

부자

독립됐다구 했을 제, 내, 만세 안 부르기 잘했지.

(논 판매)

한 생원(한덕문)

요시카와

제(한 생원) 논의 일부는 아버지 한태수가 누명을 썼을 때 고을 원에게 바쳤지요. 남은 논은 나라가 망하고 몇 년 뒤에 빚을 갚기 위해서 일본인 요시카와에게 팔아 버렸고요. 광복을 했다고 하니 그 논을 되찾을 수 있을 줄 알았는데 남의 소유가 되어 있더라고요. 분명 원 주인이 있는데 나라가 이래도 되는 건가요? 독립했을 때 만세 안 부르길 잘했지요.

논 이야기

1

일인들이 토지와 그 밖에 온갖 재산을 죄다 그대로 내어놓고, 보따리 하나에 몸만 쫓기어 가게 되었다는 이야기를 들은 한 생원은 어깨가 우쭐하였다.

"거 보슈 송 생원, 인전들, 내 생각 나시지?"

한 생원은 허연 탑삭부리(짧고 다보록하게 수염이 난 사람)에 묻힌 쪼글쪼글한 얼굴이 위아래 다섯 개밖에 안 남은 누런 이빨과 함께 흐물흐물 웃는다.

"그러면 그렇지, 글쎄 놈들이 제아무리 영악하기로소니 논에다 네 귀탱이 말뚝 박구선 인도깨비처럼, 어여차 어여차, 땅을 떠 가지구 갈 재주야 있을 이치가 있나요?"

한 생원은 참으로 일본이 항복을 하였고, 조선은 독립이 되었다는 그날—팔월 십오 일 적보다도 신이 나는 소식이었다. 자기가 한 말(豫言)이 꿈결같이도 이렇게 와 들어맞다니……. 그리고 자기가 한 말대로, 자기가 일인에게 팔아넘긴 땅이 꿈결같이도 도로 자기의 것이 되게 되었다니……. 이런 세상에 신기하고 희한할 도리라고는 없었다.

조선이 독립이 되었다는 팔월 십오 일, 그때는 한 생원은 섬뻑(선뜻. 흔쾌히) 만세를 부르고 싶은 생각이 나지 않았어도, 이번에는 저절로 만세 소리가 나오려고 하였다.

팔월 십오 일 적에 마을에서는 젊은 사람들이 설도(說道 도리를 설명함)를 하여 태극기를 만들고, 닭을 추렴(모임이나 놀이의 비용 등으로 각자가 금품을 얼마씩 내어 거둠)하고, 술을 사고 하여 놓고 조촐히 만세를 불렀다.

한 생원은 그 자리에 참례(參禮 예식 · 제사 등에 참여함)를 하지 아니하였다. 남들이 가서 같이 만세를 부르자고 하였으나 한 생원은 조선이 독립이 되었다는 것이 별양 반가운 줄을 모르겠었다. 그저 덤덤할 뿐이었다.

물론 일본이 항복을 하였으니 전쟁은 끝이 난 것이요, 전쟁이 끝이 났으니 벼 공출(供出 일제가 식량 · 물자 등을 민간에게 강제적으로 바치게 한 일)을 비롯하여 솔뿌리 공출이야, 마초(馬草 말에게 먹이는 풀. 말꼴) 공출이야, 채소 공출이야, 가지가지의 그 억울하고 성가신 공출이 없어지고 말 것이었다.

또, 열여덟 살배기 손자 놈 용길이가 징용에 뽑혀 나갈 염려가 없을 터이었다. 얼마나 한 생원은, 일찍이 아비를 여의고, 늙은 손으로 여태껏 길러 온 외톨 손자 놈 용길이가 징용에 뽑히지 말게 하려고, 구장과 면의 노무계 직원과, 부락 담당 직원에게 굽은 허리를 굽실거리며 건사^(제게 딸린 것을 잘 보살피고 돌봄)를 물고 하였던고. 굶는 끼니를 더 굶어 가면서 그들에게 쌀을 보내어 주기, 그들이 마을에 얼씬하면 부랴부랴 청해다 씨암탉 잡고 술대접하기, 한참 농사일이 몰릴 때라도, 내 농사는 손이 늦어도 용길이를 시켜 그들의 논에 모 심고 김매어 주고 하기. 이 노릇에 흰머리가 도로 검어질 지경이요 빚은 고패^(감당하지 못할 정도로 큰 빚)가 넘도록 지고 하였다.

하던 것이 인제는 전쟁이 끝이 났으니, 징용 이자는 싹 씻은 듯 없어질 것. 마음 턱 놓고 두 발 쭉 뻗고 잠을 자도 좋았다.

이런 일을 생각하면 한 생원도 미상불 다행스럽지 아니한 것은 아니었다. 그러나 오직 그뿐이었다.

독립?

신통할 것이 없었다.

독립이 되기로서니, 가난뱅이 농투성이^('농부'를 낮잡아 이르는 말)가 별안간 나으리 주사 될 리 만무하였다. 가난뱅이 농투성이가 남의 세토^(貰土 소작) 얻어 비지땀 흘려 가면서 일 년 농사지어 절반도 넘는 도지^(소작료) 물고, 나머지로 굶으며 먹으며 연명이나 하여 가기는 독립이 되거나 말거나 매양 일반일 터이었다.

공출이야 징용이야 하여서 살기가 더럭 어려워지기는, 전쟁이 나면서부터였다. 전쟁이 나기 전에는 일 년 농사지어 작정한 도지, 실수 않고 물면 모자라나따나^(모자라나마. 모자라더라도) 아무 시비와 성가심 없이 내 것 삼아 놓고 먹을 수가 있었다.

징용도 전쟁이 나기 전에는 없던 풍토였었다. 마음 놓고 일을 하였고, 그것으로써 그만이었지, 달리는 근심 걱정 될 것이 없었다.

전쟁 사품^(어떤 동작이나 일이 진행되는 바람이나 겨를)에 생겨난 공출이니 징용이니 하는 것이 전쟁이 끝이 남으로써 없어진 다음에야, 독립이 되기 전 일본 정치 밑에서도 남의 세토 얻어 도지 물고 나머지나 천신하는^(처음으로 또는 오랜만에 차례가 돌아와 얻을 수 있는) 가난뱅이 농투성이에서 벗어날 것이 없을진대, 한갓 전쟁이 끝이 나서 공출과 징용이 없어진 것이 다행일 따름이지, 독립이 되었다고 만세를 부르며 날뛰고 할 흥이 한 생원으로는 나는 것이 없었다.

일인에게 빼앗겼던 나라를 도로 찾고, 그래서 우리도 다시 나라가 있게 되었다는 이 잔주(술에 취해 자질구레한 말을 늘어놓음)도, 역시 한 생원에게는 시뿌듬한(시쁘등한) 것이었다. 한 생원은 나라를 도로 찾는다는 것은 구한국 시절로 다시 돌아가는 것으로밖에는 달리는 생각할 수가 없었다.

한 생원네는 한 생원의 아버지의 부지런함으로 장만한, 열서너 마지기와 일곱 마지기의 두 자리 논이 있었다. 선대의 유업도 아니요, 공문서(空文書 무등기) 땅을 거저주운 것도 아니요, 버젓이 값을 내고 산 것이었다. 하되 그 돈은 체계나 돈놀이(고리대금업)로 모은 돈이 아니요, 품삯 받아 푼푼이 모으고 악의악식(惡衣惡食 너절하고 조악한 옷을 입고 맛없는 음식을 먹음)하면서 모은 돈이었다. 피와 땀이 어린 땅이었다.

그 피땀 어린 논 두 자리에서, 열서 마지기를 한 생원네는 산 지 겨우 오년 만에 고을 원(군수)에게 빼앗겨 버렸다.

지금으로부터 오십 년 전, 갑오 을미 병신 하는 병신(丙申)년, 한 생원의 나이 스물한 살 적이었다.

그 안해(바로 전해. 전년) 을미년 늦은 가을에 김 아무(金某)라는 원이 동학란에 도망친 원 대신으로 새로이 도임(到任 지방 관리가 근무지에 도착함)을 해 와서, 동학의 잔당을 비질하듯 잡아 죽였다.

피비린내 나는 살육이 이듬해 병신년 봄까지 계속되었고, 그리고 여름…… 인제는 다 지났거니 하여 겨우 안도를 한 참인데, 한태수(한 생원의 아버지)가 원두막에서 동헌(지방 관아에서 공사를 처리하던 중심 건물)으로 붙잡혀 가 옥에 갇히었다. 혐의는 동학에 가담하였다는 것이었다.

한태수는 전혀 동학에 가담한 일이 없었다. 그의 말대로 하면, 동학 근처에도 가 보지 아니한 사람이었다.

옥에 가두어 놓고는 매일 끌어내다 실토를 하라고, 동류의 성명을 불라고, 주리를 틀면서 문초를 하였다. 육십이 넘은 늙은 정강이가 살이 으깨어지고 뼈가 아스러졌다.

나중 가서야 어찌 될 값에, 당장의 아픔을 견디다 못하여 동학에 가담하였노라고 자복(자백)을 하였다. 입에서 나오는 대로 아는 사람의 이름을 불렀다.

불린 일곱 사람이 잡혀 들어와 같은 문초를 받았다. 처음에는 내뻗었으나 원체 아픔을 이기지 못하여 자복을 하였다.

남은 것은 처형을 하는 것뿐이었다.

하루는 이방이, 한태수의 아내와 아들(한 생원)을 조용히 불렀다.

이방은 모자더러, 좌우간 살려 낼 도리를 하여야 않느냐고 하였다.

모자는 엎드려 빌면서, 제발 이방님 덕택에 목숨만 살려지이다고 하였다.

"꼭 한 가지 묘책이 있기는 있는데……. 그럼 내가 시키는 대로 할 테냐?"

"불속이라도 뛰어들어 가겠습니다."

"논문서를 가져오느라. 사또께 다 바쳐라."

"논문서를요?"

"아까우냐?"

"……."

"가장이나 아비의 목숨보다 논이 더 소중하냐?"

"그 땅이 다른 땅과도 달라서……."

"정히 그렇게 아깝거던 고만두는 것이고."

"논문서만 가져다 바치면 정녕 모면을 할까요?"

"아니 될 노릇을 시킬까?"

"그럼 이 길로 나가서 가지고 오겠습니다."

"밤에 조용히 내아(內衙 관사)로 오도록 하여라. 나도 와서 있을 테니. 그리고 네 논이 두 자리가 있것다?"

"네."

"열서 마지기와 일곱 마지기."

"네."

"그 열서 마지기를 가지고 오 라."

"열서 마지기를요?"

"아까우냐?"

"……."

"아깝거들랑 고만두려무나."

"그걸 바치고 나면 소인네는 논 겨우 일곱 마지기를 가지고 수다한 권솔(眷率 한집에 거느리고 사는 식구. 식솔)에 살아갈 방도가……."

"당장 가장이나 애비의 목숨은 어데로 갔던지?"

"……."

"땅이야 다시 장만도 할 수가 있는 것이 아니냐?"

모자는 서로 돌아보면서 말하였다.

"바칩시다."

"바치자."

사흘 만에 한태수는 놓여나왔다. 다른 일곱 명도 이방이 각기 사이에 들어 각기 얼마씩의 땅을 바치고 놓여나왔다.

그 뒤 경술(庚戌)년에 일본이 조선을 합방하여 나라는 망하였다.

사람들이 나라 망한 것을 원통히 여길 때, 한 생원은,

"그깐 놈의 나라, 시원히 잘 망했지."

하였다. 한 생원 같은 사람으로는 나라란 백성에게 고통이지 하나도 고마운 것이 아니었다. 또 꼭 있어야 할 요긴한 것도 아니었다.

그런 나라라는 것을, 도로 찾았다고 하여, 섬뻑 감격이 일지 아니한 것도 일변 의당한 노릇이라 할 것이었다.

논 스무 마지기에서 열서 마지기를 빼앗기고 나니, 원통한 것도 원통한 것이지만, 앞으로 일이 딱하였다. 논이나 겨우 일곱 마지기를 가지고는 어림도 없었다.

하릴없이 남의 세토를 얻어, 그 보충을 하여야 하였다. 그러나 남의 세토는 도지를 물어야 하는 것이라, 힘은 내 논을 지을 때와 마찬가지로 들면서도 가을에 가서 차지를 하기는 절반이 못 되는 것이었다. 그렇지만 그렇다고 남의 세토를 소작 아니할 수는 없었다.

이리하여 한 생원네는 나라 명색이 망하지 않고 내 나라로 있을 적부터 가난한 소작농이었다.

경술년 나라가 망하고, 삼십육 년 동안 일본의 다스림 밑에서도 같은 가난한 소작농이었다.

그리고 속담에, 남의 불에 게 잡기(남의 덕택으로 거저 이익을 보게 됨을 비유)로 남의 덕에 나라를 도로 찾기는 하였다지만 한국 말년의 나라만을 여겨 그 나라가 오죽할 리 없고, 여전히 남의 세토나 지어 먹는 가난한 소작농이기는 일반일 것이라고 한 생원은 생각하던 것이었다.

일본이 항복을 하던 바로 전의 삼사 년에, 공출이야 징용이야 하면서 별안간 군색함과 불안이 생겼던 것이지, 그 밖에는 나라가 망하여 없어지고서 일본의 속국 백성으로 사는 것이, 경술년 이전 나라가 있어 가지고 조선 백성으로 살적보다 별양 못한 것이 한 생원에게는 없었다. 여전히 남의 세

토를 지어, 절반 이상이나 도지를 물고 그 나머지를 천신하는 가난한 소작인이요, 순사나 일인이나 면서기들의 교만과 압박보다 못할 것도 없거니와 더할 것도 없었다.

독립이 된 이 앞으로도, 그것이 천지개벽이 아닌 이상 가난한 농투성이가 느닷없이 부자 장자 될 이치가 없는 것이요, 원·아전·토반(土班 여러 대(代)를 그 지방에서 붙박이로 사는 양반)이나 일본 놈 대신에, 만만하고 가난한 농투성이를 핍박하는 '권세 있는 양반들'이 생겨날 것이요 할 것이매, 빼앗겼던 나라를 도로 찾아 다시금 조선 백성이 되었다는 것이 조금도 신통하거나 반가울 것이 없었다.

원과 토반과 아전이 있어, 토색(討索 금품을 억지로 달라고 함)질이나 하고 붙잡아다 때리기나 하고 교만이나 피우고, 하되 세미(稅米 조세로 바치던 쌀)는 국가의 이름으로 꼬박꼬박 받아 가면서 백성은 죽어야 모른 체를 하고 하는 나라의 백성으로도 살아 보았다.

천하 오랑캐, 애비와 자식이 맞담배질을 하고, 남매간에 혼인을 하고, 뱀을 먹고 하는 왜인들이, 저희가 주인이랍시고서 교만을 부리고, 순사와 헌병은 칼바람에 조선 사람을 개돼지 대접을 하고, 공출을 내어라 징용을 나가거라 야미(뒷거래)를 하지 마라 하면서 볶아 대고, 또 일본이 우리나라다, 나는 일본 백성이다, 이런 도무지 그럴 마음이 우러나지를 않는 억지 춘향이 노릇을 시키고 하는 나라의 백성으로도 살아 보았다.

결국 그러고 보니 나라라고 하는 것은 내 나라였건 남의 나라였건 있었 댔자 백성에게 고통이나 주자는 것이지, 유익하고 고마울 것은 조금도 없는 물건이었다. 따라서 앞으로도 내 나라는 말고 더한 것이라도, 있어서 요긴할 것도, 없어서 아쉬울 일도 없을 것이었다.

2

신해(辛亥)년…… 경술합방(경술국치) 바로 이듬해였다. 한 생원은─젊은 때의 한덕문은─빼앗기고 남은 논 일곱 마지기를 불가불 팔아야 할 형편에 이르렀다.

칠팔 명이나 되는 권솔인데, 내 논 일곱 마지기에다 남의 논이나 몇 마지기를 소작하여 가지고는 여간한 규모와 악의악식이 아니고서는 도저히 현상 유지를 하기가 어려웠다.

한덕문은 그 부친과는 달라 살림 규모가 없었다. 사람이 좀 허황하고 헤픈 편이었다.

부친 한태수가 죽고, 대신 당가산(當家産 집안 살림을 맡아 주관함)을 한 지 불과 오륙 년에 한덕문은 힘에 넘치는 빚을 졌다.

이 빚은 단순히 살림에 보태느라고만 진 빚은 아니었다.

한덕문은 허황하고 헤픈 값을 하느라고, 술과 노름을 쏠쏠히(어지간히) 좋아 하였다.

일 년 농사를 지어야 일 년 가계가 번연히 모자라는데, 거기다 술을 먹고 노름을 하니 늘어 가느니 빚밖에는 있을 것이 없었다.

빚은 갚아야 되었다.

팔 것이라고는 논 일곱 마지기 그것뿐이었다.

한덕문이 빚을 이리 틀어막고 저리 틀어막고, 오늘로 밀고 내일로 밀고 하여 오던 끝에, 마침내는 더 꼼짝을 할 도리가 없어 논을 팔기로 작정을 했을 무렵에, 그러자 용말(龍田) 사는 일인 요시카와(吉川)가 요새로 바싹 땅을 많이 사들인다는 소문이 들리었다. 그리고 값으로 말하여도, 썩 좋은 상답이면 한 마지기(200평)에 스무 냥으로 스물닷 냥(이십 냥 이상 이십오 냥=사 원 이상 오 원)까지 내고, 아주 박토(薄土 메마른 땅)라도 열 냥(이 원) 안짝은 없다고 하였다.

땅마지기나 가진 인근의 다른 농민들도 다들 그러하였지만, 한덕문은 그 중에서도 귀가 반짝 뜨였다.

시세의 갑절이었다.

고래실논(바닥이 깊고 물을 대기에 편리한 기름진 논)으로, 개똥 배미(논배미) 상지 상답(토양 조건과 물의 형편이 좋아서 농사가 잘되는 논)이라야 한 마지기에 열 냥으로 열두어 냥(이 원~이 원 사오십 전)이요, 땅 나쁜 것은 기지개 써야 닷 냥(일 원)이었다.

'팔자!'

한덕문은 작정을 하였다.

일곱 마지기 논이 상지 상답은 못 되어도 상답은 되니, 잘하면 열 냥은 받을 것. 열 냥이면 이칠 십사 일백마흔 냥(이십팔 원).

빚이 이럭저럭 한 오십 냥(십 원) 되니, 그것을 갚고 나면 아흔 냥(십팔 원)이 남아. 아흔 냥을 가지고 도로 논을 장만해. 판 일곱 마지기만 한 토리(土理 흙의 메마르거나 기름진 성질)의 논을 사더라도 아홉 마지기를 살 수가 있어.

결국 논 한번 팔고 사고 하는 노름에, 빚 오십 냥 거저 갚고도 논은 두 마지기가 늘어 아홉 마지기가 생기는 판이 아니냐.

이런 어수룩한 노름을 아니 하잘 며리가 없는 것이었었다.

양친은 이미 다 없는 때요, 한덕문 그가 대주(大主 여자가 자기 집의 바깥주인을 이르는 말. 호주)였으므로, 혼자서 일을 결단하여도 간섭을 받을 일은 없었다.

곡우(穀雨 이십사절기의 여섯째. 청명과 입하 사이로, 양력 4월 20일이나 21일경) 머리의 어느 날 한덕문은 맨발 짚신 풀 상투에 삿갓 쓰고 곰방대 물고, 마을에서 십 리 상거의 용말 출입을 나갔다. 일인 요시카와가 적실히 그렇게 후한 값으로 논을 사는지, 진가를 알아보고자 함이었다.

금강(錦江) 어귀의 항구 군산(群山)에서 시작되어 동북간방(東北間方)으로 임피읍(臨陂邑)을 지나 용말로 나온 한길이, 용말 동쪽 변두리에서 솜리(裡里)로 가는 길과 황등 장터(黃登市)로 가는 길의 두 갈랫길로 갈리는, 그 샅에 가 전주집이라는 주모가 업을 하고 있는 주막이 오도카니 홀로 놓여 있었다.

한덕문은 전주집과는 생소치 아니한 사이였다.

마당이자 바로 한길인, 그 마당 앞에 서 있는 한 그루의 실버들이 한창 푸른 전주집네 주막, 살진 봄볕이 드리운 마루에 나란히 걸터앉아 세상 물정 이야기, 피차간 살아가는 이야기, 훨씬 한담을 하던 끝에 한덕문이 지날말처럼 넌지시 물었다.

"참, 저, 일인 요시카와가 요새 땅을 많이 산다구?"

"많을 게 아니라, 그 녀석이 아마, 이 근처 일판을, 땅이라구 생긴 건 깡그리 쓸어 사자는 배폰가 봅디다!"

"헷소문은 아니루구먼?"

"달리 큰 배포가 있던지, 그러잖으면 그 녀석이 상성(喪性 본디의 성질을 잃어버리고 전혀 다른 사람처럼 변함. 발광)을 했던지."

"……."

"한 서방 어른두 속내 아는 배, 이 근처 논이 물 걱정 가뭄 걱정 없구, 한 마지기에 넉 섬은 먹는 논이라야 열 냥이 상값 아니우? 그런 걸 글쎄, 녀석은 스무 냥 스물댓 냥을 퍼 주구 사는구랴. 제마석(한 두락(마지기)에 한 석) 두 못 먹는 자갈 바탕의 박토라두, 논 명색이면 열 냥 안짝 잡히는 건 없구."

"허긴, 값이나 그렇게 월등히 많이 내야 일인한테 논을 팔지, 그러잖구서야 누가."

"제엔장, 나두 진작에 논이나 시늉만 생긴 거라두 몇 섬지기 장만해 두었더라면 이런 판에 큰 횡잴했지."

"그래, 많이들 와 파나?"

"대가릴 싸구 덤벼든답디다. 한 서방 어른두 논 좀 파시구랴? 이런 때 안 팔구, 언제 팔우?"

"팔 논이 있나?"

이유와 조건의 어떠함을 물론하고, 농민이 논을 판다는 것은 남의 앞에 심히 떳떳스럽지 못한 일이었다. 번연히 내일 모레면 다 알게 될 값이라도, 되도록 그런 기색을 숨기려고 드는 것이 통정(通情 세상 일반의 인정)이었다.

뚜벅뚜벅 말굽 소리가 나더니, 말 탄 요시카와가 주막 앞을 지난다. 언제나 그러하듯이, 깜장 박모자(中山帽子 꼭대기가 둥글고 높은 서양 모자)에 깜장 복장(양복)을 입고, 깜장 목 깊은 구두를 신고, 허리에는 육혈포(六穴砲 탄알을 재는 구멍이 여섯 있는 권총)를 차고 하였다.

한덕문은 길에서 몇 차례본 적이 있어 그가 요시카와인 줄을 안다.

"어디 갔다 와요?"

전주집이 웃으면서 알은체를 하는 것을, 요시카와는 웃지도 않으면서,

"응, 조─기. 우리, 나쁜 사레미 자바리 갔소 왔소(나쁜 사람을 잡아 왔소)."

요시카와의 차인꾼이요 통역꾼이요 한 백남술이가 밧줄로 결박을 지은 촌 젊은 사람 하나를 앞장 세우고 뒤미처 나타났다.

죄수(?)는 상투가 풀어지고 발기발기 찢긴 옷과 면상으로 피가 묻고 한 것으로 보아, 한바탕 늘씬 두들겨 맞은 것이 역력하였다.

"어디 갔다 오시우?"

전주집이 이번에는 백남술더러 인사로 묻는다.

백남술은 분연히,

"남의 돈 집어먹구 도망 댕기는 놈은 죽어 싸지."

하면서 죄수에게 잔뜩 눈을 흘긴다.

그리고 나서 전주집더러,

"댕겨오께시니, 닭이나 한 마리 잡구 해 놓게나. 놈을 붙잡느라구 한 승강이(서로 자기주장을 고집해 옥신각신함)했더니 목이 컬컬허이."

그러느라고 잠깐 한눈을 파는 순간이었다. 죄수가 밧줄 한끝 붙잡힌 것을 홱 뿌리치면서 몸을 날려 쏜살같이 오던 길로 내뺀다.

“엇!”

백남술이 병신처럼 놀라다 이내 죄수의 뒤를 쫓는다.

요시카와가 탄 말이 두 앞발을 번쩍 들어 머리를 돌리면서 땅을 차고 달린다. 그러면서 요시카와의 손에서 육혈포가 땅— 풀썩 연기가 나면서 재우쳐 땅—.

죄수는 그러나 첫 한 방에 그대로 길바닥에 가 동그라진다. 같은 순간 버선발로 뛰어내려 간 전주집이 에구머니 비명을 지른다.

죄수는 백남술에게 박승(捕繩) 한끝을 다시 붙잡히어 일어난다. 요시카와는 피스톨 사격의 명인(名人)은 아니었다.

일인에게 빚을 쓰는 것을 왜채(倭債)라고 하고, 이 젊은 친구는 왜채를 쓰고서 갚지 아니하고 몸을 피해 다니다가 붙잡힌 사람이었다.

요시카와는 백남술이가,

‘이 사람은 논이 몇 마지기가 있소.’

하고 조사 보고를 하면, 서슴지 아니하고 왜채를 주곤 한다. 이자도 항용 체계(場遞計)의 준말. 장에서 돈을 비싼 변리로 꾸어 주고 장날마다 본전의 일부와 변리를 받아들이는 일)나 장변(場邊 장에서 꾸는 돈의 변리)보다 헐하였다.

빚을 주는 데는 무른 것 같아도, 받는 데는 무서웠다.

기한이 지나기를 기다려, 채무자를 제 집으로 데려다 감금을 하고, 사형(私刑 사적 제재)으로써 빚 채근을 하였다.

부형이나 처자가 돈을 가지고 와서 빚을 갚는 날까지 감금과 사형을 늦추지 아니하였다.

논문서를 가지고 오는 자리는 ‘우대’를 하였다. 이자를 탕감하고 본전만 쳐서 논으로 받는 것이었다. 논이 있는 사람은, 돈을 두어 두고도 즐거이 논으로 갚고 하였다.

한덕문은 다시 끌려가고 있는 죄수의 뒷모양을 우두커니 바라다보면서,

‘제엔장, 양반 호랑이도 지질한데, 우환 중에 왜놈 호랑이까지 들어와서 이 등쌀이니, 갈수록 죽어나는 건 만만한 백성뿐이로구나.’

‘쯧, 번연히 알면서 왜채를 쓰는 사람이 잘못이지, 누구를 원망하나.’

‘참새가 방앗간을 거저 지날까. 이왕 외상술이라도 한잔 먹고 일어설까, 어떡헐까?’

이런 생각을 하고 앉아 있는 차에, 생각잖이, 외가 편으로 아저씨뻘 되는

윤 첨지가 퍼뜩 거기에 당도하였다. 윤 첨지는 황등 장터에서 제 논 석 지기나 지니고 탁신히(남에게 몸을 의탁해) 사는 농민이었다.

아저씨 웬일이시냐고, 조카 잘 있었더냐고, 항용 하는 인사가 끝난 후에 이 동네 사는 요시카와라는 일인이 값을 후히 내고 땅을 사들인다는 소문이 있으니 적실하냐고 아까 한덕문이 전주집더러 묻던 말을, 윤 첨지가 한덕문더러 물었다.

그렇다는 한덕문의 대답에, 윤 첨지는 이윽고 생각을 하고 있더니 혼잣말같이,

"그럼 나두 이왕 궐(厥)한테다 팔아야 하겠군."

하다가 한덕문더러,

"황등이까지 가서두 살까? 예서 이십 리나 되는데."

하고 묻는다.

"글쎄요……. 건데 논은 어째 파실 영으루?"

"허, 그거 온 참…… 저어 공주 한밭(大田)서 무안 목포(木浦)루 철로(鐵路)가 새루 나는데, 그것이 계룡산(鷄龍山) 앞을 지나 연산(連山)·팥거리(豆溪)루 해서 논메(論山)·강경(江景)으루 나와 가지구, 황등 장터를 지나게 된다네그려."

"그런데요?"

"그런데 철로가 난다 치면 그 십 리 안짝은 논을 죄 버리게 된다는 거야."

"어째서요?"

"차가 댕기는 바람에 땅이 울려 가지구 모를 심어두 뿌릴 제대루 잡지 못하구 해서, 벼가 자라질 못한다네그려!"

"무슨 그럴 리가……."

"건 조카가 속을 몰라 하는 소리지. 속을 몰라 하는 소린 것이, 나두 작년 정월에 공주 한밭엘 갔다 그놈 차가 철로 위루 달리는 걸 구경했지만, 아 그 쇳덩이루 만든 집채 더미 같은 시꺼먼 수레가 찻길 위루 벼락 치듯 달리는데, 땅바닥이 사뭇 움죽움죽하드라니깐! 여승 지동(地動 지진)이야……. 그러니 땅이 그렇게 지동하듯 사철 들이 울리니, 근처 논이 모가 뿌리를 잡을 것이며, 자라기를 할 것인가?"

"……."

듣고 보니 미상불 근리(近理 이치에 거의 맞음)한 말이었다.

"몰랐으면이거니와 알구두 그대루 있겠던가? 그래 좀 덜 받더래두 팔아

넘길 영으루 하구 있는데, 소문을 들으니 요시카와라는 손이 요새 값을 시세보담 갑절씩이나 내구 논을 산다데나그려. 정녕 그렇다면 철로 조간이 아니라두 팔아 가지구 딴 데루 가서 판 논 갑절 되는 논을 장만함직두 한 노릇인데, 항차……."

"철로가 그렇게 난다는 건 아주 적실한가요?"

"말끔 다 척량을 하구, 말뚝을 박아 놓구 한걸……. 황등 장터 그 일판은 그래, 논들을 못 팔아 난리가 났다니까."

3

일인 요시카와에게 일곱 마지기 논을 일백마흔 냥에 판 것과, 그중 쉰 냥은 빚을 갚은 것, 이것까지는 한덕문의 예산대로 되었다.

그러나 나머지 아흔 냥으로 판 논 일곱 마지기보다 토리(土理 메마르거나 기름진 흙의 성질)가 못하지 아니한 논으로 두 마지기가 더한 아홉 마지기를 삼으로써 빚 쉰 냥은 공으로 갚고, 그러고도 논이 두 마지기가 붙게 된다던 것은 완전히 허사가 되고 말았다.

아무도 한덕문에게 상답 한 마지기를 열 냥씩에 팔려는 사람은 없었다. 이왕 일인 요시카와에게 팔면 그 갑절 스무 냥씩을 받는 고로 말이었다.

필경 돈 아흔 냥은 한덕문의 수중에서 한 반년 동안 구르는 동안 스실사실('슬금슬금'의 방언) 다 없어지고 말았다.

이리하여 한덕문은 논 일곱 마지기로 겨우 빚 쉰 냥을 갚고는, 아무것도 남은 것이 없이 손 싹싹 털고 나선 셈이었다.

친구가 있어 한덕문을 책하면서(꾸짖으면서) 물었다.

"어떡허자구 논을 판단 말인가?"

"인제 두구 보게나."

"무얼 두구 보아?"

"일인들이 다 쫓겨 가면 그 땅 도로 내 것 되지 갈 데 있던가?"

"쫓겨 갈 놈이 논을 사겠나?"

"저이놈들이 천지 운수를 안다든가?"

"자네는 아나?"

"두구 보래두 그래."

한덕문은 혼자 속으로는 아뿔싸, 논이라야 단지 그것뿐인 것을 팔고서,

인제는 송곳 꽂을 땅도 없으니 이 노릇을 어찌한단 말이냐고, 심히 후회하여 마지아니하였다.

그러면서도 남더러는 그렇게 배포 있는 장담을 탕탕 하였다.

한덕문은 장차에 일인들이 쫓기어 가리라는 것을 확언할 아무런 근거도 가진 것이 없었다. 따라서 자신도 없었다. 오직 그는 논을 판 명예롭지 못함과 어리석음을 싸기 위하여, 그런 희떠운(행동이나 말이 실속이 없고 매우 거만하고 건방진) 소리를 한 것일 따름이었다.

한덕문이, 일인들이 다 쫓기어 가면 그 논이 도로 제 것이 될 터이라서 논을 팔았다고 한다더라, 이 소문이 한 입 두 입 퍼지자 듣는 사람마다 그의 희떠움을, 혹은 실없음을 웃었다.

하는 양을 보느라고 위정('일부러'의 방언),

"자네 논 팔았다면서?"

한다 치면,

"팔았지."

"어째서?"

"돈이 좀 아쉬워서."

"돈이 아쉽다구 논을 팔구서 어떡하자구?"

"일인들이 다 쫓겨 가면 그 논 도루 내 것 되지 갈 데 있나?"

"일인들이 쫓겨 간다든가?"

"그럼 백 년 살까?"

또 누구는 수작을 바꾸어,

"일인들이 쫓겨 간다지?"

한다 치면,

"그럼!"

"언제쯤 쫓겨 가는구?"

"건 쫓겨 가는 때 보아야 알지."

"에구 요 맹추야, 요 허풍선이야, 우리나라 상감님을 쫓아내구 저이가 왕 노릇을 하는데 쫓겨 가?"

"자넨 그럼 일인들이 안 쫓겨 가구 영영 그대루 있으면 좋을 건 무언가?"

"좋기루 할 말이야 일러 무얼 하겠냐만, 우리 좋구픈 대루 세상 일이 돼 준다던가?"

"그래두 인제 내 말을 이를 때가 오너니."

"괜히, 논 팔구섬 할 말 없거들랑 국으루(제 생긴 그대로. 또는 자기 주제에 알맞게) 잠자꾸 가만히나 있어요."

"체에, 내 논 내가 팔아먹는데, 죄 될 일 있니?"

"걸 누가 죄라니?"

"요시카와한테 논 팔아먹은 놈이 한덕문이 하나뿐인감?"

"누가 논 판 걸 나무래? 희떤 장담을 하니깐 그러는 거지."

"희떤 장담인지 아닌지 두구 보잔 말야."

이로부터 한덕문은 그 말로 인하여 마을과 인근에서 아주 호(세상에 널리 드러난 이름)가 났고, 어느 겨를인지 그것이 한 속담까지 되었다.

가령 어떤 엉뚱한 계획을 세운다든지 허랑한 일을 시작하여 놓고서는, 천연스럽게 성공을 자신한다든지, 결과를 기다린다든지 하는 사람이 있다 치면,

"흥, 한덕문이 요시카와에게다 논 팔아먹던 대 났구나."

하고 비웃곤 하는 것이었었다.

그 호, 그 속담은, 삼십오 년을 두고 전하여 내려왔다. 전하여 내려올 뿐만이 아니었다. 일본 제국주의의 조선에 있어서의 지반이 해가 갈수록 완구한 것이 되어 감을 따라, 더욱이 만주 사변 때부터 시작하여 중일 전쟁을 거쳐 태평양 전쟁으로 일이 거창하게 벌어진 결과, 전쟁 수단으로서 조선의 가치는 안으로 밖으로, 적극적으로 소극적으로, 나날이 더 커 감을 좇아 일본이 조선에다 박은 뿌리는 더욱 깊이 뻗어 들어가고, 가지와 잎은 더욱 무성하여서 일본이 조선으로부터 물러간다는 것은 독립과 한가지로 나날이 더 잠꼬대 같은 생각이던 것처럼 되어 버려 감을 따라, 그래서 한덕문이 장담하던 '일인들이 다 쫓겨 가면……' 이 말이, 해가 가고 날이 갈수록 속절없이 무색하여 감을 따라, 그와 반비례하여 그 말의 속담으로서의 가치와 효과만이 멸하지 않고 찬란히 빛을 내었다.

바로 팔월 십사 일까지도 그러하였다. 팔월 십사 일까지도, '흥, 한덕문이 요시카와한테 논 팔아먹던 대 났구나'는 당당히 행세를 하였었다.

그랬던 것이, 팔월 십오 일에 일본이 항복을 하고, 조선은 독립(실상은 우선 해방)이 되고 하였다. 그리고 며칠 아니하여 '일인들이 토지와 그 밖 온갖 재산을 죄다 그대로 내어놓고 보따리 하나에 몸만 쫓기어 가게 되었다'

는 데까지 이르렀다.

한 생원의, '일인들이 다 쫓겨 가면……'은 이리하여 부득불 빛이 화안하여지고, 반대로, '한덕문이 요시카와한테 논 팔아먹던 대 났구나'는 그만 얼굴이 벌게서 납작하고 말 수밖에 없었다.

4

"여보슈 송 생원?"

한 생원이 허연 탑삭부리에 묻힌 쪼글쪼글한 얼굴이 위아래 다섯 대밖에 안 남은 누런 이빨과 함께 흐물흐물 자꾸만 웃어지는 웃음을 언제까지고 거두지 못하면서, 그러다 별안간 송 생원의 팔을 잡아 흔들면서 아주 긴하게,

"우리 독립 만세 한번 부르실까?"

"남 다아 부르구 난 댐에, 건 불러 무얼 허우?"

송 생원은 한 생원과 달라 요시카와한테 팔아먹은 논도 없으려니와, 따라서 일인들이 쫓기어 가더라도 도로 찾을 논도 없었다.

"송 생원, 접때 마을에서 만세를 부를 제, 나가 부르셨던가?"

"난 그날, 허리가 아파 꼼짝 못하구 누웠었는걸."

"나두 그날 고만 못 불렀어."

"아따 못 불렀으면 못 불렀지, 늙은것들이 만세 좀 아니 불렀기루 귀양살이 보내겠수?"

"난 그래두 좀 섭섭해 그랬지요……. 그럼 송 생원 우리 술 한잔 자실까?"

"술이나 한잔 사 주신다면."

"주막으루 나갑시다."

두 늙은이가 지팡이를 짚고 마을에 단 한 집밖에 없는 주막으로 나갔다.

"에구머니, 독립두 되구 볼 거야. 영감님들이 술을 다 자시러 오시구."

이십 년이나 여기서 주막을 하느라고 인제는 중늙은이가 된 주모 판쇠네가, 손님을 환영이라기보다 다뿍(분량이 다소 넘치게 많은 모양) 걱정스러워한다.

"미리서 외상인 줄이나 알구, 술 좀 주게나."

한 생원이 그러면서 술청으로 들어가 앉는 것을, 송 생원도 따라 들어가 앉으면서 주모더러,

"외상 두둑히 드리게. 수가 나섰다네."

"독립되는 운덤(운이 좋아 덤으로 생기는 소득)에 어느 고을 원님이나 한자리 해 가

시는감?"

"원님을 걸 누가 성가시게, 흐흐……."

한 생원은 그러다 다시,

"거, 안주가 무어 좀 있나?"

"안주두 벤벤찮구 술두 막걸린 없구 소주뿐일걸, 노인네들이 소주 잡숫구 어떡허시게."

"아따 오줌은 우리가 아니 싸리."

젊었을 적에는 동이 술을 사양치 아니하던 영감들이었다. 그러나 둘이가 다 내일모레가 칠십. 더구나 자주자주는 술을 입에 대지 않던 차에, 싱겁다고는 하지만 소주를 칠팔 잔씩이나 하였으니 과음일 수밖에 없었다.

송 생원은 그대로 술청에 쓰러져 과연 소변을 지리기까지 하였다.

한 생원은 송 생원보다는 아직 기운이 조금은 좋은 덕에, 정신을 놓거나 몸을 가누지 못할 지경은 아니었다.

"우리 논을 좀 보러 가야지, 우리 논을. 서른다섯 해 만에 우리 논을 보러 간단 말야, 흐흐."

비틀거리면서 한 생원은 술청으로부터 나온다.

주모 판쇠네가 성화가 나서,

"방으루 들어가 누우셨다, 술 깨신 댐에 가세요. 노인네들 술 드렸다구 날 또 욕허게 됐구먼."

"논 보러 가, 논. 요시카와에게다 판 우리 논. 흐흐흐, 서른다섯 해 만에 도루 찾은, 우리 일곱 마지기 논, 흐흐흐."

"글쎄 논은 이 댐에 보러 가시면 되지 어디루 가요?"

"날, 희떤 소리 한다구들 웃었지. 미친놈이라구 웃었지들. 흐흐, 서른다섯 해 만에 내 말이 들어맞을 줄을 누가 알았어? 흐흐흐."

말은 혀 꼬부라진 소리로, 몸은 위태로이 비틀거리면서, 한 생원은 지팡이를 휘젓고 밖으로 나간다. 나가다 동네 젊은 사람과 마주쳤다.

"아, 한 생원 웬일이세요?"

"논 보러 간다, 논. 흐흐흐, 너두 이 녀석, 한덕문이 요시카와한테 논 팔아 먹던 대 났구나, 그런 소리 더러 했었지? 인제두 그런 소리가 나오까?"

"취하셨군요."

"나, 외상술 먹었지. 논 찾았은깐 또 팔아서 술값 갚으면 고만이지. 그럼 한 서른다섯 해 만에 또 내 것 되겠지, 흐흐흐. 그렇지만 인전 안 팔지, 안 팔아. 우리 용길이 놈 물려줘여지, 우리 용길이 놈."

"참, 용길이 요새 있죠?"

"있지. 요시카와한테 팔아먹었을까?"

"저, 읍내 사는 영남이가 산판(山坂 멧갓. 나무를 함부로 베지 못하게 가꾸는 산) 하날 사서 벌목(伐木)을 하는데, 이 동네 사람들더러 와 남구 비어 주구, 그 대신 우죽(나무나 대나무의 우두머리에 있는 가지) 가져가라고 하니, 용길이두 며칠 보내서 땔나무나 좀 장만하시죠."

"걸 누가…… 논을 도루 찾았는데."

"논만 찾으면 땔나문 없어두 사시나요?"

"논두 없어두 서른다섯 해나 살지 않았느냐?"

"허허 참, 그러지 마시구 며칠 보내세요. 어서 다 비어 버려야 할 텐데, 도무지 사람을 못 구해 그러니, 절더러 부디 그럭 허두룩 서둘러 달라구, 영남이가 여간만 부탁을 해야죠. 아, 바루 동네서 가찹겠다, 져 나르기 수월허구…… 요 위 가잿골 있는 요시카와 농장 멧갓이래요."

"무어?"

한 생원은 별안간 정신이 번쩍 나면서 대든다.

"가잿골 있는 요시카와 농장 멧갓이라구?"

"네."

"네라니? 그 멧갓이……. 가만있자, 아니, 그 멧갓이 뉘 멧갓이길래?"

"요시카와 농장 멧갓 아녜요? 걸, 영남이가 일인들이 이번에 거덜이 나는 바람에 농장 산림 감독하던 강 서방한테 샀대요."

"하, 이런 도적놈들, 이런 천하 불한당 놈들, 그래, 지금두 벌목을 하구 있더냐?"

"오늘버틈 시작했다나 봐요."

"하, 이런 천하 날불한당 놈들이."

한 생원은 천방지축으로 가잿골을 향하여 비틀걸음을 친다.

솔은 잘 자라지 않고, 개간하여 밭을 만들자 하니 힘이 부치고 하여, 이름만 멧갓이지, 있으나마나 한 멧갓 한 자리가 있었다. 한 삼천 평 될까말까, 그다지 크지도 못한 것이었다.

이 멧갓을 한 생원은 요시카와에게다 논을 팔던 이듬해인지 그 이듬해인지, 돈은 아쉽고 한 판에 또한 어수룩히 비싼 값으로 팔아넘겼었다.

요시카와는 그 멧갓에다 낙엽송을 심어, 삼십여 년이 지난 지금 와서는 아주 한다는 산림이 되었다.

늙은이의 총기요, 논을 도로 찾게 되었다는 것에만 정신이 팔려, 깜빡 멧 갓 생각은 미처 아직 못 하였던 모양이었다.

마침 전신주같이 쪽쪽 곧은 낙엽송이 총총들이 섰다. 베기에 아까워 보 이는 나무였다.

한 서넛이 나가 한편에서부터 깡그리 베어 눕히고, 일변 우죽을 치고 한다.

"이놈, 이 불한당 놈들, 이 멧갓 벌목한다는 놈이 어떤 놈이냐?"

비틀거리면서 고함을 치고 쫓아오는 한 생원을, 사람들은 영문을 몰라 일하던 손을 멈추고 뻔히 바라다보고 섰다.

"이놈 너루구나?"

한 생원은 영남이라는 읍내 사람 벌목 주인 앞으로 달려들면서, 한 대 갈 길 듯이 지팡이를 둘러멘다.

명색이 읍 사람이라서, 촌 농투성이에게 무단히 해거(駭擧 해괴한 짓)를 당하 면서 공수(拱手 오른손을 밑에, 왼손을 위에 두 손을 맞잡아 공경의 뜻을 나타냄)하거나 늙은이 대접 을 하려고는 않는다.

"아니, 이 늙은이가 환장을 했나? 왜 그러는 거야, 왜?"

"이놈, 네가 왜, 이 멧갓을 손을 대느냐?"

"무슨 상관여?"

"어째 이놈아, 상관이 없느냐?"

"뉘 멧갓이길래?"

"내 멧갓이다. 한덕문이 멧갓이다, 이놈아."

"허허, 내 별꼴 다 보네. 팬시리 술잔 든질렀거들랑(술 한잔했거들랑), 고이 삭히 진 아녀구서(조용히 술이나 깨지 아니하고서), 나이깨나 먹은 것이, 왜 남 일하는 데 와 서 이 행악(行惡 못된 짓을 함. 또는 그런 행동)야, 행악이. 늙은이는 다리뼉다구 부러지 지 말란 법 있나?"

"오냐, 이놈, 날 죽여라. 너구 나구 죽자."

"대체 내력을 말을 해요. 무엇 때문에 이 야료(까닭 없이 트집을 잡고 함부로 떠들어 대는 짓)인지, 내력을 말을 해요."

"이 멧갓이 그새까진 요시카와 것이라두, 조선이 독립됐은간 인전 내 것이란 말야, 이놈아."

"조선이 독립이 됐는데, 어째 요시카와 멧갓이 한덕문이 것이 되는구?"

"요시카와는, 일인들은, 땅을 죄다 내놓구 간깐, 그전 임자가 도루 차지하는 게 옳지, 무슨 말이냐?"

"오오, 이녁이 (당신이) 이 멧갓을 전에 요시카와한테다 팔았다?"

"그래서."

"그랬으니깐, 일인들이 땅을 다 내놓구 가니깐, 이녁은 팔았던 땅을 공짜루 도루 차지하겠다?"

"그래서."

"그 개 뭣 같은 소리 인전 엔간치 (정도껏) 해 두구, 어서 없어져 버려요. 난 뻐젓이 요시카와 농장 산림 관리인 강태식이한테 시퍼런 돈 이천 환 주구서 계약서 받구 샀어요. 강태식인 요시카와가 해 준 위임장 가지구 팔구. 돈 내구 산 사람이 임자지, 저, 옛날 돈 받구 팔아먹은 사람이 임잘까?"

8·15 직후, 낡은 법이 없어지고 새로운 영이 서기 전 혼란한 틈을 타서, 잇속에 눈이 밝은 무리들이 일본인 농장이나 회사의 관리자와 부동 (잘못된 일에 어울려 한통속이 됨)이 되어 가지고, 일인의 재산을 부당 처분하여 배를 불린 일이 허다하였다. 이 산판 사건도 그런 것의 하나였다.

5

그 뒤 훨씬 지나서.

일인의 재산을 조선 사람에게 판다, 이런 소문이 들렸다.

사실이라고 한다면 한 생원은 그 논 일곱 마지기를 돈을 내고 사지 않고서는 도로 차지할 수가 없을 판이었다. 물론 한 생원에게는 그런 재력이 없거니와, 도대체 전의 임자가 있는데 그것을 아무나에게 판다는 것이 한 생원으로 보기에는 불합리한 처사였다.

한 생원은 분이 나서 두 주먹을 쥐고 구장에게로 쫓아갔다.

"그래 일인들이 죄다 내놓구 가는 것을, 백성들더러 돈을 내구 사라구 마련을 했다면서?"

"아직 자세힌 모르겠어두, 아마 그렇게 되기가 쉬우리라구들 하드군요."

해방 후에 새로 난 구장의 대답이었다.

"그런 놈의 법이 어딨단 말인가? 그래, 누가 그렇게 마련을 했는구?"

"나라에서 그랬을 테죠."

"나라?"

"우리 조선 나라요."

"나라가 다 무어 말라비틀어진 거야? 나라 명색이 내게 무얼 해 준 게 있길래, 이번엔 일인이 내놓구 가는 내 땅을 저이가 팔아먹으려구 들어? 그게 나라야?"

"일인의 재산이 우리 조선 나라 재산이 되는 거야 당연한 일이죠."

"당연?"

"그렇죠."

"흥, 가만둬 두면 저절루 백성의 것이 될 걸 나라 명색은 가만히 앉었다 어디서 툭 튀어나와 가지구, 걸 뺏어서 팔아먹어? 그따위 행사(行事·어떤 일을 행함. 또는 그 일)가 어딨다든가?"

"한 생원은, 그 논이랑 멧갓이랑 요시카와한테 돈을 받구 파셨으니깐 임자로 말하면 요시카와지 한 생원인가요?"

"암만 팔았어두, 요시카와가 내놓구 쫓겨 갔은깐, 도루 내 것이 돼야 옳지, 무슨 말야. 걸, 무슨 탁에(권리로) 나라가 뺏을 영으루 들어?"

"한 생원한테 뺏는 게 아니라, 요시카와한테 뺏는 거랍니다."

"흥, 둘러대긴 잘들 허이. 공동묘지 가 보게나. 핑계 없는 무덤 있던가? 저, 병신년에 원놈(군수) 김가가 우리 논 열두 마지기 뺏을 제두 핑곈 다 있었더라네."

"좌우간, 아직 그렇게 지레 염려하실 게 아니라, 기대리구 있느라면 나라에서 다 억울치 않두룩 처단을 하겠죠."

"일없네. 난 오늘버틈 도루 나라 없는 백성이네. 제길, 삼십육 년두 나라 없이 살아왔을려드냐. 아—니 글쎄, 나라가 있으면 백성한테 무얼 좀 고마운 노릇을 해 주어야 백성두 나라를 믿구, 나라에다 마음을 붙이구 살지. 독립이 됐다면서 고작 그래, 백성이 차지할 땅 뺏어서 팔아먹는 게 나라 명색야?"

그러고는 털고 일어서면서 혼잣말로,

"독립됐다구 했을 제, 내, 만세 안 부르기, 잘했지."

미스터 방

✏️ 작품 정리 --

작가: 채만식(210쪽 '작가와 작품 세계' 참조)
갈래: 세태 소설, 풍자 소설
배경: 시간 – 광복 직후 / 공간 – 서울
시점: 3인칭 전지적 작가 시점
주제: 광복 직후 권력을 좇아 개인적 이익을 추구하는 기회주의적 인물들에
　　　대한 비판
출전: 〈대조〉(1946)

✏️ 구성과 줄거리 --

발단 신기료장수 출신 방삼복이 거들먹거리자 백 주사는 못마땅해함

　　방삼복과 그를 찾아온 백 주사가 함께 맥주를 마신다. 백 주사는 과거의
양쪽 집안 내력에 생각이 미치자 방삼복이 내심 괘씸하기 짝이 없다. 하
지만 삼복에게 부탁하러 온 입장이라 그의 허세에 맞장구를 칠 수밖에
없다. 백 주사는 미천한 신분의 방삼복이 하루아침에 부와 권세를 얻은
것이 신기하기도 하고 부럽기도 하다.

전개 방삼복은 미군 장교의 통역이 된 이후 부자가 됨

　　신기료장수를 하던 방삼복이 광복이 되자 미군 장교의 통역이 된다. 호
화 주택에 살게 된 방삼복은 청탁하기 위해 찾아오는 사람들로부터 뇌물
을 받아 치부(致富 재물을 모아 부자가 됨)를 한다.

위기 백 주사는 재산을 뺏긴 사정을 이야기하며 보복을 부탁함

　　백 주사는 아들 백봉선 덕택에 지주이자 고리대금업자로 치부를 했지만
광복이 된 후 군중의 습격을 받아 재산을 빼앗기고 서울로 피신한다. 그
러던 어느 날, 방삼복을 만난 백 주사는 미군 장교의 도움을 받아 복수를
하고자 한다. 백 주사가 방삼복에게 청탁을 하자 방삼복은 부탁을 들어
주겠노라 장담한다.

절정 결말 방삼복이 뱉은 양칫물이 S소위의 얼굴에 떨어져 턱을 얻어맞음

방삼복이 양치질을 하고 발코니 바깥으로 뱉은 물이 마침 현관으로 들어서던 S소위의 얼굴에 떨어진다. 화가 난 S소위는 방삼복에게 욕을 하고 한 대 갈긴다.

✎ **생각해 볼 문제** -

1. 이 소설에서 비판과 풍자의 대상은 무엇인가?

이 작품에서 풍자의 대상이 되는 주된 인물은 미스터 방^(방삼복)과 백 주사다. 방삼복은 광복 직후 혼란한 사회에서 발 빠르게 권력을 추구하는 기회주의적 인물을 대표한다. 백 주사는 전형적인 친일파로 광복이 되어 군중에게 재산을 빼앗긴 뒤 방삼복을 찾아와 복수를 청탁한다. 작가는 방삼복과 같은 기회주의자와, 백 주사와 같은 친일파를 비판하고 있다. 나아가 방삼복에게 찾아와 뇌물로 청탁하는 상류층과 이를 용인하는 미군정도 비판의 대상이 되고 있다.

2. 방삼복은 양칫물이 S소위의 얼굴에 떨어지는 바람에 턱을 가격당한다. 이같은 상황의 반전이 주는 효과는 무엇인가?

이 소설은 방삼복이 턱을 가격당하는 상황에서 끝난다. 하지만 독자는 그 이후의 상황, 즉 한순간의 실수로 방삼복의 꿈이 좌절되리라는 것을 충분히 짐작할 수 있다. 이런 반전을 통해 작가는 하루아침에 얻은 부와 권세가 얼마나 허망하게 사라질 수 있는 것인지 분명하게 보여 준다. 또한, 방삼복의 상황을 역전시킴으로써 웃음을 유발한다.

3. 당시의 사회 현실을 고려할 때 방삼복과 백 주사의 지위 변화는 어떤 의미를 지니는가?

이 작품은 광복 직후의 사회를 배경으로 방삼복이 '미스터 방'이 되는 과정을 풍자적으로 보여 준다. 초라한 집안 출신의 방삼복이 하루아침에 부와 권세를 거머쥐게 된 것이나, 친일파 백 주사가 하루아침에 몰락해 '미스터 방'에게 굽실거리게 된 것은 광복 직후의 사회상이 얼마나 혼란스러웠는지를 여실히 보여 준다.

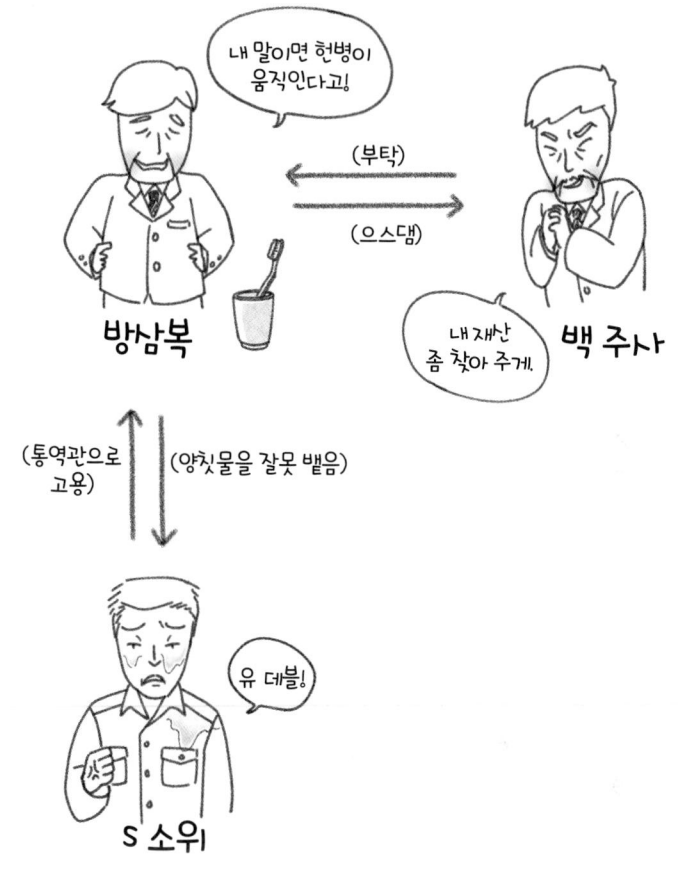

남의 집 머슴살이를 하던 저(방삼복)는 열두 해 전 조선을 떠나 일본, 중국을 떠돌았어요. 결과가 신통치 않아 서울에서 신기료장수 일을 하던 중 광복을 맞고 미군 S소위의 통역사가 되었답니다. 거만하던 백 주사가 부탁을 해 올 정도로 팔자가 폈지요. 백 주사와 술을 마신 김에 양치질을 했는데 양칫물이 S소위의 얼굴에 맞아 버렸어요. 저는 이제 어쩌지요?

미스터 방

주인과 나그네가 한가지로 술이 거나하니 취하였다. 주인은 미스터 방 (方), 나그네는 주인의 고향 사람 백(白) 주사.

주인 미스터 방은 술이 거나하여 감을 따라, 그러지 않아도 이즈음 의기 자못 양양한(사람의 앞날이 한없이 넓어 발전의 여지가 많은) 참인데 거기다 술까지 들어간 판이고 보니, 가뜩이나 기운이 불끈불끈 솟고 하늘이 바로 돈짝(엽전의 크기)만 한 것 같은 모양이었다.

"내 참, 뭐, 흰 말(흰소리. 터무니없이 자랑으로 떠벌리는 말)이 아니라 참, 거칠 것 없어, 거칠 것. 흥, 어느 눔이 아, 어느 눔이 날 뭐라구 허며, 날 괄시헐 눔이 어딨 어, 지끔 이 천지에. 흥 참, 어림없지, 어림없어."

누가 옆에서 저를 무어라고를 하며 괄시를 한단 말인지, 공연히 연방 그 툭 나온 눈방울을 부리부리, 왼편으로 삼십 도는 넉넉 삐뚤어진 코를 벌씸 벌씸 해 가면서 그래 쌓는 것이었다.

"내 참, 이래 봬두, 웅, 동양 삼국 물 다 먹어 본 방삼(方三)복이우. 청어(淸語 만 주어. 여기서는 중국어)를 못허나, 일얼 못허나, 영어야 뭐 말할 것두 없구……."

하다가, 생각난 듯이 맥주 컵을 들어 벌컥벌컥 단숨에 다 마신다. 그러고는 시꺼먼 손등으로 입술을 쓱, 손가락으로 김치 쪽을 늘름 한 점, 그러던 버릇 이, 미스터 방이요, 신사요, 방 선생으로도 불리어지는 시방도, 무심중 절로 나와, 손등으로 입술의 맥주 거품을 쓱 씻고, 손가락으로 라조기(닭을 튀겨 만든 중 국 요리) 한 점을 집어다 우둑우둑 씹는다.

"술은 참, 맥주가 술입넨다……."

어느 눔이 만일 무어라고 시비를 하거나 괄시를 한다면 당장 그 라조기 를 씹듯이 우둑우둑 잡아 씹기라도 할 듯이 괄괄하던 결기(발끈하기 잘하는 급한 기 질)가, 그러다 별안간 어디로 가고서 이번엔 맥주 추앙이 나오던 것이다.

"술두 미국 사람네가 문명했죠. 죄선 사람은 안직두 멀었어."

"멀구말구. 아직두 멀었지."

쥐 상호의 대추씨만 한 얼굴에 앙상한 노랑 수염 백 주사가, 병을 들어 주 인의 빈 컵에다 따르면서 그렇게 맞장구를 쳐 보비위(補脾胃 남의 비위를 잘 맞추어 줌)

를 한다.

"아, 백 상('씨'의 일본어)두 좀 드슈."

"난 과해."

"괜히 그리셔. 백 상 주량을 다아 아는데. 만난 진 오랬어두."

"다아 젊었을 적 말이지, 지금은……."

"올에 참 몇이시지?"

"갑술생 마흔여덟 아닌가!"

"그럼 나버담 열한 살 위시군. 그래두 백 상은 안 늙으신 심야. 허허허허."

"안 늙는 게 다 무언가. 머리 신 걸 보게!"

"건 조백(早白 늙기도 전에 머리가 셈. 흔히 마흔 살 안팎의 나이에 머리가 세는 것을 이름)이시지."

백 주사는 흔연히 수작을 하면서 내색은 아니나, 어심엔(마음속으로는) 미스터 방이 괘씸하기 짝이 없었다.

향리의 예법으로, 십 년 장이면 절하고 뵈어야 한다. 무릎 꿇고 앉아야 하고, 말은 깍듯이 공대를 해야 한다. 그 앞에서 주초(酒草 술과 담배를 아울러 이르는 말)가 당치 않고, 막부득이한 경우면 모로 앉아 잔을 마셔야 한다. 그런 것을, 마치 제 연갑(年甲 연배) 친구나 타관 나그네에게나 하는 것처럼, 백 상이니, 술 드슈, 조백이시지 하고 말버릇이 고약해, 발 개키고 앉아서 정면하고 술을 먹어, 담배 뻐끔뻐끔 피워, 이런 괘씸할 도리가 없었다.

또 나이도 나이려니와, 문벌이나 지체를 가지고 논한다면, 이건 도저히 용서할 수 없는 일이었다.

이래 보여도 나는 삼대조가 진사를 하였고(그 첩지가 시방도 버젓이 있다) 오대조가 호조 판서를 지냈고(족보에 그렇게 분명히 올라 있다) 칠 대조가 영의정을 지냈고(역시 족보에 그렇게 분명히 올라 있다) 이런 명문거족의 집안이었다. 또 내 십이 촌이 ××군수요, 그 십이 촌의 아들이 만주국 ××현 ××촌 촌장이요 하였다. 또 그리고, 시방은 원수의 독립인지 막덕(마르크스주의를 믿는 사람이나 그 행위를 낮추어 이르는 말)인지 때문에 다 그렇게 되었다지만, 아무튼 두 달 전까지도 어느 놈 그 앞에서 기침 한번 크게 못하던 백 부장(백 주사의 아들)—훈팔(八)등에 ××경찰서 경제계 주임이던 백 부장의 어르신네 이 백 주사가 아닌가. 두 달 전 그때만 같았어도,

'이놈!'

하고 호통을 하여 당장 물고(物故 죄를 지은 사람을 죽임)를 내련만, 그 좋은 세상이 어

디로 가고 이 지경이란 말인지 몰랐다.

하여튼 그만치나 혼란스런 백 주사에다 대면 미스터 방의 근지(根地 자라 온 환경과 경력을 아울러 이르는 말)야 아주 보잘 것이 없었다.

미스터 방의 증조가 타관에서 떠들어온 명색 없는 사람이었다. 그 조부가 고을의 아전을 다녔다. 그 아비가 짚신 장수였다. 칠십에, 고로롱고로롱, 아직도 살아 있지만, 시방도 짚신 곱게 삼기로 고을에서 첫째가는 방 첨지가 바로 그였다. 그리고 이 방삼복이는…….. 먹고 자고 꿍꿍 일하고, 자식새끼 만들고 할 줄밖에는 모르는 상일꾼(농부)이었다. 그러나마 삼십을 바라보도록 남의 집 머슴살이로, 이 집 저 집 살고 다니는 코 삐뚤이 삼복이었다. 물론 낫 놓고 기역자도 못 그리는 판무식(일자무식)이었다.

상일꾼일 바엔 남의 세토(貰土 소작) 마지기라도 얻어 제 농사를 짓는 것이 아니라, 삼십을 바라보도록 남의 집 머슴살이만 하고 다니던 코 삐뚤이 삼복이가 하루아침 무슨 생각이 났던지, 돈벌이를 간답시고, 조석(아침과 저녁을 아울러 이르는 말)이 간데없는 부모에게다 처자식 떠맡기고는 훌쩍 일본으로 떠나 버렸다. 그것이 열두 해 전.

떠난 지 칠팔 년을 별반 신통한 벌이도 못하는지, 돈 한 푼 보내는 싹도 없더니, 하루는 느닷없이 중국 상해에 와 있노라 기별이 전해져 왔다. 그러고는 감감 소식이 없다가, 삼 년 만에 퍼뜩 고향엘 돌아왔다. 십여 년을, 저의 말마따나 동양 삼국 물 골고루 먹고 다녔으면서, 별로 때가 벗은 것도 없어 보이고, 행색은 해어진 양복 누더기에 볼 꿰어진 구두짝을 꿰고 들어서는 모양이, 군데군데 깁질(기움질)은 하였으나 빨아 다린 무명 고의적삼(여름에 입는 홑바지와 저고리)을 입고 고향을 떠날 적보다 차라리 초라한 것 같았다.

늙은 어미 아비와, 젊은 가속이 뼈품(뼈가 휠 만큼 들이는 품)으로 버는 것을 얻어먹으며 굶으며 하면서 한 일 년 빈둥거리고 놀더니, 적이 회심(回心 마음을 돌이켜 먹음)이 들었는지, 이번엔 처자식 데리고 서울로 올라왔다. 서울로 올라와서는 현저동 비탈의 다 찌부러진 행랑방을 얻어 살면서, 처음 일 년은 용산 있는 연합군 포로수용소엘 다니며 입에 풀칠을 하였고—이 동안 그는 상해에서 귀로 익힌 토막 영어가 조금 더 진보되었고.

다시 일 년이나는, 그것 역시 상해에서 익힌 것을 밑천 삼아 구두 직공으로 구둣방엘 다니며 그럭저럭 살았고. 그러다 일본이 싸움에 지느라고, 구두를 너무 해트려(닳아서 떨어지게 해) 가죽이 동이 나서, 구둣방이 너나없이 문을 닫는 바람에, 할 수 없이 이번엔 궤짝 한 개 짊어지고 신기료장수(헌 신을 꿰매어 고치는 일을 직업으로 하는 사람)로 나서고 말았다.

골목골목 돌아다니며, 혹은 종로 복판의 행길에 가 앉아 신기료장수를 하자니, 자연 서울 온 고향 사람의 눈에 종종 뜨일밖에. 소식이 고향에 퍼지자, 누구 한 사람 칭찬은 없고 저마다 빈정거리는 소리뿐이었다.

"일본으로, 청국으로, 십여 년 타국 바람 쐬고 온 놈이 겨우 고거야?"

"부전자전이로구면. 아범은 짚신 장수, 자식은 구두 깁는 장수."

"아마 신발 명당에다 무덤을 썼든감."

이렇듯, 근지는 미천하고, 속에 든 것 없고, 가랑이가 찢어지게 가난하고, 생화(生貨 먹고살아 가는 데 도움이 되는 벌이나 직업)라는 것이 고작 거리에 앉아 오는 사람 가는 사람 해지고 고린내 나는 구두짝 꿰매어 주고 징 박아 주고 닦아 주고 하는 천업(賤業 천한 직업 또는 영업)이고 하던, 그 코 삐뚤이 삼복이었다.

'흥, 개구리가 올챙이 적을 생각 못한다더니, 발칙한 놈, 고얀 놈.'

백 주사는 생각하자니 속으로 이렇게 분개스럽지 않을 수가 없었다.

그러나 일변으로는, 그러던 코 삐뚤이 삼복이가 그야말로 선영이 명당엘 들었단 말인지, 무슨 조화를 지녔단 말인지, 불과 몇 달 안에 이렇게 훌륭히 되고, 부자가 되고, 미스터 방인지 구리다 방인지가 되고 하여 가지고는, 갖은 호강 다 하며 천하에 무서울 것이 없고 기광(氣狂 극성스레 마구 날뛰는 행동이나 기세)이 나서 막 이러니, 한편 생각하면 신기하기도 하고 부럽기도 하고 또한 안타깝기도 하였다.

'사람의 운수란 참 모를 일이야.'

백 주사는 속으로 절절히 이렇게 탄복도 아니치 못하였다.

코 삐뚤이 삼복의 이 눈부신 발신(發身 천하고 가난한 처지를 벗어나 형편이 훤히 트임)은, 그러나 백 주사가 희한히 여기는 것처럼 무슨 명당 바람이 났다거나 조화를 지녔다거나 그런 신기한 곡절이 있는 바가 아니요, 지극히 간단하고도 수월한 것이었다. 다만 몸에 지닌 재주 가운데 총기가 좀 좋아서 일찍이 영어 마디나 익힌 것을 잊어버리지 아니하였다는, 일종의 특수 조건이 없던 바는 아니지만.

1945년 8월 15일, 역사적인 날. 이날도 신기료장수 방삼복은 종로의 공원 건너편 응달에 앉아서, 구두 징을 박으면서, 해방의 날을 맞이하였다. 그러나 삼복은 감격한 줄도 기쁜 줄도 모르겠었다. 지나가는 행인이, 서로 모르던 사람끼리면서 듬쑥 서로 껴안고 기뻐하고 눈물을 흘리고 하는 것이, 삼복은 속을 모르겠고 차라리 쑥스러 보일 따름이었다. 몰려 닫는 군중이 오히려 성가시고, 만세 소리가 귀가 아파 이맛살이 찌푸려질 지경이었다.

몰려다니고 만세를 부르고 하기에 미처 날뛰느라고 정신이 없어, 손님이 없어, 손님이 부쩍 줄었다.

"우라질! 독립이 배부른가?"

이렇게 그는 두런거리면서 반감이 솟았다.

이삼 일 지나면서부터야 삼복에게도 삼복에게다운 해방의 혜택이 나누어졌다.

십 전이나 십오 전에 박아 주던 징을, 오십 전을 받아도 눈을 부라리는 순사를 볼 수가 없었다. 순사가 없어졌다면야, 활개를 쳐 가면서 무슨 짓을 하여도 상관이 없고 무서울 것이 없던 것이었다.

"옳아, 그렇다면 독립도 할 만한 건가 보다."

삼복은 징 열 개를 박아 주고 오 원을 받아 넣으면서 이렇게 속으로 중얼거리기까지 하였다.

그러나 며칠이 못 가서 삼복은 다시금 해방을 저주하여야 했다. 삼복이 저 혼자만 돈을 더 받으며, 더 받아 상관이 없는 것이 아니라, 첫째 도가(都家 도매상)들이 제 맘대로 재료값을 올리던 것이었다. 징, 가죽, 고무, 실 모두가 오 곱 십 곱 비싸졌다. 그러니 신기료장수는 손님한테 아무리 비싸게 받는댔자 재료를 비싼 값으로 사야 하니, 결국 도가만 살찌울 뿐이지 소득은 전과 크게 다를 것이 없었다.

"이런 옘병헐! 그눔에 경제겐 다 어디루 가 뒈졌어. 독립은 우라진다구 독립을 헌담."

석양 때 신기료 궤짝 어깨에 멘 채 홧김에 막걸리청으로 들어가, 서너 사발 들이켜고는 그는 이렇게 게걸거렸다(품위 낮은 말로 소리치며 불평스럽게 자꾸 떠들었다).

그럭저럭 구월도 열흘이 되고, 서울 거리에는 미국 병정이 꼬마 차와 함께 그득히 퍼졌다.

그 미국 병정들이, 거리를 구경하면서 혹은 물건을 사려면서, 말이 서로 통하지를 못하여 답답해하는 양을 보고 삼복은 무릎을 탁 쳤다.

그러나 슬플진저, 땟국과 땀에 찌든 이 누더기를 걸치고는 가망이 없을 말이었다.

'무슨 도리가 없을까?'

반일을 궁리를 하다가 정오 때에야 한 줄기 서광을 얻었다.

총총히 집으로 돌아가, 마누라를 시켜 구두 고치는 연장 일습(一襲 옷, 그릇, 기구 따위의 한 벌)과 재료 남은 것에다 이불이며 헌 옷가지 해서 한 짐을 동네 아는 가게에다 맡기고는 한 달 기한으로 돈 백 원을 서푼 변으로 취해 오게 하였다.

그 돈 백 원을 가지고 삼복은 흔한 넝마전으로 가서 백 원 돈이 꼭 차는 한도에 양복이란 명색 한 벌과 모자를 샀다. 신발은 부득이 안방 사람의 병정 구두 사 신은 것을 이다음 창갈이 거저 해 주겠다는 조건으로, 닷새만 제 것과 바꾸어 신기로 하였다.

이튿날 아침 느지감치, 새로 장만한 헌 양복 헌 모자에 헌 구두로써 궤짝 멘 신기료장수보다는 제법 말쑥하여진 차림을 차리고 마악 나서려는데, 간 밤부터 통통 부어 가지고는 시중도 말대꾸도 잘 아니하던 애꾸쟁이 마누라가 와락 양복 뒷자락을 움켜쥐고 늘어진다.

"바른 대루 대요."

"이게 별안간 미쳤나?"

"요 망난아, 반해 가지군 이력허구 찾아가는 고년이 어떤 년야? 응?"

"속을 모르거든 밥값을 내지 말랬어, 요 맹추야."

"날 죽이구 가지, 거전 못 가."

"이년아, 너 이랬단, 내 인제 둔(돈) 벌문, 정말 첩 얻는다."

"오냐 잘한다. 날 죽여라, 날……."

"아, 이 우라 주리 뗄 앵길 년이……."

한주먹 보기 좋게 갈겨 넘어뜨리고는, 찌부러진 오두막집을 나서 종로로 향을 잡았다.

노예도 노예 이전이면 상전을 선택할 자유를 가지는 수도 있다고.

삼복은 종로서 전차를 내려 동쪽으로 천천히 걸으면서 물색(物色 어떤 기준으로 거기에 알맞은 사람이나 물건, 장소를 고르는 일)을 하였다. 생김새가 맘씨 좋아 보이고, 여느 병정이 아니라 장교쯤 가는 이라야 할 것이었다.

청년 회관 앞에서 담뱃대를 사고 있는 하나가, 몸집이 부대하고, 여느 병정은 아닌 듯하고, 얼굴이 사뭇 선량하여 보이는 게 선뜻 마음에 들었다. 구경하는 체하고 넌지시 그 옆으로 가 섰다.

미국 장교는 담뱃대를 집어 들고 기물스러하면서(신기한 물건이나 되는 듯 여기면서) 연방 들여다보다가 값이 얼마냐고,

"하우 머치? 하우 머치?"

하고 묻는다.

담뱃대 장수 영감은, 삼십 원이라고 소래기('소리'의 방언)만 지른다.

알아들을 턱이 없어 고개를 기웃거리면서 다시금 '하우 머치'만 찾는 것을, 기회 좋을시고라고, 삼복이가 나직이,

"더티 원."

하여 주었다.

홱 돌아다보더니,

"오, 캔 유 스피크?"

하면서 사뭇 그러안을 듯이 반가워하는 양이라니. 아스러지도록 손을 잡고 흔드는 데는 질색할 뻔하였다.

직업이 있느냐고 물었다. 방금 실직하였노라고 대답하였다.

그럼, 내 통역이 되어 주겠느냐고 물었다. 그러겠노라고 대답하였다.

이 자리에서 신기료장수 코 삐뚤이 삼복이 미스터 방으로 승차를 하여, S라는 미국 주둔군 소위의 통역이 되었다. 주급 십오 불(이백사십 원)가량의.

거진 매일같이 미스터 방은 S소위를, 낮에는 거리의 구경으로, 밤이면 계집 있는 술집으로 인도하였다.

한번은 탑골 공원의 사리탑을 구경하면서, 얼마나 오랜 것이냐고 S소위가 물었다. 미스터 방은 언젠가, 수천 년 된 것이란 말을 들었기 때문에, '투 사우전드 이얼스'라고 대답하였다.

또 한번은, 경회루를 구경하면서 무엇하던 건물이냐고 물었다. 미스터 방은 서슴지 않고,

"킹 드링크 와인 앤드 댄스 앤드 싱, 위드 댄서."

라고 대답하였다. 임금이 기생 데리고 술 마시고, 춤추고 노래 부르고 하던 집이란 뜻이었다.

내가 보기엔, 조선 여자의 옷이 퍽 아름답고 점잖스럽던데, 어째서 양장을 하는지 모르겠다고 S소위가 물었다. 미스터 방은, 여자들이 서양 사람한테로 시집을 가고파서 그런다고 대답하였다.

서울역을 비롯하여 거리에 분뇨가 범람한 것을 보고, 혹시 조선 가옥에

는 변소가 없느냐고 S소위가 물었다. 미스터 방은, 있기야 집집마다 다 있느니라고 대답하였다.

썩 좋은 조선 그림을 한 장 사고 싶다고 하여서, 문지방 위에다 흔히들 붙이는, 사슴이 불로초를 물고 신선이 앉았고 한 것을 오 원에 한 장 사 주었다.

제일 재미있고 유명한 소설이 무엇이냐고 물어서, 『추월색』이라고 대답하였고, 그럼 그것을 한 권 사고 싶다고 하여서, 여러 날 사러 다니다 못해 동네 노마네 집의 것을 이 원에 사 주었다. 이 밖에도 미스터 방은 S소위에게 조선을 소개한 공로가 여러 가지로 많으나, 대강은 그러하였다.

그 공로에 정비례해서, 미스터 방은 나날이 훌륭하여져 갔다. 8·15 이전에 어떤 은행 중역의 사택이라던 지금의 이 집으로, 현저동 그 집에서 옮아 오기는 S소위의 통역이 되고 사흘 후였다. 위아래 층을 다, 양식 절반 일본식 절반으로 꾸민 호화스런 저택이었다. 정원엔 때마침 단풍과 가을 화초가 아름다웠고, 연못에선 잉어가 뛰놀고 하였다.

시방 주객이 앉아 술을 마시는 방은, 앞은 노대(발코니)가 딸리고, 햇볕 잘 들고 밝아서, 여러 방 가운데 제일 좋은 방이었다. 그러나 방 안에는 벽에 그림 한 장 붙어 있는 바 아니요, 방에 알맞은 가구 한 벌 놓여 있는 바 아니요, 단지 방일 따름이어서, 싱겁게 넓기만 하였다. 그렇지만 미스터 방은 실내의 장식 같은 것쯤 그다지 관심할 줄을 아직은 몰랐다.

처음엔 식모를 두었다. 그다음엔 침모(針母 남의 집에 매여 바느질을 맡아 하고 일정한 품삯을 받는 여자)를 두었다. 그다음엔 손심부름할 계집아이를 두었다.

하루에도 방 선생을 찾는 이가 여러 패씩 있었다. 그들의 대개는 자동차를 타고 오고, 인력거짜리도 흔치 않았다. 그렇게 찾아오는 그들은 결단코 빈손으로 오는 법이 드물었다. 좋은 양과자 상자 밑바닥에는 으레 따로 뿌듯한 봉투가 들었곤 하였다.

미스터 방의, 신기료장수 코 삐뚤이 삼복이로부터의 발신 경로란 이렇듯 심히 간단하고 순조로운 것이었다.

주인 미스터 방이 백 주사의 컵에다 술을 따르려고 병을 집어 들다가,

"오이, 기미코."

하고 아래층으로 대고 부른다.

"심부름 갔어요."

애꾸쟁이 마누라의 꼬챙이 같은 대답.

"안주 어떻게 됐어?"

"글쎄, 안주 시키러 갔어요."

"정종(일본식으로 빚어 만든 맑은 술) 있지?"

"……."

충계 밟는 소리가 나더니, 퍼머넌트(파마)한 머리가 나오고, 좁디좁은 이마에 이어서 애꾸눈이 나오고, 분 바른 얼굴이 나오고, 원피스 입은 커다란 젖통의 가슴이 나오고, 마지막 비단 양말 신은 두리기둥(둘레를 둥그렇게 깎아 만든 기둥) 같은 두 다리가 나오고 한다.

"서 주사가 이거 두구 갑디다."

들고 올라온 각봉투 한 장을 남편에게 건네준다.

"어디?"

그러면서 받아 봉을 뜯는다. 소절수(小切手 수표) 한 장이 나온다. 액면 만 원짜리다.

미스터 방은 성을 벌컥 내면서,

"겨우 둔 만 원야?"

하고 소절수를 다다미 바닥에다 홱 내던진다.

"내가 알우?"

"우라질 자식, 어디 보자. 그래 전, 걸 십만 원에 불하 맡아다 백만 원 하나 냉겨 먹을 테문서, 그래 겨우 둔 만 원야? 엠병헐 자식, 내가 엠피(MP 헌병)헌테 말 한마디문, 전 어느 지경 갈지 모를 줄 모르구서."

"정종으루 가져와요?"

"내 말 한마디에 죽을 눔이 살아나구, 살 눔이 죽구 허는 줄을 모르구서. 흥, 이 자식 경 좀 쳐 봐라……. 정종 따근허게 데 와. 날두 산산허구 허니."

새로이 안주가 오고, 따끈한 정종으로 술이 몇 잔 더 오락가락하고 나서였다.

백 주사는 마침내, 진작부터 벼르던 이야기를 꺼내었다.

백 주사의 아들 백선봉은, 순사 임명장을 받아 쥐면서부터 시작하여 8·15 그 전날까지 칠 년 동안, 세 곳 주재소와 두 곳 경찰서를 전근하여 다니면서, 이백 석 추수의 토지와, 만 원짜리 저금통장과, 만 원어치가 넘는 옷이며 비단과, 역시 만 원어치가 넘는 여편네의 패물을 장만하였다.

남들은 주린 창자를 졸라맬 때 그의 광에는 옥 같은 정백미가 몇 가마니씩 쌓였고, 반년 일 년을 남들은 구경도 못 하는 고기와 생선이 끼니마다 상에 오르지 않는 날이 없었다.

××경찰서의 경제계 주임으로 있던 마지막 이 년 동안은 더욱더 호화판이었다. 8·15 그날 밤, 군중이 그의 집을 습격하였을 때에 쏟아져 나온 물건이 쌀 말고도,

　　광목 여섯 통
　　고무신 스물세 켤레
　　지카다비^(노동자용 작업화) 여덟 켤레
　　빨랫비누 세 궤짝
　　양말 오십 타
　　정종 열세 병
　　설탕 한 부대

이렇게 있었더란다. 만 원어치 여편네의 패물과, 만 원어치의 옷감이며 비단과 만 원짜리 저금통장은 그만두고 말이었다.

물건 하나 없이 죄다 빼앗기고, 집과 세간은 조각도 못 쓰게 산산 다 부시고, 백선봉은 팔이 부러지고, 첩은 머리가 절반이나 뽑히고, 겨우겨우 목숨만 살아 본집으로 도망해 왔다.

일변 고을에서는 백 주사가 자식이 그런 짓을 해서 산 토지를 가지고 동네 사람한테 거만히 굴고, 작인들한테 팔 할 가까운 도지^(도조. 남의 논밭을 빌려서 부치고 논밭을 빌린 대가로 해마다 내는 벼)를 받고, 고리대금을 하고 하였대서, 백선봉이 도망해 와 눕는 그날 밤, 그의 본집인 백 주사의 집을 습격하였다.

집과 세간 죄다 부수고, 백선봉이 보낸 통제 배급 물자 숱한 것 죄다 빼앗기고, 가족들은 죽을 매를 맞고, 백선봉은 처가로, 백 주사는 서울로 각기 피신하여 목숨만 우선 보전하였다.

백 주사는 비싼 여관 밥을 사 먹으면서, 울적이 거리를 오락가락, 어떻게 하면 이 분풀이를 할까, 어떻게 하면 빼앗긴 돈과 물건을 도로 다 찾을까 하고 궁리를 하던 것이나, 아무런 묘책도 없었다.

그러자 오늘은 우연히 이 미스터 방을 만났다. 종로를 지향 없이 거니는

데, 지나가던 자동차가 스르르 멈추면서, 서양 사람과 같이 탔던 신사 양반 하나가 내려서더니, 어쩌다 눈이 마주치자,

"아, 백 주사 아니신가요?"

하고 반기는 것이었다.

자세히 보니, 무어 길바닥에서 신기료장수를 한다던 코 삐뚤이 삼복이가 분명하였다.

"자네가, 저, 저, 방, 방……."

"네, 삼복입니다."

"아, 건데, 자네가……."

"허, 살 때가 됐답니다."

그러고는 내 집으루 갑시다, 하고 잡아끄는 대로 끌려온 것이었다.

의표(儀表 의용. 몸을 가지는 태도. 또는 차린 모습)하며, 집하며, 식모에 침모에 계집 하인까지 부리면서 사는 것하며, 신수가 훤히 트여 가지고 말도 제법 의젓하여진 것 같은 것이며, 진소위(정말 그야말로) 개천에서 용이 났다고 할 것인지.

옛날의 영화가 꿈이 되고, 일보에 몰락하여 가뜩이나 초상집 개처럼 초라한 자기가 또 한 번 어깨가 옴츠러듦을 느끼지 아니치 못하였다. 그런데다 이 녀석이, 언제 적 저라고 무엄스럽게 굴어 심히 불쾌하였고, 그래서 엔간히 자리를 털고 일어설 생각이 몇 번이나 나지 아니한 것도 아니었다. 그러나 참았다.

보아하니 큰 세도를 부리는 것이 분명하였다. 잘만 하면 그 힘을 빌려, 분풀이와 빼앗긴 재물을 도로 찾을 여망이 있을 듯싶었다. 분풀이를 하고, 더구나 재물을 도로 찾고 하는 것이라면야 코 삐뚤이 삼복이는 말고, 그보다 더한 놈한테라도 머리 숙이는 것쯤 상관할 바 아니었다.

"그러니, 여보게 미씨다 방……."

있는 말 없는 말 보태 가며 일장 경과 설명을 한 후에, 백 주사는 끝을 맺기를,

"어쨌든지 그놈들을 말이네, 그놈들을 한 놈 냉기지 말구섬 죄다 붙잡아다가 말이네, 괴수 놈들일랑 목을 썰어 죽이구, 다른 놈들일랑 뼉다구가 부러지두룩 두들겨 주구. 꿇어앉히구 항복받구. 그리구 빼앗긴 것 일일이 도루 다 찾구. 집허구 세간 쳐부순 것 말끔 다 물리구……. 그렇게만 해 준다면, 내, 내, 재산 절반 노나 주문세, 절반. 응, 여보게 미씨다 방."

"염려 마슈."

미스터 방은 선뜻 쾌한 대답이었다.

"진정인가?"

"머, 지끔 당장이래두, 내 입 한 번만 떨어진다 치면, 기관총 들멘 엠피가 백 명이구 천 명이구 들끓어 내려가서, 들이 쑥밭을 만들어 놉니다, 쑥밭을."

"고마우이!"

백 주사는 복수하여지는 광경을 선히 연상하면서, 미스터 방의 손목을 듬쑥 잡는다.

"백골난망(白骨難忘 죽어서 백골이 되어도 잊을 수 없다는 뜻으로, 남에게 큰 은덕을 입었을 때 고마움의 뜻으로 이르는 말)이겠네."

"놈들을 깡그리 죽여 놀 테니, 보슈."

"자네라면야 어련하겠나."

"흰 말이 아니라 참 이승만 박사두 내 말 한마디면 고만 다 제바리(생식기가 불완전한 남자)유."

미스터 방은 그러고는 냉수 그릇을 집어 한 모금 물고 꿀쩍꿀쩍 양치를 한다. 웬 버릇인지, 하여간 그는 미스터 방이 된 뒤로, 술을 먹으면서 양치하는 버릇이 생겼다.

양치한 물을 처치하려고 휘휘 둘러보다, 일어서서 노대로 성큼성큼 나간다. 노대는 현관 정통(바로) 위였다.

미스터 방이 그 걸쭉한 양칫물을 노대 아래로 아낌없이 좍 뱉는 바로 그 순간이었다. 그 순간이 공교롭게도, 마침 그를 찾으러 온 S소위가 현관으로 일단 들어서려다 말고(미스터 방이 노대로 나오는 기척이 들렸기 때문에) 뒤로 서너 걸음 도로 물러나,

"헬로."

부르면서 웃는 얼굴을 쳐드는 순간과 그만 일치가 되었다.

"에구머니!"

놀라 질겁하였으나 이미 뱉어진 양칫물은 퀴퀴한 냄새와 더불어 백절 폭포(여러 번 꺾여 흐르는 모양의 폭포)로 내려 쏟혀, 웃으면서 쳐드는 S소위의 얼굴 정통에 가 좌르르.

"유 데블!"

이 기급할 자식이라고, S소위는 주먹질을 하면서 고함을 질렀고. 그 주먹

이 쳐든 채 그대로 있다가, 일변 허둥지둥 버선발로 뛰쳐나와 손바닥을 싹 싹 비비는 미스터 방의 턱을,

"상놈의 자식!"

하면서 철컥, 어퍼컷(상대방의 턱을 밑에서 위로 올려 치는 권투의 공격법)으로 한 대 갈겼더 라고.

소낙비

✏️ **작가와 작품 세계** --

김유정(1908~1937)

강원도 춘천 실레 마을에서 출생. 휘문고등보통학교를 거쳐 연희전문학교 문과를 중퇴했다. 한때는 일확천금을 꿈꾸며 금광에 몰두하기도 했다. 1935년 소설 「소낙비」가 〈조선일보〉 신춘문예에, 「노다지」가 〈중외일보〉 신춘문예에 각각 당선되어 등단했다. 폐결핵으로 29세에 요절하기까지 불과 2년 동안 30여 편에 가까운 작품을 남겼다. 대표작으로 「산골 나그네」, 「노다지」, 「금 따는 콩밭」, 「봄봄」, 「동백꽃」, 「땡볕」 등이 있다.

김유정의 작품은 대부분 빈곤에 시달리던 1930년대 식민지 시대의 현실을 바탕으로 하고 있다. 주요 등장인물은 가난 속에서도 웃음을 잃지 않는 소작인, 노동자, 여급 등이다. 한국 현대 작가 가운데 김유정만큼 해학적이고 토속적인 문장을 농도 있게 구사한 작가는 드물다. 김유정의 소설이 어두운 현실을 그리고 있으면서도 생기가 넘치는 것은 그의 해학적인 문체 때문이다. 하지만 농촌의 문제점을 이지적인 현실 감각으로 바라보지 않고 희화화했다는 지적을 받기도 한다.

✏️ **작품 정리** ---

> **갈래**: 순수 소설, 농촌 소설
> **배경**: 시간 - 1930년대 / 공간 - 궁핍한 농촌
> **시점**: 3인칭 전지적 작가 시점(부분적으로 3인칭 작가 관찰자 시점)
> **주제**: 식민지 농촌의 타락한 현실과 유랑 농민의 애환, 농촌 사회의 현실적 모순과 도착된 성 윤리 풍자
> **출전**: 〈조선일보〉(1935)

🖉 구성과 줄거리 --

발단 **자연 묘사를 통해 주인공들의 운명을 암시함**

음산한 검은 구름이 모여드는 것이 금시라도 비가 내릴 듯하면서도 짓궂은 햇발이 산골 마을을 달구고 있다. 바람은 논밭 간의 나무들을 뒤흔들고, 매미 소리는 거칠어 가는 농촌을 읊는 듯하다.

전개 **춘호는 처에게 돈을 구해 올 것을 강요함**

춘호는 감자를 씻고 있는 아내를 노려본다. 그는 아내에게 노름 돈으로 이 원을 꿔 오라고 윽박지른다. 젊고 반반한 아내는 들은 체도 않는다. 화가 난 춘호가 지게막대기로 아내의 허리를 후려치자 아내는 눈물을 흘리면서 싸리문 밖으로 내달린다.

위기 **춘호 처는 쇠돌 엄마 집에서 이 주사에게 몸을 허락함**

춘호 처는 쇠돌 엄마 집으로 향한다. 춘호 처가 쇠돌 엄마 집으로 가는 길에 소낙비가 퍼붓는다. 쇠돌 엄마는 집에 없고 춘호 처는 젖은 몸으로 쇠돌 엄마를 기다린다. 이때 언덕에서 사람 소리가 들린다. 춘호 처는 나무에 몸을 숨기고, 이 주사가 쇠돌네 집으로 향하는 것을 본다. 천연덕스럽게 쇠돌네 봉당에 들어선 춘호 처는 이 주사에게 끌려 들어가 관계를 갖고 이 원을 받기로 한다.

절정 **춘호 처가 돌아와 돈을 구하게 되었음을 알림**

뿌루퉁하니 앉아 있던 춘호는 아내가 들어오자 다시 매를 잡으려고 한다. 춘호 처가 돈이 되었다고 하자 춘호의 태도는 돌변한다. 춘호는 이 원을 가지고 노름을 해서 돈을 딴 뒤, 아내와 함께 서울로 가서 안락한 생활을 할 기대에 부푼다.

결말 **춘호는 아내를 단장시켜 이 주사에게 보냄**

밤새도록 내리던 비가 아침에야 그치고 점심때는 생기로운 볕까지 든다. 춘호는 아내를 곱게 단장시키고 이 주사에게 보낸다.

1. 이 작품은 비극적이다. 그럼에도 그런 분위기가 희석되는 이유는 무엇인가?

   이 소설은 웃음의 원천인 아이러니에 바탕을 두고 있다. 일확천금을 노리는 춘호는 노름 밑천을 구하기 위해 아내를 매춘으로 내몬다. 아내는 매춘 자체의 비윤리성을 모르고 남편은 정조가 돈보다 귀하다는 의식이 없다. 하지만 춘호가 악한이 아닌 어리석고 순박한 인물로 그려지기 때문에 독자는 잔잔한 비애감마저 느끼게 된다. 즉, 김유정 문학의 특징인 '모자라고 어수룩한 인물들'이 비윤리적으로 행동함으로써 아이러니를 유발하고 있는 것이다.

2. '검은 구름', '소낙비', '생기로운 볕'의 상관관계를 설명해 보자.

   '검은 구름'은 매춘을 통해 돈을 벌어들이려는 춘호와 춘호 처의 운명을 나타내는 복선 역할을 한다. 춘호 처는 쇠돌 엄마 집으로 가는 길에 소낙비를 만나 몸의 윤곽이 드러날 정도로 흠뻑 젖는다. 이때 '소낙비'는 이 주사와의 관계를 암시한다. 아내가 돈을 받으러 가는 날에는 '생기로운 볕'이 들어 춘호의 근심도 사라진다. '검은 구름', '소낙비', '볕'은 춘호 부부의 처지와 심리가 변화하는 과정을 암시적으로 보여 준다. 작가는 자연의 변화와 인간 심리의 변화를 대비해 인간도 자연의 한 부분임을 말하고 있다.

3. 이 소설의 당대 현실을 충실하게 반영하고 있다면 어떤 점에서 그러한가?

   이 작품은 〈조선일보〉 신춘문예 당선작으로 원제목은 '따라지 목숨'이다. 궁핍한 농촌을 배경으로 순박하고 어리석은 사람들의 삶의 애환을 그린 이 작품은 춘호 부부를 통해 흉작으로 빚에 쪼들려 고향을 버리고 타관으로 떠도는 1930년대 유랑 농민의 서글픈 단면을 진지하게 다루고 있다.

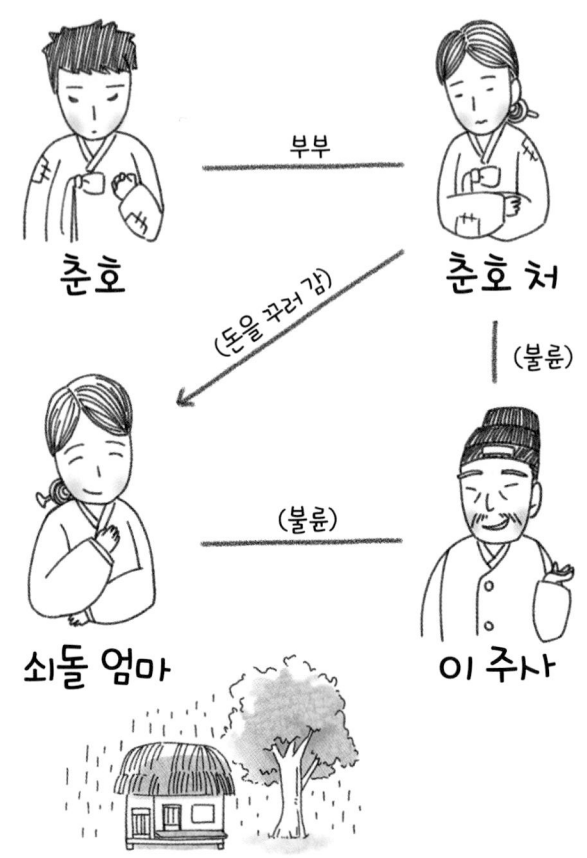

춘호 ── 부부 ── 춘호 처

(돈을 꾸러 감)

(불륜)

(불륜)

쇠돌 엄마   이 주사

남편인 춘호가 저(춘호 처)를 때리면서 돈을 달라고 해 내키진 않지만 쇠돌 엄마를 찾아가기로 했지요. 쇠돌 엄마가 집에 없어 소낙비를 맞으며 기다리고 있는데 이 주사가 들어가지 뭐예요. 저는 따라 들어가 이 주사와 관계를 맺었지요. 남편에게 안 맞고 살기만 하면 이런 일쯤은 괜찮아요. 돈도 생기니 남편은 저를 곱게 치장시켜 보내더랍니다.

소낙비

　음산한 검은 구름이 하늘에 뭉게뭉게 모여드는 것이 금시라도 비 한 줄기 할 듯하면서도 여전히 짓궂은 햇발은 겹겹 산속에 묻힌 외진 마을을 통째로 자실 듯이 달구고 있었다. 이따금 생각나는 듯 산매(山魅 요사스러운 산 귀신)들린 바람은 논밭 간의 나무들을 뒤흔들며 미쳐 날뛰었다.

　산 밖으로 농군들을 멀리 품앗이로 내보낸 안말의 공기는 쓸쓸하였다. 다만 맷맷한(생김새가 매끈하게 곧고 긴) 미루나무 숲에서 거칠어 가는 농촌을 읊는 듯 매미의 애끊는 노래…….

　매―음! 매―음!

　춘호는 자기 집―올봄에 오 원을 주고 사서 든 묵삭은(오래되어 썩은 것처럼 된) 오막살이집―방문턱에 걸터앉아서 바른 주먹으로 턱을 괴고는 봉당에서 저녁으로 때울 감자를 씻고 있는 아내를 묵묵히 노려보고 있었다. 그는 사날 밤이나 눈을 안 붙이고 성화를 하는 바람에 농사에 고리삭은(젊은이다운 활발한 기상이 없고 하는 짓이 늙은이 같은) 그의 얼굴은 더욱 해쓱하였다.

　아내에게 다시 한 번 졸라 보았다. 그러나 위협하는 어조로,

　"이봐, 그래 어떻게 돈 이 원만 안 해 줄 테여?"

　아내는 역시 대답이 없었다. 갓 잡아 온 새댁 모양으로 씻는 감자나 씻을 뿐 잠자코 있었다.

　되나 안 되나 좌우간 이렇다 말이 없으니 춘호는 울화가 터져서 죽을 지경이었다. 그는 타곳에서 떠돌아 온 몸이라 자기를 믿고 장리를 주는 사람도 없고 또는 그 알량한 집을 팔려 해도 단 이삼 원의 작자도 내닫지 않으므로 앞뒤가 꼭 막혔다마는, 그래도 아내는 나이 젊고 얼굴 똑똑하겠다, 돈 이 원쯤이야 어떻게라도 될 수 있겠기에 묻는 것인데 들은 체도 안 하니 썩 괘씸한 듯싶었다.

　그는 배를 튀기며 다시 한 번,

　"돈 좀 안 해 줄 테여?"

하고 소리를 빽 질렀다.

　그러나 대꾸는 역시 없었다. 춘호는 노기충천하여 불현듯 문지방을 떠다

밀며 벌떡 일어섰다. 눈을 홉뜨고 벽에 기댄 지게막대를 손에 잡자 아내의 옆으로 바람같이 달려들었다.

"이년아, 기집 좋다는 게 뭐여. 남편의 근심도 덜어 주어야지, 끼고 자자는 기집이여?"

지게막대는 아내의 연한 허리를 모질게 후렸다. 까부라지는 비명은 모지락스레(보기에 억세고 모질게) 찌그러진 울타리 틈을 벗어 나간다. 잼처(어떤 일에 바로 뒤이어 거듭. 되짚어) 지게막대는 앉은 채 고꾸라진 아내의 발뒤축을 얼러 볼기를 내리갈겼다.

"이년아, 내가 언제부터 너에게 조르는 게여?"

범같이 호통을 치며 남편이 지게막대를 공중으로 다시 올리며 모질음(어떤 고통을 견뎌 내려고 모질게 쓰는 힘)을 쓸 때 아내는,

"에구머니!"

하고 외마디를 질렀다. 연하여 몸을 뒤치자 거반 엎어질 듯이 싸리문 밖으로 내달렸다. 얼굴에 눈물이 흐른 채 황그리는(욕될 만큼 매우 낭패를 당한) 걸음으로 문 앞의 언덕을 내려와 개울을 건너고 맞은쪽에 뚫린 콩밭 길로 들어섰다.

"너, 네가 날 피하면 어딜 갈 테여?"

발길을 막는 듯한 의미 있는 호령에 달아나던 아내는 다리가 멈칫하였다. 그는 고개를 돌리어 싸리문 안에 아직도 지게막대를 들고 서 있는 남편을 바라보았다. 어른에게 죄진 어린애같이 입만 쫑긋쫑긋하다가 남편이 뛰어나올까 겁이 나서 겨우 입을 열었다.

"쇠돌 엄마 집에 좀 다녀올게유."

쭈뼛쭈뼛 변명을 하고는 가던 길을 다시 횅하게 내걸었다. 아내라고 요새 이 돈 이 원이 금시로 필요함을 모르는 바도 아니었다마는, 그의 자격으로나 노동으로나 돈 이 원이란 감히 땅띔(무거운 것을 들어 땅에서 뜨게 하는 일)도 못해 볼 형편이었다. 벌이래야 하잘것없는 것─아침에 일어나기가 무섭게 남에게 뒤질까 영산이 올라 산으로 빼는 것이다. 조그만 종댕이(종다래끼. 작은 바구니)를 허리에 달고 거한 산중에 드문드문 박혀 있는 도라지, 더덕을 찾아가는 일이었다. 깊은 산속으로 우중충한 돌 틈바귀로 잔약한 몸으로 맨발에 짚신짝을 끌며 강파른(가파른) 산등을 타고 돌려면 젖 먹던 힘까지 녹아내리는 듯 진땀이 머리로 발끝까지 쭉 흘러내린다.

아랫도리를 단 외겹으로 두른 낡은 치맛자락은 다리로, 허리로 척척 엉

기어 걸음을 방해하였다. 땀에 불은 종아리는 거친 숲에 긁혀 그 쓰라림이 말이 아니다. 게다가 무거운 흙내는 숨이 탁탁 막히도록 가슴을 찌른다. 그러나 삶에 발버둥치는 순진한 그의 머리는 아무 불평도 일지 않았다.

가뭄에 콩 나기로 어쩌다 도라지 순이라도 어지러운 숲속에 하나 둘 뾰족이 뻗어 오른 것을 보면 그는 그래도 기쁨에 넘치는 미소를 띠었다.

때로는 바위도 기어올랐다. 정히 못 기어오를 그런 험한 곳이면 칡덩굴에 매달리기도 하는 것이었다. 땟국에 전 무명 적삼은 벗어서 허리춤에다 꾹 찌르고는 호랑이 숲이라 이름난 강원도 산골에 매달려 기를 쓰고 허비적거린다. 골바람은 지날 적마다 알몸을 두른 치맛자락을 공중으로 날린다. 그제마다 검붉은 볼기짝을 사양 없이 내보이는 칡덩굴이 그를 본다면, 배를 움켜쥐어도 다 못 볼 것이다마는, 다행히 그윽한 산골이라 그 꼴을 비웃는 놈은 뻐꾸기뿐이었다.

이리하여 해동갑(해가 질 때까지의 동안. 어떤 일을 해가 질 때까지 계속한다는 뜻)으로 혜갈(허둥지둥 헤맴)을 하고 나면 캐어 모은 도라지, 더덕을 얼러 사발 가웃, 혹은 두어 사발 남짓하게 되는 것이다. 그러면 동리로 내려와 주막거리에 가서 그걸 내주고 보리쌀과 사발 바꿈을 하였다. 그러나 요즘엔 그나마도 철이 겨워 소출이 없다. 그 대신 남의 보리방아를 온종일 찧어 주고 보리밥 그릇이나 얻어다가는 집으로 돌아와 농토를 못 얻어 뻔뻔히 노는 남편과 같이 나누는 것이 그날 하루하루의 생활이었다.

그러고 보니 돈 이 원은커녕 당장 목을 딴대도 피도 나올지가 의문이었다.

만약 돈 이 원을 돌린다면 아는 집에서 보리라도 꾸어 파는 수밖에는 다른 도리가 없다. 그리고 온 동리의 아낙네들이 치맛바람에 팔자 고쳤다고 쑥덕거리며 은근히 시새우는 쇠돌 엄마가 아니고는 노는 보리를 가진 사람이 없다. 그런데 도둑이 제 발 저리다고 그는 자기 꼴 주제에 제물에 눌려서 호사로운 쇠돌 엄마에게는 죽어도 가고 싶지 않았다. 쇠돌 엄마도 처음에는 자기와 같이 천한 농부의 계집이련만 어쩌다 하늘이 도와 동리의 부자 양반 이 주사와 은근히 배가 맞은 뒤로는 얼굴도 모양내고, 옷치장도 하고, 밥 걱정도 안 하고 하여 아주 금방석에 뒹구는 팔자가 되었다. 그리고 쇠돌 아버지도 이게 웬 땡이냔 듯이 아내를 내어놓은 채 눈을 살짝 감아 버리고 이 주사에게서 나온 옷이나 입고 주는 쌀이나 먹고 연년이 신통치 못한 자기 농사에는 한 손을 떼고는 희짜를 뽑는(희짜뽑는. 가진 것이 없으면서 짐짓 분수에 넘치게 구는) 것이 아닌가!

사실 말인즉, 춘호 처가 쇠돌 엄마에게 죽어도 아니 가려는 그 속 까닭은 정작 여기 있었다.

바로 지난 늦은 봄, 달이 뚫어지게 밝은 어느 밤이었다. 춘호가 보름 계추(보름에 여는 계 모임)를 보러 산모퉁이로 나간 것이 이슥하여도 돌아오지 않으므로 집에서 기다리던 아내가 이젠 자고 오려나 생각하고는 막 드러누워 잠이 들려니까 웬 난데없는 황소 같은 놈이 뛰어들었다. 허둥지둥 춘호 처를 마구 깔다가 놀라서 으악 소리를 지르는 바람에 그냥 달아난 일이 있었다. 어수룩한 시골 일이라 별반 풍설(風說 실상이 없이 떠돌아다니는 말. 풍문)도 아니 나고 쓱싹 되었으나 며칠이 지난 뒤에야 그것이 동리의 부자 이 주사의 소행임을 비로소 눈치채었다.

그런 까닭으로 해서 춘호 처는 쇠돌 엄마와 직접 관계는 없대도 그를 대하면 공연스레 얼굴이 뜨뜻하여지고 무슨 죄나 진 듯이 몹시 어색하였다.

그리고 더욱이 쇠돌 엄마가,

"새댁, 나는 속곳이 세 개구, 버선이 네 벌이구 행."

하며 아주 좋다고 한들대는 꼴을 보면 혹시 자기에게 함정을 두고서 비아냥거리는 거나 아닌가, 하는 옥생각(순탄하게 생각하지 않고 옹졸하게 하는 생각)으로 무안해서 고개를 못 들었다. 한편으로는 자기도 좀만 잘했다면 지금쯤은 쇠돌 엄마처럼 호강을 할 수 있었을 그런 갸륵한 기회를 깝살려(찾아온 사람을 따돌려 보내 기회를 놓쳐) 버린 자기 행동에 대한 후회와 애탄으로 말미암아 마음을 괴롭히는 그 쓰라림도 적지 않았다.

그러나 아무러한 욕을 보더라도 나날이 심해 가는 남편의 무지한 매보다는 그래도 좀 헐할 게다.

오늘은 한맘 먹고 쇠돌 엄마를 찾아가려는 것이었다.

춘호 처는 이번 걸음이 헛발이나 안 칠까 일념으로 심화를 하며 수양버들이 쭉 늘어박힌 논두렁길로 들어섰다. 그는 시골 아낙네로는 용모가 매우 반반하였다. 좀 야윈 듯한 몸매는 호리호리한 것이 소위 동리의 문자로 외입(外入. 아내가 아닌 여자와 성관계하는 일)깨나 하염직한 얼굴이었으되 추레한 의복이며 퀴퀴한 냄새는 거지를 볼 지른다(뺨친다). 그는 왼손, 바른손으로 겨끔내기(서로 번갈아 하기)로 치맛귀를 여며 가며 속살이 삐질까 조심조심 걸었다.

감사나운(억세고 사나워서 휘어잡기 힘든) 구름송이가 하늘 신폭을 휘덮고는 차츰차
츰 지면으로 처져 내리더니 그예 산봉우리에 엉기어 살풍경(殺風景 자연 풍경 따위
가 운치가 없고 메마름)이 되고 만다. 먼 데서 개 짖는 소리가 앞뒷산을 한적하게 울
린다. 빗방울은 하나둘 떨어지기 시작하더니 차차 굵어지며 무더기로 퍼부
어 내린다.

춘호 처는 길가에 늘어진 밤나무 밑으로 뛰어들어가 비를 그으며(비를 잠시
피해 그치기를 기다리며) 쇠돌 엄마 집을 멀리 바라보았다. 북쪽 산기슭 높직한 울타
리로 빙 돌려 두르고 앉아 있는 오목하고 맵시 있는 집이 그 집이었다. 그런
데 싸리문이 꼭 닫힌 걸 보면 아마 쇠돌 엄마가 농군청에 저녁 제누리(곁두리.
농사꾼이나 일꾼들이 끼니 외에 참참이 먹는 음식)를 나르러 가서 아직 돌아오지 않은 모양이
었다.

그는 쇠돌 엄마 오기를 지켜보며 우두커니 서서 기다리고 있었다.

나뭇잎에서 빗방울은 뚝뚝 떨어지며 그의 뺨을 흘러 젖가슴으로 스며든
다. 바람은 지날 적마다 냉기와 함께 굵은 빗발을 몸에 들이친다.

비에 쪼르륵 젖은 치마가 몸에 찰싹 휘감기어 허리로, 궁둥이로, 다리로,
살의 윤곽이 그대로 비쳐 올랐다.

무던히 기다렸으나 쇠돌 엄마는 오지 않았다. 하도 진력이 나서 하품을
하여 가며 정신없이 서 있노라니 왼편 언덕에서 사람 오는 발자국 소리가
들린다. 그는 고개를 돌려 보았다. 그러나 날쌔게 나무 틈으로 몸을 숨겼다.

동이배(동이처럼 불룩하게 나온 배)를 가진 이 주사가 지우산(紙雨傘 대오리로 만든 살에 기름종
이를 바른 우산)을 받쳐 쓰고는 쇠돌네 집을 향하여 엉덩이를 껍죽거리며 내려가
는 길이었다. 비록 키는 작달막하나 숱 좋은 수염이라든지, 온 동리를 털어
야 단 하나뿐인 탕건(宕巾 예전에, 벼슬아치가 갓 아래에 받쳐 쓰던 관)이든지, 썩 풍채 좋은 오
십 전후의 양반이다. 그는 싸리문 앞으로 가더니 자기 집처럼 거침없이 문
을 떠다밀고는 속으로 버젓이 들어가 버린다.

이것을 보니 춘호 처는 다시금 속이 편치 않았다. 자기는 개돼지같이 무
시로 매만 맞고 돌아치는(나대며 여기저기 다니는) 천덕구니(천대를 받는 사람이나 물건. 천더기.
천덕꾸러기)다. 안팎으로 귀염을 받으며 간들대는 쇠돌 엄마와 사람 된 치수가
두드러지게 다름을 그는 알 수가 있었다. 쇠돌 엄마의 호강을 너무나 부럽
게 우러러보는 반동으로 자기도 잘만 했더라면 하는 턱없는 희망과 후회가

전보다 몇 갑절 쓰린 맛으로 그의 가슴을 찌부러뜨렸다. 쇠돌네 집을 하염없이 건너다보다가 어느덧 저도 모르게 긴 한숨이 굴러 내린다.

언덕에서 쏠려 내리는 사태 물이 발등까지 개흙으로 덮으며 소리쳐 흐른다. 빗물에 푹 젖은 몸뚱어리는 점점 떨리기 시작한다.

그는 가볍게 몸서리를 쳤다. 그리고 당황한 시선으로 사방을 경계하여 보았다. 아무도 보이지 않았다. 다시 시선을 돌리어 그 집을 쏘아보며 속으로 궁리하여 보았다. 안에는 확실히 이 주사뿐일 게다. 그때까지 걸렸던 싸리문이라든지 또는 울타리에 넌 빨래를 여태 안 걷어 들이는 것을 보면 어떤 맹세를 두고라도 분명히 이 주사 외의 다른 사람은 하나도 없을 것이다.

그는 마음 놓고 비를 맞아 가며 그 집으로 달려들었다. 봉당으로 선뜻 뛰어오르며,

"쇠돌 엄마 기슈?"

하고 인기척을 내보았다.

물론 당자의 대답은 없었다. 그 대신 그 음성이 나자 안방에서 이 주사가 번개같이 머리를 내밀었다. 자기 딴은 꿈밖이란 듯 눈을 두리번두리번하더니 옷 위로 불거진 춘호 처의 젖가슴, 아랫배, 넓적다리, 발등까지 슬쩍 음충히 훑어보고는 거나한 낯으로 빙그레한다. 그리고 자기도 봉당으로 주춤주춤 나오며,

"쇠돌 엄마 말인가? 왜 지금 막 나갔지. 곧 온댔으니 안방에 좀 들어가 기다렸으면……."

하고 매우 일이 딱한 듯이 어름어름한다.

"이 비에 어딜 갔에유?"

"지금 요 밖에 좀 나갔지, 그러나 곧 올걸……."

"있는 줄 알고 왔는디……."

춘호 처는 이렇게 혼잣말로 낙심하며 섭섭한 낯으로 머뭇머뭇하다가 그냥 돌아갈 듯이 봉당 아래로 내려섰다. 이 주사를 처다보며 물 차는 제비같이 산드러지게(태도가 맵시 있고 경쾌하게),

"그럼 요담에 오겠어유, 안녕히 계시유."

하고 작별의 인사를 올린다.

"지금 곧 온댔는데, 좀 기다리지……."

"담에 또 오지유."

"아닐세, 좀 기다리게. 여보게, 여보게, 이봐!"

춘호 처가 간다는 바람에 이 주사는 체면도 모르고 기가 올랐다. 허둥거리며 재간껏 만류하였으나 암만해도 안 될 듯싶다. 춘호 처가 여기에 찾아온 것도 큰 기적이려니와 뇌성벽력(雷聲霹靂 천둥소리와 벼락)에 구석진 곳이것다 이렇게 솔깃한 기회는 두 번 다시 못 볼 것이다. 그는 눈이 뒤집히어 입에 물었던 장죽(長竹 긴 담뱃대)을 쑥 뽑아 방 안으로 치뜨리고는 계집의 허리를 뒤로 다짜고짜 끌어안아서 봉당 위로 끌어올렸다.

계집은 몹시 놀라며,

"왜 이러서유, 이거 노세유."

하고 몸을 뿌리치려고 앙탈을 한다.

"아니 잠깐만."

이 주사는 그래도 놓지 않으며 허겁스러운(야무지거나 당차지 못하고 겁이 많은) 눈짓으로 계집을 달랜다. 흘러내리는 고의춤(고의나 바지의 허리를 접어서 여민 사이)을 왼손으로 연신 치우치며 바른팔로는 계집을 잔뜩 움켜잡고 엄두를 못 내어 쩔쩔매다가 간신히 방 안으로 끙끙 몰아넣었다. 안으로 문고리는 재빠르게 채이었다.

밖에서는 모진 빗방울이 배춧잎에 부딪히는 소리, 바람에 나무 떠는 소리가 요란하다. 가끔 양철통을 내려 굴리는 듯 거푸진(거풀진. 몸집이 크고 말이나 하는 짓이 씩씩한) 천둥소리가 방고래(방 구들장 밑으로 불길과 연기가 통해 나가는 고랑)를 울리며 날은 점점 침침하였다.

얼마쯤 지난 뒤였다. 이만하면 길이 들었으려니, 안심하고 이 주사는 날숨을 후— 하고 돌린다. 실없이 고마운 비 때문에 발악도 못 치고 앙살도 못 피우고 무릎 앞에 고분고분 늘어져 있는 계집을 대견히 바라보며 빙긋이 얼러 보았다. 계집은 온몸에 진땀이 쭉 흐르는 것이 꽤 더운 모양이다. 벽에 걸린 쇠돌 엄마의 적삼을 꺼내어 계집의 몸을 말쑥하게 홀닦기 시작한다. 발끝서부터 얼굴까지—.

"너, 열아홉이라지?"

하고 이 주사는 취한 얼굴로 얼근히 물어보았다.

"니에."

하고 메떨어진(모양이나 말, 행동 따위가 촌스러운) 대답. 계집은 이 주사 손에 눌리어 일어나도 못 하고 죽은 듯이 가만히 누워 있다.

이 주사는 계집의 몸뚱이를 다 씻기고 나서 한숨을 내뿜으며 담배 한 대를 턱 피워 물었다.

"그래, 요새도 서방에게 주리경을 치느냐?"

하고 묻다가 아무 대답도 없으매,

"원 그래서야 어떻게 산단 말이냐, 하루 이틀이 아니고, 사람의 일이란 알 수 있는 거냐? 그러다 혹시 맞아 죽으면 정장(소장(訴狀)을 관청에 냄) 하나 해볼 곳 없는 거야. 허니, 네 명이 아까우면 덮어놓고 민적(民籍 '호적(戶籍)'의 구칭)을 가르는 게 낫겠지."

하고 계집의 신변을 위하여 염려를 마지않다가 번뜻 한 가지 궁금한 것이 있었다.

"너 참, 아이 낳았다 죽었다더구나?"

"니에."

"어디 난 듯이나 싶으냐?"

계집은 얼굴이 홍당무가 되어지며 아무 말 못 하고 고개를 외면하였다.

이 주사도 그까짓 것 더 묻지 않았다. 그런데 웬 녀석의 냄새인지 무 생채 썩는 듯한 시크무레한 악취가 불시로 코청을 찌르니 눈살을 찌푸리지 않을 수 없다. 처음에야 그런 줄은 소통 몰랐더니 알고 보니까 비위가 족히 역하였다. 그는 빨고 있던 담배통으로 계집의 배꼽께를 똑똑히 가리키며,

"얘, 이 살의 때꼽 좀 봐라. 그래 물이 흔한데 이것 좀 못 씻는단 말이냐?"

하고 모처럼의 기분이 상한 것이 앵하단(기회를 놓치거나 손해를 보아서 분하고 아까운) 듯이 꺼림한 기색으로 혀를 찼다. 하지만 계집이 참다못해 이내 무안에 못 이기어 일어나 치마를 입으려 하니 그는 역정을 벌컥 내었다. 옷을 빼앗아 구석으로 동댕이치고는 다시 그 자리에 끌어 앉혔다. 그리고 자기 딸이나 책하듯이 아주 대범하게 꾸짖었다.

"왜 그리 계집이 달망대니? 좀 듬직지가 못하구……."

춘호 처가 그 집을 나선 것은 들어간 지 약 한 시간 만이었다. 비가 여전히 쭉쭉 내린다. 그는 진땀을 있는 대로 흠뻑 쏟고 나왔다. 그러나 의외로, 아니 천행으로 오늘 일은 성공이었다. 그는 몸을 솟치며 생긋하였다. 그런 모욕과 수치는 난생 처음 당하는 봉변으로, 지랄 중에도 몹쓸 지랄이었으나 성공은 성공이었다. 복을 받으려면 반드시 고생이 따르는 법이니 이까짓 거야 골백번 당한대도 남편에게 매나 안 맞고 의좋게 살 수만 있다면 그

는 사양치 않을 것이다. 이 주사를 하늘같이, 은인같이 여겼다. 남편에게 부쳐 먹을 농토를 줄 테니 자기의 첩이 되라는 그 말도 죄송하였으나 더욱이 돈 이 원을 줄 게 내일 이맘때 쇠돌네 집으로 넌지시 만나자는 그 말은 무엇보다도 고마웠고 벅찬 짐이나 푼 듯 마음이 홀가분하였다. 다만 애 켜이는 것은 자기의 행실이 만약 남편에게 발각되는 나절에는 대매(단 한 번 때리는 매)에 맞아 죽을 것이다. 그는 일변 기뻐하며 일변 애를 태우며 자기 집을 향하여 세차게 쏟아지는 빗속을 가분가분 내리달았다.

춘호는 아직도 분이 못 풀리어 뿌루퉁하니 홀로 앉았다. 그는 자기의 고향인 인제를 등진 지 벌써 삼 년이 되었다. 해를 이어 흉작에 농작물은 잘못되고 따라 빚쟁이들의 위협과 악다구니는 날로 심하였다. 마침내 하릴없이 집 세간살이를 그대로 내버리고 알몸으로 밤도주하였던 것이다. 살기 좋은 곳을 찾는다고 나 어린 아내의 손목을 이끌고 이 산 저 산을 넘어 표랑(漂浪 떠돌아다님)하였다. 그러나 우정 찾아든 곳이 고작 이 마을이나 산속은 역시 일반이다. 어느 산골엘 가 호미를 잡아 보아도 정은 조그만큼도 안 붙었고, 거기에는 오직 쌀쌀한 불안과 굶주림이 품을 벌려 그를 맞을 뿐이었다. 터무니없다 하여 농토를 안 준다. 일 구멍이 없으매 품을 못 판다. 밥이 없다. 결국에 그는 피폐하여 가는 농민 사이를 감도는 엉뚱한 투기심에 몸이 달떴다(마음이 가라앉지 아니하고 조금 흥분되었다). 요사이 며칠 동안을 두고 요 너머 뒷산 속에서 밤마다 큰 노름판이 벌어지는 기미를 알았다. 그는 자기도 한몫 보려고 끼룩거렸으나 좀체 밑천을 만들 수가 없었다.

이 원! 수나 좋아서 이 이 원이 조화만 잘한다면 금시 발복(發福 운이 틔어 복이 닥침)이 못 된다고 누가 단언할 수 있으랴! 삼, 사십 원 따서 동리의 빚이나 대충 가리고 옷 한 벌 지어 입고는 진저리나는 이 산골을 떠나려는 것이 그의 배포였다. 서울로 올라가 아내는 안잠을 재우고(안잠자고. 남의 집에서 먹고 자며 그 집안일을 도와주고) 자기는 노동을 하고, 둘이서 다부지게 벌면 안락한 생활을 할 수가 있을 텐데, 이런 산 구석에서 굶어 죽을 맛이야 없었다. 그래서 젊은 아내에게 돈 좀 해 오라니까 요리 매낀 조리 매낀 매만 피하고 곁들어 주지 않으니 그 소행이 여간 괘씸한 것이 아니다.

아내가 물에 빠진 생쥐 꼴을 하고 집으로 달려들자 미처 입도 벌리기 전에 남편은 이를 악물고 주먹뺨을 냅다 붙인다.

"너 이년, 매만 살살 피하고 어디 가 자빠졌다 왔니?"

볼치 한 대를 얻어맞고 아내는 오기가 질리어 벙벙하였다. 그래도 직성이 못 풀리어 남편이 다시 매를 손에 잡으려 하니 아내는 질겁을 하여 살려 달라고 두 손으로 빌며 개신개신 입을 열었다.

"낼 되유…… 낼. 돈, 낼 되유."

하며 돈이 변통됨을 삼가 아뢰는 그의 음성은 절반이 울음이었다.

남편이 반신반의하여 눈을 찌긋하다가,

"낼?"

하고 목청을 돋웠다.

"네, 낼 된다유."

"꼭 되어?"

"네, 낼 된다유."

남편은 시골 물정에 능통하니만치 난데없는 돈 이 원이 어디서 어떻게 되는 것까지는 추궁해 물으려 하지 않았다. 그는 적이 안심한 얼굴로 방문 턱에 걸터앉으며 담뱃대에 불을 그었다. 그제야 비로소 아내도 마음을 놓고 감자를 삶으러 부엌으로 들어가려 하니 남편이 곁으로 걸어오며 측은한 듯이 말리었다.

"병나, 방에 들어가 어여 옷이나 말리여. 감자는 내 삶을게."

먹물같이 짙은 밤이 내리었다. 비는 더욱 소리를 치며 앙상한 그들의 방 벽을 앞뒤로 울린다. 천장에서 비는 새지 않으나 집 지은 지가 오래되어 방고래가 물러앉다시피 된 방이라 도배를 못 한 방바닥에는 물이 스며들어 귀축축하다. 거기다 거적 두 닢만 덩그렇게 깔아 놓은 것이 그들의 침소였다. 석유 불은 없어 캄캄한 바로 지옥이다. 벼룩은 사방에서 마냥 스멀거린다.

그러나 등걸잠(옷을 입은 채 덮개 없이 아무 데나 쓰러져 자는 잠)에 익달한 그들은 천연스럽게 나란히 누워 줄기차게 퍼붓는 밤비 소리를 귀담아듣고 있었다. 가난으로 인하여 부부간의 애틋한 정을 모르고 나날이 매질로 불평과 원한 중에서 복대기던(정신을 차릴 수 없을 만큼 서둘러 죄어치거나 몰아치던) 그들도 이 밤에는 불시로 화목하였다. 단지 남의 품에 든 돈 이 원을 꿈꾸어 보고도…….

"서울 언제 갈라유?"

남편의 왼팔을 베고 누웠던 아내가 남편을 향하여 응석 비슷이 물어보았다. 그는 남편에게 서울의 화려한 거리며 후한 인심에 대하여 여러 번 들은 바 있어 일상 안타까운 마음으로 몽상은 하여 보았으나 실지 구경은 못 하였다. 얼른 이 고생을 벗어나 살기 좋은 서울로 가고 싶은 생각이 간절하였다.

"곧 가게 되겠지, 빚만 좀 없어도 가뜬하련만."

"빚은 낭중(나중) 갚더라도 얼핀 갑세다유."

"염려 없어. 이달 안으로 꼭 가게 될 거니까."

남편은 썩 쾌히 승낙하였다. 딴은 그는 동리에서 일컬어 주는 질꾼(길꾼. 노름 따위에 길이 익어 능숙한 사람)으로 투전장의 가보(노름판에서 아홉 끗을 일컬음)쯤은 시루에서 콩나물 뽑듯 하는 능수(能手 일에 능란한 솜씨. 또는 그런 사람)였다. 내일 밤 이 원을 가지고 벼락같이 노름판에 달려가서 있는 돈이란 깡그리 모집어 올 생각을 하니 그는 은근히 기뻤다. 그리고 교묘한 자기의 손재간을 홀로 뽐내었다.

"이번이 서울 처음이지?"

하며 그는 서울 바람 좀 한번 쐬었다고 큰 체를 하며 팔로 아내의 머리를 흔들어 물어보았다. 성미가 워낙 접접한지라 지금부터 서울 갈 준비를 착착 하고 싶었다.

그가 제일 걱정되는 것은 둠 구석에서 돼자라먹은(배운 것 없이 막되게 큰) 아내를 데리고 가면 서울 사람에게 놀림도 받을 게고 거리끼는 일이 많을 듯싶었다. 그래서 서울 가면 꼭 지켜야 할 필수 조건을 아내에게 일일이 설명치 않을 수 없었다.

첫째, 사투리에 대한 주의부터 시작되었다. 농민이 서울 사람에게, '꼬라리'라는 별명으로 감잡히는(남과 시비를 다툴 때 약점을 잡히는) 그 이유는 무엇보다도 사투리에 있을지니 사투리는 쓰지 말며, '합세'를 '하십니까'로, '하게유'를 '하오'로 고치되 말끝을 들지 말지라. 또 거리에서 어릿어릿하는 것은 내가 시골뜨기요 하는 얼뜬 짓이니 갈 길은 재게 가고 볼 눈을 또릿또릿이 볼지라— 하는 것들이었다.

아내는 그 끔찍한 설교를 귀담아들으며 모기 소리로 '네, 네'를 하였다. 남편은 뒤 시간 가량을 샐 틈 없이 꼼꼼하게 주의를 다져 놓고는 서울의 풍습이며 생활 방침 등을 자기의 의견대로 그럴싸하게 이야기하여 오다가 말끝이 어느덧 화장술에까지 이르게 되었다. 시골 여자가 서울에 가서 안잠을 잘 자 주면 몇 해 후에는 집까지 얻어 갖는 수가 있는데, 거기에는 얼굴이 예뻐야 한다는 소문을 일찍 들은 바 있어 하는 소리였다.

"그래서 날마다 기름도 바르고, 분도 바르고, 버선도 신고 해서 쥔 마음에 썩 들어야……."

한참 신바람이 올라 주워섬기다가 옆에서 쌔근쌔근 소리가 들리므로 고개를 돌려 보니 아내는 이미 곯아떨어져 잠이 깊었다.

"이런 망할 거, 남 말하는데 자빠져 잔담."

남편은 혼자 중얼거리며 바른팔을 들어 이마 위로 흐트러진 아내의 머리칼을 뒤로 쓰다듬어 넘긴다. 세상에 귀한 것은 자기의 아내! 이 아내가 만약 없었던들 자기는 홀로 어떻게 살 수 있었으려는가! 명색이 남편이며 이날까지 옷 한 벌 변변히 못 해 입히고 고생만 짓시킨 그 죄가 너무나 큰 듯 가슴이 뻐근하였다. 그는 왁살스러운 팔로 아내의 허리를 꼭 껴안아 자기의 앞으로 바특이(조금 바투) 끌어당겼다.

밤새도록 줄기차게 내리던 빗소리가 아침에 이르러서야 겨우 그치고 점심때에는 생기로운 볕까지 들었다. 쿨렁쿨렁 논물 나는 소리는 요란히 들린다. 시내에서 고기 잡는 아이들의 고함이며, 농부들의 희희낙락한 메나리(농부들이 논일하며 부르는 농가(農歌)의 하나)도 기운차게 들린다.

비는 춘호의 근심도 씻어 간 듯 오늘은 그에게도 즐거운 빛이 보였다.

"저녁 제누리 때 되었을걸, 얼른 빗고 가 봐—."

그는 갈증이 나서 아내를 대고(무리하게 자꾸. 계속해 자꾸) 재촉하였다.

"아직 멀었어유."

"먼 게 뭐냐, 늦었어."

아내는 남편의 말대로 벌써부터 머리를 빗고 앉았으나 원체 달포나 아니 가리어(머리를 대강 빗어) 엉클어진 머리가 시간이 꽤 걸렸다. 그는 호랑이 같은 남편과 오래간만에 정다운 정을 바꾸어 보니 근래에 볼 수 없는 희색이 얼굴에 떠돌았다. 어느 때에는 맥쩍게(열없고 쑥스럽게) 생글생글 웃어도 보았다.

아내가 꼼지락거리는 것이 보기에 퍽이나 갑갑하였다. 남편은 아내 손에서 얼레빗(빗살이 굵고 성긴 큰 빗)을 쑥 뽑아 들고는 시원스레 쭉쭉 내려 빗긴다. 다 빗긴 뒤, 옆에 놓인 밥사발의 물을 손바닥에 연신 칠해 가며 머리에다 번지르하게 발라 놓았다. 그래 놓고 위에서부터 머리칼을 재워 가며 맵시 있게 쪽을 딱 찔러 주더니, 오늘 아침에 한사코 공을 들여 삼아 놓았던 짚신을 아내의 발에 신기고 주먹으로 자근자근 골을 내 주었다.

"인제 가 봐!"

하다가,

"바루 곧 와, 웅?"

하고 남편은 그 이 원을 고이 받고자 손색없도록, 실패 없도록 아내를 모양
내 보냈다.

땡볕

작품 정리

작가: 김유정(291쪽 '작가와 작품 세계' 참조)
갈래: 농촌 소설
배경: 시간 – 1930년대 / 공간 – 농촌, 서울
시점: 3인칭 전지적 작가 시점
주제: 가난으로 인한 비극과 부부간의 애정
출전: 〈여성〉(1937)

구성과 줄거리

발단 덕순이는 아픈 아내를 지게에 지고 대학 병원을 찾아감

덕순이는 시골의 가난한 농부다. 땡볕이 내리쬐는 날, 덕순이는 아내를 지게에 지고 비탈길을 올라 대학 병원을 찾아간다. 어깨가 배기고 진땀이 흘러내리지만 미안해할 아내 생각에 불평하지도 못한다.

전개 덕순이는 특이 질병의 무료 진료에 희망을 가짐

언제부터인가 아내의 배에 이상이 생겼지만 돈이 없어 병원에 가지 못한다. 그러다 서울의 대학 병원에서 특이한 병을 가진 사람들을 연구 목적으로 무료로 치료해 주고 월급까지 준다는 말을 듣는다.

위기 아내의 병은 특이한 것이 아니라서 무료 진료를 받지 못함

아내는 병원에서 의사의 진찰을 받는다. 간호사는 배 속에 어린애가 죽어 있어 빨리 수술하지 않으면 산모의 생명이 위험하다고 말한다. 덕순이는 월급은 안 주냐고 물었다가, 병 고쳐 주는데 무슨 월급이냐고 톡 쏘는 간호사의 말에 그만 기가 죽는다. 덕순이는 죽으면 죽었지 배는 안 쨀다는 아내의 말에 아내를 업고 병원에서 나온다.

절정 결말 덕순이는 땡볕이 내리쬐는 길을 힘없이 내려가고 아내는 유언을 함

덕순이는 다시 아내와 함께 왔던 길을 되돌아간다. 덕순이는 아내에게 잘해 주지 못한 것이 후회되어 담배를 사려던 돈으로 아내에게 얼음냉수

와 왜떡을 사 준다. 덕순이는 아내의 유언 비슷한 넋두리를 들으면서 땡볕이 내리쬐는 거리를 힘없이 내려간다.

✎ **생각해 볼 문제** --

1. 이 작품은 도시로 유랑해 온 이농민 부부의 절망적 삶의 모습을 형상화하고 있다. 작품의 배경과 당시의 시대 상황을 연관 지어 보자.

1930년대 후반에는 일제의 착취가 극심해서 농촌이 황폐화되었다. 땅을 빼앗긴 농민들은 주린 배를 채우기 위해 소작농이 되거나 이농민이 될 수밖에 없었다. 만주로 이주하거나 도시로 몰려든 농민들은 도시의 하층민이 되었다. 그들은 도시에 토막집을 짓고 날품팔이를 하면서 연명했다. 이 소설은 이런 이농민 부부의 가난과 절망을 그리고 있다.

2. 작가는 덕순이와 아내의 불행을 어떤 방식으로 그리는가?

가난한 덕순이는 죽어 가는 아내를 보고 있을 수밖에 없는 처지다. 그러나 작가는 이농민 부부에 대해 동정심을 강요하지 않는다. 가난하고 무지한 삶의 모습을 있는 그대로 그리고 있을 뿐이다. 절망적 삶을 객관적 시각으로 묘사하면서도 김유정 특유의 해학미가 돋보인다.

3. 물질 만능주의 시대에 덕순이와 아내는 어떤 삶의 모습을 보여 주는가?

이 작품에는 가난하지만 인간애가 넘치는 인물들의 이야기가 담겨 있다. 덕순이는 자신이 가진 돈을 모두 털어 아내가 먹고 싶어 하는 것을 사 준다. 아내도 자신의 죽음보다 혼자 남을 남편을 걱정한다. 두 사람은 가난 때문에 사별할 상황에서도 부부애를 드러낸다.

4. '땡볕'과 '비탈길'은 무엇을 상징하는가?

땡볕은 자신의 의지와는 상관없이 감내해야 하는 고통이다. 내리쬐는 땡볕 속에서 비탈길을 올라가는 덕순이는 무료 진료에 대한 일말의 기대를 안고 있었지만, 비탈길을 내려올 때는 자포자기의 상태에 이른다. 비탈길은 심리 상태의 상승과 하강을 동시에 상징한다.

✏️인물 관계도

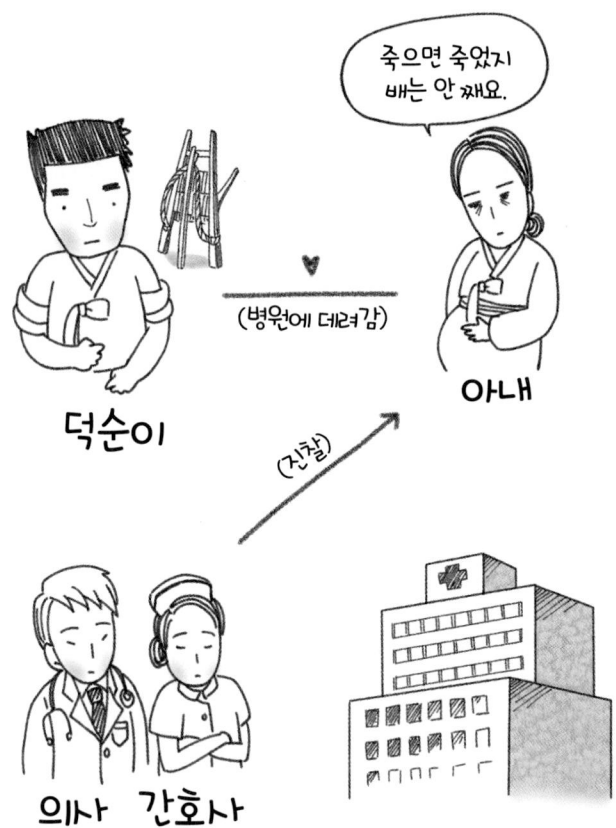

기영 할아버지 말로는 서울의 대학 병원에서는 괴상한 병이 있으면 병원에서 연구 목적으로 돈을 주고 치료도 해 준대요. 저(덕순이)는 배가 부풀어 오른 아내를 지게에 지고 병원을 찾았지요. 그런데 간호사가 이건 특이한 병이 아니라서 돈도 못 주고, 돈을 내고 수술해야 한다고 그러네요. 아내는 죽어도 배는 안 쨌다고 해서 그냥 병원을 나왔답니다. 죽어 가는 제 아내는 이제 어쩌지요?

땡볕

　우람스레 생긴 덕순이는 바른팔로 왼편 소맷자락을 끌어다 콧등의 땀방울을 훑고는 통안 네거리에 와 다리를 딱 멈추었다. 더위에 익어 얼굴이 벌거니 사방을 둘러본다. 중복허리(중복 무렵의 가장 더운 때)의 뜨거운 **땡볕**이라 길가는 사람은 저편 처마 밑으로만 배앵뱅 돌고 있다. 지면은 번들번들하게 달아 자동차가 지날 적마다 숨이 탁 막힐 만치 무더운 먼지를 풍겨 놓는 것이다.

　덕순이는 아무리 참아 보아도 자기가 길을 물어도 좋을 만치 그렇게 여유 있는 얼굴이 보이지 않음을 알자, 소맷자락으로 또 한 번 땀을 훑어 본다. 그리고 거북한 표정으로 벙벙히 섰다. 때마침 옆으로 지나는 어린 깍쟁이에게 공손히 손짓을 한다.

　"애! 대학 병원을 어디루 가니?"

　"이리루 곧장 가세요!"

　덕순이는 어린 깍쟁이가 턱으로 가리킨 대로 그 길을 북으로 접어들며 다시 내걷기 시작한다. 내딛는 한 발짝마다 무거운 지게는 어깨에 배기고 등줄기에서 쏟아져 내리는 진땀에 궁둥이는 쓰라릴 만치 물렀다. 속 타는 불김을 입으로 불어 가며 허덕지덕 올라오다 엄지손가락으로 코를 힝 풀어 그 옆 전봇대 허리에 쓱 문댈 때에는 그는 어지간히 가슴이 답답하였다. 당장 지게를 벗어 던지고 푸른 그늘에 가 나자빠지고 싶은 생각이 굴뚝같으련만 그걸 못 하니 짜증이 안 날 수 없다. 골피를 찌푸리어 데퉁스레(말과 하는 짓이 거칠고 융통성 없어 미련하게),

　"빌어먹을 거! 왜 이리 무거!"

하고 내뱉으려 하였으나, 그러나 지게 위에서 무색하여질 아내를 생각하고 꾹 참아 버린다. 제 속으로만 끙끙거리다 겨우,

　"에이 더웁다!"

하고 자탄이 나올 적에는 더는 갈 수가 없었다.

　덕순이는 길가 버들 밑에다 지게를 벗어 놓고는 두 손으로 적삼 등을 흔들어 땀을 들인다. 바람기 한 점 없는 거리는 그대로 타 붙었고, 그 위의 모

래만 이글이글 달아 간다. 하늘을 쳐다보았으나 좀체 비 맞은 못 볼 듯싶어 바상바상한(물기가 없어 보송보송한) 입맛을 다시고 섰을 때 별안간 댕댕 소리와 함께 발등에 물을 뿌리고 물차가 지나가니 그는 비로소 산 듯이 정신기가 반짝 난다. 적삼 호주머니에 손을 넣어 곰방대(살담배를 피우는 데에 쓰는 짧은 담뱃대)를 꺼내 물고 담배 한 대 붙이려 하였으나 홀쭉한 쌈지에는 어제부터 담배 한 알 없었던 것을 다시 깨닫고 역정스레 도로 집어넣는다.

"꽁무니가 배기지 않어?"

덕순이는 이렇게 아내를 돌아본다.

"괜찮아요."

하고 거의 죽어 가는 상으로 글썽글썽 눈물이 괸 아내가 딱하였다. 두 달 동안이나 햇빛 못 본 얼굴은 누렇게 시들었고, 병약한 몸으로 지게 위에 앉아 까댁(까닥)이는 양이 금시라도 꺼질 듯싶은 그 아내였다.

덕순이는 아내를 이슥히 노려본다.

"아 울긴 왜 우는 거야?"

하고 눈을 부라렸으나,

"병원에 가면 짼대겠지요."

"째긴 아무 거나 덮어놓고 째나? 연구한다니까."

하고 되도록 아내를 안심시킨다. 그러나 덕순이 생각에는 째든 말든 그건 차치해 놓고 우선 먹어야 산다고,

"왜 기영이 할아버지의 말씀 못 들었어?"

"병원서 월급을 주구 고쳐 준다는 게 정말인가요?"

"그럼 노인이 설마 거짓말을 헐라구. 그래 시방두('지금도'의 방언) 대학 병원의 이등 박산가 뭐가 열네 살 된 조선 아이가 어른보다도 더 부대한(몸집이 뚱뚱하고 큰) 걸 보구 하두 이상한 병이라고 붙잡아 들여서 한 달에 십 원씩 월급을 주고, 그뿐인가 먹이구 입히구 이래 가며 지금 연구하고 있대지 않어?"

"그럼 나도 허구한 날 늘 병원에만 있게 되겠구려."

"인제 가 봐야 알지, 어떻게 되는지."

이렇게 시원스레 받기는 받았으나 덕순이 자신 역시 기영 할아버지의 말을 꼭 믿어서 좋을지가 의문이었다. 시골서 올라온 지 얼마 안 되는 그로서는 서울 일이라 혹 알 수 없을 듯싶어 무료 진찰권을 내 온 데 더 되지 않았다. 그렇다 하더라도 병이 괴상하면 할수록 혹은 고치기가 어려우면 어려

울수록 월급이 많다는 것인데 영문 모를 아내의 이 병은 얼마짜리나 되겠는가고 속으로 무척 궁금하였다. 아이가 십 원이라니 이건 한 십오 원쯤 주겠는가, 그렇다면 병 고치니 좋고, 먹으니 좋고, 두루두루 팔자를 고치리라고 속안(일반 사람들의 안목을 약간 낮잡아 이름)으로 육조 배판을 늘이고 섰을 때,

"여보십쇼! 이 채미 하나 잡숴 보십쇼."

하고 조만치서 참외를 벌여 놓고 앉아 있는 아이가 시선을 끌어간다. 길쭉길쭉하고 싱싱한 놈들이 과연 뜨거운 복중에 하나 벗겨 들고 으썩 깨물어 봄직한 참외였다. 덕순이는 참외를 이놈 저놈 멀거니 물색하여 보다 쌈지에 든 잔돈 사 전을 얼른 생각은 하였으나 다음 순간에 그건 안 될 말이라고 꺽진(성격이 억세고 꿋꿋한) 마음으로 시선을 걷어 온다. 사 전에 일 전만 더 보태면 희연(담배 이름) 한 봉이 되리라고 어제부터 잔뜩 꼽여 쥐고 오던 그 사 전, 이걸 참외값으로 녹여서는 사람이 아니다.

"지게를 꼭 붙들어!"

덕순이는 지게를 지고 다시 일어나며 그 십오 원을 생각했던 것이니 그로서는 너무도 벅찬 희망의 보행이었다.

덕순이는 간호부가 지도하여 주는 대로 산부인과 문밖에서 제 차례가 돌아오기를 기다리고 있었다.

아내는 남편이 업어다 놓은 대로 걸상에 가 번듯이 늘어져 괴로운 숨을 견디지 못한다. 요량 없이 부어오른 아랫배를 한 손으로 치마째 걷어 안고는 매 호흡마다 간댕거리는 야윈 고개로 가쁜 숨을 돌리고 있는 것이다. 게다가 수술실에서 들것으로 담아내는 환자의 피고름이 섞인 쓰레기통을 보는 것은 그로 하여금 해쓱한 얼굴로 이를 떨도록 하기에 너무도 충분한 풍경이었다.

"너무 그렇게 겁내지 말아, 그래두 다 죽을 사람이 병원엘 와야 살아 나가는 거야……."

덕순이는 아내를 위안하기 위하여 이런 소리도 하는 것이나, 기실 아내 못지않게 저로도 조바심이 적지 않았다. 아내의 이 병이 무슨 병일까, 짜장(과연, 정말로) 기이한 병이라서 월급을 타 먹고 있게 될 것인가, 또는 아내의 병을 씻은 듯이 고쳐 줄 수 있겠는가, 겸삼수삼('겸사겸사'의 북한어) 모두가 궁거웠다('궁금했다'의 북한어).

이 생각 저 생각으로 덕순이는 아내의 상체를 떠받쳐 주고 있다가 우연히도 맞은편 타구(가래나 침을 뱉는 그릇) 옆댕이에 가 떨어져 있는 궐련 꽁댕이에 한눈이 팔린다. 그는 사방을 잠깐 살펴보고 횡허케 가서 집어다가는 곰방대에 피워 물며 제 차례를 기다렸으나 좀체 불러 주질 않는 것이다.

이렇게 하여 그들은 허무히도 두 시간을 보냈다.

한점을 십사 분가량 지났을 때 간호부가 다시 나와 덕순이 아내의 성명을 외는 것이다.

"네, 여기 있습니다."

덕순이는 허둥지둥 아내를 들쳐 업고 진찰실로 들어갔다.

간호부 둘이 달려들어 우선 옷을 벗기고 주무를 제 아내는 놀란 토끼와 같이 조그맣게 되어 떨고 있었다. 코를 찌르는 무더운 약내에 소름이 끼치기도 하려니와 한쪽에 번쩍번쩍 늘어놓인 기계가 더욱이 마음을 조이게 하는 것이다. 아내가 너무 병신스레 떨므로 옆에 서 있는 덕순이까지도 겸연쩍지 않을 수 없었다. 아내의 한 팔을 꼭 붙들어 주고, 집에서 꾸짖듯이 눈을 부릅떠,

"뭐가 무섭다구 이래?"

하고는 유리판에서 기계 부딪는 젤그럭 소리에 등줄기가 다 섬뜩할 제,

"언제부터 배가 이래요?"

간호부(간호사)가 뚱뚱한 의사의 말을 통변(통역)한다.

"자세히는 몰라두……."

덕순이는 이렇게 머리를 긁고는,

"아마 이토록 부르기는 지난겨울부턴가 봐요, 처음에는 이게 애가 아닌가 했던 것이 그렇지도 않구요, 애라면 열 달에 날 텐데……. 열석 달씩이나 가는 게 어딨습니까?"

하고는 아차, '애니 뭐니 하는 건 괜히 지껄였군' 하였다. 그래 의사가 무어라고 입을 열기 전에 얼른 뒤미처,

"아무두 이 병이 무슨 병인지 모른다구 그래요, 난생 처음 본다구요."

하고 몇 마디 더 얹었다.

덕순이는 자기네들의 팔자를 고칠 수 있고 없고가 이 순간에 달렸음을 또 한 번 깨닫고 열심히 의사의 입만 쳐다보고 있는 것이다마는 금테 안경 쓴 의사는 그리 쉽사리 입을 열려 하지 않았다. 몇 번을 거듭 주물러 보고,

두드려 보고, 들어 보고, 이러기를 얼마 한 다음 시답지 않게 저쪽으로 가 대야에 손을 씻어 가며 간호부를 통하여 하는 말이,

"이 배 속에 어린애가 있는데요, 나올려다 소문(小門 여자의 음부를 완곡하게 이르는 말)이 작아서 그대로 죽었어요. 이걸 그냥 둔다면 앞으로 일주일을 못 갈 것이니 불가불 수술을 해야 하겠으나 또 그 결과가 반드시 좋다고 단언할 수도 없는 것이매 배를 가르고 아이를 꺼내다 만일 사불여의(事不如意 일이 뜻대로 되지 않음)하여 불행을 본다더라도 전혀 관계없다는 승낙만 있으면 내일이라도 곧 수술을 하겠어요."

하고 나 어린 간호부는 조금도 거리낌 없는 어조로 줄줄 쏟아 놓다가,

"어떻게 하실 테야요?"

"글쎄요……."

덕순이는 이렇게 얼떨떨한 낯으로 다시 한번 뒤통수를 긁지 않을 수 없었다.

간호부의 말이 무슨 소린지 다는 모른다 하더라도 속대중으로 저쯤은 알아챘던 것이니 아내의 생명이 위험하다는 그 말이 두렵기도 하려니와 겨우 아이를 뱄다는 것쯤, 연구거리는 못 되는 병인 양 싶어 우선 낙심하고 마는 것이다. 하나 이왕 버린 노릇이매,

"그럼 먹을 것이 없는데요……."

"그건 여기서 입원시키고 먹일 것이니까 염려 마셔요……."

"그런데요 저……."

하고 덕순이는 열없는(부끄러운) 낯을 무엇으로 가릴지 몰라 쭈뼛쭈뼛,

"월급 같은 건 안 주나요?"

"무슨 월급이요?"

"왜 여기서 병을 고치면 월급을 주는 수도 있다지요."

"제 병 고쳐 주는데 무슨 월급을 준단 말이에요?"

하고 맨망스레(보기에 요망스럽게 까부는 데가 있게) 톡 쏘는 바람에 덕순이는 고만 얼굴이 벌게지고 말았다. 팔자를 고치려던 그 계획이 완전히 어그러졌음을 알자, 그의 주린 창자는 척 꺾이며 두꺼운 손으로 이마의 진땀이나 훑어 보는 밖에 별도리가 없는 것이다. 하나 아내의 생명은 어차피 건져야 하겠기로 공손히 허리를 굽실하여,

"그럼 낼 데리고 올게, 어떻게 해 주십시오."

하고 되도록 빌붙어 보았던 것이, 그때까지 끔찍한 소리에 얼이 빠져서 멀뚱히 누웠던 아내가 별안간 기겁을 하여 일어나 살뚱맞은(말이나 행동이 독살스럽고 당돌한) 목성으로,

"나는 죽으면 죽었지 배는 안 째요."

하고 얼굴이 노랗게 되는 데는 더 할 말이 없었다. 죽더라도 제 원대로나 죽게 하는 것이 혹은 남편 된 사람의 도리일지도 모른다. 아내의 꼴에 하도 어이가 없어,

"죽는 거보담야 수술을 하는 게 좀 낫겠지요!"

비소를 금치 못하고 서 있는 간호부와 의사가 눈에 보이지 않도록, 덕순이는 시선을 외면하여 뚱싯뚱싯 아내를 업고 나왔다. 지게 위에 올려놓은 다음 엎디어 다시 지고 일어나려니 이게 웬일일까, 아까 오던 때와는 갑절이나 무거웠다.

덕순이는 얼마 전에 희망에 가득히 차 올라가던 길을 힘 풀린 걸음으로 터덜터덜 내려오고 있었다. 보지는 않아도 지게 위에서 소리를 죽여 훌쩍훌쩍 울고 있는 아내가 눈앞에 환한 것이다. 학식이 많은 의사는 일자무식인 덕순이 내외보다는 더 많이 알 것이니 생명이 한 이레를 못 가리라던 그 말을 어째 볼 도리가 없다. 인제 남은 것은 우중충한 그 냉골에 갖다 다시 눕혀 놓고 죽을 때나 기다리고 있을 따름이었다.

덕순이는 눈 위로 덮는 땀방울을 주먹으로 훔쳐 가며 장차 캄캄하여 올 그 전도(前途 앞으로 나아갈 길)를 생각해 본다. 서울을 장대고(마음속으로 기대하고 잔뜩 벼르고) 왔던 것이 벌이도 잘 안 되고 게다가 이젠 아내까지 잃는 것이다. 제미붙을(제 어미와 붙을 것이라는 뜻으로 남을 욕하는 말)! 이놈의 팔자가, 하고 딱한 탄식이 목을 넘어오다 꽉 깨무는 바람에 한숨으로 터져 버린다.

한나절이 되자 더위는 더한층 무서워진다.

덕순이는 통째 짓무를 듯싶은 등어리(등)를 견디지 못하여 먼젓번에 쉬어 가던 나무 그늘에 지게를 벗어 놓는다. 땀을 들여 가며 아내를 가만히 내려다보니 그동안 고생만 시키고 변변히 먹이지도 못하였던 것이 갑자기 후회가 나는 것이다. 이럴 줄 알았더라면 동넷집 닭이라도 훔쳐다 먹였을 걸 싶어,

"울지 마라, 그것들이 뭘 아나? 제까짓 게!"

하고 소리를 빽 지르고는,

"채미 하나 먹어 볼 테야?"

"채민 싫어요."

아내는 더위에 속이 탔음인지 한길 건너 저쪽 그늘에서 팔고 있는 얼음냉수를 손으로 가리킨다. 남편이 한 푼 더 보태어 담배를 사려던 그 돈으로 얼음냉수를 한 그릇 사다가 입에 먹여까지 주니 아내도 황송하여 한숨에 들이켠다. 한 그릇을 다 먹고 나서 하나 더 사다 주랴 물었을 때 이번엔 왜떡(밀가루나 쌀가루를 반죽해 얇게 늘여서 구운 과자)이 먹고 싶다 하였다. 덕순이는 이것이 마지막이라는 생각으로 나머지 돈으로 왜떡 세 개를 사다 주고는 그대로 눈물도 씻을 줄 모르고 그걸 오직오직 깨물고 있는 아내를 이슥히 바라보고 있었다. 그러나 아내가 무슨 생각을 하였는지 왜떡을 입에 문 채 홀쩍홀쩍 울며,

"저 사촌 형님께 쌀 두 되 꿔다 먹은 거 부대 잊지 말구 갚우."

하고 부탁할 제 이것이 필연 아내의 유언이라 깨닫고는,

"그래 그건 염려 마!"

"그리구 임자 옷은 영근 어머니더러 사정 얘길 하구 좀 빨아 달래우."

하고 이야기를 곧잘 하다가 다시 입을 일그러뜨리고 홀쩍홀쩍 우는 것이다.

덕순이는 그 유언이 너무 처량하여 눈에 눈물이 핑 돌아 가지고는 지게를 도로 지고 일어선다. 얼른 갖다 눕히고 죽이라도 한 그릇 더 얻어다 먹이는 것이 남편의 도리일 게다.

때는 중복, 허리의 쇠뿔도 녹이려는 뜨거운 땡볕이었다.

덕순이는 빗발같이 내리붓는 등골의 땀을 두 손으로 번갈아 훔쳐 가며 끙끙 내려올 제, 아내는 지게 위에서 그칠 줄 모르는 그 수많은 유언을 차근차근 남기다, 울다, 하는 것이다.

까마귀

🖋 작가와 작품 세계 ---

이태준(1904~?)

호는 상허(尙虛). 강원도 철원에서 출생. 휘문고등보통학교를 나와 일본 조치(上智)대학에서 수학했다. 〈시대일보〉에 「오몽녀」를 발표하면서 문단에 등단했다. 〈문장〉을 주관하다 8 · 15 광복 직전 철원에서 칩거했다. 광복 이후에는 조선 문학가동맹에 포섭되어 활약하다 월북했다. 단편 「해방 전후」(1946)에서 이러한 문학적 변모를 확인할 수 있다.

「까마귀」, 「달밤」, 「복덕방」 등의 단편 소설에서 선보인 내관적(內觀的) 인물 묘사, 완결된 구성법에 힘입어 이태준은 한국 현대 소설의 기법적인 바탕을 이룩한 작가로 평가된다. 작중 인물들은 회의적 · 감상적 · 패배적인 성격을 띠고 있지만 허무와 서정의 세계 속에서도 현실과 밀착된 시대정신을 추구한다.

미문가인 이태준은 예술적 정취가 짙은 단편에 탁월한 면모를 보여 주었다. 그는 예술 지상주의적인 이효석, 현실 개혁과 거리를 둔 박태원과는 달리 허무와 서정 속에서도 시대정신을 지니고 있었다.

🖋 작품 정리 ---

갈래: 순수 소설
배경: 시간 – 늦가을에서 겨울까지 / 공간 – 고풍스럽고 음습한 별장
시점: 3인칭 전지적 작가 시점
주제: 아무도 대신해 줄 수 없는 인간의 근원적 고독과 죽음의 문제
출전: 〈조광〉(1936)

🖉 **구성과 줄거리** --

발단 작가인 그는 겨울을 나기 위해 친구의 별장을 찾음

괴팍한 문체를 고집해 독자에게 인기가 없는 작가인 그는 어렵게 생활해 나간다. 그는 궁여지책으로 겨우내 비워 두는 친구네 별장 방 하나를 빌린다. 별장 주위의 나무에는 많은 까마귀가 날아와 둥지를 틀고 있다.

전개 별장 근처에서 폐병에 걸린 한 아가씨와 만남

별장을 산책하던 어느 날 그는 폐병 요양차 이곳에 온 한 아가씨와 만난다. 여러 번의 만남을 통해 그는 여인에게 호감을 가지고, 그녀가 삶에 자포자기한 인물임을 알게 된다.

위기 그는 까마귀를 싫어하는 여자의 애인이 되겠다고 결심함

까마귀를 병적으로 싫어하는 그녀는 까마귀의 울음을 자신의 죽음을 재촉하는 소리로 생각한다. 그는 그녀에게 삶의 희망을 불어넣기 위해 그녀의 애인이 될 생각을 한다. 하지만 그녀에게는 이미 애인이 있었고 그는 그녀의 애인인 청년을 부러워한다.

절정 까마귀가 죽어 가는 모습을 보면서 여인의 임종을 상상함

그는 까마귀에 대한 그녀의 공포를 덜어 주기 위해 까마귀를 잡아 배 속에 든 내장을 직접 확인시켜 줄 계획을 세운다. 그는 까마귀를 유인해 잡은 후 까마귀가 죽어 가는 모습을 보면서 여인의 임종을 상상한다. 날씨가 점점 추워지고 그녀는 달포가 지나도록 나타나지 않는다.

결말 그가 까마귀의 내장을 보여 주기 전에 그녀가 죽음

출판사에 다녀오는 길에 그는 그녀의 시신을 실은 영구차 한 대가 지나가는 것을 본다. 까마귀는 이날 저녁에도 GA 아래 R이 한없이 붙은 발음을 낸다.

🖉 **생각해 볼 문제** -------------------------------------

1. 그의 위로가 여인에게 도움이 되지 않는 이유는 무엇인가?

여인이 까마귀 울음소리에 공포를 느끼는 것은 표면적인 이유에 불과하다. 여인은 자신의 병이 불치병이라는 사실을 알고 있기 때문에 그의 말이 위로가 되지 않는 것이다. 그녀는 다른 누구와도 죽음을 함께할 수 없다는 인식을 가지고 있다. 결국 그녀에게 그는 완전한 타인에 불과하다. 여인은 자

신의 피를 반 컵이나 마신 애인에게서도 위안을 얻지 못한다. 여인은 자신의 죽음을 혼자 가야 하는 마지막 길로 인식한다.

2. 여인의 죽음을 바라보는 그의 태도는 어떠한가?

그는 까마귀에 대한 공포, 즉 죽음에 대한 공포를 덜어 주기 위해 까마귀의 배 속을 그녀에게 보여 주려고 한다. 까마귀의 배 속도 다른 새의 배 속과 다를 바가 없다는 것을 알리기 위해서다. 그러나 아이러니하게도 그는 까마귀가 죽음에 이르는 것을 확인하는 순간, 그녀의 임종을 상상하며 '슬픈 일이었다'고 말한다. 결국 그에게 여인의 죽음은 '타자의 죽음'이다. 따라서 그는 여인의 죽음을 감상의 대상으로 바라볼 수밖에 없다.

3. 까마귀들이 영구차를 내려다보는 장면을 본 그는 '그 여자가 죽은 거나 아닌가?'라고 생각한다. 이를 통해 알 수 있는 그의 태도 변화에 대해 말해 보자.

그는 까마귀가 불길함을 상징하는 것은 수면 습관설처럼 굳어진 사고에 불과하다고 생각해 왔다. 그는 까마귀에 대해 공포감을 느끼는 여인을 위해 까마귀 내장을 보여 줄 계획까지 세운다. 그러나 마지막 장면에서 그는 까마귀와 여인의 죽음을 연관 짓는다. 결국 그 역시 습관설에서 벗어나지 못하고 있는 것이다.

4. 이 작품에 나타난 유미주의적 요소는 무엇인가?

유미주의란 미(美)를 예술의 목적으로 삼는 예술 사조다. 문학에서 아름다움이란 병적인 사랑은 물론 죽음, 절망, 가난에서도 찾을 수 있다. 이 소설에서는 가난, 불치병, 정혼자의 사랑, 여인에 대한 그의 감정도 모두 아름답게 묘사되었다. 작가는 여인의 비극적 운명을 감각적 문체를 통해 역설적으로 미화한 것이다. 그가 까마귀를 친구로 생각하는 것도 역설적 관점에서 설명할 수 있다.

인물 관계도

까마귀는 죽음을 생각나게 해요.

그(작가)

(독자)

여자

친구의 별장에서 겨울을 나던 저(그)는 산책 중에 아픈 여자를 만났지요. 여자는 까마귀가 죽음을 떠올리게 한다며 싫어했어요. 저는 그녀를 위해 애인이 되어 주려 했지만 여자는 이미 애인이 있다고 합니다. 그럼 까마귀를 해부해 보여 주는 건 어떨까요? 그냥 짐승이라는 것을 안다면 도움이 되지 않을까요? 하지만 그녀는 제가 계획을 실행하기 전에 세상을 떠나 버렸답니다.

까마귀

"호—."

새로 사온 것이라 등피(燈皮 등불이 꺼지지 않도록 바람을 막고 불빛을 밝게 하기 위해 남포등에 씌우는 유리로 만든 물건)에서는 아직 석유내도 나지 않는다. 닦을 것도 별로 없지만 전에 하던 버릇으로 그렇게 입김부터 불어 가지고 어스레해진 하늘에 비춰 보았다. 등피는 과민하게도 대뜸 뽀—얗게 흐려지고 만다.

"날이 꽤 차졌군……"

그는 등피를 닦으면서 아직 눈에 익지 않은 정원을 둘러보았다. 이끼 앉은 돌층계 밑에는 발이 묻히게 낙엽이 쌓여 있고 상나무, 전나무 같은 상록수를 빼놓고는 단풍나무까지 이미 반나마 이울어서(점점 쇠약해져서) 어떤 나무는 잎이라고 하나도 없이 설명하게(아랫도리가 가늘고 길어 어울리지 않게) 서 있다. '무장 해제를 당한 포로들처럼' 하는 생각을 하면서 그런 쓸쓸한 나무들이 이 구석 저 구석에 묵묵히 서 있는 것을 그는 등피를 다 닦고도 다시 한참이나 바라보다가야 자기 방으로 정한 바깥채 작은사랑으로 올라갔다.

여기는 그의 어느 친구네 별장이다. 늘 괴벽한 문체(文體)를 고집하여 독자를 널리 갖지 못하는 그는 한 달에 이십 원 남짓하면 독방을 차지할 수 있는 학생층의 하숙 생활조차 뜻대로 되지 않았다. 궁여의 일책으로 이렇게 임시로나마 겨울내 그냥 비워 두는 친구네 별장 방 하나를 빌린 것이다. 내년 칠월까지는 어느 방이든지 마음대로 쓰라고 해서 정자지기가 방마다 문을 열어 보이는 대로 구경하였으나 모두 여름에나 좋은 북향들이라 너무 음습하고 너무 넓고 문들이 많아서 결국은 바깥채로 나와, 상노(床奴 예전에, 밥상 나르는 일과 잔심부름하던 아이)들이나 자는 방이라는 작은사랑을 치우게 한 것이다.

상노들이나 자는 방이라 하나 별장 전체를 그리 손색(다른 것과 견주어 보아 못한 점) 있게 하는 방은 아니었다. 동향이어서 여름에는 늦잠을 자지 못할 것이 흠일까, 겨울에는 어느 방보다 밝고 따뜻할 수 있고 미닫이와 들창도 다 갑창까지 드린(집에 문, 마루, 벽장, 광 따위를 만들거나 구조를 바꾸어 꾸민) 데다 벽장문과 두껍닫이에는 유명한 화가인지 아닌지는 몰라도 낙관(落款 글씨나 그림 따위에 작가가 자신의 이름이나 호를 쓰고 도장을 찍는 일. 또는 그렇게 찍는 도장)이 있는 사군자(四君子 동양화에서, 매화·난초·국화·

대나무를 그린 그림)며 기명절지(器皿折枝 여러 가지 그릇과 꽃가지, 과일 따위를 섞어서 그린 그림)가 붙어 있다. 밖으로도 문 위에는 추성각(秋聲閣)이라 추사체의 현판이 걸려 있고 양쪽 처마 끝에는 파—랗게 녹슨 풍경이 창연히 달려 있다. 또 미닫이를 열면 눈 아래 깔리는 경치도 큰사랑만 못한 것 같지 않으니, 산기슭에 나붓이 서 있는 수각(水閣 물가나 물 위에 지은 정자)과 그 밑으로 마른 연잎과 단풍이 잠긴 연당(연못)이며 그리고 그 연당 언덕으로 올라오면서 무룽석으로 석가산을 모으고 잔디밭 새에 길을 돌린 것은 이 방에서 내려다보기가 기중일 듯싶었다. 그런 데다 눈을 번뜻 들면 동편 하늘이 바다처럼 트이고 그 한편으로 휜칠한 늙은 전나무 한 채가 절벽같이 가려 서 있는 것이다. 사슴의 뿔처럼 삭정이가 된 상가지에는 희끗희끗 새똥까지 묻어서 고요히 바라보면 한눈에 태고(太古 아주 오랜 옛날)가 깃드는 듯한 그윽한 경치이다.

오래간만에 켜 보는 남폿불이다. 펄럭— 하고 성냥불이 심지에 옮겨 붙더니 좁은 등피 속은 자옥하게 연기와 김이 서리었다가 차츰차츰 밝아지는 것이었다. 그렇게 차츰차츰 밝아지는 남폿불에 뻥— 둘러앉았던 옛날 집안 사람들의 얼굴이 생각나게, 그렇게 남폿불은 추억 많은 불이다.

그는 누워 너무나 고요함에 귀를 빼앗기면서 옛사람들의 얼굴을 그려 보다가 너무나 가까운 데서 까악— 까악— 하는 까마귀 소리에 얼른 일어나 문을 열었다. 바깥은 아직 아주 어둡지 않았다. 또 까악— 까악— 하는 소리에 쳐다보니 지나가면서 우는 소리가 아니라 바로 그 전나무 삭정이에 시커먼 세 마리가 웅크리고 앉아 그러는 것이었다.

"까마귀!"

까치나 비둘기를 본 것만은 못하였다. 그러나 자연이 준 그의 검음과 그의 탁한 음성을 까닭 없이 저주할 필요는 느끼지 않았다. 마침 정자지기가 올라와서,

"아, 진지는 어떡하십니까?"

하는 말에, 우유하고 빵이나 먹고 밥 생각이 나면 문안 들어가 사 먹는다고, 그래도 자기는 괜찮다고 어름어름하고 말막음(상대편이 자기에게 불리하거나 성가신 말을 하지 못하도록 미리 막음)으로,

"웬 까마귀들이……?"

하고 물었다.

"네, 이 동네 많습니다. 저 나무엔 늘 와 사는걸입쇼."

"그래요? 그럼 내 친구가 되겠군……."
하고 그는 웃었다.

"요 아래 돼지 기르는 데가 있습죠. 거기 밥찌꺼기 같은 게 흔하니까 그래 까마귀가 떠나질 않습니다."
하면서 정자지기는 한 걸음 나서 팔매(돌 같은 작고 단단한 물건을 손에 쥐고 팔을 흔들어서 멀리 던짐) 치는 형용을 하니 까마귀들은 주춤하고 날 듯한 자세를 가지다가 아래를 보더니 도로 앉아서 이번에는 '까르르—' 하고 GA 아래 R이 한없이 붙은 발음을 하는 것이다.

정자지기가 내려간 후, 그는 다시 호젓하니 문을 닫고 아까와 같이 아무렇게나 다리를 뻗고 누워 버렸다.

배가 고팠다. 그는 또 그 어느 학자의 수면 습관설(睡眠習慣設)이 생각났다. 사람이 밤새도록 그 여러 시간을 자는 것은 불을 발명하기 전에 할 일이 없어 자기만 한 것이 습관으로 전해진 것뿐이요, 꼭 그렇게 여러 시간을 자야만 될 리는 없다는 것이다. 그는 이 수면 습관설에 관련하여 식욕이란 것도 그런 것으로 믿어 보고 싶었다. 사람은 하루 꼭꼭 세 번씩 으레 먹어야 될 것처럼 충실히 먹는 것이나 이것도 그렇게 많이 먹어야만 되게 되어서가 아니라, 애초에는 수효 적은 사람들이 넓은 자연 속에서 먹을 것이 쉽사리 손에 들어오니까 먹기만 하던 것이 습관으로 전해진 것뿐이요, 꼭 그렇게 세 끼씩이나 계획적으로 먹어야만 될 리는 없을 것 같았다. 그런데, 사람이 잠을 자기 위해서는 그처럼 큰 부담이 있는 것은 아니나 먹기 위해서는, 하루 세 번씩 먹는 그 습관을 지키기 위해서는 얼마나 큰, 얼마나 무거운 부담이 있는 것인가. 그러기에 살려고 먹는 것이 아니라 먹으려고 산다는 말까지 생긴 것이 아닌가 생각되었다.

'먹으려고 산다! 평생을 먹으려고만 눈이 뻘개 허둥거리다 죽어? 그건 실로 인간의 모욕이다.'

그는 쓴웃음을 지으며 지금 자기의 속이 쓰려 올라오는 것과 입속이 빡빡해지며 눈에는 자꾸 기름진 식탁이 나타나는 것을 한낱 무가치한 습관의 발작으로만 돌려 버리려 노력해 보는 것이다.

'어디선가 르나르(프랑스의 소설가·극작가)는 예술가는 빵 한 근보다 꽃 한 송이를 꺾는다고, 그러나 배가 고프면? 하고 제가 묻고는 그러면 그는 괴로워하고 훔치고 혹은 사람을 죽일지도 모른다. 그렇더라도 글쓰기를 버리지는 않을 거라고 했다. 난 배가 고파 할 줄 아는 그 얄미운 습관부터 아예 망각시켜 보리라. 잉크는 새것이 한 병 새벽 우물처럼 충충히 담겨 있을 것다, 원고지도 두툼한 게 여남은 축 쌓여 있을 것다!'

그는 우선 그 문 앞으로 살랑살랑 지나다니면서 '쌀값은 오르기만 하고…… 석탄도 들여야겠는데……'를 입버릇처럼 하던 주인마누라의 목소리를 십 리나 떨어져서 은은한 풍경 소리와 짙은 어둠에 함빡 싸인, 이 산장 호젓한 방에서 옛 애인을 만난 듯한 다정스러운 남폿불을 돋우고 글만을 생각하는 데 취할 수 있는 것이 갑자기 몸이 비단에 싸이는 듯, 살이 찔 듯한 행복이었다.

저녁마다 그는 남포에 새 석유를 붓고 등피를 닦고 그리고 까마귀 소리를 들으면서 어둠을 기다리었다. 방 구석구석에서 밤의 신비가 소곤거려 나올 때 살며시 무릎을 꿇고 귀한 손님의 의관처럼 공손히 남포 갓을 들어 올리고 불을 켜는 것이며 펄럭거리던 불티가 가만히 자리 잡는 것을 보고야 아랫목으로 물러나 그때는 눕든지 않든지 마음대로 하며 혼자 밤이 깊도록 무얼 읽고 무얼 생각하고 무얼 쓰고 하는 것이다. 그래서 아침이면 늘 늦도록 자곤 하였다. 어떤 날은 큰사랑 뒤에 있는 우물에 올라가 세수를 하고 나면 산 너머로 오정 소리가 울려오기도 했다. 그러다가 이날은 무슨 무서운 꿈을 꾸고 그 서슬에 소스라쳐 깨어 보니 밤은 벌써 아니었다. 미닫이에는 전나무 가지가 꿩의 장목(꿩의 꽁지깃)처럼 비끼었고 쨍쨍한 햇볕은 쏴— 소리가 날 듯 쪼여 있었다. 어수선한 꿈자리를 떨쳐 버리는 홀가분한 기분과 여기 나와서는 처음 일찍 깨어 보는 호기심에서 그는 머리를 흔들고 미닫이부터 쫙 밀어 놓았다. 문턱을 넘어 드는 바깥 공기는 체온에 부딪히는 것이 찬물 같았다. 여윈 손으로 눈을 비비며 얼마나 아름다운 아침일까를 내다보았다. 해는 역광선이어서 부신 눈으로 수각을 더듬고 연당을 더듬고 잔디밭 길을 더듬다가 그 실뱀 같은 잔디밭 길에서다, 그는 문득 어떤 여자의 그림자 하나를 발견한 것이다.

여태 꿈인가 해서 다시금 눈부터 비비었다. 확실히 여자요, 또 확실히 고요히 섰으되 산 사람이었다. 그는 너무 넓게 열렸던 문을 당황히 닫아 버리고 다시 조그만 틈으로 내다보았다.

여자는 잊어버린 듯 오래도록 햇볕만 쏘이고 서 있다가 어디선지 산새

한 마리가 날아와 가까운 나뭇가지에 앉는 것을 보더니 그제야 사뿐 발을 떼어 놓았다. 머리는 틀어 올리었고 저고리는 노르스름한 명주 빛인데 고동색 스웨터를, 아이 업듯, 두 소매는 앞으로 늘어뜨리고 등에만 걸치었을 뿐, 꽤 날씬한 허리 아래엔 옥색 치맛자락이 부드러운 물결처럼 가벼운 주름살을 일으켰다. 빨간 단풍잎 하나를 들었을 뿐, 고요한 아침 산보인 듯하다.

'누굴까?'

그는 장정(裝幀) 고운 신간서(新刊書)에처럼 호기심이 일어났다. 가까이 축대 아래로 지나가는 것을 보니 새 양봉투 같은 깨끗한 이마에 눈결은 뉘어 쓴 영어 글씨같이 차근하다. 꼭 다문 입술, 그리고 뾰로통한 콧봉오리에는 여간치 않은 프라이드가 느껴지는 얼굴이었다.

'웬 여잔데?'

이튿날 아침에도 비교적 이르게 잠이 깨었다. 살며시 연당 쪽을 내다보니 연당 앞에도 잔디밭 길에도 아무도 사람이라고는 보이지 않았다. 왜 그런지 붙들었던 새를 날려 보낸 듯 그는 서운하였다.

이날 오후이다. 그는 낙엽을 긁어다가 불을 때고 있었다. 누군지 축대 아래에서 인기척이 났다. 머리를 쓸어 넘기며 내려다보니 어제 아침의 그 여자다. 어제 그 옷, 그 모양, 그 고요함으로 약간 발그레해진 얼굴을 쳐들고 사뭇 아는 사람을 보듯 얼굴을 돌리려 하지 않고 걸음을 멈추고 서 있는 것이다. 이쪽은 당황하여 다시 머리를 쓸어 넘기며 일어섰다.

"× 선생님 아니세요?"

여자가 거의 자신을 가지고 먼저 묻는다.

"네, ×××입니다."

"……"

여자는 먼저 물어 놓고 더 말이 없이 귀밑까지 발그레해지는 얼굴을 폭 수그렸다. 한참이나 아궁에서 낙엽 타는 소리뿐이었다.

"절 아십니까?"

"……"

여자는 다시 얼굴을 들 뿐, 말은 없다가 수줍은 웃음을 머금고 옆에 있는 돌층계를 휘뚝휘뚝 올라왔다. 이쪽에서는 낙엽 한 무더기를 또 아궁에 쓸어 넣고 손을 털었다.

"문간에 명함 붙이신 걸로 알았어요."

"네……."

"저도 선생님 독자예요. 꽤 충실한……."

"그러십니까? 부끄럽습니다."

그는 손을 비비며 여자의 눈을 보았다. 잦아든 가을 호수와 같이 약간 꺼진 듯한 피곤한 눈이면서도 겨울 별 같은 찬 광채가 일어났다.

"손수 불을 때시나요?"

"네."

"전 이 집 정원을 저의 집처럼 날마다 산보 와요, 아침이면……."

"네! 픽 넓고 좋은 정원입니다."

"참 좋아요……. 어서 때세요."

"네, 이 동네 계십니까?"

"요 개울 건너예요."

이날은 더 이야기가 나올 새 없이 부끄러움도 미처 걷지 못하고 여자는 돌아가고 말았다.

그는 한참 뒤에 바깥 한길로 나와 개울 건너를 살펴보았다. 거기는 기와집, 초가집 여러 집이 언덕에 층층으로 놓여 있었다. 어느 것이 그 여자가 들어간 집인지 짐작조차 할 수 없었다.

이날 저녁에 정자지기를 만나 물었더니,

"그 여자 병인이올시다."

하였다. 보기에 그리 병색은 아니더라 하니,

"뭐 폐병이라나요. 약 먹느라고 여기 나왔는데 숨이 차 산엔 못 다니고 우리 정자로만 밤낮 오죠."

하였다.

폐병! 그는 온전한 남의 일 같지 않게 마음이 쓰였다. 그렇게 예모(禮貌 예절에 맞는 몸가짐) 있고 상냥스러운 대화를 지껄일 수 있는 아름다운 입술이 악마 같은 병균을 발산하리라는 사실은 상상만 하기에도 우울하였다.

그러나 그다음 날부터는 정원에서 그 여자를 만나 인사할 수 있는 것이 즐거웠고, 될 수만 있으면 그를 위로해 주고 그와 더불어 자기의 빈한한(살림이 몹시 가난한) 예술을 이야기하고 싶었다. 그래서 그 여자가 자기의 방문 앞으로 왔을 때는 몇 번이나,

"바람이 찹니다."

하여 보았다. 그러나 번번이,

"여기가 좋아요."

하고 여자는 툇마루에 걸터앉았고 손수건으로 자주 입과 코를 막기를 잊지 않았다. 하루는,

"글쎄 괜찮으니 좀 들어오십시오."

하고 괜찮다는 말에 힘을 주었더니 여자는 약간 상기가 되면서 그래도 이쪽에 밝히(일정한 일에 대해 똑똑하고 분명하게) 따지려는 듯이,

"전 전염병 환자예요."

하고 쓸쓸한 웃음을 지었다.

"글쎄 그런 줄 압니다. 괜찮으니 들어오십시오."

하니 그제야 가벼운 감격이 마음속에 파동 치는 듯, 잠깐 멀—리 하늘가에 눈을 던졌다가 살며시 들어왔다. 황혼이었다. 동향 방의 황혼이라 말할 때의 그 여자의 맑은 눈 속과 흰 잇속만이 별로 또렷또렷 빛이 났다.

"저처럼 죽음에 대면해 있는 처녀를 작품 속에서 생각해 보신 적 계세요, 선생님?"

"없습니다! 그리고 그만 정도에 왜 죽음을 생각하십니까?"

"그래도 자꾸 생각하게 되어요."

하고 여자는 보일 듯 말 듯한 웃음으로 천장을 쳐다보았다. 한참 침묵 뒤에,

"전 병을 퍽 행복스럽다 했어요. 처음엔……."

하고 또 가벼이 웃었다.

"……."

"모두 날 위해 주고 친구들이 꽃을 가지고 찾아와 주고, 그리고 건강했을 때보다 여간 희망이 많지 않아요. 인제 병이 나으면 누구한테 제일 먼저 편지를 쓰겠다, 누구한테 전에 잘못한 걸 사과하리라 참 별별 희망이 다 끓어 올랐어요…… 병든 걸 참 감사했어요. 그땐……."

"지금은요?"

"무서워졌어요. 죽음도 첨에는 퍽 아름다운 걸로 알았드랬어요. 언제든지 살다 귀찮으면 꽃밭에 뛰어들듯 언제나 아름다운 죽음에 뛰어들 수 있는 걸 기뻐했어요. 그런데 이렇게 맞닥뜨리고 보니 겁이 자꾸 나요. 꿈을 꿔도……."

하는데 까악— 까악— 하는 소리가 바로 그 전나무 삭정이에서인 듯, 언제
나 똑같은 거리에서 울려왔다.

"여기 나와선 까마귀가 내 친굽니다."
하고 그는 억지로 그 불길스러운 소리를 웃음으로 덮어 버리려 하였다.

"선생님은 친구라고까지! 전 이 동네가 모두 좋은데 저게 싫어요. 죽음을
잊어버리면 안 된다고 자꾸 깨쳐 주는 것 같아요."

"건 괜한 관념인 줄 압니다. 흰 새가 있듯 검은 새도 있는 거요. 소리 맑은
새가 있듯 소리 탁한 새도 있는 거죠. 취미에 따라 까마귀도 사랑할 수 있는
샌 줄 압니다."

"건 죽음을 아직 남의 걸로만 아는 건강한 사람들의 두개골을 사랑하는
것 같은 악취미겠지요. 지금 저한텐 무서운 짐승이에요. 무슨 음모를 가지
고 복면하고 내 뒤를 쫓아다니는 무슨 음흉한 사내같이 소름이 끼쳐요. 아
마 내가 죽으면 저 새가 덥석 날아와 앞을 설 것만 같이……."

"……"

"죽음이 아름답게 생각될 때 죽는 것처럼 행복은 없을 것 같아요."
하고 여자는 너무 길게 지껄였다는 듯이 수건으로 입을 코까지 싸서 막고
멀—거니 어두워 들어오는 미닫이를 바라보았다.

이 병든 처녀가 처음으로 방에 들어와 얼마 안 되는 이야기를 그의 체온
과 그의 병균과 함께 남기고 간 날 밤, 그는 몹시 우울하였다.

'무슨 말을 하여야 그 여자를 위로할 수 있을까?'

'과연 그 여자의 병은 구할 수 없는 것일까?'

'어떻게 하면 그 여자에게 죽음이 다시 한번 꽃밭으로 보일 수 있을까?'

그는 비스듬히 벽에 기대어 이것을 생각하다가 머릿속에서 무엇이 버스
럭거리는 소리를 들었다. 가만히 이마에 손을 대니 그것은 벽장 속에서 나
는 소리였다. 그는 벽장을 열고 두어 마리의 쥐를 쫓고 나무때기처럼 굳은
빵 한쪽을 꺼내었다. 그리고 한 손으로는 뒷산에서 주워 온 그 환약과 같이
동그라면서도 가랑잎처럼 무게가 없는 토끼의 배설물을 집어 보면서 요즘
은 자기의 것도 그렇게 담박한 것이 틀리지 않을 것을 미소하였다. '사람에
게서도 풀 내가 나야 한다' 한 철인 소로^(미국의 사상가·수필가) 말이 생각났으며,
사람도 사는 날까지 극히 겸손한 곤충처럼 맑은 이슬과 향기로운 풀잎으로

만 만족하지 못하는 것을, 그 운명이 슬픈 생각도 났다.

'무슨 말을 하여 주면 그 여자에게 새 희망이 생길까?'

그는 다시 이런 궁리에 잠기었고 그랬다가 문득,

'내가 사랑하리라!'

하는 정열에 부딪치었다.

'확실히 그 여자는 애인을 갖지 못했을 거다. 누가 그 벌레 먹은 가슴에 사랑을 묻었을 거냐.'

그는 그 여자의 앉았던 자리에 두 손길을 깔아 보았다. 싸—늘한 장판의 감촉일 뿐 체온은 날아간 지 오래였다.

'슬픈 아가씨여, 죽더라도 나를 사랑하면서 죽어 다오! 애인이 없이 죽는 것은 애인을 남기고 죽기보다 더욱 슬플 것이다……. 오래전부터 병균과 싸워 온 그대에겐 확실히 애인이 있을 수 없을 게다.'

그는 문풍지 떠는 소리에 덧문을 닫고 남포(램프)의 불을 낮추고 포(미국의 시 인·소설가·평론가)—의 슬픈 시 「레이번」을 생각하면서,

"레노어? 레노어?"

하고, 포가 그의 애인의 망령을 불렀듯이 슬픈 음성을 소리쳐 보기도 하였다. 그 덮을 것도 없이 애인의 헌 외투 자락에 싸여서, 그러나 행복스럽게 임종하였을 레노어의 가엾고 또 아름다운 시체는, 생각하여 보면 포의 정열 이상으로 포근히 끌어안아 보고 싶은 충동도 일어났다. 포가 외로운 서재에 앉아 밤 깊도록 옛 책을 상고(詳考 상세히 참고하거나 검토함)할 때 폭풍은 와 문을 열어젖뜨렸고 검은 숲 속에서는 보이지도 않는 까마귀가 울면서 머리 풀어헤친 아름다운 레노어의 망령이 스르르 방 안 한구석에 들어서곤 하였다.

'오오! 나의 레노어! 너는 아직 확실히 애인을 갖지 못했을 거다. 내가 너를 사랑해 주며 내가 너의 주검을 지키는 슬픈 애인이 되어 주마.'

그는 밤이 너무나 긴 것을 탄식하며 어서 날이 밝기를 기다리었다.

그러나 밝는 날 아침의 하늘은 너무나 두껍게 흐려 있었고 거친 바람은 구석구석에서 몰려나오며 눈발조차 희끗희끗 날리었다. 온실 속에서나 갸 웃이 내다보는 한 송이 온대 지방 꽃처럼, 그렇게 가냘픈 그 처녀의 얼굴이 도저히 나타나기를 바랄 수 없는 날씨였다.

'오, 가엾은 아가씨! 너는 이렇게 흐린 날, 어두운 방 속에 누워 애인이 없

이 죽을 것을 슬퍼하리라! 나의 가엾은 레노어!'

　사흘이나 눈이 오고 또 사흘이나 눈보라가 치고 다시 며칠 흐리었다가 눈이 오고 그리고 날이 들고 따뜻해졌다. 처마 끝에서 눈 녹은 물이 비 오듯 하는 날 오후인데 가엾은 아가씨가 나타났다. 더 창백해진 얼굴에는 상장(喪章 거상(居喪)이나 조상(弔喪)의 뜻을 나타내기 위해 옷깃이나 소매 따위에 다는 표) 같은 마스크를 입에 대었고 방에 들어와서는 눈꺼풀이 무거운 듯 자주 눈을 감았다 뜨면서,

　"그간 두어 번이나 몹시 각혈을 했어요."

하였다.

　"그러나……."

　"의사는 기관에서 터진 피래지만, 전 가슴에서 나온 줄 모르지 않아요."

　"그래도 의사가 더 잘 알지 않겠어요?"

　"의사가 절 속여요. 의사만 아니라 사람들이 다 날 속이려고만 들어요. 돌아서선 뻔—히 내가 죽을 걸 이야기하다가도 나보곤 아닌 체들 해요. 그래서 벌써부터 난 딴 세상 사람처럼 따돌리는 게 저는 슬퍼요. 죽음이 그렇게 외로운 거란 걸 날 죽기 전부터 맛보게들 해요."

　아가씨의 말소리는 떨리었다.

　"그래도…… 만일 지금이라도, 만일…… 진정으루 사랑하는 사람이 있다면 그 사람의 말만은 곧이들으시겠습니까?"

　"……."

　눈을 고요히 감고 뜨지 않았다.

　"앓으시는 병을 조금도 싫어하지 않고 정말 운명을 같이 따라 하려는 사람만 있다면?"

　"그럼 그건 아마 사람이 아니겠지요. 저한테 사랑하는 사람이 있긴 있어요……. 절 열렬히 사랑해 주어요. 요즘도 자주 저한테 와요."

　"……."

　"그는 정말 날 사랑하는 표로 내가 이런, 모두 싫어하는 병이 걸린 걸 자기만은 싫어하지 않는단 표로 하루는 내 가슴에서 나온 피를 반 컵이나 되는 걸 먹기까지 한 사람이에요. 그렇지만 그게 내게 위로가 되는 줄 아세요?"

　"……."

　그는 우울할 뿐이었다.

　"내 피까지 먹고 나하고 그렇게 가깝게 해도 그는 저대로 건강하고 저대

로 살아가야 할 준비를 하니까요. 머리가 자라면 이발소에 가고, 신이 해지면 새 구두를 맞추고, 날마다 대학 도서관에 다니면서 학위 받을 연구만 하고 있어요. 그러니 얼마나 저하고 길이 달라요? 전 머릿속에 상여, 무덤 그런 생각뿐인데…….”

“왜 그런 생각만 자꾸 하십니까?”

“사람끼린 동정하고파도 동정이 안 되는 거 같아요.”

“왜요?”

“병자에겐 같은 병자가 되는 것 아니곤 동정이 못 될 겁니다. 그런데 어떻게 맘대로 같은 병자가 되며 같은 정도로 앓다, 같은 시각에 죽습니까? 뻔—히 죽을 사람을 말로만 괜찮다, 괜찮다 하고 속이는 건 이쪽을 더 빨리 외롭게만 만드는 거예요.”

“어떤 상여를 생각하십니까?”

그는 대담하게 이런 것을 물어 주었다. 그렇게 하는 것이 그 아가씨의 세계에 접근하는 것이 될까 하였다.

“조선 상여는 참 타기 싫어요. 요즘 금칠 막 한 자동차도 보기도 싫어요. 하—얀 말 여럿이 끌고 가는 하—얀 마차가 있다면…… 하고 공상해 봤어요. 그리고 무덤도 조선 무덤들은 참 암만해도 정이 가질 않아요. 서양엔 묘지가 공원처럼 아름답다는데 조선 산수들이야 어디 누구의 영—원한 주택이란 그런 감정이 나요? 곁에 둘 수 없으니 흙으로 덮고 그냥 두면 비에 파이니까 잔디를 심는 것뿐이지 꽃 한 송이 심을 데나 꽂을 데가 있어요? 조선 사람처럼 죽은 사람의 감정을 안 생각해 주는 사람들은 없는 것 같아요. 괜—히 그 듣기 싫은 목소리로 울기만 하고 까마귀나 모여들게 떡 쪼가리나 갖다 어질러 놓고…….”

“…….”

“선생님은 왜 이렇게 외롭게 사세요?”

그는 아무 대답도 하지 않았다. 그 여자에게 애인이 없으리라 단정한 자기의 어리석음을 마음 아프게 비웃었고 저렇게 절망에 극하여 세상 욕심이라고는 털끝만치도 없는 거룩한 여자를 애인으로 가진 그 젊은 학도가 몹시 부러운 생각뿐이었다.

날은 이미 황혼에 가까웠다. 연당 아래 전나무 꼭대기에서는 아직, 그 탁한 소리로 울지는 않으나 그 우악스런 주둥이로 그 검은 새들이 삭정이를 쪼는 소리가 딱— 딱— 울려왔다.

"까마귀가 온 게지요?"

"그렇게 그게 싫으십니까?"

"싫어요. 그것 배 속엔 아마 별별 귀신 딱지가 다 든 것처럼 무서워요. 한 번은 꿈을 꾸었는데 까마귀 배 속에 무슨 부적이 들고 칼이 들고 시퍼런 불이 들고 한 걸 봤어요. 웃지 마세요. 상식은 절 떠난 지 벌써 오래예요……."

"허허……."

그러나 그는 웃고, 속으로 이제 까마귀를 한 마리 잡으리라 하였다. 그 배를 갈라서 그 속에는 다른 새나 조금도 다를 것이 없는 내장뿐인 것을 보여 주리라. 그래서 그 상식을 잃은 여자의 까마귀에 대한 공포심을 근절시키고, 그래서 죽음에 대한 공포심까지도 좀 덜게 해 주리라 마음먹었다.

그는 이 아가씨가 간 뒤에 그 길로 뒷산에 올라 물푸레나무를 베다가 큰 활을 하나 메었다. 꼿꼿한 싸리로 살을 만들고 끝에다는 큰 못을 갈아 촉을 박고 여러 번 겨냥을 연습하여 보고 까마귀를 창문 가까이 유혹하였다. 눈 위에 여기저기 콩을 뿌렸더니 그들은 마침내 좌우를 의뭉스런(겉으로는 어리석어 보이나 속은 엉큼한) 눈으로 두리번거리면서도 내려와 그것을 쪼았다. 먼 데 것이 없어지는 대로 그들은 곧 날듯 날듯이 어깨를 곤추세우면서도 차츰차츰 방문 가까이 놓인 것을 쪼며 들어왔다. 방 안에서는 숨을 죽이고 조그만 문구멍에 살촉을 얹고 가장 가까이 들어온 놈의 옆구리를 겨냥하여 기운껏 활을 당겨 가지고 쏘아 버렸다.

푸드덕하더니 날기는 다 날았으나 한 놈이 죽지에 살이 박힌 채 이내 그 자리에 떨어졌고 다른 놈들은 까악까악거리면서 전나무 꼭대기로 올라갔다. 그는 황망히 신을 끌며 떨어진 놈을 쫓아 들어가 발로 덮치려 하였다. 그러나 까마귀는 어느 틈에 그의 발밑에 들지 않고 훌쩍 몸을 솟구어 그 찬란한 핏방울을 눈 위에 흩뿌리며 두 다리와 한 날개로 반은 날고 반은 뛰면서 잔디밭 쪽으로 더펄더펄 달아났다. 이쪽에서도 숨차게 뛰어 다우쳤다(다그쳤다). 보기에 악한과 같은 짐승이었지만 그도 한낱 새였다. 공중을 잃어버린 그에겐 이내 막다른 골목이 나왔다. 화살이 그냥 박힌 채 연당으로 내려가는 도랑창에 거꾸로 박히더니 쌕— 쌕— 하면서 불덩어리인지 핏방울인지 모를 두 눈을 뒤집어쓰고 집게 같은 입을 딱딱 벌리며 대가리를 곤추들었다. 그리고 머리 위에서는 다른 놈들이 전나무에서 내려와 까악거리며 저희 가족을 기어이 구하려는 듯이 낮게 떠돌며 덤비었다.

그는 슬그머니 겁이 나기도 했으나 몽우리돌을 집어 공중의 놈들을 위협하며 도랑에서 다시 더펄 올려 솟는 놈을 쫓아 들어가 곧은 발길로 먹투시('멱살'의 잘못)를 차 내던지었다. 화살은 빠져 떨어지고 까마귀만 대여섯 간 밖에 나가떨어지며 킥— 하고 뻐들적거렸다. 다시 쫓아가 발길을 들었으나 그때는 벌써 까마귀는 적을 볼 줄도 모르고 덮어 누르는 죽음과 싸울 뿐이었다. 그는 두근거리는 가슴으로 이 검은 새의 죽음의 고민을 내려다보며 그 병든 처녀의 임종을 상상해 보았다. 슬픈 일이었다. 그는 이내 자기 방으로 돌아왔고 나중에 정자지기를 시켜 그 죽은 까마귀를 목을 매어 어느 나뭇가지에 걸게 하였다. 그리고 어서 그 아가씨가 나타나면 곧 훌륭한 외과의(外科醫)나처럼 그 검은 시체를 해부하여 까마귀의 배 속에도 다른 날짐승과 똑같이 단순한 조류(鳥類)의 내장이 있을 뿐, 결코 그런 무슨 부적이거나 칼이거나 푸른 불이 들어 있지 않다는 것을 증명하리라 하였다.

그러나 날씨는 추워 가기만 하고 열흘에 한 번도 따뜻한 해가 비치지 않았다. 달포가 지나도록 그 아가씨는 나타나지 않았다. 날씨는 다시 풀어져 연당(연못)에 눈이 녹고 단풍나무 가지에 걸린 까마귀의 시체도 해부하기 알맞게 녹았지만 그 아가씨는 나타나지 않았다.

하루는 다시 추워져 싸락눈이 사륵사륵 길에 떨어져 구르는 날 오후이다. 그는 어느 잡지사에 들어가 곤작(困作 글을 애써 가며 더디 지음. 또는 그렇게 쓴 글) 한 편을 팔아 가지고 약간의 식료를 사 들고 다 나온 길인데 개울 건너 넓은 마당에는 두어 대의 검은 자동차와 함께 금빛 영구차 한 대가 놓여 있는 것이다.

그는 가슴이 섬뜩하였다. 별장 쪽을 올려다보니 전나무 꼭대기에서는 진작부터 서너 마리의 까마귀가 이 광경을 내려다보며 쭈그리고 앉아 있었다.

'그 여자가 죽은 거나 아닌가?'

영구차 안에는 이미 검은 포장에 덮인 관이 실려 있었다. 둘러 서 있는 동네 사람 속에서 정자지기가 나타나더니 가까이 와 일러 주었다.

"우리 정자로 늘 오던 색시가 갔답니다."

"……."

그는 고요히 영구차를 향하여 모자를 벗었다.

"저 뒤에 자동차에 지금 오르는 사람이 그 색시하고 정혼(定婚 혼인을 정함)했던 남자랍니다."

그는 잠자코 그 대학 도서실에 다니며 학위 얻을 연구를 한다는 청년을 바라보았다. 그 청년은 자동차 안에 들어앉아, 이내 하─얀 손수건을 내어 얼굴에 대었다. 그러자 자동차들은 영구차가 앞을 서며 고요히 굴러 떠나갔다. 눈은 함박눈이 되면서 펑펑 쏟아지기 시작하였다. 그 자동차들이 굴러간 자리도 얼마 안 있어 덮어 버리고 말았다.

까마귀들은 이날 저녁에도 별다른 소리는 없이 그저 까악─까악─거리다가 이따금씩 까르르─ 하고 그 GA 아래 R이 한없이 붙은 발음을 내곤 하였다.

복덕방

📝 작품 정리

작가: 이태준(318쪽 '작가와 작품 세계' 참조)
갈래: 순수 소설
배경: 시간 – 1930년대 / 공간 – 서울 어느 복덕방
시점: 3인칭 전지적 작가 시점
주제: 소외된 노인들의 삶과 죽음
출전: 〈조광〉(1937)

📝 구성과 줄거리

발단 소외된 노인들이 복덕방에 모여 소일함

안 초시와 박희완 영감은 서 참의가 주인으로 있는 복덕방에 거의 매일 들른다. 구한말 군관 출신인 서 참의는 합병 후 가옥 중개업을 한다. 박희완 영감은 대서소를 차리겠다며 국어 독본을 열심히 공부한다. 안 초시는 무용가인 딸 안경화에게 겨우 용돈이나 얻어 쓰는 처지지만 나름대로 야심이 있는 노인이다.

전개 안 초시는 박희완 영감을 통해 개발 정보를 입수함

안 초시는 박희완 영감으로부터 황해 연안의 축항 용지에 대한 이야기를 듣고 딸을 부추긴다. 안경화는 정혼한 남자를 내세워 땅을 구입한다. 안 초시는 일이 제대로 되면 얼마간의 돈이 자기 수중에 떨어질 것이라고 생각하며 기뻐한다.

위기 부동산 투자 실패에 대한 비난이 안 초시에게 돌아감

1년이 지나도 개발 소식이 들리지 않는다. 개발 계획이 취소된 땅을 산 것이다. 이 일로 안 초시는 크게 낙담한다. 이제는 딸에게 단돈 오십 전을 얻기도 어려워진다.

절정 절망에 빠진 안 초시가 자살함

안 초시는 결국 복덕방에서 자살한다. 서 참의는 안 초시의 죽음을 딸에

게 알린다. 안경화는 자신의 명예를 의식해 관청에 알리지 말아 달라고 간청한다. 서 참의는 고인에게 좋은 수의를 해 입히고 평생 소원이던 속 셔츠도 입혀 주라고 주문한다.

결말 **장례식에 참석한 서 참의와 박희완 영감은 울분에 찬 눈물을 흘림**

영결식은 딸의 무용 연구소 앞마당에서 열린다. 서 참의는 죽으니 이런 호사를 한다면서 안경 걱정할 필요도 없으니 얼마나 좋으냐고 조사(弔辭 죽은 사람을 슬퍼하며 조문의 뜻을 표하는 글이나 말)를 한다. 박희완 영감은 그만 울음을 터뜨린다. 영결식에 온 사람들을 탐탁지 않게 생각한 두 사람은 묘지에 가지 않고 술집으로 내려오고 만다.

✎ **생각해 볼 문제** -

1. 서 참의와 안 초시의 성격을 비교해 보자.

훈련원 참의를 지냈다가 복덕방을 운영하는 서 참의는 긍정적이고 낙천적 인 인생관을 가진 인물이다. 물론 자신의 신세를 한탄하며 훈련원 시절을 그리워하기도 한다. 이에 반해 현실에 만족하지 못하는 안 초시는 말끝마 다 "젠장."이라고 덧붙인다. 그는 부동산 투자가 결국 실패로 끝나자 자살 이라는 극단적인 선택을 하는 비관적인 인물이다.

2. 서 참의가 안 초시의 딸에게 장례를 후하게 치르라고 명한 이유는 무엇인가?

서 참의는 안 초시의 죽음을 초래한 원인 가운데 하나가 딸이라고 생각한 다. 그래서 안 초시의 딸에게 살아서 못다 한 호사를 해 드리라고 강권한다. 서 참의는 안 초시에 대한 연민과 안타까움을 장례를 통해 해소하고 있다.

3. 이 작품에 나타난 세대 간의 대립 양상을 비교해 보자.

세 노인은 전통적 윤리와 가치관을 추구하지만 근대 사회에 적응하지 못하 고 소외된 생활을 하고 있다. 이에 반해 안경화(일설에 의하면 월북한 무용 가 최승희를 모델로 했다고도 함)와 그 주변 인물들은 근대적 가치관을 추 구하며 새로운 사회를 이끌어 간다. 작가는 영결식에 참석한 노인들의 탄 식을 통해 시대의 변화에 적응하지 못하는 계층의 모습을 극적으로 드러내 고, 새로운 세대에 대한 비판적 태도를 보여 준다.

박희완 (축항 이야기)→ 안 초시 ←(시체 발견) 서 참의

북덕방

(돈을 얻어 씀)↓ ↑(백안시)

안경화

제 명예를 위해 관청에는 아버지 자살을 알리지 마세요.

복덕방을 운영하는 저(서 참의)에게는 친구인 안 초시와 박희완이 매일 찾아와요. 어느 날 박희완이 안 초시에게 항구 개발 사업 이야기를 꺼냈어요. 그 말을 듣고 안 초시의 딸 경화가 투자를 했는데 그게 사기였다지 뭐예요. 딸의 눈치를 보며 살던 안 초시는 극단적인 선택을 했어요. 시체를 발견한 건 저였지요. 딸은 아비를 자살로 몰아가 놓고 자기 명예를 찾네요.

복덕방

철석, 앞집 판장 밑에서 물 내버리는 소리가 났다. 주먹구구에 골독했던 안 초시에게는 놀랄 만한 폭음이었던지, 다리 부러진 돋보기 너머로, 똑 모이를 쪼으려는 닭의 눈을 해 가지고 수챗구멍을 내다본다. 뿌연 뜨물에 휩쓸려 나오는 것이 여러 가지다. 호박 꼭지, 계란 껍질, 거피해 버린 녹두 껍질.

"녹두 빈자떡을 부치는 게로군, 흥…….."

한 오륙 년째 안 초시는 말끝마다 '젠—장……'이 아니면 '흥!' 하는 코웃음을 잘 붙이었다.

"추석이 벌써 낼모레지! 젠—장…….."

안 초시는 저도 모르게 입맛을 다시었다. 기름내가 코에 풍기는 듯 대뜸 입안에 침이 흥건해지고 전에 괜찮게 지낼 때, 충치니 풍치니 하던 것은 거짓말이었던 것처럼 아래윗니가 송곳 끝같이 날카로워짐을 느끼었다.

안 초시는 그 날카로워진 이를 빈 입인 채 빠드득 소리가 나게 한번 물어 보고 고개를 들었다.

하늘은 천 리같이 트였는데 조각구름들이 여기저기 널리었다. 어떤 구름은 깨끗이 바래 말린 옥양목처럼 흰빛이 눈이 부시다. 안 초시는 이내 자기의 때 묻은 적삼 생각이 났다. 소매를 내려다보는 그의 얼굴은 날래 들리지 않는다. 거기는 한 조박의 녹두 빈자나 한 잔의 약주로써 어쩌지 못할, 더 슬픔과 더 고적함이 품겨 있는 것 같았다.

혹혹 소매 끝을 불어 보고 손끝으로 튀겨 보기도 하다가 목침을 세우고 눕고 말았다.

"이사는 팔하고 사오는 이십이라 천이 되지…… 가만…… 천이라? 사로 했으니 사천이라 사천 평…… 매 평에 아주 줄여 잡아 오 환씩만 하게 돼두 사 환 칠십오 전씩이 남으니, 그럼…… 사사는 십륙 일만 육천 환하구…….."

안 초시가 다시 주먹구구를 거듭해서 얻어 낸 총액이 일만 구천 원, 단 천 원만 들여도 일만 구천 원이 되리라는 셈속이니, 만 원만 들이면 그게 얼만 가? 그는 벌떡 일어났다. 이마가 화끈했다. 도사렸던 무릎을 얼른 곧추세우고 뒤나 보려는 사람처럼 쪼그렸다. 마코 갑이 번연히 빈 것인 줄 알면서도 다시 집어다 눌러 보았다. 주머니에는 단돈 십 전, 그도 안경다리를 고친다고 벌써 세 번째가 네 번째 딸에게서 사오십 전씩 얻어 가지고는 번번이 담뱃값으로 다 내어보내고 말던 최후의 십 전, 안 초시는 주머니에 손을 넣어 그것을 집어내었다. 백통화 한 푼을 얹은 야윈 손바닥, 가만히 떨리었다. 서 참의의 투박한 손을 생각하면 너무나 얇고 잔망스러운 손이거니 하였다. 그러나 이따금 술잔은 얻어먹고, 이렇게 내 방처럼 그의 복덕방(福德房)에서 잠까지 빌려 자건만, 한 번도 집 거간이나 해 먹는 서 참의의 생활이 부럽지는 않았다. 그래도 언제든지 한 번쯤은 무슨 수가 생기어 다시 한번 내 집을 쓰게 되고, 내 밥을 먹게 되고, 내 힘과 내 낯으로 다시 한번 세상에 부딪혀 보려니 믿어졌다.

초시는 전에 어떤 관상쟁이의 '엄지손가락을 안으로 넣고 주먹을 쥐어야 재물이 나가지 않는다'는 말이 생각났다. 늘 그렇게 쥐노라고는 했지만 문득 생각이 나 내려다볼 때는, 으레 엄지손가락이 얄밉도록 밖으로만 쥐어져 있었다. 그래 드팀전(예전에 온갖 피륙을 팔던 가게)을 하다가도 실패를 하였고, 그래 집까지 잡혀서 장전(欌廛 장롱 따위의 세간을 만들어 파는 가게)을 내었다가도 그만 화재를 보았거니 하는 것이다.

"이놈의 엄지손가락아, 안으로 좀 들어가아, 젠장."

하고 연습 삼아 엄지손가락을 먼저 안으로 넣고 아프도록 두 주먹을 꽉 쥐어 보았다. 그리고 당장 내어보낼 돈이면서도 그 십 전짜리를 그렇게 쥔 주먹에 단단히 넣고 담배 가게로 나갔다.

이 복덕방에는 흔히 세 늙은이가 모이었다.

언제, 누가 와, 집 보러 가잘지 몰라, 늘 갓을 쓰고 앉아서 행길을 잘 내다보는, 얼굴 붉고 눈방울 큰 노인은 주인 서 참의다. 참의로 다니다가 합병 후에는 다섯 해를 놀면서 시기를 엿보았으나 별수가 없을 것 같아서 이럭저럭 심심파적으로 갖게 된 것이 이 가옥 중개업이었다. 처음에는 겨우 굶지 않을 만한 수입이었으나 대정 팔구 년(1919~1920년) 이후로는 시골 부자들이 세금에 몰려, 혹은 자녀들의 교육을 위해 서울로만 몰려들고, 그런데다 돈은 흔해져서 관철동, 다옥정 같은 중앙 지대에는 그리 고옥만 아니면 만 원대를 예사로 훌훌 넘었다. 그 판에 봄가을로 어떤 달에는 삼사백 원수입이 있어, 그러기를 몇 해를 지나 가회동에 수십 간 집을 세웠고, 또 몇 해 지나지 않아서는 창동 근처에 땅을 장만하기 시작하였다. 지금은 중개 업자도 많이 늘었고 건양사 같은 큰 건축 회사가 생기어서 당자끼리 직접 팔고 사는 것이 원칙처럼 되어 가기 때문에 중개료의 수입은 전보다 훨씬 준 셈이다. 그러나 이십여 간 집에 학생을 치고 싶은 대로 치기 때문에 서 참의의 수입이 없는 달이라고 쌀값이 밀리거나 나뭇값에 졸릴 형편은 아니다.

"세상은 먹구살게는 마련야……."

서 참의가 흔히 하는 말이다. 칼을 차고 훈련원에 나서 병법을 익힐 제는, 한번 호령만 하고 보면 산천이라도 물러설 것 같던, 그 기개와 오늘의 자기, 한낱 가쾌(家儈 집주릅. 집 흥정을 붙이는 일을 직업으로 가진 사람)로 복덕방 영감으로 기생, 갈 보 따위가 사글셋방 한 간을 얻어 달래도 네, 네 하고 따라나서야 하는, 만 인의 심부름꾼인 것을 생각하면 서글픈 눈물이 아니 날 수도 없는 것이다. 워낙 술을 즐기기도 하지만 어떤 때는 남몰래 이런 감회를 이기지 못해서 술집에 들어선 적도 여러 번이다.

그러나 호반(虎班 무인(武人))들의 기개란 흔히 혈기에서 나오는 것이기 때문 인지 몸에서 혈기가 줄어듦에 따라 그런 감회를 일으킴조차 요즘은 적어 지고 말았다. 하루는 집에서 점심을 먹다 듣노라니 무슨 장사치의 외는 소리인데 아무래도 귀에 익은 목청이다. 자세히 귀를 기울이니 점점 가까이 오는 소리인데 제법 무엇을 사라는 소리가 아니라 '유리병이나 간장통 팔 거ㅡ쏘ㅡ' 하는 소리이다. 그런데 그 목청이 보면 꼭 알 사람 같아 일어서 마루 들창으로 내어다 보니, 이번에는 '가마니나 신문 잡지나 팔거ㅡ쏘ㅡ' 하면서 가마니 두어 개를 지고 한 손에는 저울을 들고 중노인이나 된 사나 이가 지나가는데 아는 사람은 확실히 아는 사람이다. 그러나 그를 어디서 알았으며 성명이 무엇이며 애초에는 무엇을 하던 사람인지가 감감해지고 말았다.

"오라! 그렇군…… 분명…… 저런!"

하고 그는 한참 만에 고개를 끄덕이었다. 그 유리병과 간장통을 외는 소리 가 골목 안으로 사라져 갈 즈음에야 서 참의는 그가 누구인 것을 깨달아 낸 것이다.

"동관(同官 한 관아에서 일하는 같은 등급의 관리나 벼슬아치) 김 참의…… 허!"

나이는 자기보다 훨씬 연소하였으나 학식과 재기가 있는 데다 호령 소리가 좋아 상관에게 늘 칭찬을 받던 청년 무관이었었다. 이십여 년 뒤에 들어도 갈데없이 그 목청이요 그 모습이었다. 전날의 그를 생각하고 오늘의 그를 보니 적이 감개에 사무치어 밥숟가락을 멈추고 냉수만 거듭 마시었다.

그러나 전에 혈기 있을 때와 달라 그런 기분이 오래가지는 않았다. 중학교 졸업반인 둘째 아들이 학교에 갔다 들어서는 것을 보고, 또 싸전에서 쌀값 받으러 와 마누라가 선선히 시퍼런 지전을 내어 헤는 것을 볼 때 서 참의는 이내 속으로,

'거저 살아야지 별수 있나. 저렇게 개가죽을 쓰고 돌아다니는 친구도 있는데…… 에헴.'

하였을 뿐 아니라 그런 절박한 친구에다 대면 자기는 얼마나 훌륭한 지체냐 하는 자존심도 없지 않았다.

'지난 일 그까짓 생각할 건 뭐 있나. 사는 날까지…… 허허.'

여생을 웃으며 살 작정이었다. 그래 그런지 워낙 좀 실없는 티가 있는데다 요즘 와서는 누구에게나 농지거리가 늘어 갔다. 그래 늘 눈이 달리고 뾰로통한 입으로는 말끝마다 젠─장 소리만 나오는 안 초시와는 성미가 맞지 않았다.

"쫌보(졸보. 재주 없고 졸망한 사람)야, 술 한잔 사 주랴?"

쫌보라는 말이 자기를 업신여기는 것 같아서 안 초시는 이내 발끈해 가지고,

"네깟 놈 술 더러 안 먹는다."

한다.

"화투패나 밤낮 떼면 너이 어멈이 살아온다덴?"

하고 서 참의가 발끝으로 화투장들을 밀어 던지면 그만 얼굴이 새빨개져서 쌔근쌔근하다가 부채면 부채, 담뱃갑이면 담뱃갑, 자기의 것을 냉큼 집어 들고 다시 안 올 듯이 새침해 나가 버리는 것이다.

"조게 계집이문 천생 남의 첩감이야."

하고 서 참의는 껄껄 웃어 버리나 안 초시는 이렇게 돼서 올라가면 한 이틀씩 보이지 않았다.

한번은 안 초시의 딸의 무용회 날 밤이었다. 안경화라고, 한동안 토월회(土月會 우리나라의 신극 극단)에도 다니다가 대판(大阪 일본 오사카)에 가 있느니 동경에 가

있느니 하더니 오륙 년 뒤에 무용가로 이름을 날리며 서울에 나타났다. 바로 제일 회 공연 날 밤이었다. 서 참의가 조르기도 했지만, 안 초시도 딸의 사진과 이야기가 신문마다 나는 바람에 어깨가 으쓱해서 공표를 얻을 수 있는 대로 얻어 가지고 서 참의뿐 아니라 여러 친구를 돌라줬던 것이다.

"허! 저기 한가운데서 지금 한창 다릿짓하는 게 자네 딸인가?"

남은 다 멍멍히 앉았는데 서 참의가 해괴한 것을 보는 듯 마땅치 않은 어조로 물었다.

"무용이란 건 문명국일수록 벗구 한다네그려."

약기는 한 안 초시는 미리 이런 대답으로 막았다.

"모르겠네 원…… 지금 총각 놈들은 모두 등신인가 봐……."

"왜?"

하고 이번에는 다른 친구가 탄하였다.

"우린 총각 시절에 저런 걸 보문 그냥 못 배기네."

"빌어먹을 녀석…… 나잇값을 못 하구, 개야 저건 개……."

벌써 안 초시는 분통이 발끈거려서 나오는 소리였다.

한 가지가 끝나고 불이 환하게 켜졌을 때다.

"도루, 차라리 여배우 노릇을 댕기라구 그래라. 여배운 그래두 저렇게 넓 적다린 내놓구 덤비지 않더라."

"그 자식 오지랖 경치게 넓네. 네가 안방 건넌방이 몇 칸이요나 알았지 뭘 쥐뿔이나 안다구 그래? 보기 싫건 나가렴."

하고 안 초시는 화를 발끈 내었다. 그러니까 서 참의도 안방 건넌방 말에 화가 나서 꽤 높은 소리로,

"넌 또 뭘 아니? 요 쫌보야."

하고 일어서 버리었다.

이 일이 있은 후 안 초시는 거의 달포나 서 참의의 복덕방에 나오지 않았었다. 그런 걸 박희완 영감이 가서 데리고 왔었다.

박희완 영감이란 세 영감 중의 하나로 안 초시처럼 이 복덕방에 와 자기까지는 안 하나 꽤 쏠쏠히 놀러 오는 늙은이다. 아니 놀러 오기만 하는 것이 아니라 와서는 공부도 한다. 재판소에 다니는 조카가 있어 대서업(代書業 남을 대신해 관청 행정이나 법률 행위에 필요한 서류를 작성해 주고 보수를 받는 직업) 운동을 한다고 『속수국어

독본(速修國語讀本)』을 노상 끼고 와 그『삼국지』읽던 투로,

"긴— 상 도코—에 유키이마스카."

어쩌고를 외고 있는 것이다.

그러나『속수국어독본』뚜껑이 손때에 절고, 또 어떤 때는 목침 위에 받쳐 베고 낮잠도 자서 머리때까지 새까맣게 절어 조선총독부편찬이란 잔글자들은 보이지 않게 되도록, 대서업 허가는 의연히 나오지 않는 모양이었다.

"너나 내나 다 산 것들이 업은 가져 뭘 허니. 무슨 세월에…… 흥!"

하고 어떤 때, 안 초시는 한나절이나 화투패를 떼다 안 떨어지면 그 화풀이로 박희완 영감이 들고 중얼거리는『속수국어독본』을 툭 채어 행길로 팽개치며 그랬다.

"넌 또 무슨 재술 바라구 밤낮 화투패나 떨어지길 바라니?"

"난 심심풀이지."

그러나 속으로는 박희완 영감보다 더 세상에 대한 야심이 끓었다. 딸이 평양으로 대구로 다니며 지방 순회까지 하여서 제법 돈냥이나 걷힌 것 같으나 연구소를 내느라고 집을 뜯어고친다, 유성기를 사들인다, 교제를 하러 돌아다닌다 하느라고, 더구나 귀찮게만 아는 이 애비를 위해 쓸 돈은 예산에부터 들지 못하는 모양이었다.

"얘? 낡은 솜이 돼 그런지, 삯바느질이 돼 그런지 바지 솜이 모두 치어서 어떤 덴 홑옷이야. 암만해두 샤쯔 한 벌 사 입어야겠다."

하고 딸의 눈치만 보아 오다 한번은 입을 열었더니,

"어련히 인제 사 드릴라구요."

하고 딸은 대답은 선선하였으나 샤쯔는 그해 겨울이 다 지나도록 구경도 못 하였다. 샤쯔는커녕 안경다리를 고치겠다고 돈 일 원만 달래도 일 원짜리를 굳이 바꿔다가 오십 전 한 닢만 주었다. 안경은 돈을 좀 주무르던 시절에 장만한 것이라 테만 오륙 원 먹은 것이어서 오십 전만으로 그런 다리는 어림도 없었다. 오십 전짜리 다리도 있지만 살 바에는 조촐한 것을 택하던 초시의 성미라 더구나 면상에서 짝짝이로 드러나는 것을 사기가 싫었다. 차라리 종이 노끈인 채 쓰기로 하고 오십 전은 담뱃값으로 나가고 말았다.

"왜 안경다린 안 고치셨어요?"

딸이 그날 저녁으로 물었다.

"흥……."

초시는 말은 하지 않았다. 딸은 며칠 뒤에 또 오십 전을 주었다. 그러면서 어떻게 들으라고 하는 소리인지,

"아버지 보험료만 해두 한 달에 삼 원 팔십 전씩 나가요."

하였다. 보험료나 타 먹게 어서 죽어 달라는 소리로도 들리었다.

"그게 내게 상관 있니?"

"아버지 위해 들었지 누구 위해 들었게요 그럼?"

초시는 '정말 날 위해 하는 거문 살아서 한 푼이라두 다우. 죽은 뒤에 내가 알 게 뭐냐' 소리가 나오는 것을 억지로 참았다.

"오십 전이문 왜 안경다릴 못 고치세요?"

초시는 설명하지 않았다.

"지금 아버지가 좋고 낮은 걸 가리실 처지야요?"

그러나 오십 전은 또 마코 값으로 다 나갔다. 이러기를 아마 서너 번째다.

"자식도 소용없어. 더구나 딸자식…… 그저 내 수중에 돈이 있어야……."

초시는 돈의 긴요성을 날로 날로 더욱 심각하게 느끼었다.

"돈만 가지면야 좀 좋은 세상인가!"

심심해서 운동 삼아 좀 나다녀 보면 거리마다 짓느니 고층 건축들이요, 동네마다 느느니 그림 같은 문화 주택들이다. 조금만 정신을 놓아도 물에서 갓 튀어나온 메기처럼 미끈미끈한 자동차가 등덜미에서 소리를 꽥 지른다. 돌아다보면 운전수는 눈을 부릅떴고 그 뒤에는 금시계 줄이 번쩍거리는, 살진 중년 신사가 빙그레 웃고 앉았는 것이었다.

"예순이 넬모레…… 젠─장 할 것."

초시는 늙어 가는 것이 원통하였다. 어떻게 해서나 더 늙기 전에 적게 돈만 원이라도 붙들어 가지고 내 손으로 다시 한번 이 세상과 교섭해 보고 싶었다. 지금 이 꼴로서야 문화 주택이 암만 서기로 내게 무슨 상관이며 자동차, 비행기가 개미 떼나 파리 떼처럼 퍼지기로 나와 무슨 인연이 있는 것이냐, 세상과 자기와는 자기 손에서 돈이 떨어진, 그 즉시로 인연이 끊어진 것이라 생각되었다.

"그러면 송장이나 다름없지 뭔가?"

초시는 이런 질문을 자신에게 던지는 지가 이미 오래였다.

"무슨 수가 없을까?"

또,

"무슨 그루테기가 있어야 비비지!"

그러다도,

"그래도 돈냥이나 엎질러 본 녀석이 벌기도 하는 게지."

하고 그야말로 무슨 그루터기만 만나면 꼭 벌기는 할 자신이었다.

그러다가 박희완 영감에게서 들은 말이었다. 관변에 있는 모 유력자를 통해 비밀리에 나온 말인데 황해 연안에 제이의 나진(羅津 함경북도에 있는 항구 도시)이 생긴다는 말이었다. 지금은 관청에서만 알 뿐이나 축항 용지(築港用地 항구를 구축하기 위한 용지)는 비밀리에 매수되었으므로 불원하여 당국자로부터 공표가 있으리라는 것이다.

"그럼, 거기가 황무진가? 전답들인가?"

초시는 눈이 뻘개 물었다.

"밭이라데."

"밭? 그럼 매 평 얼마나 간다나?"

"좀 올랐대. 관청에서 사는 바람에 아무리 시굴 사람들이기루 그만 눈치 없겠나. 그래두 무슨 일루 관청서 사는진 모르거든⋯⋯."

"그래?"

"그래, 그리 오르진 않았대⋯⋯. 아마 평당 이십오륙 전씩이면 살 수 있다나 보데. 그러니 화중지병이지 뭘 허나 우리가⋯⋯."

"음⋯⋯."

초시는 관자놀이가 욱신거리었다. 정말이기만 하면 한 시각이라도 먼저 덤비는 놈이 더 먹는 판이다. 나진도 오륙 전 하던 땅이 한번 개항된다는 소문이 나자 당년으로 오륙 전의 백 배 이상이 올랐고 삼사 년 뒤에는, 땅 나름이지만 어떤 요지는 천 배 이상이 오른 데가 많다.

'다 산 나이에 오래 끌 건 뭐 있나. 당년으로 넘겨두 최소한도 오 환씩야 무려할 테지⋯⋯.'

혼자 생각한 초시는,

"대관절 어디란 말야, 거기가?"

하고 나앉으며 물었다.

"그걸 낸들 아나?"

"그럼?"

"그 모씨라는 이만 알지. 그리게 날더러 단 만 원이라도 자본을 운동하면 자기는 거기서도 어디어디가 요지라는 걸 설계도를 복사해 낸 사람이니까 그 요지만 산단 말이지, 그리구 많이두 바라지 않어, 비용 죄다 제치구 순이익의 이 할만 달라는 거야."

"그럴 테지…… 누가 그런 자국을 일러 주구 구경만 하자겠나…… 이 할이라…… 이 할……."

초시는 생각할수록 이것이 훌륭한, 그 무슨 그루터기가 될 것 같았다. 나진의 선례도 있거니와 박희완 영감 말이 만주국이 되는 바람에 중국과의 관계가 미묘해지므로 황해 연안에도 으레 나진과 같은 사명을 갖는 큰 항구가 필요할 것은 우리 상식으로도 추측할 바이라 하였다. 초시의 상식에도 그것을 믿을 수 있었다.

오늘은 오래간만에 피존(1930년대 조선총독부에서 만든 담배 중 하나)을 사서, 거기서 아주 한 대를 피워 물고 왔다. 어째 박희완 영감이 종일 보이지 않는다. 다른 데로 자금 운동을 다니나 보다 하였다. 서 참의는 점심 전에 나간 사람이 어디서 흥정이 한자리 떨어지느라고인지 아직 돌아오지 않는다. 안 초시는 미닫이틀 위에서 낡은 화투를 꺼내었다.

"허, 이거 봐라!"

여간해선 잘 떨어지지 않던 거북패가 단번에 뚝 떨어진다. 누가 옆에 있어 좀 보아 줬으면 싶었다.

"아무래두 이게 심상치 않어…… 이제 재수가 티나 부다!"

초시는 반도 타지 않은 담배를 행길로 내어던졌다. 출출하던 판에 담배만 몇 대를 피고 나니 목이 컬컬해진다. 앞집 수채에는 뜨물에 떠내려가다 막힌 녹두 껍질이 그저 누렇게 보인다.

"오냐, 내년 추석엔……."

초시는 이날 저녁에 박희완 영감에게서 들은 이야기를 딸에게 하였다. 실패는 했을지라도 그래도 십수 년을 상업계에서 논 안 초시라 출자(出資 자금을 내는 일)를 권유하는 수작만은 딸이 듣기에도 딴사람인 듯 놀라웠다. 딸은 즉석에서는 가부를 말하지 않았으나 그의 머릿속에서도 이내 잊혀지지는 않았던지 다음 날 아침에는, 딸 편이 먼저 이 이야기를 다시 꺼내었고, 초시가 박희완 영감에게 묻던 이상으로 시시콜콜히 캐어물었다. 그러면 초시는 또 박희완 영감 이상으로 손가락으로 가리키듯 소상히 설명하였고 일 년 안에 청장(淸帳 장부를 청산한다는 뜻으로, 빚 따위를 깨끗이 갚음을 이르는 말)을 하더라도 최소한도로 오십 배 이상의 순이익이 날 것이라 장담 장담하였다.

딸은 솔깃했다. 사흘 안에 연구소 집을 어느 신탁 회사에 넣고 삼천 원을 돌리기로 하였다. 초시는 금시 발복(發福 운이 틔어 복이 닥침)이나 된 듯 뛰고 싶게 기뻤다.

"서 참의 이놈, 날 은근히 멸시했것다. 내 굳이 널 시켜 네 집보다 난 집을 살 테다. 네깟 놈이 천생 가쾌지 별거냐……."

그러나 신탁 회사에서 돈이 되는 날은 웬 처음 보는 청년 하나가 초시의 앞을 가리며 나타났다. 그는 딸의 청년이었다. 딸은 아버지의 손에 단 일 전도 넣지 않았고 꼭 그 청년이 나서 돈을 쓰며 처리하게 하였다. 처음에는 팩 나오는 노염을 참을 수가 없었으나 며칠 밤을 지내고 나니, 적어도 삼천 원의 순이익이 오륙만 원은 될 것이라, 만 원 하나야 어디로 가랴 하는 타협이 생기어서 안 초시는 으슬으슬 그, 이를테면 사위 녀석 격인 청년의 뒤를 따라나섰다.

일 년이 지났다.

모두 꿈이었다. 꿈이라도 너무 악한 꿈이었다. 삼천 원어치 땅을 사 놓고 날마다 신문을 훑어보며 수소문을 하여도 거기는 축항이 된단 말이 신문에도, 소문에도 나지 않았다. 용당포(龍塘浦 황해도 해주시의 포구)와 다사도(多獅島 평안북도 용천군의 섬)에는 땅값이 삼십 배가 올랐느니 오십 배가 올랐느니 하고 졸부들이 생겼다는 소문이 있어도 여기는 감감소식일 뿐 아니라, 나중에 역시, 이것도 박희완 영감을 통해 알고 보니 그 관변(官邊 관청 측. 정부 측) 모씨에게 박희완 영감부터 속아 떨어진 것이었다. 축항 후보지로 측량까지 하기는 하였으나 무슨 결점으로인지 중지되고 마는 바람에 너무 기민하게 거기다 땅을 샀던, 그 모씨가 그 땅 처치에 곤란하여 꾸민 연극이었다.

돈을 쓸 때는 일 원짜리 한 장 만져도 못 봤지만 벼락은 초시에게 떨어졌다. 서너 끼씩 굶어도 밥 먹을 정신이 나지도 않았거니와 밥을 먹으러 들어갈 수도 없었다.

"재물이란 친자 간의 의리도 배추 밑 도리듯 하는 건가?"

탄식할 뿐이었다. 밥보다는 술과 담배가 그리웠다. 물론 안경다리는 그저 못 고치었다. 그러나 이제는 오십 전짜리는커녕 단 십 전짜리도 얻어 볼 길이 없다.

추석 가까운 날씨는 해마다의 그때와 같이 맑았다. 하늘은 천 리같이 트였는데 조각구름들이 여기저기 널리었다. 어떤 구름은 깨끗이 바래 말린 옥양목처럼 흰빛이 눈이 부시다. 안 초시는 이번에도 자기의 때 묻은 적삼 생각이 났다. 그러나 이번에는 소매 끝을 불거나 떨지는 않았다. 고요히 흘러내리는 눈물을 그 더러운 소매로 닦았을 뿐이다.

여름이 극성스럽게 덥더니, 추위도 그럴 징조인지 예년보다 무서리(그해의 가을 들어 처음 내리는 묽은 서리)가 일찍 내리었다. 서 참의가 늘 지나다니는 식은관사에는 울타리가 넘게 피었던 코스모스들이 끓는 물에 데쳐 낸 것처럼 시커멓게 무르녹고 말았다.

참의는 머리가 띵—하였다. 요즘 와서 울기 잘하는 안 초시를 한번 위로해 주려, 엊저녁에는 데리고 나와 청요릿집으로, 추어탕 집으로 새로 두 점을 치도록 돌아다닌 때문 같았다. 조반이라고 몇 술 뜨기는 했으나 혀도 그냥 뻑뻑하다. 안 초시도 그럴 것이니까 해는 벌써 오정 때지만 끌고 나와 해장술이나 먹으리라 하고 부지런히 내려와 보니, 웬일인지 복덕방이라고 쓴 베 발이 아직 내어 걸리지 않았다.

"이 사람 봐아…… 어느 땐 줄 알구 코만 고누……."

그러나 코 고는 소리는 들리지 않았다. 미닫이를 밀어 젖힌 서 참의는 정신이 번쩍 났다. 안 초시의 입에는 피, 얼굴은 잿빛이다. 방 안은 움 속처럼 음습한 바람이 횡— 끼친다.

"아니?"

참의는 우선 미닫이를 닫고 눈을 비비고 초시를 들여다보았다. 안 초시는 벌써 아니요, 안 초시의 시체일 뿐, 둘러보니 무슨 약병인 듯한 것 하나가 굴러져 있다.

참의는 한참만에야 이 일이 슬픈 일인 것을 깨달았다.

"허!"

파출소로 갈까 하다 그래도 자식한테 먼저 알려야겠다 하고 말만 듣던

그 안경화 무용 연구소를 찾아가서 안경화를 데리고 왔다. 딸이 한참 울고
난 뒤다.

"관청에 어서 알려야지?"

"아니야요. 앗으세요."

딸은 펄쩍 뛰었다.

"앗으라니?"

"저……."

"저라니?"

"제 명예도 좀……."

하고 그는 애원하였다.

"명예? 안 될 말이지, 명옐 생각하는 사람이 애빌 저 모양으루 세상 떠나
게 해?"

"……."

안경화는 엎드려 다시 울었다. 그러다가 나가려는 서 참의의 다리를 끌
어안고 놓지 않았다. 그리고,

"절 살려 주세요."

소리를 몇 번이나 거듭하였다.

"그럼, 비밀은 내가 지킬 테니 나 하자는 대루 할까?"

"네."

서 참의는 다시 앉았다.

"부친 위해 보험 든 거 있지?"

"네, 간이 보험이야요."

"무슨 보험이든…… 얼마나 타게 되누?"

"사백팔십 원요."

"부친 위해 들었으니 부친 위해 다 써야지?"

"그럼요."

"에헴, 그럼…… 돌아간 이가 늘 속샤쓸 입구퍼 했어. 상등 털샤쓰를 사다
입히구, 그 우에 진견(進絹 품질이 좋은 비단)으로 수의 일습(一襲 옷, 그릇, 기구 따위의 한 벌) 구
색 맞춰 짓게 허구…… 선산이 있나, 묻힐 데가?"

"웬걸요, 없어요."

"그럼 공동묘지라도 특등지루 널찍하게 사구…… 장례식을 장―하게 해

야 말이지 초라하게 해 버리면 내가 그저 안 있을 게야. 알아들어?"

"네에."

하고 안경화는 그제야 핸드백을 열고 눈물 젖은 얼굴을 닦았다.

안 초시의 소위 영결식이 그 딸의 연구소 마당에서 열리었다.

서 참의와 박희완 영감은 술이 거나하게 취해 갔다. 박희완 영감이 무얼 잡혀서 가져왔다는 부의(賻儀 상가에 부조로 보내는 돈이나 물품) 이 원을 서 참의가,

"장례비가 넉넉하니 자네 돈 그 계집애 줄 거 없네."

하고 우선 술집에 들러 거나하게 곱빼기들을 한 것이다.

영결식장에는 제법 반반한 조객들이 모여들었다. 예복을 차리고 온 사람도 두엇 있었다. 모두 고인을 알아 온 것이 아니요, 무용가 안경화를 보아 온 사람들 같았다. 그중에는, 고인의 슬픔을 알아 우는 사람인지, 덩달아 기분으로 우는 사람인지 울음을 삼키느라고 끽끽 하는 사람도 있었다. 안경화도 제법 눈이 젖어 가지고 신식 상복이라나 공단 같은 새까만 양복으로 관 앞에 나와 향불을 놓고 절하였다. 그 뒤를 따라 한 이십 명 관 앞에 와 꾸벅거리었다. 그리고 무어라고 지껄이고 나가는 사람도 있었다.

그들의 분향이 거의 끝난 듯하였을 때,

"에헴!"

하고 얼굴이 시뻘건 서 참의도 한마디 없을 수 없다는 듯이 나섰다. 향을 한 움큼이나 집어 놓아 연기가 시커멓게 올려 솟더니 불이 일어났다. 후—후— 불어 불을 끄고, 수염을 한번 쓰다듬고 절을 했다. 그리고 다시,

"헴……."

하더니 조사를 하였다.

"나 서참일세, 알겠나? 흥…… 자네 참 호살세 호사야…… 잘 죽었느니. 자네 살았으문 이만 호살 해 보겠나? 인전(이제는) 안경다리 고칠 걱정두 없구…… 아무튼지……."

하는데 박희완 영감이 들어서더니,

"이 사람 취했네그려."

하며 서 참의를 밀어냈다.

박희완 영감도 가슴이 답답하였다. 분향을 하고 무슨 소리를 한마디 했으면 속이 후련히 트일 것 같아서 잠깐 멈칫하고 서 있어 보았으나,

"으흐윽……."

하고 울음이 먼저 터져 그만 나오고 말았다.

　서 참의와 박희완 영감도 묘지까지 나갈 작정이었으나 거기 모인 사람들이 하나도 마음에 들지 않아 도로 술집으로 내려오고 말았다.

 역마

🖊 작가와 작품 세계

김동리(1913~1995)

본명은 시종(始終). 경북 경주 출생. 1929년 경신고등보통학교를 중퇴하고 귀향해 문학 작품을 섭렵했다. 1934년 시 「백로」가 〈조선일보〉에 입선되었다. 단편 「화랑의 후예」가 1935년 〈조선중앙일보〉에 당선되면서 본격적인 소설 창작 활동을 시작했다. 순수 문학과 신인간주의의 문학 사상으로 일관해 온 그는 8 · 15 광복 직후 민족주의 문학 진영에 가담해 김동석 · 김병규와 순수 문학에 관한 논쟁을 벌이는 등 좌익 문단에 맞서 우익 측의 민족 문학론을 옹호하기도 했다.

김동리는 휴머니즘을 바탕으로 한 인간 구원의 문제를 주로 다룬다. 그의 문학적 여정은 3기로 나눌 수 있다. 초기에는 토속적, 샤머니즘적, 동양적 신비의 세계를 배경으로 인간의 숙명적 운명을 다룬다. 그 대표작이 「무녀도」와 「황토기」다. 중기에는 6 · 25 전쟁을 계기로 역사의식과 현실 의식이 강화되면서 보편적 휴머니즘을 추구한다. 「귀환장정」, 「흥남철수」, 「역마」 등이 이 시기의 대표작들이다. 후기에는 보다 근원적인 인간 구원의 문제를 다루면서 현대 문명에 대한 비판 의식을 형상화한다. 『사반의 십자가』, 「목공 요셉」 등이 인간 구원의 문제를 다룬 것이라면 「등신불」, 「원왕생가」 등은 불교적인 인간 해석이 돋보이는 작품이다.

🖊 작품 정리

> **갈래**: 순수 소설
> **배경**: 시간 – 구체적 시간은 나오지 않음 / 공간 – 화개장터
> **시점**: 3인칭 전지적 작가 시점
> **주제**: 한국적 운명관(역마살)에의 순종과 인간성의 구현
> **출전**: 〈백민〉(1948)

발단 체 장수 영감이 딸 계연을 옥화에게 맡기고 장사를 떠남

체 장수 영감이 남사당패 우두머리였을 때 하동의 화개장터에서 주막집 홀어머니와 하룻밤 인연을 맺는다. 그는 40여 년 만에 어린 딸 계연을 데리고 화개에 들른다. 홀어머니 대신 딸 옥화가 그를 맞이한다. 옥화는 아들 성기와 단둘이 살면서 주막을 하고 있다. 체 장수 영감은 계연을 주막에 맡기고 장삿길을 떠난다.

전개 옥화의 아들 성기와 계연이 서로 사랑하게 됨

외할아버지와 아버지(떠돌이 중)로부터 역마살을 물려받은 성기는 결혼에는 관심이 없고 어디론가 떠돌아다니고 싶어 한다. 이를 안 옥화는 아들을 쌍계사에 보내고 장날에만 집에 와 있으면서 장터에서 책을 팔게 한다. 여자에게 관심을 보이지 않던 성기가 계연에게는 관심을 보인다. 아들의 역마살을 없애고 싶었던 옥화는 두 사람을 결혼시키기 위해 서로 가깝게 지내도록 배려한다. 성기와 계연은 칠불사 구경을 가면서 더욱 가까워진다.

위기 옥화는 계연이 자신의 동생이라고 예감함

어느 날 옥화는 계연의 머리를 빗겨 주다가 왼쪽 귓바퀴 위의 조그만 사마귀를 발견한다. 옥화는 영감이 36년 전에 한번 들른 적이 있다던 이야기를 떠올린다.

절정 계연이 성기의 이복 이모라는 사실이 밝혀짐

옥화는 화갯골에서 돌아온 영감을 통해 영감이 자신의 아버지이고 계연이 이복동생임을 확인한다. 성기와 계연의 사이를 우려한 옥화는 계연을 떠나보낸다.

결말 성기는 운명에 순응하며 길을 떠남

계연이 떠나자 성기는 자리에 누워 앓는다. 보다 못한 옥화는 계연이 성기의 이복 이모라는 사실을 밝힌다. 성기는 마음의 상처를 입지만 홀가분한 마음으로 엿목판을 메고 하동을 향해 떠난다.

1. **이 작품의 무대인 화개장터는 어떤 상징성을 지닌 공간인가?**

   전통 사회는 폐쇄성을 띠는 데 반해 장터는 정기적으로 개방되는 열린 공간이다. 만남과 헤어짐이 교차하는 장터에서는 수많은 인연이 맺어진다. 하지만 장터에서의 인간관계는 일시적일 가능성이 크다. 성기의 역마살, 체장수 영감과 계연의 일시적 체류, 계연이 성기의 이복 이모라는 사실 등은 등장인물들이 불안정한 삶을 살고 있다는 것을 말해 준다. 작가는 이 소설의 배경을 화개장터로 설정함으로써 주제의 개연성을 높이고 있다.

2. **마지막 대목에서 성기가 콧노래를 부른 이유는 무엇인가?**

   성기는 역마살이란 자신의 운명에 순응하기로 결심한 순간 어떤 해방감을 느꼈을 것이다. 엿장수가 되어 길을 떠나는 것은 계연과의 비극적인 인연에서 벗어날 수 있는 유일한 방법이자 구원의 길이라고 볼 수 있다. 콧노래에서 홀가분해진 성기의 마음을 읽을 수 있다.

3. **성기는 집을 떠날 때 왜 하동 쪽으로 향했는가?**

   "화개장터의 냇물은 길과 함께 흘러서 세 갈래로 나 있었다." 이 소설의 서두는 이렇게 시작된다. 한 줄기는 구례 쪽에서 오고, 한 줄기는 화개협에서 흘러내려, 서로 합쳐져 하동으로 향한다. 성기가 계연이 떠난 구례, 어머니가 있는 화갯골을 뒤로하고 하동으로 향하는 것은 자신의 운명에 순응하겠다는 의지의 표현으로 이해할 수 있다.

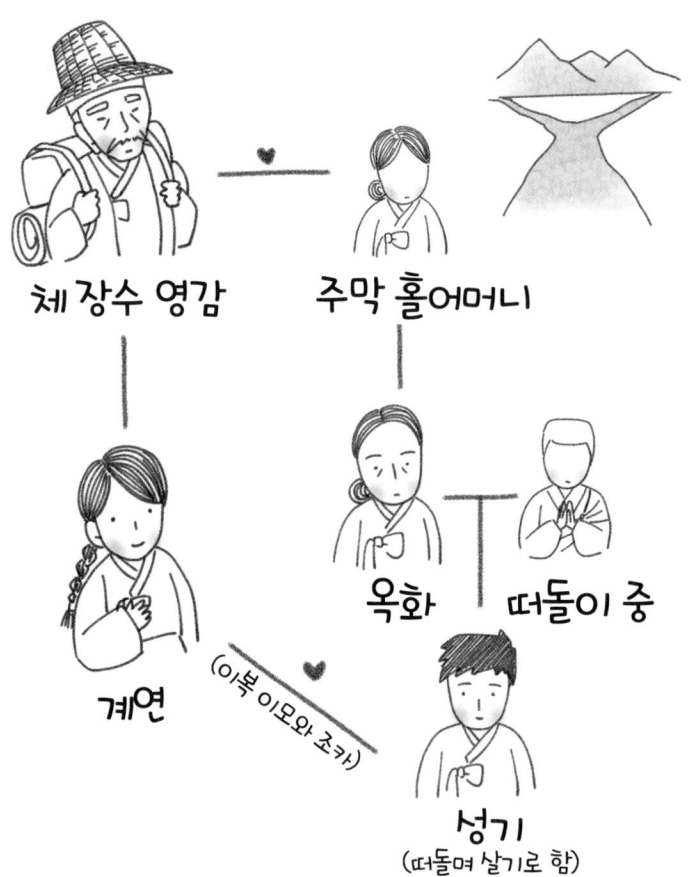

🖉 인물 관계도

체 장수 영감   ❤   주막 홀어머니

계연   (이복 이모와 조카)   ❤   옥화   떠돌이 중

성기
(떠돌며 살기로 함)

화개장터에서 주막집을 운영하는 어머니(옥화)에게 체 장수 영감이 계
연이라는 여자애를 맡기고 갔지요. 저(성기)는 계연이 좋았어요. 그런
데 갑자기 어머니가 계연과 저를 떼어 놓더니 계연을 떠나보냈어요.
계연이 보고 싶어 그리움에 앓아누우니 어머니가 진실을 알려줬지요.
계연이 사실 제 이모였대요. 인생이 이런 걸까요? 저는 엿판을 매고
떠돌며 살기로 했답니다.

역마

　'화개장터'의 냇물은 길과 함께 흘러서 세 갈래로 나 있었다. 한 줄기는 전라도 구례 쪽에서 오고 한 줄기는 경상도 쪽 화개협에서 흘러내려, 여기서 합쳐서, 푸른 산과 검은 고목 그림자를 거꾸로 비치인 채, 호수같이 조용히 돌아, 경상 전라 양 도의 경계를 그어 주며, 다시 남으로 남으로 흘러내리는 것이, 섬진강 본류였다.

　하동, 구례, 쌍계사의 세 갈래 길목이라 오고 가는 나그네로 하여, '화개장터'엔 장날이 아니라도 언제나 흥성거리는 날이 많았다. 지리산 들어가는 길이 고래로 허다하지만, 쌍계사 세이암의 화개협 시오 리를 끼고 앉은 '화개장터'의 이름이 높았다. 경상 전라 양 도 접경이 한두 군데일 리 없지만 또한 이 '화개장터'를 두고 일렀다. 장날이면 지리산 화전민들의 더덕, 도라지, 두릅, 고사리들이 화갯골에서 내려오고, 전라도 황아장수(지난날, 온갖 잡화를 등에 지고 팔러 다니던 장수)들의 실, 바늘, 면경, 가위, 허리끈, 주머니끈, 족집게 골 백분 들이 또한 구렛길에서 넘어오고, 하동길에서는 섬진강 하류의 해물 장수들이 김, 미역, 청각, 명태, 자반조기, 자반고등어들이 올라오곤 하여 산협(山峽 산속의 골짜기)치고는 꽤 성한 장이 서는 것이기도 했으나, 그러나 '화개장터'의 이름은 장으로 하여서만 있는 것이 아니었다.

　장이 서지 않는 날일지라도 인근 고을 사람들에게 그곳이 그렇게 언제나 그리운 것은, 장터 위에서 화갯골로 뻗쳐 앉은 주막마다 유달리 맑고 시원한 막걸리와 펄펄 살아 뛰는 물고기의 회를 먹을 수 있기 때문인지도 몰랐다. 주막 앞에 늘어선 능수버들 가지 사이사이로 사철 흘러나오는 그 한 많고 멋들어진 춘향가 판소리 육자배기(남도에서 널리 불리는 잡가의 한 가지)들이 있기 때문인지도 몰랐다. 게다가 가끔 전라도 지방에서 꾸며 나오는 남사당 여사당 협률(協律 고대 중국에서 시를 음악에 맞추던 일) 창극 광대들이 마지막 연습 겸 첫 공연으로 여기서 으레 재주와 신명을 떨고서야 경상도로 넘어간다는 한갓 관습과 전례가 '화개장터'의 이름을 더욱 높이고 그립게 하는 것인지도 몰랐다.

　가운데도 옥화(玉花)네 주막은 술맛이 유달리 좋고 값이 싸고 안주인, 즉 옥화의 인심이 후하다 하여 화개장터에서는 가장 이름이 난 주막이었다.

얼마 전에 그 어머니가 죽고 총각 아들 하나와 단 두 식구만으로 안주인 옥화가 돌아올 길 망연한 남편을 기다리며 살아간다는 것이라 하여 그들은 더욱 호의와 동정을 기울이는 것인지도 몰랐다. 혹 노자가 딸린다거나 행장이 불비할 때 그들은 으레 옥화네 주막을 찾았다.

"나 이번에 경상도서 돌아올 때 함께 회계하지라오."

그들은 예사로 이렇게들 말하곤 하였다.

늘어진 버드가지가 강물에 씻기고, 저녁놀에 은어가 번득이고 하는 여름철 석양 무렵이었다.

나이 예순도 훨씬 더 넘어 뵈는 늙은 체 장수 하나가, 쳇바퀴와 바닥 감들을 어깨에 걸머진 채 손에는 지팡이와 부채를 들고 옥화네 주막을 찾아왔다. 바로 그 뒤에는 나이 열대여섯 살쯤 나 뵈는 몸매가 호리호리한 소녀 하나가 조그만 보따리를 옆에 끼고 서 있었다. 그들은 무척 피곤해 보였다.

"저 큰애기까지 두 분입니까?"

옥화는 노인보다 '큰애기'의 얼굴을 바라보며 이렇게 물었다. 노인은 조용히 고개를 끄덕였다.

그날 밤 저녁상을 물린 뒤 노인은 옥화에게 인사를 청했다. 살기는 구례에 사는데 이번엔 경상도 쪽으로 벌이를 떠나온 길이라 하였다. 본시 여수가 고향인데 젊어서 친구를 따라 한때 구례에 와서도 살다가, 그 뒤 목포로 광주로 전전하였고, 나중 진도로 건너가 거기서 열 일여덟 해 사는 동안 그만 머리털까지 세어져서는, 그래 몇 해 전부터 도로 구례에 돌아와 사는 것이라 하였다. 그렇지만 저런 큰애기를 데리고 어떻게 다니느냐고 옥화가 묻는 말에 그렇잖아도 이번에는 죽을 때까지 아무 데도 떠나지 않으려고 했던 것인데 떠나지 않고는 두 식구가 가만히 굶을 판이라 할 수 없었던 것이라 하겠다.

"그럼, 저 큰애기는 하라부지(할아버지) 딸입니까?"

옥화는 '남포불' 그림자가 반쯤 비낀 바람벽 구석에 붙어 앉아 가끔 그 환한 두 눈으로 이쪽을 바라보곤 하는 소녀의 동그스름한 어깨를 바라보며 이렇게 물었다.

노인은 또 고개를 끄덕였다. 그리 평생 객지로만 돌아다니고 나니 이제 고향 삼아 돌아온 곳이래야 또한 객지라 그들 아비 딸이 어디다 힘을 입고 살아가야 할는지 아무데도 의탁할 곳이 없다고 그들의 외로운 신세를 한탄도 했다.

"나도 젊었을 때는 노는 것을 좋아했지라오. 동무들과 광대도 꾸며 갖고 댕겨 봤는듸 젊어서 한번 바람 들어 놓게 평생 못 가기 마련이랑게……. 그것이 스물네 살 때 정초닝게 꼭 서른여섯 해 전일 것이여, 바로 이 장터에서도 하룻밤 논 일이 있었지라오."

노인은 조용히 추억의 실마리를 더듬는 듯, 방 안을 두리번거리며 살펴보곤 하는 것이었다.

"어이유! 참 오래전일세!"

옥화는 자못 놀라운 시늉이었다.

이튿날은 비가 왔다.

화개장날만 책전을 펴는 성기(性驥)는 내일 장 볼 준비도 할 겸 하루를 앞두고 절에서 마을로 내려오고 있었다.

쌍계사에서 화개장터까지는 시오 리가 좋은 길이라 해도, 굽이굽이 벌어진 물과 돌과 산협의 장려한 풍경이 언제보다 그에게 길 덜미를 내지 않게 하였다.

처음엔 글을 배우러 간다고 할머니에게 손목을 끌리다시피 하여 간 곳이 절이었고, 그다음엔 손위 동무들의 사랑에 끌려다니다시피쯤 하여 왔지만 이즘 와서는 매일같이 듣는 북소리, 목탁 소리, 그리고 그 경을 치게 회맑은 은행나무, 염주나무, 이런 것까지 모두 싫증이 났다.

당초부터 어디로 훨훨 가 보고나 싶던 것이 소망이었지만, 그러나 어디로 간다는 건 말만 들어도 당장에 두 눈이 시뻘개져서 역정을 내는 어머니였다.

"서방이 있나, 일가친척이 있나, 너 하나만 믿고 사는 이년의 팔자에 너조차 밤낮 어디로 간다고만 하니 난 누굴 믿고 사냐?"

어머니의 넋두리는 인제 귀에 못이 박일 정도였다.

이러한 어머니보다도 차라리, 열 살 때부터 절에 보내어 중질을 시켰으니, 인제 역마살(驛馬煞 늘 분주하게 이리저리 떠돌아다니게 된 액운)도 거진 다 풀려 갈 것이라고 은근히 마음을 늦추시는 편이던 할머니는, 성기가 세 살 났을 때 보인 그의 사주에 시천역(時天驛)이 들었다 하여 한때는 얼마나 낙담을 했던 것인지 모른다. 하동 산다는 그 키가 나지막한 명주 치마저고리를 입은 할머니가 혹시 갑자을축을 잘못 짚지나 않았나 하여, 큰절(쌍계사)에 있는 어느 노장에게도 가 물어보고 지리산 속에서 도를 닦아 나오던 어떤 키 큰 영감에게도 다시 뵈어 봤지만 시천역엔 조금도 요동이 없었다.

"천성 제 애비 팔자를 따라갈려는 게지."

할머니가 어머니를 좀 비꼬아 하는 말이었으나 거기 깊은 원망이 든 것도 아니었다. 그러나 이런 말엔 각별나게 신경을 쓰는 옥화는,

"부모 안 닮는 자식 없단다. 근본은 다 엄마 탓이지."

도리어 어머니에게 오금을 박고 들었다.

"이년아 에미한테 너무 오금 박지 마라. 남사당을 붙었음, 너를 버리고 내가 그놈을 찾아갔냐, 너더러 찾아 달라 성화를 댔냐?"

그러나 서른여섯 해 전에 꼭 하룻밤 놀다 갔다는 젊은 남사당의 진양조 가락에 반하여 옥화를 배게 된 할머니나, 구름같이 떠돌아다니는 중과 인연을 맺어 성기를 가지게 된 옥화나 다같이 '화개장터' 주막에 태어났던 그녀들로서는 별로 누구를 원망할 턱도 없는 어미 딸이었다. 성기에게 역마살이 든 것은 어머니가 중 서방을 정한 탓이요, 어머니가 중 서방을 정한 것은 할머니가 남사당에게 반했던 때문이라면 성기의 역마운도 결국은 할머니가 장본이라, 이에 할머니는 성기에게 중질을 시켜서 살을 때우려고도 서둘러 보았던 것이고, 중질에서 못다 푼 살을, 이번에는 옥화가 그에게 책장사라도 시켜서 풀어 보려는 속셈인 것이었다. 성기로서도 불경보다는 암만해도 이야기책에 끌리는 눈치요, 중질보다는 차라리 장사라도 해 보고 싶다는 소청이기도 하여, 그러나 옥화는 꼭 화개장만 보기로 다짐까지 받은 뒤, 그에게 책전을 내어 주기로 했던 것이었다.

성기가 마루 앞 축대 위에 올라서는 것을 보자 옥화는 놀란 듯이 자리에서 일어나 앉으며,

"더운데 왜 인저사 내려오냐?"

곁에 있던 수건과 부채를 집어 그에게 주었다.

지금까지 옥화에게 이야기책을 읽어 들려주고 있은 듯한 낯선 계집애는, 책 읽던 것을 멈추고 얼굴을 들어 성기를 바라보았다. 갸름한 얼굴에 흰자위 검은자위가 꽃같이 선연한 두 눈이었다. 순간, 성기는 가슴이 찌르르하며 갑자기 생기 띠어 진눈으로 집 앞에 늘어선 버들가지를 바라보았다.

얼마 뒤, 계집애는 안으로 들어가고, 옥화는 성기의 점심상을 차려 들고 나와서,

"체 장수 딸이다."

하였다. 어머니도 즐거운 얼굴이었다.

"체 장수라니?"

성기는 밥상을 받은 채, 그러나 얼른 숟가락을 들지도 않고, 그의 어머니의 얼굴을 쳐다보았다.

"구례 산다더라. 이번에 어쩌면 하동으로 해서 진주 쪽으로 나가 볼 참이라는데 어제저녁에 화갯골로 들어갔다."

그리고 저 딸아이는 그 체 장수의 무남독녀인데 영감이 화갯골 쪽으로 들어갔다 나와서, 하동 쪽으로 나갈 때 데리고 가겠다고, 하도 간청을 하기에 그동안 좀 맡아 있어 주기로 했다면서, 옥화는 성기의 눈치를 살피듯 그의 얼굴을 물끄러미 바라보았다.

"화갯골에서는 며칠이나 있겠다던고?"

"들어가 보고 재미나면 지리산 쪽으로 깊이 들어가 볼 눈치더라."

그리고 나서, 옥화는 또,

"그래도 그런 사람의 딸같이는 안 뵈지?"

하였다. 계연(契妍)이란 이름이었다.

성기는 잠자코 밥숟가락을 들었다. 그러나 밥은 반도 먹지 않고, 상을 물려 버렸다.

이튿날 성기가 책전에 있으려니까, 그 체 장수 딸이 그의 점심을 이고 왔다. 집에서 장터까지래야 소리 지르면 들릴 만한 거리였지만, 그래도 전날 늘 이고 다니던 '상돌 엄마'가 있을 터인데 이렇게 벌써 처녀티가 나는 남의 큰애기더러 이런 사환을 시켜 미안하단 생각이 들었다. 그러나 정작 그녀 쪽에서는 그러한 빛도 없이, 그 꽃송이같이 화안한 두 눈에 웃음까지 담은 채, 그의 앞에 밥함지를 공손스레 놓는, 떡과 엿과 참외들을 팔고 있는 음식전 쪽으로 곧장 눈을 팔고 있었다.

"상돌 엄만 어디 갔는듸?"

성기는 계연의 그 아리따운 두 눈에서 흥건한 즐거움을 가슴으로 깨달으며, 그러나 고개는 엉뚱한 방향으로 돌린 채, 차라리 거친 음성으로 이렇게 물었다.

"손님이 마루에 가뜩 찼는듸 상돌 엄마가 혼자사 바삐 서두닝께 어머니가 지더러 갖고 가라 했어요."

그동안 거의 입을 열어 말하는 일이 없었던 계연은, 성기가 묻는 말에, 의외로 생경한 전라도 쪽 토음(土音 방언)으로 이렇게 말했다. 그 가냘프고 갸름한 어깨와 목이며, 어디서 그렇게 힘차고 괄괄한 음성이 울려 나오는 것인지 알 수가 없었다. 한 줌이나 될 듯한 가느다란 허리와 호리호리한 몸매에 비하여 발달된 팔다리와 토실토실한 두 손등과 조그맣게 도톰한 입술을 가진 탓인지도 몰랐다.

"계연아, 오빠 세숫물 놔 드려라."

이튿날 아침에도 옥화는 상돌 엄마를 부엌에 둔 채 역시 계연에게 성기의 시중을 들게 하였다. 세숫물을 놓는 일뿐 아니라 숭늉 그릇을 들고 다니는 것이나 밥상을 차려 오는 것이나 수건을 찾아 주는 것이나 성기에 따른 시중은 모조리 그녀로 하여금 들게 하였다. 그러고는,

"아이가 맘이 컴컴치 않고, 인정이 있고, 얄미운 데가 없어."

옥화는 자랑 삼아 이런 말도 하였다.

"저의 아버지는 웬일인지 반 억지 비슷하게 거저 곧장 나만 믿겠다고, 아주 양딸처럼 나한테다 맡기구 싶은 눈치더라만……."

옥화는 잠깐 말을 끊어서 성기의 낯빛을 살피고 나서 다시,

"그래 너한테도 말을 들어 봐야겠고 해서 거저 대강 들을 만하고 있었잖나……. 언제 한번 데리고 가서 칠불(七佛 일곱 부처) 구경이나 시켜 줘라."

하는 것이, 흡사 성기의 동의를 구하는 모양 같기도 하였다.

그리고 나서 옥화는 계연의 말을 옮겨, 구례 있는 저의 집이래야 구례 읍에서 외따로 떨어진 무슨 산기슭 밑에 이웃도 없이 있는 오막살인가 보더라고도 하였다.

"그럼 살림은 어쩌고 나왔을까?"

"살림이래야 그까진 거 머 방문에 자물쇠 채워 두었으면 그만 아냐, 허지만 그보다도 나그넷길에 데리고 나선 계연이가 걱정이지."

이러한 옥화의 말투로 보아서는 체 장수 영감이 화갯골에서 나오는 대로 계연을 아주 양딸로 정해 둘 생각인 듯이도 보였다. 다만 성기가 꺼릴까 보아 이것만을 저어하는 눈치 같았다. 지금까지 몇 번이나 옥화는 성기더러 장가를 들라고 권했으나 그는 응치 않았고, 집에 술 파는 색시를 몇 차례나

두어도 보았지만 색시 쪽에서 간혹 성기에게 말썽을 내인 적은 있어도 성기가 색시에게 그러한 마음을 두는 일은 한 번도 있은 적이 없어, 이러한 일들로 해서, 이번에도 옥화는 그녀로 하여금 성기의 미움이나 받지 않게 할양으로 그녀의 좋은 점만 이야기하는 듯한 눈치 같기도 하였다.

아랫집 실과 가게에서 성기가 짚신 한 켤레를 사 들고 오려니까 옥화는 비죽이 웃는 얼굴로 막걸리 한 사발을 그에게 떠 주며,

"오늘 날씨가 너무 덥잖냐?"

고 하였다. 술 거를 때 누구에게나 맛 뵈기 떠 주기를 잘하는 옥화였다. 계연이는 방에서 옷을 갈아입고 있었다.

"계연아, 너도 빨리 나와, 목마를 텐데 미리 좀 마시고 가거라."

옥화는 방을 향해서도 이렇게 소리를 질렀다.

항라(亢羅 명주실, 모시실, 무명실 따위로 짜는 피륙의 한 가지) 적삼에 가는 삼베 치마를 갈아입고 나오는 계연은 그 선연한 두 눈의 흰자위 검은자위로 인하여 물에 어리인 한 송이 연꽃이 떠오는 듯하였다.

"꼭 스무 해 전에 내가 입었던 거다."

옥화는 유감(有感 느끼는 바가 있음)한 듯이 계연의 옷맵시를 살펴 주며 말했다.

"어제 꺼내서 품을 좀 주여 놨더니만 청승스리 맞는고나, 보기 보단 품을 여간 많이 입잖는다, 이 앤…… 자, 얼른 마셔라, 오빠 있음 무슨 내외할 사이냐?"

그러자 계연은 웃는 얼굴로 술잔을 받아 들고 방으로 들어가 마시고 나오는 모양이었다.

성기는 먼저 수양 버드나무 밑에 와서 새 신발에 물을 축이었다. 계연이도 곧 뒤를 따라 나섰다. 어저께 성기가 칠불암까지 책값 수금 관계로 좀 다녀올 일이 있다고 했더니, 옥화가 그러면 계연이도 며칠 전부터 산나물을 캐러 간다고 벼르는 중이고, 또 칠불암 구경은 어차피 한 번 시켜 주어야 할게고 하니, 이왕이면 좀 데리고 가잖겠느냐고 하였다.

성기는 가슴도 좀 뛰고, 그래서, 나물을 내가 어떻게 아느냐고, 싫다고 했더니 너더러 누가 나물까지 캐라느냐고, 앞에서 길만 끌어 주면 되잖느냐고 우기어, 기승한 어머니에게 성기는 더 항변을 못하고 말았던 것이다.

성기는 처음부터 큰길을 버리고, 사람이 잘 다니지 않는, 수풀 속 산길을

돌아가기로 하였다. 원체가 지리산 밑이요, 또 나뭇길도 본디부터 똑똑히 나 있지 않는 곳이라, 어려서부터 자라난 고장이라곤 하지만 울울한 수풀 속에서 성기는 몇 번이나 길을 잃은 채 헤매곤 하였다.

쳐다보면 위로는 하늘을 찌를 듯한 높은 산봉우리요, 내려다보면 발아래 는 바다같이 뿌우연 수풀뿐, 그 위에 흰 햇살만 물줄기처럼 내리퍼붓고 있었다. 머루, 다래, 으름은 이제 겨우 파랗게 메아리 쳐 있고, 가지마다 새빨 간 복분자, 오디는 오히려 철이 겨운 듯한 머리 까맣게 먹물이 돌았다.

성기는 제 손으로 다듬은 퍼런 아가위나무 가지로 앞에서 칡덩굴을 헤쳐 가며 가고 있는데, 계연은 뒤에서, 두릅을 꺾는다, 딸기를 딴다, 하며 자꾸 혼자 처지곤 하였다.

"빨리 오잖고 뭘 하나?"

성기가 걸음을 멈추고 서서 나무라면 계연은 딸기를 따다 말고, 두릅을 꺾다 말고, 그 조그맣고 도톰한 입술을 꼭 다물고는 뛰어오는 것인데, 한참 만 가다 보면 또 뒤에 떨어지곤 하였다.

"아이고머니 어쩔꺼나!"

갑자기 뒤에서 계연이가 소리를 질렀다. 돌아다보니 떡갈나무 위에서, 가 지에 치맛자락이 걸려 있다. 하필 떡갈나무에는 뭣 하러 올라갔을 까고, 곁 에 가 쳐다보니, 계연의 손이 닿을 만한 위치에 그 아래쪽 딸기나무 가지가 넘어와 있다. 딸기나무에는 가시가 있고 또 비탈에서 있어 올라갈 수가 없 으니까, 그 딸기나무와 가지가 서로 얽힌 떡갈나무 쪽으로 올라간 모양이 었다. 몸을 구부려 손으로 치맛자락을 벗기려면 간신히 잡고 서 있는 윗가 지에서 손을 놓아야 하겠고, 손을 놓았다가는 당장 나무에서 떨어질 형편 이다. 나무 아래서 쳐다보니 활짝 걷어 올려진 베치마 속에, 정강마루까지 를 채 가루지 못한 짤막한 베고의가 흰한 햇살을 받아 그 안의 뽀오얀 것을 그대로 보여 주고 있었다.

성기는 짚고 있던 생나무 지팡이로 치맛자락을 벗겨 주려 하였으나, 지 팡이가 짧아서 그렇겠지만 제 자신도 모르게, 지팡이 끝은 계연의 그 발가 스레하고 매초롬한 종아리만을 자꾸 건드리고 있었다.

"아이 싫어! 남에서 떨어진당게!"

계연은 소리를 질렀다. 게다가 마침 다람쥐란 놈까지 한 마리 다래 넌출 (길게 뻗어 나가 너덜너덜 늘어진 식물의 줄기) 위로 타고 와서, 지금 막 계연이가 잡고 서 있는 떡갈나무 가지 위로 건너뛰려 하고 있다.

"아 곧 떨어진당게! 그 막대로 저 다램이나 때려 쳤음 쓰겠는듸."

계연은 배 아래를 거진 햇살에 훤히 드러내인 채 있으면서도 다래 넌출 위에서 이쪽을 건너다보고 그 요망스런 턱주가리를 쫑긋거리고 있는 다람쥐가 더 안타까운 모양으로 또 이렇게 소리를 질렀다.

"요놈의 다램이가……."

성기는 같은 나무 밑둥치에까지 올라가서야 겨우 계연의 치맛자락을 벗겨 주고, 그러고는 막대로 다시 조금 전에 다람쥐가 앉아 있던 다래 넌출도 한 번 툭 쳤다. 이 소리에 놀랐는지 산비둘기 몇 마리가 '푸드득' 하고 아래쪽 머루 넌출 위로 날아갔다.

"샘물이 있어야 쓰겄는듸."

계연은 치맛자락을 걷어 올려 이마의 땀을 씻으며 이렇게 말했다.

모롱이를 돌아 새로운 산줄기를 탈 때마다 연방 더 우악스런 멧부리요, 어두운 수풀을 지나 환하게 열린 하늘을 내다볼 때마다 바다같이 질펀한 골짜기에 차 있느니 머루, 다래 넌출이요, 딸기, 칡의 햇덩굴이다. 산속으로 들어갈수록 여기저기서 난장판으로 뻐꾸기들은 울고, 이따금씩 낄낄거리고 골을 건너 날아가는 꿩 울음소리마저 야지의 가을 벌레 소리 듣는 듯 신산을 더했다.

해는 거진 하늘 한가운데를 돌아 바야흐로 머리에 불을 끼얹고, 어두운 숲 그늘 속에는 해삼 같은 시꺼먼 달팽이들이 허연 진물을 토한 채 땅에 붙어 늘어졌다.

햇살이 따갑고, 땀이 흐르고, 목이 마를수록 성기들은 자꾸 넌출 속으로만 들짐승들처럼 파묻히었다. 나무딸기, 덤불 딸기, 산 복숭아, 아가위, 오디, 손에 닿는 대로 따서 연방 입에 가져가지만 입에 넣으면 눈 녹듯 녹아질 뿐, 떨적지근한 침을 삼키면 그만이었다. 간혹 이에 걸린다는 것이 아직 익지 않은 산 복숭아, 아가위 따위인데, 딸기 녹은 침물로는 그 쓰고 떫은 볼에까지 묻어졌다. 먹을수록 목이 마른 딸기를 계연은 그 새파란 산 복숭아 서껀(산 복숭아랑 함께), 둥그런 칡 잎으로 하나 가득 따서 성기에게 주었다. 성기는 두 손바닥 위에다 그것을 받아서는 고개를 수그려 물을 먹듯 입을 대어 먹었다. 먹고 난 칡 잎은 아무렇게나 넌출 위로 던져 버린 채 칡 넌출이 담뿍 감겨 있는 다래 덩굴 위에 비스듬히 등을 대이고 누웠다.

계연은 두 번째 또 칡 잎의 것을 성기에게 주었다. 성기는 성가신 듯이 그냥 비스듬히 누운 채 그것을 그대로 입에 들이부어 한입 가득 물고는 나머지를 그냥 넌출 위로 던졌다. 그리고 그는 곧 코를 골기 시작하였다.

세 번째 칡 잎에다 딸기 알 머루 알을 골라 놓은 계연은 그러나 성기가 어느덧 잠이 들어 있음을 보자 아까 성기가 하듯 하여 이번엔 제가 먹어 치웠다.

"참 잘도 잔당게."

계연은 혼잣말로 중얼거리며 자기도 다래 덩굴에 등을 대이고 비스듬히 드러누워 보았으나 곧 재채기가 났다. 목이 몹시 말랐다. 배도 고팠다.

갑자기 뻐꾸기 소리가 무서웠다.

"덩굴 속에는 샘물이 없는가?"

계연은 덩굴을 헤치고 한참 들어가다 문득 모과나무 가지에 이리저리 얽히고 주렁주렁 열린 으름 덩굴을 발견하였다.

"이것이 익어 있음 쓰겄는듸."

계연은 이렇게 중얼거리며 아직도 파아란 오이를 만지듯 딴딴하고 우들우들한 으름을 제일 큰 놈으로만 세 개를 골라 따 쥐었다. 그리하여 한나절 동안 무슨 열매든지 손에 닿는 대로 마구 따 입에 넣곤 하던 버릇으로 부지중 입에 가져가 한번 덥석 물어 떼었더니 이내 비릿하고 떫직스레한 풀 같은 것이 입에 하나 가득 끼었다.

"아, 풋내 나!"

계연은 입안의 것을 뱉고 나서 성기 곁으로 갔다. 해는 벌써 점심때도 겨운 듯 갈증과 함께 시장기도 들었다.

"일어나 샘물 찾아가장게."

계연은 성기의 어깨를 흔들었다.

성기는 눈을 떴다.

계연은 당황하여, 쥐고 있던 새파란 으름 두 개를 성기의 코끝에 내어 밀었다. 성기는 몸을 일으켜 그녀의 둥그스름한 어깨와 목덜미를 껴안았다. 그러고는 입술이 포개졌다.

그녀의 조그맣고 도톰한 입술에서는 한나절 먹은 딸기, 오디, 산 복숭아, 으름들의 달짝지근한 풋내와 함께, 황토 흙을 찌는 듯한 향긋하고 고수한 고기 냄새가 느껴졌다.

까악까악하고 난데없는 가마귀 한 마리가 그들의 머리 위로 울며 날아갔다.

"칠불은 아직 멀지라?"

계연은 다래 덩굴에 걸어 두었던 점심을 벗겨 들었다.

화갯골로 들어간 체 장수 영감은 보름이 넘도록 돌아오지 않았다. 떠날 때 한 말도 있고 하니 지리산 속으로 아주 들어간 모양이라고, 옥화와 계연은 생각하고 있었다.

"산중에서 아주 여름을 내시는 갑네."

옥화는 가끔 이런 말도 하였다. 그리고 그들은 끈기 있게 이야기책을 들고 앉곤 하였다. 계연의 약간 구성진 전라도 지방 토음은 날이 갈수록 점점 더 맑고 처량한 노래 조를 띠어 왔다.

그동안 옥화와 계연의 사이에 생긴 새로운 사실이 있다면, 옥화가 계연의 왼쪽 귓바퀴 위에 있는 조그만 사마귀 한 개를 발견한 것쯤이었다.

어느 날 아침, 그녀의 머리를 빗어 땋아 주고 있던 옥화는 갑자기 정신을 잃은 사람처럼 참빗 쥔 손을 부들부들 떨고 있었다.

"어머니, 왜 그리여?"

계연이 놀라 물었으나 옥화는 그녀의 두 눈만 멀거니 바라보고 있을 따름 말이 없었다.

"어머니, 왜 그러시여?"

계연이 또 한번 물었을 때, 옥화는 겨우 정신이 돌아오는 듯, 긴 한숨을 내쉬며,

"아무것도 아니다."

하고, 다시 빗질을 시작하는 것이었다.

계연은 속으로 이상한 생각이 들었으나 아무것도 아니라는 옥화에게 다시 더 캐어물을 도리도 없었다.

이튿날 옥화는 악양에 볼일이 좀 있어 다녀오겠노라면서 아침 일찍이 머리를 빗고 떠났다. 성기는 큰방에서 낮잠을 자고 있었다. 소나기가 왔다. 계연이가 밖에서 빨래를 걷어 안고 들어오면서,

"어쩔 거나, 어머니 비 만나시겠는듸!"

하였다. 그녀의 치맛자락은 바깥의 신선한 비바람을 묻혀다 성기의 자는

낯을 스쳐 주었다. 성기는 눈을 뜨는 결로 손을 뻗쳐 그녀의 치맛자락을 거머잡았다. 그녀는 빨래를 안은 채 고개를 획 돌이켜 성기의 얼굴을 가만히 바라보았다. 그녀의 두 볼에 바야흐로 조그만 보조개가 패려 할 때, 밖에서 인기척이 났다.

"어머니, 옷 다 젖겠는듸!"

또 한 번 이렇게 말하며, 계연은 마루로 나갔다. 성기는 어느덧 또 코를 골기 시작하였다.

성기가 다시 잠이 깨었을 때는, 손님들이 마루에서 막걸리를 마시고 있었다. 계연은 그들의 치다꺼리를 해 주고 있는 모양으로 부엌에서,

"명태랑 풋고추밖엔 안주가 없는듸!"

하고 소리가 났다.

나중 손님들이 돌아간 뒤, 성기는 그녀더러,

"어머니 없을 땐 손님 받지 말라고."

약간 볼멘 소리로 이런 말을 하였다.

"허지만 오늘 해 넘김, 이 술은 시어질 것인듸, 그냥 두면 어머니 오셔서 화내시지 않을 것이오?"

계연은 성기에게 타이르듯이 이렇게 말했다. 조금 뒤 그녀는 다시 웃는 낯으로 성기 곁에 다가서며,

"오빠, 날 면경 하나만 사 주시오. 똥그란 놈이 꼭 한 개만 있었음 쓰겠는듸."

하였다. 이튿날이 마침 장날이라 성기는 점심을 가지고 온 그녀에게 미리 사 두었던 조그만 면경 하나와 찰떡을 꺼내 주었다.

"아이고머니!"

면경과 찰떡을 보자, 계연은 놀란 듯이 소리를 질렀다. 그녀는 그 꽃 같은 두 눈에 웃음을 담뿍 담은 채 몇 번이나 면경을 들여다보곤 하더니, 그것을 품속에 넣고는 성기가 점심을 먹고 있는 곁에 돌아앉아 어느덧 짝짝 소리까지 내며 찰떡을 먹고 있었다.

성기는 남이 보지 않게 전 앞에 사람 그림자가 얼씬할 때마다 자기의 몸을 이리저리 움직여서 그것을 가려 주었다. 딴은 떡뿐 아니라 참외고 복숭아고 엿이고 유과고 일체 군것을 유달리 좋아하는 그녀의 성미인 듯하였다. 집 앞으로 혹 참외 장수나 엿장수가 지나가는 것을 보면 계연은 골무를 깁거나 바늘겨레(바늘 꽂아 두는 물건. 바늘방석)를 붙이다 말고, 튀어 일어나 그것들이

시야에서 사라질 때까지 멀거니 바라보며 서 있곤 하였다.

  한번은 성기가 절에서 내려오려니까, 어머니는 어디 갔는지 눈에 띄지
않고, 그녀만이 마루 끝에 걸터앉은 채 이웃 주막의 놈팽이 하나와 더불어
참외를 먹고 있었다. 성기를 보자 좀 무안스러운 듯이 얼굴을 약간 붉히며
곧 일어나 반가운 표정을 지어 보였다.
  "아, 오빠!"
  "……."
  그러나 성기는 그러한 그녀를 거들떠도 보지 않고 그대로 자기의 방으로
만 들어가 버렸다. 계연은 먹던 참외도 마루 끝에 놓은 채 두 눈이 휘둥그레
성기의 뒤를 따라왔다.
  "오빠 왜?"
  "……."
  "응, 왜 그리여?"
  "……."
  그러나 성기는 아무런 대꾸도 없었다. 그녀가 두 팔을 성기의 어깨 위에
얹어, 그의 목을 껴안으려 했을 때, 성기는 맹렬히 몸을 뒤틀어 그녀의 팔을
뿌리치고는 돌연히 미친 것처럼 뛰어들어 따귀를 때리기 시작하였다.
  처음 그녀는,
  "오빠, 오빠!"
하고 찡그린 얼굴로 성기를 쳐다보며 두 손을 내어 밀어 그의 매질을 막으
려 하였으나, 두 차례 세 차례 철썩철썩하고, 그의 손이 그녀의 얼굴에 와
닿자 방구석에 가 얼굴을 쿡 처박은 채 얼마든지 그의 매질에 몸을 맡기듯
이 하고 있었다.
  이튿날 장에 점심을 가지고 온 계연은 그 작고 도톰한 입술을 꼭 다문 채,
말이 없었으나, 그의 꽃같이 선연한 두 눈엔 어저께의 일에 깊은 적의도 원
한도 품어 있지 않는 듯하였다.
  그날 밤 그녀가 혼자 강가에 나와 있는 것을 보고, 성기는 그녀의 뒤를 쫓
아 나갔다. 하늘엔 별이 파랗게 빛나고 있었으나 나무 그늘은 강가를 칠야
같이 뒤덮어 있었다.
  "오빠."

계연은 성기가 바로 그녀의 곁에까지 왔을 때 일어나 성기의 턱 앞으로 바싹 다가 들어서며 낮은 목소리로 이렇게 불렀다.

"오빠, 요즘은 어쩌자고 만날 절에만 노 있는 것이여?"

그 몹시도 굴곡이 강렬한 전라도 지방 토음이 이렇게 속삭이었다.

그즈음 성기는 장을 보러 오는 날 이외에는 절에서 일체 내려오지를 않았다. 옥화가 악양 명도에게 갔다 소나기에 젖어 돌아온 뒤부터는, 어쩐지 그와 그녀의 사이를 전과 달리 경계하는 듯한 눈치라, 본래 심장이 약하고 남의 미움 받기를 유달리 싫어하는 그는, 그러한 어머니에 대한 노여움도 있고 하여 기어코 절에서 배겨 내려 했던 것이었다.

이날 밤만 해도 계연의 물음에, 성기가 무어라고 대답도 채 하기 전에, '계연아, 계연아!' 하는, 옥화의 목소리가 또 어느덧 들려오고 있었다. 성기는 콧잔등을 찌푸리며 말을 하려다 말고 입을 다물어 버렸다.

'아, 어머니도 어쩌면 저다지 야속할까?'

성기는 갑자기 목이 뿌듯해졌다.

반딧불이 지나갔다. 계연은 돌 위에 걸터앉아, 손으로 여뀌 풀을 움켜잡으며, 혼잣말같이, 또 무어라 속삭이는 것이었으나 냇물 소리에 가리어 잘 들리지 않았다.

이튿날 아침 일찍이 성기가 방 안으로, 부엌으로 누구를 찾으려는 듯 기웃기웃하다가 좀 실망한 듯한 낮으로 그냥 절로 올라가고 말았을 때, 그녀는 역시 이 여뀌 풀 있는 냇물 가에서 걸레를 빨고 있었던 것이다.

사흘 뒤에 성기가 다시 절에서 내려오니까, 체 장수 영감은 마루 위에서 막걸리를 마시고 있고, 계연은 고개를 떨어버린 채 마루 끝에 걸터앉아 있었다. 머리를 감아 빗고 새옷(새옷이래야 전날의 그 항라 적삼을 다시 빨아 다린 것)을 살아입고, 조그만 보따리 하나를 곁에 두고, 슬픔에 잠겨 있던 계연은, 성기를 보자 그 꽃같이 선연한 두 눈에 갑자기 기쁨을 띠며 허리를 일으켰다. 그러나 바로 그다음 순간, 그 노기를 띤 듯한 도톰한 입술은 분명히 그들 사이에 일어난 어떤 절박하고 불행한 사실을 전하고 있었다.

막걸리 사발을 들어 영감에게 권하고 있던 옥화는 성기를 보자,

"계연이가 시방 떠난단다."

대번에 이렇게 말했다.

옥화의 말을 들으면, 영감은 그날, 성기가 절로 올라가던 날 저녁때에 돌아왔었더라는 것이었다. 그 이튿날이니까, 즉 어저께, 영감은 그녀를 데리고 떠나려고 하는 것을 하루 더 쉬어 가라고 만류를 해서, 그래 오늘 아침엔 일찍이 떠난다고 이렇게 막 행장을 차려서 나서는 길이라 하였다.

그러나 이것은 실상 모두 나중 다시 들어서 알게 된 것이었고, 처음은 그저 쇠뭉치로 돌연히 머리를 얻어맞은 것같이 골치가 떵하며, 전신의 피가 어느 한곳으로 쫙 모이는 듯한, 양쪽 귀가 머리 위로 쭝긋이 당기어 올라가는 듯한, 혀가 목구멍 속으로 말려 들어가는 듯한, 눈언저리에 퍼어런 불이 번쩍번쩍 일어나는 듯한, 어지러움과 노여움과 조마로움이 한데 뭉치어 발끝에서 머리끝까지의 그의 전신을 어디로 휩쓸어 가는 듯만 하였다. 그는 지금껏 이렇게까지 그녀에게 마음이 가 있어 떨어질 수 없게 되었으리라고는 너무도 뜻밖이었다. 그것이 이제 영원히 헤어지려는 이 순간에 와서야 갑자기 심지에 불을 켜듯 확 타오를 마련이던가, 하는 것이 자꾸만 꿈과 같았다. 자칫하면 체면도 염치도 다 놓고 엉엉 울음이 터질 것만 같이 목이 징징 우는 것을, 그러는 중에서도 이 얼굴을 어머니에게 보여서는 아니 된다는 의식에서 떨리는 입술을 깨물며, 마루 끝에 궁둥이를 찧듯 털썩 앉아 버렸다.

"아들이 참 잘생겼소."

영감은 분명히 성기를 두고 하는 말인 모양이었다. 그러나 성기는 그쪽으로 고개를 돌려 보지 않은 채, 그들에게 무슨 적의나 품은 듯이 앉아 있었다.

옥화는 그동안 또 성기에게 역시 그 체 장수 영감의 이야기를 전해 들려주고 있는 모양이었다. 지리산 속에서 우연히 옛날 고향 친구의 아들이 된다는 낯선 젊은이 하나를 만났다. 그는 영감의 고향인 여수에서 큰 공장을 경영하는 실업가로, 지리산 유람을 들어왔다가 이야기 끝에 우연히 서로 알게 되었다. 그는 영감에게 함께 고향으로 돌아가 살자고 했다. 영감은 문득 고향 생각도 날 겸 그 청년의 도움으로 어떻게 형편이 좀 필 것같이도 생각되어 그를 따라 여수로 돌아가기로 결정을 하고 나오는 길이라……, 옥화가 무어라고 한참 하는 이야기는 대개 이러한 의미인 듯하였으나, 조마롭고 어지럽고 노여움으로 이미 두 귀가 멍멍하여진 그에게는 다만 벌 떼처럼 무엇이 왕왕거릴 뿐 아무것도 분명히 들리지 않았다.

"막걸리 맛이 어찌나 좋은지 배가 부르당게."

그동안 마지막 술잔을 들이키고 난 영감은 부채와 지팡이를 집어 들면서 이렇게 말했다.

"여수 쪽으로 가시게 되면 영영 못 보게 되겠구만요."

옥화도 영감을 따라 일어서며 이렇게 말했다.

"사람 일을 누가 알간듸, 인연 있음 또 볼 터이지."

영감은 커다란 미투리(삼 껍질, 모시 따위로 짚신처럼 삼은 신)에 발을 끼며 말했다.

"아가, 잘 가거라."

옥화는 계연의 조그만 보따리에다 돈이 든 꽃주머니 하나를 정표로 넣어 주며 하직을 하였다.

계연은 애걸하듯 호소하듯 붉은 두 눈으로 한참 동안 옥화의 얼굴을 쳐다보고만 있었다.

"또 오너라."

옥화는 계연의 머리를 쓸어 주며 다만 이렇게 말하였고, 그러자 계연은 옥화의 가슴에다 얼굴을 묻으며 엉엉 소리를 내어 울기 시작하였다.

옥화가 그녀의 그 물결같이 흔들리는 둥그스름한 어깨를 쓸어 주며,

"그만 울어, 아버지가 저기 기다리고 계신다."

하는 음성도 이젠 아주 풀이 죽어 있었다.

"그럼 편히 계시요."

영감은 옥화에게 하직을 하였다.

"하라부지 거기 가 보시고 살기 여의찮거든 여기 와서 우리하고 같이 삽시다."

옥화는 또 한 번 이렇게 당부하는 것이었다.

"오빠, 편히 사시오."

계연은 이미 시뻘겋게 된 두 눈으로 성기의 마지막 시선을 찾으며 하직 인사를 했다.

성기는 계연의 이 말에 꿈을 깬 듯, 마루에서 벌떡 일어나, 계연의 앞으로 당황히 몇 걸음 어뜩어뜩 걸어오다가, 돌연히 다시 정신이 나는 듯 그 자리에 화석처럼 발이 굳어 버린 채, 한참 동안, 장승같이 계연의 얼굴만 멍하게 바라보고 있었다.

"오빠, 편히 사시오."

이렇게 두 번째 하직을 하는 순간까지도, 계연의 그 시뻘건 두 눈은 역시 성기의 얼굴에서 그 어떤 기적과도 같은 구원만을 기다리는 것이었고 그러나, 성기는 그 자리에 그냥 주저앉아 버릴 뻔하던 것을 겨우 버드나무 가지를 움켜잡을 수 있었을 뿐이었다.

계연의 시뻘겋게 상기된 얼굴은, 옥화와 그녀의 아버지가 지켜보고 있다는 것도 잊은 듯이 성기의 얼굴만 뚫어지게 바라보고 있었으나, 버드나무에 몸을 기대인 성기의 두 눈엔 다만 불꽃이 활활 타오를 뿐, 아무런 새로운 명령도 기적도 나타나지 않았다.

"오빠, 편히 사시오."

하고, 거의 울음이 다 된, 마지막 목소리를 남기고 돌아선 계연의 저만치 가고 있는 항라 적삼을, 고운 햇빛과 늘어진 버들가지와 산울림처럼 울려오는 뻐꾸기 울음 속에, 성기는 우두커니 지켜보고 있을 뿐이었다.

성기가 다시 자리에서 일어나게 된 것은 이듬해 우수, 경칩도 다 지나, 청명 무렵의 비가 질금거릴 즈음이었다. 주막 앞에 늘어선 버들가지는 다시 실같이 푸르러지고 살구, 복숭아, 진달래들이 골목 사이로 산기슭으로 울긋불긋 피고 지고 하는 날이었다.

아들의 미음상을 차려 들고 들어온 옥화는 성기가 미음 그릇을 비우는 것을 보자, 이렇게 물었다.

"아직도 너, 강원도 쪽으로 가 보고 싶냐?"

"……"

성기는 조용히 고개를 돌렸다.

"여기서 장가들어 나랑 같이 살겠냐?"

"……"

성기는 역시 고개를 돌렸다.

그해 아직 봄이 오기 전, 보는 사람마다 성기의 회춘을 거의 다 단념하곤 하였을 때, 옥화는 이왕 죽고 말 것이라면, 어미의 맘속이나 알고 가라고 그래, 그 체 장수 영감은, 서른여섯 해 전 남사당을 꾸며 와 이 '화개장터'에 하룻밤을 놀고 갔다는 자기의 아버지임에 틀림이 없었다는 것과, 계연은 그 왼쪽 귓바퀴 위의 사마귀로 보아 자기의 동생임이 분명하더라는 것을, 동정하노라면서, 자기의 왼쪽 귓바퀴 위의 같은 검정 사마귀까지를 그에게 보여 주었다.

"나도 처음부터 영감이 '서른여섯 해 전'이라고 했을 때 가슴이 섬뜩하긴 했다. 그렇지만 설마 했지, 그렇게 남의 간을 뒤집어 놀 줄이야 알았나. 하도 아슬아슬해서 이튿날 악양으로 가 명도까지 불러 봤더니 요것도 남의 속을 빤히 듸려다 보는 듯이 재줄대는구나, 차라리 망신을 했지."

옥화는 잠깐 말을 그쳤다. 성기는 두 눈에 불을 켜듯 한 형형한 광채를 띠고, 그 어머니의 얼굴을 쳐다보고 있었다.

"차라리 몰랐으면 또 모르지만 한번 알고 나서야 인륜이 있는듸 어찌겠냐."

그리고 부디 에미 야속타고나 생각지 말라고 옥화는 아들의 뼈만 남은 손을 눈물로 씻었다. 옥화의 이 마지막 하직같이 하는 통정 이야기에 의외로도 성기는 도로 힘을 얻은 모양이었다. 그 불타는 듯한 형형한 두 눈으로 천장을 한참 바라보고 있던 성기는 무슨 새로운 결심이나 하듯 입술을 지그시 깨물고 있었다.

아버지를 찾아 강원도 쪽으로 가 볼 생각도 없다. 집에서 장가들어 살림을 할 생각도 없다, 하는 아들에게, 그러나, 옥화는 이제 전과 같이 고지식한 미련을 두는 것도 아니었다.

"그럼 어쩔랴냐? 너 졸 대로 해라."

"……."

성기는 아무런 말도 없이 도로 자리에 드러누워 버렸다.

그러고 나서 한 달포나 넘어 지난 뒤였다.

성기가 좋아하는 여러 가지 산나물이 화갯골에서 연달아 자꾸 내려오는 이른 여름의 어느 장날 아침이었다. 두릅회에 막걸리 한 사발을 쭉 들이켜고 난 성기는 옥화더리,

"어머니 나 엿판 하나만 맞춰 주."

하였다.

"……."

옥화는 갑자기 무엇으로 머리를 얻어맞은 듯이 성기의 얼굴을 멍하니 바라보고 있었다.

그런지도 다시 한 보름이나 지나, 뻐꾸기는 또다시 산울림처럼 건드러지

게 울고, 늘어진 버들가지엔 햇빛이 젖어 흐르는 아침이었다. 새벽녘에 잠깐 가는 비가 지나가고, 날은 다시 유달리 맑게 개인 '화개장터' 삼거리 길 위에서, 성기는 그 어머니와 하직을 하고 있었다. 갈아입은 옥양목 고의적삼에, 명주 수건까지 머리에 질끈 동여매고 난 성기는, 새로 맞춘 새하얀 나무 엿판을 질빵 해서 느직하게 엉덩이 즈음에다 걸었다. 위 목판에는 새하얀 가락엿이 반 넘어 들어 있었고, 아래 목판에는 팔다 남은 이야기책 몇 권과 간단한 방물이 좀 들어 있었다.

그의 발 앞에는, 물과 함께 갈리어 길도 세 갈래로 나 있었으나, 화갯골 쪽엔 처음부터 등을 지고 있었고, 동남으로 난 길은 하동, 서남으로 난 길이 구례, 작년 이맘때도 지나 그녀가 울음 섞인 하직을 남기고 체 장수 영감과 함께 넘어간 산모퉁이 고갯길은 퍼붓는 햇빛 속에 지금도 하동 장터 위를 굽이돌아 구례 쪽을 향했으나, 성기는 한참 뒤 몸을 돌렸다. 그리하여 그의 발은 구례 쪽을 등지고 하동 쪽을 향해 천천히 옮겨졌다.

한 걸음, 한 걸음, 발을 옮겨 놓을수록 그의 마음은 한결 가벼워져, 멀리 버드나무 사이에서 그의 뒷모양을 바라보고 서 있을 어머니의 주막이 그의 시야에서 완전히 사라져 갈 무렵 하여서는, 육자배기 가락으로 제법 콧노래까지 흥얼거리며 가고 있는 것이었다.

등신불

✏ 작품 정리 --

> **작가:** 김동리(353쪽 '작가와 작품 세계' 참조)
> **갈래:** 구도 소설, 액자 소설
> **배경:** 시간 – 1940년대 태평양 전쟁 당시(액자 내부 – 당나라 때)
>   공간 – 양자강 유역의 사찰인 정원사
> **시점:** 1인칭 주인공 시점
> **주제:** 인간의 세속적 고뇌와 종교적 구원
> **출전:** 〈사상계〉(1961)

✏ 구성과 줄거리 --

도입 **'나'는 정원사를 찾은 연유를 밝힘**

'나'는 정원사의 등신불에 대해 보고 들은 그대로를 적으려 한다. '나'는 정원사라는 먼 이역의 고찰(古刹)을 찾게 된 연유부터 밝힌다.

발단 **학병인 '나'는 진기수 씨의 도움으로 탈출해 정원사에 도착함**

'나'는 스물세 살 때인 1943년 일본의 대정대학 재학 중에 학병으로 끌려왔으나 목숨을 건지기 위해 탈출을 결심한다. '나'는 대정대학 유학생 출신인 불교학자 진기수 씨를 찾아가서 도움을 청한다. 그가 적국의 옷을 입은 '나'를 믿지 않자, '나'는 오른손 식지를 깨물어 혈서를 쓴다. '나'는 절실한 마음으로 그에게 도움을 요청한다.

전개 **정원사의 금불각에 모셔진 등신불을 본 '나'는 충격을 받음**

경암 대사의 뒤를 따라 정원사에 도착한 '나'는 원혜 대사를 배알한다. 경암이 건넨 진기수 씨의 편지를 본 노승은 "불은이로다."라고 말한다. 원혜 대사의 시봉인 청운의 안내로 등신불(等身佛)을 접한 '나'는 전율과 충격에 휩싸인다. 그것은 불상이라고 할 수도 없는 초라하고 애절한 느낌의 결가부좌상이었다.

위기 청운의 이야기를 들은 '나'는 등신불에 대해 의문을 가짐

'나'는 청운으로부터 소신공양에 대한 이야기를 들었을 때 몸이 부르르 떨리지만 아무래도 석연치 못한 것을 느낀다. 소신공양으로 성불을 했다면 부처님이 되었어야 하는데, 고뇌와 비원이 서린 듯한 얼굴의 금불은 여전히 '나'를 의문스럽게 만든다.

절정 원혜 대사가 만적의 기록을 읽게 하고 그에 대한 이야기를 들려줌

그날 저녁 청운과 함께 원혜 대사에게 저녁 인사를 갔을 때 원혜 대사는 '나'에게 「만적선사소신성불기」를 읽으라고 한다. '나'가 기록을 읽고 나니 원혜 대사가 '나'를 불러 등신금불에 대한 이야기를 들려준다.

결말 원혜 대사는 소신공양과 '나'가 한 행위의 유사성을 은근히 암시

이야기를 마친 원혜 대사는 '나'에게 남경에서 진기수 씨에게 혈서를 바치느라 입으로 살을 물었던 오른손 식지를 들어 보라고 한다. 그러나 대사는 왜 손가락을 들어 보라고 했는지, 식지와 만적의 소신공양이 무슨 관계가 있는지, 더 이상 말이 없다.

✎ **생각해 볼 문제** -

1. 이 작품에서 '등신불'은 무엇을 상징하는가?

등신불은 사람의 크기 정도로 만든 불상을 뜻한다. 이 소설에서 만적은 앉은 채로 몸을 불살라 소신공양을 한다. 자세를 그대로 유지한 채 타다 굳은 만적의 몸에 금이 씌워져 '인간 불상'이 만들어진다. 인체에 금을 입힌 등신불은 자연과 초자연 간의 긴밀한 상관관계를 보여 준다. 이 작품은 불교를 소재로 하고 있지만 불교의 초월적 신앙이 아닌 실존적 인간 경험과 그 정신에 뿌리를 두고 있다. 인간이 자신의 의지와 상관없는 고통과 번뇌로부터 적극 벗어나려 한다는 점에서, 만적의 등신불은 '인간이란 불성과 인성을 동시에 지닌 존재'라는 점을 은연중에 보여 준다.

2. '나'가 등신불에 대해 충격을 받은 진짜 이유는 무엇인가?

'나'가 생각하는 불상의 모습은 세상의 번뇌에서 벗어나 해탈의 경지에 오른 거룩한 모습이었다. 그러나 등신불은 중생에게 자비를 베푸는 온화한 모습을 갖춘 부처님의 모습과는 달리 인간적 비원과 고뇌가 서린 일그러진

모습을 하고 있었다. 이 때문에 '나'는 큰 충격을 받는다. 슬픔과 번뇌가 가득한 등신불의 모습은 '나'의 내면 풍경과 일치하고 있다.

3. 원혜 대사가 '나'에게 식지를 들어 보라고 한 이유는 무엇인가?

'나'의 단지(斷指) 행위와 만적의 소신공양이 정신적으로 일치함을 암시한다. 불은(佛恩)은 그냥 주어지지 않고 치열한 삶의 결과로 얻어지는 것임을 넌지시 일깨우며, '나'로 하여금 그런 세계로 나아가기를 이심전심으로 전하려는 것이다. '나'는 자신의 살을 스스로 떼어 내는 희생을 치름으로써 죽음의 위기에서 벗어난다. '나'의 혈서는 만적의 소신공양과 대비되어 '자기 희생을 통한 구원'이라는 의미를 갖는다.

4. 만적이 소신공양을 할 때 그의 머리 위에 '보름달 같은 원광'이 씌워져 있었다는 말의 의미는 무엇인가?

만적이 자신의 육신을 불태울 때 갑자기 비가 쏟아졌지만 그가 가부좌를 하고 앉은 단 위에는 비가 내리지 않는다. 오히려 만적의 머리 위로 더 많은 연기가 피어오르기 시작했고, 그의 머리 위에는 '보름달 같은 원광'이 씌워진다. 이를 지켜본 사람들은 인간의 힘이 극단적인 죽음의 순간에 더 강력하게 발휘되고 있음을 알게 된다. 따라서 '원광'은 극한의 고통을 극복하는 힘을 상징한다.

나

청운

(등신불을 보여줌)

(신변 의탁)

(만적의 등신불 이야기)

원혜 대사

만적

등신불

난징에 주둔하는 일본군 학병이던 저(나)는 목숨을 건지기 위해 손가락을 물어뜯어 혈서를 썼어요. 정원사에 들어간 저는 청운의 안내로 등신불을 보았습니다. 등신불에는 번뇌와 비원이 담긴 듯했어요. 원혜 대사는 그 등신불에 얽힌 만적의 이야기를 해 주고는 제 손가락을 들어 보라고 했지요. 제 손가락과 만적의 소신공양이 어떤 관계가 있는 걸까요?

등신불

등신불(等身佛 사람의 크기와 같게 만든 불상)은 양자강(揚子江) 북쪽에 있는 정원사(淨願寺)의 금불각(金佛閣) 속에 안치되어 있는 불상의 이름이다. 등신금불(等身金佛) 또는 그냥 금불이라고도 불렀다.

그러니까 나는 이 등신불, 등신금불로 불리는 불상에 대해 보고 듣고 한 그대로를 여기다 적으려 하거니와, 그보다 먼저, 내가 어떻게 해서 그 정원사라는 먼 이역의 고찰(古刹)을 찾게 되었는지 그것부터 이야기해야겠다.

내가 일본의 대정 대학 재학 중에, 학병(태평양 전쟁)으로 끌려 나간 것은 일구사삼(1943)년 이른 여름, 내 나이 스물세 살 나던 때였다.

내가 소속된 부대는 북경(北京)서 서주(徐州)를 거쳐 남경(南京 난징. 중국 장쑤성의 성도)에 도착되었다. 그리하여 우리는 다른 부대가 당도할 때까지 거기서 머무르게 되었다. 처음에 주둔(駐屯)이라기보다 대기(待機)에 속하는 편이었으나 다음 부대의 도착이 예상보다 늦어지자 나중은 교체 부대(交替部隊)가 당도할 때까지 주둔군(駐屯軍)의 임무를 맡게 되었다.

그때 우리는 확실한 정보는 아니지만 대체로 인도지나(인도차이나)나 인도네시아 방면으로 가게 된다는 것을 어림으로 짐작하고 있었기 때문에, 하루라도 오래 남경에 머물면 머물수록 그만치 우리의 목숨이 더 연장되는 거와 같이 생각하고 있었다. 따라서 교체 부대가 하루라도 더 늦게 와 주었으면 하고 마음속으로 은근히 빌고 있는 편이기도 했다.

실상은 그냥 빌고 있는 심정만도 아니었다. 더 나아가서 이 기회에 기어이 나는 나의 목숨을 건져 내어야 한다고 결심했다. 나는 이런 기회를 위하여 미리 약간의 준비(조사)까지 해 두었던 것이다. 그것은 중국의 불교 학자로서 일본에 와 유학을 하고 돌아간—특히 대정대학 출신으로—사람들의 명단을 조사해 둔 일이 있었다. 나는 비장(秘藏)한 작은 쪽지에서 '남경 진기수(陳奇修)'란 이름을 발견했을 때, 야릇한 흥분으로 가슴이 두근거리며 머리 속까지 횅해지는 듯했다.

그러나 낯선 이역의 도시에서, 더구나 나 같은 일본군에 소속된 한국 출신 학병의 몸으로써, 그를 찾고 못 찾고 하는 일이 곧 내가 죽고 사는 판가름이라고 생각하지 않았던들, 또 내가 평소에 나의 책상머리에 언제나 걸어두고 바라보던 관세음보살님의 미소로써 나를 굽어보고 있는 것이라고 믿어지지 않았던들 그때의 그러한 용기와 지혜를 내 속에서 나는 자아내지 못했을는지 모른다.

나는 우리 부대가 앞으로 사흘 이내에 남경을 떠난다고 하는—그것도 확실한 정보가 아니고 누구의 입에선가 새어 나온 말이지만—조마조마한 고비에 정심원(靜心院 남경에 있는 중국인 불교 포교당)에 있는 포교사(布教師)를 통하여 진기수 씨가 남경 교외의 서공암(棲空庵)이라는 작은 암자에 독거(獨居)하고 있다는 것을 알게 되었다.

그날 내가 서공암에서 진기수 씨를 찾게 된 것은 땅거미가 질 무렵이었다. 나는 그를 보자 합장을 올리며 무수히 머리를 수그림으로써 나의 절박한 사정과 그에 대한 경의를 먼저 표한 뒤 솔직하게 나의 처지와 용건을 털어놓았다.

그러나 평생 처음 보는 타국 청년—그것도 적군의 군복을 입은—에게 그러한 협조를 쉽사리 약속해 줄 사람은 없었다. 그의 두 눈이 약간 찡그러지며 입에서는 곧 거절의 선고가 내릴 듯한 순간, 나는 미리 준비하고 갔던 흰 종이를 끄집어내어 내 앞에 폈다. 그러고는 바른편 손 식지(집게손가락) 끝을 스스로 물어서 살을 떼어 낸 다음 그 피로써 다음과 같이 썼다.

'願免殺生 歸依佛恩'(원면살생 귀의불은, 원컨대 살생을 면하게 하옵시며 부처님의 은혜 속에 귀의코자 하나이다).

나는 이 여덟 글자의 혈서를 두 손으로 받들어 그의 앞에 올린 뒤, 다시 합장을 했다.

이것을 본 진기수 씨는 분명히 얼굴빛이 달라졌다. 그것은 반드시 기쁜 빛이라 할 수는 없었으나 조금 전의 그 거절의 선고만은 가셔진 듯한 얼굴이었다.

잠깐 동안 침묵이 흐른 뒤, 진기수 씨는 나직한 목소리로 입을 열었다.

"나를 따라오게."

나는 곧 자리에서 일어나 그의 뒤를 따라갔다.

깊숙한 골방이었다.

진기수 씨는 나를 그 컴컴한 골방 속에 들여보내고 자기는 문을 닫고 도로 나가 버렸다. 조금 뒤 그는 법의(法衣 승려가 입는 가사나 장삼 따위의 옷) 한 벌을 가져와 방 안으로 디밀며,

"이걸로 갈아입게."

하고 또다시 문을 닫고 나갔다.

나는 한숨이 터져 나왔다. 이제야 사는가 보다 하는 생각이 나의 가슴속을 후끈하게 적셔 주는 듯했다. 내가 옷을 갈아입고 났을 때, 이번에는 또 간소한 저녁상이 디밀어졌다.

나는 말없이 디밀어진 저녁상을 또한 그렇게 말없이 받아서 지체 없이 다 먹어 치웠다.

내가 빈 그릇을 문밖으로 내어놓자 밖에서 기다리고나 있었던 듯 이내 진기수 씨가 어떤 늙은 중 하나를 데리고 들어왔다.

"이분을 따라가게. 소개장은 이분에게 맡겼어. 큰절(本刹)의 내법사 스님한테 가는……"

"……."

나는 무조건 네, 네, 하며 곧장 머리를 끄덕일 뿐이었다. 나를 살려 주려는 사람에게 무조건 나를 맡길 수밖에 없었던 것이다.

"길은 일본 병정들이 알지도 못하는 산속 지름길이야. 한 백 리 남짓 되지만 오늘이 스무 하루니까 밤중 되면 달빛도 좀 있을 게구…… 그럼…… 불연(佛緣) 깊기를…… 나무관세음보살."

그는 나를 향해 합장을 하며 머리를 수그렸다.

"……."

나는 목이 콱 메여 옴을 깨달았다. 눈물이 핑 돈 채 나도 그를 향해 잠자코 합장을 올렸다.

어둡고 험한 산길을 경암(鏡岩)—나를 데리고 가는 늙은 중—은 거침없이 걸었다. 아무리 발에 익은 길이라 하지만 군데군데 나뭇가지가 걸리고 바닥이 파이고 돌이 솟고 게다가 굽이굽이 간수(澗水 골짜기에서 흐르는 물)가 가로지른 초망(草莽 풀숲) 속의 지름길을 칠흑 같은 어둠 속에서 어쩌면 그렇게도 잘 뚫고 나가는지 그저 신기하기만 했다. 내가 믿는 것은 젊음 하나뿐이련만 그는 이십 리나 삼십 리를 걸어도 힘에 부치어 쉬자고 할 기색은 보이지 않았다.

나는 쉴 새 없이 손으로 이마의 땀을 씻어 가며 그의 뒤를 따랐으나 한참씩 가다 보면 어느덧 그를 어둠 속에 잃어버리곤 했다. 나는 몇 번이나 나뭇가지에 얼굴이 긁히고, 돌에 차여 무릎을 깨고 하며 "대사……", "대사……" 그를 불러야만 했다. 그럴 때마다 경암은 혼잣말로 낮게 중얼거리며 나를 기다려 주는 것이나, 내가 가까이 가면 또 아무 말도 없이 그냥 획 돌아서서 걸음을 옮겨 놓기 시작하는 것이다.

밤중도 훨씬 넘어 조각달이 수풀 사이로 비쳐 들면서 나는 비로소 생기를 얻기 시작했다. 이제부터는 경암이 제아무리 앞에서 달린다 하더라도 두 번 다시 그를 놓치지는 않으리라 맘속으로 다짐했다.

이렇게 정세가 바뀌어졌음을 그도 느끼는지 내가 그의 곁으로 다가서자 그는 나를 흘낏 돌아다보더니, 한쪽 팔을 들어 먼 데를 가리키며 반원을 그어 보이고는 이백 리라고 했다. 이렇게 지름길을 가지 않고 좋은 길로 돌아가면 이백 리 길이라는 뜻인 듯했다.

나는 한마디 얻어들은 중국말로 "쎄 쎄." 하고 장단을 맞추며 고개를 끄덕여 보이곤 했다.

우리가 정원사 산문 앞에 닿았을 때는 이튿날 늦은 아침 녘이었다. 경암은 푸른 수풀 속에 거뭇거뭇 보이는 높은 기와집들을 손가락질로 가리키며 자랑스러운 얼굴로 무어라고 중얼거렸다. 나는 또 고개를 끄덕이며 "하오! 하오!"를 되풀이했다.

산문을 지나 정문을 들어서니 산 무더기 같은 큰 다락이 정면에 버티고 섰다. 현판을 쳐다보니 태허루(太虛樓)라 씌어 있었다.

태허루 곁을 돌아 안마당 어귀에 들어서니 정면 한가운데 높직이 앉아 있는 가장 웅장한 건물이 법당이라고는 짐작이 가나 그 양옆으로 첩첩이 가로세로 혹은 길쭉하게 눕고, 혹은 높다랗게 서고 혹은 둥실하게 앉은 무수한 집들이 모두 무슨 이름에 어떠한 구실을 하는 것들인지 첫눈엔 그저 황홀하고 얼떨떨할 뿐이었다.

경암은 나를 데리고, 그 첩첩이 둘러앉은 집들 사이를 한참 돌더니 청정실(淸淨室)이란 조그만 현판이 붙은 조용한 집 앞에 와서 기척을 했다. 방문이 열리더니 한 스무 살이나 될락 말락한 젊은 중이 얼굴을 내밀며 알은체를 한다. 둘이서(젊은이는 방문 앞에 서고 경암은 뜰아래 선 채) 한참 동안 말을 주고받고 한 끝에 경암이 나를 데리고 집 안으로 들어갔다.

방 안에는 머리가 하얗게 세고 키가 성큼하게 커 뵈는 노승이 미소 띤 얼굴로 경암과 나를 맞아 주었다. 나는 말이 통하지 않으므로 노승 앞에 발을 모으고 서서 정중히 합장을 올렸다. 어저께 진기수 씨 앞에서 연거푸 머리를 수그리던 것과는 달리 이번에는 한 번만 정중하게 머리를 수그려 절을 했던 것이다.

　노승은 미소 띤 얼굴로 고개를 끄덕이며 나에게 자리를 가리킨 뒤 경암이 내어 드린 진기수 씨의 편지를 펴 보았다.

　"불은(佛恩)이로다."

　편지를 읽고 난 노승은 이렇게 말했다(그것도 그때는 알아듣지 못했지만 나중에 가서 알고 보니 그랬다. 그리고 이것도 나중에야 알게 된 일이지만 이 노승이 두어 해 전까지 이 절의 주지를 지낸 원혜 대사(圓慧大師)로 진기수 씨가 말한 자기의 법사(法師) 스님이란 곧 이분이었던 것이다).

　그날 저녁 나는 원혜 대사의 주선으로 그가 거처하고 있는 청정실 바로 곁의 조그만 방 한 칸을 혼자서 쓸 수 있게 되었다.

　나를 그 방으로 인도해 준 젊은이—원혜 대사의 시봉(侍奉 모셔 받듦)—는,

　"저와 이웃이죠."

　희고 넓적한 이를 드러내 보이며 빙긋이 웃었다. 그리고 자기 이름을 청운(淸雲)이라 부른다고 했다.

　나는 방 한 칸을 따로 쓰고 있었지만 결코 방 안에 들어앉아 게으름을 피우지는 않았다. 나를 죽을 고비에서 건져 준 진기수 씨—그의 법명(法名)은 혜운(慧雲)이었다—나 원혜 대사의 은덕을 생각해서라도 나는 결코 남의 입길에 오르내릴 짓을 해서는 안 되리라고 결심했다.

　나는 아침 일찍이 일어나 세수를 하고, 예불을 끝내면 청운과 함께 청정실 안팎과 앞뒤의 복도와 뜰을 먼지 티끌 하나 없이 쓸고 닦았다.

　뿐만 아니라, 다른 스님들을 따라 산에 가 약도 캐고 식량 준비도 거들었다(이 절에서도 전쟁 관계로 식량이 딸렸으므로 산중의 스님들은 여름부터 식용이 될 만한 풀잎과 나무뿌리 같은 것들을 캐러 산으로 가곤 했었다).

　일을 마치고 돌아오면 손발을 깨끗이 씻고 내 방에 꿇어 앉아 불경을 읽거나 그렇지 않으면 청운에게 중국어를 배웠다(이것은 나의 열성에다 청운의 호의가 곁들어서 그런지 의외로 빨리 진척이 되어 사흘 만에 이미 간단

한 말로—물론 몇 마디씩이지만—대화하는 흉내까지 낼 수 있게 되었다).

아무리 방에 혼자 있을 때라도 취침 시간 이외엔 방 안에 번듯이 드러눕지 않도록 내 자신과 씨름을 했다. 그렇게 버릇을 들이지 않으려고 나는 몇 번이나 내 자신에게 다짐을 놓았는지 모른다. 졸음이 와서 정 견디기가 어려울 때는 밖으로 나와 어정대며 바람을 쐬곤 했다.

처음엔 이렇게 막연히 어정대며 바람을 쐬던 것이 얼마 가지 않아 나는 어정대지 않게 되었다. 으레 가는 곳이 정해지게 되었다. 그것은 저 금불각(金佛閣)이었던 것이다.

여기서도 물론 나는 법당 구경을 먼저 했다. 본존(本尊)을 모셔 둔 곳이니만큼 그 절의 풍도나 품격을 가장 대표적으로 보여 주는 곳이라는 까닭으로서보다도 절 구경은 으레 법당이 중심이라는 종래의 습관 때문이라고 하는 편이 옳았는지 모른다. 그러나 내가 법당에서 얻은 감명은 우리나라의 큰 절이나 일본의 그것에 견주어 그렇게 자별(自別: 본디부터 남다르고 특별함)하다고 할 것이 없었다. 기둥이 더 굵대야 그저 그렇고, 불상이 더 크대야 놀랄 정도는 아니요, 그 밖에 채색이나 조각에 있어서도 한국이나 일본의 그것에 비하여 더 정교한 편은 아닌 듯했다. 다만 정면 한가운데 높직이 모셔져 있는 세 위(位)의 불상(훌륭히 도금을 입힌)을 그대로 살아 있는 사람으로 간주하고 힘겨룸을 시켜 본다면 한국이나 일본의 그것보다 더 놀라운 힘을 쓸 수 있지 않을까 하는 생각이었다. 그러니까 나로서는 어디까지나 '살아 있는 사람으로 간주하고 힘겨룸을 시켜 본다면' 하는 가정에서 말한 것이지만, 그네의 눈으로써 보면 자기네의 부처님(불상)이 그만큼 더 거룩하게만 보일는지 모를 일이었다. 더 쉽게 말하자면 내가 위에서 말한 더 놀라운 힘이란 체력을 뜻하는 것이지만 그들의 눈에는 그것이 어떤 거룩한 법력이나 도력으로 비칠는지도 모른다는 것이었다.

그리고 내가 특히 이런 생각을 더하게 된 것은 금불을 구경한 뒤였다. 금불각 속에 모셔져 있는 등신불(등신금불)을 보고 받은 깊은 감명이 그 절의 모든 것을, 특히 법당에 모셔져 있는 세 위의 큰 불상을, 거룩하게 느끼게 하는 어떤 압력 같은 것이 되어 나타났다고나 할까.

물론 나는 청운이나 원혜 대사로부터 금불각에 대하여 미리 들은 바는 없었지만 금불각이 앉은 자리라든가 그 집 구조로 보아서 약간 특이한 느낌이 그 안의 불상(등신불)을 구경하기 전에 이미 들지 않았던 것은 아니다. 그것은 무엇보다도 법상 뒤꼍에서 길 반가량 높이의 돌계단을 올라가서, 거기서부터 약 오륙십 미터 거리의 석대(石臺)가 구축되고 그 석대가 곧 금불각에 이르는 길이 되어 있기 때문인지도 몰랐다. 더구나 그 석대가 똑같은 크기의 넓적넓적한 네모 잽이 돌로 쌓아져 있는데 돌 위엔 보기 좋게 거뭇거뭇한 돌옷이 입혀져 있었던 것이다. 말하자면 법당 뒤꼍의 동북쪽 언덕을 보기 좋은 돌로 평평하게 쌓아서 석대를 만들고 그 위에 금불각을 세워 놓은 것이다. 게다가 추녀와 현판을 모두 돌아가며 도금을 입히고 네 벽에 새긴 조상(彫像 조각상)과 그림에 도금을 많이 써서 그야말로 밖에서는 보는 건물 그 자체부터 금빛이 현란했다.

나는 본디 비단이나, 종이나, 나무나, 쇠붙이 따위에 올린 금물이나 금박 같은 것을 왠지 거북해하는 성미라 금불각에 입혀져 있는 금빛에도 그러한 경계심(警戒心)과 반감 같은 것을 품고 대했지만, 하여간 이렇게 석대를 쌓고 금칠을 하고 할 때는 그네들로서 무엇인가 아끼고 위하는 마음의 표시를 하느라고 한 짓임에 틀림없을 것이라고 보지 않을 수 없다.

그러면서도 나는 그 아끼고 위하는 것이 보나마나 대단한 것은 아니리라고 혼자 속으로 미리 단정을 내리고 있었다. 나의 과거 경험으로 본다면 이런 것은 대개 어느 대왕이나 황제의 갸륵한 뜻으로 순금을 많이 넣어서 주조(鑄造)한 불상이라든가 또는 어느 천자가 어느 황후의 명복을 빌기 위해서 친히 불사를 일으킨 연유의 불상이라든가 하는 따위—대왕이나 황제의 권리를 보여 주기 위한 금빛이 십상이었기 때문이었다.

나의 이러한 생각은 그들이 이 금불각의 권위를 높이기 위하여 좀처럼 문을 열어 주지 않는 것을 보고 더욱 굳어졌다. 적어도 은화(銀貨) 다섯 냥 이상의 새전(賽錢 신령이나 부처 앞에 돈을 바침. 또는 그 돈)이 아니면 문을 여는 법이 없다는 것이다. 그렇지 않으면 어느 선남선녀의 큰 불공이 있을 때라야만 한다는 것이다. 그리고 이때—큰 불공이 있을—에도 본사 승려 이외에 금불각을 참례(參禮 예식이나 제사 등에 참여함)하는 자는 또 따로 새전을 내야 한다는 것이다.

그렇다면 더구나 신도들의 새전을 긁어모으기 위한 술책으로 좁쌀만한 언턱거리(남에게 무턱대고 억지로 떼를 쓸 만한 핑계. 또는 사단을 만들 거리)를 가지고 연극을 꾸미고 있는 것임에 틀림이 없으리라고 나는 아주 단정을 하고 도로 내 방으로 돌아왔다가 그때 마침 청운이 중국어를 가르쳐 주려고 왔기에,

"저 금불각이란 게 뭐지?"

아무것도 아닌 것처럼 물어보았다.

"왜요?"

청운이 빙긋이 웃으며 도로 물었다.

"구경 갔더니 문을 안 열어 주던데……."

"지금 같이 가 볼까요?"

"무어, 담에 보지."

"담에라도 그럴 거예요, 이왕 맘 난 김에 가 보시구려."

청운이 은근히 권하는 빛이기도 해서 나는 그렇다면 하고 그를 따라 나갔다.

이번에는 청운이 숫제 금불각을 담당한 노승에게서 쇳대(열쇠)를 빌려 와서 손수 문을 열어 주었다. 그리고 문 앞에 선 채 그도 합장을 올렸다.

나는 그가 문을 여는 순간부터 미묘한 충격에 사로잡힌 채 그가 합장을 올릴 때도 그냥 멍하니 불상만 바라보고 서 있었다. 우선 내가 예상한 대로 좀 두텁게 도금을 입힌 불상임에는 틀림이 없었다. 그러나 그것은 전혀 내가 미리 예상했던 그러한 어떤 불상이 아니었다. 머리 위에 향로를 이고 두 손을 합장한, 고개와 등이 앞으로 좀 수그러진, 입도 조금 헤벌어진, 그것은 불상이라고 할 수도 없는, 형편없이 초라한, 그러면서도 무언지 보는 사람의 가슴을 쥐어짜는 듯한, 사무치게 애절한 느낌을 주는 등신대(等身大 사람의 크기와 같은 크기)의 결가부좌상(結跏趺坐像 완전히 책상다리를 하고 앉는 가부좌상)이었다. 그렇게 정연하고 단아하게 석대를 쌓고 추녀와 현판에 금물을 입힌 금불각 속에 안치되어 있음 직한 아름답고 거룩하고 존엄성 있는 그러한 불상과는 하늘과 땅 사이라고나 할까, 너무도 거리가 먼, 어이가 없는, 허리도 제대로 펴고 앉지 못한, 머리 위에 조그만 향로를 얹은 채 우는 듯한, 웃는 듯한, 찡그린 듯한, 오뇌(懊惱 뉘우쳐 한탄하고 번뇌함)와 비원(悲願 불·보살의 자비심에서 우러난 중생·구제의 소원)이 서린 듯한, 그러면서도 무어라고 형언할 수 없는 슬픔이랄까 아픔 같은 것이 보는 사람의 가슴을 콱 움켜잡는 듯한, 일찍이 본 적도 상상한 적도 없는 그러한 어떤 가부좌상이었다.

내가 그것을 바라보는 순간부터 나는 미묘한 충격에 사로잡히게 되었다고 말했지만 그러나 그 미묘한 충격을 나는 어떠한 말로써도 설명할 길이 없다. 다만 나는 그것을 바라보고 있는 동안 처음 보았을 때 받은 그 경악과 충격이 점점 더 전율과 공포로 화하여 나를 후려갈기는 듯한 어지러움에 휩싸일 뿐이었다고나 할까. 곁에 있던 청운이 나의 얼굴을 들여다보았을 때도 나는 손끝 하나 까딱하지 못하며 정강마루(정강뼈 앞 가죽에 마루가 진 곳)와 아래 턱을 그냥 덜덜덜 떨고 있을 뿐이었다.

'저건 부처님이 아니다! 불상도 아니야!'

나는 내 자신도 모르는 사이에 이렇게 목이 터지도록 소리를 지르고 싶었으나 나의 목구멍은 얼어붙은 듯 아무런 말도 새어 나지 않았다.

이튿날 새벽 예불을 마치고 내가 청운과 더불어 원혜 대사에게 아침 인사를 드리러 갔을 때 스님은,

"어저께 금불각 구경을 갔었니?" 물었다.

내가 겁에 질린 얼굴로 참배했었다고 대답하자 스님은 꽤 만족한 얼굴로,

"불은이로다."

했다.

나는 맘속으로 그건 부처님이 아니었어요, 부처님의 상호가 아니었어요, 하고 소리를 지르고 싶은 충동을 깨달았으나 굳이 입을 닫치고 참을 수밖에 없었다.

이때 스님(원혜 대사)은 내 맘속을 헤아리는 듯,

"그래 어느 부처님이 제일 맘에 들더냐?" 물었다.

나는 실상 그 등신불에 질리어 그 곁에 모신 다른 불상들은 거의 살펴보지도 못했던 것이다.

"다른 부처님은 미처 보지도 못했어요. 가운데 모신 부, 부처님이 어떻게 나 무, 무서운지……."

나는 또 아래턱이 덜덜덜 떨리어 말을 이을 수 없었다.

원혜 대사는 말없이 나의 얼굴(아래턱이 덜덜덜 떨리는)을 가만히 건너다보고만 있었다. 그러자 나는 지금 금방 내 입으로 부처님이라고 말한 것이 생각났다. 왜 그런지 그렇게 말해서는 안 될 것을 말한 듯한 야릇한 반발이 내 속에서 폭발되었다.

"그렇지만…… 아니었어요……. 부처님의 상호(相好 부처의 몸에 갖추어진 훌륭한 용모와 형상) 같지 않았어요."

나는 전신의 힘을 다하여 겨우 이렇게 말해 버렸다.

"왜, 머리에 얹은 것이 화관이 아니고 향로라서 그러니? ……그렇지, 그건 향로야."

원혜 대사는 조금도 나를 꾸짖는 빛이 아니었다. 오히려 나의 그러한 불만에 구미가 당기는 듯한 얼굴이었다.

"……."

나는 잠자코 원혜 대사의 얼굴을 쳐다보고 있었다. 곁에 있던 청운이 두어 번이나 나에게 눈짓을 했을 만큼 나의 두 눈은 스님을 쏘아보듯이 빛나고 있었다.

"자네 말대로 하면 부처님이 아니고 나한(羅漢 아라한. 소승 불교의 수행자 가운데서 가장 높은 경지에 오른 이)님이란 말인가. 그렇지만 나한님도 머리 위에 향로를 쓴 분은 없잖아. 오백나한(伍百羅漢) 중에도……."

나는 역시 입을 닫친 채 호기심에 가득 찬 눈으로 스님의 얼굴을 쳐다볼 뿐이었다.

그러나 원혜 대사는 더 자세한 이야기를 들려주지 않았다.

"그렇지, 본래는 부처님이 아니야. 모두가 부처님이라고 부르게 됐어. 본래는 이 절 스님인데 성불(成佛 모든 번뇌를 해탈해 불과(佛果)를 얻음)을 했으니까 부처님이라고 부른 게지. 자네도 마찬가지야."

스님은 말을 마치고 가만히 두 손을 모아 합장을 한다.

나도 머리를 숙이며 합장을 올리고 자리에서 일어났다.

그날 아침 공양을 마치고 청정실로 건너올 때 청운은 나에게 턱으로 금불각 쪽을 가리키며

"나도 첨엔 이상했어, 그렇지만 이 절에선 영검(사람의 기원(祈願)에 대한 신불의 영묘(靈妙)한 감응)이 제일 많은 부처님이라오."

"영검이라고?"

나는 이렇게 물었지만 실상은 청운이 서슴지 않고 부처님이라고 부르는 말에 더욱 놀랐던 것이다. 조금 전에도 원혜 대사로부터 '모두가 부처님이라고 부르게 됐다'는 말을 듣긴 했지만 그때까지의 나의 머릿속에 박혀 있는 습관화된 개념으로써는 도저히 부처님과 스님을 혼동할 수 없었던 것이다.

"그럼, 그래서 그렇게 새전이 많다오."

청운의 대답이었다. 그는 계속해서 들려주었다.

—스님의 이름은 잘 모른다. 당(唐)나라 때다. 일천수백 년 전이라고 한다. 소신공양(燒身供養 자기 몸을 불살라 부처 앞에 바침)으로 성불을 했다. 공양을 드리고 있을 때 여러 가지 신이(神異 신기하고 이상한 일)가 일어났다. 이것을 보고 들은 수많은 사람들이 구름같이 모여들어서 아낌없이 새전과 불공을 드렸는데 그들 가운데 영검을 보지 못한 사람은 하나도 없다. 그 뒤에도 계속해서 영검이 있었다. 지금까지 여기 금불각(등신금불)에 빌어서 아이를 낳고 병을 고치고 한 사람의 수효는 수천수만을 헤아린다. 그 밖에도 소원을 성취한 사람은 이루 다 헤아릴 수가 없다—.

나도 청운에게서 소신공양이란 말을 들었을 때 몸이 부르르 떨렸다.

"그러면 그럴 테지……."

나는 무슨 뜻인지 이렇게 중얼거렸다. 그리고 잇달아 눈을 감고 합장을 올렸다. 나무아미타불, 나무아미타불! 나의 입에서는 나도 모르게 염불이 흘러나왔다.

아아, 그 고뇌! 그 비원! 나의 감은 두 눈에서는 눈물이 번져 나왔다. 나무아미타불, 나무아미타불! 나는 발작과도 같이 곧장 염불을 외었다.

"나도 처음 보았을 때는 가슴이 뭉클했다오. 그 뒤에 여러 번 보고 나니까 차츰 심상해지더군요."

청운은 빙긋이 웃으며 나를 위로하듯이 말했다.

그것은 그렇다 하더라도 나에게는 아무래도 석연치 못한 것이 있다—.

소신공양으로 성불을 했다면 부처님이 되었어야 하지 않는가. 부처님이 되었다면 지금까지 모든 불상에서 보아 온 바와 같은 거룩하고 원만하고 평화스러운 상호는 아니라 할지라도 그에 가까운 부처님다움은 있어야 하지 않을까. 거룩하고 부드럽고 평화스러운 맛은 지녔어야 하지 않겠는가. 그러나 금불각의 가부좌상은 어디까지나 인간을 벗어나지 못한 고뇌와 비원이 서린 듯한 얼굴이 아니던가. 그럼에도 불구하고 과거의 어떠한 대각(大覺 도를 닦아 크게 깨달음. 또는 그 사람)보다도 그렇게 영검이 많다는 것은 무슨 까닭인가.

나의 머릿속에서는 잠시도 이러한 의문들이 가셔지지 않았다. 더구나 청운에게서 소신공양으로 성불했다는 이야기를 들은 뒤부터는 금불이 아닌 새까만 숯덩이가 곧잘 눈에 삼삼거려 배길 수 없었다.

사흘 뒤에 나는 다시 금불을 찾았다. 사흘 전에 받은 충격이 어쩌면 나의 병적인 환상의 소치가 아닐까 하는 마음과, 또 청운의 말대로 '여러 번' 봐서 '심상해'진다면 나의 가슴에 사무친 '오뇌와 비원'의 촉수(觸手)도 다소 무디어지리라는 생각에서이다.

문이 열리자, 나는 그날 청운이 하던 대로 이내 머리를 수그리며 합장을 올렸다. 입으로는 쉴 새 없이 나무아미타불을 부르며—눈까풀과 속눈썹이 바르르 떨리며 나의 눈이 열렸을 때 금불은 사흘 전의 그 모양 그대로 향로를 이고 앉아 있었다. 거룩하고 원만한 것의 상징인 듯한 부처님의 상호와는 너무나 거리가 먼, 우는 듯한, 웃는 듯한, 찡그린 듯한, 오뇌와 비원이 서린 듯한, 가부좌상임에는 변함이 없었으나, 그 무어라고 형언할 수 없는 슬픔이랄까 아픔 같은 것이 전날처럼 송두리째 나의 가슴을 움켜잡는 듯한 전율에 휩쓸리지는 않았다. 나의 가슴은 이미 그러한 '슬픔이랄까 아픔 같은 것'으로 메워져 있었고 또, 그에게서 '거룩하고 원만한 것의 상징인 부처님의 상호'를 기대하는 마음은 가셔져 있었기 때문인지도 몰랐다.

나는 다시 눈을 감고 합장을 올리며 입술이 바르르 떨리듯 오랫동안 아미타불을 부른 뒤 그 앞에서 물러났다.

그날 저녁 예불을 마치고 청운과 더불어 원혜 대사에게 저녁 인사(자리에 들기 전의)를 갔을 때 스님은 나를 보고,

"너 금불을 보고 나서 괴로워하는구나?" 했다.

나는 고개를 수그린 채 입을 열지 못하고 있었다.

"그럼, 너 금불각에 있는 그 불상의 기록을 봤느냐?"

스님이 또 물으시기에 내가 못 봤다고 했더니, 그러면 기록을 한번 보라고 했다.

이튿날 내가 청운과 더불어 아침 인사를 드릴 때 원혜 대사는, 자기가 금불각에 일러두었으니 가서 기록을 청해서 보고 오라고 했다.

나는 스님께 합장하고 물러나와 곧 금불각으로 올라갔다. 금불각의 노승이 돌함(石函)에서 내준 폭이 한 뼘 남짓, 길이가 두 뼘 가량 되는 책자를 받아 들었을 때 향기가 코를 찌르는 듯했다(벌레를 막기 위한 향료인 듯). 두터운 표지 위에는 금 글씨로 '만적선사소신성불기(萬寂禪師燒身成佛記)'라 씌어 있고, 책 모서리에는 금물이 먹어져 있었다.

표지를 젖히자 지면은 모두 잿빛 바탕(물감을 먹인 듯)이요, 그 위에 사

연은 금 글씨로 다음과 같이 씌어져 있었다.

萬寂法名俗名曰耆姓曹氏也金陵出生父未詳母張氏改嫁謝公仇之家仇
有一子名曰信年似與耆名十有餘歲一日母給食干二兒祕置以毒信之食
耆偶窺之而按是母貪謝家之財爲我故謀害前室之子以如此耆不堪悲懷
乃自欲將取信之食母見之驚而失色奪之曰是非汝之食也何取信之食也
信與耆默而不答數日後信去自家行蹟渺然耆曰信已去家我必携信然後
歸家卽以隱身而爲僧改稱萬寂以此爲法名住於金陵法林院後移淨願寺
無風庵修法干海覺禪師寂二十四歲之春曰我生非大覺之材不如供養吳
身以報佛恩乃燒身而供養佛前時忽降雨沛然不犯寂之燒身寂光漸明忽
懸圓光以如月輪會衆見之而震感佛恩癒身病衆曰是焚之法力所致競擲
私財賽錢多積以賽鍍金寂之燒身拜之爲佛然後奉置干金佛閣時唐中宗
十六年聖曆二年三月朔日

만적은 법명이요, 속명은 기, 성은 조씨다. 금릉서 났지만 아버지가 어떤 이
인지는 잘 모른다. 어머니 장씨는 사구(謝仇)라는 사람에게 개가를 했는데 사구
에게 한 아들이 있어 이름을 신이라 했다. 나이는 기와 같은 또래로 모두가 여
남은 살씩 되었다. 하루는 어미(장씨)가 두 아이에게 밥을 주는데 가만히 독약
을 신의 밥에 감추었다. 기가 우연히 이것을 엿보게 되었는데 혼자 생각하기를
이는 어머니가 나를 위하여 사씨 집의 재산을 탐냄으로써 전실(前室 남의 전처를 높여
이름) 자식인 신을 없애려고 하는 짓이라 하였다. 기가 슬픈 맘을 참지 못하여 스
스로 신의 밥을 제가 먹으려 할 때 어머니가 보고 크게 놀라 질색을 하며 그것
을 뺏고 말하기를, 이것은 너의 밥이 아니다. 어째서 신의 밥을 먹느냐 했다. 신
과 기는 아무도 대답하지 않았다. 며칠 뒤 신이 자기 집을 떠나서 자취를 감춰
버렸다. 기가 말하기를 신이 이미 집을 나갔으니 내가 반드시 찾아 데리고 돌아
오리라 하고 곧 몸을 감추어 중이 되고 이름을 만적이라 고쳤다. 처음에는 금릉
에 있는 법림원에 있다가 나중은 정원사 무풍암으로 옮겨서, 거기서 해각 선사
에게 법을 배웠다. 만적이 스물네 살 되던 해 봄에, 나는 본래 도(道)를 크게 깨칠
인재가 못 되니 내 몸을 이냥 공양하여 부처님의 은혜에 보답함과 같지 못하다
하고 몸을 태워 부처님 앞에 바치는데, 그때 마침 비가 쏟아졌으나 만적의 타는
몸을 적시지 못할 뿐 아니라, 점점 더 불빛이 환하더니, 홀연히 보름달 같은 원
광(圓光 둥글게 빛나는 빛. 후광)이 비치었다. 모인 사람들이 이것을 보고 크게 불은을 느

끼고 모두가 제 몸의 병을 고치니 무리들이 말하기를, 이는 만적의 법력 소치라 하고 다투어 사재를 던져 새전이 많이 쌓여졌다. 새전으로써 만적의 탄 몸에 금을 입히고 절하여 부처님이라 하였다. 그 뒤 금불각에 모시니 때는 당나라 중종 십육년 성력(연호) 이년 삼월 초하루다.

내가 이 기록을 다 읽고 나서 청정실로 돌아가니 원혜 대사가 나를 불렀다.

"기록을 보고 나니 괴롭이 덜하냐?"

스님이 물었다.

"처음같이 무섭지는 않았습니다마는 그 괴롭고 슬픈 빛은 가셔지지 않았습니다."

내가 대답하자, 스님은 고개를 끄덕이며,

"당연한 일이야, 기록이 너무 간략하고 섬소(纖疏 체격이나 구조가 가냘프고 어설픔)해서……."

했다. 그것이 자기는 그보다 훨씬 많은 것을 알고 있는 듯한 말씨였다.

"그렇지만 천이백 년도 넘는 옛날 일인데 기록 이외에 다른 일을 어떻게 알겠습니까?"

또 내가 물었다.

이에 대하여 원혜 대사는 전해 내려오는 이야기가 있는데 산(절)에서는 그것을 함부로 이야기하지 않는 것으로 알고 있으며, 그러니까 그만치 금불각의 등신불에 대해서는 모두들 그 영검을 두려워하고 있는 셈이라고 정색을 하고 말했다.

원혜 대사가 나에게 들려준 이야기는 다음과 같다. 이것은 물론 천이백 년 간 등신금불에 대하여 절에서 내려오는 이야기를 원혜 대사가 정리해서 간단히 한 이야기이다.

―만적이 중이 되기까지의 이야기는 대개 기록과 같다. 그러나 그가 자기 몸을 불살라서 부처님께 공양을 올린 동기에 대해서는 전해 오는 다른 이야기가 몇 있다. 그것을 차례로 쫓아 이야기하면 다음과 같다.

만적이 처음 금릉 법림원에서 중이 되었는데 그때 그를 거두어 준 스님에 취뢰(吹賴)라는 중이 있었다. 그 절의 공양을 맡아 있는 공양주(供養主 절에서 밥 짓는 사람)

스님이었다. 만적은 취뢰 스님의 상좌(上佐 사승(師僧)의 대를 이을 여러 승려 가운데 가장 높은 사람)로 있으면서 불법을 배우기 시작했다. 그러니까 취뢰 스님이 그에 대한 일체를 돌보아 준 것이다.

만적이 열여덟 살 때—그러니까 그가 법림원에 들어온 지 오년 뒤—취뢰 스님이 열반(涅槃 모든 번뇌에서 벗어난, 영원한 진리를 깨달은 경지. 주로 덕이 높은 승려의 죽음. 입적(入寂)) 하시게 되자 만적은 스님(취뢰)의 은공을 갚기 위하여 자기 몸을 불전에 헌신할 결의를 했다.

만적이 그 뜻을 법사(법림원의) 운봉 선사(雲峰禪師)에게 아뢰자 운봉 선사는 만적의 그릇(器) 됨을 보고 더 수도를 계속하도록 타이르며 사신(捨身 불사나 불도를 위해 목숨을 버림)을 허락지 않았다.

만적이 정원사의 무풍암에 해각 선사를 찾았다는 것도 운봉 선사의 알선에 의한 것이다. 그가 해각 선사 밑에서 지낸 오 년간의 수도 생활이란 뼈를 깎고 살을 가는 정진(精進 정력을 다해 나아감. 몸을 깨끗이 하고 마음을 가다듬음)이었으나 법력의 경지는 짐작할 길이 없다.

만적이 스물세 살 나던 해 겨울에 금릉 방면으로 나갔다가 전날의 사신(謝信)을 만났다. 열세 살 때 자기 어머니의 모해를 피하여 집을 나간 사신이었다. 그리고 자기는 이 사신을 찾아 역시 집을 나왔다가 그를 찾지 못하고 중이 된 채 어느덧 꼭 십 년 만에 그를 다시 만난 것이다. 그러나 그때 다시 만난 사신을 보고는 비록 속세의 인연을 끊어 버린 만적으로서도 눈물을 금할 수 없었던 것이다. 착하고 어질던 사신이 어쩌면 하늘의 형벌을 받았단 말인고, 사신은 문둥병이 들어 있었던 것이다.

만적은 자기의 목에 걸었던 염주를 벗겨서 사신의 목에 걸어 주고 그길로 곧장 정원사에 돌아왔다.

그때부터 만적은 화식(火食 불에 익히거나 삶은 음식을 먹음. 또는 그 음식)을 끊고 말을 잃었다. 이듬해 봄까지 그가 먹은 것은 하루에 깨 한 접시씩뿐이었다(그때까지의 목욕재계는 말할 것도 없다).

이듬해 이월 초하룻날 그는 법사 스님(운봉 선사)과 공양주 스님 두 분만을 모시고 취단식(就壇式)을 봉행(奉行 웃어른이 시키는 대로 좇아 행함)했다. 먼저 법의를 벗고 알몸이 된 뒤에 가늘고 깨끗한 명주를 발끝에서 어깨까지(목 위만 남겨 놓고) 전신에 감았다. 그러고는 단 위에 올라가 가부좌(跏趺坐)를 개고 앉자 두 손을 모아 합장을 올렸다. 그리하여 그가 염불을 외우기 시작하는 것과 동시에 곁에서 들기름 항아리를 받들고 서 있던 공양주 스님이 그의 어깨에서부터 기름을 들어부었다.

기름을 다 붓고, 취단식이 끝나자 법사 스님과 공양주 스님은 합장을 올리고 그 곁을 떠났다.

기름에 겯은 만적은 그때부터 한 달 동안(삼월 초하루까지) 단 위에서 움직이지 않았다. 가부좌를 갠 채, 합장을 한 채, 숨 쉬는 화석이 되어 가고 있었다.

이레(칠 일)에 한 번씩 공양주 스님이 들기름 항아리를 안고 장막(帳幕)(흰 천으로 장막을 치고 있었다) 안으로 들어오면 어깨에서부터 다시 기름을 부어 주고 돌아가는 일밖에 그 누구도 이 장막 안을 엿보지 못했다.

이렇게 한 달이 찬 뒤, 이날의 성스러운 불공에 참여하기 위하여 산중의 스님들은 물론이요, 원근 각처의 선남선녀들이 모여들어, 정원사 법당 앞 넓은 뜰을 메웠다.

대공양(大供養 소신공양을 가리킴)은 오시 초에 장막이 걷히면서부터 시작되었다. 오백을 헤아리는 승려가 단을 향해 합장을 하고 선 가운데 공양주 스님이 불 담긴 향로를 받들고 단 앞으로 나아가 만적의 머리 위에 얹었다. 그와 동시 그 앞에 합장하고 선 승려들의 입에서 일제히 아미타불이 불리기 시작했다.

만적의 머리 위에 화관같이 씌워진 향로에서는 점점 더 많은 연기가 오르기 시작했다. 이미 오랫동안의 정진으로 말미암아 거의 화석이 되어 가고 있는 만적의 육신이지만, 불기운이 그의 숨골(정수리)을 뚫었을 때는 저절로 몸이 움칠해졌다. 그리하여 그때부터 눈에 보이지 않게 그의 고개와 등, 가슴이 조금씩 앞으로 숙여져 갔다.

들기름에 겯은 만적의 육신이 연기로 화하여 나가는 시간은 길었다. 그러나 그 앞에 선 오백의 대중(승려)은 아무도 쉬지 않고 아미타불을 불렀다.

신시(辛時 이십사시의 스무째 시. 오후 6시 반에서 7시 반까지) 말(末)에 갑자기 비가 쏟아졌다. 그러나 웬일인지 단 위에는 비가 내리지 않았다. 만적의 머리 위로는 더 많은 연기가 오르기 시작했다. 염불을 올리던 중들과 그 뒤에서 구경하던 신도들이 신기한 일이라고 눈이 휘둥그레져서 만적을 바라보았을 때 그의 머리 뒤에는 보름달 같은 원광이 씌워져 있었다.

이때부터 새전이 쏟아지기 시작하여 그 뒤 삼 년간이나 그칠 날이 없었다. 이 새전으로 만적의 타다가 굳어진 몸에 금을 씌우고 금불각을 짓고 석대를 쌓았다―.

원혜 대사의 이야기를 듣고 있는 동안 나는 맘속으로 이렇게 해서 된 불상이라면 과연 지금의 저 금불각의 등신금불같이 될 수밖에 없으리란 생각이 들었다. 그리고 많은 부처님(불상) 가운데서 그렇게 인간의 고뇌와 슬픔을 아로새긴 부처님(등신불)이 한 분쯤 있는 것도 무방한 일일 듯했다.

그러나 이야기를 다 마치고 난 원혜 대사는 이제 다시 나에게 그런 것을 묻지는 않았다.

"자네 바른손 식지를 들어 보게."
했다.

이것은 지금까지 그가 이야기해 오던 금불각이나 등신불이나 만적의 소신공양과는 아무런 상관도 없는 엉뚱한 이야기가 아닐 수 없다.

나는 달포 전에 남경 교외에서 진기수 씨에게 혈서를 바치느라고 내 입으로 살을 물어 뗀 나의 식지를 쳐들었다.

그러나 원혜 대사는 가만히 그것을 바라보고 있을 뿐 더 말이 없다. 왜 그 손가락을 들어 보이라고 했는지 이 손가락과 만적의 소신공양이 무슨 관계가 있다는 겐지 이제 그만 손을 내리어도 좋다는 겐지 뒷말이 없는 것이다.

"……."

"……."

태허루에서 정오를 아뢰는 큰 북소리가 목어(木魚 목탁)와 함께 으르렁거리며 들려온다.

# 비 오는 날

✐ 작가와 작품 세계 --

✐ 작가와 작품 세계 --

손창섭(1922~2010)

평안남도 평양 출생. 젊어서 만주와 일본 등지를 전전하다가 고학으로 일본 니혼대학교를 다니다 중퇴했다. 그 뒤 초등학교 교원, 잡지 편집자 등으로 일했다. 1952년 단편 「공휴일」과 「사연기」를 〈문예〉에 발표하면서 등단했다. 1955년 「혈서」로 〈현대문학〉 신인문학상을 수상했으며, 1959년 작가 자신의 반항적 기질을 담은 「잉여인간」으로 동인문학상을 수상했다. 1961년 자전적 소설인 「신의 희작」을 발표한 이후 거의 작품을 발표하지 않았다. 천성이 비사교적이고 외곬이어서 문단의 기인으로 알려져 있다. 1973년 일본으로 귀화했다.

손창섭 소설의 주제는 왜곡된 인간상의 창조라고 할 수 있다. 소설 속의 인물들은 대부분 비정상적인 성격의 소유자이거나 장애자다. 이러한 인간의 불구성은 인간 자체의 결함이 아니라 전후의 참담한 현실에서 비롯된 것이다. 손창섭은 이러한 기형적 인간형을 사실적인 필치로 그려 내 1950년대의 불안한 사회상을 잘 드러냈다는 평가를 받는다.

✐ 작품 정리 --

> **갈래**: 전후 소설, 실존주의적 소설
> **배경**: 시간 – 장마철 비 오는 날
>   공간 – 전후의 피난지인 부산 동래 부근의 외딴 마을
> **시점**: 3인칭 전지적 작가 시점
> **주제**: 전쟁 이후 가난하고 무기력한 인간의 삶과 허무 의식
> **출전**: 〈문예〉(1953)

구성과 줄거리

발단 비가 오는 날이면 원구는 동욱 남매의 음산한 생활 풍경을 회상함

비 내리는 날이면 원구의 마음은 무거워진다. 영문학과를 졸업한 친구 동욱과 그의 누이동생 동옥이 비에 젖은 인생을 살았기 때문이다. 어느 날 원구는 거리에서 초라한 몰골의 동욱을 만난다. 동욱은 동옥이 그린 초상화를 미군에게 팔면서 생활한다. 그런 동욱을 보며 원구는 연민을 느낀다.

전개 원구는 황폐한 동욱의 집에서 그의 누이동생 동옥을 만남

원구는 폐가나 다름없는 동욱의 집을 찾아간다. 그곳에서 원구는 무표정하게 자신을 바라보는 동옥을 처음 만난다. 동욱을 만나지 못하고 돌아가는 길에 원구는 동욱을 만나 집으로 되돌아간다. 동욱은 음식을 만들면서 동옥에게 마구 욕을 한다. 원구는 빗물 들통이 쏟아질 때 동옥이 절름발이임을 알게 된다.

위기 원구에게 마음을 열던 동옥이 초상화 작업을 못하게 됨

원구는 비가 와서 가판 가게를 열 수 없는 날에는 자주 동욱의 집을 찾는다. 동옥의 태도는 조금씩 달라져 미소를 짓기도 한다. 며칠 뒤 원구를 찾아간 동욱은 동옥이 초상화 그리는 일을 그만두게 되었고 자신은 목사의 꿈을 접고 자원입대하고 싶다고 말한다. 그러면서 동옥과 결혼해 달라고 횡설수설한다.

절정 동옥이 집주인에게 돈을 떼이고 세 들어 살던 집마저 떠나게 됨

동욱의 집에 잠시 들른 원구는 딱한 사정을 듣는다. 동옥이 번 돈을 집주인 노파에게 빌려 줬는데, 노파가 집을 판 뒤 달아나 돈도 못 받고 새 주인에게 쫓겨나게 되었다는 것이다. 동욱은 악에 받쳐 죽은 사람처럼 누워 있는 동생을 꾸짖는다.

결말 원구가 동욱의 집을 방문했을 때 이미 동욱 남매는 떠나고 없음

비가 와서 장사를 못하게 된 원구는 동욱의 집을 방문하지만 새 주인은 두 사람이 모두 집을 나갔다고 말한다. 집을 나서는 원구에게 주인 사내는 동옥은 얼굴이 반반해 몸을 팔아도 죽지는 않을 것이라고 말한다. 원구는 주인이 동옥을 팔아먹었다고 격분하면서 허청거리며 밭둑길을 걸어간다.

🖉 생각해 볼 문제 --

1. 이 작품에서 비는 어떤 역할을 하는가?

이 소설에서 비는 전후의 암울한 상황을 암시하는 요소다. 작가는 동욱 남매의 비정상적인 삶을 통해 전쟁이 인간의 삶을 얼마나 황폐화할 수 있는지 보여 준다. 비의 음산하고 우울한 이미지는 등장인물들의 무기력하고 절망적인 삶과 연관되어 비극적인 결말을 암시한다.

2. 원구의 위상과 역할은 어떻게 설정되어 있는가?

동욱 남매를 도우려고 하는 원구는 전후의 참담한 현실에서 얼마간 떨어져 있는 인물로 보인다. 하지만 그 역시 가판 장사마저 제대로 되지 않는 곤궁한 상황에 처한다. 원구의 모습이 동욱 남매의 현실에 투영되어 있다는 점에서 그 또한 동욱 남매와 다를 바 없는 내면의 소유자라고 할 수 있다.

3. 목사가 되기를 원하면서도 술을 마시는 동욱의 이중적 생활은 어디에서 비롯되는가?

동욱이 목사가 되려는 것은 암담한 현실로부터 조금이나마 벗어나고자 하는 것을 의미한다. 불행한 현실에서 벗어나 안정을 꿈꾸지만 현실에서 벗어나지 못하는 인간의 실존적 모습을 동욱에게서 엿볼 수 있다.

4. 동욱 남매에게서 발견되는 폐쇄적 요소를 지적하고 결말과 연관 지어 보자.

허무와 절망의 자의식, 미래가 보이지 않는 무력감, 극도의 경제적 궁핍 등이 동욱 남매를 폐쇄적인 개인으로 내몰고 있다. 참담한 현실은 남매간의 애정도 파괴한다. 동욱이 동생을 사랑하면서도 저주하는 것은 삶을 부정할 때나 가능한 피폐한 정신 상태다. 동욱이 원구의 방문에 무표정한 모습으로 일관하는 것도 지독한 가난과 신체적 불편으로 인해 내면세계에 틀어박힌 자아 때문이다. 결국 폐쇄적인 자아 때문에 동욱 남매는 생활의 터전에서 이탈된다. 동욱은 자원입대로 일상의 삶에서 멀어지고, 동옥도 인간적 삶이 허용되지 않는 곳으로 내몰린다. 이들의 고립은 시대적 상황과 사회의 병리 현상에 의해 유도된 것이다.

✏️인물 관계도

원구 ——친구——→ 동욱
(동욱을 부탁)

동욱 ——남매—— 동옥

집
(남매가 집세를 못 내 떠남)

동욱과 동옥은 초상화를 팔아 생활하는 가난한 남매예요. 저(원구)는 친구인 동욱을 찾아 갔다가 동옥을 만났지요. 전 절름발이인 동옥과 점점 친해졌는데 동욱은 우리가 결혼하기를 바라는 눈치였어요. 남매는 집세를 내는 것도 힘들어졌다고 해요. 장마가 길어지자 저도 생활이 힘든 탓에 한동안 남매를 만나지 못했어요. 나중에 찾아갔을 때는 남매가 집을 떠났다는 집주인의 말만 들었답니다.

비 오는 날

　이렇게 비 내리는 날이면 원구의 마음은 감당할 수 없도록 무거워지는 것이었다. 그것은 동욱 남매의 음산한 생활 풍경이 그의 뇌리를 영사막(映寫幕 영화나 환등(幻燈)을 비추는 막)처럼 흘러가기 때문이었다. 빗소리를 들을 때마다 원구에게는 으레 동욱과 그의 여동생 동옥이 생각나는 것이었다. 그들의 어두운 방과 쓰러져 가는 목조 건물이 비의 장막 저편에 우울하게 떠오르는 것이었다. 비록 맑은 날일지라도 동욱의 오뉘(오누이)의 생활을 생각하면, 원구의 귀에는 빗소리가 설레고 그 마음 구석에는 빗물이 스며 흐르는 것 같았다. 원구의 머릿속에 떠오르는 동욱과 동옥은 그 모양으로 언제나 비에 젖어 있는 인생들이었다.

　동욱의 거처를 왕방하기(往訪 가서 찾아보기) 전에 원구는 어느 날 거리에서 동욱을 만나 저녁을 같이한 일이 있었다. 동욱은 밥보다도 먼저 술을 먹고 싶어 했다. 술을 마시는 동욱의 태도는 제법 애주가(愛酒家)였다. 잔을 넘어 흘러내리는 한 방울도 아까워서 동욱은 혀끝으로 잔굽(잔 밑바닥에 붙은 나지막한 받침)을 핥았다. 기독교 가정에서 성장했을 뿐 아니라 몇몇 교회에서 다년간 찬양대를 지도해 온 동욱의 과거를 원구는 생각하며, 요즈음은 교회에 나가지 않느냐고 물어보았다. 동욱은 멋쩍게 씽긋 웃고 나서 이따금 한 번씩 나가노라고 하고, 그런 때는 견딜 수 없는 절망감에 숨이 막힐 것 같은 날이라는 것이었다. 동욱은 소매와 깃이 너슬너슬한(다 헤져 너털너털한) 양복저고리에 교회에서 구제품으로 탄 것이라는, 바둑판처럼 사방으로 검은 줄이 죽죽 간 회색 즈봉(양복 바지)을 입고 있었다. 무엇보다도 그의 구두가 아주 명물이었다. 개미허리처럼 중간이 잘록한 데다가 코숭이(물체의 뾰족하게 내민 앞의 끝 부분)만 주먹만큼 뭉툭 솟아오른 검정 단화를 신고 있었다. 그건 꼭 채플린이나 신음 직한 괴이한 구두였기 때문에 잔을 주고받으면서도 원구는 몇 번이나 동욱의 발을 내려다보는 것이었다. 그동안 무얼 하며 지냈느냐는 원구의 물음에 동욱은 끼고 온 보자기를 끄르고 스크랩북을 펴 보이는 것이었다. 몇 장 벌컥벌컥 뒤지는 데 보니, 서양 여자랑 아이들의 초상화가 드문드문 붙어 있었다.

그 견본을 가지고 미군 부대를 찾아다니며 초상화의 주문을 맡는다는 것이었다. 대학에서 영문과를 전공한 것이 아주 헛일은 아니었다고 하며 동욱은 닝글닝글 웃었다. 동욱의 그 닝글닝글한 웃음을 원구는 이전부터 몹시 꺼렸다. 상대방을 조롱하는 것 같은, 그러면서도 자조적(自嘲的)이요, 어쩐지 친애감조차 느껴지는 그 닝글닝글한 웃음은 원구에게 어떤 운명적인 중압을 암시하여 감당할 수 없이 마음이 무거워지는 것이었다. 대체 그림은 누가 그리느냐니까, 지금 여동생 동옥이와 둘이 지내는데, 동옥은 어려서부터 그림을 좋아하더니 초상화를 곧잘 그린다는 것이다. 동옥이란 원구의 귀에도 익은 이름이었다. 소학교 시절에 동욱이네 집에 놀러 가면 그때 대여섯 살밖에 안 되는 동옥이가 귀찮게 졸졸 따라다니던 기억이 새로웠다. 동옥은 그 당시 아이들 사이에 한창 유행되었던, '중중 때때중 바랑(승려가 등에 지고 다니는 자루 모양의 큰 주머니) 메고 어디 가나'를 부르고 다녔다. 그사이 이십 년이라는 세월이 흐르고 보니 동옥의 모습은 전연 기억도 남지 않았다. 동욱의 말에 의하면 지난번 1·4 후퇴 당시 데리고 왔는데, 요새 와서는 짐스러워 후회할 때가 있다는 것이었다. 그의 남편은 못 넘어 왔느냐니까, 뭘 입때(여태껏) 처년데, 했다. 지금 몇 살인데 미혼이냐고 묻고 싶었지만, 원구는 혼기가 지난 동욱이나 자기 자신도 아직 독신인 걸 생각하고, 여자도 그럴 수가 있을 거라고 속으로 주억거리며 그는 입을 다물었다. 동옥의 나이가 지금 이십오륙 세가 아닐까 하고 원구는 지나간 세월과 자기 나이에 비추어 속어림으로 따져 보는 것이었다. 술에 취한 동욱은 다자꾸(다시금 되풀이해서) 원구의 어깨를 한 손으로 투덕거리며 동옥이 년이 정말 가엾어, 암만 생각해도 그 총기며 인물이 아까워, 그런 말을 되풀이하는 것이었다. 그러고는 다시 잔을 비우고 나서, 할 수 있나 모두가 운명인걸 하고 고개를 흔드는 것이었다. 동욱은 머리를 떨어뜨린 채 내가 자네람 주저 없이 동옥이와 결혼할 테야 암 장담하고말고, 혼잣말처럼 그렇게도 중얼거리는 것이었다. 종잡을 수 없는 동욱의 그런 말에 원구는 무슨 영문인지도 모르면서도, 암 그럴 테지 하며 동욱의 손을 쥐어흔드는 것이었다. 동욱은 음식집을 나와 헤어질 무렵에 두 손을 원구의 양어깨에 얹고 자기는 꼭 목사가 되겠노라고 했다.

그것이 자기의 갈 길인 것 같다고 하며 이제 새 학기에는 신학교에 들어가겠다는 것이었다. 어깨가 축 늘어져서 걸어가는 동욱의 초라한 뒷모양을 바라보고 서서 원구는 또다시 동욱의 과거와 그 집안을 그려 보며, 목사가 되겠노라고 하면서도 술을 사랑하는 동욱을 아껴 줘야겠다고 생각하는 것이었다.

　그 뒤 원구가 처음으로 동욱을 찾아간 것은 사십 일이나 계속된 긴 장마가 시작된 어느 날이었다. 동래(東萊) 종점에서 전차를 내리자, 동욱이가 쪽지에 그려 준 약도를 몇 번이나 펴 보며 진득진득 걷기 힘든 비탈길을 원구는 조심히 걸어 올라갔다. 비는 여전히 줄기차게 내리고 있었다. 우산을 받기는 했으나 비가 후려치고 흙탕물이 뛰고 해서 정강이 밑으로는 말이 아니었다. 동욱이가 들어 있는 집은 인가에서 뚝 떨어져 외따로이 서 있었다. 낡은 목조 건물이었다. 한 귀퉁이에 버티고 있는 두 개의 통나무 기둥이 모로 기울어지려는 집을 간신히 지탱하고 있었다. 기와를 얹은 지붕에는 두세 군데 잡초가 반길(사람 키의 절반만 한 길이)이나 무성해 있었다. 나중에 들어 알았지만 왜정 때는 무슨 요양원(療養院)으로 사용되어 온 건물이라는 것이었다. 전면(前面)은 본시 전부가 유리 창문이었는데 유리는 한 장도 남아 있지 않았다. 들이치는 비를 막기 위해서 오른편 창문 안에는 가마니때기가 드리워 있었다. 이 폐가(廢家)와 같은 집 앞에 우두커니 우산을 받고 선 채, 원구는 한동안 움직이지 않았다. 이런 집에 도대체 사람이 살고 있을까? 아이들 만화책에 나오는 도깨비 집이 연상됐다.

　금시 대가리에 뿔이 돋은 도깨비들이 방망이를 들고 쏟아져 나올 것만 같았다. 이런 집에 동욱과 동옥이가 살고 있다니 원구는 다시 한번 쪽지에 그린 약도를 펴 보았다. 이 집임에 틀림없었다. 개천을 끼고 올라오다가 그 개천을 건너선 왼쪽 산비탈에는 도대체 집이라고는 이 집 한 채뿐이었다. 원구는 몇 걸음 다가서며 말씀 좀 묻겠습니다 하고 인기척을 냈다. 안에서는 아무런 응답이 없었다. 원구는 같은 말을 또 한 번 되풀이했다. 그래도 잠잠하다. 차차 거세지는 빗소리와 도랑물 소리뿐, 황폐한 건물 자체가 그대로 주검처럼 고요했다. 원구는 좀 더 큰 소리로 안녕하십니까? 하고 불러 보았다. 원구는 제 소리에 깜짝 놀랐다. 목에 엉켰던 가래가 풀리며 탁 터져 나오는 음성이 예상 외로 컸던 탓인지, 그것은 마치 무슨 비명처럼 들리었기 때문이다. 그러자 문 안에 친 거적(짚을 두툼하게 엮거나, 새끼로 날을 해 짚으로 쳐서 자리처럼 만든 물건) 귀퉁이가 들썩하며, 백지에 먹으로 그린 초상화 같은 여인의 얼굴이 나타난 것이다. 살결이 유달리 희고 눈썹이 남보다 검은 그 여인은 원구를 내다보며 좀처럼 입을 열지 않았다. 저게 동옥인가 보다고 속으로 생각하며 여기가 김동욱 군의 집이냐는 원구의 물음에 여인은 말없이 약간 고개를 끄덕여 보였을 뿐이다. 눈썹 하나 까닥하지 않는 그 태도는 거만해 보이는 것이었다. 동욱 군 어디 나갔습니까? 하고 재차 묻는 말에도 여인은 먼저처럼 고개만 끄덕했다. 그러고 나서 원구를 노려보는 듯하는 그 눈에는 까닭 모를 모멸(侮蔑)과 일종의 반항적 태도까지 서리어 있는 것이었다. 여인은 혹시 자기를 오해하고 있지 않나 싶어 정원구라는 이름을 밝히고 나서 동욱과는 소학교에서 대학까지 동창이었다는 것과, 특히 소학 시절에는 거의 날마다 자기가 동욱이네 집에 놀러 가거나, 동욱이가 자기네 집에 놀러 왔다는 것을 설명해 주었다.

그래도 여인의 표정에는 별다른 변화가 없었다. 원구는 한층 더 부드러운 음성으로 혹시 동욱 군의 여동생 아니십니까? 동옥이라구…… 하고 물었다. 여인은 세 번째 고개를 끄덕여 보인 것이다. 그리고 비로소 그 얼굴에 조소를 품은 우울한 미소가 약간 어리는 것이었다. 동욱이 어디 갔느냐니까, 그제야 모르겠는데요 하고 입을 열었다. 꽤 맑은 음성이었다. 그러면 언제 들어올지 모르겠군요 하니까, 이번에도 동옥은 머리를 끄덕이는 것이었다. 무례한 동옥의 태도에 불쾌와 후회를 느끼면서 원구는 발길을 돌이키는 수밖에 없었다. 동욱이가 돌아오거든 자기가 다녀갔다는 말을 전해 달라고 이르고 돌아서는 원구에게 동옥은 아무러한 인사도 하지 않았다.

물탕에 젖어 꿀쩍거리는 신발 속처럼 자기의 머리는 어쩔 수 없는 우울함에 잠뽁(담뿍하게 잔뜩) 젖어 있는 것이라고 공상하며 원구는 호박 덩굴 우거진 최뚝길(밭두둑 길)을 걸어 나갔다. 그 무거운 머리를 지탱하기에는 자기의 목이 지나치게 가는 것같이 여겨졌다. 그것은 불안한 생각이었다. 얼마쯤 가다가 원구는 별생각 없이 걸음을 멈추고 뒤를 돌아보았다. 안개비 속으로 바라보이는 창연한 건물은 금방 무서운 비명과 함께 모로 쓰러질 것만 같았다.

자기가 발길을 돌리자 아마 쓰러질지도 모른다는 생각에, 이제나저제나 하고 집을 지켜보고 섰던 원구는 흠칫 놀라듯이 몸을 떨었다. 창문 안에 드리운 거적을 캔버스 삼아 그림처럼 선명히 떠올라 있는 흰 얼굴이 눈에 띄었기 때문이었다. 그것은 동옥의 얼굴임에 틀림없었다. 어쩌자고 동옥은 비뿌리는 창문에 붙어 서서 저렇게 짓궂게 나를 바라보고 있는 것일까? 어려서 들은, 여우가 사람을 홀린다는 얘기가 연상되어 전신에 오한을 느끼며 발길을 돌이키는 원구의 눈앞에 찢어진 지우산을 받고 다가오는 사나이가 있었다. 다행히도 그것은 동욱이었다. 찬거리를 사러 잠깐 나갔다가 오노라는 동욱은, 푸성귀며 생선 토막이 들어 있는 저잣구럭(시장에 물건을 사러 다닐 때에 주로 부녀자들이 들고 다니는 구럭)을 한 손에 들고 있었다. 이 먼 델 비 맞고 왔다가 그냥 돌아가는 법이 있느냐고 하며 동욱은 원구의 손을 잡아끄는 것이었다. 말할 기력조차 잃은 사람처럼 원구는 묵묵히 뒤를 따라갔다. 좀 전의 동옥의 수수께끼 같은 태도는 더욱 이해할 수 없는 무거운 그림자가 되어 원구의 머리를 뒤집어씌우는 것이었다. 동욱에게 재촉을 받고 방 안에 들어서는 원구를 동옥은 반항적인 태도로 힐끔 쳐다보는 것이었다. 물론 일어서거나 옮겨 앉으려고도 하지 않았다.

비 오는 날인 데다가 창문까지 거적때기로 가리어서 방 안은 굴속같이 침침했다. 다다미 여덟 장 깔리는 방 안은 다다미 위에다 시멘트 종이로 장판 바른 듯한 것이었다. 한편 천장에서는 쉴 사이 없이 빗물이 떨어졌다. 빗물 떨어지는 자리에 바께쓰가 놓여 있었다. 촐랑촐랑 쪼르륵 촐랑, 빗물은 이와 같은 연속적인 음향을 남기며 바께쓰 안에 가 떨어지는 것이었다. 무덤 속 같은 이 방 안의 어둠을 조금이라도 구해 주는 것은 그래도 빗물 소리뿐이었다. 그러나 그 빗물 소리마저 바께쓰에 차츰 물이 늘어 갈수록 우울한 음향으로 변해 가는 것이었다.

동욱은 별로 원구와 동옥을 인사시키거나 소개하려 하지 않았다. 동욱은 젖은 옷을 벗어서 걸고 러닝셔츠와 팬츠 바람으로 식사 준비를 할 테니 잠깐만 앉아 있으라고 하고 부엌으로 나가는 것이었다. 부엌이라야 따로 있는 것이 아니라 비어 있는 옆방이었다. 다다미는 걷어서 벽 한구석에 기대어 놓아, 판장뿐인 실내에는 여기저기 빗물이 오줌발처럼 쏟아졌다. 거기에는 취사도구가 너저분하니 널려 있는 것이었다. 연기가 들어간다고 사잇문을 닫아 버리고 나서, 동욱은 풍로에 불을 피우느라고 부채질을 하며 야단이었다. 열 시가 조금 지난 회중시계를 사잇문 틈으로 꺼내 보이며 도대체 조반이냐 점심이냐는 원구의 질문에, 동욱은 닝글닝글하며 자기들에게는 삼시의 구별이 없다고 했다. 언제든 배고프면 밥을 끓여 먹고 밥 생각이 없는 날은 종일이라도 굶고 지낸다는 것이었다.

동욱이가 부엌에서 혼자 바삐 돌아가는 동안 동옥은 역시 한자리에 앉아 꼼짝도 하지 않았다. 동옥은 가끔 하품을 하며 외국에서 온 낡은 화보를 뒤적이고 있었다. 그러한 동옥이와 마주 앉아 자기는 도대체 무엇을 생각해야 하며 또한 어떠한 포즈를 지속해야 하는가? 원구는, 이런 무의미한 대좌(對坐)를 감당할 수 없어 차라리 부엌에 나가 풍로에 부채질이나마 거들어 줄까도 생각해 보는 것이었다. 그러나 고만한 행동도 이 상태로는 일종의 비약(飛躍)이라 적지 아니한 용기가 필요했다.

그러는 동안 원구는 별안간 엉덩이가 척척해 들어옴을 의식하였다. 바께쓰의 빗물이 넘어서 옆에 앉아 있는 원구의 자리로 흘러내린 것이었다. 원구는 젖은 양복바지 엉덩이를 만지며 일어섰다. 그제야 동옥도 바께쓰의 물이 넘는 줄을 안 모양이다. 그러나 동옥은 직접 일어나서 제 손으로 치우려고 하지도 않았다. 앉은 채 부엌 쪽을 향하여, "오빠 물 넘어" 했을 뿐이었다. 동욱은 사잇문을 반쯤 열고 들여다보며 "이년아, 네가 좀 치우지 못해?" 하고 목에 핏대를 세웠다. 그러자 자기가 나서기에 절호한 기회라고 생각한 원구는, "내가 내다 버리지" 하고 한 손으로 바께쓰를 들어올렸다. 그러나 한 걸음도 미처 발을 옮겨 놓을 사이도 없이 바께쓰는 철그렁하는 소리와 함께 한 옆이 떨어지며 물이 좌르르 쏟아졌다. 손잡이의 한쪽 끝 갈고리가 구멍에서 벗겨진 것이었다.

순식간에 방바닥은 물바다가 되고 말았다. 여태껏 꼼짝도 않고 앉아 있던 동옥도 그제만은 냉큼 일어나 한 걸음 비켜서는 것이었다. 그 순간 동옥의 동작이 예사롭지가 않았다. 원구에게 또 하나 우울의 씨를 뿌려 주는 것이었다. 원피스 밑으로 드러난 동옥의 왼쪽 다리가 어린애의 손목같이 가늘고 짧았기 때문이다. 그러한 다리를 옮겨 디디는 순간, 동옥의 전신은 한쪽으로 쓰러질 듯이 기울어지는 것이었다. 동옥은 다시 한번 그 가늘고 짧은 다리를 옮겨 놓는 일 없이, 젖지 않은 구석 자리에 재빨리 주저앉아 버리고 말았다. 그러고는 희다 못해 파랗게 질린 얼굴에 독이 오른 눈초리로 원구를 잡아먹을 듯이 노려보는 것이었다. 동옥의 시선을 피하여 탁류의 대하(大河) 가운데 떠 있는 것 같은 공포에 몸을 떨며, 원구는 마지막 기력을 다하여 허우적거리듯 두 발로 물 고인 방바닥을 절벅거려 보는 것이었다.

그 뒤로는 비가 와서 가게를 벌일 수 없는 날이면 원구는 자주 동욱이네 집을 찾아가는 것이었다. 불구인 신체와 같이 불구적인 성격으로 대해 주는 동옥의 태도가 결코 대견할 리 없으면서도, 어느 얄궂은 힘에 조종당하듯이 원구는 또다시 찾아가지 아니할 수 없는 것이었다. 침침한 방 안에 빗물 떨어지는 소리가 듣고 싶어서일까? 동옥의 가늘고 짧은 한쪽 다리가 지니고 있는 슬픔에 중독된 탓일까? 이도 저도 아니면 찾아갈 적마다 차츰 정상적인 데로 돌아오는 동옥의 태도에 색다른 매력을 발견한 탓일까?

정말 동옥의 태도는 원구가 찾아가는 횟수에 따라 현저히 부드러워지는 것이었다. 두 번째 찾아갔을 때 동옥은 원구를 보자 얼굴을 붉히었다. 그러고는 고개를 숙였다. 세 번째 찾아갔을 때는 원구를 보자 동옥은 해죽이 웃어 보인 것이었다. 그러나 그것은 우울한 미소였다. 찾아갈 때마다 달라지는 동옥의 태도가 원구에게는 꽤 반가운 것이었다. 인사불성에 빠졌던 환자가 제정신으로 돌아올 때처럼 고마웠다. 첫 번째 불렀을 때는 눈을 감은 채 아무런 반응도 없던 환자가, 두 번째 부르자 눈을 간신히 떴고, 세 번째 불렀을 때는 제법 완전히 눈을 떠서 좌우를 둘러보다가 물 좀 하고 입을 열었을 경우와 같은 반가움을, 원구는 동옥에게서 경험하는 것이었다.

두 번째 갔을 때에는 지난번 빗물 쏟아지던 자리에 바께쓰가 놓여 있지 않았다. 그 자리에는 제창(저절로 알맞게) 떼꾼히(눈이 쑥 들어가고 생기가 없이) 구멍이 뚫려 있었다. 주먹이 두어 개나 드나들 만한 그 구멍은 다다미에서부터 그 밑의 널판까지 뚫려 있었다. 천장에서 흘러내리는 빗물은 그 구멍을 통과해 널판 밑 흙바닥에 둔탁한 음향을 남기며 떨어졌다. 기실 비는 여러 군데서 새는 모양이었다. 널빤지로 된 천장에는 사방에서 빗물 듣는 소리가 났다. 천장에서 떨어진 빗물은 약간 경사진 한쪽으로 흘러오다가 소눈깔만 한 옹이구멍으로 새어 흐르는 것이었다.

그날만 해도 원구와 동욱이가 주고받는 말에 비교적 냉담한 동옥이었다. 그러나 세 번째 갔을 때부터는 원구와 동욱이가 웃을 때는 함께 따라 웃어주는 것이었다. 간혹 한두 마디씩은 말추렴(다른 사람이 말하는 데 한몫 끼어들어 말을 거드는 일)에도 들었다. 그날은 일찌감치 저녁을 얻어먹고 돌아오려고 하는데 비가 하도 세차게 퍼부어서 자고 오는 수밖에는 없었다. 한 손에 우산을 들고 선 채 회색 장막을 드리운 듯, 비에 뿌예진 창밖을 내다보며 망설이고 있는 원구의 귀에 고집 피우지 말고 자고 가라는 동욱의 말에 뒤이어, "이런 비에는 앞도랑에 물이 불어서 못 건너십니다." 하는 동옥의 음성이 들린 것이었다.

그날 밤 비로소 원구는 가벼운 기분으로 동옥에게 말을 걸 수가 있었던 것이다. 언제부터 그림 공부를 했느냐니까, 초상화 따위가 뭐 그림인가요,

하고 그 우울한 미소를 지어 보이는 것이었다. 원구는 동옥의 상처를 건드릴 만한 말은 일절 꺼내지 않았다. 어렸을 때 얘기가 나와서 어딜 가나 강아지 새끼처럼 쫓아다니는 동옥이가 귀찮았다는 말을 하고 '중중 때때중'을 자랑스레 부르고 다녔다니까 동옥의 눈이 처음으로 티 없이 빛나는 것이었다. 갑자기 동욱이가 '중중 때때중' 하고 부르기 시작하자 동옥도 가느다란 소리로 따라 부르는 것이었다. 노랫소리가 그치고 나니 방 안에는 빗물 떨어지는 소리가 유달리 크게 들렸다. 비가 들이치는 바람에 바깥벽 판장 틈으로 스며드는 물은 실내의 벽 한구석까지 적시기 시작하는 것이었다.

그런데 이상한 것은 동옥을 대하는 동욱의 태도였다. 대수롭지 않은 일에도 이년 저년 하고 욕을 퍼붓는 것이다. 부엌에서 들여보내는 음식 그릇을 한 손으로 받는다고 해서, 이년아 한 손으로 그러다가 또 떨어뜨리고 싶으냐, 하고 눈을 흘겼고 남포에 불을 켜는 데 불이 얼른 댕기지 않아 성냥개비를 두 개비째 꺼내려니까 저년은 밥 처먹구 불두 하나 못 켜, 하고 노려보는 것이었다. 그럴 때마다 동옥은 말없이 마주 눈을 흘겼다. 빨래와 바느질만은 동옥의 책임이지만 부엌일은 언제나 동욱이가 맡아 한다는 것이었다. 동옥이가 변소에 간 틈에, 될 수 있는 대로 위로해 주지 않고 왜 그리 사납게 구느냐니까, 병신 고운 데 없다고 그년 맘 쓰는 게 모두가 틀렸다는 것이다. 우선 그림값만 하더라도 얼마 전까지는 받아 오면 반씩 꼭 같이 나눠 가졌는데 근자에 와서는 동욱을 신용할 수가 없다고 대소에 따라 한 장에 얼마씩 또박또박 선금을 받고야 그려 준다는 것이었다. 생활비도 둘이 꼭 같이 절반씩 부담한다는 것이다. 동옥은 자기가 병신이기 때문에 부모 말고는 자기를 거두어 오래 돌봐 줄 사람이 없으리라는 것이다. 오빠도 언제든 자기를 버릴 것이 아니겠느냐, 그렇기 때문에 자기는 자기대로 약간이라도 밑천을 장만해 두어야 비참한 꼴을 면하지 않겠느냐고 한다는 것이었다. 그러한 동옥의 심중을 생각할 때 헤어져 있으면 몹시 측은하기도 하지만, 이상하게 낯만 대하면 왜 그런지 안 그러리라 안 그러리라 하면서도 동욱은 자꾸 화가 치민다는 것이다.

동옥은 불을 끄고는 외로워서 잠을 이루지 못한다고 했다. 반대로 동욱은 불을 꺼야만 안심하고 잠을 들 수가 있다는 것이었다. 동욱은 어둠만이 유일한 휴식이노라 했다. 낮에는 아무리 가만하고 앉았거나 누워 뒹굴어도 걸레처럼 전신에 배어 있는 피로가 가시지 않는다는 것이었다. 그러한 동욱은 심지를 낮추어서 아랑신하니(희미하게) 켜 놓은 불빛에도 화를 내어 이년아, 아주 꺼 버리지 못해 하고 소리를 질렀다. 동옥은 손을 내밀어 심지를 조금 더 낮추었다. 그러고 나서 누가 데려오랬나, 차라리 어머니하고 거기 있을 걸 괜히 왔지 하고 종알대는 것이었다. 그러자 동욱은 벌떡 일어나며 이년 다시 한번 그 주둥일 놀려 봐라 나두 너 같은 년 끌구 오구 싶지 않았다. 어머니가 하두 애원하시듯, 다 버리구 가더라두 네년만은 데리구 가라구 하 조르기에 끌구 와 이 꼴이다 하고 골을 내는 것이었다.

동옥은 말없이 저편으로 돌아누웠다. 어렴풋이 불빛이 있음에도 불구하고 어둠이 가슴을 내리누르는 것 같아서 원구는 오래도록 잠을 이룰 수가 없었다. 동옥도 잠이 안 오는 모양이었다. 동옥 역시 필경 잠이 들지 않았으련만 죽은 듯이 가만하고 있었다. 후드득후드득 유리 없는 창문으로 들이치는 빗소리를 들으며, 사십 주야를 비가 퍼부어서 산꼭대기에다 배를 묶어 둔 노아네 가족만이 남고 이 세상이 전멸을 해 버렸다는, 구약 성경에 나오는 대홍수를 원구는 생각해 보는 것이었다.

그러다가 어렴풋이 잠이 들려고 하는 때였다. 커다란 적선으로 생각하고 동옥과 결혼할 용기는 없는가? 하는 동욱의 음성이 잠꼬대같이 원구의 귀를 스쳤다. 원구는 눈을 떴다. 노려보듯이 천장을 바라보며 그는 반듯이 누워 있었다. 동욱의 입에서 다시 무슨 말이 흘러나올지도 모른다는 긴장을 느끼면서, 그러나 동욱은 아무 말이 없었다. 빗물 떨어지는 소리만이 여전히 계속되고 있을 뿐이었다.

원구가 또다시 간신히 잠이 들락 할 때였다. 발치 쪽에서 빠드득빠드득하는 이상한 소리가 났다. 원구는 정신을 바짝 차리고 귀를 재웠다. 뱀에게 먹히는 개구리 소리 비슷한 그 소리는 뒷벽 쪽에서 들리는 것이었다. 원구는 이번에는 상반신을 일으키고 앉아 귀를 기울이는 것이었다. 그 바람에 동욱이도 눈을 떴다.

저게 무슨 소리냐고 한즉, 뒷방의 계집애가 자면서 이 가는 소리라는 것이었다. 이 뒷방에도 사람이 사느냐니까 육순이 넘은 노파가 열두 살 먹은 손녀를 데리고 산다고 했다. 그 노파가 바로 이 집 주인인데 전차 종점 나가는 길목에 하코방(상자처럼 좁은 방을 일컫는 일본어) 가게를 내고 담배·성냥·과일·사탕 같은 것들을 팔아서 근근이 생활해 가고 있다는 것이었다. 뒷집 소녀는 잠만 들면 반드시 이를 간다는 것이었다. 동욱도 처음 며칠 밤은 그 소리에 골치를 앓았지만 요즘은 습관이 되어 괜찮다고 했다. 이러한 방에서 빗물 떨어지는 소리와 이 가는 소리를 듣고 지내면 아무라도 신경과민이 될 것이라고 생각하며, 원구는 좀 전에 동욱이가 잠꼬대처럼 한 말의 의미를 되새겨 보는 것이었다.

사오 일 지나서였다. 오래간만에 비가 그치고 제법 날이 훤해져서 잡화를 가득 벌여 놓은 리어카를 지키고 섰노라니까, 다 저녁때 원구의 어깨를 툭 치는 사람이 있었다. 동욱이었다. 그는 역시 소매와 깃이 다 처진 저고리와 검은 줄이 간 회색 즈봉을 입고 있었다. 옷이라고는 그것밖에 없는 모양이라 비에 젖은 것을 그냥 짜서 말리곤 해서 여기 저기 구김살이 져 있었다. 그보다도 괴이한 채플린식의 검정 단화의 주먹 같은 코숭이가 말이 아니었다. 장화 대용으로 진창을 막 밟고 다녀서 온통 흙투성이였다. 그러한 동욱의 꼴에 원구는 이상하게 정이 갔다.

리어카를 주인집에 가져다 맡기고 와서 저녁을 같이하자고 원구는 동욱의 손을 끌었다. 동욱은 밥보다도 술 생각이 더 간절하다고 했다. 두 가지 다 먹을 수 있는 집으로 원구는 동욱을 안내했다. 술이 몇 잔 들어가 얼근해지자 동욱은 초상화 '주문 도리'(주문받는 일)를 폐업했노라고 했다. 요즘은 양키('미국 사람'을 낮추어 부르는 말)들도 아주 약아져서 까딱하면 돈을 잘리거나 농락당하기가 일쑤라는 것이다. 거기에다 패스 없는 사람의 출입을 각 부대가 엄중히 단속하기 때문에 전처럼 드나들 수가 없다는 것이었다. 며칠 전에는 돈 받으러 몰래 들어갔다가 순찰 장교에게 걸려서 하룻밤 멍키 하우스(유치장)의 신세를 지고 나왔다는 것이다.

더구나 요즘은 국민병 수첩까지 분실했으므로 마음 놓고 거리에 나와 다닐 수도 없다는 것이었다. 분실계를 내고 재교부 신청을 하라니까, 그 때문에 동회(지금의 '동사무소')로 파출소로 사오 차나 쫓아다녀 봤지만, 까다롭게만 굴고 잘 들어주지 않는다는 것이다. 까짓것 나중에는 삼수갑산(三水甲山 우리나라에서 가장 험한 산골이라 이르던 삼수와 갑산. '몹시 어려운 지경'을 비유해 이르는 말)엘 갈망정 내버려 둘 테라고 했다. 그래 차라리 군에라도 들어가 버릴까 싶어, 마침 통역 장교를 모집하기에 그 원서를 타러 나왔던 길이노라고 했다. 어디 원서를 좀 구경하자니까 동욱은 닝글닝글 웃으며 수속이 하도 복잡하고 번거로워 아예 단념하고 말았다는 것이다.

동욱은 한동안 말이 없이 술잔을 빨고 앉았다가, 가끔 찾아와서 동옥을 좀 위로해 주라는 것이었다. 세상 사람들이 모두 자기를 조소하고 멸시한다고만 생각하고 있는 동옥은, 맑은 날일지라도 일절 바깥출입을 않고 두더지처럼 방에만 처박혀 산다는 것이다. 그리고 모든 사람에게 반감을 품고 있다는 것이다. 그러한 동옥도 원구만은 자기를 업신여기지 않고 자연스레 대하여 준다고 해서 자주 찾아와 주기를 여간 기다리지 않는다고 했다.

초상화가 팔리지 않게 된 다음부터는 동옥은 초조와 불안 속에서 한층 더 자신의 고독을 주체하지 못해 쩔쩔맨다는 것이었다. 동욱은 그러한 동옥이가 측은해 못 견디겠노라고 했다. 언젠가처럼, 내가 자네람 동옥이와 결혼할 테야, 암 하고말고 하고 동욱은 고개를 주억거리는(끄덕거리는) 것이었다. 술집을 나와 동욱은 이번에도 원구의 손을 꼭 쥐고 자기는 기어코 목사가 되겠노라고 했다. 동옥을 위해서나 자기 자신을 위해서나 그것만이 이 무거운 짐을 조금이라도 덜 수 있는 유일한 길인 것 같다는 것이었다.

그 뒤에 한번은 딴 볼일로 동래까지 갔던 길에 동욱이네 집에 잠깐 들른 일이 있었다. 역시 그날도 장마는 구질구질 계속되고 있었다. 우산을 접으며 마루에 올라서도 동욱만이 머리를 내밀고 맞아 줄 뿐 동옥의 기척이 없었다. 방에 들어가 보니 동옥은 담요로 머리까지 푹 뒤집어쓰고 죽은 사람처럼 누워 있었다. 이틀째나 저러고 자빠져 있다고 하며 동욱은 그 까닭을 설명했다. 동옥은 뒷방에 살고 있는 주인 노파에게 동욱이도 모르게 이만 환이나 빚을 주고 있었는데, 노파는 이 집까지도 팔아먹고 귀신같이 도주해 버렸다는 것이다. 어제 아침에 집을 산 사람이 갑자기 이사를 왔기 때문에 그 사실을 알았는데, 이게 또한 어지간히 감때사나운(사람이 몹시 억세고 사나운) 자여서 당장 방을 비워 내라고 위협하듯 한다는 것이다. 말을 마치고 난 동욱은 요 맹꽁이 같은 년아, 글쎄 이게 집이라구 믿고 돈을 줘 하고 발길로 동옥의 옆구리를 걸어찼다. 이년아, 이만 환이면 구화로 얼만 줄 아니, 이백만 환이야, 내 돈을 내가 떼였는데 오빠가 무슨 상관이냐구? 그래, 내가 없으면 네년이 굶어 죽지 않구 살 테냐? 너 같은 병신이 단 한 달을 독력으로 살아? 동욱은 다시 생각해도 악이 받치는 모양이었다.

원구를 위해 동욱은 초밥을 만든다고 분주히 부엌으로 들락날락했으나 원구는 초밥을 얻어먹자고 그러고 앉아 견딜 수는 없었다. 그보다도 동옥이 이틀 동안이나 아무것도 먹지 않고 저러고 누워 있다고 하니, 혹시 동욱이가 잠든 틈에라도 몰래 일어나 수면제 같은 것을 먹고 죽어 있지나 않는가 싶어 불안한 생각이 솟았다. 원구는 조금이라도 더 앉아 견디기가 답답해서 자리를 일어서며 아무래도 방을 비워 주어야 하겠거든 자기도 어디 구해 보겠노라고 하니까, 동욱이가 인가(人家) 많은 데를 싫어하기 때문에 이 근처에다 외딴집을 구하는 수밖에 없다는 동욱의 대답이었다.

그 뒤로는 원구도 생활에 위협을 느끼기 시작했다. 한 달 가까이나 장마로 놀고 보니 자연 시원치 않은 장사 밑천을 그럭저럭 축내게 된 것이다. 원구가 얻어 있는 방도 지루한 비에 습기로 눅눅해졌다. 벗어놓은 옷가지며 이부자리에까지도 곰팡이가 끼었다. 그의 마음속까지 곰팡이가 스는 것 같았다. 이런 날, 이런 음산한 방에 처박혀 있자니, 동욱과 동옥의 일이 자연 무겁고 우울하게 떠오르는 것이었다. 점심때가 되어서 원구는 퍼붓는 비를 무릅쓰고 집을 나섰다. 오늘은 동욱이와 마주 앉아 곰팡이 슨 속을 씻어 내리며, 동옥이도 위로해 줘야겠다고 생각하고 원구는 술과 통조림을 사 들고 찾아갔다.

낡은 목조 건물은 전과 마찬가지로 금방 쓰러질 듯 빗속에 서 있었다. 유리 없는 창문에는 거적도 그대로 드리워 있었다. 그러나, 동욱이, 하고 원구가 불렀을 때 곰처럼 마루로 기어 나오는 사나이는 동욱이가 아니었다. 이 집에 살던 젊은 남녀는 어디 갔느냐는 원구의 물음에, 우락부락하게는 생겼으되 맺힌 데가 없이 어딘가 허술해 보이는 사십 전후의 그 사나이는, 아하 당신이 정(丁) 뭐라는 사람이냐고 하고 대답 대신 혼자 머리를 끄덕끄덕하는 것이었다. 원구가 재차 묻는 말에 사나이는 자기가 이 집 주인이노라 하고 나서, 동욱은 외출한 채 소식 없이 돌아오지 않게 되었고, 그 뒤 동옥 역시 어디로 가 버렸는지 모르겠다는 것이었다. 동욱이가 안 돌아오는 지는 열흘이나 되었고 동옥은 바로 이삼 일 전에 나갔다는 것이다.

원구는 더 무슨 말이 없이 서 있었다. 한 손에 보자기 꾸러미를 들고 한 손으로는 우산을 받고 선 채, 원구는 사나이의 얼굴만 멍하니 바라보는 것이었다. 원구는 그대로 발길을 돌려 몇 걸음 걸어가다가 되돌아와 보자기에 싼 물건을 끌러 주인 사나이에게 주었다. 이거 원, 이거 원, 하며 주인 사나이는 대뜸 입이 헤벌어졌다. 그러고는 자기 여편네와 아이들이 장사 나갔기 때문에 점심 한 그릇 대접할 수는 없으나 좀 올라와 담배라도 피우고 가라고 권하는 것이었다.

무슨 재미로 쉬어 가겠느냐고 하며, 원구가 돌아서려니까, 주인은 잠깐만 하고 불러 세우고 나서, 대단히 죄송하게 되었노라고 하며 사실은 동옥이가 정(丁) 누구라고 하는 분이 찾아오면 전해 달라고 편지를 맡기고 갔는데, 그만 간수를 잘못해서 아이들이 찢어 없앴다는 것이다. 그래도 아무 말 않고 멍청히 서 있는 원구를 주인 사나이는 무안한 눈길로 바라보며, 동욱은 아마 십중팔구 군대에 끌려갔을 거라고 하고, 동옥은 아이들처럼 어머니를 부르며 가끔 밤중에 울기에, 뭐라고 좀 나무랐더니, 그다음 날 저녁에 어디론가 나가 버렸다는 것이다.

　죽지나 않았을까, 자살을 하든 굶어 죽든…… 하고 혼잣말처럼 중얼거리며 돌아서는 원구의 등에다 대고, 중요한 옷가지랑은 꾸려 갖고 간 모양이니 자살을 할 의사는 없었음이 분명하고, 한편 병신이긴 하지만 얼굴이 고만큼 반반하고서야 어디 가 몸을 판들 굶어 죽기야 하겠느냐고 주인 사나이는 지껄이는 것이었다. 얼굴이 고만큼 반반하고서야 어디 가 몸을 판들 굶어 죽기야 하겠느냐는 말에, 이상하게 원구는 정신이 펄쩍 들어 이놈 네가 동옥을 팔아먹었구나 하고 대들 듯한 격분을 마음속 한구석에 의식하면서도, 천근의 무게로 내리누르는 듯한 육체의 중량을 감당할 수 없어 그는 말없이 발길을 돌이키었다.

　이놈, 네가 동옥을 팔아먹었구나 하는 흥분한 소리가 까마득히 먼 곳에서 자기를 향하고 날아오는 것 같은 착각에 오한을 느끼며, 원구는 호박 덩굴 우거진 밭두둑 길(밭과 밭 사이의 경계를 이루는 길)을, 앓고 난 사람 모양 허적거리는(다리에 기운이 없어 자꾸 쓰러지려고 하는) 다리로 걸어 나가는 것이었다.

# 유예

✎ 작가와 작품 세계 ------------------------------------

오상원(1930~1985)

평안북도 선천(宣川) 출생. 용산고등학교를 거쳐 1953년 서울대학교 불어불문학과를 졸업했다. 1955년 〈한국일보〉 신춘문예에 단편 「유예」가 당선되어 등단했다. 1958년 단편 「모반」으로 제3회 동인문학상을 수상했다.

프랑스의 행동주의 문학과 실존주의 문학을 접한 그는 이데올로기의 갈등으로 빚어진 인간 문제를 집요하게 파헤치는 작품을 주로 발표했다. 「균열」과 「증인」에서는 광복과 6·25 전쟁의 혼란 속에서 적극적으로 행동하는 인물상이 제시된다.

「모반」과 장편 『백지의 기록』은 오상원을 대표적인 전후 작가 반열에 올려놓은 작품이다. 광복 직후 사회적·정치적 혼란기를 배경으로 한 「모반」은 정당 간의 갈등을 중심으로 청년 당원들 사이에 자행된 테러를 주요 문제로 다룬다.

✎ 작품 정리 ------------------------------------

> **갈래**: 상황 소설, 심리 소설, 전후 소설
> **배경**: 시간 – 6·25 전쟁, 한 시간이라는 삶의 유예 기간
>   공간 – 폐허가 된 한 마을의 움막과 눈 덮인 대지
> **시점**: 1인칭 주인공 시점, 3인칭 전지적 작가 시점
> **주제**: 전쟁이란 극단적인 상황 속에서 인간이 겪는 실존적 고뇌
> **출전**: 〈한국일보〉(1955)

발단 인민군에게 잡힌 '나'는 처형되기까지 한 시간의 삶이 유예됨

한 시간 후면 모든 것이 끝난다. 누가 죽었건 지나가고 나면 아무것도 아니다. 그들에겐 모두가 평범한 일들이다. 싸우다 죽는 것, 그것뿐이다. 무엇을 얻기 위한다는 것, 그것도 아니다.

전개 '나'는 적진 깊숙이 들어갔다가 후퇴하면서 홀로 남하함

수색대 소대장인 '나'(그)는 부하들을 이끌고 북으로 진격한다. 일행은 수차례의 전투를 거치면서 적의 배후에 깊숙이 들어간다. 본대와의 연락은 끊어지고 후퇴하기도 쉽지 않다. 기아와 피로에 낙오자는 점점 늘어간다. 눈 속에 쓰러지는 부하들이 생기기 시작한 것이다. 그들을 남겨 놓고 후퇴를 할 수밖에 없다. 어디선가 일발의 총성이 울리고 선임 하사가 쓰러진다. 전투가 재미있다고 했던 선임 하사는 "사람은 서로 죽이게 되어 있고, 이제 자기 차례가 되었다."라고 말하면서 의식을 잃어 간다. '나'는 다시 눈 속을 헤치고 남으로 걸어간다.

위기 국군 처형 장면을 목격한 '나'는 사수에게 총을 쏘다가 붙잡힘

이튿날 산 아래에 버려진 마을이 보인다. 그곳에서 한 청년이 총살당하기 직전에 있는 광경을 목격한다. 청년은 잠시 후 총살될 것이다. '나'는 그 병사가 마치 자신인 것 같은 착각에 사로잡히고 적들에게 총을 난사한다. 상대방의 응사로 '나'는 피를 흘리며 의식을 잃는다. 결국 '나'는 그들의 포로가 된다.

절정 '나'는 적의 회유에도 불구하고 전향을 거부함

'나'는 포로가 되어 적의 회유와 심문을 받는다. 적은 '나'에게 한 시간의 유예 시간을 주고 결정을 내리라고 한다. 그러나 '나'는 죽음에 의미를 두지 않는다.

결말 죽음은 무의미하다고 인식하면서 적에게 처형당함

준비 완료 보고와 집행 명령이 떨어진다. '나'는 눈 덮인 둑길을 걸어간다. 끝나는 일 초 일각까지 자신을 잃어서는 안 된다고 다짐한다. 허리에 충격을 받은 '나'는 의식이 어두워진다.

✎ **생각해 볼 문제** ---

1. **목숨을 건질 수 있는데도 죽음을 택한 '나'는 삶에 대해 어떤 태도를 취하고 있는가?**

   극단적 상황이 '나'에게 삶과 죽음의 선택을 강요한다. 본능적인 삶의 욕구를 접는다는 것은 쉽지 않은 일이다. '나'에게 산다는 것은 무엇을 위하거나 얻기 위한 것이 아니다. 삶의 몰가치성을 깨달은 '나'는 이데올로기에 자신의 삶이 휘둘릴 수 없다는 실존적 인식에 이르렀다. 이 작품에서는 죽음을 앞둔 '나'의 내면적 갈등이 '의식의 흐름'이란 형식으로 나타난다.

2. **'나'가 처형당하는 장면에서 흰 눈은 어떤 역할을 하는가?**

   흰 눈은 작품 전체의 배경 역할을 한다. 햇빛을 받아 밝게 빛나는 흰 눈은 흘리는 붉은 피와 선명한 대조를 이룬다. '나'의 죽음에는 아랑곳없이 흰 눈은 변함없이 아름답게 빛난다. 흰 눈은 '나'의 죽음이 무가치하다는 것을 부각시킨다.

3. **이 작품에는 시점의 변화가 있다. 여기에 담긴 작가의 의도는 무엇인가?**

   이 소설에서는 인물의 내면 심리나 개인의 자의식을 드러낼 때는 1인칭 주인공 시점이 쓰이지만, 상황을 객관적으로 보여 줄 때는 3인칭 전지적 작가 시점이 쓰인다. 1인칭 독백 형식은 과거 회상이 주조를 이루지만, 이 작품에서는 과거와 현재가 교차되면서 주로 현재의 상황이 진술된다.

나 ──(버리고 남하함)──▶ 선임 하사

(적에게 붙잡힘 → 적이
회유를 위해 총살형을 유예)

수색대 소대장이었던 저(나)에게 이제 남은 시간은 한 시간뿐입니다.
북으로 진격하다 적진 깊숙이 들어가 본대와 연락이 끊기고 후퇴하게
되었을 때, 소대원들을 하나씩 잃었어요. 홀로 남은 저는 버려진 마을에
서 총살형이 집행되는 걸 보았어요. 그게 꼭 제 모습 같아 총을 난사하
다 붙잡혔지요. 전 이제 곧 죽겠지만 끝까지 자신을 잊지 않을 거예요.

유예

　몸을 웅크리고 가마니 속에 쓰러져 있었다. 한 시간 후면 모든 것은 끝나는 것이다. 손과 발이 돌덩어리처럼 차다. 허옇게 흙벽마다 서리가 앉은 깊은 움 속, 서너 길 높이에 통나무로 막은 문틈 사이로 차가이 하늘이 엿보인다.

　퀴퀴한 냄새가 코를 찌른다. 냄새로 짐작하여 그리 오래된 것 같지는 않다. 누가 며칠 전까지 있었던 모양이군. 그놈이나 매한가지지, 하고 사다다리를 내려서자마자 조그만 구멍으로 다시 끌어올리며 서로 주고받던 그자들의 대화가 아직도 귀에 익다. 그놈이라고 불린 사람이 바로 총살 직전에 내가 목격하고 필사적으로 놈들의 사수(射手 대포나 총, 활 따위를 쏘는 사람)를 향하여 방아쇠를 당겼던 그 사람이었을까……. 만일 그 사람이 아니었다면 또 어떤 사람이었을까……. 몸이 떨린다. 뼈 속까지 얼음이 박힌 것 같다.

　소속 사단은? 학벌은? 고향은? 군인에 나온 동기는? 공산주의를 어떻게 생각하시오? 미국에 대한 감정은? 그럼…… 동무의 말은 하나도 이치에 당치 않소.

　동무는 아직도 계급 의식이 그대로 남아 있소. 출신 계급을 탓하지는 않소. 오해하지 마시오. 그 근성이 나쁘다는 것뿐이오. 다시 한번 생각할 여유를 주겠소. 한 시간 후, 동무의 답변이 모든 것을 결정지을 거요.

　몽롱한 의식 속에 갓 지나간 대화가 오고 간다. 한 시간 후면 모든 것은 끝나는 것이다. 사박사박 걸음을 옮길 때마다 발밑에 부서지는 눈, 그리고 따발 총구를 등 뒤에 느끼며, 앞장서 가는 인민군 병사를 따라 무너진 초가집 뒷담을 끼고 이 움 속 감방으로 오던 자신이 마음속에 삼삼히 아른거린다. 한 시간 후면 나는 그들에게 끌려 예정대로의 둑길을 걸어가고 있을 것이다. 몇 마디 주고받은 다음, 대장은 말할 테지. 좋소. 뒤를 돌아다보지 말고 똑바로 걸어가시오. 발자국마다 사박사박 눈 부서지는 소리가 날 것이다. 아니, 어쩌면 놈들은 내 옷에 탐이 나서 홀랑 빨가벗겨서 걷게 할지도 모른다. 찢어지기는 하였지만 아직 색깔이 제 빛인 미(美) 전투복이니까…….

나는 빨가벗은 채, 추위에 살이 빨가니 얼어서 흰 둑길을 걸어간다. 수발의 총성. 나는 그대로 털썩 눈 위에 쓰러진다. 이윽고, 붉은 피가 하이얀 눈을 호젓이 물들여 간다. 그 순간 모든 것은 끝나는 것이다. 놈들은 멋쩍게 총을 다시 거꾸로 둘러메고 본대로 돌아들 간다. 발의 눈을 털고, 추위에 손을 비벼 가며 방 안으로 들어들 갈 테지. 몇 분 후면 그들은 화롯불에 손을 녹이며, 아무 일도 없었던 듯 담배들을 말아 피우고 기지개를 할 것이다.

누가 죽었건 지나가고 나면 아무것도 아니다. 그들에겐 모두가 평범한 일들이다. 나만이 피를 흘리며 흰 눈을 움켜쥔 채 신음하다 영원히 묵살되어 묻혀 갈 뿐이다. 전 근육이 경련을 일으킨다. 추위 탓인가…… 퀴퀴한 냄새가 또 코에 스민다. 나만이 아니라 전에도 꼭 같이 이렇게 반복된 것이다.

싸우다 끝내는 죽는 것, 그것뿐이다. 그 이외는 아무것도 없다. 무엇을 위한다는 것, 무엇을 얻기 위한다는 것, 그것도 아니다. 인간이 태어난 본연의 그대로 싸우다 죽는 것, 그것뿐이라고 생각하였다.

북으로 북으로 쏜살같이 진격은 계속되었다. 수차의 전투가 일어났다. 그가 인솔한 수색대는 적의 배후 깊숙이 파고 들어갔다. 자주 본대와의 연락이 끊어지기 시작하였다.

초조한 소대원의 얼굴은 무전사에게로만 쏠렸다. 후퇴다! 이미 길은 모두 적에 의하여 차단되었다. 적의 어느 편을 뚫고 남하할 것인가? 자주 소전투가 벌어졌다. 한 명 두 명 쓰러지기 시작하였다. 될 수 있는 한 적과의 근접을 피하면서 산으로 타고 올랐다. 기아와 피로, 점점 낙오되고 줄어 가는 소대원, 첩첩이 쌓인 눈과 추위, 그리고 알 수 없는 방향을 더듬으며 온갖 자연의 악조건과 싸우지 않으면 안 되었다. 연이어 계속되는 눈보라 속에 무릎까지 덮이는 눈 속을 헤매다 방향을 잃은 그들은 악전고투 끝에 산 밑을 더듬어 내려와서 가까운 그 어느 마을로 파고 들어갔다. 텅 빈 마을, 집집마다 스산하게 흩어진 채 눈 속에 호젓이 파묻혀 있다. 적이 들어온 흔적도 지나간 흔적도 없다. 되었다. 소대원들은 뿔뿔이 헤쳐져서 먹을 것을 샅샅이 뒤졌다. 아무것도 없다. 겨우 얼어 빠진 감자 한 자루뿐, 이빨에 서벅서벅 얼음이 마주치는 감자 알맹이를 씹었다. 모두 기운에 지쳐 쓰러졌다. 일시에 피곤과 허기가 납 덩어리처럼 내린다. 발가락마다 얼음이 박혔다. 눈보라는 더욱 세차게 몰아치고 밤이 다가왔다. 산속의 밤은 급히 내린다. 선임 하사만이 피로를 씹어 가며 문지방에 기대어 앉아 있었다.

밖은 휘몰아치는 눈보라뿐, 선임 하사도 잠시 눈을 붙였다. 마치 기습이라도 있을 듯한 밤이다.

그러나 아무 일도 없이 아침이 왔다.

또 눈과 기아와 추위와의 싸움이 계속되었다. 한 사람, 두 사람, 이 자연과의 싸움에 쓰러지기 시작하였다. 소대장님, 하고 마지막 한 마디를 외치고 눈 속에 머리를 박고 쓰러지는 부하들을 볼 때마다 그는 그 곁에 무릎을 꿇고 그 싸늘한 마지막 시선을 지켰다. 포켓을 찾아 소지품을 더듬는 그의 손은 항시 죽어 간 부하의 시체보다 더 차가웠다. 소대장님, 우러러 쳐다보는 마지막 부하의 그 눈빛, 적막을 더듬어 가며 죽음을 재는 그 눈은 얼음장보다도 더 차가운 그 무엇이 있었다.

"소대장님…… 북한 출신입니다. 홀몸입니다. 남한에는…… 누구도 없습니다. 이것이 이북 제 고향 주소입니다."

꾸겨진 기슭마다 닳아져서 떨어졌다. 그것을 받아 들던 그의 손, 부하의 손을 꼭 쥐어 주었다.

그 이상 더 무엇을 할 수 있었으랴…….

이제 남은 것은 그를 포함하여 여섯 명뿐.

눈 속에 쓰러져 넘어진 그들을 그대로 남겨 놓은 채 그들은 다시 눈 속을 헤쳤다. 그의 머리 속에 점점 불안이 다가왔다. 이윽고 ○○지점까지 왔을 때다. 산줄기는 급격히 부드러워져 이윽고 쑥 평지로 빠졌다. 대로다.

지형과 적정(敵情)을 탐지하러 내려갔던 선임 하사가 급히 달려왔다. 노상에는 무수히 말굽 자리와 마차의 수레바퀴 그리고 발자국 자리가 있다는 것이다. 선임 하사의 손에는 말똥이 하나 쥐어져 있었다. 능히 그것은 손힘으로 부스러뜨릴 수 있었다. 그들이 지나간 것이 그리 오래되지 않았다는 증좌다. 밤을 기다릴 수밖에 없다. 그리하여 어둠을 이용하여 도로를 횡단하고 다시 앞에 바라보이는 산줄기를 타고 오를 수밖에는 없다.

밤이 왔다. 행동을 개시하였다. 그들은 될 수 있는 한 낮은 지대를 선택하고 대로에 연한 개천 둑을 이용하였다. 무난히 대로를 횡단하였다. 논두렁에 내려서자 재빠르게 은폐물을 이용해 가며 걸음을 다그었다. 이제 약간의 안도감을 느끼고 걸음을 늦추었다.

그때다. 돌연 일발의 총성과 더불어 한마디 비명을 남기고 누가 쓰러졌다. 모두 콱 눈 속에 엎드렸다.

일순간이 지났다. 도대체 총알은 어디서부터 날아온 것인가? 그 방향을 종잡을 수가 없다. 그가 적정을 살피려고 고개를 드는 순간 또 총알이 날아왔다.

측면에서부터다. 모두 응전(應戰) 자세를 취하기 위하여 대로 쪽으로 각도를 돌렸다.

그러나 절대적으로 불리하다. 놈들은 우리의 위치를 알고 있지만 우리는 적 쪽의 위치를 잡을 수가 없다. 그렇다고 이대로 언제껏 있을 수도 없다. 아무리 밤이라 할지라도 흰 눈 위다. 그들은 산기슭까지 필사적으로 포복을 단행하였다. 동시에 총알은 비 오듯 집중된다. 비명과 더불어 소대장님, 하고 외치는 소리, 그는 눈을 꾹 감았다. 땀이 비 오듯 흐른다. 그는 눈을 꽉 감은 채 포복을 계속하였다. 의식이 자꾸 흐린다. 산기슭 흰 눈 속에 덮인 관목 숲이 눈앞에서 뿌여니 흩어진다. 총성은 약간 잦아졌다. 산기슭으로 타고 오르는 순간 선임 하사가 쓰러졌다. 그는 선임 하사를 부축하고 끌며 산속으로 산속으로 들어갔다.

얼마나 산속 깊이 들어왔는지도 모른다. 정신을 잃고 쓰러져 누웠을 때는 이미 새벽이 가까워서였다.

몹시 춥다. 몸을 약간 꿈틀거려 본다. 전 근육이 추위에 마비되어 감각을 잃은 것만 같다. 이제 모든 것이 끝나는 것이다. 퀴퀴한 냄새가 코를 찌른다. 어렴풋이 눈 속에 부서지는 구두 발자국 소리가 들려온다. 점점 가까워진다. 시간이 된 모양이다. 몸을 일으키려고 움직여 본다. 잠시 몽롱한 시각이 흐른다. 발자국 소리가 점점 멀어지기 시작하였다. 아무것도 아니다. 아무것도 아닌 것이다. 몹시 춥다. 왜 오다가 다시 돌아가는 것일까…… 몽롱하게 정신이 흐트러진다.

전공 과목은? 왜 동무는 법과를 선택했었소? 어렸을 때부터 동무는 출신 계급적인 인습 관념에 젖어 있었소. 그것을 버리시오.

나는 동무와 같은 인물을 아끼고 싶소. 나는 동무를 어느 때라도 맞아들일 마음의 준비를 가지고 있소. 문지방으로 스미어 오는 가는 실바람에 스칠 때마다 화롯불이 붉게 번지어 갔다.

나는 동무를 훌륭한 청년으로 보고 있소. 자, 담배를 태우시오.

꾸부러진 부젓가락으로 재 위를 헤칠 때마다 더욱 붉게 불꽃이 번진다.

그렇다면 동무처럼 불쌍한 청년은 또 이 세상에 없을 거요. 나는 심히 유감스럽소. 동무의 그 태도가 참으로 유감이오. (인제 모든 것은 끝나는 것이다.) 왜 동무는 내 얼굴을 그렇게 차갑게 쳐다보고만 있소? 한마디 대답도 없이 입을 다문 채…… 알겠소. 나는 동무가 지키고 있는 그 침묵으로 동무가 말하고 있는 그 모든 것을 이해할 수 있소. 유감이오. 주고받던 대화, 조그만 방 안, 깨어진 질화로가 어렴풋이 머릿속을 스친다. 그는 무겁게 몸을 뒤틀었다. 희미하게 또 과거가 이어 온다.

그들이 정신을 잃고 쓰러졌을 때는 이미 새벽이 가까워서였다. 산속의 아침은 아름답다. 눈 속의 아침은 아름답다. 눈 속에 덮인 산속의 새벽은 더욱 그렇다. 나뭇가지마다 소복이 쌓인 눈이 햇빛에 반짝인다. 해가 적이 높아졌을 때 그는 겨우 몸을 일으켰다. 선임 하사는 피에 붉게 젖은 한쪽 다리를 꽉 움켜쥔 채 의식을 잃고 쓰러져 있다. 검붉은 피가 오른편 어깻죽지와 등허리에 짙게 얼룩져 있다. 그는 급히 선임 하사를 부축하여 일으켰다.

조용히 눈을 뜬다. 그리고 소대장을 보자 쓸쓸히 입가에 웃음을 지었다. 그 순간 그는 선임 하사를 꼭 그러안고 뺨을 비벼 대었다. 단둘뿐! 이제는 단둘이 남았을 뿐이었다.

"소대장님, 인제는 제 차례가 된 모양입니다."

그는 조용히 선임 하사의 얼굴을 지켰다. 슬픈 빛이라고는 조금도 없다. 오랜 군대 생활에 이겨 온 굳은 의지가 엿보일 뿐이다.

선임 하사, 그는 이차 대전 시 일본군에 소집되어 남양 전투에 종군하다 북지(北支)로 이동, 일본의 항복과 더불어 포로 생활 2개월을 거치고 팔로군 (八路軍 항일 전쟁 때 화베이에서 활약한 중국 공산당의 주력군), 국부군(國府軍 중화민국 국민 정부의 군대), 시조(時潮 시대적인 사조나 조류)가 변전(變轉 이리저리 변해 달라짐)되는 대로 이역(異域 다른 나라의 땅. 본고장이나 고향이 아닌 딴 곳)을 표류하다 고국으로 돌아와 다시 군문으로 들어선 것이었다. 군대 생활이 무엇보다도 재미있다는 그, 전투가 자기 생활 속에서 제일 신이 나는 순간이라는 그였다.

"사람은 서로 죽이게끔 마련이오. 역사란 인간이 인간을 학살해 온 기록이니까요. 그렇게 생각지 않으시오? 난 전투가 제일 재미있소. 전투가 일어나면 호흡이 벅차고 내가 겨눈 총구에 적의 심장이 아른거릴 때마다 나는 희열을 느낍니다. 나는 그 순간 역사가 조각되고 있는 것같이 느껴지거든요. 사람이란 별 게 아니라 곧 싸우는 것을 의미하고, 싸우다 쓰러지는 것을 의미할 겁니다."

이것이 지금껏 살아온 태도였다. 이것뿐이다. 인제 그는 총에 맞았다. 자기 차례가 된 것을 알 뿐이다. 어렴풋이 희미한 기억을 타고 선임 하사의 음성이 떠오른다. 그는 몸을 조금 일으키려고 꿈지럭거리다가 그대로 펄썩 쓰러졌다.

바른편 팔 위에 경련이 일어난 것이다. 혓바닥을 깨물고 고통의 일순을 넘겼다. 이제 모든 것은 끝나는 것이다. 선임 하사의 생각이 이어 온다.

"소대장님, 제 위치는 결정되었습니다. 안심하십시오."

분명히 말을 끝낸 선임 하사는 햇볕이 조용히 깃드는 양지쪽으로 기어가서 늙은 떡갈나무에 등을 기대고 앉았다.

햇볕을 받아 가며 조용히 내리감은 눈, 비애도, 슬픔도, 고독도, 그 어느 하나도 없다. 다만 눈 속에 덮인 산속의 적막, 이것이 그의 얼굴 위에 내릴 뿐이다. 의식을 잃은 듯 몸이 점점 비스듬히 허물어지다가 털썩 쓰러졌다. 그는 급히 다가가서 선임 하사를 일으키려 하였다. 그 순간 눈을 가늘게 떴다. 입가에 미소가 가벼이 흐른다. 햇볕이 따사로이 그 입가의 미소를 지킨다.

"이대로……."

눈을 감았다. 잠시 가는 숨결이 중단되며 이어 갔다.

무릎까지 파묻히는 눈 속을 헤치며 남쪽으로 남쪽으로 걸었다. 몇 번이고 의식을 잃고 그대로 쓰러졌다. 때로는 눈보라와 종일 싸워야 했고, 알 길 없는 방향을 더듬으며 헤매어야 했다. 발이 얼어 감각이 없다. 불안과 절망이 그를 엄습하기 시작하였다. 내가 잡은 이 방향이 정확한 것인가? 나의 지금 이 위치는? 상의할 아무도 없다. 나 하나뿐. 그렇다고 이대로 서 있을 수도 없다. 그는 한 걸음 한 걸음 눈 속을 헤치며 걸었다. 어디까지 이렇게 걸어야 하는 것인가? 언제껏 이렇게 걸어야 하는 것인가? 밤이면 눈 속에 묻혀서 잤다. 해가 뜨면 또 걸어야 한다. 계곡, 비탈, 눈이 쌓인 관목 숲, 깎아세운 듯 강파르게 솟은 산마루. 그는 몇 번이고 굴러떨어졌다. 무릎이 깨어지고 옷이 찢어졌다. 피로와 기아, 밤이면 추위와 더불어 고독이 엄습한다. 악몽, 다시 뒤덮이는 악몽. 신음 끝에 눈을 뜨면 적막과 어둠뿐. 자주 흩어지는 의식은 적막 속에 영원히 파묻혀만 간다. 나는 이대로 영원히 눈 속에 묻혀 사라져 버리는 것이 아닌가? 그러나 밤은 지새고 또 새벽은 온다. 그는 일어났다. 눈 속을 또 헤쳐야 한다. 산세는 더욱 험악하여만 가고 비탈은 더

욱 모질다. 그는 서너 길이나 되는 비탈길에서 감각을 잃은 발길의 헷갈림
으로 굴러떨어졌다. 잠시 의식을 잃었다가 다시 본정신이 돌기 시작하였을
때 그는 어떤 강한 충격으로 입술을 꽉 깨물었다. 전신이 쿡쿡 쑤신다. 그는
기다시피 하여 일어섰다. 부르쥔 주먹이 푸들푸들 떨고 있다.

세 길…… 네 길…… 까마득하다. 그러나 올라가야만 한다. 그는 입을 악
물고 기어오르기 시작하였다. 정신이 자꾸 흐린다. 하늘이 빙그르르 돈다.
그는 눈을 꽉 감고 나무뿌리를 움켜쥔 채 잠시 정신을 가다듬는다. 또 기어
오른다. 나무뿌리가 흔들릴 때마다 눈 덩어리와 흙덩어리가 부서져 내린다.
악전 끝에 그는 비탈에 도달하였다. 도달하던 순간 그는 의식을 잃고 그대
로 쓰러졌다.

밤이 온다.

또 새벽이 온다. 그는 모든 것을 잃었다. 한 발자국, 한 발자국, 눈을 헤치
며 발걸음을 옮기는 이것이 그에게 남은 전부였다. 총을 둘러멜 기운도 없
이 허리에다 붙들어 매었다. 그는 자꾸 흐트러지는 의식을 가다듬어 가며
발을 옮겼다.

한 주일째 되던 저녁, 어슴푸레하게 저녁이 깃들 무렵 그는 이 험한 준령
을 정복하고야 말았다.

다음 날 해가 어언간 높아졌을 무렵에 그는 눈을 떴다. 그는 순간 놀라지
않을 수 없었다.

바로 눈앞 C자 형으로 산줄기가 돌아 나간 그 움푹 파인 복판에 집들이
점점이 산재하여 있는 것이 아닌가! 이것을 모르고 눈 속에서 밤을 보냈다
니…… 소복이 집들이 둘러앉은 마을! 가슴이 뭉클하고 눈물이 핑 돌았다.
그는 눈물을 머금으며 마을로 마을로 내려갔다. 마을 어귀에 다다랐다. 집
문들이 제멋대로 열어젖혀진 채 황량하다. 눈이 마을 하나 가득히 쌓인 채
발자국 하나 없다. 돼지우리, 소 헛간, 아! 사람들이 사는 곳! 그는 방 안으
로 들어갔다. 열어젖힌 장롱…… 방바닥 하나 가득히 먼지 속에 흐트러진
물건들…… 옷! 찢어진 옷! 그는 그 옷들을 주워서 꽉 움켜쥐었다. 사람
냄새…… 땟국에 젖은 사람 냄새…… 방 안을 둘러본다. 너무도 황량하다.
사람이 사는 곳이 이렇게 황량해질 수는 없는 것만 같이 느껴진다. 아무리
몇 번이고 보아 온 그것이었다 할지라도…….

그 순간 그는 이상한 발자국 소리를 듣고 한쪽 벽으로 몸을 피했다. 흙이

부서진 벽 구멍으로 밖의 동정을 살폈다. 아무 일도 없는 것 같다. 스산한 내 정신의 탓인가? 그러나 다음 순간 그는 확실히 사람들의 음성을 들은 것 같았다.

기대와 긴장이 동시에 서린다. 그는 담 구멍을 통하여 사방을 유심히 살폈다. 약 오십 미터쯤 떨어진 맞은편 초가집 뒤 언덕을 타고 한 떼가 몰려가고 있다. 그들은 얼마 안 가 멈추었다.

멀리서 보기에도 확실히 군인임엔 틀림없다. 미군 전투 복장도 끼여 있는 듯하다. 벌써 아군 선 내에 들어와 있는 것인가? 그러면……? 그는 숨죽여 이 광경을 지키고 있었다. 그러나 좀 수상쩍은 데가 있었다. 누비옷을 입은 군인의 그 누비옷의 형식이 문제다. 그는 좀 더 자세히 이 정체를 파악하기 위하여 맞은편 초가집으로 옮겨가지 않으면 안 되었다. 그는 담벽을 따라 교묘히 소 헛간과 짚 나뭇가리 등 은폐물을 이용하여 그 집 뒷마당까지 갈 수 있었다. 뒤담장에 몸을 숨기고 무너진 담 구멍으로 그들의 일거일동을 지켰다. 눈앞의 그림자처럼 아른거린다. 그들이 주고받는 말소리가 간간이 들려온다.

동무…… 총살, 이 두 마디가 그의 머릿속에 못 박혔다. 눈앞이 아찔한다. 그는 더욱 정신을 가다듬고 그들의 일거일동을 살폈다. 머리가 덥수룩하고, 야윈 얼굴에 내의 바람의 한 청년이 양손을 등 뒤로 묶인 채 맨발로 서 있는 것이 눈에 띄었다.

"동무는 우리 인민의 처사에 대하여 이의가 있소?"

그 위엄으로 보아 대장인가 싶다.

"생명체와 도구는 다른 것이오. 나는 포로가 되었을 때 비로소 내가 확실히 호흡하고 있는 인간이라는 것을 알았을 뿐이오. 나는 기쁘오. 내가 한 개의 기계나 도구가 아니었다는 것, 하나의 생명체인 인간으로서 살아 있었다는 것, 그리고 인간으로서 죽어 간다는 것, 이것이 한없이 기쁠 뿐입니다."

명확한 차가운 음성이었다.

"좋소."

경멸적인 조소가 입술에 어렸다.

"이 둑길을 따라 똑바로 걸어가시오. 남쪽으로 내닫는 길이오. 그처럼 가고 싶어 하던 길이니 유감은 없을 것이오."

피해자는 돌아섰다. 한 발자국, 한 발자국 걷기 시작하였다.

뒤에서 두 놈이 총을 재었다.

바야흐로 불길을 뿜으려는 총구를 등 뒤에 받으며, 주저 없이 정확한 걸음걸이로 피해자는 눈길을 맨발로 헤쳐 나가고 있었다.

이제 몇 발의 총성과 더불어 그는 무참히 쓰러지고 말 것이다. 똑바로 정면으로 눈 준 채 조금도 흩어질 줄 모르는 그의 침착한 걸음걸이……

눈앞이 빙빙 돈다. 그는 마치 저 언덕길을 걸어가고 있는 것이 자기인 것만 같았다. 순간 그는 총을 꽉 움켜쥐었다. 내일을 위해 오늘의 싸움을 피한다는 것은 비겁한 수단이다. 지금 저 눈길을 걸어가고 있는 피해자는 그가 아니라 나 자신이다. 내가 지금 피살당하러 가고 있는 것이다. 쏴야 한다. 그는 사수를 겨누었다. 숨죽이는 순간 이미 그의 두 총구에서는 빗발같이 총알이 쏟아져 나갔다. 쓰러진다. 분명히 두 놈이 쓰러졌다. 그는 다음다음 연달아 쏘았다. 일순간이 지나자 응수가 왔다. 이마에선 줄곧 땀이 흐른다. 눈앞이 돈다. 전신의 근육이 개머리판의 진동에 따라 약동한다. 의식이 자주 흐린다. 그는 푹 고개를 묻고 쓰러졌다. 위기일발, 다시 겨눈다. 또, 어깨 위에 급격한 진동이 지나간다. 자꾸 흐트러지는 의식. 놈들의 사격이 뚝 그쳤다. 적은 전후좌우로 흩어져서 육박하여 오고 있다.

의식을 잃은 난사. 그는 벌떡 일어섰다.

그 순간 푹 쓰러졌다. 의식이 깜빡 사라진다. 갓 지나간 격렬한 총성의 여음이 귓가에서 감돈다. 몸 어느 한구석이 쿡쿡 찔리고, 끈적끈적한 액체가 흘러내리고 있는 것 같다. 소리가 난다. 무엇이 다가오고 있다. 머리를 쾅 하고 내리친다. 그 순간 의식을 잃었다.

오른편 팔 위에 격통이 일어난다. 그는 간신히 왼편 손으로 오른편 팔을 엎쓸어 더듬었다. 손끝에 오는 감촉이 끈적끈적하다. 손을 떼었다.

눈앞으로 가져갔다. 그 손끝과 손가락 사이에는 피, 검붉은 피가 흠뻑 젖어 있다. 어디선가 두런두런 말소리가 들린다. 담배 연기가 자욱하다. 먼지와 거미줄이 뽀오야니 늘어붙은 찢어진 천장 구멍으로 사라져 간다. 방 안이다. 방 안에 눕혀져 있는 것이다. 이따금 흰 눈을 밟고 지나가는 발자국 소리가 희미한 의식 속에 떠오른다. 점점 멀어져 가는 발자국 소리를 따라서 그의 의식도 희미해진다.

그 후 몇 번이고 심문이 지나갔다. 모든 것은 결정되었다.

인제 모든 것은 끝나는 것이다. 얼음장처럼 밑이 차다. 아무 생각도 없다. 전신의 근육이 감각을 잃은 채 이따금 경련을 일으킨다. 발자국 소리가 난다. 말소리도. 시간이 되었나 보다. 문이 삐거덕거리며 열리고, 급기야 어둠을 헤치고 흘러 들어오는 광선을 타고 사닥다리가 내려올 것이다. 숨죽인 채 기다린다. 일순간이 지났다. 조용하다. 아무런 동정도 없다. 어쩐 일일까? ……몽롱한 의식의 착오 탓인가. 확실히 구둣발 소리다. 점점 가까워 오는…… 정확한…….

그는 몸을 일으키려 애썼다. 고개를 들었다. 맑은 광선이 눈부시게 흘러 들어온다. 사닥다리다.

"뭐하고 있어! 빨리 나와!"

착각이 아니었다.

그들은 벌써부터 빨리 나오라고 고함을 지르며 독촉하고 있었다. 한 단한 단 정신을 가다듬고, 감각을 잃은 무릎을 힘껏 괴어 짚으며 기어올랐다. 입구에 다다르자 억센 손아귀가 뒷덜미를 움켜쥐고 끌어당겼다. 몸이 밖으로 나가는 순간, 눈 속에서 그대로 머리를 박고 쓰러졌다. 찬 눈이 얼굴 위에 스치자 정신이 돌아왔다. 일어서야만 한다. 그리고 정확히 걸음을 옮겨야 한다. 모든 것은 인제 끝나는 것이다. 끝나는 그 순간까지 정확히 나를 끝맺어야 한다.

그는 눈을 다섯 손가락으로 꽉 움켜 짚고, 떨리는 다리를 바로잡아 가며 일어섰다. 그리고 한 걸음 한 걸음, 정확히 걸음을 옮겼다. 눈은 의지적인 신념으로 차가이 빛나고 있었다.

본부에서 몇 마디 주고받은 다음, 준비 완료 보고와 집행 명령이 뒤이어 떨어졌다.

눈에 함빡 쌓인 흰 둑길이다. 오! 이 둑길…… 몇 사람이나 이 둑길을 걸었을 거냐……. 훤칠히 트인 벌판 너머로 마주 선 언덕, 흰 눈이다. 가슴이 탁 트이는 것 같다. 똑바로 걸어가시오. 남쪽으로 내닫는 길이오. 그처럼 가고 싶어 하던 길이니 유감없을 거요. 걸음마다 흰 눈 위에 발자국이 따른다. 한 걸음 두 걸음, 정확히 걸어야 한다. 사수 준비! 총탄 재는 소리가 바람처럼 차갑다. 눈앞에 흰 눈뿐, 아무것도 없다. 이제 모든 것은 끝난다. 끝나는 그 순간까지 정확히 끝을 맺어야 한다. 끝나는 일 초 일각까지 나를, 자기를 잊어서는 안 된다.

걸음걸이는 그의 의지처럼 또한 정확했다. 아무리 한 걸음, 한 걸음 다가
가는 걸음걸이가 죽음에 접근하여 가는 마지막 길일지라도 결코 허튼, 불
안한, 절망적인 것일 수는 없었다. 흰 눈, 그 속을 걷고 있다. 훤칠히 트인 벌
판 너머로, 마주 선 언덕, 흰 눈이다. 연발하는 총성, 마치 외부 세계의 잡음
만 같다. 아니, 아무것도 아닌 것이다. 그는 흰 눈 속을 그대로 한 걸음, 한
걸음, 정확히 걸어가고 있었다. 눈 속에 부서지는 발자국 소리가 어렴풋이
들려온다. 두런두런 이야기 소리가 난다.

누가 뒤통수를 잡아 일으키는 것 같다. 뒤허리에 충격을 느꼈다. 아니, 아
무것도 아니다. 아무것도 아닌 것이다.

흰 눈이 회색빛으로 흩어지다가 점점 어두워 간다. 모든 것은 끝난 것
이다.

놈들은 멋적게 총을 다시 거꾸로 둘러메고 본부로 돌아들 테지. 눈을
털고 주위에 손을 비벼 가며 방 안으로 들어갈 것이다. 몇 분 후면 화롯불에
손을 녹이며 아무 일도 없었던 듯 담배들을 말아 피우고 기지개를 할 것이
다. 누가 죽었건 지나가고 나면 아무것도 아니다. 모두 평범한 일인 것이다.
의식이 점점 그로부터 어두워 갔다. 흰 눈 위다. 햇볕이 따사로이 눈 위에
부서진다.

불신 시대

✏ **작가와 작품 세계** --

박경리(1926~2008)

경상남도 통영 출생. 진주여자고등학교를 거쳐 1950년 서울가정보육사범학교 가정과를 졸업하고 황해도 연안여자중학교에서 교사로 근무했다. 1955년 「계산」, 1956년 「흑흑백백」이 〈현대문학〉에 추천되면서 등단했다. 1957년 「불신 시대」로 현대문학 신인상을 수상했다. 초기에는 전쟁으로 가족을 상실한 개인의 힘겨운 삶과 내적 갈등을 통해 부조리한 사회 구조를 드러내는 단편 소설을 주로 발표했다.

1958년 첫 장편『애가』를 발표했다. 1959년『표류도』를 발표해 내성문학상을 수상했다. 이후 장편 소설에 주력해『김약국의 딸들』,『시장과 전장』,『파시』 등을 발표했다. 1969년부터 집필을 시작해 1994년에 전 16권으로 완간한 대하소설『토지』는 한국 문학사의 기념비적인 작품으로 평가된다. 한민족의 역사와 생활상을 폭넓고 생생하게 그린『토지』는 영어, 프랑스어, 일본어 등으로 번역 출간되었다. 1996년 호암예술상을 수상하고 칠레 정부로부터 가브리엘라 미스트랄 문학 기념 메달을 받았다.

✏ **작품 정리** --

> 갈래: 단편 소설, 전후 소설
> 배경: 시간 - 6 · 25 전쟁 직후 / 공간 - 서울
> 시점: 전지적 작가 시점
> 주제: 전후 부조리한 사회에 대한 비판
> 출전: 〈현대문학〉(1957)

🖉 구성과 줄거리 --

발단 진영은 남편과 사별하고 의사의 잘못으로 아들 문수마저 잃음

9·28 수복 전야에 남편이 사망한다. 진영은 친정 어머니와 아들 문수의 손을 잡고 피난한다. 그들은 전쟁이 끝난 뒤 서울로 돌아왔지만 집터는 쑥대밭이 되어 있다. 문수는 9살에 마취 약도 없이 뇌 수술을 받다가 죽는다. 그날 이후 진영은 환청에 시달린다.

전개 진영은 배금주의에 물든 종교와 병원에 실망함

진영은 성당을 찾아가 기도를 올리지만 마음 한구석에서는 문수가 영영 죽어 없어졌다는 생각을 한다. 진영은 폐결핵을 앓고 있지만 병원을 믿지 못한다. 얼마 전 진영이 다니던 병원에서 주사약의 분량을 속였기 때문이다. 절에서 찾아온 중도 장사꾼처럼 시주받은 쌀을 판다. 절에서는 적어도 돈만 낸다면 문수를 위한 단독적인 행사를 해줄 것이라 생각한 진영은 이천 환을 준비한다. 절에서는 돈을 적게 낸 진영을 홀대한다.

위기 진영은 폐결핵을 앓으며 내적 갈등에 고통받음

절에서 나온 진영은 문수를 낯선 여관방에 혼자 둔 것 같은 마음에 말없이 운다. 진영은 폐결핵을 앓으면서 육신과 정신이 해체되는 느낌을 받는다. 견디다 못한 진영은 병원을 찾지만 빈 약병을 파는 모습을 보고 내원을 중단한다. 거리에는 가짜 주사약이 범람하고 있다. 진영은 두 종교를 오가며 돈을 바쳤던 행동을 자책하고, 문수를 떠올리며 모든 '약탈적인 살인자'들을 향해 분노한다.

절정 갈월동 아주머니가 금전 차용 문제로 진영과 의논하러 옴

음력설이 임박한 날에 진영을 찾아온 갈월동 아주머니는 돈을 빌린 사람이 죽어서 어떻게 해야 할지 모르겠다고 말한다. 진영은 갈월동 아주머니가 곗돈으로 비밀 거래를 했으며, 채무자는 돈을 빌리는 데 종교를 이용했다는 사실을 알게 되어 환멸을 느낀다. 갈월동 아주머니가 돌아간 뒤 피로를 느낀 진영은 자리에 쓰러져 잠이 든다.

결말 진영은 문수의 위패와 사진을 태운 뒤 저항 의지를 다잡음

잠이 깬 진영은 절에 찾아가 문수의 위패와 사진을 돌려받는다. 진영은 위패와 사진을 태우며 눈물을 흘리지만 자신에게 아직 항거할 수 있는 생명이 남아 있음을 생각하며 언덕을 내려간다.

1. 이 작품의 제목인 '불신 시대'는 어떤 의미를 지니는가? 시대적 배경과 연관 지어 설명해 보자.

   이 작품의 시대적 배경은 6·25 전쟁 직후이다. 전쟁 상황에서 인간의 생명은 존엄성을 상실하고 사회 질서는 흐트러진다. 생존이라는 과제에 직면한 사람들은 남을 속여 자신의 이익을 추구한다. 물질만이 최고의 가치를 지니는 사회에서는 서로 간에 불신이 싹틀 수밖에 없다. '불신 시대'는 전후(戰後) 사람 사이의 신뢰가 깨어지고 부조리가 만연한 사회상을 반영한 제목이다.

2. 이 작품에서 성당, 절, 병원은 어떤 장소인가?

   성당, 절, 병원은 진영이 몸과 마음을 치유하기 위해 찾은 장소이다. 그러나 이 장소들은 이미 배금주의에 물들어 있어 진영의 기대를 배반한다. 성당에 다니는 신도들은 도둑을 경계해 신발 보따리를 싸매고, 독실한 천주교 신자인 갈월동 아주머니는 곗돈을 떼먹는다. 진영의 집을 찾아온 중은 시주받은 쌀을 팔고, 절에서는 돈을 얼마나 많이 내느냐에 따라 대접을 달리한다. 병원은 사람의 생명을 살리기 위한 장소이지만 그곳에서 진영의 아들 문수는 의사의 무관심 때문에 허무하게 죽었다. 진영은 폐결핵을 앓고 있지만 주사약의 분량을 속이고 빈 약병을 파는 병원을 도저히 믿을 수 없다. 이 작품에서 성당, 절, 병원은 물질만을 추구함으로써 작품의 제목인 '불신 시대'를 더욱 강조하는 장소로 기능한다.

3. 진영은 왜 문수의 위패와 사진을 불태우는가?

   진영이 부조리한 현실에 분노하고 저항하고자 결심했기 때문이다. 타락한 종교는 더 이상 문수의 영혼을 구원할 수 없다. 진영은 위패와 사진을 불태움으로써 종교에 대한 모든 기대를 접은 것이다. 또한 진영의 행동은 아들의 죽음에서 벗어나 자신의 삶을 개척하려는 의지의 발현으로도 해석할 수 있다.

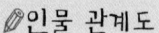 인물 관계도

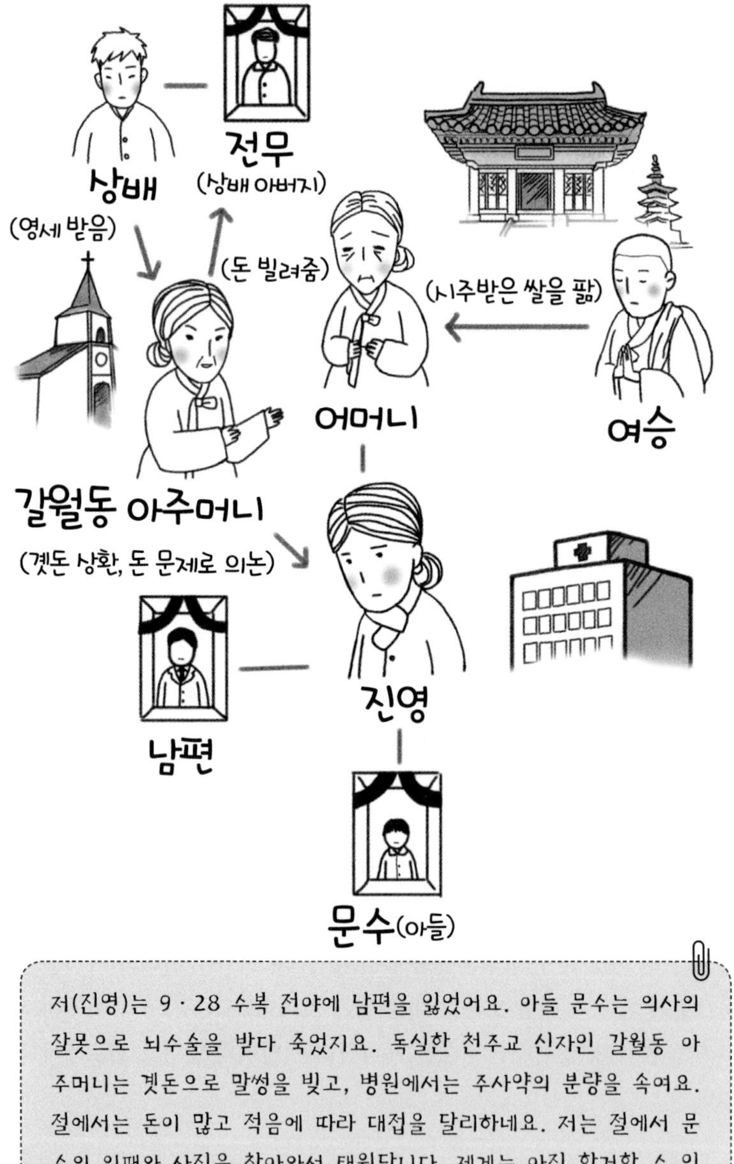

상배
(영세 받음)

전무
(상배 아버지)

(돈 빌려줌)

(시주받은 쌀을 팖)

어머니

여승

갈월동 아주머니
(곗돈 상환, 돈 문제로 의논)

남편

진영

문수(아들)

저(진영)는 9·28 수복 전야에 남편을 잃었어요. 아들 문수는 의사의 잘못으로 뇌수술을 받다 죽었지요. 독실한 천주교 신자인 갈월동 아주머니는 곗돈으로 말썽을 빚고, 병원에서는 주사약의 분량을 속여요. 절에서는 돈이 많고 적음에 따라 대접을 달리하네요. 저는 절에서 문수의 위패와 사진을 찾아와서 태웠답니다. 제게는 아직 항거할 수 있는 생명이 남아있어요.

432 한국단편소설 70

불신 시대

9·28 수복 전야에 진영(眞纓)의 남편은 폭사했다. 남편은 죽기 전에 경인 도로에서 본 괴뢰군(북한 인민군을 소련의 꼭두각시로 비난하여 이르던 말)의 임종 이야기를 했다. 아직 나이 어린 소년이었다는 것이다. 그 소년병은 가로수 밑에 쓰러져 있었는데 폭풍으로 터져 나온 내장에 피비린내를 맡은 파리 떼들이 아귀처럼 덤벼들고 있더라는 것이다. 소년병은 물 한 모금 달라고 애걸을 하면서도 꿈결처럼 어머니를 부르더라는 것이다. 그것을 본 행인 한 사람이 노상에 굴러 있는 수박 한 덩이를 돌로 짜개서 그 소년에게 주었더니 채 그것을 먹지도 못하고 숨이 지더라는 것이다.

남편은 마치 자신의 죽음의 예고처럼 그런 이야기를 한 수 시간 후에 폭사하고 만 것이다.

남편을 잃은 진영은 1·4 후퇴 때 세 살 먹이 아이를 업고 친정어머니와 같이 제일 마지막에 서울에서 떠났다. 그러나 안양에 이르기도 전에 중공군이 그들을 앞질렀고, 유엔군의 폭격 밑에 놓였다. 수없는 피난민이 얼음판에 거꾸러졌다. 피난 짐을 끌던 소는 굴레를 찬 채 둑 밑으로 굴렀다. 피가 철철 흐르는 시체 옆에 아이가 울고 있었다. 진영은 눈을 가리고 달아났던 것이다.

악몽과 같은 전쟁이 끝났다.

진영은 아들 문수(文秀)의 손을 잡고 황폐한 서울로 돌아왔다. 집터는 쑥대밭이 되어 축대조차 찾아볼 수 없었다. 진영은 잡풀 속에 박힌 기왓장 밑에서 물씬물씬(잘 익거나 물러서 매우 또는 여기저기가 연하고 물렁물렁한 느낌) 무너지는 책 한 권을 집어들었다. 「프랑스 문학(文學)의 전망(展望)」이라는 일본 책이었다. 이 책이 책장에 꽂혔을 때 ─ 순간 진영의 머릿속에 그러한 회상이 환각처럼 지난다. 진영은 무심한 아이의 눈동자를 멍하니 언제까지나 바라보고 있었다.

문수가 자라서 아홉 살이 된 초여름, 진영은 내장이 터져서 파리가 엉겨 붙은 소년병을 꿈에 보았다. 마치 죽음의 예고처럼 다음 날 문수는 죽어 버린 것이다. 비가 내리는 밤이었다.

일찍부터 홀로 되어 외동딸인 진영에게 붙어서 살아온 어머니는 내가 죽을 것을, 하며 문지방에 머리를 부딪치는 것이었으나 진영은 허공만 바라보고 있었다.

아이는 앓다가 죽은 것이 아니었다. 길에서 넘어지고 병원에서 죽은 것이다. 그러나 그것뿐이라면 차라리 진영으로서는 전쟁이 빚어낸 하나의 악몽처럼 차차 잊어버릴 수 있는 일이었는지도 모른다. 그러나 그것이 아니었다. 의사의 무관심이 아이를 거의 생죽음을 시킨 것이다. 의사는 중대한 뇌 수술을 엑스레이도 찍어보지 않고, 심지어는 약 준비조차 없이 시작했던 것이다. 마취도 안 한 아이는 도수장(屠獸場 고기를 얻기 위하여 소나 돼지 따위의 가축을 잡아 죽이는 곳) 속의 망아지처럼 죽어 간 것이다. 그렇게 해서 아이를 갖다버린 진영이었다.

바깥 거리에는 쏴아! 하며 밤비가 내리고 있었다.

누워서 멀거니 천장을 바라보고 있는 진영의 눈동자가 이따금 불빛에 번득인다. 창백한 볼이 불그스름해진다. 폐결핵에서 오는 발열이다.

바깥의 빗소리가 줄기차 온다.

아이가 죽은 지 겨우 한 달, 그러나 천 년이나 된 듯한 긴 날들이었다. 진영은 가만히 눈을 감는다. 진영의 귀에 조수(潮水 밀물과 썰물을 통틀어 이르는 말)처럼 밀려오는 것은 수술실 속의 아이의 울음소리였다.

진영은 벌떡 자리에서 일어나 술병을 들이켠다. 잠이 오지 않을 때 마셔보라고 동무가 보내준 포도주였다.

이불 위에 엎드린 진영은 여울처럼 멀어지는 수술실 속의 아이의 울음소리를 듣는 것이었다.

어떻게 해서 잠이 든다. 진영은 꿈속에서 희미한 길을 마구 쏘다니며 아이를 찾아 헤매다가 붕대를 칭칭 감은 눈도, 코도, 입도, 보이지 않는 아이 모습에 소스라쳐 깬다. 흠씬 땀에 젖은 몸이 가늘게 떨고 있었다.

별안간 무서움이 쭉 끼친다.

비가 멎은 새벽이 창가로부터 서서히 방 안으로 스며들고 있었다.

허공을 보고 있는 진영은 왜 무서움을 느끼는지 알 수가 없었다. 아이가 이미 유명(幽冥 저승)의 혼령이기 때문인지도 모른다. 그렇다면 이렇게 서글픈 인간관계가 어디 있겠는가. 진영은 구역이 나올 정도로 자기 자신이 싫었다.

성당의 종소리가 멀리서 들려온다. 요다음 주일날에는 꼭 나를 성당에 데려가 달라고 갈월동 아주머니에게 부탁을 한 일이 생각난다. 바로 오늘이 그 주일날이다.

갈월동의 아주머니는 약속한 대로 여덟 시가 못 되어서 왔다. 아주머니는 옛날에 죽은, 진영의 칠촌 아저씨의 마누라였다. 자식도 없는 그는 아주 독실한 천주교의 신자였으나 근래에 와서 계로 인해서 상당히 말썽을 빚었다. 진영이만 해도 그 쩔쩔 끓는 돈으로 겨우 다 넣어 온 이십만 환짜리 계를 소롯이 포기하고 말았던 것이다. 그만큼 계주를 한 아주머니의 사정이 핍박했던 것이다.

매미 날개같이 손질을 한 모시옷을 입은 아주머니는 울고불고 하는 어머니를 위로하는데 아주머니가 말할 적에는 금으로 씌운 송곳니가 알른알른 보였다.

어머니는 아는 사람을 보기만 하면 언제나 손을 잡고 손자를 잃은 하소연을 했다. 진영은 그러는 어머니가 싫었지만, 그러나 딸 하나를 믿고 산 그가 여러 가지 면으로 서러운 위치에 놓인 것은 사실이다.

"우시지 마세요, 형님. 산 사람 생각도 하셔야지. 진영의 마음이 오죽하겠어요? 이러지 마세요. 그리고 살아 갈 길이나 생각합시다."

진영이 실직을 하고 있는 형편이라 살길도 막연하긴 했다.

아주머니는 갖가지 말로 어머니를 달래다가 풀어진 고름을 여미며(아주머니는 적삼에도 반드시 고름을 달았다),

"우리 어디 사는 대로 살아 봅시다……. 그리고 나도 생각하고 있었어요. 형님 돈만큼은 돌려 드리려고. 원금만이라도요……."

어머니의 얼굴이 좀 밝아진다. 진영은 잠자코 양말을 신고 있었다.

세 사람은 거리에 나왔다. 아침이라 가로수가 서늘했다.

본시 불교도인 어머니는 성당으로 가는 것이 마음에 꺼렸으나, 그러나 아무래도 좋았다. 의사는 항상 딸에게 있는 것이었으니까…….

아주머니는 진영의 양산 밑으로 바짝 다가오면서 소곤거리기 시작한다.

"천주님이 계신 이상 우리는 불행하지 않다. 천주님이 너를 사랑하기 때문에 이런 기회를 주어 너를 부르신 거야. 모든 것이 다 허망한 인간 세상에 다만 천주님만이 빛이 된다."

신자이면 누구나 할 수 있는 똑같은 말을 아주머니는 말했다.

진영은 땅을 내려다본 채,

"지가 구원을 받자고 가는 건 아니에요. 천당이 있어서 그곳에 문수가 놀고 있거니, 그렇게 생각하고 싶어서."

"그래, 천당 갔다. 그렇게 착한 아이가…… 아암 행복하게 꽃동산에서 놀고 있고 말고."

연장자답게 위로하는 것이었으나 말투가 너무 어수룩했다.

"아무리 꽃동산이래도 그 애는 외로울 게요. 엄마 생각이 날 거예요."

진영은 혼자 중얼거리며 하늘을 보았다. 너울처럼 엷은 구름이 가고 있었다.

"그런 소리 말고 영세나 받도록 해. 상배(相培)도 영세를 벌써 받았어."

아주머니의 목소리는 먼 지평선에서 울려오는 것 같았다. 진영은 기계적으로,

"그 무신론자가…… 영세를……?"

"그 애도 요즘 심경이 많이 변했어."

분 냄새가 엷게 풍겨 온다. 진영은 금니가 알른알른 보이는 아주머니의 입매를 물끄러미 쳐다본다.

상배는 아주머니 댁에 하숙한 대학생이다. 지난간 봄에만 해도 그는,

"아주머니요, 예수가 물 위로 걸었다캤능기오. 하핫핫! 아마 예수는 왼발이 빠지기 전에 오른발을 올렸고, 오른발이 빠지기 전에 왼발을 올렸던가배요. 하하핫……."

그런 부산 사투리의 조롱이 자기 딴에는 아주 신통했던지 상배는 콧마루를 벌름거리며 웃었던 것이다. 진영이 그것을 생각하는 동안 아주머니는 손수건으로 땀을 닦으며,

"그 애도 우리 집에서 쉬이 옮기게 될 거야. 아버지가 사업 때문에 서울로 오신다니까…… 그래서 나도 그 애가 나가기 전에 영세받도록 하려고……."

부드러운 목소리였다.

그들이 성당 앞까지 왔을 때 은행나무에 자잘한 햇빛이 부서지고 있었다. 뜰에는 연분홍빛 글라디올러스가 피어 있었는데 진영은 불교의 상징인 연화(蓮花)를 왜 그런지 연상했다. 그리고 엉뚱스럽게 그 꽃들이 자아내는 서양과 동양의 거리를 생각해 보는 것이었다. 막연한 생각이다. 그러나 다음 순간 진영은 얼떨떨하게 자기의 마음을 더듬었다. 문수를 위하여 신을 뵈러 온 마당에서 아무런 경건함도 없이 이렇게 냉정히 사물을 헤아리고 있

었다는 것을, 그것을 다만 시각에서 온 하나의 자연 발상이라고만 할 수 있을 것인가. 그렇지 않다면 내 슬픔 속에 그만큼 여유가 있었다는 말인가. 진영은 문수에게 부끄러웠다. 미안했다.

진영은 땀에 젖은 분 냄새가 풍겨 오는 아주머니의 젖가슴을 무심히 바라보았다.

나무 그늘 아래 아이들이 모여 있었다. 그 옆에는 중년 남자 한 사람이 십자가, 성경책 같은 것을 노점처럼 벌여 놓고 팔고 있었다. 진영은 어느 유역의 이방인인 양 그런 광경을 건너다보았다. 분위기에 싸이지 않는 마음속에는 쌀쌀한 바람이 일고 있었다.

진영은 성당 안으로 들어갔다. 아주머니는 신발을 책보에 싸면서,

"주로 아이들을 위한 미사 시간이 돼서 시끄러워. 다음엔 일찍 와요."

진영은 아주머니의 말보다 거추장스럽게 신발을 싸 들고 가는 신자들의 모습에 눈이 따라가는 것이었다. 진영은 문득 예수 사랑하려고 예배당에 갔더니 눈 감으라 해 놓고 신 도둑질하더라, 그런 야유에 찬 노래를 생각했다. 그러나 진영은 곧 형용할 수 없는 두려움을 느꼈다. 신전에서 신을 모독하다니- 그런 죄악 의식에 쫓기며 진영은 아주머니의 뒤를 따랐다.

얼마 후에 미사는 시작되었다.

"가엾은 나의 아들 문수를 위하여 기도를 올리나이다. 진심으로…… 진실로 비나이다. 그 고통으로부터 놓이게 하시고, 어린 영혼에게 평화가 있기를……."

진영은 눈을 감고 그런 말을 중얼거렸다. 그러나 마음 한구석에 있는 헤살꾼(남의 일에 짓궂게 훼방을 놓는 사람)의 속삭임이 더 집요했다. 헤살꾼은 속삭인다. 문수는 죽어 버린 것이다. 아주 영영 없어진 것이다. 진영은 눈앞이 캄캄해 오는 것을 느낀다. 헤살꾼은 속삭인다. 칼끝으로 골을 짜개서 죽여버린 것이다. 무참하게 죽여버린 것이다.

진영은 눈앞에 시뻘건 불덩어리가 굴러가는 것을 본다. 헤살꾼은 자꾸만 속삭인다. 어둡고 침침한 명부에서 압축한 듯한 목쉰 아이의 울음소리, 진영은 땀을 흘리며 눈을 떴다. 코앞에 닿은 어머니의 머리에서 땀내가 뭉클 풍겨온다. 현기증을 느낀다. 신자들이 머리에 쓴 하얀 미사포가 시계(視界 시야)와 의식을 하나로 표백시켜 버리는 것이었다.

얼마 동안이 지났는지 진영은 고개를 돌렸다. 구제품이 정렬한 듯한 성

가대의 아이들이 눈앞에 나타났다. 아이들의 각색의 음계가 합한 성가는 바람을 못 마신 오르간의 잡음처럼 진영의 귓가에 울렸다. 이 속에서 무릎을 꿇고 앉았을 을씨년스런 자기 자신의 모습, 진영은 그것이 얼마나 어설픈 위치인가를 깨닫는다.

진영은 다시 눈을 감았다. 그러나 자기 자신이 미웠다. 결코 자기라는 의식을 버리지 못하는 것이 미웠던 것이다. 진영은 어떻게 해서라도 객관적인 자기 의식으로부터 벗어나고 싶었다. 진영은 잃어진 낭만을 찾아보듯이 신과 문수의 죽음이 동렬의 신비라는 것, 그리고 아무도 신과 죽음을 비판할 수 없다는 것, 그것은 사실이라 생각했다.

진영이 처음 성당에 나가려고 결심했을 때, 그것이 가공에 설정된 하나의 가장일지라도 다만 문수를 위한다는 명목만으로 자신이야 피에로도 오뚝이도 될 수 있으리라 생각했던 것이다. 그러나 의식적인 맹목(盲目)은 끝내 맹목일 수 없었다.

미사가 거의 끝날 무렵이었다. 진영은 긴 작대기에다 연금(捐金: 사회적 공익이나 자선을 위하여 내는 돈) 주머니를 여민 잠자리채 같은 것이 가슴 앞으로 오는 것을 보았다. 아주머니가 성급하게 돈을 몇 닢 던졌을 때 잠자리채 같은 연금 주머니는 슬그머니 뒷줄로 옮겨가는 것이었다. 진영은 구경꾼 앞으로 돌아가는 풍각쟁이의 낡은 모자를 생각했다. 그런 생각을 계기로 하여 진영은 밖으로 나와 버렸다.

진영은 나무 밑에 주저앉아서 성당에서 나오는 어머니의 빨간 눈을 보았다. 문수 또래의 아이들이 신발을 신으며 나오는 것도 보았다.

여름 햇빛 아래 서 있는 성당이 가늘게 요동하고 있는 것 같이 진영에게는 느껴졌다.

아침부터 진영은 마루 끝에 멍하니 앉아 있었다. 갑갑하게 그러지 말고 밖에라도 좀 나갔다 오라는 어머니의 말이 도리어 비위에 거슬려 진영은 이맛살을 찌푸리며 머리를 부여안는다.

갑갑한 때문만이 아니다. 진영은 일자리를 찾아 밖에 나가야 하는 것이다.

진영은 머리를 부여안은 채 도대체 어디를 가야 하며 누구에게 매달려 밥자리를 하나 달라고 하겠는가, 더군다나 폐까지 앓고 있는 내가…….

진영은 문수를 생각했다. 살겠다고 버둥대는 어머니와 자기의 모습이 한

없이 비루하게 느껴지는 것이었다.

마당에는 대낮 햇빛이 쨍쨍 쏟아지고 있었다. 그늘이 짧아진 쌍나무의 둘레로 잉잉거리고 다니던 파리 떼들이 진영의 얼굴 위에 몰린다. 어머니는 장독대 옆에서 빨래에 풀을 먹이고 있었다. 넓적한 해바라기 잎사귀 사이의 그 찌든 옆얼굴을 바라보는 진영은 바다에 떼밀려 다니는 해파리를 생각했다. 그렇게 둔하면서도 산다는 본능만은 가진 것, 그저 산다는 것, 진영은 어머니에 대한 잔인한 그런 주시를 더 이상 계속할 수가 없었다. 진영은 성가시게 구는 파리를 쫓으며 마룻바닥에 드러눕는다.

하늘이 파랬다. 구름이 둥둥 떠내려가는 것이었다. 그러나 하늘이 갑자기 바다같이 느껴졌다. 구름은 바다 위로 둥둥 떠내려가는 해파리만 같았다. 진영이 자신이 누워서 하늘을 보는 것이 아니라 어쩌면 엎드려서 바다를 내려다보는지도 모른다는 착각이 든다.

해가 서쪽으로 좀 기울었다. 쌍나무의 그늘이 두서너 치나 늘어난 것 같다. 진영은 몸을 왼쪽으로 돌려서 마루 밑의 땅을 내려다보고 있었다.

문이 삐걱 하더니 열린다. 땅을 보고 있던 진영의 눈에 우선 사람의 그림자가 먼저 들어왔다. 그림자를 따라 천천히 눈을 치떴을 때 그곳에 바랑을 짊어진 신중(속가에서, '여승'을 이르는 말)이 서 있었다. 초현실파의 그림같이 그림자를 밟고 선 신중의 소리 없는 기다란 모습.

드디어 합장을 하고 있던 신중이 입을 열었다.

"아씨!"

완전히 조화를 깨뜨린 소녀와도 같이 카랑카랑하게 맑은 목소리다. 바랑에 휘인 어깨는 아무래도 사십 고개일 터인데 - 신중은 부스스 일어나서 가만히 쳐다보고만 있는 진영의 형용할 수 없이 어두운 눈빛에 지친다.

마침 앞치마에 손을 닦으며 나오는 어머니를 본 신중은 잠시 숨을 돌이킨 듯이,

"마나님!"

의연히 맑은 목소리다.

어머니는 마루 끝에 주저앉으며 긴 한숨을 쉰다.

"이날까지 부처님을 섬기고 잘 살 적에는 절마다 불을 켰건만 무슨 소용이 있읍디까. 공든 탑이 무너지지 않는다는 말도 헛말이더군……."

바야흐로 아이가 없어진 하소연이 시작되는 것이다. 판에 박은 듯한 푸념이 언제 그칠지 모르겠다. 눈을 끔벅거리며 말할 기회만 노리던 중이 드디어 어머니의 말허리를 꺾어 버린다.

"……아이 딱하기도 해라. 그렇게 말이유……그렇지만 시주하십사고 온 게 아니라……행여 쌀을 살려나 해서……아아주 무거워서요……."

그런 구슬픈 이야기보다 빨리 거래부터 하고 싶다는 표정이다. 진영은 값싼 동정까지도 인색해진 세상이 되었다는 생각을 했다. 동정을 바라는 어머니가 밉기보다 딱한 생각이 들었다.

아직도 말이 미진한 어머니는 좀 어리둥절한 얼굴이다.

"무거워서 어디 가져갈 수가 있어야지요. 좀 짐을 덜고 갈려구요."

신중은 마루 끝에 바랑을 내리며 의사를 거듭 표시한다. 그제야 중의 수작을 알아차린 어머니는 여태까지의 감정은 일단 수습하고 치마 밑을 추키며 재빨리 응수다.

"우리도 되쌀을 팔아먹으니 기왕이면 사지요. 되나 후히 주세요."

중은 바랑을 끌러 놓고 쌀을 되기 시작한다. 어머니는 몹시 쌀되가 야위다고 보채고 중은 됫박 위에다 쌀을 집어 얹는 어머니의 팔을 떼밀며 그러지 말라고 한다. 그러면서도 그럭저럭 거래는 끝난 모양이다.

셈을 마친 어머니는 인사로,

"시님이 계신 절은 어디지요?"

"네? 아아, 네. 바로 학교 뒤에 있는 절이지요."

학교 뒤라면 쌀을 팔고 갈 정도로 먼 곳은 아니다.

중이 가고 난 뒤 어머니는 무슨 생각에 잠긴 듯이 우두커니 서 있었다.

"이애 진영아."

나직이 부른다. 진영은 대답 대신 어머니의 눈을 본다.

"문수를 그냥 둘라니 이리 가슴이 메인다. 이렇게 흔적 없이 두다니……절에 올려 주자."

어머니를 쳐다보고 있는 진영의 시선은 그대로 고정되어 있었다.

"절도 가깝고 신당이니 만만하고…… 세상에 너무 가엾어. 아무래도 혼백이 울면서 떠돌아다니는 것 같아 잠이 와야지."

진영은 고개를 돌려 장독대의 해바라기를 바라본다. 한참만에,

"그렇게 합시다."

해바라기를 쳐다본 채 한 대답이다.

"그런데 왜 그리 중을 장사꾼 대접을 했어요? 아이를 부탁할 생각을 했으면서……."

진영의 시선은 여전히 해바라기에 있었다. 자기가 하는 말에도 별반 흥미를 느끼고 있는 것 같지 않았다.

"아따, 별소릴 다 하네. 공은 공이고 사는 사지. 하기야 뭐 시주 받은 쌀 팔고 가는 그게 진짜 중인가?"

진영은 그러는 어머니가 미웠다.

"그럼 왜 그런 중이 있는 절에 갈려구 해요?"

"누가 중보고 절에 가나? 부처님보고 가지."

진영은 잠자코 옳은 말이라 생각했다. 그와 동시에 며칠 전에 아주머니가 우선 쓰라고 돈 이만 환을 주면서 성당에 나가지 않는 진영을 나무라던 일이 생각났다. 이렇게 절에 갈 것을 동의하고 보니, 왜 그런지 아주머니에 대하여 변절을 한 듯 미안하다. 그리고 돈만 하더라도 당연히 받을 돈을 받았건만 다른 사람들에게 베풀지 않았던 호의가 빚이 되는 듯싶다. 그러나 진영의 종교가 오직 문수를 위한다는 명목뿐이라면 성당보다 절이 훨씬 표현적이다. 적어도 돈만 낸다면 절에서는 문수를 위한 단독적인 행사도 해주기 마련이다.

진영은 자리에서 후딱 일어섰다.

해가 서산에 아주 기울었다. 거리로 나왔다. 진영은 약국에서 스트렙토마이신 한 개를 사 들었다. 내내 다니던 Y병원에는 아무래도 가고 싶지 않았기 때문에 약을 산 것이다. 갈월동의 아주머니는 Y병원의 의사가 같은 신자니 믿고 다니라고 했다. 그러나 여태까지 주사 분량인 한 병에서 겨우 삼분지 일만 놓아주고 있었던 것을 알게 되었다. 그것을 안 이상 그 병원에 다시 갈 수는 없었다.

약병을 만지며 길 위에 한 동안 서 있던 진영은 집 근처에 있는 S병원에 들어갔다. 이웃이기 때문에 의사와 안면쯤은 있었다. 그러나 S병원은 엉터리 병원이었다.

진영은 모든 것이 서툴러 보이는 갓 데려다 놓은 듯한 간호원을 불안스럽게 쳐다보며 약병을 내밀었다. 진찰도 하지 않고 주사만 맞으러 오는 손님을 의사는 언제나 냉대한다. 그래서 진영은 애당초 의사를 보지도 않았다. 그러나 환자를 진찰하고 있던 의사가 뒤로 고개를 돌렸을 때 진영은 놀라지 않을 수가 없었다. 의사가 아니었다. 그나마도 근처에 사는 건달꾼이었던 것이다. 진짜 의사는 그때야 서류 같은 것을 들고 안에서 분주히 나오더니 바쁘게 밖으로 나가 버리는 것이었다. 청진기를 든 건달꾼은 진영의 눈살에 켕겼는지 우물쭈물 해치우더니 간호원에게,

"페니시링 이 그람!"

하고 밖으로 슬그머니 사라진다.

페니실린이라면 병명을 몰라도 만병통치약으로 건달꾼은 알고 있었던 모양이다.

진영이 멍청히 섰는데 간호원은 소독도 안 한 손으로 아주 서툴게 마이신을 주사기에다 뽑고 있었다. 진영이 정신을 차렸을 때 주사기에 들어가고 있는 액체가 뿌옇게 보였다. 약이 채 녹기도 전에 주사기에다 뽑은 것이다. 진영은 더 참지 못했다.

"안돼요, 녹기도 전에. 큰일 날려구!"

앙칼지게 소리치며 진영은 약병을 뺏어서 흔들었다.

페니실린을 맞으려고 기다리고 앉았던 낯빛이 노란 할머니가 주사기를 들고 엉거주춤하니 서 있는 간호원을 불안스럽게 보고 있다.

병원 문을 나섰다. 이미 밤이었다.

아까, '큰일 날려구!' 하면서 약병을 빼앗던 자신의 모습이 어둠 속에 둥 그렇게 그려진다. 참 목숨이란 끔찍이도 주체스럽고 귀중한 것이고 – 몇 번이나 죽기를 원했던 자기 자신이 아니었던가.

진영은 배꼽이 터지도록 밤하늘을 보고 웃고 싶었다. 그러나 그 웃음이 터지고 마는 순간부터 진영은 미치고 말리라는 공포 때문에 머리를 꼭 감쌌다. 사실상 내가 미쳤는지도 모른다. 모든 일은 미친 내 눈앞의 환각인지도 모른다. 지금은 밤이 아니고 대낮인지도 모른다.

진영은 머리를 꼭 감싼 채 집을 향하여 달음박질을 쳤다.

밀짚모자를 쓴 냉차 장수가 뛰어가는 진영의 뒷모습을 얼없이^(열이 빠져 정신이 없이) 바라본다.

달무리진 달이 불그스름했다. 비라도 쏟아질 듯이 뭉뭉한 더운 바람이 불어왔다.

진영의 어머니는 쌀을 팔러 온 중이 가고 난 뒤 백중날을 기다렸다. 백중날은 죽은 사람의 시식(施食 죽은 영혼을 천도하기 위한 불교 의식)을 하기 때문이다.

백중 전날에 어머니는 문수의 사진과 돈 이천 환을 가지고 절에 가서 미리 연락을 해 두었다. 그래서 다음 날 아침에는 날이 훤해지자 진영이도 과실 바구니를 들고 어머니를 따라 집을 나섰던 것이다.

B국민학교를 돌아 약간 비탈진 길을 올라서니 이내 절 안마당이 보였다. 백중맞이를 하느라고 한창 바쁜 절에는 동네 아낙네들이 와서 일을 거들고 있었다.

큼직한 몸집을 한 주지 중이 어머니를 보고 반색한다.

"아이구, 정성도 지극해라. 이렇게 일찍부터……."

어머니는 눈에 손수건부터 가져간다.

"스님, 우리 아이 천도 좀 잘 시켜주세요. 부탁입니다. 너무 가엾어서……."

콧물을 짠다. 어제저녁에 실컷 어머니의 설움을 들었을 주지 중은 새삼스럽게 그 말이 탐탁해질 리가 없다. 주지 중은 극히 사무적으로,

"그런데 첫째로 하겠다던 서장 부인이 아직두 안 오시니 어떡허나."

잠시 생각에 잠긴다.

무슨 서장인지 알 수는 없으나 이 절에 있어서 대단히 소중한 손님인 모양이다. 어머니는 비굴한 웃음을 띠면서 주지 중을 쳐다본다.

"시님, 그만 우리 아일 먼저 해 주세요."

주지는 한동안 어머니를 보고 있더니,

"……그럼 댁부터 해 드릴까……."

주지는 그렇게 작정하고 마침 지나가는 중을 부른다.

"아우님!"

아우님이라고 불린 신중은 돌아본다. 얼굴이 쪼글쪼글 쪼그라진 그 신중은 아직도 팽팽한 주지에 비하여 훨씬 더 늙어 보인다. 게다가 표정마저 앙상하다.

"어제저녁에 이천 환 낸 분인데 아직 서장 댁이 안 오시니 우선 하나라도 먼저 끝내지요."

주지의 말투는 상대방의 의견을 존중하는 것이었다.

늙은 중은 대답 대신 진영의 모녀를 훑어보더니 돈의 액수가 심에 차지

않아서 무뚝뚝하게 그냥 가 버린다.

진영과 어머니는 법당 옆에 서로 등을 보이고 우두커니 서 있었다.

바라다보이는 산마루에 막 해가 솟고 있었다. 그 영롱한 아침을 진영은 벽화처럼 감동 없이 대한다.

진영은 최저의 돈을 내고 첫째로 하겠다고 새벽부터 온 것이 얼마나 얌통머리(마음이 깨끗하여 부끄러움을 아는 태도를 속되게 이르는 말) 없는 짓이었던가를 생각한다.

공양을 들고 젊은 중이 온다.

"여보세요, 그 키 큰 시님은 안 계시나요?"

어머니는 쌀을 팔러 온 중을 두고 묻는 말이다.

"그이는 절에 잘 붙어 있지 않아요."

젊은 중은 간단히 대답하고 법당으로 들어간다.

곧 시식 불공이 시작되었다. 진영은 늙은 중이 목탁을 두드리며 조는 듯한 염불을 시작하자 적잖게 실망했다. 몸집도 크고, 목소리도 우렁찬 주지 중이 아니었던 것이 섭섭했던 것이다. 기왕이면 굿 잘하는 무당으로 – 하는 따위의 기분이었다.

중은 염불을 하면서 열심히 절을 하고 있는 어머니 옆에 멍청히 섰는 진영을 흘겨본다.

보라 빛깔의 원피스를 입은 진영의 허리는 말할 수 없이 가느다랗다. 핏기 없는 얼굴에는 눈만 검다.

중은 여전히 마땅치 않게 진영을 흘겨본다. 진영은 중의 눈길을 느낄 적마다 재촉을 당한 듯이 어색하게 엎드려 절을 했다. 진영은 중의 마음이 염불에 있지 않고 잿밥에 있다는 속담같이 지금 저 중의 마음도 염불에 있지 않고 절에 와서 예배를 하지 않는 내 태도에 있다는 것을 생각한다. 진영은 중과 무슨 대결이라도 한 듯이 점점 몸이 피로해지는 것이었다.

얼마 동안이 지난 것 같았다. 주지 중이 씨근벌떡거리며(몹시 숨이 차서 숨소리가 고르지 아니하고 거칠면서 가쁘고 급하게 자꾸 내면서) 법당으로 쫓아왔다.

"아우님, 빨리 하시오. 지금 막 서장 댁이 오셨구려. 대강대강 하시오."

주지는 법당 구석에 걸어둔 먹물들인 모시 장삼을 입으며 서두르는 것이었다. 늙은 중은 불전에서 영전으로 자리를 옮긴다. 제대로 불경이나 끝마쳤는지 의심스러웠다. 아까 공양을 나르던 젊은 중이 이번에는 널따란 그릇을 들고 들어온다. 그는 진영의 모녀를 돌아다보며, 영가 앞으로 오라고 손짓한다.

진영은 문수의 사진이 놓인 앞에 가서 엎드렸다. 차가운 마룻바닥에 처음으로 뜨거운 눈물이 주체할 수 없을 정도로 쏟아지는 것이었다. 문수의 손결이 생생하게 마음속에 느껴진 것이다.

"문수야, 많이많이 먹어라. 불쌍한 내 자식아!"

진영은 어머니의 목소리를 이처럼 슬프게 들은 적은 없었다. 어머니는 향을 꽂고 빳빳한, 은행에서 갓 나온 듯한 십 환짜리 스무 장을 영전에 놓았다. 진영도 일어서서 향을 꽂았다. 그리고 돌아섰을 때 중이 목을 길게 뽑아가지고 영전에 놓인 돈을 기웃거리고 있는 모습을 보았다. 그 빳빳한 새 돈은 흡사 백 환권으로 보이는 것이었다. 진영은 송구스런 생각에서 고개를 푹 수그리고 말았다.

그릇을 들고 온 젊은 중이 돈을 옆으로 밀어 놓으면서 시무룩하게,

"영가 노자가 너무 적군요. 이 세상이나 저 세상이나 그저 돈이 있어야지 동무하고 쓰고 놀다가 돌아가지 않겠어요?"

진영은 머리 속에 피가 꽉 차 오는 것을 느낀다. 돈을 그렇게밖에 준비하지 못한 어머니의 인색함을 격심히 저주하는 것이었다.

젊은 중은 들고 온 그릇에다 영가 앞에 차린 음식을 조금씩 덜어 놓는다. 나물, 떡, 자반, 과실, 그렇게 차례차례 손이 간다. 마침 먹음직스런 약과에 손이 닿자 별안간 목탁을 치던 중이,

"그건 그만두구려!"

바락 소리를 지른다. 젊은 중은 진영을 힐끗 보면서 총총히 바깥 시식돌로 음식을 버리러 나가는 것이었다.

진영은 기가 막혔다. 처음부터 거래임에는 이의가 없었다. 그러나 이쯤되면 어지간한 감정도 폭발 아니할 수 없었다. 진영은 양손으로 얼굴을 푹 쌌다. 울음이 터진 것이다. 누구에게도 향할 수 없는 역정을 그는 울음 속에다 내리퍼부었다. 울음 속에 그 목을 감던 문수의 손결이 느껴진다. 미칠 듯한 고독과 그리움이 치솟는 것이었다.

음식을 버리고 돌아온 젊은 중은 과실을 모으며,

"이걸 가져가셔야지. 보자기를……"

하며 어머니를 돌아본다. 진영은 새빨갛게 충혈된 눈으로 젊은 중을 노리며,

"일없소. 그만두시오."

진영의 목소리는 악을 쓰는 것 같았다. 일을 다 마치고 법당 밖에 나온 늙은 중이,

"왜 가져온 걸 안 가져가슈."

처다보지도 않는 진영이 대신 어머니가,

"뭐 그걸……."

진영의 얼굴을 어머니는 숨어 본다. 늙은 중은 침을 꿀꺽 삼키며,

"댁 같으면 중이 먹고 살갔수."

진영의 눈이 번득였다.

"조반을 자셔야 할 턴데 너무 일러서 찬이 제대로 안 됐어요. 좀 기다리실 까요."

젊은 중은 그런 말을 남기고 가 버린다.

진영은 법당 축돌 위에 주저앉았다. '이 세상이나 저 세상이나 그저 돈이 있어야지요.' 하던 말이 되살아온다. 물론 처음부터 거래였다. 그렇다면 화폐의 액수에 따라 문수에 대한 추모의 정이 계산된단 말인가. 진영이 그러한 울분에 젖어 있을 때 말쑥하게 차려 입은 그 서장의 부인인 듯싶은 젊은 여인이 주지 중에게 인도되어 법당으로 들어가고 있었다. 잠시 후 불경 읽는 소리가 쩌렁쩌렁하게 밖으로 흘러 나왔다. 잠들었던 부처님이 처음으로 일어나서 귀를 기울일 만한, 뱃속에서 밀어낸 목소리였다. 진영은 발딱 일어선다.

"어머니, 그냥 갑시다."

밥을 얻어먹으러 절에 온 것은 분명히 아니다. 그냥 걸어가는 진영을 만류 못할 것을 아는 어머니는 뜰에 서성거리고 있는 늙은 중에게,

"그만 갈랍니다, 시님."

"이크, 아침이나 잡수시지…… 갈려오?"

굳이 잡지는 않았다. 그는 절문까지 전송을 하며,

"당신네들 같으면 중이 먹고 살갔수."

진영은 울화보다 어처구니가 없었다.

내리막길에서 잡풀을 뽑으며 진영은 말없이 울었다. 여비도 떨어진 낯선 여관방에다 문수를 혼자 두고 가는 것만 같은 생각이 자꾸 드는 것이었다.

진영은 불덩어리 같은 이마를 짚는다.

한여름 내내 진영은 앓았다. 애당초 극히 경미하게 발생한 폐결핵이 전연 방치되었기 때문에 점점 악화되어 갔던 것이다. 뿐만 아니라 다른 병까지 연속적으로 병발하는 것이었다. 찬물만 마셔도 배탈이 났다. 눈병이 나고 입이 부르트고 하는 것은 일쑤였다. 앓다 못해 귀까지 앓았다. 그리고 수년 내로 건드리지 않고 둔 충치가 일시에 쑤시어 밤낮을 가리지 않고 욱신거렸다.

진영은 진실로 하나의 육신이 해체되어 가는 과정 속에서 몸서리치는 무서움을 느꼈다. 그것은 마치 쨍쨍하게 내리쬐는 햇볕 아래 늘어진 한 마리의 지렁이 같은 생명이었다.

이러한 육신과 더불어 정신도 해체되어 가는 과정 속에 진영은 있었다.

밤마다 귓가에 울려오는 아이의 울음소리, 산이, 언덕이, 집이 무너지는 소리, 산산이 바스러진 유리 조각이 수없이 날아와서 얼굴 위에 박히는 환각, 눈을 감으면 내장이 터진 소년병의 얼굴이, 남편의 얼굴이, 아이의 얼굴이, 분홍빛, 노랑빛, 파랑빛, 마지막에는 시꺼먼 빛, 그런 빛깔로 차례차례 뒤덮여가면은 드디어 무한정한 공간이 안개처럼 진영의 주변을 꽉 싸는 것이었다.

소리와 감각과 색채, 이러한 순서로 진영의 신경은 궤도에서 무너져 나갔다.

진영은 그 이상 견딜 수가 없어서 내버려두었던 몸을 끌고 H병원으로 갔다. 그러나 그곳에도 일주일이 멀다고 가는 것을 그만 중지하고 말았던 것이다.

얼마 남지 않은 돈을 생활비에나 써야 한다는 이유도 있었다. 그러나 직접의 동기는 외국제 주사약의 빈 병들을 팔아 버리는 장면을 본 때문이다.

Y병원에서는 주사약의 분량을 속였고, S병원은 엉터리였다. 그리고 H병원에서는 빈 약병을 팔았다.

진영은 간호원이 빈 병을 헤아리고 있을 때 직감적으로 가짜 주사약 생각을 했던 것이다. 그러나 H병원만이 빈 약병을 파는 것은 아니다. 또 그 빈 병만 하더라도, 반드시 가짜 약병으로 사용된다고 말할 수도 없다. 잉크병으로, 물감 병으로, 혹은 후춧가루 병으로 흔히 이용되고 있다. 그렇지만 사실 거리에는 가짜 주사약이 범람하고 있는 것이다. 상인들은 태연히 그런 가짜를 진짜 속의 진짜라고 나팔불었다. 진영은 그것을 생각하니 인술이라는 권위를 지닌 의사가 그런 상인 따위들 같아서 신뢰감이 사라지는 것이었다. 물론 아무리 대수롭잖은 빈 병일지라도 그것은 전연 그 의사의 소유이며, 처분의 자유는 그의 기본 권리에 속한다. 그래도 진영은 그의 기본적 권리보다 무수히 마치 페스트처럼 눈에 보이지 않게 만연되어 가는 가짜 주사약 생각만 하는 것이었다.

해바라기의 꽃이 씨앗을 안았다.

며칠 전에 아주머니가 원금만은 돌려주겠다던 약속대로 마지막 남은 만 환을 가지고 왔다. 이것으로 원금 십만 환은 다 받은 셈인데 조금씩 보내준 돈은 지금 집에 한 푼도 있지 않았다.

아주머니는 돈을 주고 난 다음 가려고 일어서면서 문수의 위패를 절에다 모신 데 대한 불만을 했다. 그리고 왜 그런 우상을 숭배하느냐고 나무라는 것이었다. 진영은 어느 것이면 우상이 아니냐고 말하고 싶었으나, 곧 말하고 싶은 충동을 억눌러 버리고 그저 멍멍히 아주머니를 쳐다보았던 것이다. 자기 자신이 지닌 모순을 설명할 도리가 없어서 그랬던 것이다.

추석날이었다.

진영은 어머니가 절에 가는 것을 말리지 않았다. 도리어 정성을 들여서 사다 놓은 실과를 바구니에 차곡차곡 넣어 주었다. 배, 사과, 포도, 밤, 대추, 먹음직한 과자도 서너 가지 있었다.

어머니가 바구니를 들고 걸어가는 뒷모습을 문 앞에서 바라보고 섰던 진영은, '당신네 같으면 중이 먹고 살갔수.' 하던 말이 문득 생각났다. 문수가 먹을 것을 중이 먹다니, 아깝다. 밉살스럽다. 그러나 진영은 다음 순간 부끄럼 때문에 얼굴이 붉어졌다. 이러한 파렴치한 생각을 내가 왜 했던고…….

진영은 문을 걸고 뒷산으로 올라갔다. 울고 싶었고, 외치고 싶은 마음에서였다.

산에는 게딱지만한 천막집이 군데군데 서 있었다. 들꽃 한 송이, 나무 한 뿌리 볼 수 없는 이곳에는 벌써 하나의 빈민굴이 형성되어 말이 산이지 이미 산은 아니었다.

짜짜하게(액체가 점점 잦아들어 적게) 괸 샘터에서 물을 긷는 거미같이 가는 소녀의 팔, 천막집 속에서 내미는 누렇게 뜬 얼굴들 – 진영은 울고 싶고 외치고 싶은 마음에서 집을 나와 산으로 올라온 자기 자신이 여기서는 차라리 하나의 사치스런 존재였다는 것을 뉘우친다.

진영은 한참 올라와서 어느 커다란 바위에 가서 앉았다.

산등성이에서 바라다보이는 시가(市街)는 너절했다. 구릉을 지은 곳마다 집들이 마치 진딧물 모양으로 다닥다닥 붙어 있었다. 그 속에는 절이 있고, 예배당이 있고, 그리고 서양적인 것, 동양적인 것이 과도기(過渡期 한 상태에서 다른 새로운 상태로 옮아가거나 바뀌어 가는 도중의 시기)처럼 있고, 조화를 깨뜨린 잡다한 생활이 있었다.

이러한 도시 속에 꿈이 있다면 그것은 가로수라고나 할까! 보랏빛이 서린 먼 산을 스쳐 가는 구름이라고나 할까.

진영은 얄팍한 턱을 괸다.

꿀벌 떼처럼 도시의 소음이 귓가에 울려오는데 고급 승용차가 산장이 있는 고개로 미끄러지고 있었다. 진영은 산등성이에서 그것을 보니 그것은 별것이 아닌 한 마리의 딱정벌레 같은 것이라 생각한다. 꼬물꼬물 기어가는 딱정벌레.

진영은 새삼스레 사방을 두리번거렸다. 무의미하기 짝이 없는 충동들이다. 그래서 어쨌단 말인가. 진영은 이유 없이 자기를 다잡아 보았다. 사실 그러했다. 그래서 어쨌단 말인가, 딱정벌레 같아서 어쨌단 말인가, 진딧물 같고, 가로수, 구름, 그래서…….

진영은 머리를 쓸어 올린다.

모든 괴로움은 내 속에 있었다. 모든 모순도 내 속에 있었다. 신도, 문수의 손결도 내 속에 있었다.

그러나 그것은 아무 곳에도 실제 있지는 않았다. 나는 창기처럼 절조 없이 두 신전에 참배했다. 그리고 제물과 돈을 바쳤다. 그러나 그것 역시 문수와 나의 중계를 부탁한 신에게 주는 수수료였는지도 모른다. 그 수수료는 실제에 있어서 중의 몇 끼의 끼니가 되었다. 결국 나는 나를 속이려고 했고, 문수는 아무 곳에도 있지 않았을 것이다.

진영은 이마 위에 흘러내리는 숱한 머리를 다시 쓸어 올린다. 파르스름한 손이 투명할 지경이다.

신비라고, 예고라고, 꿈, 아니야 그것은 우연의 일치였지. 문수의 죽음, 그것은 두말할 것도 없이 인위적인 실수 아니었던가. 인간은 누구나 나이 들면 죽는다고? 물론 죽는 게지, 노쇠해서 죽는 거지…… 설령 아이가 그때 이미 죽을 목숨이었다고 치자. 그래도 그렇게 죽이고 싶지는 않았다. 도수장의 망아지처럼…… 사람을, 사람을 좀 미워해야겠다. 있는지도 없는지도 모르는 신을 왜 생각은 해. 아니 아까는 없다고 하고선…… 아니야 모르겠어. 사람을, 사람을 좀 미워해야겠다. 반항을 해야겠다. 모든 약탈적인 살인자를 저주해야겠다.

진영은 술이라도 마신 사나이처럼 두서도 없는 혼잣말을 언제까지나 중얼거리고 있었다.

진영의 해사한 얼굴에 그늘이 진다. 한없이 높은 가을 하늘에 구름이 지나가는 것이었다. 시가에는 마치 색종이를 찢어놓은 것같이 추석 치레가 오가고 있었다.

진영의 열에 들뜬 눈이 그것을 쳐다보며 일어선다. 그에게는 이미 반항정신도, 아무 것도 없었다. 허황한 마음의 미로가 끝없이 눈앞에 뻗어 있을 뿐이었다.

진영은 버릇처럼 머리를 쓸어 올리며, 산을 내려온다.

천막집에서 누렇게 뜬 얼굴들, 진영은 또다시 이곳에 있어서는 내 자신이 차라리 하나의 사치스런 존재라는 아까의 뉘우침을 되풀이하는 것이었다.

음력설이 임박해진 추운 날, 갈월동 아주머니가 목도리를 푹 뒤집어쓰고 찾아왔다. 웬일인지 몸가짐이 평소보다 좀 산란해 보였다.

"나 의논할 게 좀 있어서 왔는데…… 참 기가 막혀서……."

"……?"

아주머니는 말을 꺼내기가 거북한 듯이 가만히 앉았다가,

"저, 말이야, 돈을 좀 빌려준 사람이 죽었구나. 어떻게 해?"

진영은 의심스럽게 아주머니를 쳐다본다.

"지난 오월 달에 가져 간 돈을 이자 한 푼 못 받고 그만……."

진영의 변해 가는 표정을 보고 아주머니는 입을 다물어 버린다. 오월이면 진영의 곗돈을 찾을 달이다. 그리고 계가 끝나는 달이기도 했다. 그것뿐이 아니다. 벌써 몇 달 전부터 곗돈을 받으려고 몸이 달아서 다니던 사람이 몇 명 있었던 것이다.

"빌려 준 돈이 얼마나 돼요?"

진영은 처음으로 입을 열었다.

"오십만 환이야."

진영은 속으로 놀랐다. 계를 해서 빚만 뒤집어 쓴 줄 알았는데 그런 대금의 비밀 거래를 하고 있었다는 것은 무엇을 의미하는 것일까.

진영은 차갑게 아주머니를 쳐다본다.

아주머니는 눈물을 글썽거리며,

"자식도, 남편도 없는 내겐 그것만이 남겨진 것이었어. 낸들 얼마나 돈을 떼였니? 설마 내가 잘되면 빚이야 갚고 살겠지만, 그때 그 돈마저 내주게 되면 난 아주 영영 파멸이지."

진영은 어디 밑천 든 장사였더냐고 오금을 박아 주고 싶었다.

아주머니는 한참 만에 눈물을 닦고 일의 경위를 설명하기 시작한다. 그 내용인즉 죽은 사람은 돈을 쓴 회사의 전무였으며, 오월 달에 빌려 간 오십만 환의 이자라고는 한푼도 받아본 일이 없었다는 것이다. 불안해진 아주머니는 전무에게 원금을 뽑아 달라고 졸랐으나 영 내놓지 않아서 생각다 못해 같은 신자에게 의논을 했더니 그의 남편인 김씨가 일을 봐 주겠노라하기에 일을 맡겼다는 것이다. 그 김씨란 사람이 수단이 비상하여 마침내 사장 명의로 된 약속 어음을 받게 되고, 그 며칠 후에 전무는 교통사고로 죽은 것이라 한다. 사장 명의로 된 약속 어음을 받은 것은 무엇보다도 다행한 일이었으나, 웬 까닭인지 김씨란 사람이 약속 어음을 도무지 주지 않고 무슨 협잡을 하는지 알 수 없다는 것이다. 그렇다고 해서 그를 의심한다거나 비위를 거슬러 놓는다면 돈 준 사람도 없는 지금, 여자인 내가 어떻게 사장이란 사람에게 받아낼 수도 없고, 이렇게 속이 탄다고 하면서 아주머니는 가슴을 치는 것이었다.

이야기를 다 들은 진영은,

"대관절 그 전무란 사람을 어떻게 알고서 그런 대금을 주었어요?"

"저…… 저 왜 그 상배 있잖아, 그 상배 아버지야."

"뭐예요? 영세 받았다는 상배 학생 말이에요?"

아주머니는 얼굴이 빨개진다. 진영은 기가 딱 막혔다. 그리고 보니 사업 때문에 상배 아버지가 서울로 오게 될 거라고 하던 말이 생각났다.

"사뜻하게 종교를 이용했군요."

아주머니는 진영의 눈길이 부신 듯이 눈을 내리깐다.

"글쎄 지금 생각하니 모두가 계획적이었어. 영세 받은 것만 해도……."

"신용 보증으론 종교보다 더 실한 게 있어요?"

아주머니는 비꼬는 진영의 말에 풀이 죽는다. 진영은 풀이 죽는 아주머니로부터 눈을 돌렸다.

영세를 받았기 때문에 믿고 돈을 준 아주머니, 신자이기 때문에 믿고 일을 맡긴 아주머니, 단순했다고 할 수밖에 없다. 그런 생각을 하면서 진영은 다시 아주머니를 쳐다보았다. 그의 약점을 추궁할 마음은 이미 사라지고 없었다.

"그래서 어떡허실 작정이에요?"

"글쎄 말이다. 그래서 의논이지."

"지 생각 같아서는 김씨가 일은 봐 주되 어음은 아주머니가 가지시는 것이 좋을 것이 좋을 것 같아요."

"그렇지만 어음을 찾아간다고 일을 안 봐주면?"

"그땐 벌써 그이에게 딴 야심이 있었다고 봐야지요."

"그럼 김씨가 일 안 봐 줄 적에 너가 좀 협조해 줄 수 있을까? 여자 혼자니 아무래도 호락호락 보일 것 같아……."

아주머니의 말투는 애원이었다.

"글쎄……."

그런 일에는 아주 딱 질색이었다. 그러나 진영은 약점을 안 후 거절을 해 버리는 것이 무슨 악마 취미 같아서 아무렇지 않은 얼굴로,

"같이 저도 가지요."

그러자 아무것도 모르는 어머니가 점심을 차려 왔다. 점심을 먹으면서 아주머니는 한결 마음이 후련해졌는지 여러 가지 잡담을 꺼냈다.

"글쎄 돈이 있어도 문제야. 이제 영 겁이 나서 남 줄 생각이 없어."

진영은 무표정하게 밥을 삼키고,

"아무 말씀 마시고 돈 찾거든 장사하세요. 체면이고 뭐고…… 저도 자본이나 장만해서 장사할래요."

"너야 뭐 취직하면 되지."

"취직이 그리 쉬운가요? 하다 안되면 거리 빵이라도 구워 팔아야지요."

"너야 공부 많이 했으니까 하려면 취직 못할 것 없잖아. 난 정작 장사라도 해야겠어. 그러나 돈벌이론 계가 제일이야. 힘 안 들고……."

아주머니는 숟갈을 놓고 성냥개비로 이빨을 쑤시면서 말한 것이었다.

진영은 아무렴 그렇겠지. 그런 배짱이면…… 하다 말고 아주머니의 눈을

들여다본다. 아무런 악(惡)의 그늘도 없는 맑은 눈이었다.

"아무튼 돈을 벌어야 해. 돈이 제일이야. 세상이 그런 걸……."

이번의 말투에는 어느 사인지 모르게 저지른 자신의 일에 대한 짜증과 반발 같은 것이 있었다.

"그럼. 옛날 속담 말마따나 자식을 앞세우고 가면 배가 고파도 돈을 지니고 가면 든든하다고 안하던가."

어머니의 맞장구다.

진영은 가벼운 현기증을 느낀다. 시야 속에서 그들의 얼굴을 지워버리듯이 얼른 고개를 돌린다.

"형님, 이래서 천당 가겠습니까? 돈, 돈 하다가. 호호……."

아주머니는 까르르 웃으며 일어서서 장갑을 낀다.

진영은 그 웃음 속에서 또 불안과 자포에 대한 반발을 느낀다. 진영은 고개를 들어 아주머니를 쳐다보았다. 역시 괴롭고 고독한 사람이고…….

아주머니가 가 버린 뒤 진영은 자리에 쓰러졌다. 솜처럼 몸이 풀어진다.

진영은 방 안에 피운 구멍탄 스토브에서 가스가 분명히 지금 방에 새고 있는 것이라고 생각한다. 방 안에 가득히 가스가 차면 나는 죽어 버리는 것이라고 생각한다.

어느새 진영은 괴로운 잠이 드는 것이었다.

내장이 터진 소년병이 꿈에 나타났다. 진영은 꿈을 깨려고 무척 애를 썼다.

"모레가 명절인데 절에도 돈 천 환이나 보내야겠는데……."

어렴풋이 들려오는 어머니의 말소리다. 진영은 몸을 들치며 눈을 떴다.

"귀신이나 사람이나 매한가진데…… 남들은 다 저 몫을 먹는데 우리 문수는 손가락을 물고 에미를 기다릴 거다."

잠이 완전히 깬 진영은 벌떡 자리에서 일어났다. 그는 외투와 목도리를 안고 마루에 나와 그것을 감았다.

진영은 부엌에서 성냥 한 갑을 외투 주머니에다 넣고 집을 나갔다.

오랫동안 마음 속에서만 벼르던 일을 오늘에서야말로 해치울 작정인 것이다.

진영은 눈이 사박사박 밟히는 비탈길을 걸어 올라간다. 진영은 고슴도치처럼 바싹 털이 솟은 자신을 느낀다.

목도리와 외투 자락이 바람에 나부낀다. 그러면은 참나무 가지 위에 앉은 눈이 외투 깃에 날아 내리는 것이었다.

진영은 절로 가는 것이다.

진영이 절 마당에 들어갔을 때, '당신네들 같으면 중이 먹고 살갔수.'하던 늙은 중이 막 승방에서 나오는 도중이었다. 절은 괴괴하니 다른 인적기(人跡 氣 사람이 있음을 알 수 있게 하는 소리나 기색)는 통 없었다.

진영은 얼굴의 근육이 경련하는 것을 의식하며, 중 옆으로 다가선다.

"저 말이지요, 저희들이 이번에 시골로 가는데 아이 사진과 위패를 가지고 가고 싶어요."

고개를 푹 숙인 채 진영은 나지막하게 말한다. 허옇게 풀어진 눈으로 진영을 쳐다보던 중이 겨우 생각이 난 모양으로,

"이사를 하신다고요? 그럼 어떠우. 그냥 두구려. 명절에 우편으로라도 잊어버리지 않으면 되지."

진영은 숙인 고개를 발딱 세우더니 옆으로 홱 돌리며,

"참견할 것 없어요. 사진이나 빨리 주시오!"

쏘아붙인다. 중은 좀 어리둥절해하더니 무엇인지 모르게 중얼중얼 씨부 렁거리며 법당으로 간다.

이윽고 중이 문수의 사진과 위패를 가지고 나오자 진영은 그것을 빼앗듯이 받아 들고 인사말 한마디 없이 절문 밖으로 걸어 나간다.

화가 난 중은 진영의 뒷모습을 꼬느어 보다가 중얼중얼 씨부렁거리며 뒷 산으로 간다.

진영은 중에게 화를 낸 것은 아니었다. 다만 진영으로서는 빨리 사진을 받아 가지고 절문 밖으로 나가고 싶었던 것이었다. 그래서 초조했던 것이다.

진영은 비탈길을 돌아 산으로 올라간다. 올라가면서 진영은 이리저리 기웃거린다. 어느 커다란 바위 뒤에 눈이 없는 마른 잔디 옆에 이르자 진영은 그 자리에 주저앉는다. 그리하여 문수의 사진과 위패를 놓고 물끄러미 한동안 쳐다본다.

한참 만에 그는 호주머니 속에서 성냥을 꺼내어 사진에다 불을 그어댄다. 위패는 이내 살라졌다. 그러나 사진은 타다 말고 불꽃이 잦아진다. 진영은 호주머니 속에서 휴지를 꺼내어 타다 마는 사진 위에 찢어서 놓는다. 다시 불이 붙기 시작한다.

사진이 말끔히 타 버렸다. 노르스름한 연기가 차차 가늘어진다.

진영은 연기가 바람에 날려 없어지는 것을 언제까지나 쳐다보고 있었다.

'내게는 다만 쓰라린 추억이 남아 있을 뿐이다. 무참히 죽어 버린 추억이 남아 있을 뿐이다.'

진영의 깎은 듯 고요한 얼굴 위에 두 줄기 눈물이 흘러내리고 있었다.

겨울 하늘은 매몰스럽게도 맑다. 참나무 가지에 얹힌 눈이 바람을 타고 진영의 외투 깃에 날아 내리고 있었다.

'그렇지. 나는 아직 생명이 남아 있었지. 항거할 수 있는 생명이.'

진영은 중얼거리며 참나무를 휘어잡고 눈 쌓인 언덕을 내려오는 것이었다.

오발탄

✏ **작가와 작품 세계** --

이범선(1920~1981)

평안남도 신안주 출생. 평양에서 은행원으로 근무하다가 광복 후 월남했다. 1952년 동국대학교 국문학과를 졸업했다. 대광·숙명·휘문 등 중고등학교에서 교사로 근무했고, 1977년 한국외국어대학교 교수가 되었다. 작품으로 「학마을 사람들」, 「오발탄」, 「피해자」, 「분수령」 등이 있다. 1958년 「학마을 사람들」로 제1회 현대문학상을, 1961년 「오발탄」으로 제5회 동인문학상을 수상했다.

작가의 체험이 반영된 초기 작품인 「학마을 사람들」, 「갈매기」 등에는 어두운 사회의 단면과 무기력한 인간상이 주로 등장한다. 뒤이어 발표된 「오발탄」, 「피해자」 등은 사회 고발의 성격이 강한 작품으로 객관적 묘사를 통해 약자의 생존과 침울한 사회상을 부각시켰다.

후기 작품인 「냉혈 동물」, 「돌무늬」, 「삼계일심」에는 인간의 궁극적 모순과 존재론적 허무가 깃들어 있는 가운데 잔잔한 휴머니즘이 빛을 발한다.

✏ **작품 정리** --

갈래: 전후 소설
배경: 시간 – 6·25 전쟁 직후 / 공간 – 서울 해방촌 일대
시점: 3인칭 작가 관찰자 시점
주제: 전후의 비참한 현실 속에서 정신적 지표를 잃은 인간의 비극
출전: 〈현대문학〉(1959)

✏️ 구성과 줄거리 --

발단 **철호는 월남 가족의 가장으로 궁핍하게 살아감**

계리사 사무실의 서기인 철호는 월남 가족의 가장이다. 철호네는 원래 지주 집안이었으나 지주라는 이유로 탄압을 받게 되자, 몇 년 전 월남해 서울에서 궁핍하게 살고 있다.

전개 **철호 일가의 비참한 삶의 모습**

철호가 퇴근해서 판잣집 대문에 들어서면 어머니의 "가자! 가자!"라고 외치는 목소리가 새어 나온다. 철호는 실성한 어머니, 만삭이 된 아내와 어린 딸, 가난 때문에 양공주가 된 동생 명숙, 상이군인으로 제대한 동생 영호 등 가족에 대한 걱정으로 늘 우울하다. 저녁을 먹은 뒤 산책을 나갔다가 집에 오니 동생 영호가 와 있다. 철호는 바람직하지 못한 영호의 태도를 꾸짖는다.

위기 **영호가 강도 행각을 벌이고 아내가 출산 도중에 죽음**

철호는 영호가 권총 강도로 잡혀 와 있다는 경찰서의 연락을 받는다. 경찰서에 갔다가 집으로 돌아온 철호는 명숙으로부터 아내가 위독하다는 말을 듣는다. 그는 급히 병원으로 달려가지만 아내는 이미 시체로 변해 있다.

절정 **거리를 헤매던 철호는 치과에서 어금니를 모두 뺌**

거듭된 사고에 충격을 받은 철호는 무작정 거리를 헤매다가 치과에 들어간다. 그는 의사의 만류에도 불구하고 그동안 돈이 없어 빼지 못했던 양쪽 어금니를 모두 빼 버린다.

결말 **택시를 탄 철호는 방향 감각을 잃음**

피가 많이 나와 어지럼증을 느낀 철호는 집에 가기 위해 택시를 탄다. 그는 해방촌으로 가자고 했다가 경찰서로 가자고 하고, 다시 병원으로 행선지를 바꾼다. 운전수는 "오발탄 같은 손님이 걸렸어."라고 중얼거리며 무작정 달린다. 철호의 입에서 흘러내린 선지피는 그의 와이셔츠를 흥건히 적신다.

1. 이 작품에서 '오발탄'은 무엇을 상징하는가?

이 소설에서 오발탄은 방향 감각을 상실한 철호의 모습을 의미한다. 극도의 가난 속에서 양심은 사치에 불과한 것인지도 모른다. 동생 영호가 권총 강도 행각을 벌이고, 명숙이 양공주가 된 것은 이와 무관하지 않다.

2. '충치'의 상징적 의미는 무엇인가?

영호는 돈이 아까워 병원에 가지 않는 철호를 한심하게 생각한다. 여기서 충치는 철호가 양심을 지키기 위해 고통을 감내하는 것을 상징한다.

3. 택시를 탄 철호가 '해방촌, S병원, X경찰서'로 가자고 횡설수설한 이유는 무엇인가?

철호는 급하게 해결해야 할 일들이 너무 많지만 정작 어느 것도 제대로 책임질 수 없는 처지다. 가긴 가야 하는데 어디부터 가야 할지 모르는 것이다. 사면초가에 처한 철호의 삶이 오발탄으로 비유된다.

4. 이 작품에서는 어떤 요소들이 대립하고 있는가?

이 소설에서는 현실과 타협하는 인물과 그렇지 않은 인물이 대립하고 있다. 철호는 양심에 따라 살아가지만 상이군인 영호는 권총 강도 짓을 하고 명숙은 양공주 짓을 한다. 가난이 시대의 산물이라고 볼 때, 이 소설에 나타난 갈등은 인물과 사회 간의 갈등이라고 할 수 있다.

5. 이 작품에서 언급된 '법률선'과 '인정선'의 의미는 무엇인가?

"형님, 미안합니다. 인정선에서 걸렸어요. 법률선까지는 무난히 뛰어넘었는데. 쏘아 버렸어야 하는 건데." 영호는 범죄를 저지르기는 했지만 차마 사람을 해치지는 못한다. 영호에게도 일말의 양심이 남아 있는 것이다. 전쟁이라는 시대적 상황이 영호를 타락하게 만들었다고도 볼 수 있다.

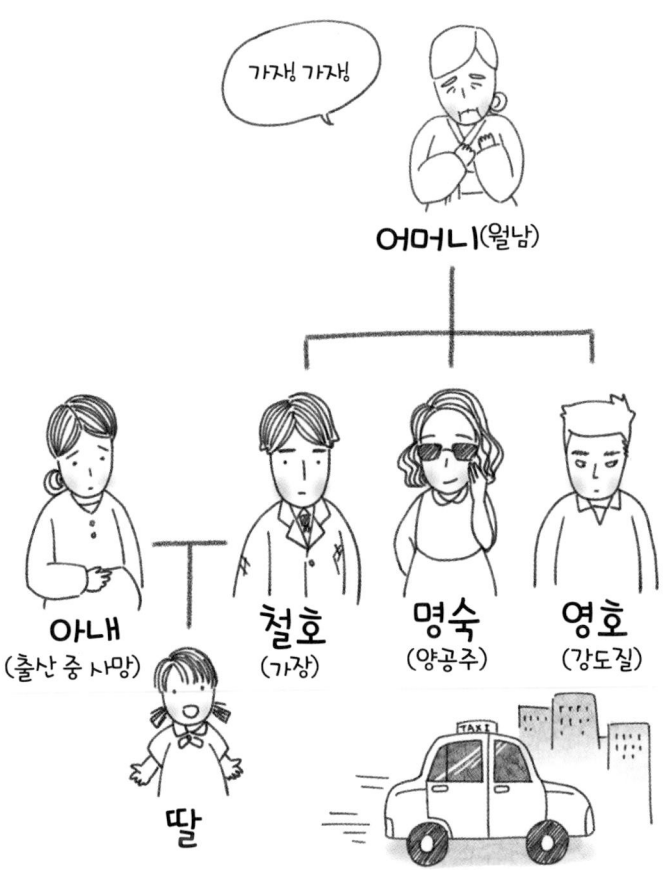

가자! 가자!

어머니(월남)

아내
(출산 중 사망)

철호
(가장)

명숙
(양공주)

영호
(강도질)

딸

TAXI

저(철호)는 계리사 사무실에서 서기로 일하고 있습니다. 어머니는 틈만 나면 고향인 북으로 가자고 외치세요. 서울에서 가난하게 사는 건 매우 힘듭니다. 취업을 못하고 있었던 동생 영호는 강도질로 경찰서에 잡혀 갔고, 그 와중에 제 아내는 아이를 낳다가 죽었어요. 해방촌과 경찰서, 병원 중에서 저는 어디로 가야 하는 걸까요?

오발탄

계리사(計理士 '공인 회계사'의 이전 용어) 사무실 서기 송철호는 여섯 시가 넘도록 사무실 한구석 자기 자리에 멍청하니 앉아 있었다. 무슨 미진한 사무가 있는 것도 아니었다. 장부는 벌써 집어치운 지 오래고 그야말로 멍청하니 그저 앉아 있는 것이었다. 딴 친구들은 눈으로 시계 바늘을 밀어 올리다시피 다섯 시를 기다려 후딱 나가 버렸다. 그런데 점심도 못 먹은 철호는 허기가 나서만이 아니라 갈 데도 없었다.

"송 선생님은 안 나가세요."

이제 청소를 해야 할 테니 그만 나가 달라는 투의 사환 애의 말에 철호는 다 낡아 빠진 해군 작업복 저고리 주머니에 깊숙이 찌르고 있던 두 손을 빼내어서 무겁게 책상 위에 올려놓았다.

"나가야지."

하품 같은 대답이었다.

사환 애는 저쪽 구석에서부터 비질을 하기 시작하였다. 먼지가 사정없이 철호의 얼굴로 몰려왔다.

철호는 어슬렁어슬렁 일어섰다. 이쪽 모서리 창가로 갔다. 바께쓰(양동이)의 물을 대야에 따랐다. 두 손을 끝에서부터 가만히 물속에 담갔다. 아직 이른 봄이라 물이 꽤 손끝에 시렸다. 철호는 물속에 잠긴 두 손을 물끄러미 내려다보고 있었다. 펜대에 시달린 오른손 장지 첫 마디에 콩알만 한 못이 박혔다. 그 못에서 파란 명주실 같은 것이 사르르 물속으로 풀려났다. 잉크 그것은 잠시 대야 밑바닥을 기다 말고 사뿐히 위로 떠올라 안개처럼 연하게 피어서 사방으로 번져 나갔다. 손가락 끝을 중심으로 하고 그 색의 농도가 점점 연해져 나갔다. 맑게 개인 가을 하늘색으로 대야 가장자리까지 번져 나간 그것은 다시 중심의 손끝을 향해 접어들며 약간 파랑색으로 달무리 모양 둥그런 원을 그렸다.

피! 이건 분명히 피다!

철호는 엉뚱한 생각을 하고 있었다. 슬그머니 물속에서 손을 빼내었다. 그러자 이번엔 대야 밑바닥에서 한 사나이의 얼굴을 보았다. 철호의 눈을 마주 쳐다보는 그 사나이는 얼굴의 온 근육을 이상스레 히물히물 움직이며 입을 비죽거려 웃고 있었다.

이마에 길게 흐트러진 머리카락. 그 밑에 우묵하니 파인 두 눈. 깎아진 볼. 날카롭게 여윈 턱. 송장처럼 꺼멓고 윤기 없는 얼굴. 그것은 까마득한 원시인의 한 사나이였다.

몽둥이 끝에, 모난 돌을 하나 칡넝쿨로 아무렇게나 잡아매서 들고, 동굴 속에 남겨 두고 나온 식구들을 위하여 온종일 숲 속을 맨발로 헤매고 다니던 사나이.

곰? 그건 용기가 부족하다.

멧돼지? 힘이 모자란다.

노루? 너무 날쌔어서.

꿩? 그놈은 하늘을 난다.

토끼? 토끼. 그래 고놈쯤은 꽤 때려잡음 직하다. 그런데 그것마저 요즈음은 몸에 잘 돌아오지 않는다. 사냥꾼이 너무 많다. 토끼보다도 더 많다.

그래도 무어든 들고 들어가야 하는 것이다.

사나이는 바위 잔등에 무릎을 꿇고 앉아 냇물에 손을 씻는다. 파란 물속에 빨간 노을이 잠겼다. 끈적끈적하게 사나이의 손에 묻었던 피가 노을빛보다 더 진하게 우러난다.

무엇인가 때려잡은 모양이다. 곰? 멧돼지? 노루? 꿩? 토끼?

그런데 사나이가 들고 일어선 것은 그 어느 것도 아니었다. 보기에도 징그러운 내장. 그것이 무슨 짐승의 내장인지는 사나이 자신도 모른다. 사나이는 그 짐승의 머리도 꼬리도 못 보았다. 누군가가 숲 속에 끌어내어 버린 것을 주워 오는 것이었다.

철호는 옆에 놓인 비누를 집어 들었다. 마구 두 손바닥으로 비볐다. 우구구 까닭 모를 울분이 끓어올랐다.

빈 도시락마저 들지 않은 손이 홀가분해 좋긴 하였지만, 해방촌 고개를 추어 오르기에는 뱃속이 너무 허전했다.

산비탈을 도려내고 무질서하게 주워 붙인 판잣집들이었다. 철호는 골목으로 접어들었다. 레이션 곽을 뜯어 덮은 처마가 어깨를 스칠 만치 비좁은 골목이었다. 부엌에서들 아무 데나 마구 버린 뜨물이, 미끄러운 길에는 구공탄 재가 군데군데 헌데 더뎅이(부스럼 딱지나 때 같은 것이 덧붙어서 된 조각) 모양 깔렸다.

저만치 골목 막다른 곳에, 누런 시멘트 부대 종이를 흰 실로 얼기설기 문살에 얽어 맨 철호네 집 방문이 보였다. 철호는 때에 절어서 마치 가죽끈처럼 된 헝겊이 달린 문걸쇠를 잡아당겼다. 손가락이라도 드나들 만치 엉성한 문이면서 찌걱찌걱 집혀서 잘 열리지를 않았다. 아래가 잔뜩 잡힌 채 비틀어진 문틈으로 그의 어머니의 소리가 새어 나왔다.

"가자! 가자!"

미치면 목소리마저 변하는 모양이었다. 그것은 이미 그의 어머니의 조용하고 부드럽던 그 목소리가 아니고, 쨍쨍하고 간사한 게 어떤 딴사람의 목소리였다.

문을 열고 들어서는 철호의 얼굴에 걸레 썩는 냄새 같은 것이 확 풍겨왔다. 철호는 문 안에 들어선 채 우두커니 아랫목을 내려다보고 있었다.

중학교 시절에 박물관에서 미라를 본 일이 있었다. 그건 꼭 솜 누더기에 싸 놓은 미라였다. 흰 머리카락은 한 오리(실, 나무, 대 따위의 가늘고 긴 조각)도 제대로 놓인 것이 없었다. 그대로 수세미였다. 그 어머니는 벽을 향해 돌아누워서 마치 딸꾹질처럼 어떤 일정한 사이를 두고 '가자, 가자' 하는 외마디 소리를 지르고 있었다. 그 해골 같은 몸에서 어떻게 그런 쨍쨍한 소리가 나오는지 이상하였다.

철호는 윗방으로 올라가 털썩 벽에 기대어 앉아 버렸다. 가슴에 커다란 납덩어리를 올려놓은 것 같았다. 정말 엉엉 소리를 내어 울고 싶었다. 눈을 꼭 지리 감으며 애써 침을 삼켰다.

두 달 전까지만 해도 철호는 저녁때 일터에서 돌아오면 어머니야 알아든건 말건 그래도 '어머니 지금 돌아왔습니다' 하고 인사를 하곤 하였었다.

그러나 요즈음은 그것마저 안 하게 되었다. 그저 한참 물끄러미 굽어보고 섰다가 그대로 윗방으로 올라와 버리는 것이었다.

컴컴한 구석에 앉아 있던 철호의 아내가 슬그머니 일어섰다. 담요 바지 무릎을 한쪽은 꺼멍, 또 한쪽은 회색으로 기웠다. 만삭이 되어서 꼭 바가지를 엎어 놓은 것 같은 배를 안은 아내는 몽유병자처럼 철호의 앞을 지나 나갔다. 부엌으로 나가는 것이었다. 분명 벙어리는 아닌데 아내는 말이 없었다.

"아버지."

철호는 누가 꼭대기를 쿡 쥐어박기나 한 것처럼 흠칠했다.

바로 옆에 다섯 살 난 딸애가 눈을 동그랗게 뜨고 철호를 쳐다보고 있었다. 철호는 어린것에게 얼굴을 돌렸다. 웃어 보이려는 철호의 얼굴이 도리어 흉하게 이지러졌다.

"나아, 삼촌이 나이롱 치마 사 준댔다."

"응."

"그리구 구두두 사 준댔다."

"응."

"그러면 나 엄마하고 화신 구경 간다."

"……"

철호는 그저 어린것의 노랗게 뜬 얼굴을 바라보고 있을 뿐이었다. 철호의 헌 샤쓰 허리통을 잘라서 위에 끈을 꿰어 스커트로 입은 딸애는 짝짝이 양말 목달이에다 어디서 주운 것인지 가는 고무줄을 끼었다.

"가자! 가자!"

아랫방에서 또 어머니의 그 저주 같은 소리가 들려왔다. 벌써 칠 년을 두고 들어 와도 전연 모를 그 어떤 딴사람의 목소리.

철호는 또 눈을 꼭 감았다. 머릿속의 넛줄이 팽팽히 헤어졌다. 두 주먹으로 무엇이건 콱 때려 부수고 싶은 충동에 철호는 어금니를 바서져라 맞씹었다.

좀 춥기는 해도 철호는 집 안보다 이 바위 잔등이 더 좋았다. 그래 철호는 저녁만 먹으면 언제나 이렇게 집 뒤 산등성이에 있는 바위 위에 두 무릎을 세워 안고 앉아서 하염없이 거리의 등불들을 바라보며 밤 깊기를 기다리는 것이었다. 어느 거리쯤인지 잘 분간할 수 없는 저 밑에서, 술 광고 네온사인이 핑그르르 돌고 깜박 꺼졌다가 또 번뜩 켜지고, 핑그르르 돌고 깜박 꺼지고 하였다.

철호는 그저 언제까지나 그렇게 그 네온사인을 지켜보고 있었다. 바위 잔등이 차츰차츰 식어 왔다. 마침내 다 식고 겨우 철호가 깔고 앉은 고 부분에만 약간 온기가 남았다. 이제 조금만 더 있으면 밑이 시려 올 것이다. 그러면 철호는 하는 수 없이 일어서야 하는 것이다.

드디어 철호는 일어섰다. 오래 까부려 붙이고 있던 두 다리가 저렸다. 두 손을 작업복 호주머니에 깊숙이 찔렀다. 철호는 밤 하늘을 한 번 쳐다보았다. 지금까지 바라보던 밤 거리보다 더 화려하게 별들이 뿌려져 있었다. 철호는 그 많은 별들 가운데서 북두칠성을 쳐다보았다. 머리를 뒤로 젖혀 하늘을 쳐다보는 채 빙그르르 그 자리에서 돌았다. 거꾸로 달린 주걱 같은 북두칠성은 쉽사리 찾아낼 수 있었다. 그 북두칠성 앞에 딴 별들보다 좀 크고 빛나는 별, 그건 북극성이었다.

철호는 지금 자기가 서 있는 지점과 북극성을 연결하는 직선을 밤 하늘에 길게 그어 보았다. 그리고 그 선을 눈이 닿는 데까지 연장시켰다. 철호는 그렇게 정북을 향하여 한참이나 서 있었다. 고향 마을이 눈앞에 떠올랐다. 마을의 좁은 길까지, 아니 그 길에 박혀 있던 돌 하나까지도 선히 볼 수 있었다.

으스스 몸이 떨렸다. 한기가 전기처럼 발끝에서 튀어 콧구멍으로 빠져나갔다. 철호는 크게 재채기를 하였다. 그리고 또 한 번 몸을 부르르 떨며 바위 밑으로 내려왔다.

철호는 천천히 골목 안으로 들어섰다.

"가자!"

철호는 멈칫 섰다. 낮에는 이렇게까지 멀리 들리는 줄은 미처 몰랐던 어머니의 그 소리가 골목 어귀에까지 들려왔다.

"가자!"

그러나 언제까지 그렇게 골목에 서 있을 수도 없는 노릇이었다. 철호는 다시 발을 옮겨 놓았다. 정말 무거운 발걸음이었다. 그건 다리가 저려서만이 아니었다.

"가자!"

철호가 그의 집 쪽으로 걸음을 옮겨 놓을 때마다 그만치 그 소리는 더 크게 들려왔다.

가자는 것이었다. 돌아가자는 것이었다. 고향으로 돌아가자는 것이었다. 옛날로 되돌아가자는 것이었다. 그것은 이렇게 정신 이상이 생기기 전부터 철호의 어머니가 입버릇처럼 되풀이하던 말이었다.

38선. 그것은 아무리 자세히 설명을 해 주어도 철호의 늙은 어머니에게만은 아무 소용없는 일이었다.

"난 모르겠다. 암만해도 난 모르겠다. 삼팔선, 그래 거기에다 하늘에 꾹 닿도록 담을 쌓았단 말이냐 어쨌단 말이냐. 제 고장으로 제가 간다는데 그래 막는 놈이 도대체 누구란 말이냐."

죽어도 고향에 돌아가서 죽고 싶다는 철호의 어머니였다. 그러고는,

"이게 어디 사람 사는 게냐. 하루 이틀도 아니고."

하며 한숨과 함께 무릎을 치며 꺼지듯이 풀썩 주저앉곤 하는 것이었다.

그럴 때마다 철호는,

"어머니, 그래도 남한은 이렇게 자유스럽지 않아요?"

하고, 남한이니까 이렇게 생명을 부지하고 살 수 있지, 만일 북한 고향으로 간다면 당장에 죽는 것이라고 자유라는 것이 얼마나 소중한 것인가를, 갖은 이야기를 다 예로 들어 가며 어머니에게 타일러 보는 것이었다. 그러나 자유라는 것을 늙은 어머니에게 이해시키기란 38선을 인식시키기보다도 몇백 갑절 더 힘드는 일이었다. 아니, 그것은 거의 불가능한 일이라 했다. 그래 끝내 철호는 어머니에게 자유라는 것을 설명하는 일을 단념하고 말았다.

그렇게 되고 보니 철호의 어머니에게는 아들, 지지리 고생을 하면서도 고향으로 돌아갈 생각만은 죽어도 하지 않는 철호가, 무슨 까닭인지는 몰라도 늙은 어미를 잡으려고 공연한 고집을 피우고 있는 천하에 고약한 놈으로만 여겨지는 것이었다.

그야 철호에게도 어머니의 심정이 이해되지 않는 것은 아니었다.

무슨 하늘이 알 만치 큰 부자는 아니었지만 그래도 꽤 큰 지주로서 한 마을의 주인 격으로 제법 풍족하게 평생을 살아오던 철호의 어머니 눈에는 아무리 그네가 세상을 모른다고는 해도 산등성이를 악착스레 깎아 내고 거기에다 게딱지 같은 판잣집들을 다닥다닥 붙여 놓은 이 해방촌이 이름 그대로 해방촌일 수는 없는 노릇이다.

"나두 내 나라를 찾았다는 게 기뻐서 울었다. 엉엉 울었다. 시집올 때 입었던 홍치마를 꺼내 입고 춤을 추었다. 그런데 이 꼴 좋다. 난 싫다. 아무래도 난 모르겠다. 뭐가 잘못됐건 잘못된 너머 세상이디그래."

철호의 어머니 생각에는 아무리 해도 모를 일이었던 것이었다. 나라를 찾았다면서 집을 잃어버려야 한다는 것은 그것은 정말 알 수 없는 일이었던 것이었다.

철호의 어머니는 남한으로 넘어온 후로 단 하루도 이 '가자'는 말을 하지 않는 날이 없었다.

그렇게 지내 오던 그날, 6·25 동란으로 바로 발밑에 빤히 내려다보이는 용산 일대가 폭격으로 지옥처럼 무너져 나가던 날 끝내 철호는 어머니를 잃어버리고 말았던 것이었다.

"큰애야 이젠 정말 가자. 데것 봐라. 담이 흠싹 무너뎄는데 삼팔선의 담이 데렇게 무너뎄는데, 야."

그때부터 철호의 어머니는 완전히 정신 이상이었다. 지금의 어머니, 그것은 이미 철호의 어머니는 아니었다. 아무리 따져 보아도 그것이 철호 자기의 어머니일 수는 없었다. 세상에 아들딸마저 알아보지 못하는 어머니가 있을 수 있는 것일까?

그날부터 철호의 어머니는,

"가자! 가자!"

하고 저렇게 쨍쨍한 목소리로 외마디 소리를 지를 뿐 그 밖의 모든 것을 완전히 잃어버리고 있었다. 철호에게 있어서 지금의 어머니는 말하자면 어머니의 시체에 지나지 않았다.

뚫어진 창호지 구멍으로 그래도 희미한 불빛이 새어 나오고 있었다. 철호는 윗방 문을 열었다. 아랫방과 윗방 사이 문턱에 위태롭게 올려놓은 등잔이 개똥벌레처럼 가물거리고 있었다. 윗방 아랫목에는 딸애가 반듯이 누워서 송장 같았다. 그 옆에 철호의 아내가 두 무릎을 꿇고 앉아 있었다. 꺼먼 헝겊과 회색 헝겊으로 기운 담요 바지, 무릎 위에는 빨간색 우단으로 만든 조그마한 운동화가 한 켤레 놓여 있었다. 철호가 방 안에 들어서자 아내는 그 어린애의 빨간 신발을 모아 자기 손바닥에 올려놓아 철호에게 들어 보였다.

"삼촌이 사 왔어요."

유난히 살눈썹(속눈썹)이 긴 아내의 눈이 가늘게 웃었다. 참으로 오래간만에 보는 아내의 웃음이었다. 자기가 미인이었다는 것을 잊어버리고 만 지 오랜 아내처럼, 또 오래 보지 못하여 거의 잊어버려 가던 아내의 웃는 얼굴이었다.

철호는 등잔이 놓인 문턱 가까이 앉으며 아내의 손에서 빨간 어린애의 신발을 받아 눈앞에서 아래위를 살펴보았다.

"산보 갔었소?"

거기 등잔불을 사이에 두고 윗방을 향해 앉은 철호의 동생 영호가 웃으며 철호를 쳐다보았다.

"언제 들어왔니."

"지금 막 들어와 앉는 길입니다."

그러고 보니 영호는 아직 넥타이도 끄르지 않고 있었다.

"형님!"

새삼스레 부르는 동생의 소리에 철호는 손에 들었던 어린애의 신발을 아내에게 돌리며 영호의 얼굴을 빤히 바라보았다.

"이제 우리도 한번 살아 봅시다. 제길, 남 다 사는데 우리라구 밤낮 이렇게만 살겠수, 근사한 양옥도 한 채 사구, 장기판만 한 문패에다 형님의 이름 석 자를, 제길 장님도 보게 써서 대못으로 땅땅 때려 박구 한번 살아 봅시다."

군대에서 나온 지 이 년이 넘도록 아직 직업도 못 잡은 영호가 언제나 술만 취하면 하는 수작이었다.

"그리구 이천만 환짜리 세단 차도 한 대 삽시다. 거기다 똥통이나 싣고 다니게. 모든 새끼들이 아니꼬워서 일이야 있건 없건 종일 빵빵 울리면서 동리를 들락날락해야지. 제길, 하하하."

비스듬히 벽에 기대어 앉은 영호는 벌겋게 열에 뜬 얼굴을 하고 담배 연기를 푸 내뿜었다.

"또 술 마셨구나."

고학으로 고생고생 다니던 대학 삼 학년에서 군대에 들어갔다가 나온 영호로서는 특별한 기술이 없이 직업을 잡지 못하는 것은 별 도리도 없는 노릇이라 칠 수도 있었지만, 이건 어디서 어떻게 마시는 것인지 거의 저녁마다 이렇게 취해 들어오는 동생 영호가 몹시 못마땅한 철호의 말이었다.

"네, 조금 했습니다. 친구들이……."

그것도 들으나 마나 늘 같은 대답이었다. 또 그것이 거짓말이 아니라는 것도 철호는 알고 있었다.

"이제 술 좀 그만 마셔라."

"친구들과 어울리면 자연히 마시게 되는걸요."

"글쎄 그러니까 그 어울리는 걸 좀 삼가란 말이다."

"그럴 수도 없구요. 하하하."

"그렇다구 언제까지 그저 그렇게 어울려서 술이나 마시면서 뭐가 되나."

"되긴 뭐가 돼요. 그저 답답하니까 만나는 거구, 만나면 어찌하다 한잔씩 하며 이야기나 하는 거죠, 뭐."

"글쎄 그게 맹랑한 일이란 말이다."

"그렇지만 형님. 그런 친구들이라도 있다는 게 좋지 않수. 그게 시시한 친구들이라 해도, 정말이지 그놈들마저 없었더라면 어떻게 살 뻔했나 하고 생각할 때가 많아요. 외팔이, 절름발이, 그런 놈들, 무식한 놈들, 참 시시한 놈들이지요. 죽다 남은 놈들. 그렇지만 형님, 그놈들 다 착한 놈들이야요. 최소한 남을 속이지는 않거든요, 공갈을 때릴망정. 하하하하. 전우, 전우."

영호는 고개를 뒤로 젖히고 천장을 향해 후 담배 연기를 내뿜었다. 철호는 그저 물끄러미 영호의 모습을 쳐다볼 뿐 아무 말도 없었다. 영호는 여전히 천장을 향한 채 피어오르는 연기를 바라보며 한 손으로 목의 넥타이를 앞으로 잡아당겨 반쯤 끌러 늦추어 놓았다.

"가자!"

아랫목에서 어머니가 소리를 질렀다.

영호는 슬그머니 아랫목으로 고개를 돌렸다. 한참이나 그렇게 어머니 쪽으로 고개를 돌리고 있는 영호는 아무 말도 없이 그저 눈만 껌뻑껌뻑하고 있었다.

철호는 길게 한숨을 쉬었다. 앞에 놓인 등잔불이 거물거물 춤을 추었다. 철호는 저고리 호주머니에서 담배를 꺼내었다. 꼬깃꼬깃 구겨진 파랑새 갑 속에서 담배를 한 개비 뽑아내었다. 바삭바삭 마른 담배는 양 끝이 반쯤 빠져나갔다.

철호는 그 양 끝을 비벼 말았다. 흡사 비가 모양으로 되었다. 철호는 그 비가 모양의 담배 한 끝을 입에다 물었다.

"이걸 피슈, 형님."

영호가 자기 앞에 놓였던 담뱃갑을 집어서 철호의 앞으로 내어 밀었다. 빨간색 양담배 갑이었다. 철호는 그 여느 것보다 좀 긴 양담배 갑을 한번 힐끔 쳐다보았을 뿐, 아무 소리도 없이 등잔불로 입에 문 파랑새 끝을 가져갔다. 영호는 등잔불 위에 꾸부린 형 철호의 어깨를 넌지시 바라보고 있었다. 지지지 소리가 났다. 앞이마에 흩트려져 내렸던 철호의 머리카락이 등잔불에 타며 또르르 말려 올랐다. 철호는 얼굴을 들었다. 한 모금 빨자 벌써 손끝이 따갑게 꽁초가 되어 버린 담배를 입에서 떼었다. 천천히 연기를 내뿜는 철호의 미간에는 세로 석 줄의 깊은 주름이 패어졌다. 영호는 들었던 담뱃갑을 도로 방바닥에 내려놓았다. 그리고 조용히 등잔불로 시선을 떨구었다. 그의 입가에서 야릇한 웃음이, 애달픈 아니 그 누군가를 비웃는 듯한, 그런 미소가 천천히 흘러 지나갔다.

한참 동안 아무도 말이 없었다.

"가자!"

아랫방 아랫목에서 몸을 뒤채는 어머니가 잠꼬대를 했다. 어머니는 이제 꿈속에서마저 생활을 잃어버린 모양이었다. 아주 낮은 그 소리는 한숨처럼 느리게 아래 윗방에 가득 차 흘러 사라졌다.

여전히 아무도 말이 없었다.

철호는 꽁초를 손끝에 꼬집어 쥔 채 넋 빠진 사람 모양 가물거리는 등잔불을 지켜보고 있었고, 동생 영호는 비스듬히 벽에 기대어 앉은 채 철호의 손끝에서 타고 있는 담배꽁초를 바라보고 있었고, 철호의 아내는 잠든 딸애의 머리맡에 가지런히 놓인 빨간 신발을 요리조리 매만지고 있었다.

"가자!"

또 한 번 어머니의 소리가 저 땅 밑에서 새어 나오듯이 들려왔다.

"형님은 제가 이렇게 양담배를 피우는 게 못마땅하지요?"

영호는 반쯤 탄 담배를 자기의 눈앞에 가져다 그 빨간 불티를 들여다보며 말했다.

"분에 맞지 않지."

철호는 여전히 등잔불을 바라보며 대답했다.

"그렇지만 형님, 형님은 파랑새와 양담배 두 가지 중에서 어느 것이 더 좋으슈?"

"……? 그야 양담배가 좋지. 그래서?"

그래서 너는 보리밥도 못 버는 녀석이 그래 좋은 것은 알아서 양담배를 피우는 거냐 하는 철호의 눈초리가 번뜩 영호의 면상을 때렸다.

"그래서 전 양담배를 택했어요."

"뭔가?"

"형님은 절 오해하시고 계셔요."

"……?"

"제가 무슨 돈이 있어서 양담배를 사서 피우겠어요. 어쩌다 친구들이 사

주는 것이니 피우는 거지요. 형님은 또 제가 거의 저녁마다 술을 마시고 또 제법 합승을 타고 들어오는 것도 못마땅하시죠. 저도 알고 있어요. 형님은 때때로 이십오 환 전차 값도 없어서 종로서 근 십 리를 집에까지 터덜터덜 걸어서 돌아오시는 것을. 그렇지만 형님이 걸으신다고 해서, 한사코 같이 타고 가자는 친구들의 호의, 아니 그건 호의도 채 못 되는 싱거운 수작인지도 모르죠. 어쨌든 그것을 굳이 뿌리치고 저마저 걸어야 할 아무 까닭도 없지 않습니까? 이상한 놈들이죠. 술 담배는 사 주고 합승은 태워 줘도 돈은 안 주거든요."

영호는 손끝으로 뱅글뱅글 비벼 돌리는 담뱃불을 들여다보며 말했다.

"어쨌든 너도 이젠 좀 정신 차려 줘야지. 벌써 군대에서 나온 지도 이태나 되지 않니."

"정신 차려야죠. 그렇지 않아도 이달 안으로는 어찌 되든 간에 결판을 내구 말 생각입니다."

"어디 취직을 해야지."

"취직이요? 형님처럼요? 전차 값도 안 되는 월급을 받고 남의 살림이나 계산해 주란 말이지요?"

"그럼 뭐 별 뾰족한 수가 있는 줄 아니."

"있지요. 남처럼 용기만 조금 있으면."

"……?"

어처구니없는 영호의 수작에 철호는 그저 멍청하니 영호의 얼굴을 쳐다보았다. 손끝이 따가웠다. 철호는 비루 깡통으로 만든 재떨이에 담배를 비벼 껐다.

"용기?"

"네, 용기."

"용기라니?"

"적어도 까마귀만 한 용기만이라도 말입니다. 영리할 필요는 없더군요. 우둔해도 상관없어요. 까마귀는 도무지 허수아비를 무서워하지 않습니다. 참새처럼 영리하지 못한 탓으로 그놈의 까마귀는 애당초에 허수아비를 무서워할 줄조차 모르거든요."

영호의 입가에는 좀 전에 파랑새 꽁초에다 불을 댕기는 철호를 바라보던 때와 같은 야릇한 웃음이 또 소리 없이 감돌고 있었다.

"너, 설마 무슨 엉뚱한 계획을 세우고 있는 것은 아니겠지."

철호는 약간 긴장한 얼굴을 하고 영호를 바라보며 꿀꺽 하고 침을 삼켰다.

"아니요. 엉뚱하긴 뭐가 엉뚱해요. 그저 우리들도 남처럼 다 벗어던지고 홀가분한 몸차림으로 달려 보자는 것이죠, 뭐."

"벗어던지고?"

"네, 벗어던지고. 양심이고, 윤리고, 관습이고, 법률이고 다 벗어던지고 말입니다."

영호의 큰 눈이 유난히 빛나는가 하자 철호의 눈을 정면으로 밀고 들었다.

"양심이고, 윤리고, 관습이고, 법률이고?"

"……."

"너는, 너는."

"……."

영호는 아무 대답도 하지 않았다. 그러나 눈만은 똑바로 형 철호를 쳐다보고 있었다.

"그렇게나 살자면 이 형도 벌써 잘살 수 있었다."

철호의 목소리는 떨리고 있었다.

"그렇게나라니요?"

"양심을 버리고, 윤리와 관습을 무시하고, 법률까지도 범하고!"

흥분한 철호의 큰 목소리에 영호는 지금까지 철호의 얼굴에 주었던 시선을 앞으로 죽 뻗치고 앉은 자기의 발끝으로 떨구었다.

"저도 형님을 존경하고 있어요. 고생하시는 형님을. 용케 이 고생을 참고 견디는 형님을. 그렇지만 형님은 약한 사람이야요. 용기가 없는 거지요. 너무 양심이 강해요. 아니 어쩌면 사람이 약하면 약한 만치, 그만치 반대로 양심이란 가시는 여물고 굳어지는 것인지도 모르죠."

"양심이란 가시?"

"네. 가시지요. 양심이란 손끝의 가십니다. 빼어 버리면 아무렇지도 않은데 공연히 그냥 두고 건드릴 때마다 깜짝깜짝 놀라는 거야요. 윤리요? 윤리. 그건 나이롱 빤쯔 같은 것이죠. 입으나 마나 불알이 덜렁 비쳐 보이기는 매한가지죠. 관습이요? 그건 소녀의 머리 위에 달린 리봉이라고나 할까요? 있으면 예쁠 수도 있어요. 그러나 없대서 뭐 별일도 없어요. 법률? 그건 마치 허수아비 같은 것입니다, 허수아비. 덜 굳은 바가지에다 되는대로 눈과 코를 그리고 서 있는 허수아비. 누더기를 걸치고 팔을 쩍 벌리고 서 있는 허수아비. 참새들을 향해서는 그것이 제법 공갈이 되지요. 그러나 까마귀쯤만 돼도 벌써 무서워하지 않아요. 아니 무서워하기는커녕 그놈의 상투 끝에 턱 올라앉아서 썩은 흙을 쑤시던 더러운 주둥이를 쓱쓱 문질러도 별일 없거든요. 흥."

영호는 코웃음을 쳤다. 그리고 거기 문턱 밑에 담뱃갑에서 새로 담배 한 개를 빼어 물고 지금까지 들고 있던 다 탄 꽁다리에서 불을 옮겨 빨았다.

"가자!"

어머니의 그 소리가 또 들렸다. 어머니는 분명히 잠이 들어 있는 것이었다. 그러면서도 간간이 저렇게 가자 가자 소리를 지르는 것이었다. 그것은 어쩌면 어머니에게는 호흡처럼 생리화해 버린 것인지도 몰랐다.

철호는 비스듬히 모로 앉은 동생 영호의 옆얼굴을 한참이나 노려보고 있었다. 영호는 영호대로 퀭한 두 눈으로 깜박이기를 잊어버린 채 아까부터 앞으로 뻗힌 자기의 발끝을 바라보고 있었다. 이윽고 철호는 영호에게서 눈을 돌려 버렸다. 그리고 아랫방과 윗방 사이 칸막이를 한 널쪽에 등을 기대며 모로 돌아앉았다. 희미한 등잔 불빛에 잠든 딸애의 조그마한 얼굴이 애처로웠다. 그 어린것 옆에 앉은 철호의 아내는 왼쪽 무릎을 세우고 그 위에 손을 펴 깔고 턱을 괴었다. 아까부터 철호와 영호, 형제가 하는 말을 조용히 듣고만 있는 그네는 무엇을 생각하고 있는지 한쪽 손끝으로, 거기 방바닥에 가지런히 놓은 빨간 어린애의 신발만 몇 번이고 쓸어 보고 있었다.

철호는 고개를 푹 떨구어 턱을 가슴에 묻었다. 영호는 새로 피어 문 담배를 연거푸 서너 번 들이빨았다. 그리고 또 말을 계속하였다.

"저도 형님의 그 생활 태도를 잘 알아요. 가난하더라도 깨끗이 살자는. 그렇지요, 깨끗이 사는 게 좋지요. 그런데 형님 하나 깨끗하기 위하여 치르는 식구들의 희생이 너무 어처구니없이 크고 많단 말입니다. 헐벗고 굶주리고. 형님 자신만 해도 그렇죠. 밤낮 쑤시는 충치 하나 처치 못 하시고 이가 쑤시면 치과에 가서 치료를 하거나 빼어 버리거나 해야 할 거 아니야요. 그런데 형님은 그것을 참고 있어요. 낯을 잔뜩 찌푸리고 참는단 말입니다. 물론 치료비가 없으니까 그러는 수밖에 없겠지요. 그겁니다. 바로 그겁니다. 그 돈을 어떻게든가 구해야죠. 이가 쑤시는데 그럼 어떻게 해요. 그걸 형님처럼, 마치 이 쑤시는 것을 참고 견디는 그것이 돈을, 치료비를 버는 것이기나 한 것처럼 생각하는 것, 안 쓰는 것은 혹 버는 셈이 된다고 할 수도 있을 거야. 그렇지만 꼭 써야 할 데 못 쓰는 것이 버는 셈이라고 할 수 없지 않아요. 세상에는 이런 세 층의 사람들이 있다고 봅니다. 즉, 돈을 모으기 위해서만으로 필요 이상의 돈을 버는 사람과 필요하니까 그 필요하니 만치의 돈을 버는 사람과, 돈 하나는 이건 꼭 필요한 돈도 채 못 벌고서 그 대신 생활을 조리는 사람들. 신발에다 발을 맞추는 격으로 형님은 아마 그 맨끝의 층에 속하겠지요. 필요한 돈도 미처 벌지 못하는 사람. 깨끗이 살자니까 그럴 수밖에 없다고 하시겠지요. 그래요. 그것은 깨끗하기는 할지 모르죠. 그렇지만 그저 그것뿐이지요. 언제까지나 충치가 쏘아 부은 볼을 싸쥐고 울상일 수밖에 없지요. 그렇지 않습니까? 그야 형님! 인생이 저 골목 안에서 십 환짜리를 받고 코 흘리는 어린애들에게 보여 주는 요지경이라면야 자기가 가지고 있는 돈값만치 구멍으로 들여다보고 말을 수도 있겠지요. 그렇지만 어디 인생이 자기 주머니 속의 돈 액수만치만 살고 그만두고 싶으면 그만둘 수 있는 요지경인가요 어디. 싫어도 살아야 하니까 문제지요. 사실이지 자살을 할 만치 소중한 인생도 아니고요. 살자니까 돈이 필요하구요. 필요한 돈이니까 구해야죠. 왜 우리라고 좀 더 넓은 테두리, 법률선(法律線)까지 못 나가란 법이 어디 있어요. 아니 남들은 다 벗어던지구 법률선까지도 넘나들면서 사는데, 왜 우리만이 옹색한 양심의 울타리 안에서 숨이 막혀야 해요. 법률이란 뭐야요. 우리들이 피차에 약속한 선이 아니야요?"

영호는 얼굴을 번쩍 들며 반쯤 끌러 놓았던 넥타이를 마저 끌러서 방구석에 픽 던졌다.

철호는 여전히 턱을 가슴에 푹 묻은 채 묵묵히 앉아 두 짝 다 엄지발가락이 몽땅 밖으로 나온 뚫어진 양말을 내려다보고 있었다. 나일론 양말 한 켤레 사면 반년은 무난히 뚫어지지 않고 견딘다는 말을 들었다. 그러나 뻔히 알면서도 번번이 백 환짜리 무명 양말을 사 들고 들어오는 철호였다. 칠백 환이란 돈을 단번에 잘라 낼 여유가 도저히 없는 월급이었던 것이다.

"가자!"

어머니는 또 몸을 뒤채었다.

"그건 억설이야."

철호는 천천히 고개를 들었다. 신문지를 바른 맞은편 벽에, 쭈그리고 앉은 아내의 그림자가 커다랗게 비쳐 있었다. 꼽추처럼 꼬부리고 앉은 아내의 그림자는 헝클어진 머리카락이 괴물스러웠다. 철호는 눈을 감았다. 머리마저 등 뒤 칸막이 판자에 기대었다.

철호의 감은 눈앞에 십여 년 전 아내가 흰 저고리 까만 치마를 입고 선히 나타났다. 무대에 선 그네는 더욱 예뻤다. E여자대학 졸업 음악회였다. 노래가 끝나자 박수 소리가 그칠 줄을 몰랐다. 그날 저녁 같이 거리를 거닐던 그네는 정말 싱싱하고 예뻤다. 그러나 지금 철호 앞에 쭈그리고 앉은 아내는 그때의 그네가 아니었다. 무슨 둔한 동물처럼 되어 버린 그네. 이제 아무런 희망도 가져 보려고 하지 않는 아내. 철호는 가만히 눈을 떴다. 그래도 아내의 속눈썹만은 전처럼 까맣고 길었다.

"가자!"

철호는 흠칫 놀라 환상에서 깨어났다.

"억설이요? 그런지도 모르죠."

한참이나 잠잠하니 앉아 까물거리는 등잔불을 바라보던 영호의 맥빠진 대답이었다.

"네 말대로 한다면 돈 있는 사람들은 다 나쁜 사람이란 말밖에 더 되나 어디."

"아니죠. 제가 어디 나쁘고 좋고를 가렸어요. 나쁘긴 누가 나빠요? 왜 나빠요? 아, 잘사는 게 나빠요? 도시 나쁘고 좋고부터 따질 아무런 금도 없지요, 뭐."

"그렇지만 지금 네 말대로 잘살자면 꼭 양심이고 윤리고 뭐고 다 버려야 한다는 것이 아니고 뭐야."

"천만에요. 잘못 이해하신 겁니다. 간단히 말씀드리면 이렇다는 것입니다. 즉, 양심껏 살아가면서 잘살 수도 있기는 있다. 그러나 그것은 극히 적다. 거기에 비겨서 그 시시한 것들을 벗어던지기만 하면 누구나 틀림없이 잘살 수 있다."

"그것이 바로 억설이란 말이다. 마음 한구석이 어딘가 비틀려서 하는 억지란 말이다."

"글쎄요. 마음이 비틀렸다고요? 그건 아마 사실일는지도 모르겠어요. 분명히 비틀렸어요. 그런데 그 비틀리기가 너무 늦었어요. 어머니가 저렇게 미치기 전에 비틀렸어야 했지요. 한강 철교를 폭파하기 전에 말입니다. 하나밖에 없는 누이동생 명숙이가 양공주가 되기 전에 비틀렸어야 했지요. 환도령(還都令 국난으로 인해 피난 갔던 정부가 다시 서울로 돌아오도록 하는 법령)이 내리기 전에 하다 못해 동대문 시장에 자리라도 한 자리 비었을 때 말입니다. 그러구 이놈의 배때기에 지금도 무슨 내장이기나 한 것처럼 박혀 있는 파편이 터지기 전에 말입니다. 아니 그보다도 더 전에, 제가 뭐 무슨 애국자나처럼 남들은 다 기피하는 군대에 어머니의 원수를 갚겠노라고 자원하던 그전에 말입니다."

"……."

"……그보다도 더 전에 썩 전에 비틀렸어야 했을지 모르죠. 나면서부터 비틀렸더라면 더 좋았을지도 모르죠."

영호는 푹 고개를 떨구었다. 길게 한숨을 내쉬었다. 그 한숨이 후르르 떨고 있었다. 철호는 한참 동안 아무 말도 하지 않았다. 윗목에 앉아 있던 철호의 아내가 방바닥에 떨어진 눈물을 손끝으로 장난처럼 문지르고 있었다. 영호도 훌쩍훌쩍 코를 들이키고 있었다.

"그렇지만 인생이란 그런 게 아니야. 너는 아직 사람이란 어떻게 살아야만 하는 것인지조차 모르고 있어."

"그래요. 사람이란 과연 어떻게 살아야 하는 것인지는 정말 모르겠어요. 그렇지만 이제 이 물고 뜯고 하는 마당에서 살자면, 생명만이라도 유지하지만 어떻게 해야 할는지는 알 것 같애요. 허허."

영호는 눈물이 글썽하니 고인 눈을 천장을 향해 쳐들며 자기 자신을 비웃듯이 허허 하고 웃었다.

"가자!"

또 어머니는 가자고 했다. 영호는 아랫목으로 눈을 돌렸다. 철호는 길게 한숨을 쉬었다. 앞의 등잔불이 크게 흔들거렸다. 방 안의 모든 그림자들이 움직였다. 집 전체가 그대로 기울거리는 것 같았다. 그것뿐 조용했다. 밤이 꽤 깊은 모양이었다. 세상이 온통 잠들고 있었다.

저만치 골목 밖에서부터 딱 딱 딱 딱 구둣발 소리가 뾰족하게 들려왔다. 점점 가까워 왔다. 바로 아랫방 문 앞에서 멎었다. 영호는 문께로 얼굴을 돌렸다. 삐걱삐걱 두어 번 비틀리던 방문이 열렸다. 여동생 명숙이가 들어섰다. 싱싱한 몸매에 까만 투피스가 제법 어느 회사의 여사무원 같았다.

"늦었구나."

영호가 여전히 두 다리를 쭉 뻗고 앉은 채 고개만 뒤로 젖혀서 명숙을 쳐다보았다.

명숙은 영호의 말에 아무런 대꾸도 없이 돌아서서 문밖에서 까만 하이힐을 집어 올려 아랫방 모서리에 들여놓았다. 그리고 백을 휙 방구석에 던졌다. 겨우 겉저고리와 스커트를 벗어 걸은 명숙은 아랫방 뒤구석에 가서 털썩하고 쓰러지듯 가로누워 버렸다. 그리고 거기 접어 놓은 담요를 끌어다 머리 위에서부터 푹 뒤집어썼다.

철호는 명숙을 거들떠보지도 않고 덤덤히 등잔불만 지켜보고 있었다.

철호는 언젠가 퇴근하던 길에 전차 창문 밖으로 본 명숙의 꼴을 생각하고 있는 것이었다.

철호가 탄 전차가 을지로 입구 십자 거리에 머물러 신호를 기다리고 있었다. 손잡이를 붙들고 창을 향해 서 있던 철호는 무심코 밖을 내다보았다. 전차 바로 옆에 미군 지프차가 한 대 와 섰다. 순간 철호는 확 낯이 달아올랐다.

핸들을 쥔 미군 바로 옆자리에 색안경을 쓴 한국 여자가 앉아 있었다. 그것이 바로 명숙이었던 것이다. 바로 철호의 턱밑에서였다. 역시 신호를 기다리는 그 지프차 속에서 미군이 한 손은 핸들에 걸치고 또 한 팔로는 명숙의 허리를 넌지시 끌어안는 것이었다. 미군이 명숙의 얼굴을 들여다보며 뭐라고 수작을 걸었다. 명숙은 다리를 겹치고 앉은 채 앞을 바라보는 자세 그대로 고개를 까딱거렸다. 그 미군 지프차 저편에 선 택시 조수가 명숙이와 미군을 쳐다보며 비시시 웃었다. 전차 간에서도 마찬가지였다. 철호 바로 옆에 나란히 서 있던 청년 둘이 쑥덕거렸다.

"그래도 멋은 부렸네."

"멋? 그래 색안경을 썼으니 말이지?"

"장사치곤 고급이지 밑천 없이."

"저것도 시집을 갈까?"

"흥."

철호는 손잡이를 놓았다. 그리고 반대편 가운데 문께로 가서 돌아서고 말았다. 그것은 분명히 슬픈 감정만은 아니었다. 뭐라고 말할 수조차 없는 숯 덩어리 같은 것이 꽉 목구멍을 치밀었다. 정신이 아뜩해지는 것 같았다. 하품을 하고 난 뒤처럼 코 속이 싸하니 쓰리면서 눈물이 징 솟아올랐다. 철호는 앞에 있는 커다란 유리를 꽉 머리로 받아 부수고 싶은 충동을 느끼며 어금니를 꽉 맞씹었다. 찌르르 벨이 울렸다. 덜커덩 전차가 움직였다. 철호는 문짝에 어깨를 가져다 기대고 눈을 감아 버렸다.

그날부터 철호는 정말 한마디도 누이동생 명숙이와 말을 하지 않았다. 또 명숙이도 철호를 본체만체했다.

"자, 우리도 이제 잡시다."

영호가 가슴을 펴서 내어 밀고 바로 앉았다.

등잔불을 끄고 두 방 사이의 문을 닫았다.

푹 가라앉는 것같이 피곤했다. 그러면서도 철호는 정작 잠을 이룰 수는 없었다. 밤은 고요했다. 시간이 그대로 흐르기를 멈추어 버린 것같이 조용했다. 철호의 아내도 이제 잠이 들었나 보다. 앓는 소리를 내었다. 철호는 눈을 감았다. 어딘가 아득히 먼 것을 느끼고 있었다. 철호는 잠이 들어 가고 있었다.

"가자!"

다들 잠든 밤의 그 어머니의 소리는 엉뚱하게 컸다. 철호는 흠칫 눈을 떴다. 차츰 눈이 어둠에 익어 갔다. 며칠인가, 문틈으로 새어 들은 달빛이 철호의 옆에서 잠든 딸애의 머리에서부터 발끝까지 죽 파란 줄을 그었다. 철호는 다시 눈을 감았다. 길게 한숨을 쉬며 벽을 향해 돌아누웠다.

"가자!"

또 어머니가 소리를 질렀다. 그러나 철호는 눈을 뜨지 않았다. 그도 마저 잠이 들어 버린 것이었다.

그런데 이번에는 아랫방에서 명숙이가 눈을 떴다. 아랫목에 어머니와 윗목에 오빠 영호 사이에 누운 명숙은 어둠 속에 가만히 손을 내어 밀었다. 어머니의 손을 더듬어 잡았다. 뼈 위에 겨우 가죽만이 씌워진 손이었다. 그 어머니의 손에서는 체온이 느껴지는 것이 아니라 축축히 습기가 미끈거렸다. 명숙은 어머니 쪽을 향하여 돌아누웠다. 한쪽 손을 마저 내밀어서 두 손으로 어머니의 송장 같은 손을 감싸 쥐었다.

"가자!"

딸의 손을 느끼는지 못 느끼는지 어머니는 또 한 번 허공을 향해 가자고 소리 질렀다.

"엄마!"

명숙의 낮은 소리였다. 명숙은 두 손으로 감싸 쥔 어머니의 여윈 손을 가만히 흔들었다.

"가자!"

"엄마!"

기어이 명숙은 흐느끼기 시작하였다. 명숙은 어머니의 손을 끌어다 자기의 입에 틀어막았다.

"엄마!"

숨을 죽여 가며 참는 명숙의 울음은 한숨으로 바뀌며 어머니의 손가락을 입안에서 잘근잘근 씹어 보는 것이었다.

"겁내지 말라."

옆에서 영호가 잠꼬대를 했다.

"가자!"

어머니는 명숙의 손에서 자기의 손을 빼어 가지고 저쪽으로 돌아누워 버렸다.

명숙은 다시 담요를 끌어다 머리 위까지 푹 썼다. 그리고 담요 속에서 흐득흐득 울고 있었다.

"엄마."

이번엔 윗방에서 어린것이 엄마를 불렀다.

철호는 잠 속에서 멀리 그 소리를 들었다. 그러면서도 채 잠이 깨어지지는 않았다.

"엄마."

어린것은 또 한 번 엄마를 불렀다.

"오 오, 왜 엄마 여기 있어."

아내의 반쯤 깬 소리였다. 어린것을 끌어다 안는 모양이었다. 철호는 그 소리를 멀리 들으며 다시 곤히 잠들어 버렸다.

"오줌."

"오, 오줌 누겠니? 자, 일어나. 착하지."

철호의 아내는 일어나 앉으며 어린것을 안아 일으켰다. 구석에서 깡통을 끌어다 대어 주었다.

"참, 삼촌이 네 신발 사 왔지. 아주 예쁜 거. 볼래?"

깡통을 타고 앉은 어린것을 뒤에서 안아 주고 있던 철호의 아내는 한 손으로 어린것의 머리맡에 놓아두었던 신발을 집어다 보여 주었다. 희미하게 달빛이 들이비쳤을 뿐인 어두운 방안에서는 그것은 그저 겨우 모양뿐 색채를 잃고 있었다.

"내 거야? 엄마."

"그래. 네 거야."

"예뻐?"

"참 예뻐. 빨강이야."

"응……."

어린것은 잠에 취한 소리로 물으며 신발을 두 손에 받아 가슴에 안았다.

"자, 이제 거기 놔두고 자야지."

"응, 낼 신어도 돼?"

"그럼."

어린것은 오물오물 담요 속으로 파고 들어갔다.

"엄마, 낼 신어도 돼?"

"그럼."

뭐든가 좀 좋은 것은 아껴야 한다고만 들어오던 어린것은 또 한 번 이렇게 다짐하는 것이었다.

아내는 어린것의 담요 가장자리를 꼭꼭 눌러 주고 나서 그 옆에 누웠다.

다들 다시 잠이 들었다. 어느 사이에 달빛이 비껴서 칼날 같은 빛을 철호의 가슴으로 옮겼다. 어린것이 부스스 머리를 들었다. 배를 깔고 엎드렸다. 어린것은 조그마한 손을 베개 너머로 내밀었다. 거기 가지런히 놓아둔 신발을 만져 보았다. 어린것이 안심한 듯이 다시 베개를 베고 누웠다. 또다시 조용해졌다. 한참 만에 또 어린것이 움직거렸다. 잠이 든 줄만 알았던 어린 것은 또 엎드렸다. 머리맡에 신발을 또 끌어당겼다. 조그마한 손가락으로 신발 코를 꼭 눌러 보았다. 그러고는 이번에는 아주 자리 위에 일어나 앉았다. 신발을 무릎 위에 들어 올려놓았다. 달빛에다 신발을 들이대어 보았다. 바닥을 뒤집어 보았다. 두 짝을 하나씩 두 손에 갈라 들고 고무 바닥을 맞대어 보았다. 이번엔 발을 앞으로 내놓았다. 가만히 신발을 가져다 신었다. 앉은 채로 꼭 방바닥을 디디어 보았다.

"가자!"

어린것은 깜짝 놀랐다. 얼른 신발을 벗었다. 있던 자리에 도로 모아 놓았

다. 그리고 한 번 더 신발을 바라보고 난 어린것은 살그머니 누웠다. 오물오
물 담요 속으로 기어 들어갔다.

　점심을 못 먹은 배는 오후 두 시에서 세 시 사이가 제일 견디기 힘들었
다. 철호는 펜을 장부 위에 놓았다. 저쪽 구석에 돌아앉은 사환 애를 바라
보았다. 보리차라도 한 잔 더 마시고 싶었다. 그러나 두 잔까지는 사환 애
를 시켜서 가져오랄 수 있었으나 세 번까지는 부르기가 좀 미안했다. 철호
는 걸상을 뒤로 밀고 일어섰다. 책상 모서리에 놓인 찻잔을 집어 들었다. 그
리고 출입문으로 나갔다. 복도의 풍로 위에서 커다란 주전자가 끓고 있었
다. 보리차를 찻잔 하나 가득히 부었다. 구수한 냄새가 피어올랐다. 철호는
뜨거운 찻잔을 손가락으로 꼬집어 들고 조심조심 자기 자리로 돌아와 앉
았다. 그리고 찻잔을 입으로 가져갔다. 후 불었다. 마악 한 모금 들여마시는
때였다.
　"송 선생님 전화입니다."
　사환 애가 책상 앞에 와 알렸다. 철호는 얼른 찻잔을 책상 위에 내려놓았
다. 그리고 과장 책상 앞으로 갔다. 수화기를 들었다.
　"네, 송철호올시다. 네? 경찰서요? ……전 송철호라는 사람인데요. 네? 송
영호요? 네, 바로 제 동생입니다. 무슨? ……네? 네? 송영호가요? 제 동생이
말입니까? 곧 가겠습니다. 네, 네."
　철호는 수화기를 걸었다. 그리고 걸어 놓은 수화기를 멍하니 내려다보고
서 있었다. 사무실 안 사람들의 시선이 모두 철호에게로 쏠렸다.
　"무슨 일인가? 동생이 교통사고라도?"
　서류를 뒤적이던 과장이 앞에 서 있는 철호를 쳐다보며 물었다.
　"네? 네, 저 과장님, 잠깐 다녀오겠습니다."
　철호는 마시던 보리차를 그대로 남겨 둔 채 사무실을 나섰다.
　영문을 모르는 동료들이 서로 옆의 사람의 얼굴을 힐끗 쳐다보는 것이
었다.
　철호는 전에도 몇 번 경찰서의 호출을 받은 일이 있었다. 양공주 노릇을
하는 누이동생 명숙이가 걸려들면 그 신원 보증을 해야 하는 철호였다. 그
때마다 철호는 치안관 앞에서 낯을 못 들고 앉았다가 순경이 앞세우고 나
온 명숙을 데리고 아무 말도 없이 경찰서 뒷문을 나서곤 하였다. 그럴 때면

철호는 울었다. 하나밖에 없는 누이동생이 정말 밉고 원망스러웠다. 철호는 명숙을 한 번 돌아다보는 일도 없이 전차 길을 따라 사무실로 걸었고, 또 명숙은 명숙이대로 적당한 곳에서 마치 낯도 모르는 사람처럼 딴 길로 떨어져 가 버리곤 하는 것이었다.

그런데 이번에는 누이동생이 아니라 남동생 영호의 건이라고 했다. 며칠 전 밤에 취해서 지껄이던 영호의 말들이 머리를 스치고 지나갔다. 불안했다. 그런들 설마 하고 마음을 다시 먹으며 철호는 경찰서 문을 들어섰다.

권총 강도.

형사에게서 동생 영호의 사건 내용을 들은 철호는 앞에 앉은 형사의 얼굴을 바보 모양 멍청히 바라보고 있을 뿐이었다. 점점 핏기가 가셔 가는 철호의 얼굴은 표정을 잃은 채 굳어 가고 있었다.

어느 회사에서 월급을 줄 돈 천오백만 환을 찾아서 은행 앞에 대기시켰던 지프차에 싣고 마악 떠나려고 하는데 중절모를 깊숙이 눌러쓰고 색안경을 낀 괴한 두 명이 차 속으로 올라오며 권총을 내어 들더라는 것이었다.

"겁내지 말라! 차를 우이동으로 돌려라."

운전수와 또 한 명 회사원은 차가운 권총 구멍을 등에 느끼며 우이동까지 갔다고 한다. 어느 으슥한 숲 속에서 차를 세웠다고 한다. 그러고는 둘 다 차 밖으로 나가라고 한 다음 괴한들이 대신 운전대로 옮아앉더라고 한다. 운전수와 회사원은 거기 버려둔 채 차는 전속력으로 다시 시내로 향해 달렸단다. 그러나 지프차는 미아리도 채 못 와서 경찰에 붙들리고 말았던 것이었다. 그런데 차 안에는 괴한이 한 사람밖에 없었다고 한다.

형사가 동생을 면회하겠느냐고 물었을 때 철호는 그저 얼이 빠져서 두 무릎 위에 맥없이 손을 올려놓고 앉은 채 아무 대답도 못 했다.

이윽고 형사실 뒷문이 열리더니 거기 영호가 나타났다.

"이리로 와."

수갑이 채워진 두 손을 배 앞에다 모으고 천천히 형사의 책상 앞으로 걸어 나오는 영호는 거기 걸상에 앉았다. 일어서는 철호를 향하여 약간 머리를 끄덕여 보였다. 동생의 얼굴을 뚫어져라고 바라보고 서 있는 철호의 여윈 볼이 히물히물 움직였다. 괴로울 때의 버릇으로 어금니를 꽉꽉 씹고 있는 것이었다.

형사는 앞에 와서 선 영호에게 눈으로 철호를 가리켰다.

"형님 미안합니다. 인정선(人情線 사람이 본래 가지고 있는 감정의 경계선)에서 걸렸어요. 법률선까지는 무난히 뛰어넘었는데. 쏘아 버렸어야 하는 건데."

영호는 철호의 얼굴을 들여다보며 빙그레 웃었다. 그러고는 옆으로 비스듬히 얼굴을 떨구며 수갑을 채운 오른손 엄지를 권총 방아쇠를 당기는 때처럼 꼬부려서 지그시 당겨 보는 것이었다.

철호는 눈도 깜빡하지 않고 그저 영호의 머리카락이 흐트러져 내린 이마를 바라보고 있었다.

"돌아가세요, 형님."

영호는, 등신처럼 서 있는 형이 도리어 민망한 듯이 조용히 말했다.

"수감해."

형사가 문간에서 지키고 서 있는 순경을 돌려 보았다.

영호는 그에게로 오는 순경을 향해 마주 걸어갔다. 영호는 뒷문으로 끌려 나가다 말고 멈춰 섰다. 그리고 뒤를 돌려 보았다.

"형님. 어린것 화신 구경이나 한번 시키세요. 제가 약속했었는데."

뒷문이 꽝 닫혔다. 철호는 여전히 영호가 사라진 뒷문을 바라보고 서 있었다. 눈이 뿌옇게 흐려졌다. 아무것도 보이지 않았다.

"쏠 의사는 처음부터 없었던 것 같은데."

조서를 한 옆으로 밀어 놓으며 형사가 중얼거렸다. 철호는 걸상에 가만히 걸터앉았다.

"혹시 그 같이한 청년을 모르시나요."

철호의 귀에는 형사의 말소리가 아주 멀었다.

"끝내 혼자서 했다고 우기는데, 그러나 증인이 있으니까 이제 차츰 사실대로 자백하겠지만."

여전히 철호는 말이 없었다.

경찰서를 나온 철호는 어디를 어떻게 걸었는지 알 수가 없었다. 철호는 술 취한 사람 모양 허청거리는 다리로 자기 집이 있는 언덕길을 올라가고 있었다. 철호는 골목길 어귀에 들어섰다.

"가자!"

철호는 거기 멈춰 섰다. 고개를 뒤로 젖혔다. 그러나 그는 하늘을 쳐다보는 것이 아니었다. 하 하고 숨을 크게 내쉬는 철호는 울고 있었다. 눈물이

코 속으로 흘러서 찝찝하니 목구멍으로 넘어갔다.

"가자. 가자. 어딜 가잔 거야. 도대체 어딜 가잔 거야."

철호는 꽥 소리를 지르고 있었다. 거기 처마 밑에 모여 앉아서 소꿉질을 하던 어린애들이 부스스 일어서며 그를 쳐다보았다. 철호는 그 앞을 모른 채 지나쳐 버렸다.

"오빠 어딜 그렇게 돌아다뉴?"

철호가 아랫방에 들어서자 윗방 구석에서 고리짝을 열어 놓고 뒤지고 있던 명숙이가 역한 소리를 했다. 윗방에는 넝마 같은 옷가지들이 한 무더기 쌓여 있었다. 딸애는 고리짝 옆에 쪼그리고 앉아서 명숙이가 뒤져 내놓는 헌 옷들을 무슨 진귀한 것이나처럼 지켜보고 있었다. 철호는 아내가 어딜 갔느냐고 물어보려다 말고 그대로 윗방 아랫목에 털썩 주저앉아 버렸다.

"어서 병원에 가 보세요."

명숙은 여전히 고리짝을 들추며 돌아앉은 채 말했다.

"병원엘?"

"그래요."

"병원에라니?"

"언니가 위독해요. 어린애가 걸렸어요."

"뭐가?"

철호는 눈앞이 아찔했다.

점심때부터 진통이 시작되었는데 영 해산을 못하고 애를 썼단다. 그런데 죽을 악을 쓰다 보니까 어린애의 머리가 아니라 팔부터 나왔다고 한다. 그래 병원으로 실어 갔는데, 철호네 회사에 전화를 걸었더니 나가고 없더라는 것이었다.

"지금쯤은 아마 애기를 낳았거나, 그렇지 않으면……."

명숙은 흰 헝겊들을 골라 개켜서 한옆으로 젖혀 놓으며 말했다. 아마 어린애의 기저귀를 고르고 있는 모양이었다. 그런데 이상했다. 좀 전에 아찔했던 정신이 사르르 풀리며 온몸의 맥이 쑥 빠져나갔다. 철호는 오래간만에 머리 속이 깨끗이 개는 것을 느꼈다.

말라리아를 앓고 난 다음 날처럼 맥은 하나로 없으면서 머리는 비상히 깨끗했다. 뭐 놀랄 일이 있느냐 하는 심정이 되었다. 마치 회사에서 무슨 사무를 한 뭉텅이 맡았을 때와 같은 심사였다. 철호는 호주머니에서 담배를 꺼내어 물었다. 언제나 새로 사무를 맡아 시작하기 전에 하는 버릇이었다.

"어딜 가슈?"

명숙이가 돌아보았다.

"병원에."

"무슨 병원인지도 모르면서."

철호는 참 그렇다고 생각했다.

"S병원이야요."

"……."

철호는 슬그머니 문밖으로 한 발을 내디디었다.

"돈을 가지고 가야지, 뭐."

"……돈."

철호는 다시 문 안으로 들어섰다. 우두커니 발부리를 내려다보고 서 있었다. 명숙이가 일어섰다. 그리고 아랫방으로 내려갔다. 벽에 걸어 놓았던 핸드백을 열었다.

"옛수."

백 환짜리 한 다발이 철호 앞 방바닥에 던져졌다. 명숙은 다시 돌아서서 백을 챙기고 있었다. 철호는 명숙의 뒷모습을 물끄러미 바라보고 있었다. 철호의 눈이 명숙의 발뒤축에 머물렀다. 나일론 양말이 계란만치 구멍이 뚫렸다. 철호는 명숙의 그 구멍 뚫린 양말 뒤축에서 어떤 깨끗함을 느끼고 있었다. 오래간만에 참으로 오래간만에 철호는 명숙에 대한 오빠로서의 애정을 느꼈다.

"가자."

어머니가 또 외마디 소리를 질렀다.

철호는 눈을 발밑에 돈다발로 떨구었다. 허리를 구부렸다. 연기가 든 때처럼 두 눈이 싸하니 쓰렸다.

"아버지 병원에 가? 엄마 애기 났어?"

"그래."

철호는 돈을 저고리 호주머니에 구겨 넣으며 문을 나섰다.

"가자."

골목을 빠져나가는 철호의 등 뒤에서 또 한 번 어머니의 소리가 들려왔다.

아내는 이미 죽어 있었다.

"네, 그래요."

철호는 간호원보다도 더 심상한(대수롭지 않은) 표정이었다. 병원의 긴 복도를 휘청휘청 걸어서 널따란 현관으로 나왔다. 시체가 어디 있느냐고 묻지도 않았다. 무엇인가 큰일이 한 가지 끝났다는 그런 기분이었다. 아니 또 어찌 생각하면 무언가 해야 할 일이 많이 생긴 것 같은 무거운 기분이기도 했다. 그러면서도 그 해야 할 일이 무엇인지는 좀처럼 생각이 나질 않았다. 그저 이제는 그리 서두를 필요도 없어졌다는 생각만으로 철호는 거기 병원 현관에 한참이나 우두커니 서 있었다.

이윽고 병원의 큰 문을 나선 철호는 전차 길을 따라서 천천히 걸었다. 자전거가 휙 그의 팔꿈치를 스치고 지나갔다. 그는 멈춰 섰다. 여섯 시도 더 지났을 무렵이었다. 이제 사무실로 가야 할 아무 일도 없었다. 그는 전차 길을 건넜다. 또 한참 걸었다. 그는 또 멈춰 섰다. 이번엔 어느 사이에 낮에 왔던 경찰서 앞에 와 있었다. 그는 또 돌아섰다. 또 걸었다. 그저 걸었다. 집으로 돌아가자는 생각도 아니면서 그의 발길은 자동기계처럼 남대문 쪽을 향해 걷고 있었다. 문방구점, 라디오방, 사진관, 제과점, 그는 길가에 늘어선 이런 가게의 진열장을 하나하나 기웃거리며 걷고 있었다. 그러면서도 무엇이 있는지 하나도 보이지 않았다. 그러던 철호는 우뚝 섰다. 그는 거기 눈앞에 걸린 간판을 쳐다보고 있었다. 장기판만 한 판에 빨간 페인트로 치과라고 써 있었다. 철호는 갑자기 이가 쑤시는 것을 느꼈다. 아침부터 아니 벌써 전부터 홀떡홀떡 쑤시는 충치가 갑자기 아파 왔다. 양쪽 어금니가 아래위다 쑤셨다. 사실은 어느 것이 정말 쑤시는 것인지조차 분간할 수가 없었다. 철호는 호주머니에 손을 넣어 보았다. 만 환 다발이 만져졌다.

철호는 치과 간판이 걸린 층계 이 층으로 올라갔다.

치과 걸상에 머리를 젖히고 입을 아 버리고 앉았다. 의사는 달가닥달가닥 소리를 내며 이것저것 여러 가지 쇠꼬치를 그의 입에 넣었다 꺼냈다 하였다. 철호는 매시근하니(나른하고 기운이 없이) 잠이 왔다. 아무런 생각도 하지 않고 입을 크게 벌린 채 눈을 감고 있었다.

"좀 아팠지요? 뿌리가 구부려져서."

의사가 집게에 뽑아 든 이를 철호의 눈앞에 가져다 보여 주었다. 속이 시꺼멓게 썩은 징그러운 이뿌리에 뻘건 살점이 묻어 나왔다. 철호는 솜을 입에 문 채 머리를 좌우로 흔들어 보았다. 사실 아프지도 아무렇지도 않았다.

"됐습니다. 한 삼십 분 후에 솜을 빼 버리슈. 피가 좀 나올 겁니다."

"이쪽을 마저 빼 주십시오."

철호는 옆의 타구에 침을 뱉고 나서 또 한쪽 볼을 눌러 보았다.

"어금니를 한 번에 두 개씩 빼면 출혈이 심해서 안 됩니다."

"괜찮습니다."

"아니. 내일 또 빼지요."

"다 빼 주십시오. 한 몫에 몽땅 다 빼 주십시오."

"안 됩니다. 치료를 해 가면서 한 대씩 빼야지요."

"치료요? 그럴 새가 없습니다. 마악 쑤시는걸요."

"그래도 안 됩니다. 빈혈증이 일어나면 큰일 납니다."

하는 수 없었다. 철호는 치과를 나왔다. 또 걸었다. 잇몸이 멍하니 아픈 것 같기도 하고 또 어찌하면 시원한 것 같기도 했다. 그는 한 손으로 볼을 쓸어 보았다.

그렇게 얼마를 걷던 철호는 거기에 또 치과 간판을 발견하였다. 역시 이 층이었다.

"안 될 텐데요."

거기 의사도 꺼렸다. 철호는 괜찮다고 우겼다. 한쪽 어금니를 마저 빼었다. 이번에는 두 볼에다 다 밤알만큼씩 한 솜 덩어리를 물고 나왔다. 입안이 찝찔했다. 간간이 길가에 나서서 피를 뱉었다. 그때마다 시뻘건 선지피가 간 덩어리처럼 엉겨서 나왔다. 남대문을 오른쪽에 끼고 돌아서 서울역이 보이는 데까지 왔을 때 으스스 몸이 한 번 떨렸다. 머리가 횡하니 비어 버린 것 같다고 생각했다. 바로 그때에 번쩍 거리에 전등이 들어왔다. 눈앞이 한 번 환해졌다. 다음 순간에는 어찌된 셈인지 좀 전에 전등이 켜지기 전보다 더 거리가 어두워졌다. 철호는 눈을 한 번 꾹 감았다 다시 떴다. 그래도 매한가지였다. 이건 배 속이 비어서 이렇다고 철호는 생각했다. 그는 새삼스레, 점심도 저녁도 안 먹은 자기를 깨달았다. 뭐든가 좀 먹어야겠다고 생각했다. 구수한 설렁탕 생각이 났다. 입안에 군침이 하나 가득히 고였다. 그는 어느 전주 밑에 가서 쭈그리고 앉아서 침을 뱉었다. 그런데 그것은 침이 아니라 진한 피였다. 그는 다시 일어섰다. 또 한 번 오한이 전신을 간질이고 지나갔다. 다리가 약간 떨리는 것 같았다. 그는 속히 음식점을 찾아내어야겠다고 생각하며 서울역 쪽으로 허청허청 걸었다.

"설렁탕."

무슨 약 이름이기나 한 것처럼 한마디 일러 놓고는 그는 식탁 위에 엎드려 버렸다. 또 입안으로 하나 찝찔한 물이 고였다. 철호는 머리를 들었다. 음식점 안을 한 바퀴 휘 둘러보았다. 머리가 아찔했다. 그는 일어섰다. 그리고 문밖으로 급히 걸어 나갔다. 음식점 옆 골목에 있는 시궁창에 가서 쭈그리고 앉았다. 울컥하고 입안의 것을 내뱉었다. 그러나 이번에는 주위가 어두워서 그것이 뭔지 또는 침인지 알 수 없었다. 철호는 저고리 소매로 입술을 닦으며 일어섰다. 이를 뺀 자리가 쿡 한 번 쑤셨다. 그러자 뒤이어 거기에 호응이나 하듯이 관자놀이가 또 쿡 쑤셨다. 철호는 아무래도 좀 이상하다고 생각하였다. 이제 빨리 집으로 돌아가 누워야겠다고 생각했다. 그는 다시 큰길로 나왔다. 마침 택시가 한 대 왔다. 그는 손을 한 번 흔들었다.

철호는 던져지듯이 털썩 택시 안에 쓰러졌다.

"어디로 가시죠?"

택시는 벌써 구르고 있었다.

"해방촌."

자동차는 스르르 속력을 늦추었다. 해방촌으로 가자면 차를 돌려야 하는 까닭이었다. 운전수는 줄지어 달려오는 자동차의 사이가 생기기를 노리고 있었다. 저만치 자동차의 행렬이 좀 끊겼다. 운전수는 핸들을 잔뜩 비틀어 쥐었다. 운전수가 몸을 한편으로 기울이며 마악 핸들을 틀려는 때였다. 뒷자리에서 철호가 소리를 질렀다.

"아니야. S병원으로 가."

철호는 갑자기 아내의 죽음을 생각했던 것이다. 운전수는 다시 홱 핸들을 이쪽으로 틀었다. 운전수 옆에 앉았던 조수 애가 한번 철호를 돌아보았다. 철호는 뒷자리 한구석에 가서 몸을 틀어박은 채 고개를 뒤로 젖히고 눈을 감고 있었다. 그때에 또 뒤에서 소리를 질렀다.

"아니야. ×경찰서로 가."

눈을 감고 있는 철호는 생각하는 것이었다. 아내는 이미 죽었는데 하고. 이번에는 다행히 차의 방향을 바꿀 필요가 없었다. 그냥 달렸다.

"×경찰서입니다, 손님."

조수 애가 뒤로 몸을 틀어 돌리며 말했다.

"가자."

철호는 여전히 눈을 감고 있었다.

"어디로 갑니까?"

"글쎄, 가."

"하, 참 딱한 아저씨네."

"……."

"취했나?"

운전수가 힐끔 조수 애를 쳐다보았다.

"그런가 봐요."

"어쩌다 오발탄 같은 손님이 걸렸어. 자기 갈 곳도 모르게."

운전수는 기어를 넣으며 중얼거렸다. 철호는 까무룩히 잠이 들어가는 것 같은 속에서 운전수가 중얼거리는 소리를 멀리 듣고 있었다. 그리고 마음속으로 혼자 생각하는 것이었다. '아들 구실, 남편 구실, 애비 구실, 형 구실, 오빠 구실, 또 계리사 사무실 서기 구실, 해야 할 구실이 너무 많구나. 너무 많구나. 그래, 난 네 말대로 아마도 조물주의 오발탄인지도 모른다. 정말 갈 곳도 알 수가 없다. 그런데 지금 나는 어디건 가긴 가야 한다……'

철호는 점점 더 졸려 왔다. 다리가 저린 것처럼 머리의 감각이 차츰 없어져 갔다.

"가자."

철호는 또 한 번 귓가에 어머니의 소리를 들었다고 생각하며 푹 모로 쓰러지고 말았다.

차가 네거리에 다다랐다. 앞에 교통 신호에 발간 불이 켜졌다. 차가 섰다. 또 한 번 조수 애가 뒤를 돌아보며 물었다.

"어디로 가시죠?"

그러나 머리를 푹 앞으로 수그린 철호는 아무 대답도 없었다.

따르릉, 벨이 울렸다. 긴 자동차의 행렬이 움직이기 시작했다. 철호가 탄 차도 목적지를 모르는 대로 행렬에 끼어서 움직이는 수밖에 없었다. 철호의 입에서 흘러내린 선지피가 흥건히 그의 와이셔츠 가슴을 적시고 있는 것은 아무도 모르는 채 교통 신호대의 파란불 밑으로 차는 네거리를 지나 갔다.

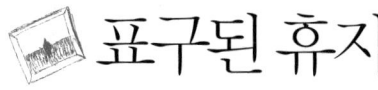
표구된 휴지

📝 **작품 정리** ---

> **작가**: 이범선(456쪽 '작가와 작품 세계' 참조)
> **갈래**: 액자 소설
> **배경**: 시간 - 1960년대 / 공간 - 화실
> **시점**: 1인칭 주인공 시점
> **주제**: 사소한 것에서 느끼는 삶의 의미
> **출전**: 〈문학사상〉(1972)

📝 **구성과 줄거리** ---

발단 **'나'는 표구한 편지를 읽는 버릇이 있음**

언제부터인가 '나'는 피곤할 때마다 창호지에 먹으로 쓴 편지를 읽는 버릇이 있다.

전개 **편지를 표구사에 맡김**

어느 날 은행에 다니는 친구가 구겨진 편지를 갖고 찾아온다. 친구는 편지를 얻게 된 사연을 말하고 편지를 표구해 줄 것을 부탁한다. '나'는 편지 내용과 친구의 장난이 재밌다고 여겨져 웃음을 지으며 표구사에 편지를 맡긴다.

절정 **기억 속에서 편지가 잊혀져 감**

그 후 '나'의 기억 속에서 편지가 사라진다. 편지 표구를 부탁한 친구가 외국으로 전근을 가는 바람에 '나'는 문득 그 편지를 떠올린다.

결말 **편지를 표구하려고 한 친구를 이해함**

'나'는 점점 편지가 화실의 중심점이 되어 간다고 생각한다. 자신의 화실에 걸어 둔 편지를 보면서 그때 친구의 심정을 이해하게 된다.

🖉 생각해 볼 문제

1. '표구된 휴지'에는 어떤 의미가 담겨 있는가?

편지의 정체성은 편지지가 아닌 내용에 달려 있다. 설령 구겨진 휴지에 쓴 글이라도 상대방의 안부를 진심으로 묻는 내용이라면 편지라고 할 수 있다. 편지지에 건성으로 끼적인 낙서는 편지지가 아니라 그 어떤 매체를 이용한다고 해도 편지가 될 수 없다. 마찬가지로 표구된 휴지는 더 이상 휴지가 아니다. 그것은 마음을 담았기에 편지이자 위대한 사상을 담고 있는 예술 작품이 되었다. "밤에는 숯적다 숯적다 하며 새는 운다마는"이라는 표현은 자식을 그리워하는 아버지의 마음을 담았으며, 이를 통해 '나'는 당시 친구의 심정을 이해하게 된다.

2. 정감 있고 구수한 내용의 편지를 국보급이라고 평가한 친구의 의도는 무엇인가?

누구나 이 편지를 읽는 순간 부모님의 얼굴이 떠오를 것이다. 그것은 시골 출신뿐만 아니라 서울 출신이라도 마찬가지다. 맞춤법을 모른다거나 콩나물을 참기름에 무쳐 먹으라는 말을 했다는 점이 같은 것은 아니다. 아버지의 사랑을 표현하는 방식이 비슷하다는 뜻이다. 고향도 다르고, 아버지도 다르지만, 아버지들의 마음만은 다르지 않다. 특히 고향을 떠나 도시에서 살고 있는 자식들이라면 이런 편지를 보는 순간, 가슴이 먹먹해지면서 묘한 감동을 느끼게 될 것이다. 이런 감동은 그 어떤 명화에서 느낄 수 있는 감동보다도 크고 깊다는 의미에서 국보급이라고 표현했다.

3. 구겨진 휴지 조각을 예술 작품이라고 부를 수 있는가?

이탈리아의 기호학자인 움베르토 에코는 "하나의 텍스트는 다른 어떤 메시지보다도 더 분명하게 독자 쪽의 능동적이고 의식적인 공조적 운동을 요구한다."라고 말했다. 그의 말 속에서 구겨진 휴지 조각이 어떻게 예술 작품이 될 수 있는지 답을 찾을 수 있다. 즉, 예술 작품의 가치는 본래부터 그 안에 담겨 있는 것이 아니라, 발견하고 동의함으로써 결정된다.

나 ← _{친구} 은행 지점장

(동전을 싼 종이의
표구를 부탁)

지게꾼
청년

어느 날 은행에 다니는 친구가 구겨진 편지를 표구해 달라고 화가인
저(나)를 찾아왔어요. 이 편지는 은행 고객이었던 지게꾼 청년이 동전
을 싸 온 종이였지요. 서툰 글씨로 채워진 편지에는 아들을 걱정하는
늙은 아버지의 사랑이 고스란히 담겨 있었어요. 친구가 외국으로 전근
을 가서 이 편지는 제 화실 벽에 걸려 있답니다.

표구된 휴지

니무슨주변에고기묵건나. 콩나물무거라. 참기름이나마니처서무그라.

    누렇게 뜬 창호지에다 먹으로 쓴 편지의 일절이다. 언제부터인가 나는 피곤할 때면 화실 안쪽 벽에 걸린 그 조그만 액자의 편지를 읽는 버릇이 생겼다. 그건 매우 서투른 글씨의 편지다. 앞부분과 끝 부분은 없고 중간의 일부분만인 그 편지는 누가 누구에게 보낸 것인지도 알 수 없다. 다만 그 내용으로 미루어 시골에 있는 늙은 아버지—어쩌면 할아버지일지도 모른다—가 서울에 돈 벌러 올라온 아들에게 쓴 편지라는 것이 대충 짐작될 따름이다. 사실은 그 편지가 노인이 쓴 것으로 생각되는 까닭은 그 내용도 내용이려니와 그보다 더 그 편지의 종이나 글씨에 있는지 모른다. 아마 어느 가을에 문을 바르고 반 장쯤 남았던 창호지를 용케 생각해 내어 벽장 속을 뒤져 먼지를 떨고 손바닥으로 몇 번이나 쓸어 펴서 적당히 두루마리 모양이 나게 오린 것이리라. 누렇게 뜬 종이 가장자리가 삐뚤삐뚤하다. 거기에 사연을 먹으로 썼다. 순 한글—아니 이 편지에서만은 언문이라는 말이 좀 더 어울릴까—로 쓴 그 글씨가 재미있다. 붓으로 썼다기보다 무슨 꼬챙이에다 먹을 찍어서 그린 것 같은 글자는 단 한 자도 그 획의 먹 농도가 고른 것이 없다. 그뿐만 아니라 글자의 획들이 모두 사개(모퉁이가 서로 맞물리는 끝 부분)가 물러나서 이상스레 헐렁한데 그런 글자들이 또 제각기 제멋대로 방향을 잡고 아무렇게나 눕고 서고 했다. 그러니 글줄이 바를 리는 만무(萬無 절대로 없음)이고.

    니떠나고메칠안이서**송아지**낫다. 그녀석눈도큰게잘자란다. 애비보다제에미를더달맛다고덜한다.

    이 대문에서는 송아지 석 자가 딴 글자보다 좀 크고 먹 색깔도 진하다. 나는 언제나 이 액자를 보면 그 사연보다 그 글씨로 하여 먼저 미소 짓게 된다.

베적삼 고름은 헐렁하니 풀어 헤쳤고 잠방이 허리는 흘러내려 배꼽이 다 드러난 촌로들이 마을 어귀 느티나무 그늘에 모여, 더러는 마주하고 장기를 두고, 옆의 한 노인은 부채질을 하다 졸고, 또 어떤 노인은 장죽을 쑤시는가 하면, 때가 새까만 목침을 베고 누운 흰머리는 서툰 가락의 시조를 읊고.

그 크고 작고, 진하고 연하고, 삐뚤삐뚤한 글자들. 나는 거기서 노인들의 구수한 농지거리를 들을 수 있다.

압논벼는전에만하다. 뒷밧콩은전해만못하다. 병정갓던덕이돌아왔다. 니서울돈벌레갓다니까, 소우숨하더라.

이 편지 액자는 사실은 내 것이 아니다.

3년 전 가을이었다. 저녁 무렵 친구가 찾아왔다. 어느 은행 지점장인가 지점장 대리인가 하는 그 친구는 퇴근길에 잠깐 들렀다는 것이었다.

"부탁이 있는데."

"부탁? 설마 은행가가 가난한 화가더러 돈을 꾸잔 건 아닐 게고."

나는 농담으로 그를 맞아들였다.

"그런 건 아니고…… 이거 좀 보게."

그는 신문지로 돌돌 만 것을 불쑥 내밀었다.

"뭔데. 그림인가?"

"글쎄 펴 보게. 그림이라면 그림이고 글이라면 글인데 그게…… 국보급이야."

친구는 장난기 어린 눈으로 안경 속에서 웃고 있었다. 나는 조심조심 신문지를 폈다. 그건 아무렇게나 구겨져 던졌던 휴지를 다시 편 것이었다.

"뭔가, 이건?"

"한번 읽어 보게나."

친구는 눈으로 내가 들고 있는 휴지를 가리켰다. 나는 그 구겨졌던 종이 위에 먹으로 쓴 글자를 한 자 한 자 읽으면서 속으로 철자법을 교정해야 했다.

"무슨 편지 같군."

"그래."

"무슨 편진가?"

"나도 모르지."

"그런데!"

"어쨌든 재미있지 않나. 뭔가 뭉클하는 게 있단 말야."

"좀 그런 것 같긴 하지만……."

"바가지에 담아 내놓은 옥수수 냄새 같은, 뭐 그런 게 있잖아."

"흠, 자넨 역시 길을 잘못 들었어."

나는 웃었다. 그는 나와 중학교 동창이다. 그 시절 그는 문학 서적에 취해 있는 문학 소년이었다. 선생님들도 그의 소질을 인정하고 있었다. 그런데 그는 결국 상과 대학엘 갔다. 고등학교에서의 배치에 의해서였다.

"그거 표구할 수 있겠지?"

"표구?"

"그래."

"그야 할 수 있겠지. 창호지니까."

"난 그런 걸 잘 모르지 않나. 그래, 화가인 자네 생각을 했지 뭔가. 자네가 어디 적당한 표구사에 맡겨서 좀 해 주지 않겠나?"

"그야 어렵지 않지만…… 자네도 어지간히 호사가군. 이걸 표구해서 뭘 하나. 도대체 어디서 주워 온 건가. 이 휴지는?"

"아닌 게 아니라 정말 휴지통에서 주운 거지."

그 친구 은행 창구에 저녁때면 날마다 빼지 않고 들르는 지게꾼이 있단 다. 은행 문 앞에 지게를 벗어 세워 놓고는 매우 죄송스러운 태도로 조용히 은행 안으로 들어서는 스물댓 나 보이는 그 꺼먼 얼굴의 청년을 처음엔 안 내원이 막았다.

"뭐지요?"

"예, 예, 저어……."

"여긴 은행이오, 은행!"

"예, 그러니까 저 돈을……."

청년은 어리둥절해서 말도 제대로 하지 못했다.

"글쎄, 은행이라니까!"

"예, 그런데 그 조금도 할 수 있습니까?"

"조금이라니 뭘 말이오?"

"저금을 조금두 할 수 있습니까?"

"저금요?"

은행 안의 모든 시선들이 그 지게꾼에게로 쏠렸다.

청년은 점점 더 당황하였다. 얼굴이 붉어져서 돌아서 나가려는 그를 불러 세운 것이 예금 창구의 여직원이었다. 청년은 손에 말아 쥐고 있던 라면 봉다리에서 꼬깃꼬깃한 백 원짜리 지폐 다섯 장과 새로 새긴 목도장을 꺼내어 떨리는 손으로 여직원에게 바쳤다. 청년은 저만큼 한구석으로 가 서서 불안스러운 눈으로 멀리 여직원을 지켜보고 있었다.

한참 만에 그는 흠칫 놀랐다. 생전 처음 그는 씨 자가 붙은 자기 이름을 들었던 것이다. 그는 여직원 앞으로 달려와 빳빳한 통장을 받았다. 청년은 여직원과 안내원에게 굽실굽실 절을 하고 한 손에 통장을 받쳐 든 채 들어올 때처럼 조심스럽게 문을 열고 나갔다. 통장을 확인할 경황도 없이.

다음 날부터 그 청년은 매일 저녁 무렵이면 꼭꼭 들렀다. 하루에 이백 원 혹은 삼백 원 또 어떤 날은 오백 원, 그의 통장에는 입금만 있고 출금란은 비어 있었다. 이제는 제법 안내원과는 익숙해졌으나 여직원 앞에서는 여전히 얼굴을 붉히며 수고를 끼쳐서 대단히 죄송하다는 표정 그대로였다.

그러던 어떤 날이었다. 그날은 여느 날보다 조금 일찍 청년이 은행엘 들렀다.

"오늘은 일찍 오셨네요. 얼마 넣으시겠어요?"

여직원이 미소로 물었다.

"예, 기게 오늘은 좀······."

청년은 무언가 종이 뭉텅이를 들고 머뭇거렸다.

"왜요?"

"이거 정말 죄송합니다. 이거 얼마 되지도 않는 걸 동전으로······ 그동안 저금통에 넣었던 걸 오늘 깨었죠. 기래 여기 이렇게······."

청년은 종이에 싼 것을 내밀었다.

"아이, 많이 모으셨네요."

"죄송합니다. 정말 이거······."

청년은 뒤통수를 긁적거리며 언제나 그가 서서 기다리던 구석으로 갔다.

"이게 바로 그 지게꾼 청년이 동전을 싸 가지고 온 종이지."

친구는 내 손의 편지를 가리켰다.

"그래, 그럼 그의 집에서 그 친구에게 보낸 편지란 말인가?"

"글쎄, 반드시 그렇다고는 할 수 없겠지. 동전을 세는 여직원을 거들어 주다가 우연히 발견하고 재미있다고 생각돼서 가지고 온 것뿐이니까."

우물집할머니하루알고갔다. 모두잘갓다한다. 장손이장가갓다. 색씨는너머 마을곰보영감딸이다. 구장네탄실이시집간다. 신랑은읍의서기라더라. 압집순이가어제저녁감자살마치마에가려들고왓더라. 순이는시집안갈끼라하더라. 니는빨리장가안들어야건나.

나는 비시시 웃음이 새어 나왔다. 편지 내용도 그렇고 친구의 장난기도 그랬다.

어쨌든 나는 그 창호지를 아는 표구사에 맡겼다. 그게 어떤 편지냐고 묻는 표구사 주인한테는,

"굉장한 겁니다. 이건 정말 국보급입니다."

하고 얼버무렸다. 표구사 주인은 머리를 기웃거렸다.

그 후 나는 그 창호지 편지를 감감히 잊어버리고 있었다. 그런데 은행 친구가 어느 외국 지점으로 전근이 되었다. 비행기가 떠날 때 나는 문득 그 편지 생각이 났다.

니떠나고메칠안이서송아지낫다.

그길로 나는 표구사로 갔다. 구겨진 휴지였던 그 편지는 깨끗이 펴져서 액자 속에 들어 있었다. 그렇게 치장하고 보니 그게 정말 무슨 국보나 되는 것 같았다.

돈조타. 그러나너거엄마는돈보다도너가더조타한다. 밥묵고배아프면소금한줌무그라하더라.

그날부터 그 액자는 내 화실에 그냥 걸어 두었다. 그저 걸어둔 거다. 그런데 그게 이상하게도 차츰 내 화실의 중심점이 되어 갔다. 그건 그림 같기도 하고 글 같기도 하다. 아니 그건 분명 그 둘이 합쳐진 것이었다.

나는 친구가 외국으로 떠나고 이태 동안 그 액자를 간간 바라보고 있는
사이에 차츰 그 친구의 심정을 느껴 알 것 같아졌다.

　　니무슨주변에고기묵건나. 콩나물무거라. 참기름이나마니처서무그라.
　　순이는시집안갈끼라하더라. 니는빨리장가안들어야건나.
　　돈조타. 그러나너거엄마는돈보다도너가더조타한다.

그리고 채 이어지지 못하고 끊어진 맨 끝줄.

　　밤에는솟적다솟적다하며새는운다마는

젊은 느티나무

✏️ 작가와 작품 세계

강신재(1924~2001)

서울 출생. 경기여자고등학교를 거쳐 1943년 이화여자전문학교 가사과에 입학했으나 2학년 재학 중에 결혼하면서 학칙에 따라 중퇴했다. 1949년 김동리의 추천으로 단편 소설 「얼굴」, 「정순이」를 문예지에 발표하면서 등단했다. 대표작으로는 『임진강 민들레』, 『파도』, 『명성황후』 등이 있고, 창작집으로 『젊은 느티나무』, 『희화』 등이 있다.

1950년대와 1960년대에 「표 선생 수난기」, 「젊은 느티나무」 등 당시로는 파격적인 소재를 다룬 애정 소설을 발표해 대표적인 여성 작가로서 위치를 굳혔다. 그의 소설에는 주로 사회적인 인습을 뛰어넘는 사랑과 기존 도덕관념 사이에서 갈등하는 남녀의 심리가 감각적인 문체로 그려져 있다. 1957년에 발표된 「표 선생 수난기」는 아들의 친구와 불륜 관계에 빠진 여인을 그렸으며, 1960년에 발표한 「젊은 느티나무」는 부모의 재혼으로 남매가 된 여고생과 대학생의 사랑을 그려 세간의 화제가 되기도 했다. 6·25 전쟁과 1960년대 산업화 과정에서 나타나는 애정 풍속도를 세련되게 묘사한 강신재는 감각적이고 신선한 문체로 대중 소설의 위상을 한 단계 올려놓았다는 평가를 받았다.

✏️ 작품 정리

> **갈래**: 순수 소설, 낭만 소설, 성장 소설
> **배경**: 시간 – 1960년대
>   공간 – 서울 중심에서 떨어진 S촌과 느티나무가 있는 시골
> **시점**: 1인칭 주인공 시점
> **주제**: 재혼한 부부의 이복 남매가 겪는 사랑과 갈등
> **출전**: 〈사상계〉(1960)

📎 구성과 줄거리 --

발단 **'나'는 어머니의 재혼으로 이복 오빠인 현규를 만남**

'나(숙희)'는 젊고 아름다운 어머니와 함께 시골 외할아버지 집에서 지
내고 있다. 어느 날 서울의 모 대학 교수인 므슈 리가 할아버지의 과수원
으로 찾아와서 어머니를 데려간다. 나중에 '나'도 서울의 S촌에 있는 므
슈 리의 집으로 간다. 어머니는 '나'에게 물리학 전공의 수재인 이복 오빠
현규를 소개한다.

전개 **'나'는 현규를 사랑하게 되지만 혼란스러워함**

서울 생활에 만족하는 어머니를 본 '나'는 마음이 편해진다. 하지만 현규
에 대한 사랑의 감정은 언제나 '나'의 마음을 무겁게 한다. '나'는 현규와
의 사랑이 가정의 파멸을 의미한다는 생각에 몸서리를 친다.

위기 **현규가 '나'에게 온 연애편지를 보고 화를 냄**

어머니가 장관 아들인 지수의 편지를 '나'에게 전달하지만 별다른 감흥
이 없다. '나'는 우울한 마음을 달래려고 숲으로 들어갔다가 우연히 지수
를 만난다. 지수는 정구 게임 약속 날짜를 알려 주고 돌아간다. 집으로
돌아오자, 현규는 "편지를 거기 놔둔 건 나 읽으라는 친절인가."라고 화
를 내면서 '나'의 뺨을 때린다. 현규가 질투하고 있다는 것을 알게 된 '나'
는 가슴이 터질 것 같은 기쁨을 느낀다. 그날 밤 '나'는 숲속에서 현규에
게 안긴다.

절정 **시골로 내려간 '나'를 보러 현규가 찾아옴**

어머니가 미국에 갈 일이 생기자 '나'는 현규와 단둘이 지낼 일이 걱정된
다. 불안해진 '나'는 서울을 떠나 할머니 댁으로 간다. 날이면 날마다 '나'
는 뒷산에 오른다. 어느 날 현규가 '나'를 찾아온다.

결말 **훗날을 기약하며 각자 현재의 길을 가기로 약속함**

현규는 방법이 없는 것은 아니지만 지금은 공부를 해야 한다고 말한다.
'나'가 집으로 돌아가겠다고 약속하자 현규는 돌아간다. '나'는 너무 기뻐
젊은 느티나무를 안고 웃는다.

✎ 생각해 볼 문제 --

1. '젊은 느티나무'는 무엇을 상징하는가?

바람 앞에 굳건히 서 있는 느티나무는 사회적 통념에 굴하지 않는 젊은 남녀의 순수한 사랑을 상징한다. '나'가 시골에서 자주 찾는 느티나무는 자연의 생명력과 젊음의 열정을 의미하기도 한다.

2. 이 작품의 공간적 배경인 서울 S촌과 시골 할머니 댁은 무엇을 암시하는가?

서울 S촌은 사랑과 갈등의 공간이다. 시골 할머니 댁은 도피의 공간이자, 희망의 공간이라 할 수 있다.

3. 현규에게서 나는 비누 냄새가 '나'에게 주는 의미는 무엇인가?

현규의 비누 냄새는 실제로 존재하는 냄새일 수도 있지만 '나'가 마음으로 느끼는 것일 수도 있다. '나'는 현규를 비누 냄새와 같은 아련한 존재로 여기면서 첫사랑의 대상으로 삼는다. 하지만 '나'는 현규와 이복 남매라는 운명을 떠올린다. 비누 냄새는 '나'의 사랑의 아픔을 대변해 주고 있다.

4. '나'와 현규가 만나고 헤어지는 과정을 정리해 보자.

'나'는 이복 오빠 현규에게서 사랑을 느끼지만 사회적으로 금지된 사랑이기에 그의 곁을 떠난다. 현규는 시골 할머니 댁에 가 있는 '나'를 찾아간다. 하지만 둘은 훗날을 기약하며 다시 헤어진다. 결국 두 사람은 사회 규범에 얽매이지 않고 새로운 미래를 설계하기 위해 현실의 아픔을 담담하게 받아들인다.

경애 ── (재혼) ── 므슈 리

모녀

부자

나는 어떻게 해야 할까?

돌아와.

숙희

현규

친구

지수

엄마가 재혼을 하자 저(숙희)에게는 현규라는 오빠가 생겼답니다. 저는 현규에게 특별한 감정을 느끼지만, 이건 있어서는 안 되는 일이지요. 현규와 둘이 있는 상황을 피해 할머니댁에 온 제게 현규가 찾아왔어요. 그는 제게 지금은 공부를 해야 하니 집으로 돌아오라고 했지요. 저는 그를 더 사랑해도 되는 걸까요?

젊은 느티나무

1

그에게는 언제나 비누 냄새가 난다.

아니, 그렇지는 않다. 언제나라고는 할 수 없다.

그가 학교에서 돌아와 욕실로 뛰어가서 물을 뒤집어쓰고 나오는 때면 비누 냄새가 난다. 나는 책상 앞에 돌아앉아서 꼼짝도 하지 않고 있더라도 그가 가까이 오는 것을, 그의 표정이나 기분까지라도 넉넉히 미리 알아차릴 수 있다.

티샤쓰로 갈아입은 그는 성큼성큼 내 방으로 걸어 들어와 아무렇게나 안락의자에 주저앉든가, 창가에 팔꿈치를 집고 서면서 나에게 빙긋 웃어 보인다.

"무얼 해?"

대개 이런 소리를 던진다.

그런 때에 그에게서 비누 냄새가 난다. 그리고 나는 나에게 가장 슬프고 괴로운 시간이 다가온 것을 깨닫는다. 엷은 비누의 향료와 함께 가슴속으로 저릿한 것이 퍼져 나간다.

"뭘 해?"

하고, 한마디를 던져 놓고는 그는 으레 눈을 좀 더 커다랗게 뜨면서 내 얼굴을 건너다본다.

그 눈동자는 내 표정을 살피려는 것 같기도 하고 어쩌면 그보다도, 나에게 쾌활하게 웃고 떠들라고 권하고 있는 것 같기도 하다. 또 어쩌면 단순히 그 자신의 명랑한 기분을 나타내고 있는 것에 불과한지도 모른다.

어느 편일까?

나는 나의 슬픔과 괴로움과 있는 대로의 지혜를 일 점에 응집시켜 이 순간 그의 눈 속을 응시하지 않을 수 없다.

나는 알고 싶은 것이다.

그의 눈 속에 과연 내가 무엇으로 비치는가?

하루해와 하룻밤 사이, 바위를 씻는 파도 소리같이, 가슴에 와 부딪고 또 부딪고 하던 이 한 가지 상념에 나는 일순 전신을 불살라 본다.

그러나 매일 되풀이하며 애를 쓰지만 나는 역시 알 수가 없다. 그의 눈의 의미를 헤아릴 수가 없다. 그래서 나의 괴로움과 슬픔은 좀 더 무거운 것으로 변하면서 가슴속으로 가라앉아 버리는 것이다.

그리고 다음 찰나에는 나는 그만 나의 자연스러운 위치, 그의 누이동생이라는, 표면으로 보아 아무 스스러움도 불안정함도 없는 나의 위치로 돌아가 있지 않으면 안 될 것을 깨닫는다.

"인제 오우?"

나는 이렇게 묻는다. 그가 원한 듯이 아주 쾌활한 어투로, 이 경우에 어색하게 군다는 것이 얼마만 한 추태인가를 나는 알고 있다.

내 목소리를 듣고는 그도 무언지 마음 놓였다는 듯이,

"응, 고단해 죽겠어. 뭐 먹을 거 좀 안 줄래?"

두 다리를 쭈욱 뻗고 기지개를 켜면서 대답을 한다.

"에에, 성화라니깐, 영작 숙제가 막 멋지게 씌어 나가는 판인데……."

나는 그렇게 투덜거려 보이면서 책상 앞에서 물러난다.

"어디 구경 좀 해. 여류 작가가 될 가망이 있는가 없는가 보아 줄게."

그는 손을 내밀며 몸까지 앞으로 썩 하니 기울인다.

"어머나, 싫어!"

나는 노트를 다른 책들 밑에다 잘 감추어 두고 아래층으로 내려가서 냉장고 문을 연다.

뽀오얗게 얼음이 내뿜은 코카콜라와 크래커, 치즈 따위를 쟁반에 집어 얹으면서 내 가슴은 비밀스런 즐거움으로 높다랗게 고동치기 시작한다.

그는 왜 늘 내 방에 와서 먹을 것을 달라고 할까? 언제나 냉장고 앞을 그냥 지나 버리고는 나에게 와서 달라고 조른다.

어떤 게으름뱅이라도 냉장고 문을 못 열 까닭은 없고, 또 누구를 시키는 것이 좋겠다면 부엌 사람들께 한마디 하는 편이 나을 것이다.

군소리를 지껄대거나 오래 기다리게 하거나 그렇지 않더라도 줄곧 먹을 것을 엎지르거나 내려뜨리거나 하는 나를 움직이기보다는 쉬울 것이 확실하다. (어쩐 셈인지 나는 이런 따위 일이 참말 서툴다. 좀 얌전하고 재빠르게 보이려고 하여도 도무지 그렇게 되질 않는다.)

쟁반을 들고 돌아와 보면 그는 창밖의 덩굴장미께로 시선을 던지고 옆얼굴을 보이며 앉아 있다. 무엇을 생각하는지, 내가 곁에 있을 때는 보이지 않는 조용히 가라앉은 눈초리를 하고 있다. 까무레한 피부와 꽤 센 윤곽을 가진 그의 얼굴을 이런 각도에서 볼 때 나는 참 좋아진다. 나에게는 보이려 하지 않는, 혼자만의 표정도 무언지 가슴에 와 부딪는다.

그의 머리통은 아폴로의 그것처럼 모양이 좋다. 아주 조금 곱슬거리는 머리카락이 몇 올 앞이마에 드리워 있다.

"고수머리는 사납다던데."

언젠가 그렇게 말하였더니,

"아니, 그렇지 않아. 숙희, 정말 그렇지 않아."

하고, 그는 진심으로 변명을 하려 드는 것이었다. 나는 그저 농담을 하였을 뿐이었는데…….

오늘도 그는 그렇게 내 방에서 쉬고 나더니,

"정구 칠까?"

하며 자리에서 일어섰다.

"응."

"아니, 참 내일부터 중간시험이라구 하잖았던가?"

"괜찮아. 그까짓 거…….'"

사실 시험이고 무엇이고 없었다. 나는 옷 서랍을 덜컹거리며 흰 쇼츠(short 반바지)와 곤색 샤쓰를 끄집어내었다.

"괜히 낙제하려구."

하면서도 그는 이내 라켓을 가지러 방을 나갔다.

햇볕은 따가웠으나 나뭇잎들의 싱싱한 초록 사이로 서늘한 바람이 지나가곤 한다. 우리는 뒷산 밑 담장께로 걸어갔다. 낡은 돌담의 좀 허수룩한 귀퉁이를 타고 넘어서 옆집 코트로 미끄러져 들어간다.

옆집이라고 하는 것은 구 왕가에 속한다는 토지의 일부인데 기실 집이라고는 까마득히 떨어져서 기와집이 두어 채 늘어서 있고 이쪽은 휘엉 하니 비어 있는 공터였다.

그 낡은 기와집에 사는 사람들은 이 공터를 무슨 뜻에선지 매일 쓸고 닦고 하여서 장판처럼 깨끗이 거두어 오고 있었다.

"아깝게시리…… 테니스 코트나 만들면 좋겠는데, 응 그러면 어떨까?"

어느 날 돌담에 가 걸터앉아서 내려다보던 끝에 그런 제의를 했다.

처음에는 그는 움직이려 하지 않았으나 결국 건물께로 걸어가서 이야기를 해 보았다.

이튿날 우리는 석회를 들고 가 금을 그었다. 또 며칠 후에는 네트를 치고 땅을 깎아 아주 정식으로 코트를 만들어 버렸다.

그렇게까지 할 줄은 몰랐을 주인이 야단을 치면 걷어 버리자고 주춤거리며 일을 했는데 호호백발의 할아버지인 그 집주인은 호령을 하지 않을 뿐더러 가끔 지팡이를 끌고 나와 플레이를 구경하는 것이었다.

이렇게 나이 많은 노인네의 표정은 언제나 나에게는 판정하기 어려운 것이지만 특히 이 할아버지의 경우는 그러하였다. 구태여 말한다면 웃고 있는 것 같기도 하고 신기해하고 있는 것 같기도 했지만, 또 동시에 하늘 밖의 일을 생각하는 듯 아득해 보이기도 하였으니 기묘했다.

한두 번은 담을 넘는 나의 기술을 적이 바라보고 분명히 무슨 말을 할 듯이 하더니 그만 입을 봉하고 말았다. 말을 해 봤자 들을 법하지도 않다고 짐작을 대었는지 알 수 없었다. 어쨌든 그곳은 아주 좋은 우리의 놀이터인 것이다.

물리학 전공의 그는 상당히 공부에도 몰리고 있는 눈치였으나 운동을 싫어하는 샌님도 아니었다.

나는 여기 오기 전에도 테니스를 하고 있었지만 기술이 부쩍 는 것은 대부분 그의 덕분이다. 그가 내 시골 학교의 코치보다도 더 훌륭한 솜씨를 갖고 있음을 알았을 때의 나의 만족이란 이루 말할 수도 없는 것이었다.

머리가 둔한 사람이 나는 도저히 좋아질 수 없지만 또 운동을 전연 모른다는 사람도 매력적이라고 생각할 수 없다. 스포츠는 삶의 기쁨을 단적으로 맛보여 준다. 공을 따라 이리저리 뛰면서 들이마시는 공기의 감미함이란 아무것에도 비할 수 없다.

나는 오늘 도무지 컨디션이 좋지가 못하였다. 이렇게 엉망진창인 때면 엉망진창인 대로, 또 턱없이 좋으면 좋은 그대로 적당히 이끌고 나가 주는 그의 솜씨가 적이 믿음직해질 따름이었다.

"와아, 참 안 된다. 퇴보 일로인가 봐."

"괜찮아. 아주 더워지기 전에 지수랑 불러서 한번 시합을 할까?"

하늘이 리라빛으로 물들 무렵 우리는 볼들을 주어 들고 약수터께로 갔다.

바위틈으로 뿜어나는 물은 이가 시리도록 차갑고 광물질적으로 쌉쓰름하다.

두 손으로 표주박을 만들어 떠내 가지고는 코를 틀어막고 마신다. 바위 위로 연두색 버들잎이 적이 우아하게 늘어지고, 빨간 꽃을 다닥다닥 붙인 이름 모를 나무도 한 그루 가지를 펼친 것으로 보아, 이런 마심새를 하라는 샘터는 아닌 모양 같지만 우리는 늘 그렇게 하여 왔다.

"약수라니 많이 마셔. 약의 효험이나 좀 볼지 아나?"

"멋 때매?"

"멋 때매는? 정구 좀 잘 치게 되나 보려구 그러지."

이렇게 시끌 덤벙 떠들던 샘가였다.

그런데 오늘 바위 언저리에는 조그만 표주박이 하나 놓여 있었다. 필시 그 할아버지가 갖다 놓아둔 것이 분명하였다.

"오늘부터 얌전히 마셔야 해."

"산신령님이 내려다보신다."

정말 한동안 음전하게 앉아서 쉬었다. 그리고 그는 허리를 굽혀 표주박으로 물을 떴다. 그는 그것을 내 입가에 대어 주었다. 조용한, 낯선 표정을 하고 있었다. 나에게는 보이는 일이 없는, 자기 혼자만의 얼굴의 하나인 것 같았다.

나는 아주 조금만 마셨다. 그리고 얼굴을 들어 그를 바라다보고 있었다. 그는 나머지를 천천히 자기가 마셨다.

그리고 표주박을 있던 자리에 도로 놓았으나 아주 짧은 사이 어떤 강한 감정의 움직임이 그 얼굴을 휘덮은 것 같았다. 그는 내 쪽을 보지 않았다.

나는 돌연 형언하기 어려운 혼란 속에 빠져 들어갔으나 한 가지의 뚜렷한 감각을 놓쳐 버리지는 않았다. 그것은 기쁨이었다.

나는 라켓을 둘러메고 담장께로 걸어갔다.

'오빠.'

그는 나에게는 그런 명칭을 가진 사람이었다.

'오빠.'

그것은 나에게 있어 무리와 부조리의 상징 같은 어휘이다.

그 무리와 부조리에 얽힌 존재가 나다.

나는 키보다 높은 담장 위에서 뛰어내렸다. 그리고 뒤도 안 돌아보고 정원 안을 걸어갔다.

운동화를 벗어 들고 맨발로 걷는다. 까실까실하면서도 부드러운 잔디의 촉감이 신이나 양말을 신고 디딜 생각을 없이한다.

"발바닥에 징을 박아 줄까? 어디든지 구두 안 신고 다니게 말야."

그는 옆에 있는 때면 이런 소리를 한다.

"맨발로 풀 위를 걸으면 고향에 온 것 같아. 아니 내가 나 자신에게 돌아온 것 같은 그런 생각이 드는걸……."

나는 중얼중얼 그런 소리를 지껄이는 것이나 저녁 이맘때가 되면 별안간 거의 수습할 수 없을 만큼 감정이 엉클리곤 하므로 그 뒤로는 할멈처럼 입을 봉하고 아무런 대꾸도 하질 않는다.

시무룩해 가지고 테라스 앞에 오면, 그 안 넓은 방에 깔린 자색 양탄자, 이곳저곳에 놓인 육중한 가구, 그 안에 깃들인 신비한 정적, 이런 것들을 넘겨다보면, 그리고 주위에 만발한 작약, 라일락의 향기, 짙어진 풀 내가 한데 엉겨 뭉긋한 이 속에 와서 서면, 나는 내 존재의 의미가 별안간 아프도록 뚜렷이 보랏빛 공기 속에 떠 있는 것을 보는 것이다.

내가 잠시 지녔던 유쾌함과 행복은 끝내 나의 것일 수는 없고, 그것은 그대로 실은 나의 슬픔과 괴로움이었다는 기묘한 도착(倒錯 뒤바뀌어 거꾸로 됨)을, 나는 어떻게도 처리할 길이 없다.

오누이…….

동생…….

이런 말은 내 맘속에 혐오와 공포를 자아낸다.

싫다.

확실히 내가 느껴 온 기쁨과 즐거움은 이런 범주 내에서 허용될 수 있는 것이 아니었다.

날마다 경험하는 이 보랏빛 공기 속에서의 도착은 참 서글픈 감촉을 갖고 있었다. 나는 그의 곁에 더 오래 머무를 용기조차 없어진다.

검은 눈을 껌벅이면서 그는 또 농담이라도 할 것이다. 내게 더 웃고 더 쾌활해지라고 무언중에 명령할 것이다.

그가 내게 해 줄 수 있는 일은 그것뿐이다.

오늘 나는 가슴속에 강렬한 기쁨을 안았던 까닭에 비참함도 더 한층 큰 것만 같았다.

나는 그곳에 한동안 서 있었다. 그리고 볼을 불룩하니 해 가지고 마루로 올라갔다.

번들거리는 마룻바닥에 부연 발자국이 남아난다. 그렇게 마루가 더럽혀지는 것이 어쩐지 약간 기분 좋다. 몸을 씻고는 옷을 갈아입으면서 창으로 힐끗 내다보았더니 그는 등나무 밑 걸상에 앉아 있었다. 무릎 위에 팔꿈을 짚고 월계 숲께로 시선을 던진 모양이 무언지 고독한 자세 같아 보였다. 그도 조금은 괴로운 것일까? 흠, 그러나 무슨 도리가 있담? 까닭 없이 그에 대해 잔인해지면서 나는 그렇게 혼잣말을 하였다.

나는 방에 불도 켜지 않고 밖에서 보이지 않을 구석에 가만히 앉아 내다보고 있었다.

주위가 훨씬 어두워진 연에 그는 벤치에서 일어났다. 그리고 사라지기 전에 한참 내 창문께를 보며 서 있었다.

나는 어느 때까지나 불을 켜지 않았다.

저녁을 먹으러 내려가지도 않았다.

그 대신에 그가 마시다 만 코크의 잔을 집어 들었다. 그리고 가만히 입술을 대었다. 아까 그가 내가 마신 표주박에 입술을 대었듯이…….

2

'그'를 무어라고 부르면 마땅할까?

오빠라고 불러야 한다는 것이 나의 운명이다.

재작년 늦겨울 새하얀 눈과 얼음에 뒤덮여서 서울의 집들이 마치 얼음사탕처럼 반짝이던 날 므슈(monsieur 프랑스어로 '~씨, ~님'이라는 뜻) 리에게 손목을 끌리다시피 하며 이곳에 도착한 나에게 엄마는 그를 이렇게 소개했다.

"숙희의 오빠예요. 인사를 해. 이름은 현규라고 하고."

저 진보랏빛 양탄자 위에 서서 나는 그의 얼굴을 바라보았다.

"문리과 대학의 수재란다. 우리 숙희두 시골서는 꽤 재원이라고들 하지만 서울 왔으니까 좀 어리벙벙할 테지. 사이좋게 해 줘요."

엄마의 목소리는 가벼웠으나 눈에는 두려움이 어려 있는 것 같았다. 엄마는 열심히 청년의 큰 눈을 주시하고 있었다.

V넥의 다갈색 스웨터를 입고 그보다 엷은 빛깔의 샤쓰 깃을 내보인 그는, 짙은 눈썹과 미간 언저리에 약간 위압적인 느낌을 갖고 있었으나 큰 두 눈

은 서늘해 보였고, 날카로움과 동시에 자신(自信)에서 오는 너그러움, 침착함 같은 것을 갖고 있는 듯해 보였다. 전체의 윤곽이 단정하면서도 억세고, 강렬한 성격의 사람일 것 같았다. 다만 턱과 목 언저리의 선이 부드럽고 델리 킷(delicate 섬세한, 미묘한)하여 보였다.

'키도 어깨 폭도 표준형인 듯하고…… 흐응, 우선 수재 비슷해 보이기는 하는걸…….'

하고 나는 마음속으로 채점을 하였다. 물론 겉보매만으로 사람을 평가할 만큼 나는 어리석은 계집애는 아니었지만.

내가 그의 눈을 쏘아보자, 그는 눈이 부신 사람 같은 표정을 하면서 입술 한쪽으로 조금 웃었다. 그것은 약간 겸연쩍은 것 같기도 하였지만, 혼자 고소해하고 있는 것같이도 보였다. 자기를 재어 보고 있는 내 맘속을 환히 들여다보는 때문일까? 그러자 나는 반대로 날카로운 관찰을 당하고 있는 듯한 긴장을 느꼈다.

그러나 그는 지극히 단순한 태도로,

"참 잘 왔어요. 집이 이렇게 너무 쓸쓸해서 아주 좋지 못했는데……."

하고 한 손을 내밀어서 내 손을 잡았다.

나를 도무지 어린애로만 보았다는 증거일 게고 또 아마 엄마의 감정을 존중한 결과였을 것이다.

아닌 게 아니라 엄마의 얼굴에는 일순 안도와 만족의 표정이 물결처럼 퍼져 갔다. 나는 이 청년이 엄마에게 어떤 존재인지를 짐작하였다. 말하자면 그들 인공적(?) 모자 관계에 있어서는 항상 세심한 배려가 상호 간에 베풀어져야 하는 것이다.

므슈 리는 매우 대범한 성질이어서 만사를 복잡하게 받아들이지는 않는 것 같았다. 그는 그저 미소를 띠고 우리를 바라다볼 뿐이고, 내가 고단할 게 라는 소리를 몇 번이나 하였다.

어쨌든 그는 그로부터 나를 숙희라고, 쉽고도 간단하게 불러 오고 있다.

"헤이, 숙!"

하기도 한다. 그리고 나에게 무조건 관대하였다. 지나칠 만큼. 그래서 때로는 섭섭할 만큼.

그러므로 그가 이즈음 내 방에 와서 배가 고프다고 한다거나 손 같은 데에 약을 발라 달라고 하게 된 것은 나에게는 대단히 귀중한 변화인 것이다.

그것은 어쨌든 내 편에서는 그를 오빠라고는 도저히 부를 수 없었다. 처음에는 너무 생소하여서, 그리고 나중에는 또 다른 이유들로.

이것은 므슈 리를 아버지라고 부르기 어렵기보다는 몇 갑절이나 힘든 일이었다. 나는 자기가 대단한 고집쟁이인지, 또는 부끄럼쟁이인지 분간할 수 없다. 나의 이런 곤란을 그도 엄마도 어느 정도 알고 있는 모양으로 요즈음은 내가 그 말을 피하려고 이리저리 애를 쓰지 않고도 적당한 대답을 할 수 있도록 저편에서 고려하여 말을 걸어 준다. 이런 의미에서 사정없이 나를 곤경에 몰아넣곤 하는 것은 므슈 리 한 사람뿐이다.

서울 와서 일 년 남짓 지내는 새에 나는 여러 모로 조금씩 달라진 것 같다. 멋을 내는 방법도 배웠고 키가 커지고 살결도 희어졌다. 지난 사월에는 미스 E여고에 당선되어서 하루 동안 학교의 퀸 노릇을 하였다. 바스트가 약간 모자랄 거라고 나는 생각하고 있었는데 압도적으로 표가 많이 나와서 내가 오히려 놀랐다. 엄마는 좋아서 어쩔 줄 몰랐고 므슈 리는 기막히게 비싼 손목시계를 사 주었다.

그는 별 말을 하지 않았다. 농담조차 하지 않았다. 축하한다고 한 번 그것도 아주 거북살스런 투로 말하고는 무언지 수줍은 것 같은 얼굴을 하고 있었다. 그런 것을 보니까 나는 썩 기분이 좋았다.

삶의 기쁨이란 말을 나는 이제 이해한다.

이 집의 공기는 안락하고 쾌적하고, 엄마와 므슈 리의 관계로 하여 약간 로맨틱한 색채가 감돌고 있기도 하다. 서울의 중심에서 떨어진 S촌의 숲속의 환경도 내 마음에 들고, 므슈 리가 오래전부터 혼자 살아왔다는 담장이 덩굴로 온통 뒤덮인 낡은 벽돌집도 기분에 맞는다.

그는 엄마에게 예절 바르고 친절하고, 므슈 리는 내가 건강하고 행복스런 얼굴만 하고 있으면 어느 때고 지극히 만족해하고 있다. 그는 어느 사립대학의 경제학 교수인데 약간 뚱뚱하고 약간 호인다워 보인다. 불란서와 아무 관계도 없는 그를 므슈라고 속으로 부르고 있는 까닭은 어느 불란서 영화에서 본 한 불쌍한 아버지의 모습과 그가 닮아 있기 때문이다. 므슈 리는 불쌍하지 않다. 오히려 지금은 참 행복하다. 그러나 이렇게 호의 덩어리 같은 사람은 자칫하면(주위가 나쁘면) 엉망으로 불행해질 것같이 보이는 것이다.

괴테의 베르테르 같은 청년의 비극에는 날카로운 아름다움이 있다. 그러나 우리 므슈 리 같은 타입의 슬픔에는 오직 비참만이 있을 듯하다……. '우리 엄마가 그의 곁에 와 준 것은 얼마나 다행한 일이었을까!'

엄마는 줄곧 집에만 들어앉아 있으나 행복해 보였고 예부터 특징이던 부드러운 목소리가 한층 더 부드러워진 것 같다. 다만 엄마는 엄마의 행복에 대해서 한편으로 죄스러움 같은 것을 느끼고 있는 듯한 눈치로서 그래서 바깥으로 나다니지도 않고 큰 소리로 웃는 일도 없는 것 같았다. 그러나 그는 늘 고운 옷을 입고 있었고 엷게 화장을 하고 있었다. 이 일도 내 마음에 흡족하였다.

그러나 이곳에는 뜻하지 않은 괴로움이 또한 있었다. 현규에 대한 감정은 언제나 내 맘을 무겁게 하고 있다. 너무나 고통스럽게 여겨질 때에는 여기 오지를 말았더라면 하고 혼자 중얼대는 일도 있다. 그러나 그 생각은 오래가지 않는다. 나는 만약 내 생애에서 한 번도 그를 만나는 일이 없이 죽고 말 경우라는 것을 생각해 보면 가슴이 서늘해지기까지 한다. 아무 일도 이루어지지 않아도 좋았다. 나는 그를 만났다는 일만으로 세상의 어느 여자보다도 행복한 것이다.

그의 곁에서 호흡하고 있는 기쁨을 무엇으로 바꿀 수 있을까?

그러나 나는 여전히 슬프고 초조한 것도 사실이다. 정직히 말한다면 내 기분은 일 분마다 달라진다.

므슈 리가 요즘 외국을 여행 중인 것은 내게는 하나의 구원과도 같다.

아침마다 행복 그것 같은 얼굴로 인사를 하지 않아도 좋고 저녁마다 시간에 식당에 내려가지 않아도 좋기 때문이다.

"돌아오실 때까지 눈감아 줘, 응 엄마. 시간 지키는 거 나 질색인 줄 알잖우? 먹고 싶은 때 먹고 안 먹고 싶은 때 안 먹고 그럴게, 응?"

므슈 리가 떠나는 즉시로 나는 엄마에게 이렇게 교섭을 하였다. 사실 현규의 얼굴을 보는 일이 두려운 때가 점점 찾아오는 것만 같다.

그는 대개 엄마와 함께 저녁을 드는 모양이었다.

3

예절 바른 그가 식당에서 엄마의 상대를 하고 있을 동안 나는 멍하니 창가에 앉아서 저물어 가는 하늘을 바라다보고 있다.

군데군데 작은 집들이 몰려 있는 촌락과, 풀숲과 번득이는 연못 같은 것

젊은 느티나무 511

들이 있는 넓은 들판 너머에 무디게 빛나며 강이 흐르고 있다. 강은 날씨와 시간에 따라 푸라치니(플래티나(platina 백금)의 일본식 표현)같이 반짝이기도 하고 안개처럼 온통 보얗게 흐려 버리기도 한다. 하늘이 보랏빛으로부터 연한 잿빛으로 변하여 가는 무렵이면 그 강도 부드러운 회색 구름과 한 덩이가 되었다.

나는 여러 가지 감정이 뒤범벅이 된 혼란 상태에서 자기를 건져 내야 한다고 어두운 강물을 바라보며 늘 생각하는 것이었다. 마음 가는 대로 몸을 내맡길 수 없는 것이 나의 입장이고 또 그 마음 가는 일 자체에 대해서도 분열된 생각을 수습할 수가 없었다.

현규를 사랑한다는 일 가운데 죄의식은 없었다. 그런 것은 있을 수 없었다. 그러나 엄마와 므슈 리를 그런 의미에서 배반하는 것은 곧 네 사람 전부의 파멸을 의미하는 것이었다. 파멸이라는 말의 캄캄하고 무서운 음향 앞에 나는 떨었다.

이곳에 오기 전에 나는 시골 외할아버지 집에 있었다. 삼사 년 전까지는 엄마와도 함께, 그리고 그 후로는 할머니, 할아버지와 단 셋이서, 일하는 사람들은 여럿 있었고 과수원을 지키는 개도 여러 마리, 그중에는 내가 특별히 귀여워한 진돗개 복동이도 있었지만 나는 언제나 못 견딜 만큼 적적하였다. 엄마가 서울로 떠난 후에는 마음이 막 쓰라린 것을 참아야 했지만 그 엄마가 같이 있었을 때에라도 나는 우리의 생활에서 마음 든든하다거나 정말로 유쾌하다거나 하는 느낌을 가져 본 일은 없다.

젊고 아름다운 엄마가 언제나 조용히 집 안에서 세월을 보내고 있는 일은 내게 어떤 고통을 주었다. 그 무릎 위에는 늘 내게 지어 입힐 고운 헝겊 조각이나 털실 같은 것이 얹혀 있었지만, 그리고 그 입에서는 늘 나에 관한 이야기가 흘러나왔지만 나는 그것이 불만이고 불안하기조차 하였다.

그런 걸 만들어 주지 않아도 좋으니 다른 애들 엄마처럼 집안 살림에 볶이어서 때로는 악도 쓰고 나더러 야단도 치고 어린애도 둘러업고 다니고……. 말하자면 그녀 자신의 생활을 하고 있으면 나도 흐뭇할 것 같았다. 할아버지도 나에게와 마찬가지로 엄마에게도 그저 유하고 부드럽기만 하였다.

엄마의 그림자 같은 생활은 언제부터 시작되었는지 기억할 수 없다. 사변과 함께 우리가 시골 할아버지 댁으로 내려가던 때 그러니까 지금부터 십 년쯤 전에도 이미 그랬었고 또 그보다 전 서울서 국민학교에 입학하던 즈음에도 역시 그런 느낌이던 것을 잊지 않고 있다.

'아버지'에 관하여 나는 아무것도 모른다. '돌아가셨다'는 설명을 언젠가 들은 적이 있었으나 어쩐지 정말 같지 않다는 인상으로 남아 있었다. 사변 후에,

"너의 아버지는 돌아가셨다."

하고 할머니가 일러 주셨는데 이때의 말투에는 특별한 것이 깃들여 있어서 그 후로는 그것이 진심이거니 여기고 있다. 아마 나의 엄마와 아버지는 내가 아주 어릴 때부터 별거하고 있었고 그러는 사이 그들은 다시 만나는 일도 없이 사별하고 만 모양이었다. 어쨌든 나는 내 부친에 관해서 아무런 지식도 감정도 갖고 있지 않다. '윤'이라는 내 성이 그로부터 물려받은 유일의 것이지만 흔한 성이라고 느낄 뿐이다.

므슈 리가 피난지에서 할아버지의 과수원을 찾아온 것은 어떤 경위를 지난 뒤였는지 나는 알 수 없다. 그날 나뭇가지에 걸터앉아서 사과를 베 먹고 있노라니까 좀 뚱뚱한 낯선 신사가 걸어왔다. 대문 앞에서 망설이듯이 멈추었다가 모자를 벗어 들고 걸어 들어왔다. 나무 밑을 지나갈 적에 사과 씨를 떨어뜨렸더니 발을 멈추고 쳐다보았으나 웃지도 않고 그냥 가 버렸다. 도무지 어수선하기만 하다는 얼굴이었다. 나중에 방 안에서 정식으로 인사를 하였는데 그때의 판단으로는 나무 위로부터 환영받은 일은 까맣게 기억하지 못하는 것 같았다.

그는 하룻밤 체류하지도 않고 되돌아갔다. 그리고 할아버지와 할머니에게는 대단히 중요한 의논 거리가 생긴 모양이었다. 밤에 가끔 사과밭 사이를 혼자 걷는 엄마를 보게 되었다.

므슈 리는 한 번 더 다녀갔다. 그리고 얼마 후에 엄마는 상경하였다.

"애초에 그렇게 혼인을 정했더라면 애 고생을 안 시키는걸⋯⋯."

어느 날 옆방에서 할머니가 우시며 수군수군 그런 소리를 하시는 걸 듣고 놀랐다.

"그런 우리 숙희는 안 태어났을 것 아뇨? 공연한 소릴⋯⋯."

"그저 팔자소관이죠. 경애가 생각을 잘못 먹었다느니보다도⋯⋯."

애어멈이라고 하지 않고 그렇게 엄마의 이름을 대는 것을 듣고 나는 엄마의 젊은 시절을 생각하며 미소 지었다.

그림자처럼 앉아서 내 블라우스 같은 것을 매만지는 엄마를 보는 서글픔은 이제 없어졌다. 엄마가 그럭저럭 행복해진 듯한 것은 기뻤으나 뼈저리게 쓸쓸한 것도 사실이었다. 나는 밤낮 커다란 소리로 노래를 부르고 있었다. 산모퉁이 길을 학교에서 돌아오는 때에도 사과나무의 흰 꽃 밑에서, 또 빨간 봉선화가 핀 마당에서도,

"이 애야, 그렇게 큰 소릴 내면 남들이 웃는다."

할머니는 가끔 진정으로 그런 소리를 하셨다. 재작년 늦은 겨울 므슈 리가 내려와서 나를 데려가겠다고 우겨 댔을 때에 제일 놀란 사람은 나 자신이었다. 두 분 노인네도 더러 망설였다. 그러나 므슈 리의 끈기 있는 태도에 양보를 하는 수밖에 없는 눈치여서, 노인네들은 그만 풀이 없었다. 나는 므슈 리가 할머니 할아버지에게,

"무엇보다 엄마가 그걸 원하고 있으니까요. 말은 안 하지만 절실히 바라고 있는 걸 내가 아니까요."

하고, 열심히 이야기하는 것을 보다가 그만 싱그레 웃고 말았다. 나 보기에 할아버지 할머니는 이미 설복되어서, 므슈 리가 만약 그 연설을 잠시 끊기만 한다면 이내 대답을 할 것 같은데 그는 마치 그들이 결단코 나를 놓지는 않으리라고 굳이 믿는 사람처럼 애걸복걸을 하는 것이었다. 그가 말을 하면서 나를 힐끗 보았을 때 나는 조그맣게 끄떡여 보였다. 그랬더니 그는 말을 뚝 끊고 벙글 웃더니 손수건을 꺼내서 이마를 닦았다.

이래서 나는 서울 E여고로 전학을 하였다.

나는 생각한다.

므슈 리와 엄마는 부부이다. 내가 그를 아버지라고 부르기 어려운 것은 거의 그런 말을 발음해 본 적이 없는 습관의 탓이 크다.

나는 그를 좋아할 뿐더러 할아버지 같은 이로부터 느끼던 것의 몇 갑절이나 강한 보호 감정, 부친다움 같은 것도 느끼고 있다.

그러나 나는 그의 혈족은 아니다.

현규와도 마찬가지다. 그와 나는 그런 의미에서는 순전한 타인이다. 스물두 살의 남성이고 열여덟 살의 계집아이라는 것이 진실의 전부이다. 왜 나는 이 일을 그대로 알아서는 안 되는가?

나는 그를 영원히 아무에게도 주기 싫다. 그리고 나 자신을 다른 누구에게 바치고 싶지도 않다. 그리고 우리를 비끄러매는 형식이 결코 '오누이'라

는 것이어서는 안 될 것을 알고 있다.

나는 또 물론 그도 나와 마찬가지로 같은 일을, 같은 즐거움일 수는 없으나 같은 이 괴로움을…….

이 괴로움과 상관이 있을 듯한 어떤 조그만 기억, 어떤 조그만 표정, 어떤 조그만 암시도 내 뇌리에서 사라지는 일은 없다. 아아, 나는 행복해질 수는 없는 걸까? 행복이란 사람이 그것을 위하여 태어나는 그 일을 말함이 아닌가?

초저녁의 불투명한 검은 장막에 싸여 짙은 꽃향기가 흘러든다. 침대 위에 엎드려서 나는 마침내 느껴 울고 만다.

4

"숙희야, 나 이런 것 주웠는데……."

일요일 아침 아래층으로 내려가니까 소파에 앉아 있던 엄마가 손에 쥐었던 봉투 같은 것을 들어 보였다.

"뭔데?"

나는 가까이 갔다.

그리고 좀 겸연쩍어졌지만 하는 수 없이,

"어디서 주웠수, 이걸?"

하면서, 손을 내밀어 그것을 잡으려고 하였다.

"잠깐…… 거기 좀 앉아 보아."

엄마는 짐짓 긴장한 낯빛을 감추려고 하면서 앞의 의자를 가리켰다.

나는 속으로 픽 하고 웃음이 나왔으나 잠자코 거기에 가 걸터앉았다.

지수는 K장관의 아들이다. 언덕 아래 만리장성 같은 우스꽝스런 담을 둘러친 저택에 살고 있다. 현규랑 함께 정구를 치는 동무이고 어느 의과대학의 학생인데 큼직큼직하고 단순하게 생겨 있었다. 지프차에다가 유치원으로부터 고등학교까지의 동생들을 그득 싣고 자기가 운전을 하여 가곤 한다.

나도 두어 번 그 차를 얻어 탄 일이 있다. 한번은 현규와 함께였으니까 사양할 것도 없었고 다른 한번은 시내에서 돌아오는 길목이라 굳이 싫다는 것도 이상할 것 같아서 탔다.

"작은 학생들이 오늘은 하나도 없군요."

"나 있는 데까지 시간 안에 오는 놈은 태워 가지고 오고 그 밖엔 뿔뿔이 재주대로 돌아오깁니다. 기차나 마찬가지죠."

그러한 그가 걸맞지 않게 적이 섬세한 표현으로 러브레터를 써 보냈다고 해서 나는 우습게 생각하는 것은 아니다. 그러나 엄마의 엄숙한 표정은 역시 약간 난센스가 아닐 수 없었다.

"글쎄, 이게 어디서 났을까?"

"등나무 밑 걸상에서."

"오라, 참 게다 놨었군."

"오오라, 참이 아니야. 숙희는 만사에 좀 더 조심성이 있어야 해요. 운동을 하구 난 담에두 그게 뭐야? 라켓은 밤낮 오빠가 치워 놓던데."

흐흥 하고 나는 웃었다.

"편지 보낸 사람에게 첫째 미안한 일 아니야?"

"참 그래. 엄마 말이 옳아."

그리고 나는 편지를 잡아채었다.

"귀중한 물건인가? 엄마 좀 읽어 봄 안 되나?"

"읽어 봐두 괜찮아. 안 되는 거라면 게다 놔둘까? 감추지."

나는 조금 성가셔졌다.

"그럼 안심이군. 사실은 벌써 읽어 봤어."

"아이, 엄마두."

"그런데 엄마가 얘기하고 싶은 건 숙희가 자기 주위에 일어나는 일들을, 이런 편지에 관한 거라든지 또 그 밖의 일들을, 혼자 처리하지 말고 그 요점만이라도 엄마한테 의논해 주었으면 좋겠어. 그건 그렇게 해야만 하는 거야."

듣고 있는 사이에 나는 점점 우울해져서 잠시라도 속히 이 자리에서 떠나고 싶은 생각밖에는 없어졌다.

"엄마가 언제나 숙희 편에 서서 생각하리라는 건 알고 있겠지?"

"응."

나는 선대답을 해 놓고 천천히 밖으로 걸어 나갔다.

'엄마의 아들을 사랑하고 있어요.'

이렇게 말한다면 엄마는 어떤 모양으로 내 편에 서 줄까?

엄마 힘에는 미치지 않는 일이었다. 므슈 리의 힘에도 미치지 않는 일이었다.

나는 편지를 주머니에 구겨 넣고 아침 이슬로 무릎까지 폭삭 적시면서 경사진 풀밭을 걸어 내려갔다. 되도록 사람을 만나지 않을 방향으로, 멀리 늪이 바라다보이는 쪽으로 천천히 걸음을 옮겨 갔다. 아카시아의 숲이니 보리밭이니 잡목 곁을 지나갔다.

현규와의 사이는 요즘 어느 때보다도 비관적인 상태에 놓여 있는 것 같았다. 나는 그와 마주치기를 피하고 있는 것 같았다. 나는 그와 마주치기를 피하고 있었다. 웃고 농담을 하고 아무것도 아닌 체 헤어지는 고통이 참기 어려운 것이다. 그가 예사 얘기를 하여도 나는 공연히 화를 냈다. 그러면 그는 상대를 안 해 주었다.

머리 위에서 새들이 우짖었다. 하늘은 깊은 바닷물 속같이 짙푸르고 나무 잎새들은 빛났다. 여름이 무르익어 가고 있었다. 상수리 숲이 늪의 방향을 가려 버렸으므로 나는 풀 위에 앉아 턱을 괴고 생각에 잠겼다.

세계적인 발레리나가 되어 보석처럼 번쩍이면서 무대 위에서 그를 노려보아 줄까? (한 번도 귀담아 들은 적은 없지만 내 발레 선생은 늘 나에게 야심을 가지라고 충동을 한다.) 그러면 그는 평범한 못생긴 와이프를 데리고 보러 왔다가 가슴이 아파질 터이지. 아주 짧은 동안 그것은 썩 좋은 생각인 듯 내 맘속에 머물렀다. 그러고는 물거품처럼 사라져 없어졌다. 그러고는 이어 그에게 아무것도 바라지를 말고 식모처럼 그저 봉사만 하는 일에 감사를 느끼자는 생각이 떠올랐다. 그러자 슬픈 마음이 들기도 전에 발등 위로 눈물이 한 방울 굴러 떨어졌다.

나는 일어나서 돌아가려고 하였다. 그때 와삭거리고 풀 헤치는 소리가 등 뒤에서 나며 늘씬하게 생긴 세터가 한 마리 나타났다. 그 줄을 쥐고 지수가 걸어왔다. 건강한 체구에 연회색 스포츠 웨어가 잘 어울린다. 그의 뒤에서 열 살 전후의 사내애와 계집아이가 장난을 치면서 달려 나왔다. 지수는 나를 보고 좀 당황한 듯하였으나 이내 흰 이를 보이고 웃으면서 다가왔다.

"안녕하셨어요? 산봅니까?"

"네, 돌아가는 길이에요."

아이들은 우리를 새에 두고 떠들어대면서 잡기 내기를 한다. 지수는 한 아이를 붙들어 세터를 맨 줄을 들려 주고는 어서 앞으로들 가라고 손짓하였다.

우리는 잠자코 한동안 함께 걸었다. 아카시아의 숲 샛길에서 그는 앞을 향한 채 불쑥,

"편지 보아 주셨소?"

하고, 겸연쩍은 듯한 소리를 내었다.

"네."

"회답은 안 주세요?"

나는,

"네. 어떻게 써야 할지 모르겠어요."

했다.

그는 성급하게 고개를 끄떡거렸다. 귀가 좀 빨개진 것 같았다.

"그러나 여하간 제 의사를 알아주시긴 했겠죠?"

나는 그렇다고 하였다. 그리고 이야기를 끝맺기 위해서 현규가 가까이 또 정구를 치자고 하더라는 말을 했다.

"네, 가죠."

그도 단번에 기운을 회복하며 대답하였다.

그는 휘파람을 불기 시작했다. 그의 휘파람을 들으며 집 가까이까지 왔다.

"오늘 대단히 기뻤습니다. 감사합니다."

그는 조금 슬픈 어조로 인사를 하였다. 그리고 내 어깨로 기어오르는 풀 벌레를 떨어뜨리어 주었다.

"안녕히 가세요. 그리구 연습 많이 하세요. 저희들 팀은 아주 세졌으니 깐요."

그는 다른 일을 생각하고 있는 듯 입술을 문 채 끄떡끄떡 하였다.

잡석을 접은 좁단 층계를 뛰어올라, 나는 곧장 내 방으로 올라갔다. 지수가 하듯이 휘파람을 불고 있었다. 어쨌건 기운을 잃어서는 안 된다는 생각이었다. 내 팔뚝이나 스커트에는 아직도 풀과 이슬의 냄새가 묻어 있는 듯했다. 나는 기운차게 반쯤 열린 도어를 밀치고 들어선다.

뜻밖에도 거기에는 현규가 이쪽을 보며 서 있었다. 내가 없을 때에 그렇게 들어오는 일이 없는 그라 해서 놀란 것은 아니었다. 그는 몹시 화를 낸 얼굴을 하고 있었다. 너무도 맹렬한 기세에 나는 주춤한 채 어떻게 할지를 모르고 있었다.

"어딜 갔다 왔어?"

낮은 목소리에 힘을 주고 말한다.

"……."

"편지를 거기 둔 건 나 읽으라는 친절인가?"

그는 한 발 한 발 다가와서, 내 얼굴이 그 가슴에 닿을 만큼 가까이 섰다.

"……."

"어디 갔다 왔어?"

나는 입을 꼭 다물었다.

죽어도 말을 할까 보냐고 생각했다.

별안간 그의 팔이 쳐들리더니 내 뺨에서 찰각 소리가 났다.

화끈하고 불이 일었다. 대번에 눈물이 빙글 돌았으나 그는 거들떠보지도 않고 방을 나가 버렸다.

나는 멍청하니 창밖으로 시선을 던졌다.

연회색 샤쓰를 입은 지수가 숲 샛길을 걸어가고 있는 것이 보였다. 그리고 조금 전에 지수가 풀벌레를 털어 주던 자리도 손에 잡힐 듯이 내려다보였다.

전류 같은 것이 내 몸속을 달렸다. 나는 깨달았다. 현규가 그처럼 자기를 잃은 까닭을. 부풀어 오르는 기쁨으로 내 가슴은 금방 터질 것 같았다. 나는 침대 위에 몸을 내던졌다. 그리고 새우처럼 팔다리를 꼬부려 붙였다. 소리 내며 흐르는 환희의 분류가 내 몸속에서 조금도 새어 나가지 못하도록.

5

나는 어떻게 하면 좋을까?

밤에 우리는 어두운 숲속을 산보하였다.

어두운 숲속에서 우리는 손을 잡고 걸었다.

그리고 나는 그에게 안겨 버렸다.

나는 어떻게 하면 좋을까?

어떻게 해야 할지 점점 더 알 수 없어진다.

여하간 나는 숲속에 가는 일을 그만두어야 한다.

지금 확실히 말할 수 있는 일은 그것뿐이다.

학교에서 돌아오니까 엄마가 기다린다고 안방으로 가라고 했다. 요즈음

인사도 않고 나가고 들어오던 나는 우선 가슴이 철컥 내려앉았다.

"인제 오니? 그런데 얼굴이 파랗구나. 어디 나쁜 것 아닌가?"

엄마는 내 이마에 손을 얹어 보았다.

"오빠는 밤늦어야 돌아오고 숙희도 이렇게 부르지 않음 보기 어렵고……."

엄마는 조금 웃었다. 아무것도 알지 못하는 웃음 같았다.

"……편지가 왔는데 어쩌면 엄마가 미국에 가야 할지 모르겠어. 그렇게 되면 일 년이나 아마 그쯤은 못 돌아올 것 같은데 숙희하고 오빠를 버리고 가기도 어렵고…… 그래 싫다고 몇 번이나 회답을 냈지만……."

엄마는 조금 외면을 하였다.

"어떨까? 오빠는 찬성을 해 주었는데."

그러면서 내 눈 속을 들여다보았다.

"나도 좋아요."

"우리는 그러면 구체적으로 어떻게 할지는 내일이라도 의논하지. 큰댁 할머니더러 와 계셔 달랄까? 그래도 미덥지 않긴 마찬가지고……."

큰댁의 꼬부랑 할머니는 사실 오나 마나 마찬가지였다. 엄마가 없는 이 집에서 어떤 일이 일어나려고 하는 걸까?

현규와 단둘이 있어야 할 일을 생각하니 얼굴에서 핏기가 가시었다. 아무도 막아 낼 수 없는, 운명적인 사건이, 이미 숲속에 가지 않는 것쯤으로는 어찌할 수도 없는 벅찬 일이 생기고야 말 것이다.

잠을 잘 수 없었다. 내 온 신경은 가엾은 상처처럼 어디를 조금만 건드려도 피를 흘렸다.

며칠이 지나니까 나는 더 견딜 수 없어졌다. 할머니한테 갔다 온다고 우겨 대어서 서울을 떠났다.

다시는 그곳에 돌아가지 않으리라고 결심하였다. 다시는 학교에 다니지도 않으리라고 마음먹었다. 내 삶은 일단 여기서 끝막았다고 그렇게 생각을 가져야만 이 모든 일이 수습될 것같이 여겨졌다. 그것은 칼로 살을 도려내는 듯한 아픔이었다. 그러나 다른 무슨 일을 내 머리로 생각해 낼 수 있었을까?

날이면 날마다 나는 뒷산에 올라갔다. 한 시간 남짓한 거리에 여승들의 절이 있다. 나는 절이라는 곳이 몹시 싫었으나 거기를 좀 더 지나가면 맘에 드는 장소가 나타났다. 들장미의 덤불과 젊은 나무들의 초록이 바람을 바로 맞는 등성이였다.

바람을 받으면서 앉아 있곤 하였다. 젊은 느티나무의 그루 사이로 들장미의 엷은 훈향이 흩어지곤 하였다.

터키 블루의 원피스 자락 위에 흰 꽃잎은 찬란한 하늘 밑에서 이내 색이 바라고 초라하게 말려들었다.

그리고 있다가 시선을 들었다. 다음 찰나에 나는 나도 모르게 일어서 있었다.

현규였다.

그는 급한 비탈을 올라오고 있었다. 입을 일자로 다물고 언젠가처럼 화를 낸 것 같은 얼굴이었다. 아니 일자로 다문 입은 좀 슬퍼 보여서 화를 낸 것 같은 얼굴은 아니었다.

그가 이삼 미터의 거리까지 와서 멈추었을 때 나는 내 몸이 저절로 그 편으로 내달은 것 같은 착각을 느꼈다. 사실은 그와 반대로 젊은 느티나무 등치를 붙든 것이었다.

"그래, 숙희, 그 나무를 놓지 말어. 놓지 말고 내 말을 들어."

그는 자기도 한두 걸음 뒤로 물러서면서 말하였다. 그 얼굴에는 무언지 참담한 것이 있었다.

"숙희는 돌아와서 학교에 가야 해. 무엇이고 다 잊고 공부를 해야 해. 나도 그렇게 할 작정이니까. 우리는 헤어져 있어야 해. 헤어져서 공부해야 해. 어머니가 떠나시려면 비용도 들 테니까 집은 남 빌려 주자고 말씀 드렸어. 내가 갈 곳도 생각해 놓고. 숙희도 어머니 친구 댁에 가 있으면 될 거야. 그렇게 헤어져 있어야 하지만, 숙희, 우리에겐 길이 없는 것은 아니야. 내 말을 알아들어 줄까?"

그는 두 발로 땅을 꾹 딛고 서서 말하였다. 나는 느티나무를 붙들고 가늘게 떨고 있었다.

"그때 숲속에서의 일은 우리에게는 어찌할 수도 없는 진실이었다. 우리는 이 일을 부정하고는 살아가지도 못할 게다. 우리는 만나기 위해서 헤어지는 것이야. 우리에겐 길이 없지 않어. 외국엘 가든지……."

그는 부르쥔 손등으로 얼굴을 닦았다.

"내 말을 알아줄까, 숙희?"

나는 눈물을 그득 담고 끄덕여 보였다. 내 삶은 끝나 버린 것이 아니었다.

나는 그를 더 사랑하여도 되는 것이었다.

"이제는 집에 돌아오겠다고 약속해 주겠지? 내일이건 모레건 되도록 속히……."

나는 또 끄덕여 보였다.

"고마워, 그럼."

그는 억지로 조금 미소하였다.

그리고 빙글 몸을 돌려 산비탈을 달려 내려갔다.

바람이 마주 불었다.

나는 젊은 느티나무를 안고 웃고 있었다. 펑펑 울면서 온 하늘로 퍼져 가는 웃음을 웃고 있었다. 아아, 나는 그를 더 사랑하여도 되는 것이었다.

# 무진기행

🖋 작가와 작품 세계 --

김승옥(1941~)

일본 오사카(大阪) 출생. 서울대학교 문리대 불문과를 졸업했다. 1962년 〈한국일보〉에 「생명연습」으로 등단했다. 김승옥 소설의 특징은 크게 두 시기로 나누어 볼 수 있다. 「환상수첩」, 「확인해 본 열다섯 개의 고정관념」, 「생명연습」 등의 초기 소설은 환각이나 환상에 대한 강렬한 동경을 보여 준다. 「무진기행」 이후의 후기 소설은 주로 산업 사회에서 살아가는 인간들의 상실감이 형상화되어 있다. 현실의 엄정한 법칙성을 인정하고 꿈이나 환상이 사라진 삶에 대한 환멸과 허무 의지로 가득 차 있다. 대표적인 작품은 「서울, 1964년 겨울」, 「야행」, 「차나 한잔」, 「염소는 힘이 세다」, 「1960년대식」, 「서울 달빛 0장」 등이며, 김승옥은 「서울, 1964년 겨울」로 1965년에 동인문학상을 수상하였다.

김승옥 소설의 특징은 성(性)을 모티브로 포착해 개체의 자아를 찾아 나가는 데 있다. 이런 의미에서 개체와 전체의 관계, 사랑과 증오, 연민과 분노 등이 중요한 주제다. 그는 인간의 내밀성을 유려한 문체로 표현해 '감수성의 혁명'을 이루었다는 평가를 받기도 한다.

🖋 작품 정리 --

갈래: 순수 소설
배경: 시간 – 배금사상이 만연했던 1960년대
　　　 공간 – 추억의 공간인 무진과 현실의 공간인 서울
시점: 1인칭 주인공 시점
주제: 일상에서 벗어나 자아를 찾고자 하는 현대인의 심리
출전: 〈사상계〉(1964)

✐ 구성과 줄거리 --

발단 **'나'는 잠시 쉬기 위해 고향 무진으로 내려감**

제약 회사 간부인 '나'는 고향인 작은 항구 도시 무진으로 내려간다. 처가에서 운영하는 제약 회사의 주주 총회에서 전무로 선출되기에 앞서 잠시 머리를 식히기 위해서다. 모든 일은 장인과 아내가 알아서 처리하게 되어 있다.

전개 **후배 박 선생과 친구 조와의 술자리에서 하인숙을 만남**

'나'는 동기인 세무서장 '조', 모교에서 교편을 잡고 있는 후배 박 선생, 같은 학교 음악 선생인 하인숙과 술자리를 함께한다. '나'는 술자리에서 '목포의 눈물'을 부르는 하인숙에게 연민의 정을 느낀다.

위기 **하인숙에게서 우울했던 과거의 자신을 발견함**

술자리를 끝내고 나오는 길에 박 선생은 하인숙을 좋아하고 하인숙은 '조'를 좋아한다는 사실을 알게 된다. 귀갓길에 하인숙은 자신을 서울로 데려가 달라고 '나'에게 간청한다.

절정 **'나'는 하인숙과 정사를 나누지만 사랑을 고백하지는 않음**

다음 날 '나'는 어머니 묘에 성묘를 하고 돌아오다 방죽에서 자살한 술집 여자의 시체를 목격한다. '나'는 여자의 죽음을 보며 젊었을 때 무진을 탈출하려고 했던 자신의 모습을 떠올린다. 오후에 세무서장 '조'를 찾아가자 그는 자랑스러운 듯이 '나'를 맞이한다. '조'는 하인숙을 대수롭지 않게 여기는 발언을 한다. '나'는 아무것도 모르고 연애편지를 보내고 있는 후배 박 선생을 불쌍하게 여긴다. 세무서에서 나온 '나'는 바닷가 방죽으로 가 하인숙을 만난다. 방죽을 걷다가 예전에 살던 집에 찾아가 인사하고 옛날 살던 방에서 하인숙과 관계를 맺는다. 하인숙은 서울에 가고 싶지 않아졌다고 말하고 '나'는 하인숙을 서울로 데리고 가겠다고 말한다.

결말 **아내의 전보를 받고 무진을 떠남**

이튿날 아침, 아내로부터 갑자기 상경하라는 전보가 온다. '나'는 하인숙에게 편지를 쓰다가 찢어 버리고 무진을 떠난다.

1. 이 작품에서 '안개'의 상징적 의미는 무엇인가?

   '안개'는 현실과 꿈, 삶과 죽음, 진실과 거짓 등이 뒤섞여 있는 혼돈 상태를 의미한다. 또한, 혼돈 속에서 자아를 찾아 나서는 주인공의 내면세계를 반영한다.

2. 무진과 서울은 '나'에게 어떤 의미를 지니는가?

   이 소설은 '서울 → 무진 →서울'의 여로 구조를 취한다. 서울은 일상적 공간이고 무진은 일상을 벗어난 공간이라고 할 수 있다. 아내가 있는 서울은 현실적 가치가 지배하는 공간이다. 안개와 바다, 자살한 여인의 시체, 하인숙의 노래가 있는 무진은 몽환적인 공간이다. 몽환적인 공간은 현실의 공간보다 아름답다. 하지만 사람은 몽환 속에서만 살 수는 없다. 결국 서울을 택한 '나'는 현실과 타협한 것에 부끄러움을 느낀다.

3. 고향 무진에서 만난 하인숙은 '나'에게 어떤 의미를 지니는가?

   무진은 연민과 감상이 지배하는 과거로 '나'를 이끄는 장소이고, 하인숙은 과거 자신의 모습을 보여 주는 분신과도 같은 인물이다.

4. '나'의 아내는 어떤 유형의 인물인가?

   그녀는 혈연과 지연으로 출세할 수 있다고 생각한다. 남편을 승진시키기 위한 계략도 꾸밀 줄 안다. 출세를 위해서 삶의 순수성마저 버릴 수 있는 전형적인 속물에 속한다.

인물 관계도

나 ← (서울에 데려가 달라고 부탁) 하인숙

나 — 동기 → 조

나 — 선후배 → 박 선생

박 선생 → 하인숙 ♥

무진 10km
Mujin

저(나)는 잠시 휴식 시간을 가지기 위해 고향 무진으로 내려갔어요.
친구들을 만나는 술자리에서 음악 선생님인 하인숙을 만났지요. 그녀
는 무진이 싫으니 서울로 데려가 달라고 제게 요청했습니다. 저는 그
러겠다고 약속했지요. 사랑한다고 말하고 싶었지만 그러지 못했어요.
아내에게 전보를 받고 말없이 떠나는데 참 부끄러웠습니다.

무진기행

버스가 산모퉁이를 돌아갈 때 나는 '무진 Mujin 10km'라는 이정비(里程碑 주로 도로에서 어느 곳까지의 거리와 방향을 알려 주는 비석)를 보았다. 그것은 옛날과 똑같은 모습으로 길가의 잡초 속에서 튀어나와 있었다. 내 뒷좌석에 앉아 있는 사람들 사이에서 다시 시작된 대화를 나는 들었다.

"앞으로 십 킬로 남았군요."

"예, 한 삼십 분 후에 도착할 겁니다."

그들은 농사 관계의 시찰원(직접 돌아다니며 둘러보고 실제의 사정을 살피는 일을 수행하는 사람)들인 듯했다. 아니 그렇지 않은지도 모른다. 그러나 하여튼 그들은 색 무늬 있는 반소매 셔츠를 입고 있었고 데드롱직(織)의 바지를 입었고 지나쳐 오는 마을과 들과 산에서 아마 농사 관계의 전문가들이 아니면 할 수 없는 관찰을 했고 그것을 전문적인 용어로 얘기하고 있었다. 광주에서 기차를 내려서 버스로 갈아탄 이래, 나는 그들이 시골 사람들답지 않게 앉은 목소리로 점잖을 빼면서 얘기하는 것을 반수면 상태 속에서 듣고 있었다. 버스 안의 좌석들은 많이 비어 있었다. 그 시찰원들의 대화에 의하면 농번기이기 때문에 사람들이 여행을 할 틈이 없어서라는 것이었다.

"무진엔 명산물이…… 뭐 별로 없지요?"

그들은 대화를 계속하고 있었다.

"별 게 없지요. 그러면서도 그렇게 많은 사람들이 살고 있다는 건 좀 이상스럽거든요."

"바다가 가까이 있으니 항구로 발전할 수도 있었을 텐데요?"

"가 보시면 아시겠지만 그럴 조건이 되어 있는 것도 아닙니다. 수심이 얕은데다가 그런 얕은 바다를 몇백 리나 밖으로 나가야만 비로소 수평선이 보이는 진짜 바다다운 바다가 나오는 곳이니까요."

"그럼 역시 농촌이군요."

"그렇지만 이렇다 할 평야가 있는 것도 아닙니다."

"그럼 그 오륙만이 되는 인구가 어떻게들 살아가나요?"

"그러니까 그럭저럭이란 말이 있는 게 아닙니까?"

그들은 점잖게 소리내어 웃었다.

"원, 아무리 그렇지만 한 고장에 명산물 하나쯤은 있어야지."

웃음 끝에 한 사람이 말하고 있었다.

무진에 명산물이 없는 게 아니다. 나는 그것이 무엇인지 알고 있다. 그것은 안개다. 아침에 잠자리에서 일어나서 밖으로 나오면, 밤사이에 진주해온 적군들처럼 안개가 무진을 뺑 둘러싸고 있는 것이었다. 무진을 둘러싸고 있던 산들도 안개에 의하여 보이지 않는 먼 곳으로 유배당해 버리고 없었다. 안개는 마치 이승에 한이 있어서 매일 밤 찾아오는 여귀(女鬼)가 뿜어 내놓은 입김과 같았다. 해가 떠오르고, 바람이 바다 쪽에서 방향을 바꾸어 불어오기 전에는 사람들의 힘으로써는 그것을 헤쳐 버릴 수가 없었다.

손으로 잡을 수 없으면서도 그것은 뚜렷이 존재했고 사람들을 둘러쌌고 먼 곳에 있는 것으로부터 사람들을 떼어 놓았다. 안개, 무진의 안개, 무진의 아침에 사람들이 만나는 안개, 사람들로 하여금 해를, 바람을 간절히 부르게 하는 무진의 안개, 그것이 무진의 명산물이 아닐 수 있을까! 버스의 덜커덩거림이 좀 덜해졌다. 버스의 덜커덩거림이 더하고 덜하는 것을 나는 턱으로 느끼고 있었다. 나는 몸에서 힘을 빼고 있었으므로 버스가 자갈이 깔린 시골길을 달려오고 있는 동안 내 턱은 버스가 껑충거리는 데 따라서 함께 덜그럭거리고 있었다. 턱이 덜그럭거릴 정도로 몸에서 힘을 빼고 버스를 타고 있으면, 긴장해서 버스를 타고 있을 때보다 피로가 더욱 심해진다는 것을 알고 있었지만 그러나 열려진 차창으로 들어와서 나의 밖으로 드러난 살갗을 사정없이 간질이고 불어 가는 유월의 바람이 나를 반수면 상태로 끌어넣었기 때문에 나는 힘을 주고 있을 수가 없었다.

바람은 무수히 작은 입자로 되어 있고 그 입자들은 할 수 있는 한, 욕심껏 수면제를 품고 있는 것처럼 내게는 생각되었다. 그 바람 속에는, 신선한 햇볕과 아직 사람들의 땀에 밴 살갗을 스쳐 보지 않았다는 천진스러운 저온, 그리고 지금 버스가 달리고 있는 길을 에워싸며 버스를 향하여 달려오고 있는 산줄기의 저편에 바다가 있다는 것을 알리는 소금기, 그런 것들이 이상스레 한데 어울리면서 녹아 있었다. 햇볕의 신선한 밝음과 살갗에 탄력을 주는 정도의 공기의 저온, 그리고 해풍에 섞여 있는 정도의 소금기, 이세 가지만 합성해서 수면제를 만들어 낼 수 있다면 그것은 이 지상에 있는 모든 약방의 진열장 안에 있는 어떠한 약보다도 가장 상쾌한 약이 될 것이고 그리고 나는 이 세계에서 가장 돈 잘 버는 제약 회사의 전무님이 될 것이다. 왜냐하면 사람들은 누구나 조용히 잠들고 싶어 하고 조용히 잠든다는 것은 상쾌한 일이기 때문이다……. 그런 생각을 하자 나는 쓴웃음이 나왔다. 동시에 무진이 가까웠다는 것이 더욱 실감되었다. 무진에 오기만 하면 내가 하는 생각이란 항상 그렇게 엉뚱한 공상들이었고 뒤죽박죽이었던 것이다.

다른 어느 곳에서도 하지 않았던 엉뚱한 생각을, 나는 무진에서는 아무런 부끄럼 없이, 거침없이 해내곤 했던 것이다. 아니 무진에서는 내가 무엇을 생각하고 어쩌고 하는 게 아니라 어떤 생각들이 나의 밖에서 제멋대로 이루어진 뒤 나의 머릿속으로 밀고 들어오는 듯했었다.

"당신 안색이 아주 나빠져서 큰일 났어요. 어머님의 산소에 다녀온다는 핑계를 대고 무진에 며칠 동안 계시다가 오세요. 주주 총회에서의 일은 아버지하고 저하고 다 꾸며 놓을게요. 당신은 오랜만에 신선한 공기를 쐬고 그리고 돌아와 보면 대회생 제약 회사의 전무님이 되어 있을 게 아니에요?" 라고 며칠 전날 밤, 아내가 나의 파자마 깃을 손가락으로 만지작거리며 나에게 진심에서 나온 권유를 했을 때도, 가기 싫은 심부름을 억지로 갈 때 아이들이 불평을 하듯이 내가 몇 마디 입안에 소리로 투덜댄 것도, 무진에서는 항상 자신을 상실하지 않을 수 없었던 과거의 경험에 의한 조건 반사였었다.

내가 좀 나이가 든 뒤로 무진에 간 것은 몇 차례 되지 않았지만 그 몇 차례 되지 않은 무진행이 그러나 그때마다 내게는 서울에서의 실패로부터 도망해야 할 때거나 하여튼 무언가 새 출발이 필요할 때였었다. 새 출발이 필요할 때 무진으로 간다는 그것이 우연이 결코 아니었고 그렇다고 무진에 가면 내게 새로운 용기라든가 새로운 계획이 술술 나오기 때문도 아니었었다. 오히려 무진에서의 나는 항상 처박혀 있는 상태였었다. 더러운 옷차림과 누우런 얼굴로 나는 항상 골방 안에서 뒹굴었다. 내가 깨어 있을 때는 수없이 많은 시간의 대열이 멍하니 서 있는 나를 비웃으며 흘러가고 있었고, 내가 잠들어 있을 때는 긴긴 악몽들이 거꾸러져 있는 나에게 혹독한 채찍질을 하였다.

나의 무진에 대한 연상의 대부분은 나를 돌봐 주고 있는 노인들에 대하여 신경질을 부리던 것과 골방 안에서의 공상과 불면을 쫓아 보려고 행하던 수음과 곧잘 편도선을 붓게 하던 독한 담배꽁초와 우편배달부를 기다리던 초조함 따위거나 그것들에 관련된 어떤 행위들이었었다. 물론 그것들만 연상되었던 것은 아니다. 서울의 어느 거리에서고 나의 청각이 문득 외부로 향하면 무자비하게 쏟아져 들어오는 소음에 비틀거릴 때거나, 밤늦게 신당동 집 앞의 포장된 골목을 자동차로 올라갈 때, 나는 물이 가득한 강물이 흐르고, 잔디로 덮인 방죽이 시오 리 밖의 바닷가까지 뻗어 나가 있고, 작은 숲이 있고, 다리가 많고, 골목이 많고, 흙담이 많고, 높은 포플러가 에워싼 운동장을 가진 학교들이 있고, 바닷가에서 주워 온 까만 자갈이 깔린 뜰을 가진 사무소들이 있고, 대로 만든 와상이 밤거리에 나앉아 있는 시골을 생각했고 그것은 무진이었다. 문득 한적이 그리울 때도 나는 무진을 생각했었다. 그러나 그럴 때의 무진은 내가 관념 속에서 그리고 있는 어느 아늑한 장소일 뿐이지 거기엔 사람들이 살고 있지 않았다. 무진이라고 하면 그것에의 연상은 아무래도 어둡던 나의 청년이었다.

그렇다고 무진에의 연상이 꼬리처럼 항상 나를 따라다녔다는 것은 아니다. 차라리 나의 어둡던 세월이 일단 지나가 버린 지금은 나는 거의 항상 무진을 잊고 있었던 편이다. 어제저녁 서울역에서 기차를 탈 때에도, 물론 전송 나온 아내와 회사 직원 몇 사람에게 일러둘 말이 너무 많아서 거기에 정신이 쏠려 있던 탓도 있었겠지만, 하여튼 나는 무진에 대한 그 어두운 기억들이 그다지 실감나게 되살아오지는 않았다. 그런데 오늘 이른 아침, 광주에서 기차를 내려서 역구내를 빠져나올 때 내가 본 한 미친 여자가 그 어두운 기억들을 휙 잡아 끌어당겨서 내 앞에 던져 주었다. 그 미친 여자는 나일론의 치마저고리를 맵시 있게 입고 있었고 팔에는 시절에 맞추어 고른 듯한 핸드백도 걸치고 있었다. 얼굴도 예쁜 편이고 화장이 화려했다. 그 여자가 미친 사람이라는 것을 알 수 있는 것은 쉼 없이 굴리고 있는 눈동자와 그 여자를 에워싸고 서서 선하품(몸에 이상이 있거나 흥미 없는 일을 할 때에 나오는 하품)을 하며 그 여자를 놀려 대고 있는 구두닦이 아이들 때문이었다.

"공부를 많이 해서 돌아 버렸대."

"아냐, 남자한테서 채여서야."

"저 여자 미국 말도 참 잘한다. 물어볼까?"

아이들은 그런 얘기를 높은 목소리로 하고 있었다. 좀 나이가 든 여드름쟁이 구두닦이 하나는 그 여자의 젖가슴을 손가락으로 집적거렸고 그럴 때마다 그 여자는 여전히 무표정한 얼굴로 비명만 지르고 있었다. 그 여자의 비명이, 옛날 내가 무진의 골방 속에서 쓴 일기의 한 구절을 문득 생각나게 한 것이었다.

그때는 어머니가 살아 계실 때였다. 6·25 사변으로 대학의 강의가 중단되었기 때문에 서울을 떠나는 마지막 기차를 놓친 나는 서울에서 무진까지의 천여 리 길을 발가락이 몇 번이고 부르터지도록 걸어서 내려왔고, 어머니에 의해서 골방에 처박혀졌고 의용군의 징발도 그 후의 국군의 징병도 모두 기피해 버리고 있었다. 내가 졸업한 무진의 중학교의 상급반 학생들이 무명지(無名指 넷째 손가락)에 붕대를 감고 '이 몸이 죽어서 나라가 선다면……'을 부르며 읍 광장에 서 있는 트럭들로 행진해 가서 그 트럭들에 올라타고 일선으로 떠날 때도 나는 골방 속에 쭈그리고 앉아서 그들의 행진이 집 앞을 지나가는 소리를 듣고만 있었다. 전선이 북쪽으로 올라가고 대학이 강의를 시작했다는 소식이 들려왔을 때도 나는 무진의 골방 속에 숨어 있었다. 모두가 나의 홀어머님 때문이었다. 모두가 전쟁터로 몰려갈 때 나는 내 어머니에게 몰려서 골방 속에 숨어서 수음을 하고 있었다. 이웃집 젊은이의 전사 통지가 오면 어머니는 내가 무사한 것을 기뻐했고, 이따금 일선의 친구에게서 군사 우편이 오기라도 하면 나 몰래 그것을 찢어 버리곤 하였었다. 내가 골방보다는 전선을 택하고 싶어 하는 것을 알고 있었기 때문이다. 그 무렵에 쓴 나의 일기장들은 그 후에 태워 버려서 지금은 없지만, 모두가 스스로를 모멸하고 오욕을 웃으며 견디는 내용들이었다. '어머니, 혹시 제가 지금 미친다면 대강 다음과 같은 원인들 때문일 테니 그 점에 유의하셔서 저를 치료해 보십시오……' 이러한 일기를 쓰던 때를, 이른 아침 역구내에서 본 미친 여자가 내 앞으로 끌어당겨 주었던 것이다. 무진이 가까웠다는 것을 나는 그 미친 여자를 통하여 느꼈고 그리고 방금 지나친 먼지를 둘러쓰고 잡초 속에서 튀어나와 있는 이정비를 통하여 실감했다.

"이번에 자네가 전무가 되는 건 틀림없는 거구, 그러니 자네 한 일주일 동안 시골에 내려가서 긴장을 풀고 푹 쉬었다가 오게. 전무님이 되면 책임이 더 무거워질 테니 말야."

아내와 장인 영감은 자신들은 알지 못하는 사이에 퍽 영리한 권유를 내게 한 셈이었다. 내가 긴장을 풀어 버릴 수 있는, 아니 풀어 버릴 수밖에 없는 곳을 무진으로 정해 준 것은 대단히 영리한 짓이었다. 버스는 무진 읍내로 들어서고 있었다. 기와지붕들도 양철 지붕들도 초가지붕들도 유월 하순의 강렬한 햇볕을 받고 모두 은빛으로 번쩍이고 있었다. 철공소에서 들리는 쇠망치 두드리는 소리가 잠깐 버스로 달려들었다가 물러났다. 어디선지 분뇨 냄새가 새어 들어왔고 병원 앞을 지날 때는 크레졸 냄새가 났고, 어느 상점의 스피커에서는 느려 빠진 유행가가 흘러나왔다. 거리는 텅 비어 있었고 사람들은 처마 끝의 그늘에 쭈그리고 앉아 있었다. 어린아이들은 빨가벗고 기우뚱거리며 그늘 속을 걸어 다니고 있었다. 읍의 포장된 광장도 거의 텅 비어 있었다. 햇빛만이 눈부시게 그 광장 위에서 끓고 있었고 그 눈부신 햇빛 속에서, 정적 속에서 개 두 마리가 혀를 빼물고 교미를 하고 있었다.

저녁 식사를 하기 조금 전에 나는 낮잠에서 깨어나서 신문 지국들이 몰려 있는 거리로 갔다. 이모님 댁에서는 신문을 구독하고 있지 않았다. 그렇지만 신문은, 도회인이 누구나 그렇듯이 이제 내 생활의 일부로서 내 하루의 시작과 끝을 맡아 보고 있었던 것이다. 내가 찾아간 신문 지국에 나는 이모님 댁의 주소와 약도를 그려 주고 나왔다. 밖으로 나올 때 나는 내 등 뒤에서 지국 안에 있던 사람들이 그들끼리 무어라고 수군거리는 소리를 들었다.

아마 나를 알고 있는 사람들이었던 모양이다.

"……그래애? 거만하게 생겼는데……."

"……출세했다지……?"

"……옛날…… 폐병……."

그런 속삭임 속에서, 나는 밖으로 나오면서 은근히 한마디를 기다리고 있었다. 그러나 결국 '안녕히 가십시오.'는 나오지 않고 말았다. 그것이 서울과의 차이점이었다. 그들은 이제 점점 수군거림의 소용돌이 속으로 끌려 들어가고 있으리라. 자기 자신조차 잊어버리면서, 나중에 그 소용돌이 밖으로 내던져졌을 때 자기들이 느낄 공허감도 모른다는 듯이 수군거리고 또 수군거리고 있으리라.

바다가 있는 쪽에서 바람이 불어오고 있었다. 몇 시간 전에 버스에서 내릴 때보다 거리는 많이 번잡해졌다. 학생들이 학교에서 돌아오고 있었다. 그들은 책가방이 주체스러운 모양인지 그것을 뱅뱅 돌리기도 하며 어깨 너머로 넘겨 들기도 하며 두 손으로 껴안기도 하며 혀끝에 침으로써 방울을 만들어서 그것을 입바람으로 훅 불어 날리곤 했다. 학교 선생들과 사무소의 직원들도 달그락거리는 빈 도시락을 들고 축 늘어져서 지나가고 있었다. 그러자 나는 이 모든 것이 장난처럼 생각되었다.

학교에 다닌다는 것, 학생들을 가르친다는 것, 사무소에 출근했다가 퇴근한다는 이 모든 것이 실없는 장난이라는 생각이 든 것이다. 사람들이 거기에 매달려서 낑낑댄다는 것이 우습게 생각되었다.

이모 댁으로 돌아와서 저녁을 먹고 있을 때, 나는 방문을 받았다. 박(朴)이라고 하는 무진중학교의 내 몇 해 후배였다. 한때 독서광이었던 나를 그 후배는 무척 존경하는 눈치였다. 그는 학생 시대에 이른바 문학 소년이었던 것이다. 미국의 작가인 피츠제럴드를 좋아한다고 하는 그 후배는 그러나 피츠제럴드의 팬답지 않게 아주 얌전하고 매사에 엄숙하였고 그리고 가난하였다.

"신문 지국에 있는 제 친구에게서 내려오셨다는 얘길 들었습니다. 웬일이십니까?"

그는 정말 반가워해 주었다.

"무진엔 왜 내가 못 올 덴가?"

그렇게 대답하며 나는 내 말투가 마음에 거슬렸다.

"너무 오랫동안 오시지 않았으니까 그러는 거죠. 제가 군대에서 막 제대했을 때 오시고 이번이 처음이시니까 벌써……."

"벌써 한 4년 되는군."

4년 전 나는, 내가 경리의 일을 보고 있던 제약 회사가 좀 더 큰 다른 회사와 합병되는 바람에 일자리를 잃고 무진으로 내려왔던 것이다. 아니 단지 일자리를 잃었다는 이유만으로 서울을 떠났던 것은 아니다. 동거하고 있던 희(姬)만 그대로 내 곁에 있어 주었던들 실의의 무진행은 없었으리라.

"결혼하셨다더군요."

박이 물었다.

"흐흥, 자넨?"

"전 아직. 참, 좋은 데로 장가 드셨다고들 하더군요."

"그래? 자넨 왜 여태 결혼하지 않고 있나? 자네 금년에 어떻게 되지?"

"스물아홉입니다."

"스물아홉이라. 아홉수가 원래 사납다고 하데만, 금년엔 어떻게 해 보지 그래?"

"글쎄요."

박은 소년처럼 머리를 긁었다. 4년 전이니까 그해의 내 나이가 스물아홉
이었고, 희가 내 곁에서 달아나 버릴 무렵에 지금 아내의 전남편이 죽었던
것이다.

"무슨 나쁜 일이 있었던 건 아니겠죠?"

옛날의 내 무진행의 내용을 다소 알고 있는 박은 그렇게 물었다.

"응, 아마 승진이 될 모양인데 며칠 휴가를 얻었지."

"잘되셨군요. 해방 후의 무진중학 출신 중에선 형님이 제일 출세하셨다
고들 하고 있어요."

"내가?"

나는 웃었다.

"예, 형님하고 형님 동기 중에서 조(趙) 형하고요."

"조라니 나하고 친하게 지내던 애 말인가?"

"예, 그 형이 재작년엔가 고등 고시에 패스해서 지금 여기 세무서장으로
있거든요."

"아, 그래?"

"모르셨어요?"

"서로 소식이 별로 없었지. 그애가 옛날엔 여기 세무서에서 직원으로 있
었지, 아마?"

"예."

"그거 잘됐군. 오늘 저녁엔 그 친구에게나 가 볼까?"

친구 조는 키가 작았고 살결이 검은 편이었다. 그래서 키가 크고 살결이
창백한 나에게 열등감을 느낀다는 얘기를 내게 곧잘 했다. '옛날에 손금
이 나쁘다고 판단 받은 소년이 있었다. 그 소년은 자기의 손톱으로 손바닥
에 좋은 손금을 파 가며 열심히 일했다. 드디어 그 소년은 성공해서 잘살았
다.' 조는 이런 얘기에 가장 감격하는 친구였다.

"참, 자넨 요즘 뭘 하고 있나?"

내가 박에게 물었다. 박은 얼굴을 붉히고 잠시 머뭇거리다가 모교에서
교편을 잡고 있다고, 그것이 무슨 잘못이라도 되는 것처럼 우물거리며 대
답했다.

"좋지 않아? 책 읽을 여유가 있으니까 얼마나 좋은가. 난 잡지 한 권 읽을 여유가 없네. 무얼 가르치고 있나?"

후배는 내 말에 용기를 얻었는지 아까보다는 조금 밝은 목소리로 대답했다.

"국어를 가르치고 있습니다."

"잘했어. 학교 측에서 보면 자네 같은 선생을 구하기도 힘들 거야."

"그렇지도 않아요. 사범 대학 출신들 때문에 교원 자격 고시 합격증 가지고 견디기가 힘들어요."

"그게 또 그런가?"

박은 아무 말없이 쓸쓸한 미소만 지어 보였다.

저녁 식사 후 우리는 술 한 잔씩을 마시고 나서 세무서장이 된 조의 집을 향하여 갔다. 거리는 어두컴컴했다. 다리를 건널 때 나는 냇가의 나무들이 어슴푸레하게 물속에 비춰 있는 것을 보았다. 옛날 언젠가, 역시 이 다리를 밤중에 건너면서 나는 이 시커멓게 웅크리고 있는 나무들을 저주했었다. 금방 소리를 지르며 달려들 듯한 모습으로 나무들은 서 있었던 것이다. 세상에 나무가 없다면 얼마나 좋을까 하고 생각하기도 했었다.

"모든 게 여전하군."

내가 말했다.

"그럴까요?"

후배가 웅얼거리듯이 말했다.

조의 응접실에는 손님들이 네 사람 있었다. 나의 손을 아프도록 쥐고 흔들고 있는 조의 얼굴이 옛날보다 윤택해지고 살결도 많이 하애진 것을 나는 보고 있었다.

"어서 자리로 앉아라. 이거 원 누추해서…… 빨리 마누랄 얻어야겠는데……."

그러나 방은 결코 누추하지 않았다.

"아니 아직 결혼 안 했나?"

내가 물었다.

"법률책 좀 붙들고 앉아 있었더니 그렇게 돼 버렸어. 어서 앉아."

나는 먼저 온 손님들에게 소개되었다. 세 사람은 남자로서 세무서 직원들이었고 한 사람은 여자로서 나와 함께 온 박과 무언가 얘기를 주고받고 있었다.

"어어, 밀담들은 그만하시고, 하(河) 선생, 인사해요. 내 중학 동창인 윤희중이라는 친굽니다. 서울에 있는 큰 제약 회사의 간사님이시고, 이쪽은 우리 모교에 와 계시는 음악 선생님이시고. 하인숙 씨라고, 작년에 서울에서 음악 대학을 나오신 분이지."

"아, 그러세요. 같은 학교에 계시는군요."

나는 박과 그 여선생을 번갈아 가리키며 여선생에게 말했다.

"네."

여선생은 방긋 웃으며 대답했고 내 후배는 고개를 숙여 버렸다.

"고향이 무진이신가요?"

"아녜요. 발령이 이곳으로 났기 땜에 저 혼자 와 있는 거예요."

그 여자는 개성 있는 얼굴을 가지고 있었다. 윤곽은 갸름했고 눈이 컸고 얼굴색은 노리끼리했다.

전체로 보아서 병약한 느낌을 주고 있었지만 그러나 좀 높은 콧날과 두꺼운 입술이 병약하다는 인상을 버리도록 요구하고 있었다. 그리고 카랑카랑한 목소리가 코와 입이 주는 인상을 더욱 강하게 하고 있었다.

"전공이 무엇이었던가요?"

"성악 공부 좀 했어요."

"그렇지만 하 선생님은 피아노도 아주 잘 치십니다."

박이 곁에서 조심스런 목소리로 끼어들었다. 조도 거들었다.

"노래를 아주 잘하시지. 소프라노가 굉장하시거든."

"아, 소프라노를 맡으시는가요?"

내가 물었다.

"네, 졸업 연주회 땐 '나비 부인(푸치니의 대표적인 오페라)' 중에서 '어떤 개인 날'을 불렀어요."

그 여자는 졸업 연주회를 그리워하고 있는 듯한 음성으로 말했다.

방바닥에는 비단의 방석이 놓여 있고 그 위에는 화투짝이 흩어져 있었다. 무진이다. 곧 입술을 태울 듯이 불타 들어가는 담배꽁초를 입에 물고 눈으로 들어오는 그 담배 연기 때문에 눈물을 찔끔거리며 눈을 가늘게 뜨고, 이미 정오가 가까운 시각에야 잠자리에서 일어나서 그날의 허황한 운수를 점쳐 보던 화투짝이었다. 혹은, 자신을 팽개치듯이 기어들던 언젠가의 놀음

판, 그 놀음판에서 나의 뜨거워져 가는 머리와 떨리는 손가락만을 제외하곤 내 몸을 전연 느끼지 못하게 만들던 그 화투짝이었다.

"화투가 있군, 화투가."

나는 한 장을 집어서 소리가 나게 내려치고 다시 그것을 집어서 내려치고 또 집어서 내려치고 하며 중얼거렸다.

"우리 돈내기 한판 하실까요?"

세무서 직원 중의 하나가 내게 말했다. 나는 싫었다.

"다음 기회에 하지요."

세무서 직원들은 싱글싱글 웃었다. 조가 안으로 들어갔다가 나왔다. 잠시 후에 술상이 나왔다.

"여기엔 얼마쯤 있게 되나?"

"일주일가량."

"청첩장 한 장 없이 결혼해 버리는 법이 어디 있어? 하기야 청첩장을 보냈더라도 그땐 내가 세무서에서 주판알 퉁기고 있을 때니까 별수도 없었겠지만 말이다."

"난 그랬지만 청첩장 보내야 한다."

"염려 마라. 금년 안으로는 받아 볼 수 있게 될 거다."

우리는 별로 거품이 일지 않는 맥주를 마셨다.

"제약 회사라면 그게 약 만드는 데 아닙니까?"

"그렇죠."

"평생 병 걸릴 염려는 없겠습니다그려."

굉장히 우스운 익살을 부렸다는 듯이 직원들은 방바닥을 치며 오랫동안 웃었다.

"참 박 군, 학생들한테서 인기가 대단하더구먼. ……기껏 오 분쯤 걸어오면 될 거리에 살면서 나한테 왜 통 놀러 오지 않았나?"

"늘 생각은 하고 있었습니다만……."

"저기 앉아 계시는 하 선생님한테서 자네 얘긴 늘 듣고 있었지. ……자, 하 선생 맥주는 술도 아니니까 한잔 들어 봐요. 평소엔 그렇지도 않던데 오늘 저녁엔 왜 이렇게 얌전을 피우실까?"

"네 네, 거기 놓으세요. 제가 마시겠어요."

"맥주는 좀 마셔 봤지요?"

"대학 다닐 때 친구들과 어울려서 방문을 안으로 잠가 놓고 소주도 마셔 본걸요."

"이거 술꾼인 줄은 몰랐는데."

"마시고 싶어서 마신 게 아니라 시험 삼아서 맛 좀 본 거예요."

"그래서 맛이 어떻습디까?"

"모르겠어요. 술잔을 입에서 떼자마자 쿨쿨 자 버렸으니까요."

사람들이 웃었다. 박만이 억지로 웃는 듯한 웃음이었다.

"내가 항상 생각하는 바지만, 하 선생님의 좋은 점은 바로 저기에 있거든. 될 수 있으면 얘기를 재미있게 하려고 한다는 점, 바로 그거야."

"일부러 재미있게 하려고 하는 게 아녜요. 대학 다닐 때의 말버릇이에 요."

"아하, 그러고 보면 하 선생의 나쁜 점은 바로 저기 있어. '내가 대학 다닐 때'라는 말을 빼놓곤 얘기가 안 됩니까? 나처럼 대학엔 문전에도 가 보지 못한 사람은 서러워서 살겠어요?"

"죄송합니다."

"그럼 내게 사과하는 뜻에서 노래 한 곡 들려주시겠어요?"

"그거 좋습니다."

"좋지요."

"한번 들어 봅시다."

사람들이 박수를 쳤다. 여선생은 머뭇거렸다.

"서울 손님도 오고 했으니까……. 그 지난번에 부르던 거 참 좋습디다."

조는 재촉했다.

"그럼 부릅니다."

여선생은 거의 무표정한 얼굴로 입을 조금만 달싹거리며 노래를 부르기 시작했다. 세무서 직원들이 손가락으로 술상을 두드리기 시작했다. 여선생은 '목포의 눈물'을 부르고 있었다. '어떤 개인 날'과 '목포의 눈물' 사이에는 얼마만큼의 유사성이 있을까? 무엇이 저 아리아들로써 길들여진 성대에서 유행가를 나오게 하고 있을까? 그 여자가 부르는 '목포의 눈물'에는 작부(酌婦 술집에서 손님을 접대하고 술 시중을 드는 여자)들이 부르는 그것에서 들을 수 있는 것과 같은 꺾임이 없었고, 대체로 유행가를 살려 주는 목소리의 갈라짐이 없었고, 흔히 유행가가 내용으로 하는 청승맞음이 없었다. 그 여자의 '목포의 눈물'

은 이미 유행가가 아니었다. 그렇다고 '나비 부인' 중의 아리아는 더욱 아니었다. 그것은 이전에는 없었던 어떤 새로운 양식의 노래였다. 그 양식은 유행가가 내용으로 하는 청승맞음과는 다른 좀 더 무자비한 청승맞음을 포함하고 있었고, '어떤 개인 날'의 그 절규보다도 훨씬 높은 옥타브의 절규를 포함하고 있었고, 그 양식에는 머리를 풀어 헤친 광녀의 냉소가 스며 있었고, 무엇보다도 시체가 썩어 가는 듯한 무진의 그 냄새가 스며 있었다.

그 여자의 노래가 끝나자 나는 의식적으로 바보 같은 웃음을 띠우고 박수를 쳤고 그리고 육감이랄까, 나는 후배인 박이 이 자리에서 떠나고 싶어 하는 것을 알았다. 나의 시선이 박에게로 갔을 때, 나의 시선을 박은 기다렸다는 듯이 자리에서 일어났다.

누군지가 그에게 앉아 있기를 권했으나 박은 해사한 웃음을 띠우며 거절했다.

"먼저 실례합니다. 형님은 내일 또 뵙지요."

조는 대문까지 따라 나왔고 나는 한길까지 박을 바래다주려고 나갔다. 밤이 깊지 않았는데도 거리는 적막했다. 어디선지 개 짖는 소리가 들려왔고, 쥐 몇 마리가 한길 위에서 무엇을 먹고 있다가 우리의 그림자에 놀라 흩어져 버렸다.

"형님, 보세요. 안개가 내리는군요."

과연 한길의 저 끝이, 불빛이 드문드문 박혀 있는 먼 주택지의 검은 풍경들이 점점 풀어져 가고 있었다.

"자네, 하 선생을 좋아하고 있는 모양이군."

내가 물었다. 박은 다시 해사한 웃음을 띠었다.

"그 여선생과 조 군과 무슨 관계가 있는 모양이지?"

"모르겠습니다. 아마 조 형이 결혼 대상자 중의 하나로 생각하고 있는 거 같아요."

"자네가 그 여선생을 좋아한다면 좀 더 적극적으로 나가야 해. 잘해 봐."

"뭐 별로……."

박은 소년처럼 말을 더듬거렸다.

"그 속물들 틈에 앉아서 유행가를 부르고 있는 게 좀 딱해 보였을 뿐이지요. 그래서 나와 버린 거죠."

박은 분노를 누르고 있는 듯이 나직나직 말했다.

"클래식을 부를 장소가 있고 유행가를 부를 장소가 따로 있다는 것뿐이 겠지, 뭐 딱할 거까지야 있나?"

나는 거짓말로써 그를 위로했다. 박은 가고 나는 다시 '속물'들 틈에 끼었다. 무진에서는 누구나 그렇게 생각하는 것이다, 타인은 모두 속물들이라고. 나 역시 그렇게 생각하는 것이다, 타인이 하는 모든 행위는 무위와 똑같은 무게밖에 가지고 있지 않은 장난이라고.

밤이 퍽 깊어서 우리는 자리에서 일어났다. 조는 내가 자기 집에서 자고 가기를 권했다. 그러나 다음 날 아침에 잠자리에서 일어나서 그 집을 나올 때까지의 부자유스러움을 생각하고 나는 기어코 밖으로 나섰다. 직원들도 도중에서 흩어져 가고 결국엔 나와 여자만이 남았다. 우리는 다리를 건너고 있었다. 검은 풍경 속에서 냇물은 하얀 모습으로 뻗어 있었고 그 하얀 모습의 끝은 안개 속으로 사라지고 있었다.

"밤엔 정말 멋있는 고장이에요."

여자가 말했다.

"그래요? 다행입니다."

내가 말했다.

"왜 다행이라고 말씀하시는 줄 짐작하겠어요."

여자가 말했다.

"어느 정도까지 짐작하셨어요?"

내가 물었다.

"사실은 멋이 없는 고장이니까요. 제 대답이 맞았어요?"

"거의."

우리는 다리를 다 건넜다. 거기서 우리는 헤어져야 했다. 그 여자는 냇물을 따라서 뻗어 나간 길로 가야 했고, 나는 곧장 난 길로 가야 했다.

"아, 글루 가세요. 그럼……."

내가 말했다.

"조금만 바래다주세요. 이 길은 너무 조용해서 무서워요."

여자가 조금 떨리는 목소리로 말했다. 나는 다시 여자와 나란히 서서 걸었다. 나는 갑자기 이 여자와 친해진 것 같았다. 다리가 끝나는 바로 거기에서부터, 그 여자가 정말 무서워서 떠는 듯한 목소리로 내게 바래다주기를 청했던 바로 그때부터 나는 그 여자가 내 생애 속에 끼어든 것을 느꼈다. 내 모든 친구들처럼, 이제는 모른다고 할 수 없는, 때로는 내가 그들을 훼손하기도 했지만 그러나 더욱 많이 그들이 나를 훼손시켰던 내 모든 친구들처럼.

"처음에 뵈었을 때, 뭐랄까요, 서울 냄새가 난다고 할까요, 퍽 오래전부터 알던 사람처럼 느껴졌어요. 참 이상하죠?"

갑자기 여자가 말했다.

"유행가."

내가 말했다.

"네?"

"아니 유행가는 왜 부르십니까? 성악 공부한 사람들은 될 수 있는 대로 유행가를 멀리하지 않았던가요?"

"그 사람들은 항상 유행가만 부르라고 하거든요."

대답하고 나서 여자는 부끄러운 듯이 나지막하게 소리 내어 웃었다.

"유행가를 부르지 않으려면 거기에 가지 않는 게 좋다고 얘기하면 내정 간섭이 될까요?"

"정말 앞으론 가지 않을 작정이에요. 정말 보잘것없는 사람들이에요."

"그럼 왜 여태까진 거기에 놀러 다녔습니까?"

"심심해서요."

여자는 힘없이 말했다. 심심하다, 그래 그게 가장 정확한 표현이다.

"아까 박 군은 하 선생님께서 유행가를 부르고 계시는 게 보기에 딱하다고 하면서 나가 버렸지요."

나는 어둠 속에서 여자의 얼굴을 살폈다.

"박 선생님은 정말 꽁생원이에요."

여자는 유쾌한 듯이 높은 소리로 웃었다.

"선량한 사람이죠."

내가 말했다.

"네, 너무 선량해요."

"박 군이 하 선생님을 사랑하고 있다는 생각을 해 본 적은 없었던가요?"

"아이, '하 선생님, 하 선생님' 하지 마세요. 오빠라고 해도 제 큰오빠뻘이나 되실 텐데요."

"그럼 무어라고 부릅니까?"

"그냥 제 이름을 불러 주세요. 인숙이라고요."

"인숙이, 인숙이."

나는 낮은 소리로 중얼거려 보았다.

"그게 좋군요."

나는 말했다.

"인숙인 왜 내 질문을 피하지요?"

"무슨 질문을 하셨던가요?"

여자는 웃으면서 말했다. 우리는 논 곁을 지나가고 있었다. 언젠가 여름 밤, 멀고 가까운 논에서 들려오는 개구리들의 울음소리를, 마치 수많은 비단 조개껍질을 한꺼번에 맞비빌 때 나는 듯한 소리를 듣고 있을 때 나는 그 개구리 울음소리들이 나의 감각 속에서 반짝이고 있는, 수없이 많은 별들로 바뀌어져 있는 것을 느끼곤 했었다. 청각의 이미지가 시각의 이미지로 바뀌는 이상한 현상이 나의 감각 속에서 일어나곤 했었던 것이다. 개구리 울음소리가 반짝이는 별들이라고 느낀 나의 감각은 왜 그렇게 뒤죽박죽이었을까? 그렇지만 밤하늘에서 쏟아질 듯이 반짝이고 있는 별들을 보고 개구리의 울음소리가 귀에 들려오는 듯했었던 것은 아니다. 별들을 보고 있으면 나는 나의 어느 별과 그리고 그 별과 또 다른 별들 사이의 안타까운 거리가, 과학책에서 배운 바로써가 아니라, 마치 나의 눈이 점점 정확해져 가고 있는 듯이, 나의 시력에 뚜렷하게 보여 오는 것이었다. 나는 그 도달할 길 없는 거리를 보는 데 홀려서 멍하니 서 있다가 그 순간 속에서 그대로 가슴이 터져 버리는 것 같았다. 왜 그렇게 못 견디어 했을까? 별이 무수히 반짝이는 밤하늘을 보고 있던 옛날 나는 왜 그렇게 분해서 못 견디어 했을까?

"무얼 생각하고 계세요?"

여자가 물어 왔다.

"개구리 울음소리."

대답하며 나는 밤하늘을 올려 봤다. 내리고 있는 안개에 가려서 별들이 흐릿하게 떠 보였다.

"어머, 개구리 울음소리. 정말예요. 제겐 여태까지 개구리 울음소리가 들리지 않았어요. 무진의 개구리는 밤 열두 시 이후에만 우는 줄로 알고 있었는데요."

"열두 시 이후예요?"

"네, 밤 열두 시가 넘으면, 제가 방을 얻어 있는 주인댁의 라디오 소리도 꺼지고 들리는 거라곤 개구리 울음소리뿐이거든요."

"밤 열두 시가 넘도록 잠을 자지 않고 무얼 하시죠?"

"그냥 가끔 그렇게 잠이 오지 않아요."

그냥 그렇게 잠이 오지 않는다, 아마 그건 사실이리라.

"사모님 예쁘게 생기셨어요?"

여자가 갑자기 물었다.

"제 아내 말씀인가요?"

"네."

"예쁘죠."

나는 웃으면서 대답했다.

"행복하시죠? 돈이 많고 예쁜 부인이 있고 귀여운 아이들이 있고 그러면……."

"아이들은 아직 없으니까 쬐끔 덜 행복하겠군요."

"어머, 결혼을 언제 하셨는데 아직 아이들이 없어요?"

"이제 삼 년 좀 넘었습니다."

"특별한 용무도 없이 여행하시면서 왜 혼자 다니세요?"

이 여자는 왜 이런 질문을 할까? 나는 조용히 웃어 버렸다. 여자는 아까보다 좀 더 명랑한 목소리로 말했다.

"앞으로 오빠라고 부를 테니까 절 서울로 데려가 주시겠어요?"

"서울에 가고 싶으신가요?"

"네."

"무진이 싫은가요?"

"미칠 것 같아요. 금방 미칠 것 같아요. 서울엔 제 대학 동창들도 많고……. 아이, 서울로 가고 싶어 죽겠어요."

여자는 잠깐 내 팔을 잡았다가 얼른 놓았다. 나는 갑자기 흥분되었다. 나는 이마를 찡그렸다. 찡그리고 또 찡그렸다. 그러자 흥분이 가셨다.

"그렇지만 이젠 어딜 가도 대학 시절과는 다를걸요. 인숙은 여자니까 아마 가정으로 숨어 버리기 전에는 어느 곳에 가든지 미칠 것 같을걸요."

"그런 생각도 해 봤어요. 그렇지만 지금 같아선 가정을 갖는다고 해도 미칠 것 같은 생각이 들어요. 정말 맘에 드는 남자가 아니면요. 정말 맘에 드는 남자가 있다고 해도 여기서는 살기가 싫어요. 전 그 남자에게 여기서 도망하자고 조를 거예요."

"그렇지만 내 경험으로는 서울에서의 생활이 반드시 좋지도 않더군요. 책임, 책임뿐입니다."

"그렇지만 여긴 책임도 무책임도 없는 곳인걸요. 하여튼 서울에 가고 싶어요. 절 데려가 주시겠어요?"

"생각해 봅시다."

"꼭이에요, 네?"

나는 그저 웃기만 했다. 우리는 그 여자의 집 앞에까지 왔다.

"선생님, 내일은 무얼 하실 계획이세요?"

여자가 물었다.

"글쎄요. 아침엔 어머님 산소엘 다녀와야 하겠고, 그러고 나면 할 일이 없군요. 바닷가에나 가 볼까 하는데요. 거긴 한때 내가 방을 얻어 있던 집이 있으니까 인사도 할 겸."

"선생님, 내일 거긴 오후에 가세요."

"왜요?"

"저도 같이 가고 싶어요. 내일은 토요일이니까 오전 수업뿐이에요."

"그럽시다."

우리는 내일 만날 시간과 장소를 약속하고 헤어졌다. 나는 이상한 우울증에 빠져서 터벅터벅 밤길을 걸어 이모 댁으로 돌아왔다.

내가 이불 속으로 들어갔을 때 통금 사이렌이 불었다. 그것은 갑작스럽게 요란한 소리였다. 그 소리는 길었다. 모든 사물이 모든 사고(思考)가 그 사이렌에 흡수되어 갔다. 마침내 이 세상에선 아무것도 없어져 버렸다. 사이렌만이 세상에 남아 있었다. 그 소리도 마침내 느껴지지 않을 만큼 오랫동안 계속할 것 같았다. 그때 소리가 갑자기 힘을 잃으면서 꺾였고 길게 신음하며 사라져 갔다.

내 사고만이 다시 살아났다. 나는 얼마 전까지 그 여자와 주고받던 얘기들을 다시 생각해 보려 했다. 많은 것을 얘기한 것 같은데 그러나 귓속에는 우리의 대화가 몇 개 남아 있지 않았다. 좀 더 시간이 지난 후, 그 대화들이 내 귓속에서 내 머릿속으로 자리를 옮길 때는 그리고 머릿속에서 심장 속으로 옮겨 갈 때는 또 몇 개가 더 없어져 버릴 것인가. 아니 결국엔 모두 없어져 버릴지도 모른다.

천천히 생각해 보자. 그 여자는 서울에 가고 싶다고 했다. 그 말을 그 여자는 안타까운 음성으로 얘기했다. 나는 문득 그 여자를 껴안고 싶은 충동에 사로잡혔다.

그리고…… 아니, 내 심장에 남을 수 있는 것은 그것뿐이었다. 그러나 그것도 일단 무진을 떠나기만 하면 내 심장 위에서 지워져 버리리라. 나는 잠이 오지 않았다. 낮잠 때문이기도 하였다. 나는 어둠 속에서 담배를 피웠다.

나는 우울한 유령들처럼 나를 내려다보고 있는 벽에 걸린 하얀 옷들을 흘겨보고 있었다. 나는 담뱃재를 머리맡의 적당한 곳에 떨었다. 내일 아침 걸레로 닦아 내면 될 어느 곳에. '열두 시 이후에 우는' 개구리 울음소리가 희미하게 들려오고 있었다. 어디선가 한 시를 알리는 시계 소리가 나직이 들려 왔다. 어디선가 두 시를 알리는 시계 소리가 들려왔다. 어디선가 세 시를 알리는 시계 소리가 들려왔다. 어디선가 네 시를 알리는 시계 소리가 들려왔다. 잠시 후에 통금 해제의 사이렌이 불었다. 시계와 사이렌 중 어느 것 하나가 정확하지 못했다. 사이렌은 갑작스럽고 요란한 소리였다. 그 소리는 길었다. 모든 사물이 모든 사고가 그 사이렌에 흡수되어 갔다. 마침내 이 세상에선 아무것도 없어져 버렸다. 사이렌만 이 세상에 남아 있었다. 그 소리도 마침내 느껴지지 않을 만큼 오랫동안 계속할 것 같았다. 그때 소리가 갑자기 힘을 잃으면서 꺾였고 길게 신음하며 사라져 갔다. 어디선가 부부들은 교합하리라. 아니다. 부부가 아니라 창부와 그 여자의 손님이리라. 나는 왜 그런 엉뚱한 생각을 하고 있는지 알 수 없었다. 잠시 후에 나는 슬며시 잠이 들었다.

그날 아침엔 이슬비가 내리고 있었다. 식전에 나는 우산을 받쳐 들고 읍 근처의 산에 있는 어머니의 산소로 갔다. 나는 바지를 무릎 위까지 걷어 올리고 비를 맞으며 묘를 향하여 엎드려 절했다. 비가 나를 굉장한 효자로 만들어 주었다. 나는 한 손으로 묘 위의 긴 풀을 뜯었다. 풀을 뜯으면서 나는, 나를 전무님으로 만들기 위하여 전무 선출에 관계된 사람들을 찾아다니며 그 호걸웃음을 웃고 있을 장인 영감을 상상했다. 그러나 나는 묘 속으로 들어가고 싶었다.

돌아가는 길은, 좀 멀기는 하지만 잔디가 곱게 깔린 방죽 길을 걷기로 했다. 이슬비가 바람에 뿌옇게 날리고 있었다. 비를 따라서 풍경이 흔들렸다. 나는 우산을 접어 버렸다. 방죽 위를 걸어가다가 나는, 방죽의 경사 밑 물가의 풀밭에, 읍에서 먼 촌으로부터 등교하기 위하여 온 학생들이 모여서 웅성거리고 있는 것을 보았다.

나이 많은 사람들이 몇 사람 끼여 있었고 비옷을 입은 순경 한 사람이 방죽의 비탈 위에 쭈그리고 앉아서 담배를 피우며 먼 곳을 바라보고 있었고 노파 한 사람이 혀를 차며 웅성거리고 있는 학생들의 틈을 빠져나와서 갔다. 나는 방죽의 비탈을 내려갔다. 순경 곁을 지나면서 나는 물었다.

"무슨 일입니까?"

"자살 시쳅니다."

순경은 흥미 없는 말투로 말했다.

"누군데요?"

"읍에 있는 술집 여잡니다. 초여름이 되면 반드시 몇 명씩 죽지요."

"네에."

"저 계집애는 아주 독살스러운 년이어서 안 죽을 줄 알았더니, 저것도 별수 없는 사람이었던 모양입니다."

"네에."

나는 물가로 내려가서 학생들 틈에 끼었다. 시체의 얼굴은 냇물을 향하고 있었으므로 내게는 보이지 않았다. 머리는 파마였고 팔과 다리가 하얗고 굵었다. 붉은색의 얇은 스웨터를 입고 있었고 하얀 스커트를 입고 있었다. 지난밤의 새벽은 추웠던 모양이다. 아니면 그 옷이 그 여자의 맘에 든 옷이었던가 보다. 푸른 꽃무늬 있는 하얀 고무신을 머리에 베고 있었다. 무엇인가를 싼 하얀 손수건이 그 여자의 축 늘어진 손에서 좀 떨어진 곳에 굴러 있었다.

하얀 손수건은 비를 맞고 있었고 바람이 불어도 조금도 나부끼지 않았다. 시체의 얼굴을 보기 위해서 많은 학생들이 냇물 속에 발을 담그고 이쪽을 향하여 서 있었다. 그들의 푸른색 유니폼이 물에 거꾸로 비쳐 있었다. 푸른색의 깃발들이 시체를 옹위하고 있었다.

나는 그 여자를 향하여 이상스레 정욕이 끓어오름을 느꼈다. 나는 급히 그 자리를 떠났다.

"무슨 약을 먹었는지 모르지만 지금이라도 어쩌면……."

순경에게 내가 말했다.

"저런 여자들이 먹는 건 청산가립니다. 수면제 몇 알 먹고 떠들썩한 연극 같은 건 안 하지요. 그것만은 고마운 일이지만."

나는 무진으로 오는 버스 안에서 수면제를 만들어 팔겠다는 공상을 한 것이 생각났다. 햇볕의 신선한 밝음과 살갗에 탄력을 주는 정도의 공기의 저온, 그리고 해풍에 섞여 있는 정도의 소금기, 이 세 가지를 합성하여 수면제를 만들 수 있다면……. 그러나 사실 그 수면제는 이미 만들어져 있었던 게 아닐까. 나는 문득, 내가 간밤에 잠을 이루지 못하고 뒤척거리고 있었던 게 이 여자의 임종을 지켜 주기 위해서가 아니었을까 하는 생각이 들었다. 통금 해제의 사이렌이 불고 이 여자는 약을 먹고 그제야 나는 슬며시 잠이 들었던 것만 같다. 갑자기 나는 이 여자가 나의 일부처럼 느껴졌다. 아프긴 하지만 아끼지 않으면 안 될 내 몸의 일부처럼 느껴졌다. 나는 접어든 우산에 묻은 물을 획획 뿌리면서 집으로 돌아왔다. 집에는 세무서장인 조가 보낸 쪽지가 기다리고 있었다. '할 일 없으면 세무서에 좀 들러 주게.' 아침밥을 먹고 나는 세무서로 갔다. 이슬비는 그쳤으나 하늘은 흐렸다. 나는 조의 의도를 알 것 같았다. 서장실에 앉아 있는 자기의 모습을 보여 주고 싶은 거다.

아니 내가 비꼬아서 생각하고 있는지 모른다. 나는 고쳐 생각하기로 했다. 그는 세무서장으로 만족하고 있을까? 아마 만족하고 있을 게다. 그는 무진에 어울리는 사람이다. 아니, 나는 다시 고쳐 생각하기로 했다. 어떤 사람을 잘 안다는 것, 잘 아는 체한다는 것이 그 어떤 사람의 입장에서 보면 무척 불행한 일이다.

우리가 비난할 수 있고 적어도 평가하려고 드는 것은 우리가 알고 있는 사람에 한하는 것이기 때문이다.

조는 러닝샤쓰 바람으로, 바지는 무릎 위까지 걷어붙이고 부채를 부치고 있었다. 나는 그가 초라해 보였고 그러나 그가 흰 커버를 씌운 회전의자 위에 앉아 있는 것을 자랑스러워하는 듯한 몸짓을 해 보일 때는 그가 가엾게 생각되었다.

"바쁘지 않나?"

내가 물었다.

"나야 뭐 하는 일이 있어야지. 높은 자리라는 건 책임진다는 말만 중얼거리고 있으면 되는 모양이지."

그러나 그는 결코 한가하지 않았다. 여러 사람들이 드나들면서 서류에 조의 도장을 받아 갔고 더 많은 서류들이 그의 미결^(未決) 함에 쌓여졌다.

"월말에다가 토요일이 되어서 좀 바쁘다."

그는 말했다. 그러나 그의 얼굴은 그 바쁜 것을 자랑스럽게 여기고 있었다. 바쁘다. 자랑스러워 할 틈도 없이 바쁘다. 그것은 서울에서의 나였다. 그만큼 여기는 생활한다는 것에 서투를 수 있다고나 할까? 바쁘다는 것도 서투르게 바빴다. 그리고 그때 나는, 사람이 자기가 하는 일에 서투르다는 것은, 그것이 무슨 일이든지 설령 도둑질이라고 할지라도 서투르다는 것은 보기에 딱하고 보는 사람을 신경질 나게 한다고 생각하였다. 미끈하게 일을 처리해 버린다는 건 우선 우리를 안심시켜 준다.

"참, 엊저녁, 하 선생이란 여자는 네 색싯감이냐?"

내가 물었다.

"색싯감?"

그는 높은 소리로 웃었다.

"내 색싯감이 그 정도로밖에 안 보이냐?"

그가 말했다.

"그 정도가 뭐 어때서?"

"야, 이 약아빠진 놈아, 넌 빽 좋고 돈 많은 과부를 물어 놓고 기껏 내가 어디서 굴러 온 줄도 모르는 말라빠진 음악 선생이나 차지하고 있으면 맘이 시원하겠다는 거냐?"

말하고 나서 그는 유쾌해 죽겠다는 듯이 웃어 대었다.

"너만큼만 사는 정도라면 여자가 거지라도 괜찮지 않아?"

내가 말했다.

"그래도 그게 아니다. 내 편에 나를 끌어 줄 사람이 없으면 처가 편에서라도 누가 있어야 하는 거야."

그가 대답했다. 그의 말투로는 우리는 공모자였다.

"야, 세상 우습더라. 내가 고시에 패스하자마자 중매쟁이 막 들어오는데⋯⋯. 그런데 그게 모두 형편없는 것들이거든. 도대체 여자들이 성기 하나를 밑천으로 해서 시집가 보겠다는 고 배짱들이 괘씸하단 말야."

"그럼 그 여선생도 그런 여자 중의 하나인가?"

"아주 대표적인 여자지. 어떻게나 쫓아다니는지 귀찮아 죽겠다."

"퍽 똑똑한 여자일 것 같던데."

"똑똑하기야 하지. 그렇지만 뒷조사를 해 보았더니 집안이 너무 허술해. 그 여자가 여기서 죽는다고 해도 고향에서 그 여자를 데리러 올 사람 하나 변변한 게 없거든."

나는 그 여자를 어서 만나 보고 싶었다. 나는 그 여자가 지금 어디서 죽어 가고 있는 것처럼 생각되었다. 어서 가서 만나 보고 싶었다.

"속도 모르는 박 군은 그 여자를 좋아한대."

그가 말하면서 빙긋 웃었다.

"박 군이?"

나는 놀라는 체했다.

"그 여자에게 편지를 보내어 호소를 하는데 그 여자가 모두 내게 보여 주 거든. 박 군은 내게 연애편지를 쓰는 셈이지."

나는 그 여자를 만나 보고 싶은 생각이 싹 가셨다. 그러나 잠시 후엔 그 여자를 어서 만나 보고 싶다는 생각이 되살아났다.

"지난 봄엔 그 여잘 데리고 절에 한번 갔었지. 어떻게 해 보려고 했는데 요 영리한 게 결혼하기 전까지는 절대로 안 된다는 거야."

"그래서?"

"무안만 당하고 말았지."

나는 그 여자에게 감사했다.

시간이 됐을 때 나는 그 여자와 만나기로 한, 읍내에서 좀 떨어진 바다로 뻗어 나가고 있는 방죽으로 갔다. 노란 파라솔 하나가 멀리 보였다. 그것이 그 여자였다. 우리는 구름이 낀 하늘 밑을 나란히 걸어갔다.

"저 오늘 박 선생님께 선생님에 관해서 여러 가지 물어봤어요."

"그래요?"

"무얼 제일 중요하게 물어보았을 것 같아요?"

나는 전연 짐작할 수가 없었다. 그 여자는 잠시 동안 키득키득 웃었다. 그리고 말했다.

"선생님의 혈액형을 물어봤어요."

"내 혈액형을요?"

"전 혈액형에 대해서 이상한 믿음을 가지고 있어요. 사람들이 꼭 자기의 혈액형이 나타내 주는…… 그, 생물책에 씌어 있지 않아요? ……꼭 그 성격대로이기만 했으면 좋겠어요. 그럼 세상엔 손가락으로 꼽을 정도의 성격밖에 없을 게 아니에요?"

"그게 어디 믿음입니까? 희망이지."

"전 제가 바라는 것은 그대로 믿어 버리는 성격이에요."

"그건 무슨 혈액형입니까?"

"바보라는 이름의 혈액형이에요."

우리는 후덥지근한 공기 속에서 괴롭게 웃었다. 나는 그 여자의 프로필을 훔쳐보았다. 그 여자는 이제 웃음을 그치고 입을 꾹 다물고 그 커다란 눈으로 앞을 똑바로 응시하고 있었고 코끝에 땀이 맺혀 있었다. 그 여자는 어린아이처럼 나를 따라오고 있었다. 나는 나의 한 손으로 그 여자의 한 손을 잡았다. 그 여자는 놀라는 듯했다. 나는 얼른 손을 놓았다. 잠시 후에 나는 다시 손을 잡았다.

그 여자는 이번엔 놀라지 않았다. 우리가 잡고 있는 손바닥과 손바닥의 틈으로 희미한 바람이 새어 나가고 있었다.

"무작정 서울에만 가면 어떻게 할 작정이오?"

내가 물었다.

"이렇게 좋은 오빠가 있는데 어떻게 해 주겠지요."

여자는 나를 쳐다보며 방긋 웃었다.

"신랑감이야 수두룩하긴 하지만…… 서울보다는 고향에 가 있는 게 낫지 않을까요?"

"고향보다는 여기가 나아요."

"그럼 여기 그대로 있는 게……."

"아이, 선생님. 절 데리고 가시잖을 작정이시군요."

여자는 울상을 지으며 내 손을 뿌리쳤다. 사실 나는 내 자신을 알 수 없었다. 사실 나는 감상이나 연민으로써 세상을 향하고 서는 나이도 지난 것이다. 사실 나는, 몇 시간 전에 조가 얘기했듯이 '빽이 좋고 돈 많은 과부'를 만난 것을 반드시 바랐던 것은 아니지만 결과적으로는 잘되었다고 생각하고 있는 사람인 것이다.

나는 내게서 달아나 버렸던 여자에 대한 것과는 다른 사랑을 지금의 내 아내에 대하여 갖고 있었다. 그러면서도 나는 구름이 끼어 있는 하늘 밑의 바다로 뻗은 방죽 위를 걸어가면서, 다시 내 곁에 선 여자의 손을 잡았다. 나는 지금 우리가 찾아가고 있는 집에 대하여 여자에게 설명해 주었다. 어느 해, 나는 그 집에서 방 한 칸을 얻어 들고 더러워진 나의 폐를 씻어 내고 있었다. 어머니도 세상을 떠나간 뒤였다. 이 바닷가에서 보낸 일 년. 그때 내가 쓴 모든 편지들 속에서 사람들은 '쓸쓸하다'라는 단어를 쉽게 발견할 수 있었다. 그 단어는 다소 천박하고 이제는 사람의 가슴에 호소해 오는 능력도 거의 상실해 버린 사어(死語) 같은 것이지만 그러나 그 무렵의 내게는 그 말밖에 써야 할 말이 없는 것처럼 생각되었다.

아침의 백사장을 거니는 산보에서 느끼는 시간의 지루함과 낮잠에서 깨어나서 식은땀이 줄줄 흐르는 이마를 손바닥으로 닦으며 느끼는 허전함과 깊은 밤에 악몽으로부터 깨어나서 쿵쿵 소리를 내며 급하게 뛰고 있는 심장을 한 손으로 누르며 밤바다의 그 애처로운 울음소리에 귀를 기울이고 있을 때의 안타까움, 그런 것들이 굴 껍데기처럼 다닥다닥 붙어서 떨어질 줄 모르는 나의 생활을 나는 '쓸쓸하다'라는, 지금 생각하면 허깨비 같은 단어 하나로 대신 시켰던 것이다. 바다는 상상도 되지 않는 먼지 낀 도시에서, 바쁜 일과 중에, 무표정한 우편배달부가 던져 주고 간 나의 편지 속에서 '쓸쓸하다'라는 말을 보았을 때 그 편지를 받은 사람이 과연 무엇을 느끼거나 상상할 수 있었을까? 그 바닷가에서 그 편지를 내가 띄우고 도시에서 내가 그 편지를 받았다고 가정할 경우에도 내가 그 바닷가에서 그 단어에 걸어 보던 모든 것에 만족할 만큼 도시의 내가 바닷가의 나의 심경에 공명할 수 있었을 것인가? 아니 그것이 필요하기나 했었을까? 그러나 정확하게 말하자면, 그 무렵 편지를 쓰기 위해서 책상 앞으로 다가가고 있던 나도, 지금에 와서 내가 하고 있는 바와 같은 가정과 질문을 어렴풋이나마 하고 있었고 그 대답을 '아니다'로 생각하고 있었던 듯하다. 그러면서도 나는 그 속에 '쓸쓸하다'라는 단어가 씌어진 편지를 썼고 때로는 바다가 암청색으로 서투르게 그려진 엽서를 사방으로 띄웠다.

"세상에서 제일 먼저 편지를 쓴 사람은 어떤 사람이었을까요?"

내가 말했다.

"아이, 편지, 정말 편지를 받는 것처럼 기쁜 일은 없어요. 정말 누구였을까요? 아마 선생님처럼 외로운 사람이었겠죠?"

여자의 손이 내 손안에서 꼼지락거렸다. 나는 그 손이 그렇게 말하고 있는 듯한 느낌이 들었다.

"그리고 인숙이처럼."

내가 말했다.

"네."

우리는 서로 고개를 돌려 마주 보면서 웃음 지었다.

우리는 우리가 찾아가는 집에 도착했다. 세월이 그 집과 그 집 사람들만
은 피해서 지나갔던 모양이다. 주인들은 나를 옛날의 나로 대해 주었고 그
러자 나는 옛날의 내가 되었다. 나는 가지고 온 선물을 내놓았고 그 집 주인
부부는 내가 들어 있던 방을 우리에게 제공해 주었다. 나는 그 방에서 여자
의 조바심을, 마치 칼을 들고 달려드는 사람으로부터, 누군가 자기의 손에
서 칼을 빼앗아 주지 않으면 상대편을 찌르고 말 듯한 절망을 느끼는 사람
으로부터 칼을 빼앗듯이 그 여자의 조바심을 빼앗아 주었다. 그 여자는 처
녀는 아니었다. 우리는 다시 방문을 열고 물결이 다소 거센 바다를 내어다
보며 오랫동안 말없이 누워 있었다.

"서울에 가고 싶어요. 단지 그거뿐예요."

한참 후에 여자가 말했다. 나는 손가락으로 여자의 볼 위에 의미 없는 도
화를 그리고 있었다.

"세상엔 착한 사람이 있을까?"

나는 방으로 불어오는 해풍 때문에 불이 꺼져 버린 담배에 다시 불을 붙
이며 말했다.

"절 나무라시는 거죠? 착하게 보아 주려는 마음이 없으면 아무도 착하지
않을 거예요."

나는 우리가 불교도라고 생각했다.

"선생님은 착한 분이세요?"

"인숙이가 믿어 주는 한."

나는 다시 한 번 우리가 불교도라고 생각했다. 여자는 누운 채 내게 조금
더 다가왔다.

"바닷가로 나가요, 네? 노래 불러 드릴게요."

여자가 말했다. 그러나 우리는 일어나지 않았다.

"바닷가로 나가요, 네? 방이 너무 더워요."

우리는 일어나서 밖으로 나왔다. 우리는 백사장을 걸어서 인가가 보이지

않는 바닷가의 바위 위에 앉았다. 파도가 거품을 숨겨 가지고 와서 우리가 앉아 있는 바위 밑에 그것을 뿜어 놓았다.

"선생님."

여자가 나를 불렀다. 나는 여자 쪽으로 고개를 돌렸다.

"자기 자신이 싫어지는 것을 경험하신 적이 있으세요?"

여자가 꾸민 명랑한 목소리로 물었다. 나는 기억을 헤쳐 보았다. 나는 고개를 끄덕이며 말했다.

"언젠가 나와 함께 자던 친구가 다음 날 아침에 내가 코를 골면서 자더라는 것을 알려 주었을 때였지. 그땐 정말이지 살맛이 나지 않았어."

나는 여자를 웃기기 위해서 그렇게 말했다. 그러나 여자는 웃지 않고 조용히 고개만 끄덕거렸다.

한참 후에 여자가 말했다.

"선생님, 저 서울에 가고 싶지 않아요."

나는 여자의 손을 달라고 하여 잡았다. 나는 그 손을 힘을 주어 쥐면서 말했다.

"우리 서로 거짓말은 하지 말기로 해."

"거짓말이 아니에요."

여자는 방긋 웃으면서 말했다.

"'어떤 개인 날' 불러 드릴게요."

"그렇지만 오늘은 흐린걸."

나는 '어떤 개인 날'의 그 이별을 생각하며 말했다. 흐린 날엔 사람들은 헤어지지 말기로 하자. 손을 내밀고 그 손을 잡는 사람이 있으면 그 사람을 가까이 가까이 좀 더 가까이 끌어당겨 주기로 하자. 나는 그 여자에게 '사랑한다'고 말하고 싶었다. 그러나 '사랑한다'라는 그 국어의 어색함이 그렇게 말하고 싶은 나의 충동을 쫓아 버렸다.

우리가 바닷가에서 읍내로 돌아온 것은 저녁의 어둠이 밀려든 뒤였다. 읍내에 들어오기 조금 전에 우리는 방죽 위에서 키스를 했다.

"전 선생님께서 여기 계시는 일주일 동안만 멋있는 연애를 할 계획이니까 그렇게 알고 계세요."

헤어지면서 여자가 말했다.

"그렇지만 내 힘이 더 세니까 별수 없이 내게 끌려서 서울까지 가게 될 걸."

내가 말했다.

집으로 돌아와서 나는 후배인 박이 낮에 다녀간 것을 알았다. 그는 내가 '무진에 계시는 동안 심심하시지 않을까 하여 읽으시라.'고 책 세 권을 두고 갔다. 그가 저녁에 다시 오겠다고 하더라는 얘기를 이모가 내게 했다. 나는 피로를 핑계로 아무도 만나기 싫다는 뜻을 이모에게 알려 두었다.

이모는 내가 바닷가에서 아직 돌아오지 않았다고 대답하겠다고 말했다. 나는 아무것도 생각하고 싶지 않았다, 아무것도. 나는 이모에게 소주를 사오게 하여 취해서 잠이 들 때까지 마셨다. 새벽녘에 잠깐 잠이 깨었다. 나는 이유를 집어낼 수 없이 가슴이 두근거렸는데 그것은 불안이었다. '인숙이' 하고 나는 중얼거려 보았다. 그리고 곧 다시 잠이 들어 버렸다.

나는 이모가 나를 흔들어 깨워서 눈을 떴다. 늦은 아침이었다. 이모는 전보 한 통을 내게 건네주었다. 엎드려 누운 채 나는 전보를 펴 보았다. '27일 회의참석필요, 급상경바람 영'. '27일'은 모레였고, '영'은 아내였다. 나는 아프도록 쑤시는 이마를 베개에 대었다. 나는 숨을 거칠게 쉬고 있었다. 나는 내 호흡을 진정시키려고 했다. 아내의 전보가 무진에 와서 내가 한 모든 행동과 사고를 내게 점점 명료하게 드러내 보여 주었다. 모든 것이 선입관 때문이었다. 결국 아내의 전보는 그렇게 얘기하고 있었다. 나는 아니라고 고개를 저었다. 모든 것이, 흔히 여행자에게 주어지는 그 자유 때문이라고 아내의 전보는 말하고 있었다. 나는 아니라고 고개를 저었다. 모든 것이 세월에 의하여 내 마음속에서 잊혀질 수 있다고 전보는 말하고 있었다.

그러나 상처가 남는다고, 나는 고개를 저었다. 오랫동안 우리는 다투었다. 그래서 전보와 나는 타협안을 만들었다. 한 번만, 마지막으로 한 번만 이 무진을, 안개를, 외롭게 미쳐 가는 것을, 유행가를, 술집 여자의 자살을, 배반을, 무책임을 긍정하기로 하자. 마지막으로 한 번만이다. 꼭 한 번만, 그리고 나는 내게 주어진 한정된 책임 속에서만 살기로 약속한다. 전보여, 새끼손가락을 내밀어라. 나는 거기에 내 새끼손가락을 걸어서 약속한다. 우리는 약속했다.

그러나 나는 돌아서서 전보의 눈을 피하여 편지를 썼다. '갑자기 떠나게 되었습니다. 찾아가서 말로써 오늘 제가 먼저 가는 것을 알리고 싶었습니다만 대화란 항상 의외의 방향으로 나가 버리기를 좋아하기 때문에 이렇게 글로써 알리는 것입니다. 간단히 쓰겠습니다. 사랑하고 있습니다. 왜냐하면 당신은 제 자신이기 때문에, 적어도 제가 어렴풋이나마 사랑하고 있는 옛날의 저의 모습이기 때문입니다. 저는 옛날의 저를 오늘의 저로 끌어 놓기 위하여 있는 힘을 다할 작정입니다. 저를 믿어 주십시오. 그리고 서울에서 준비가 되는 대로 소식 드리면 당신은 무진을 떠나서 제게 와 주십시오. 우리는 아마 행복할 수 있을 것입니다.' 쓰고 나서 나는 그 편지를 읽어 봤다. 또 한 번 읽어 봤다. 그리고 찢어 버렸다.

　덜컹거리며 달리는 버스 속에 앉아서 나는, 어디쯤에선가, 길가에 세워진 하얀 팻말을 보았다. 거기에는 선명한 검은 글씨로 '당신은 무진읍을 떠나고 있습니다. 안녕히 가십시오.'라고 씌어 있었다.

　나는 심한 부끄러움을 느꼈다.

모래톱 이야기

작가와 작품 세계 --

김정한(1908~1996)

호는 요산(樂山). 경상남도 동래 출생. 1928년 동래고등보통학교를 졸업하고 일본 와세다대학교 부속 제일고등학원 문과를 중퇴했다. 1932년 농민봉기사건에 연루되어 투옥되기도 했다. 부산대학교 교수와 〈부산일보〉 논설위원을 역임했다.

1936년 일제 강점기의 궁핍한 농촌의 현실과 친일파 승려들의 잔혹함을 그린 「사하촌」이 〈조선일보〉에 당선되어 등단했다. 그 후 「옥심이」, 「항진기」, 「기로」 등의 작품을 발표하면서 요주의 작가로 지목되기도 했다. 〈부산일보〉 논설위원으로 활동하면서 작품 발표가 뜸하던 중에 1966년 「모래톱 이야기」로 문단에 복귀했다. 그 뒤 「축생도」, 「수라도」, 「인간 단지」 등의 작품을 발표해 민중의 목소리를 생기 있는 문체로 소설화하면서 한국 문학의 큰 물줄기를 새롭게 형성했다.

그의 문학적 특징은 역사를 현재와 밀접한 관계에서 파악한다는 점, 토속적인 배경과 요소를 중시한다는 점, 낙동강 유역 농경민의 순박한 언어를 즐겨 다룬다는 점, 민족적 리얼리즘을 기조로 한다는 점 등이 있다.

작품 정리 --

갈래: 농민 소설, 현실 참여 소설, 사실주의 소설
배경: 시간 - 일제 강점기부터 1960년대
　　　공간 - 낙동강 하류의 모래톱 마을
시점: 1인칭 관찰자 시점
주제: 개발이란 명목으로 삶의 터전을 잃은 섬사람들의 저항
출전: 〈문학〉(1966)

✏️ **구성과 줄거리** -

발단 **'나'는 건우 집에 가정 방문을 감**

이 글은 '나'가 20년 전에 경험한 이야기다. '나'는 낙동강 하류의 모래톱 마을에 얽힌 기막힌 사연을 묻어 둘 수 없어서 20년 만에 다시 붓을 든다. 명문 K중학교 교사였던 '나'는 조마이섬에서 나룻배로 통학하는 건우에게 관심을 가진다. '나'는 건우가 살고 있는 섬이 실제 주민과는 무관하게 소유자가 바뀌었다는 내용의 글을 읽는다. 가정 방문 차 조마이섬을 찾아간 '나'는 예의 바른 건우 어머니의 모습에서 범상한 집안이 아니라는 인상을 받는다.

전개 **윤춘삼 씨와 갈밭새 영감으로부터 섬사람들의 사연을 들음**

'나'는 건우의 일기를 통해 건우 집안과 섬에 얽힌 이야기를 알게 된다. 건우 아버지는 6·25 전쟁 때 전사했고 삼촌은 삼치잡이를 나갔다가 죽었다. 건우 가족은 어부인 할아버지 갈밭새 영감의 벌이로 겨우 생계를 유지한다. '나'는 돌아오는 길에 함께 옥살이를 한 적이 있는 윤춘삼 씨를 우연히 만난다. 그의 소개로 갈밭새 영감을 만나 그들이 살아온 내력에 대해 자세히 듣게 된다. 1905년 을사 보호 조약을 계기로 조선 토지 사업이 시행되면서 선조로부터 물려받은 땅은 순식간에 동양 척식 주식회사의 명의로 둔갑한다. 광복 이후에는 국회의원의 명의로, 다음에는 하천 부지 매립 허가를 받은 유력 인사의 소유로 변한다.

위기 **그해 처서 무렵 홍수로 섬이 위기를 맞음**

그해 여름 막바지에 홍수가 나자 건우 집이 걱정이 된 '나'는 조마이섬을 향해 길을 나선다.

절정 **갈밭새 영감이 홍수를 막으려다 살인을 저지름**

'나'는 섬으로 가는 길에 우연히 윤춘삼 씨를 만나 섬에서 일어난 사건의 내막을 듣는다. 둑을 허물지 않으면 섬 전체가 위험해져서 주민들은 둑을 파헤친다. 이때 둑을 쌓아 섬 전체를 집어삼키려는 유력자의 하수인들이 방해를 한다. 화가 치민 갈밭새 영감은 그중 한 명을 물에 집어 던지고 살인죄로 투옥된다.

결말 **황폐한 모래톱을 군대가 정지한다는 소문이 들림**

2학기가 되었지만 건우는 학교에 나타나지 않는다. 황폐한 모래톱 조마이섬을 군대가 정지(整地 땅을 반반하고 고르게 만듦)하고 있다는 소문이 들린다.

1. **이 작품에서 조마이섬의 소유권은 시대에 따라 어떻게 바뀌고 있는가?**

   낙동강 물이 만들어 준 조마이섬은 일제 강점기 이후 동양 척식 주식회사에 강제로 매각된다. 또한, 이 섬은 광복 이후에는 친일 행적이 있는 국회의원과 유력자에게 넘어간다. 섬의 소유권이 힘의 논리에 의해 바뀌었던 셈이다.

2. **조마이섬이 상징하는 것은 무엇인가?**

   작가가 소설 속에서 창조해 낸 조마이섬은 낙동강 하류의 조그만 섬이다. 수차례에 걸쳐 소유권이 바뀌는 조마이섬은 우리나라가 처한 부조리한 현실을 압축적으로 보여 주는 공간이다.

3. **이 작품은 주제를 부각시키기 위해 어떤 언어적 장치를 사용하고 있는가?**

   저항이라는 주제를 형상화하기 위해 거칠면서도 부정적인 어휘와 억센 방언을 사용하고 있다. 작품 전체로 보면 건조하면서도 절박한 느낌을 주는 문체를 형성한다.

4. **이 작품의 서술상 특징은 무엇인가?**

   '나'는 서술자인 동시에 고발자의 역할을 하고 있지만 이야기의 중심은 조마이섬 사람들이다. 따라서 이 소설은 1인칭 관찰자 시점을 취하고 있는 액자 소설의 성격을 띤다고도 볼 수 있다.

친구

갈밭새 영감
(홍수를 막다 살인)

윤춘삼

(옥살이
동지)

건우 어머니   건우 아버지

담임 선생님

나   건우

이십 년 전 제가 K중학교 교사였을 때 나룻배로 통학하는 건우라는 아이가 있었습니다. 건우네가 있는 섬에 가정 방문을 갔을 때 윤춘삼 씨와 건우의 할아버지인 갈밭새 영감을 만났지요. 그해 홍수가 일어나 한참 건우를 보지 못하다가 건우 할아버지가 살인죄로 잡혔다는 소식을 전해 들었어요. 건우는 다시는 학교에 나오지 않았답니다. 건우는 잘 지내고 있을까요?

모래톱 이야기

이십 년이 넘도록 내처 붓을 꺾어 오던 내가 새삼 이런 글을 끼적거리게 된 건 별안간 무슨 기발한 생각이 떠올라서가 아니다. 오랫동안 교원 노릇을 해 오던 탓으로 우연히 알게 된 한 소년과, 그의 젊은 홀어머니, 할아버지, 그리고 그들이 살아오던 낙동강 하류의 어떤 외진 모래톱……. 이들에 관한 그 기막힌 사연들조차, 마치 지나가는 남의 땅 이야기나, 아득한 옛날 이야기처럼 세상에서 버려져 있는 데 대해서까지는 차마 묵묵할 도리가 없었기 때문이다.

건우란 소년은 내가 직접 담임했던 제자다. 당시 나는 K라는 소위 일류 중학에서 교편을 잡고 있었다. 비가 억수로 내리던 날 첫 시간의 일이었다. 지각생이 많았다. 지각생이 많으면 교사는 짜증이 나게 마련이다. 그럴 때 유독 닦이는 놈은 으레 그런 일이 잦은 놈들이다.

"넌 또 지각이로군? 도대체 어찌 된 일이냐?"

건우의 차례였다. 다른 애와 달리 그는 옷이 비에 흠뻑 젖어 있었다. 아래윗도리 옷깃에서 물이 사뭇 교실 바닥에 뚝뚝 떨어지고 있지 않는가!

"나룻배 통학생임더."

낮고 가는 목소리가 그의 가냘픈 입술 사이에서 새어 나오듯 했다. 그리고 이내 울상이 된 얼굴을 아래로 떨구었다. 차라리 무엇인가를 하소연하는 듯이 느껴졌다.

"나룻배 통학생?"

이쪽으로선 처음 듣는 술어였다.

"맹지면에서 나룻배로 댕기는 아입니다."

지각생 아닌 다른 애가 대신 대답했다. 명지면이라면 김해 땅이다. 낙동강 하류 강을 건너야만 부산으로 나올 수 있는 곳이다.

"나룻배 통학생이라……."

나는 건우의 비에 젖은 옷을 바라보면서 자리에 들어가라고 했다.

이런 일이 있고부터 나는 건우란 소년에게 은근히 동정이 가게 되었다. 더더구나 아버지가 없다는 걸 알고부터는. 동무들끼리 어울려 놀 때 그를 곧잘 '거무(거미)'라고 놀려 대던 이상한 별명의 유래도 곧 알게 되었다. 그의 고향 친구들의 말에 의하면 거미란 짐승은 물에 날쌘 놈이라 해서 즈(자기) 할아버지가 지어 준 아명이었다는 거다. 거미! 강가에 사는 사람들의 자식 아끼는 심정을 가히 짐작할 수가 있었다. 호적에 올릴 때는 부득이 건우로 했으리라. 그것도 아마 누구의 지혜를 빌어서.

두 번째로 내가 건우란 소년에 대해서 관심을 더욱 가지게 된 것은 학기 초 가정 방문을 나가기 전에 그가 써낸 작문을 읽고부터였다(나는 가정 방문을 나가기 전 가끔 학생들에게 자기 자신에 관한 글을 써 오라고 하였다).

'섬 얘기'란 제목의 그의 글은 결코 미문은 아니었다. 그러나 내용은 끔찍한 것이라 생각했다. 자기가 사는 고장—복숭아꽃도, 살구꽃도, 아기 진달래도 피지 않는 조마이섬은, 몇백 년, 아니 몇천 년 갖은 풍상과 홍수를 겪어 오는 동안에 모래가 밀려서 된 나라 땅인데, 일제 때는 억울하게도 일본 사람의 소유가 되어 있다가 해방 후부터는 어떤 국회의원의 명의로 둔갑이 되었는가 하면, 그 뒤는 또 그 조마이섬 앞 강의 매립 허가를 얻은 어떤 다른 유력자의 앞으로 넘어가 있다든가 하는—말하자면 선조 때부터 거기에 발을 붙이고 살아오던 사람들과는 무관하게 소유자가 도깨비처럼 뒤바뀌고 있다는, 섬의 내력을 적은 글이었다. 그저 그런 정도의 얘기를 솔직히 적었을 따름인데, 어딘지 모르게 무엇인가를 저주하는 듯한, 소년의 날카롭고 냉랭한 심사가 글 밑바닥에 깔려 있었다. 나는 나 자신이 갑자기 무슨 고발이라도 당한 심정으로 그 글발을 따로 제쳐서 책상 서랍 속에 넣어 두었다.

가정 방문이 있는 주간은 대개 오전 수업뿐이다. 점심시간이 시작될 무렵 나는 건우를 교무실로 불렀다.

"오늘 명지로 갈까 하는데, 너 외에 몇이나 있지?"

"A반 학생은 저 하나뿐입니다."

건우의 노르께한 얼굴에는 순간적인 그늘이 얼씬 지나가는 것 같았다.

"그래? 그럼 한 시 반쯤 해서 현관 앞으로 다시 오게."

명지 같음 어둡기 전에 돌아오기가 힘든지 모른다. 나는 부랴부랴 점심을 마치고서 교무실을 나섰다.

건우는 벌써 현관께로 와 있었다. 역시 약간 어둔 얼굴을 하고, 아마 미리 어머니에게 알리지 않고서 가는 것이 약간 켕겼던 모양이었다.

"가 볼까!"

내가 앞장을 서듯 했다. 버스 요금도 제 것까지 내가 얼른 내는 걸 보고는 아주 송구스러운 듯한 표정을 지었다. 명지로 가는 하단 나루까지는 사오 십 분이면 족했다. 그러나 한 척밖에 없다는 그 나룻배가 좀처럼 나타나지 않았다.

"집이 저쪽 나루터에서 먼가?"

나는 갈대 그림자가 그림처럼 고요히 잠겨 있는 강물을 내려다보며 물었다.

"예, 제북 갑니더."

그는 민망스런 듯이 나를 잠깐 쳐다보더니 눈을 역시 물 위로 떨어뜨렸다.

"얼마나?"

"반 시간 좀 더 걸립니더."

"그럼 학교까지 오려면 시간이 꽤 걸리겠는걸?"

"나룻배만 진작 타고 빠른 날은 두어 시간만 하면 됩니더."

"그래? 그래서 지각을 자주 하는군."

나는 환경 조사표의 카피를 펴 보았으나, 곁에 사람들이 있기에 더 묻지 않았다. 아니, 설사 곁에 다른 사람들이 없다 하더라도, 아직 열다섯 살밖에 안 되는 소년에게 물어도 좋을 만한 그런 가정 형편이 못 되었다.

아버지는 없고,

어머니 33세 농업

할아버지 62세 어업

삼촌 32세 선원

재산 정도 하(下)

끼우뚱거리는 나룻배 위에서도 건우의 행복하지 못할 가정 환경이 자꾸만 내 머리 속에 확대되어 갔다. 나룻배를 내려서자, 갈밭 속을 뚫고 나간 좁고 긴 길이 있었다. 우리는 반 시간 남짓 그 길을 걸어가면서도 별반 얘기가 없었다.

"아버진 언제 돌아가셨지?"

해 놓고도 오히려 후회할 정도였으니까.

"육이오 때라 캅디더만……."

건우의 말눈치가 확실치 않았다.

"어쩌다가?"

"군에 나갔다가 그랬다 캅디더."

"언제 어디서 돌아가셨는지도 잘 모른단 말인가?"

"야, 그래도 살아온 사람들 말이 암마 '워카 라인'인가 하는 데서 그랬을 끼라 카데요."

생각했던 바와는 달리, 건우의 이야기는 비교적 담담하였다.

"그래, 아버지의 얼굴은 기억하나?"

나는 속으로 그의 나이를 손꼽아 보았던 것이다.

"잘 모릅니더. 저가 두 살 때 군에 나갔다 카니……. 그라곤 통 안 돌아왔 거던요."

나를 쳐다보는 동그스름한 얼굴, 더구나 그린 듯이 짙은 양미간에는 미처 숨기지 못한 을씨년스런 빛이 내비쳤다. 순간 나는 그의 노르께한 얼굴에서 문득 해바라기 꽃을 환각했다.

삼사월 긴긴 해라더니, 보릿고개는 오후 세 시가 훨씬 지나도 해가 메 끝과는 멀었다. 길가 수렁과 축축한 둑에는 빈틈없이 갈대가 우거져 있었다. 쑥쑥 보기 좋게 순과 잎을 뽑아 올리는 갈대청은, 그곳을 오가는 사람들과는 판이하게 하늘과 땅과 계절의 혜택을 흐뭇이 받고 있는 듯, 한결 성성해 보였다.

"저 갈대들이 다 자라면 지나다니기가 무서울 테지? 사람의 길이 훨씬 넘을 테니까."

나는 무료에 지쳐 건우를 돌아보았다.

"괜찮심더, 산도 아인데요."

그는 간단히 대답할 뿐이었다. 아직도 짐승보다 인간이 더 무섭다는 것을 미처 모르는 모양이었다.

길바닥까지 몰려나왔던 갈게들이, 둔탁한 사람들의 발자국 소리에 놀라 이리저리 황급히 구멍을 찾아 흩어지는가 하면, 어느 하늘에선지 종달새가 재잘재잘 쉴 새 없이 재잘거리고 있었다. 잔등에 땀을 느낄 정도로 발을 재게(동작이 재빠르고 날쌔게) 떼 놓아, 건우가 사는 조마이섬에 닿았을 때는 해가 얼마만큼 기운 뒤였다.

섬의 생김새가 길쭉한 주머니 같다 해서 조마이섬이라고 불려 온다는 건우의 고장에는, 보리가 거의 자랄 대로 자라 있었다. 강바람이 불어올 때마다 푸른 물결이 제법 넘실거리곤 했다.

낙동강 하류의 삼각주 일대가 대개 그러하듯이, 이 조마이섬이란 데도 사람들이 부락을 이루고 사는 것이 아니라 그저 한 집 두 집 띄엄띄엄 땅을 물고 있을 따름이었다.

건우네 집은 조마이섬 위쪽에서 그리 멀지 않았다. 역시 외따로 떨어진 집이었다. 마침 뒤꼍 사래 긴 남새밭에 가 있던 어머니가 무슨 낌새를 차렸던지 우리가 당도하기 전에 어느새 사립께로 달려와 있었다.

"인자 오나?"

아들에게부터 먼저 말을 건네고 나서 내게도 수인사(修人事 인사를 차림)를 하였다.

"우리 건우 선생인가배요?"

상냥하게 웃었다. 가정 조사표에 적혀 있는 서른세 살의 나이보다는 훨씬 핼쑥해 보였으나, 외간 남자를 대하는 붉은빛이 연하게 감도는 볼에는 그래도 시골 색시다운 숫기가 내비쳤다.

"수고하십니더."

하고 나는 사립을 들어섰다.

물론 집은 그저 그러했다. 체목(體木 집 짓는 데 중요한 기둥과 도리 같은 재목을 이르는 말)은 과히 오래되지 않았지만, 바깥 일손이 모자라는 탓인지, 갈대로 엮어 두른 울타리에는 몇 군데 개구멍이 나 있었다.

"좀 들어가입시더. 촌집이 돼서 누추합니더만……."

건우 어머니는 나를 곧 안으로 인도했다. 걸레질을 안 해도 청은 말끔했다. 굳이 방으로 모시겠다는 것을 나는 굳이 사양하고 마루 끝에 걸쳤다.

"어머니 혼자 힘으로 공부시키기가 여간 힘들지 않으실 텐데……."

건우가 잠깐 자리를 비키는 것을 보고 나는 으레 하는 식으로 가정 사정부터 물어보았다. 할아버지와 아저씨와 그리고 재산 따위에 대해서.

"할아버지는 개깃배를 타시고, 재산이랄 끼사 머 있입니꺼. 선조 때부터 물려받은 밭뙈기들은 나라 땅이라 캤다가, 국회의원 땅이라 캤다가……. 우리싸 머 압니꺼."

이렇게 대략 건우 군의 글에서 알았을 정도의 얘기였고, 건우의 삼촌에 대해서는 웬일인지 일체 말이 없었다. 대신 길이 먼데다 나룻배까지 타야 되기 때문에 건우가 지각이 많아서 죄송스럽다는 얘기와, 아버지가 없으니 그런 점을 생각해서 잘 도와 달라는 부탁이 고작이었다.

생활은 어떻게 무사히 꾸려 나가느냐고 했더니, 시아버님이 고깃배를 타기 때문에 가끔 어려운 돈을 기백 원씩 가져온다는 것과, 먹고 입는 것은 보리 농사와 채소로써 그럭저럭 치대어 간다는 얘기였다.

"재첩은 더러 안 건지세요?"

강 마을 일이라 이렇게 물었더니,

"그건 남자들이라야 안 됩니꺼. 또 배도 있어야 하고요."

할 뿐, 그러나 이쪽에서 덤덤하니까,

"물 빠질 땐 개발(갯벌)이싸 늘 안 나가는기요. 조개 새끼도 파고 재첩도 줏지만 그런기사 어데 돈이 됩니꺼."

이렇게 덧붙였다.

잠시 안 보이던 건우가 어디서 다섯 홉짜리 정종을 한 병 들고 왔다. 이마에 땀이 번질번질한 걸 보면 필시 뛰어온 게 틀림없다. 아마 어머니가 시킨 일이려니 싶었다.

나는 미안스런 생각으로 건우 어머니가 따라 주는 술잔을 받았다. 손이 유달리 작아 보였다. 유달리 자그마한 손이 상일에 거칠어 있는 양이 보기에 더욱 안타까울 정도였다.

기어이 저녁까지 대접하겠다고 부엌으로 가 버린 뒤, 나는 건우를 앞에 두고 잔을 들면서, 그녀의 칠칠한(주접이 들지 않고 깨끗하고 단정한) 인사 범절에 새삼 생각되는 바가 있었다.

나는 모든 것을 다시 보았다. 농삿집치고는 유난히도 말끔한 마루청, 먼지를 뒤집어쓰고 있지 않은 장독대, 울타리 너머로 보이는 길찬 장다리꽃들…… 그 어느 것 하나에도 그녀의 손이 안 간 곳이 없으리라 싶었다. 이러한 집 안팎 광경들을 통해서 나는 건우 어머니가 꽤 부지런하고 친절한 여성이라는 것을 고대 짐작할 수가 있었다. 젊음이 한창인 열아홉부터 악지 세게 혼자서 살아왔다는 것과, 어려운 가운데서도 외아들 건우를 나룻배를 태워 가면서까지 먼 일류 중학에 보내고 있다는 사실, 그리고 농촌 아이라고는 믿어지지 않을 만큼 건우의 입성이 항시 깨끗했다는 사실들이 어련히 안 그러리 싶어지기도 했다. 얼핏 보아서는 어리무던한(어련무던한. 별로 흠잡을 데 없이 무던한) 여인 같기도 하지만 유난히 볼가진 듯한 이마라든가, 역시 건우처럼 짙은 눈썹 같은 데선 그녀의 심상치 않은 의지랄까, 정열 같은 것을 읽을 수가 있었다.

나는 술상을 물리고서, 건우의 공부방을(어머니의 방일 테지만) 잠깐 들여다보았다. 사과 궤짝 같은 것에 종이를 발라 쓰는 책상 위에는 몇 권 안 되는 책들이 나란히 꽂혀 있었다. 그 가운데서 '섬 얘기'라고 잉크로써 굵직하게 등마루에 씌어진 두툼한 책 한 권이 특별히 눈에 띄었다.

"섬 얘기? 저건 무슨 책이지?"

나는 건우를 돌아보고 물었다.

"암것도 아닙니더."

"소설?"

"아입니더."

"어디 가져와 봐!"

건우는 싫어도 무가내(막무가내. 몹시 고집을 부리거나 버티어서 어찌할 수가 없는 일)라 뽑아 오면서,

"일기랑 또 책 같은 거 보고 적은 김더."

부끄러운 내색을 하였다.

"일기는 남의 비밀이니까 읽을 수가 없고, 어디 책 읽은 소감이나 뵈 주게."

나는 책을 도로 돌렸다. 건우는 마지못해 여기저길 뒤적거리다가 한군데를 펴 주었다. 또박또박 깨알같이 박아 쓴 글씨였다.

×××여사는 어머니처럼 혼자 사시는 분이라 그런지 그분의 글에는 한결 감동되는 바가 있었다. '내가 본 국토' 속의 한 구절—

'그래도 선거 때가 되면 소속 육지에서 똑딱선을 가지고 섬 백성을 모시러 오는 알뜰한 정당이 있어, 이들은 다만, 그 배로 실려 가서 실상 자기네 실생활과는 무연한 정치를 위하여 지정해 주는 기호 밑에 도장을 찍어 주고 그 배에 실려 돌아온다는 것입니다.

현대 문명의 혜택이라곤 아직 받아 보지 못한 그들의 생활 속에도 현대 문명인이 행사하는 선거란 상식이 깃들게 되고, 어느 정당이나 정치의 영향도 알뜰히 받아 보지 못한 그네들에게도 투표하는 임무만은 지워져야 하고 조국의 사랑이라곤 받아 본 일이 없이 헐벗고 배우지 못한 그들의 아들들이 먼저 조국을 수호해야 할 책임을 지고 훈련을 받고 총을 메고 군인이 되어 갔다는 것……'

우리 아버지도 응당 이러한 군인 중의 한 사람이었으리라. 그래서 언제 어디서 쓰러졌는지도 모르고, 따라서 국군묘지에도 묻히지 못하고, 우리에겐 연금도 없고…….

내 눈이 미처 젖기 전에 건우는 부끄러운 듯이 그 노트를 내게서 뺏아 갔다.

"건우야!"

나는 노트 대신 건우의 손을 꽉 쥐었다.

"이 땅이 이곳 사람들의 땅이 아니랬지? 멀쩡한 남의 농토까지 함께 매립 허가를 얻은 어떤 유력자의 것이라고 하잖았어? 그러나 두고 봐. 언젠가는 너희들이 이 땅의 주인이 될 거야. 우선은 어떠한 괴로움이 있더라도, 억울 하더라도 희망을 잃지 말고 꾹 참고 살아가야 해."

어조가 어떻게 아까 그 노트를 읽을 때와 같은 것을 깨닫고 나는 잠깐 말을 끊었다. 건우는 내처 묵연해 있었다.

"나라 땅, 남의 땅을 함부로 먹다니! 그건 땅을 먹는 게 아니라, 바로 '시 한폭탄'을 먹는 거나 다름없다. 제 생전이 아니면 자손 대에 가서라도 터지고 말거든! 그리고 제 아무리 떵떵거려 대도 어른들은 다 가는 거다. 죽고 마는 거야. 어디 땅을 떼 짊어지고 갈 수야 있나. 결국 다음 이 나라 주인인 너희의 거란 말야. 알겠어?"

나는 말이 절로 격해지는 것을 깨달았다. 저녁상이 들어왔다.

부엌에서 바깥 동정을 죄다 엿들었는지 건우 어머니는 저녁상을 물리기가 바쁘게 손을 닦으며 청 끝에 와 걸치더니,

"선생님 이야기는 우리 건우한테서 잘 듣고 있심더. 그라고 이 섬 저 웃바 지에 사는 윤샌도 선생님 말을 곧잘 하데요. 우리 건우가 존 담임 선생님 만 났다면서……."

해가 막 떨어진 뒤라 그런지 그녀의 웃음이 적이 붉게 보였다.

"윤샌이라뇨?"

윤 생원이라는 말인 줄은 알았지만, 그가 누군지 미처 생각이 안 났다.

"성은 윤씨고, 이름이 머라 카더라……."

건우를 흘끔 돌아보며,

"수덕이 할배 이름이 멋고?"

"춘삼이 아잉기요."

건우의 말이 떨어지자,

"내 정신 보래. 그래 춘삼 씨다."

그녀는 다시 나를 돌아보며,

"춘삼이란 어른인데 와 선생님을 잘 알데요. 부산에도 가끔 나갑니더. 쬐깐 포도밭도 가주고 있고요…….."

"윤춘삼? ……네, 이제 알겠습니다."

비로소 생각이 났다.

"그분하고는 어데서도 같이 지냈담서요?"

건우 어머니는 '세상은 넓고도 좁지요' 하는 듯한 눈매로 웃어 보였다.

"네."

아닌 게 아니라, 나는 적이 놀랐다. 어디서든 나쁜 짓 하고는 못 배기리라는 생각이 문득 들기까지 했다. 그와 동시에, 지난날 어떤 어두컴컴한 곳에서 그 윤춘삼이란 사람을 처음으로 만났던 일, 그리고 다시 소위 큰집이란 데서 한때 같이 고생을 하던 갖가지 일들이 마치 구름 피어오르듯 기억에 떠올랐다.

'육이오' 때의 일이었다. 나는 어떤 혐의로 몇몇 사람의 당시 대학 교수들과 함께 육군 특무대란 데 갇혀 있었다. 거기서 윤 생원을 처음 만났다. 물론 그땐 그가 이곳 사람인 줄도 몰랐다. 무슨 혐의로 들어왔느냐고 물어도 그는 얼른 대답을 하지 않았다. 곧 나갈 거라고만 했다. 곧 나갈 거라고 장담을 하던 사람이 얼마 뒤 역시 우리의 뒤를 따라 감옥으로 넘어왔다. 감옥에서는 그도 제법 사상범으로 통해 있었다. 누가 붙였는지는 모르되, '송아지 빨갱이'라는 별명이 붙어 있었다. 그의 말에 의하면 이유는 간단했다. 한창 무슨 청년단인가 하는 패들이 마구 설칠 땐데, 남에게 배내(남의 가축을 길러서 다 자라거나 새끼를 친 뒤에 주인과 나누어 가지는 일)를 주었던 그의 송아지를 그들이 잡아먹은 게 분해서, 배내 먹이던 사람에게 송아지를 물어내라고 화풀이를 한 것이 동기의 하나였다고 한다. 그 바보 같은 사람이 뒤퉁스럽게 그 청년단을 찾아가서 그런 고자질을 한 것이 꼬투리가 되어, "이 새끼 맛 좀 볼 테야?" 하는 식으로 잡혀 왔다는 이야기였다. 그 밖에 또 하나 주목받을 이유가 될 만한 것은, 자기 고향인 조마이섬에 문둥이 떼가 이주해 왔을 때(물론 정부의 방침이었지만) 그들을 몰아내기 위해 싸우다가 결국 경찰 신세를 졌던 일이라 했다. 그러면서도 그 자신 무슨 영문인지를 확실히 모르고서 옥살이를 했다. 다만 '송아지 빨갱이'라는 별명으로서.

어쩌다가 세수터에서라도 마주칠 때, "송아지 빨갱이!" 할라치면, 텁수룩한 머리를 끄덕대며 사람 좋게 웃던 윤춘삼 씨의 그때 얼굴이 눈에 선해 왔다.

"좋은 사람이었지요."

"그라문니요! 지금도 우리 집에 가끔 옵니더."

건우 어머니도 맞장구를 쳤다.

이야기꾼들이 곧잘 쓰는 '우연성'이란 것을 아주 싫어하는 나지만, 그날 저녁 일만은 사실대로 적지 않을 수가 없다.

어둡기 전에 건우의 집을 나서서 하단 쪽 나루터로 되돌아오던 길목에서 뜻밖에 이제 얘기하던 바로 그 윤춘삼이란 사람과 마주치게 되었으니 말이다.

"야, 이거 ×선생 아니오! 이런 섬에 우짠 일로?"

송아지 빨갱이, 아니 윤춘삼 씨는 덥석 내 손을 잡으며 반가워했다.

"아이들 가정 방문을 왔다 가는 길이죠. 참 오랜만이군요."

"가정 방문?"

그는 수인사는 제쳐 놓고,

"그럼 건우 집에도 들렀겠네요?"

"네, 이 섬에는 건우 한 애뿐입니다. 내가 맡아 있는 애로서는……."

"마침 잘됐다. 허허 참 세상에는 이런 수도 다 있다 카이! 인자 막 선생 이 바구를 하고 오던 참인데……."

윤춘삼 씨는 뒤에 따라오던 웬 성큼한 털보 영감을 돌아보며,

"자, 인사 드리시오. 당신 손자 '거무'란 놈 선생이오."

하며 내처 허허 하고 웃어 댔다. 벌써 약간 주기가 있어 보였다. 두 사람이 인사를 채 나누기 전에 윤춘삼 씨는,

"허허, 노상에서 이럴 수가 있나. 나도 여러 해 만이고……."

하며 털보 영감더러 하단으로 되돌아가자는 것이었다. 아니 바로 떠밀듯 했다.

"암 그래야지. 나도 언제 한 분^(한 번) 꼭 찾아볼라 캤는데, 바래다 드릴 겸 마침 잘됐구만."

멀쩡한 날에 고무장화를 신은 품이 누가 보나 뱃사람이 완연한 건우 할아버지도 약간 약주가 된데다 역시 같은 떼거리였다.

윤춘삼 씨는 만나자 덥석 잡았던 내 손을 내처 아플 정도로 쥔 채 놓지 않았고, 건우 할아버지도 나란히 서게 되어 셋은 가뜩이나 좁은 들길을 좁으라 걸어 댔다. 땅거미를 받아선지, 건우 할아버지의 갯바람에 그을린 얼굴이 거의 검둥이에 가까울 정도로 검어 보였다.

"갈밭새 영감, 오늘 참 재수 좋네. 내가 술 샀지. 또 이런 훌륭한 선생님을 만났지……. 그러나 이분에는 영감이 사야 돼오."

윤춘삼 씨의 말이 떨어지기가 바쁘게,

"암, 내가 사야지. 이분에는 정종이다. 고놈의 따끈한!"

아마 '갈밭새'가 별명인 듯한 건우 할아버지는, 그 억세고 구부정한 어깨를 건들거리며 숫제 신을 내듯 했다.

하단 나룻가의 술집은 모두가 그들의 단골인 모양이었다.

"어이 또 왔쇠이!"

건우 할아버지가 구부정한 어깨를 먼저 어느 목로집으로 들이밀었다. 다시 술자리가 벌어졌다. 술자리랬자 술상 대신 쓰이는 네 발 달린 널빤지를 사이에 두고 역시 네 발 달린 널빤지 걸상에 마주 앉은 것이었지만.

"술은 정종! 따끈한 놈으로. 응이, 알겠소? 우리 거무 선생님이란 말이어!"

갈밭새 영감은 자기와 비슷하게 예순 고개를 넘어 보이는 주인 할머니더러 일렀다.

그가 소원인 듯 말하던 '따끈한 정종'은 그와 윤춘삼 씨보다 나를 먼저 취하게 했다. 그러나 좀처럼 놓아 줄 눈치들이 아니었다.

"한 잔만 더……."

이번에는 건우 할아버지의 커다란 손이 연신 내 손을 덮쌌다.

"비록 개깃배를 타고 있지만 나도 과히 나뿐 놈이 아임데이. 내, 선생 이바구 다 듣고 있소. 이 송아지 빨갱이(섬에까지 그런 별명이 퍼졌던 모양이다)한테도 여러 분 들었고 우리 손잣놈한테도 듣고 있소. 정말 정말 훌륭한 선생님이라고. 그까진 국회의원이 다 먼교? 돈만 있음 ×라도 다 되는 기고, 되문 나랏땅이나 훑이고 팔아묵고 그런 놈들이 안 많던기요? 왜, 내 말이 어데 틀립니꺼?"

갈밭새 영감은 말이 차츰 엇나가기 시작했다.

자기로선 취중 진담일지 모르나 듣기만 해도 섬뜩한 소리를 함부로 뇌까렸다.

그런 애길랑 그만두고 술이나 들라 해도 갈밭새 영감은 물론 이번엔 윤춘삼 씨까지 되레(도리어) 가세를 하고 나섰다.

"촌사람이라꼬 바본 줄 알지 마소. 여간 답답해서 그런 소릴 하겠소."

전깃불이 들어왔다. 불빛에 비친 갈밭새 영감의 얼굴은 한층 더 인상적이었다. 우악스럽게 앞으로 굽어진 두 어깨 가운데 짤막한 목줄기로 박혀 있는 듯한 텁석부리 얼굴! 얼굴 전체는 키를 닮아 길쭉했으나, 무엇에 짓눌려 억지로 우그러뜨려진 듯이 납작해진 이마에는, 껍데기가 안으로 밀려들기나 한 듯한 깊은 주름이 두어 줄 뚜렷하게 그어져 있었다. 게다가 구레나룻에 둘러싸인 얼굴 전면이 검붉은 구릿빛이 아닌가! 통틀어 원시인이라도 연상케 하는 조금 무서운 면상이었다.

"과 빤히 보능기요? 내 안주(아직) 술 안 취했음데이. 염려 마이소."

갈밭새 영감은 기름이 절은 수건을 꺼내더니 이마를 한 번 훔치고서,

"인자 딴 말은 안 하지요. 언제 또 만날지 모르이칸에 이왕 만낸 짐에 저 송아지 뻘갱이나 이 갈밭새가 사는 조마이섬 이바구나 좀 하지요."

그러곤 정신을 가다듬기나 하듯이 앞에 놓인 술잔을 훌쩍 비웠다.

건우 할아버지와 윤춘삼 씨가 들려준 조마이섬 이야기는 언젠가 건우가 써냈던 '섬 얘기'에 몇 가지 기막히는 일화가 붙은 것이었다.

"우리 조마이섬 사람들은 지 땅이 없는 사람들이요. 와 처음부터 없기싸 없었겠소마는 죄다 뺏기고 말았지요. 옛적부터 이 고장 사람들이 젖줄같이 믿어 오던 낙동강 물이 맨들어 준 우리 조마이섬은……."

건우 할아버지는 처음부터 개탄조로 나왔다. 선조로부터 물려받은 땅, 자기들 것이라고 믿어 오던 땅이 자기들이 겨우 철 들락말락할 무렵에 별안간 왜놈의 동척(東拓 '동양 척식 주식회사'의 준말. 일본이 한국의 경제를 독점·착취하기 위하여 설립한 국책 회사) 명의로 둔갑을 했더란 것이었다.

"이완용이란 놈이 '을사 보호 조약'이란 걸 맨들어 낸 뒤라 카더만!"

윤춘삼 씨의 퉁방울 같은 눈에도 증오의 빛이 이글거리기 시작했다.

1905년 을사년 겨울, 일본 군대의 포위 속에서 맺어진 '을사 보호 조약'이란 매국 조약을 계기로, 소위 '조선 토지 사업'이란 것이 전국적으로 실시되던 일, 그리고 이태 후인 정미년에 가서는 "한국 정부는 시정 개선에 관하여

통감의 지도를 수할사"란 치욕적인 조목으로 시작된 '한일 신협약'에 따라, 더욱 그 사업을 강행하고 역둔토의 대부분과 삼림 원야(原野 개척하지 않아 인가가 없는 '벌판과 들')들을 모조리 국유로 편입시키는 등 교묘한 구실과 방법으로써 농민으로부터 빼앗은 뒤, 다시 불하하는 형식으로 동척과 일인 수중에 옮겨 놓던 그 해괴망측한 처사들이 문득 내 머리 속에도 떠올랐다.

"쥑일 놈들."

건우 할아버지는 그렇게 해서 다시 국회의원, 다음은 하천부지의 매립 허가를 얻은 유력자…… 이런 식으로 소유자가 둔갑되어 간 사연들을 죽 들먹거리더니,

"이 꼴이 되고 보니 선조 때부터 둑을 맨들고 물과 싸워 가며 살아온 우리들은 대관절 우찌 되는기요?"

그의 격격한 목소리에는, 건우가 지각을 하고 꾸중을 듣던 날 "나릿배 통학생이더." 하던 때의, 그 무엇인가를 저주하듯 한 감정이 꿈틀거리고 있는 것 같았다. 얼마나 그들의 땅에 대한 원한이 컸던가를 가히 짐작할 수가 있었다.

"섬사람들도 한번 뻗대 보시지요?"

이렇게 슬쩍 건드려 봤더니, 이번엔 윤춘삼 씨가 얼른 그 말을 받았다.

"선생님은 그런 걸 잘 알면서 그러네요. 우리 겉은 기 멀 알며, 무슨 힘이 있습니꺼. 하도 하는 짓들이 심해서 한 분 해 보기는 해 봤지요. 그 문딩이떼를 싣고 왔일 때 말임더……."

윤춘삼 씨는 그때의 화가 아직도 사라지지 않는 듯이 남은 술을 꿀꺽 들이켰다.

"쥑일 놈들!"

마치 그들의 입버릇인 듯 되어 있는 이 말을 안주처럼 되씹으며 윤춘삼 씨는 문둥이들과 싸운 얘기를 꺼냈다.

큰 도둑질은 언제나 정치하는 놈들이 도맡아 놓고 한다는 게 서두였다. 그러면서도 겉으로는 동포애니 우리들의 현 실정이 어떠니를 앞세우겠다! 그때만 해도 불쌍한 문둥이들에게 살 곳과 일거리를 마련해 준다면서 관청에서 뜻밖에 웬 문둥이들을 몇 배 해 싣고 그 조마이섬을 찾아왔더란 거다. 그야말로 섬사람들에게는 아닌 밤중에 홍두깨 내미는 격으로, 옳아, 이건 어느 놈의 엉큼순지는 몰라도 필연 이 섬을 송두리째 집어삼킬 꿍심으로

우릴 몰아내기 위해서 한때 문둥이를 이용하는 거라고…… 누군가의 입에서부터 이런 말이 퍼지기 시작하고, 그래서 그 섬사람들뿐 아니라 이웃 섬사람들까지 한통치가 되어 그 문둥이 떼를 당장 내쫓기로 했더란 거다.

상대방은 자다가 호박을 주운 격인 병신들인데 오자마자 그 꼴을 당하고 보니 어리둥절은 하였지만, 그렇다고 호락호락 떠나갈 빼짱들은 아니었다. 결국 나가라니 못 나가겠느니 싸움이 벌어졌다.

"그때 바로 이 갈밭새 부자가 앞장을 안 섰능기요. 어데, 그때 문딩이한테 물린 자리 한 분 봅시더……."

윤춘삼 씨는 하던 말을 별안간 멈추고, 건우 할아버지 쪽을 쳐다보았다. 그러고는 골동품 같은 마도로스 파이프를 뻑뻑 빨고만 있는 건우 할아버지의 왼쪽 팔을 억지로 걷어 올렸다. 나이에 관계없이 아직도 우악스러워 보이는 어깻죽지 바로 밑에 커다란 흉터가 하나 남아 있었다.

"한 놈이 영감 여길 어설피 물고 늘어지다가 그만 터졌거든!"

윤춘삼 씨는 자랑삼아 이야기를 이었다.

그렇게 악을 쓰는 문둥이들에 대해서, 몽둥이, 괭이, 쇠스랑 할 것 없이 마구 들이대고 싸웠노라고. 그래서 이쪽에서도 물론 부상자가 났지만, 괜히 문둥이들이 많이 상하고 덕택에 자기와 건우 할아버지를 비롯해서 많은 섬사람들이 그야말로 문둥이 떼처럼 줄줄이 경찰에 붙들려 가고…… 그러나 뒷일이 영 켕겼던지 관청에서는 그 '기막힌 동포애'를 포기하고 그 문둥이들을 도로 싣고 갔다는 얘기였다.

"그 바람에 저 사람은 육이오 때 감옥살이 또 안 했능기요. 머 예비 검거라 카드나……."

건우 할아버지가 이렇게 한마디 끼우니,

"그거는 송아지 때문이라 캐도……."

"누명을 써도 문딩이 빨갱이는 되기 싫은 모양이제? 송아지 빨갱이는 좋고."

건우 할아버지의 이런 농에는 탓하지 않고서,

"그런 짓들 하다가 결국 그것들이 안 망했나."

윤춘삼 씨는 지금도 고소한 듯이 웃었다.

"다른 패들이 나와도 머 벨수 있다나?"

건우 할아버지는 내처 같은 표정을 하였다.

"그놈이 그놈이란 말이지? 입으로만 머니머니 해 댔지, 밭 맨드라 카니 제우(겨우) 맨들어 논 강뚝이나 파헤치고, 나리(나루) 막는다 카면서 또 섬이나 둘러 마실라카이……."

윤춘삼 씨도 그리 밝은 표정은 아니었다.

"× 선생님!"

건우 할아버지가 별안간 그 그로테스크(grotesque 괴기하고 끔찍스러움)한 얼굴을 내게로 돌렸다.

"우리 거무란 놈 말을 들으니 선생님은 글을 잘 씬다 카데요? 우리 섬에 대한 글 한 분 써 보이소. 멋지기! 재밌실 낌데이. 지발 그 썩어 빠진 글을랑 말고……."

"썩어 빠진 글이라뇨?"

가끔 잡문 나부랑이를 써 오던 나는 지레 찌릿해졌다.

"와 그 신문 같은 데도 그런 기 수타(많이) 난다 카데요. 남은 보릿고개를 못 냉기서 솔가지에 모가지들을 매다는 판인데, 낙동강 물이 파랗니 푸르니 어쩌니…… 하는 것들 말임더."

갈밭새 영감이 이렇게 열을 내기 시작하자, 곁에 있던 윤춘삼 씨가,

"허허이 우리 선생님이 오늘 잘못 걸렸네요. 이 영감이 보통이 아임데이. 그래도 선배의 씨라꼬……."

핀잔 비슷이 말했지만, 건우 할아버지는 벌인 춤이 되어 버렸다.

"하기싸 시인들이니칸에 훌륭하겠지. 머리도 좋고…… 선생도 시인 아입니꺼. 그런데 와 우리 농사꾼이나 뱃놈들의 이바구는 통 안 씨는기요? 추접다꼬? 글 베린다꼬 그라능기요?"

입이 말을 한다기보다 차라리 수염이 떨어 댄다고 느껴질 정도로, 건우 할아버지는 열을 냈다.

"그만하소. 영감이 머 글이나 이르능기요. 밤낮 한다는 기 '곡구롱 우는 소리(오경화의 시조로 전원에서 가족과 함께 생활하는 가운데 느끼는 삶의 행복을 읊은 작품)'지. 어데 그기나 한 분 해 보소."

윤춘삼 씨가 또 참견을 했다.

"곡구롱 우는 소리라뇨?"

나도 윤씨의 그 말에 귀가 쏠렸다. 어떤 고시조가 문득 생각났기 때문이다.

"어데, 해 보소. 모처럼 선생님을 모신 자리니."

하는 윤춘삼 씨의 말에, 그는 괜한 소리를 했구나 하는 표정을 지으며, 그 꺽꺽한 목청에 느린 가락을 넣기 시작했다…….

곡구롱 우는 소리에 낮잠 깨어 니러 보니
작은 아들 글 이르고 며늘아기 베 짜는데 어린 손자는 꽃놀이한다.
마초아 지어미 술 거르며 맛보라 하더라.

건우 할아버지는 갑자기 침착해진 채 눈을 지그시 감고 불렀다. 땀에 번지르르한 관자놀이 짬에 가뜩이나 굵은 맥이 한 줄 불쑥 드러나 보이기까지 하였다. 가락은 육자배기에 가까웠으나, 내용은 역시 내가 생각했던 오 아무개의 고시조였다.

"이 노래 하나만은 정말 떨어지게 잘한다 카이!"

윤춘삼 씨는 나 못지않게 감탄을 하면서 그가 그 노래를 즐겨 부르는 사연을 대강 이렇게 말했다.

그러니까 그의 증조부 되는 분이 옛날 서울에서 무슨 벼슬깨나 하다가 그놈의 당파 싸움에 휘말려서 억울하게 이곳 조마이섬으로 귀양인지 피신인지를 해 와 살았는데, 그분이 살아 계실 때 즐겨 읊던 시조란 것이었다.

사연을 듣고 보니, 새삼 생각되는 바가 있었다. 그 노래를 부를 때의 갈밭 새 영감의 표정에, 은근히 누군가를 사모하는 듯한 빛이 엿보였을 뿐 아니라, 그 꺽꺽한 목청에도 무엇인가를 원망하는 듯, 혹은 하소하는 듯한 가락이 확실히 떨리고 있었기 때문이다. 착각이 아니리라! 동시에 나는 아까 본 건우 군의 집 사립 밖에 해묵은 수양버들 몇 그루가 서 있던 광경이 새삼 기억에 떠오르고, 건우 어머니의 수인사 태도나 집안을 다스리는 범절이 어딘지 모르게 체통이 있는 선비 가문의 후예같이 짚어졌다.

"아드님은 육이오 때 잃으셨다지요?"

내가 술을 한 잔 더 권하며 위로 삼아 물으니까,

"야……. 큰놈은 그래서 빼도 못 찾기 되고 작은놈은 머 사모아섬이라 카던기요, 그곳 바다 속에 너어(넣어) 버리지요."

"사모아섬?"

나는 그의 기구한 운명을 생각했다.

"야, 삼치잡이 배를 탔거던요……."

이러고 한숨을 쉬는 건우 할아버지의 뒤를 곁에 있던 윤춘삼 씨가 또 받아 이었다.

"와 언젠가 신문에도 짜다라^(많이) 안 났던기요. '허리켄'인가 먼가 하는 폭풍을 만내 시운찮은 우리 삼칫배들이 마구 결단이 난 일 말임더."

나도 건우 할아버지도 더 말이 없는데, 윤춘삼 씨가 혼자 화를 내듯,

"낙동강 잉어가 띠이 정지^(부엌) 바닥에 있던 부지깽이도 띤다 카듯이, 배도 남 씨다가^(쓰다가) 베린 걸 사 가주고 제북 원양 어업인가 먼가 숭내^(흉내)를 낼라 카다가 배만 카에는 사람들까지 떼죽음을 안 시킷능기요. 거에다가 머 시체도 몬 찾았거이와 회사가 워낙 시원찮아 노오니 위자료란 기나 어디 지데로 나왔능기요. 택도 앙이지 택도 앙이라!"

"없는 놈이 할 수 있나. 그저 이래 죽고 저래 죽는 기지머!"

갈밭새 영감은 이렇게 내뱉듯이 해 던지고선, 아까부터 손안에서 만지작거리고 있던 두 알의 가래 열매를 별안간 세차게 달가닥대기 시작했다. 마치 그렇게라도 함으로써 세상의 모든 근심 걱정을 잊어버리기나 하려는 듯이. 어찌 들으면 남의 신경을 곤두서게 하는 그 딱딱한 소리가, 실은 어떤 깊은 분노의 분출을 억제하는 그의 마음의 울부짖음 같기도 했다.

그러나 나는 이내, 따그르르 따그르르 하는 그 소리가, 바로 나룻가 갈밭에서 요란스럽게 들려오는 진짜 갈밭새들의 약간 처량스런 울음소리와 흡사하다 느꼈다. 한편 또 조마이섬의 갈밭 속에서 나고 늙어 간다는 데서 지어졌으리라 믿어 왔던 갈밭새란 별명에, 어쩜 그가 즐겨 굴리는 그 가래 소리가 갈밭새의 울음소리와 비슷한 데 연유되지나 않았을까 하는 생각이 들기도 했다.

세 사람은 한참 동안 말이 없었다. 갓 나온 듯한 흰 부나비 두 마리가 갈팡질팡 희미한 전등에 부딪칠 뿐이었다. 파닥거리는 소리도 없이.

그러고 두어 달이 지났다.

낙동강 물이 몇 차례 불었다 줄었다 하는 동안에 그해 여름도 어느덧 막바지에 접어들었다. 갈대도 이젠 길길이 자라서, 가뜩이나 섬사람들의 눈에도 잘 띄지 않는 갈밭새들이, 더욱 깃들기 좋을 만큼 우거진 무렵이었다. 아침저녁 그 속에서 갈밭새들이 한결 신나게 따그르르 다끄르르 지저귀어 대면 머잖아 갈목^(갈대의 이삭)도 빠져 나온다 한다. 물론 학교도 방학이 끝날 무

렵이다.

건우는 그동안 그 지긋지긋한 지각 걱정을 안 해도 좋았다. 한나절이면 그야말로 물거미처럼 물 위를 동동 떠다녀도 무방했다.

아닌 게 아니라 한여름 동안 얼마나 물과 볕에 그을었는지, 마지막 소집날에 나타난 건우의 얼굴은, 사시장춘(四時長春 일 년 내내 늘 봄과 같음) 바다에서 산다는 즈 할아버지 못잖게 검둥이가 되어 있었다.

"어지간히 그을었구나. 할아버지와 어머니도 잘 계시니?"

늦게까지 어름거리는 그를 보고 일부러 물어봤더니,

"예, 수박 자시러 오시라 캅디더."

어머니의 전갈일 테지, 딴소리까지 했다. 까막 딱지가 묻힐 정도로 새까매진 얼굴이라 이빨이 유난히 희게 빛났다.

"집에서 수박을 심었던가?"

"예, 언제쯤 오실랍니꺼?"

숫제 다그쳐 묻는 것이었다.

"글쎄 언제 한번 가지."

"꼭 모시고 오라 카던데요?"

"그래, 오늘은 안 되고, 여가 봐서 한번 갈 테니까."

나는 그의 좁다란 어깨를 툭 쳐 주며 돌려보냈다. 처서가 낼모레니까 수박도 한물 갈 때리라. 이왕이면 처서께쯤 한번 가 볼까 싶었다.

그런데 공교히도 그 처서 날에 비가 내리기 시작했다. 처서에 비가 오면 독 안의 곡식도 준다는 하필 그날에 추적추적 비가 내리기 시작했으니, 내가 건우네 집으로 가고 안 가고가 문제가 아니라, 그러한 경험과 속담 속에 살아온 농촌 사람들의 찌푸려질 얼굴들이 먼저 눈에 떠올랐다.

게다가 이건 이른바 칠팔월 긴 장마가 아니라, 하루 이틀, 그러다가 사흘째부터는 바로 억수로 변해 가더니 마침내 광풍까지 겹쳐서 온통 폭풍우로 바뀌고 말았다. 육십 년 이래 처음이니 뭐니 하고 떠드는 라디오나 신문들의 신나는 듯한 표현들은 나중에 있는 얘기고, 아무튼 그날 새벽에는 하늘이 내려앉고 땅이 뒤흔들리기나 하듯이 우레 번개가 잦고 비바람이 사나웠다.

이렇게 되면 속담 말로 '칠월 더부살이 주인 마누라 속곳 걱정' 정도의 장마 경황이 아니다. 더부살이도 우선 제 살 구멍 찾기가 급하다. 반면 제 한 몸이나 제 집구석에 별 탈만 없으면 남의 불행쯤은 오히려 구경 삼아 보아 넘기는 게 도회지 사람들의 버릇이다.

한창 천지가 진동하던 몇 시간 동안은 움쭉달싹도 않던 사람들이, 비가 좀 뜨음하니까 사립 밖으로 개울가쯤 나가면 족하지만, 어른들은 그 정도로서는 한에 차질 않는다.

"낙동강이 넘는다지?"

"구포 다리가 우투룹단다(위태롭단다)!"

가납사니(된 소리 안 된 소리로 쓸데없이 말수가 많은 사람) 같은 도시 사람들은 제멋대로 그럴싸한 소문을 퍼뜨리며, 소위 물 구경에 미쳐서 낙동강이 내려다보이는 언덕으로, 산으로 올라들 갔다.

내가 집을 나선 것은 반드시 그런 호기심에서만은 아니었다. 다행히 하단 방면으로 가는 버스가 통한다기 얼른 그것을 집어탔다. 군데군데 시뻘건 뻘물이 개울을 이루고 있는 길을, 차는 철버덕 철버덕 기어가듯 했다. 대티 고개서부터 내 눈은 벌써 김해 들을 더듬었다.

'저런⋯⋯!'

건우네 집이 있는 조마이섬 일대는 어느덧 벌건 홍수에 잠겨 가고 있지 않은가! 수박이 문제가 아니다. 다시 흩날리기 시작하는 차창 밖의 빗속을 뚫고서, 내 시선은 잘 보이지도 않는 조마이섬 쪽으로 얼어붙었다. 동시에 "나룻배 통학생임더!" 하던 건우 군의 가냘픈 목소리가 갑자기 귀에 쟁쟁 되살아나는 것 같았다.

고개 넘어서부터 차는 더욱 끼우뚱거렸다. 논두렁을 밀고 넘어오는 물살이 숫제 쏴 하는 소리까지 내면서 길을 사뭇 덮었다. 때로는 길과 논밭이 얼른 분간이 안 되어, 가로수를 어림해서 달리기도 했다. 그럴 때마다 차 안의 손님들은 한층 더 떠들어 댔다. 대부분이 무슨 사연들이 있어서 가는 사람들이었겠지만, 그러한 사연들보다 우선 눈앞의 사정에 더욱 정신을 파는 것 같았다.

하단 나루께는 이미 발목물이 넘었다. '사라호'에 데인 경험이 있는 그곳 주민들은, 잽싸게 이불이랑 세간 부스러기를 산으로 말끔 옮겨 놓았고, 부랴부랴 끌어올린 목선들이 여기저기 나둥그러져 있는 길 위에는, 볼멘소리를 내지르는 아낙네와 넋 잃은 듯한 사내들이 경황없이 서성거릴 뿐이었다. 물론 나룻배가 있을 리 없었다. 예측 안 한 바는 아니지만, 행여나 싶었던 마음에도 실망은 컸다.

배 없는 나루터를 비롯해서 가까운 강가에는, 경비를 나온 듯한 소방대원 같은 복장의 사람들과 순경 한 사람이 버티고 있었다. 아무리 가까이 오지 마라, 혹은 가지 말라 외쳐도 사람들은 들은 체 만 체했다. 물이 점점 더 붇고 있는 모양이었다.

나는 닭 쫓던 개 지붕 쳐다보듯이 밀려오는 강물만 맥없이 바라보았다. 어느 산이라도 뒤엎었는지 황토로 물든 물굽이가 강이 차게 밀려 내렸다. 웬만한 모래톱이고 갈밭이고 남겨 두지 않았다. 닥치는 대로 뭉개고 삼킬 따름이었다. 그러고도 모자라는 듯 우르르하는 강 울림 소리는 더욱 무엇을 노리는 것같이 으르렁댔다.

둑이 넘을 정도로 그악스럽게 밀려 내리는 것은 벌건 물굽이만이 아니었다. 얼마나 많은 들녘들을 휩쓸었는지, 보릿대랑 두엄 더미들이 무더기 무더기로 흘러내리는가 하면, 수박이랑, 외('오이'의 준말 또는 '참외'의 방언), 호박 따위까지 끼리끼리 줄을 지어 떠내려왔다. 이상스런 것은 그러한 것들이 마치 서로 약속이라도 한 듯이 모두 강 한가운데로만 줄을 지어 지나가는 것이었다.

"쳇, 용케도 피해 간다!"

저만큼 떨어진 데서 장대 끝에 접낫(자그마한 낫)을 해 단 억척보두들이 둥글 둥글한 수박의 행렬을 향해 군침들을 삼켰다.

"그까진 수박은 껀지서 머할라꼬? 하불실(下不失 아무리 적어도 적은 대로의 희망은 있음) 돼지 새끼라도 아담아 내야지?"

이런 농지거리도 들렸다. 역시 접낫을 해 든 주제에, 이들은 그저 물 구경을 나온 것이 아니라, 그런 가운데서도 엄연히 생활을 계산하고 있는 것이었다.

나는 그들의 대담한 태도와 농담에 잠깐 정신을 팔다가, 다시 조마이섬이 있는 쪽으로 눈을 돌렸다. 부슬비가 계속 광풍에 흩날리고 있었다. 얼핏 홍적기(洪積期 인류가 처음 나타난 신생대 제4기의 전반)를 연상케 하는 몽롱한 안개비 속이라, 어디가 어딘지 분별할 도리가 없었다.

'건우네 집은 벌써 홍수에 잠기지나 않았을까?'

불안한, 그리고 불길한 예감이 자꾸 들기 시작했다.

"물이 이 정도로 불어나면 건너편 조마이섬께는 어찌 되지오?"

생면 부지한 접낫 패들에게 불쑥 묻기까지 하였다.

"조마이섬?"

돼지 새끼를 안아 내겠다던 키다리가 나를 흘끗 쳐다보더니,

"맹지면에서는 땅이 조금 높은 편이라카지만, 물이 이래 불으면 마찬가지지요. 만약 어제 그런 소동이 안 일어났이문 밤새 무슨 탈이 났을지도 모를 끼요."

"어제 무슨 일이라도 있었던가요?"

나는 신경이 별안간 딴 곳으로 쏠렸다.

"있다 뿐이라요? 문딩이 쫓아낼 때보다는 덜했겠지마 매립인강 먼강 한답시고 밀가리만 잔득 띠이 처먹고 그저 눈가림으로 해 놓은 둑^(둑)을 섬사람들이 우 대들어서 막 파헤쳐 버리고, 본래대로 물길을 티났다 카드만요. 글 안 했으문…….'

키다리는 혼자서 신을 내가며 떠들었다.

"쓸데없는 소리 말게. 괜히 혼날라꼬."

곁에 있던 약삭빠른 얼굴의 사내가 이렇게 불쑥 쏘아붙이듯 하더니, 마침 저만큼 떠내려오는 널빤지를 향해 잽싸게 접낫을 던졌다. 그러나 걸리진 않았다. 그렇게 허탕을 친 게 마치 이쪽의 잘못이나 되는 듯,

"조마이섬에 누가 있소?"

내뱉듯한 소리가 짐짓 퉁명스러웠다.

"건우란 학생이 있어서…….'

나는 일부러 학생의 이름까지 대보았다. 약삭빠른 눈초리가 다시 물굽이만 쏘아보고 말이 없으니까, 또 키다리가,

"그 아이 아배가 누군교?"

하고 나를 새삼 쳐다보았다.

"아버진 없고, 즈 할아버지 별명이 갈밭새 영감이라더군요."

나는 건우 할아버지의 이름이 얼른 생각나지 않았다.

"아, 그렁기요? 좋은 노인임더."

키다리는 접낫대를 세워 들더니,

"조마이섬의 인물 아잉기요. 어지^(어제) 아침 이곳에 지내갔는데, 그 뒤 대강 알아봤거든……. 가고 난 뒤 얼마 안 되서 그 일이 났단 말이여."

말머리가 어느덧 자기들끼리로 돌아갔다. 나는 굳이 파고 묻지 않았다.

그때 마침 판잣집 용마루 비슷한 길다란 나무가 잠겼다 떴다 하며 떠내려가자, 조금 떨어진 신신 바위 짬에서 별안간 쬐깐 쪽배 하나가 쏜살같이 나타나더니, 기어코 그놈에게 달라붙어서 한참 파도와 싸우며 흐르다가 마침내 저 아래쪽 기슭에 용케 밀어다 붙였다. 박수를 치기보다는 모두 숨을 죽이고 바라보기만 했다. 용감하다기보다 차라리 처참한 광경이었다. 나는 거기서 누구에게도 보장을 받아 오지 못한 절박한 생활을 읽었다. 한 표의 값어치로서가 아니라, 다만 살기 위해서 스스로 죽을 모험을 무릅쓰는 그러한 행위는, 부질없이 그것을 경계하거나 방해하는 힘을 물리침으로써만 오히려 목숨 그 자체를 이어 갈 수 있다는 산 증거 같기도 했다.

　'갈밭새 영감이나 송아지 빨갱이도 그냥 있지는 않았으리라!'

　나는 조마이섬의 일이 불현듯 더 궁금해져서 이내 구포 가는 버스를 잡아탔다. 다리만 건너면 조마이섬에 가까이까지 갈 수 있으리라 믿었다.

　구포 다릿목에서 차를 내렸으나 물은 이미 위험 수위를 훨씬 돌파해서, 다리는 통금이 돼 있었다. 비상경계의 붉은 깃발이 찢어질 듯 폭풍우에 펄럭이고, 다릿목을 건너지른 인줄 곁에는 한국인 순경과 미군이 버티고 있었다. 무거워 보이는 고무 비옷에 철모를 푹 눌러 쓰고 방망이를 해 든 포옴(폼.form)이 여간 엄중해 뵈지 않았다.

　그런데도 무슨 핑계들을 꾸며 대고 용케 건너가는 사람들이 있었다. 더러는 다리 위에서 유유히 물 구경을 하는 사람들도. 나도 간신히 그들 틈에 끼었다. 우르르르하는 강 울림은 다리 위에서 듣기가 한결 우람스러웠다.

　통행금지의 팻말이 서 있어도, 수해 시찰을 나온 듯한 새까만 관용차만은 사뭇 물을 튀기며 지나갔다. 바람이 휘몰아칠 때는 거기에 날리기나 하듯이 더욱 빨리 지나갔다. 요컨대 일종의 모험이기도 했으리라. 안에 타고 있는 얼굴들은 알 길이 없었지만 어련히 심각한 표정들을 했으랴 싶었다.

　내려다봄으로 해서 한결 사나운 물굽이가 숫제 강을 주름잡듯 둘둘 말려 오다간, 거의 같은 지점에서 솨아 하고 부서졌다. 그럴 때마다 구슬, 아니 퉁방울 같은 물거품이 강 위를 휘덮고 때로는 바람결을 따라서 다리 위까지 사뭇 퉁겼다. 그러한 강 한가운데를 잇달아 줄을 지어 떠내려오는 수박이랑 두엄 더미들이, 하단서 볼 때보다 훨씬 많았다. 말하자면 일종의 장관에 가까웠다.

　"아까 그 송아지는 정말 아깝던데……."

이런 뚱딴지같은 소리도 푸득 귓가를 스쳐 갔다.

조마이섬이 있는 먼 명지면 짬은 완전히 물바다로 보였다. 구름을 이고 한가하던 원두막들은 다시 찾아볼 길이 없고, 길찬 포플러 나무들도 겨우 대공이만은 남은 듯, 바람에 누웠다 일어났다 했다.

지루하게 긴 다리를 지루하게 건너, 물 구경 나온 인파를 헤치고 강둑길을 얼마 못 갔을 때였다. 뜻밖에 거기서 윤춘삼 씨와 마주쳤다. 헐레벌떡 빗속을 뛰어오던 송아지 빨갱이—, 아니 윤춘삼 씨는 머리끝에서 발끝까지 온통 물에서 막 건져 올린 사람처럼 젖어 있었다. 하긴 내 꼴도 그랬을 테지만.

"우짠 일인기요?"

하고 덥석 내 손을 검잡는 윤춘삼 씨는, 그저 반갑다기보다 숫제 고마워하는 기색까지 보였다.

"조마이섬은 어찌 됐소?"

수인사란 게 이랬더니,

"말 마이소. 자, 저리 가서 이야기나 합시더……."

그는 나를 도로 다릿목 쪽으로 끌었다.

"아니, 섬 쪽으로 가 보려 했는데요?"

"가야 아무것도 없소. 모두 피난소로 옮기고, 남은 건 물바다뿐임더. 우짤라꼬 이 놈의 하늘까지……!"

별안간 또 한줄기 쏟아지는 비도 피할 겸 윤춘삼 씨는 나를 다릿목 어떤 가겟집으로 안내했다. 언젠가 하단서 같이 들렀던 집과 거의 비슷한 차림의 주막집이었다.

둘 사이에는 한참 동안 말이 없었다. 너무나 다급하고 또 수다한 말들이 두 사람의 입을 한꺼번에 봉해 버렸다 할까!

"건우네 가족도 무사히 피난했겠지요?"

먼저 내 입에서 아까부터 미뤄 오던 말이 나왔다.

"야……."

해 놓고도 어쩐지 말끝이 석연치 않았다.

"집들은 물론 결단이 났겠지만, 사람은 더러 상하진 않았던가요?"

나는 이런 질문을 해 놓고, 이내 후회했다. 으레 하는 빈 걱정 같아서.

"집이고 농사고 머 있능기요. 다행히 목숨들만은 건졌지만, 그 바람에 갈

밤새 영감이 또 안 끌려갔능기요."

윤춘삼 씨는 가슴이 내려앉는 듯한 무거운 한숨을 내쉬었다.

"건우 할아버지가?"

나는 하단서 그 접낫 패에게 얼핏 들은 얘기를 상기했다.

"그래서 내가 지금 경찰서꺼정 갔다 오는 길인데, 마침 잘 만냈임더. 글 안 해도……."

기진맥진한 탓인지, 그는 내가 권하는 술잔도 들지 않고 하던 이야기만 계속했다.

바로 어제 있은 일이었다. 하단서 들은 대로 소위 배짱들이 만들어 둔 엉터리 둑을 허물어 버린 얘기였다.

비는 연 사흘 억수로 쏟아지지, 실하지도 않은 둑을 그대로 두었다가 물이 더 불었을 때 갑자기 터진다면 영락없이 온 섬이 떼죽음을 했을 텐데, 마침 배에서 돌아온 갈밭새 영감이 선두를 해서 미리 무너뜨렸기 때문에 다행히 인명에는 피해가 없었다는 것이다.

"그런데 와 건우 할아버진 끌고 갔느냐고요?"

윤춘삼 씨는 그제야 소주를 한 잔 훅 들이키고 다음을 계속했다.

섬사람들이 한창 둑을 파헤치고 있을 무렵이었다. 좀 더 똑똑히 말한다면, 조마이섬 서쪽 강둑길에 검정 지프차가 한 대 와 닿은 뒤라 한다. 웬 깡패같이 생긴 청년 두 명이 불쑥 현장에 나타나더니, 둑을 허물어뜨리는 광경을 보자, 이내 노발대발 방해를 하기 시작하더라고. 엉터리 둑을 막아 놓고 섬을 통째로 집어삼키려던 소위 유력자의 앞잡인지 뭔지는 모르되, 아무리 타일러도, "여보, 당신들도 보다시피 물이 안팎으로 이렇게 불어나는데 섬사람들은 어떻게 하란 말이오?" 해 봐도, 들어 주긴커녕 그중 힘깨나 있어 보이는, 눈이 약간 치쩨진 친구가 되레 갈밭새 영감의 괭이를 와락 뺏더니 물속으로 핑 집어 던졌다는 거다.

그리곤 누굴 믿고 하는 수작일 테지만 후욕패설(詬辱悖說 꾸짖어 욕하고 사리에 어긋나게 말함)을 함부로 뇌까리자, 순간 화가 머리끝까지 치밀었을 갈밭새 영감도,

"이 개 같은 놈아, 사람의 목숨이 중하냐, 네 놈들의 욕심이 중하냐?"

말도 채 끝내기 전에 덜렁 그자를 들어 물속에 태질을 해 버렸다는 것이다. 상대방은 "아이고." 소리도 못 해 보고 탁류에 휘말려 가고, 지레 달아난 녀석의 고자질에 의해선지 이내 경찰이 둘이나 달려왔더라고.

"내가 그랬소!"

갈밭새 영감은 서슴지 않고 두 손을 내밀었다는 거다. 다행히도 벌써 그때는 둑이 완전히 뭉개지고, 섬을 치덮던 탁류도 빙 에워 돌며 뭉그적뭉그적 빠져나가고 있었다는 것이다.

"정말 우리 조마이섬을 지키다시피 해 온 영감인데……, 살인죄라니 우짜문 좋겠능기요?"

게까지 말하고 나를 쳐다보는 윤춘삼 씨의 벌건 눈에서는 어느덧 닭똥 같은 눈물이 뚝뚝 떨어지기 시작했다.

법과 유력자의 배짱과 선량한 다수의 목숨……. 나는 이방인처럼 윤춘삼 씨의 캉캉한 얼굴을 건너다보았다.

폭풍우는 끝났다. 60년래 처음이니 뭐니 하고 수다를 떨던 라디오와 신문들도 이젠 거기에 대해선 감쪽같이 말이 없었다. 그저 몇몇 일간 신문의 수해 구제의연란에 다소의 금액과 옷가지들이 늘어 갈 뿐이었다.

섬사람들의 애절한 하소연에도 불구하고 육십이 넘는 갈밭새 영감은 결국 기약 없는 감옥살이로 넘어갔다.

그리고 9월 새 학기가 되어도 건우 군은 학교에 나오지 않았다. 끝내 돌아오지 않았다. 그의 일기장에는 어떠한 글이 적힐는지.

황폐한 모래톱, 조마이섬을 군대가 정지를 하고 있다는 소문이 들렸다.

그 여자네 집

📝 작가와 작품 세계

박완서(1931~2011)

경기도(현 황해북도) 개풍군 출생. 어린 시절을 조부모와 숙부모 밑에서 보내고, 1944년 숙명여고에 입학했다. 1950년 서울대학교 국문과에 입학했으나 전쟁으로 중퇴했다. 1970년 마흔이 되던 해에 〈여성동아〉 장편 소설 공모전에 『나목』이 당선되어 등단했다. 『그 가을의 사흘 동안』으로 한국문학작가상, 『엄마의 말뚝』으로 이상문학상 등을 수상했다. 1998년 문화 관광부에서 수여하는 보관 문화 훈장에 이어 2011년 사후에 금관 문화 훈장이 추서되었다.

데뷔작 『나목』을 비롯해 「세모」, 「부처님 근처」, 「카메라와 워커」, 『엄마의 말뚝』을 통해 6 · 25 전쟁으로 인한 작가 자신의 혹독한 시련을 냉철한 리얼리즘에 입각해 형상화했다. 1980년대에 들어서는 『살아 있는 날의 시작』, 『서 있는 여자』, 『그대 아직도 꿈꾸고 있는가』 등의 장편 소설을 통해 여성의 억압 문제를 다루었다. 박완서는 유려한 문체와 여성 특유의 섬세한 감각으로 현실을 그려 냈을 뿐 아니라, 물질 중심주의와 가부장제에 대한 비판적 의식을 보여 주면서 여성 문학의 대표적 작가로 주목받았다.

✏️ 작품 정리

갈래: 액자 소설
배경: 시간 – 일제 강점기부터 현재(1990년대)까지
　　　　공간 – 38선 부근의 행촌리, 서울
시점: 1인칭 관찰자 시점(부분적으로 1인칭 주인공 시점)
주제: 개인의 아픔과 상처를 통해 본 민족사적 비극과 불행
출전: 『너무도 쓸쓸한 당신』(1998)

🖉 구성과 줄거리 ---

발단 「그 여자네 집」이란 시를 접한 '나'는 곱단이와 만득이의 사연을 떠올림
(외화) '나'는 북한 돕기 시 낭송회에서 시를 낭송해 달라는 요청을 받고 수락한
다. 김용택의 시 「그 여자네 집」을 낭송하고 싶었기 때문이다. '나'는 「그
여자네 집」을 처음 읽었을 때, 그 시가 바로 고향 마을과 곱단이와 만득
이 이야기를 묘사한 것 같다고 생각한다.

전개 곱단이와 만득이는 주변의 인정을 받으며 서로 좋아함
(내화) 일제 강점기에 '나'의 고향인 행촌리에서 살던 곱단이와 만득이는 마을
의 마스코트다. '연애 건다'는 것을 상스럽게 생각해 온 마을 어른들도 서
로 넘치지도 모자라지도 않는 두 젊은이가 짝을 이룬다면 얼마나 예쁠
까 기대한다. 주변의 기대에 어긋나지 않게 두 사람은 서로 애틋한 사랑
을 키우고, 양가는 물론 주변 사람 모두 두 사람이 언젠가는 결혼할 것이
라고 생각한다.

위기 만득이는 징집 영장을 받아 전쟁에 나가고 곱단이는 정신대를 피하기
(내화) 위해 결혼함
어느 날 만득이에게 징집 영장이 떨어진다. 징집된 다른 젊은이들은 결
혼을 서둘렀지만, 만득이는 오히려 곱단이를 과부로 만들지 않기 위해
결혼을 미룬다. 만득이가 떠난 뒤, 곱단이네 식구들은 정신대 징발을 피
하기 위해 숨었던 처녀들이 끔찍한 화를 당했다는 소문을 듣고 곱단이
를 시집보낸다. 이후 곱단이가 시집간 신의주는 38선이 그어져 갈 수 없
는 땅이 되고, 곱단이는 친정과 생이별을 한다. 광복 이후 돌아온 만득이
는 같은 마을 처녀인 순애와 결혼한다. 만득이는 일자리를 찾아 순애와
함께 서울로 가고, 6 · 25 전쟁 이후 행촌리는 북한에 속하게 된다.

절정 '나'는 만득이 부부와 재회하고 순애의 하소연을 떨떠름하게 생각함
(내화) 세월이 흘러 친척 어른과 함께 고향 군민회 모임에 가게 된 '나'는 그곳
에서 우연히 만득이 부부를 만난다. '나'는 순애와 자주 만나고, 순애는
'나'에게 만득이가 여전히 곱단이를 가슴속에 품고 산다고 하소연한다.
'나'는 처음에는 그럴 수 있다고 생각하지만 순애가 하는 이야기에 의문
을 품기도 한다. 그러던 어느 날, 순애의 부음을 듣고 그녀의 장례식장을
찾은 '나'는 순애의 젊은 영정 사진을 보고 순애를 이해한다.

결말 만득이는 '나'의 오해를 풀어 준 뒤 일제의 만행에 분노함
(외화) 순애가 죽은 지 이삼 년 후, '나'는 정신대 할머니를 돕는 모임에 나갔다가 만득이를 만난다. '나'는 그가 여전히 곱단이를 못 잊고 있다고 생각해 화를 낸다. 만득이는 순애의 오해일 뿐이라며 자신이 모임에 온 연유를 설명한다. 만득이는 직접적으로 피해를 받은 사람들뿐만 아니라 간접적으로 피해를 받은 사람들도 일제의 피해자라고 이야기하며 눈물을 흘린다.

✎ **생각해 볼 문제**

1. **김용택의 시 「그 여자네 집」은 이 작품에서 어떤 역할을 하는가?**

   시 「그 여자네 집」은 '나'로 하여금 어린 시절 한마을에 살았던 곱단이와 만득이의 사랑 이야기를 자연스럽게 떠올리게 한다. 또한, 소설의 서두에 배치되어 독자로 하여금 만득이와 곱단이의 사랑에 대한 이미지를 상상할 수 있도록 도와주는 역할을 하기도 한다. 이 시에는 아름다운 고향 마을과 그곳에서 살았던 어떤 여인에 대한 남성의 시선이 나타난다. '나'는 이 시를 만득이가 곱단이에 대한 그리움과 사랑을 표현한 것처럼 애틋하게 느낀다.

2. **이 소설의 결말에 나오는 만득이 이야기는 무엇을 의미하는가?**

   만득이는 곱단이와의 이별이 단지 개인적인 슬픔이나 운명에 국한된 것이 아니라 일제 강점기와 분단을 겪은 민족 전체의 아픔이라고 생각한다. 그는 과거의 잃어버린 사랑에 집착하지 않고 그런 아픔이 왜 생겼는지 이성적으로 판단한다. 만득이가 눈물을 흘린 이유는 일제의 강압에 의해 희생된 자와 면한 자의 분노와 한이 겹쳐졌기 때문이다. 만득이의 이야기는 곧 작가가 하고자 하는 이야기다. 이렇게 볼 때 이 작품의 주제는 '개인의 아픔과 상처를 통해 본 민족사적 비극과 불행'이라고 할 수 있다.

3. **장만득 씨 부부와 만난 뒤 '나'의 심리는 어떻게 변화하는가?**

   '나'는 고향 군민회에서 장만득 씨 부부를 만난 뒤 만득의 처 순애와 친분을 이어 간다. 순애의 하소연을 듣던 '나'는 오히려 장만득 씨가 불쌍하다고 생각한다. 그러나 순애의 장례식장에서 젊은 영정 사진을 본 '나'는 순애의 한

을 이해하고 연민을 느낀다. 몇 년 후 '나'는 장만득 씨를 우연히 만난다. '나'는 곱단이를 잊지 못하는 것처럼 보이는 장만득 씨를 못마땅해하다가 그의 아픔이 민족적인 아픔임을 알게 된다. 이에 미안함과 안타까움을 느꼈을 것이다.

4. 이 작품에서 사실성을 높이는 장치들은 무엇인가?

이 소설은 작가의 고향 근처에서 실제로 있었던 이야기를 바탕으로 하고 있다. 정신대를 피하려던 처녀가 죽음에 이르는 사건도 실화로 알려져 있다. 소설의 배경인 일제 강점기의 강제 징용, 정신대 징발, 6·25 전쟁 이후의 국토 분단 등은 실제로 우리 민족이 처한 현실이었다. 작가는 개인의 비극을 통해 민족의 비극을 자연스럽게 일깨운다. 또한, 이 소설에서 인용된 김용택의 「그 여자네 집」과 임화의 「하늘」 또한 실제 작품이다. 글의 도입부에서 작가가 사실적이고 체험적인 형식을 빌린 것도 독자에게 친근감을 주고 작품의 사실성을 높이기 위해서다. 이런 점에서 이 소설은 허구이면서도 실제로 있었던 이야기라는 느낌을 준다.

일제 강점기 때 고향에서 곱단이와 만득이는 유명한 연인이었어요. 하지만 두 사람은 일제의 만행 때문에 각자 다른 사람과 결혼을 해야 했지요. 오랜 기간이 지나 저(나)는 우연히 만득이 부부를 만났어요. 순애는 죽을 때까지 만득이가 곱단이를 그리워한다고 믿었지만, 만득이 말로는 그건 오해였대요. 만득이는 일제의 만행에 분노하며 눈물을 흘렸답니다.

그 여자네 집

지난여름 작가 회의에서 북한 동포 돕기 시 낭송회를 한 적이 있다. 시인들만 참여하는 줄 알았더니 각계 원로들도 자기가 평소 애송하던 시를 낭송하는 순서가 있다고, 나한테도 한 편 낭송해 달라고 했다. 내가 원로 소리를 듣게 된 것이 당혹스러웠지만, 북한 돕기라는 데 핑계를 둘러대고 빠질 만큼 빤질빤질하지는 못했나 보다. 하겠다고 했다. 그러나 거역할 수 없는 명분보다 더 중요한 것은 낭송하고 싶은 시가 있었다는 게 아니었을까. 그 무렵 나는 김용택의 「그 여자네 집」이라는 시에 사로잡혀 있었다. 김용택은 내가 좋아하는 시인 중의 한 사람일 뿐 가장 좋아하는 시인이라고는 말 못하겠다. 마찬가지로 「그 여자네 집」이 그의 많은 시 중 빼어난 시인지 아닌지도 잘 모르겠다.

「그 여자네 집」은 다음과 같다.

가을이면 은행나무 은행잎이 노랗게 물드는 집
해가 저무는 날 먼 데서도 내 눈에 가장 먼저 뜨이는 집
생각하면 그리웁고
바라보면 정다운 집
어디 갔다가 늦게 집에 가는 밤이면
불빛이, 따뜻한 불빛이 검은 산속에 살아 있는 집
그 불빛 아래 앉아 수를 놓으며 앉아 있을
그 여자의 까만 머릿결과 어깨를 생각만 해도
손길이 따뜻해져 오는 집

봄이면 살구꽃이 하얗게 피었다가
꽃잎이 하얗게 담 너머까지 날리는 집
살구꽃 떨어지는 살구나무 아래로
물을 길어 오는 그 여자 물동이 속에
꽃잎이 떨어지면 꽃잎이 일으킨 물결처럼 가 닿고

싶은 집

샛노란 은행잎이 지고 나면
그 여자
아버지와 그 여자 큰 오빠가
지붕에 올라가
하루 종일 노랗게 지붕을 이는(기와나 볏짚, 이엉 따위로 지붕 위를 덮는) 집
노란 집

어쩌다가 열린 대문 사이로 그 여자네 집 마당이 보이고
그 여자가 마당을 왔다 갔다 하며
무슨 일이 있는지 무슨 말인가 잘 알아들을 수 없는 말소리와
옷자락이 언뜻언뜻 보이면
그 마당에 들어가서 나도 그 일에 참여하고 싶은 집

마당에 햇살이 노란 집
저녁 연기가 곧게 올라가는 집
뒤안에 감이 붉게 익는 집
참새 떼가 지저귀는 집
눈 오는 집
아침 눈이 하얗게 처마 끝을 지나
마당에 내리고
그 여자가 몸을 웅숭크리고
아직 쓸지 않은 마당을 지나
뒤안으로 김치를 내러 가다가 "하따, 눈이 참말로 이쁘게도 온다이이." 하며
눈이 가득 내리는 하늘을 바라보다가
속눈썹에 걸린 눈을 털며
김칫독을 열 때
하얀 눈송이들이 김칫독 안으로
하얗게 내리는 집
김칫독에 엎드린 그 여자의 등허리에

하얀 눈송이들이 하얗게 하얗게 내리는 집

내가 목화송이 같은 눈이 되어 내리고 싶은 집

밤을 새워, 몇 밤을 새워 눈이 내리고

아무도 오가는 이 없는 늦은 밤

그 여자의 방에서만 따뜻한 불빛이 새어 나오면

발자국을 숨기며 그 여자네 집 마당을 지나 그 여자의 방 앞

뜰방에 서서 그 여자의 눈 맞은 신을 보며

머리에, 어깨에 쌓인 눈을 털고

가만히, 내리는 눈송이들도 들리지 않는 목소리로

가만 가만히 그 여자를 부르고 싶은 집

그

여

자

네 집

어느 날인가

그 어느 날인가 못밥(모내기를 하다가 들에서 먹는 밥)을 머리에 이고 가다가 나와 딱
마주쳤을 때

"어머나" 깜짝 놀라며 뚝 멈추어 서서 두 눈을 똥그랗게 뜨고

나를 쳐다보며 반가움을 하나도 감추지 않고

환하게, 들판에 고봉으로 담아 놓은 쌀밥같이

화아안하게 하얀 이를 다 드러내며 웃던 그

여자 함박꽃 같던 그

여자

그 여자가 꽃 같은 열아홉 살까지 살던 집

우리 동네 바로 윗동네 가운데 고샅(시골 마을의 좁은 골목길. 고샅길) 첫 집

내가 밖에서 집으로 갈 때

차에서 내리면 제일 먼저 눈길이 가는 집

그 집 앞을 다 지나도록 그 여자 모습이 보이지 않으면

저절로 발걸음이 느려지는 그 여자네 집

지금은 아, 지금은 이 세상에 없는 그 집

내 마음속에 지어진 집

눈 감으면 살구꽃이 바람에 하얗게 날리는 집

눈 내리고, 아, 눈이, 살구나무 실가지 사이로

목화송이 같은 눈이 사흘이나

내리던 집

그 여자네 집

언제나 그 어느 때나 내 마음이 먼저

가

있던 집

그

여자네

집

생각하면, 생각하면, 생. 각. 을. 하. 면……

내가 〈녹색평론〉에서 그 시를 처음 읽고 깜짝 놀란 것은, 이건 바로 우리 고향 마을과 곱단이와 만득이 이야기다 싶었기 때문이다. 지금은 칠순이 훨씬 넘은 장만득 씨는 아직도 문학청년 기질을 가지고 있다. 불과 몇 년 전까지만 해도 신춘문예 철만 되면 가슴이 울렁거린다고 했다. 가슴이 울렁거린 게 아니라 응모도 해 봤으리라고 나는 넘겨짚고 있다. 그 울렁거림이 얼마나 참을 수 없는 울렁거림이라는 걸 알고 있기 때문이다. 만일 그 시가 김용택이라는 유명한 시인의 시가 아니라 처음 들어 보는 시인의 시였다면, 나는 장만득 씨가 가명으로 등단을 했으리란 걸 의심치 않았을 것이다. 나는 그 시를 읽고 또 읽었다. 처음에 희미했던 영상이 마치 약물에 담근 인화지처럼 점점 선명해졌다. 숨어 있던 수줍은 아름다움까지 낱낱이 드러내자, 나는 마침내 그리움과 슬픔으로 저린 마음을 주체할 수가 없어서 혼자서 느릿느릿 포도주 한 병을 비웠다.

곱단이는 범강장달이^(키가 크고 우락부락하게 생긴 사람을 이르는 말) 같은 아들을 내리 넷이나 둔 집의 막내딸이자 고명딸^(아들 많은 집의 외딸)이었다. 부지런한 농사꾼 아버지와 착실한 아들들은 가을이면 우리 마을에서 제일 먼저 이엉^{(지붕이나 담을}

^{이기 위해 짚이나 새 따위로 엮은 물건)}을 이었다. 다섯 장정이 휘딱 해치울 일이건만 제일 먼저 곱단이네 지붕에 올라앉아 부산을 떠는 건 만득이였다. 만득이는 우리 동네의 유일한 읍내 중학생이라 품앗이 일에서는 저절로 제외되곤 했건만 곱단이네가 일손이 모자라는 집도 아닌데 제일 먼저 달려들곤 했다. 곱단이 작은오빠하고 만득이는 친구 사이였다. 그래도 마을 사람들은 만득이가 곱단이네 집 일이라면 발 벗고 나서고 싶어 하는 게 친구네 집이라서가 아니라 그 여자, 곱단이네 집이기 때문이라는 걸 알고 있었다. 부엌에서 더운 점심을 짓느라 연기가 곧게 올라가는 따뜻한 가을날, 곱단이네 지붕에 제일 먼저 뛰어올라 깃발처럼 으스대는 만득이를 보고 동네 노인들은 제 색시가 고우면 처갓집 말말뚝에도 절을 한다더니만, 하고 혀를 찼지만 그건 곧 만득이가 곱단이 신랑이 되리라는 걸 온 동네가 다 공공연하게 인정하고 있다는 증거였다.

둘 사이는 그들보다 어린 우리 또래들 사이에도 선망의 대상이었다. 우리들은 그들 사이를 연애를 건다고 말하면서 야릇하게 마음 설레곤 했다. 40년대의 보수적인 시골 마을에서도 젊은 남녀가 부모 몰래 사랑을 나누는 일이 아주 없었던 건 아니었나 보다. 누가 누구하고 바람이 났다던가, 눈이 맞았다던가, 심지어는 배가 맞았다는 소문까지 날 적이 있었다. 그건 부모가 얼굴을 못 들고 다닐 만한 스캔들이었고, 그 뒤끝도 거의 다 너절하거나 께적지근한 것이었다.

곱단이하고 만득이가 좋아하는 것을 바람났다고 말하지 않고, 연애 건다고 말한 것은 그런 스캔들과 차별 짓고 싶은 마음에서였을 것이다. 마을 사람들로서는 일종의 애정이요 동경이었다. 남자들은 서당에서 한문 공부를 하고, 여자들은 어깨 너머로 언문을 해독할 수 있을 정도로 까막눈은 면했다 하나, 읍에서 이십여 리나 떨어진 이 마을에서 신식 학교 교육은 아직 먼 풍문이었다. 그러나 기회만 닿으면 자식에게만은 시켜 보고 싶은 거였다. 연애에 대해서도 비슷한 생각을 가졌던 것 같다. 도시에서 배운 사람들이 하는 개화된 풍속에 대한 거역할 수 없는 호기심을 가지고 있었다. 젊은 사람들 사이에서뿐만 아니라 사사건건 트집 잡기 좋아하는 노인네들한테까지 그들의 연애는 일찌거니 인정받은 거나 다름없었다. 왜냐하면, 그들이 미처 연정을 느끼기 전부터 둘이 짝이 된다면 얼마나 보기 좋은 한 쌍이 될까 눈을 가느스름히 뜨고 상상하는 것만으로 즐거워한 게 노인들이었기 때문이다. 만득이나 곱단이네나 일 년 계량(繼糧 한 해에 추수한 곡식으로 다음 해 추수할 때까지 양식을 이어 감)하기에 모자라지도 넘치지도 않을 만한 토지를 가진 자작농이었고, 인품이 후하여 어려운 사람 살필 줄 아는 집안이었다. 만득이는 위로 누나들만 있고, 곱단이는 오빠들만 있어서, 기다리던 귀한 아들딸이었다. 제 집에서 귀히 여기는 자식은 남들도 한 번 볼 거 두 번 보면서 덕담을 아끼지 않는 법이다. 그들 또한 그러하였다.

곱단이는 시골 아이답지 않게 살갗이 희고, 맑은 눈에 속눈썹이 길었다. 나는 그녀의 속눈썹이 얼마나 길었는지 표현할 말을 몰랐었는데 김용택의 시 중에서 마침내 가장 알맞은 말을 찾아냈다. 함박눈이 내려앉아서 쉴 만큼 길었다. 함박눈은 녹아 이슬방울이 되고 촉촉이 젖은 눈썹이 그녀의 검은 눈동자에 그늘을 드리우면, 목석의 애간장이라도 녹일 듯 애틋한 표정이 되곤 했다. 만득이는 총명하여 하나를 가르치면 열을 알았고, 생긴 것 또한 관옥(冠玉 관의 앞을 꾸미는 옥. 남자의 아름다운 얼굴을 비유한 말) 같았다. 촌구석에서는 드문 인물들이었다. 만득이가 개천에서 난 용이라면 곱단이는 진흙탕에 핀 연꽃이었다. 누가 먼저랄 것도 없이 둘이 장차 신랑 각시가 되면 얼마나 어여쁜 한 쌍이 될까 하는 소리가 저절로 나왔다. 이구동성으로 두 사람의 천생연분을 점친 것이다. 양가의 처지 또한 서로 기울지도 넘치지도 않았고, 어른들은 소박하고 정직하여 남들이 사윗감 며느릿감으로 점찍어 둔 아이들을 어려서부터 눈여겨보며 아름답고 늠름하게 자라는 걸 서로 기특해하며 귀여워하였다. 곱단이와 만득이는 우리 마을의 화초요 꿈이었다. 그러나 한두 번이라도 중매를 서 본 사람은 알 것이다. 남 보기에는 하늘이 정해 준 배필처럼 어울리는 한 쌍이 있어 그들을 맺어 주는 것에 거의 소명 의식 같은 걸 느끼고 중매에 나서지만 본인은 의외로 냉담한 경우가 많다는 것을. 남자와 여자가 서로 연정을 느끼는 건 신의 장난질처럼 인간의 계획 밖의 일이다. 남이 나서서 잘되기를 꾀하거나 도와주려고 하면 되레 어깃장(짐짓 순종하지 않고 뻗대는 행동)을 놓는 속성까지 있는 것 같다.

그러나 만득이와 곱단이는 마을 사람들의 꿈을 배반하지 않았다. 곱단이가 만득이를 보면 유난히 부끄럼을 타기 시작한 게 그 증거였다. 곱단이가 만득이 때문에 방구리(주로 물을 긷거나 술을 담는 데 쓰는 질그릇)를 깨트린 일은 두고두고 동네 사람들의 입초시(이러쿵저러쿵 남의 흠을 보는 입놀림의 방언)에 오르내렸다. 윗말 아랫말 합쳐야 이십여 호밖에 안 되는 작은 마을이라 우물이 하나밖에 없었다. 물 긷는 일은 전적으로 아낙네들 몫이었고, 물동이를 이고도 동이를 손으로 잡는 법 없이 두 손을 자유롭게 놀리며, 고개도 이리저리 돌려 볼 것 다 보고 다닐 수 있어야 비로소 살림에 관록이 붙은 주부였다. 계집애들은 엄마들의 그런 솜씨에 찬탄의 눈길을 보내는 한편, 언젠가는 자기들도 그런 최고의 경지에 도달하지 않으면 안 된다는 압박감을 가졌음 직하다. 계집애들은 어려서부터 물동이를 이고 싶어 했다. 아이들도 능히 일 수 있는 작은 물동이를 방구리라고 했다. 방구리는 실용보다는 딸애들의 놀이 기구에 가까워서 깨트리기도 잘했다. 계집애를 얕볼 때, 쬐그만 계집애란 말 대신 방구리만한 계집애로 통하는 게 우리 마을이었다.

곱단이는 귀한 딸이고 올케(오빠나 남동생의 아내)가 둘씩이나 있어서 물동이 같은 거 안 이어도 됐건만 자기 몫의 방구리는 가지고 있었고, 동무들이 하는 건 다 해 보고 싶은 나이였다. 그러나 머리에 인 방구리 손잡이를 양손으로 움켜잡지 않고는 한 발자국도 못 떼는 초보였다. 그렇게 방구리로 물을 길어 가는데 저만치서 만득이가 오는 게 보였다. 만득이는 방구리를 들어 주려고 급히 달려오고 그걸 본 곱단이는 에구머니나, 흘러내린 치마말기를 추어올리려고 급히 방구리 손잡이를 놓아 버린 것이다. 방구리가 깨진 건 말할 것도 없다. 곱단이가 열너덧 살 가슴이 살구씨만큼 부풀어 올랐을 무렵이었다. 저고리를 짧게 입고 치마말기로 가슴을 동일 때라 임질(물건 따위를 머리 위에 이는 일)을 할 때면 겨드랑과 가슴이 드러나게 돼 있었다. 그 무렵의 우리 고장의 풍습으로는 젊은 여자들도 거기에 대한 수치감이 별로 없었다. 임(머리 위에 인 물건. 또는 머리에 일 만한 정도의 짐)을 이고 가는 엄마 뒤에 업힌 아이가 겨드랑 밑으로 엄마의 앞가슴을 더듬거나 끌어당겨 빨기까지 하는 모습도 흔히 볼 수 있었다. 가슴에 대한 수치심도 일종의 문화 현상이 아닐까? 그 시절엔 엄마의 가슴은 아이들의 밥그릇 정도로 여겼던 반면 배꼽을 드러내는 건 수치스럽게 여겼다. 처녀는 좀 달랐겠지만, 그런 풍토에서 방구리를 깨트리면서까지 가슴을 가리고 싶어 했던 것은 예사로운 일이 아니었다.

우리 마을에서 만득이가 제일 먼저 읍내 중학교로 진학하자 곱단이는 아버지를 졸라 십 리 밖에 새로 생긴 소학교 분교에 입학했다. 방구리 사건이 있고 나서였다. 분교를 간이 학교라고 불렀고, 입학하는 데는 연령 제한 같은 것도 없었다. 남학생 중에는 아이 아범도 있을 정도였다. 중학교도 마찬가지였나 보다. 만득이도 소학교만 나오고 몇 년 집에서 농사를 거들다가 서울로 시집간 큰누나가 신식 교육의 필요성을 역설해서 상급 학교에 가게 됐으니 늦공부인 셈이었다.

간이 학교는 우리 마을에서 읍으로 가는 도중에 있는 긴냇골이라는 오십여 호가 넘는, 인근에서는 가장 큰 마을에 있었다. 고개를 두 번 넘고 시냇물을 한 번 건너야 했다. 만득이와 곱단이가 등·하굣길을 자연스럽게 같이했을 것은 말할 것도 없다. 겉으로 보기에 두 사람이 유별나 보이지는 않았다. 늘 곱단이가 한참 뒤져서 걷고 만득이는 휘적휘적 앞서 가다가 기다려 주곤 했다. 부부가 같이 외출을 해도 나란히 걷지를 못하고 아내가 한참 뒤에서 걷는 걸 예절처럼 알던 시대였다. 곱단이보다 갈 길이 곱절이 되는 만득이가 갑갑한 곱단이의 걸음걸이를 참지 못하고 휭하니 먼저 가 버릴 적도 있었다.

들을 적시는 개울물이 도처에 그물망처럼 퍼져 있는, 물이 흔한 고장이었지만 다리를 통해 건너야 하는 긴냇골의 시냇물은 유난히 아름다운 강이었다. 물은 깊지 않았지만 골이 깊어서 길에서 수면까지 비스듬히 가파른 둔덕에는 잔다란 들꽃들이 봄여름, 가을 내 쉼 없이 피었다 지곤 했고, 흰자갈과 잔모래와 꽃 그림자 사이를 무리 지어 유영하는 물고기들과 장난치듯 부서지는 잔물결은 수정처럼 투명했다. 그 시냇물에는 흙다리가 놓여 있었다. 양쪽 둔덕을 두 개의 기둥목으로 가로질러 놓고, 그 사이를 새끼줄이나 칡넝쿨 같은 것으로 엮고는 진흙으로 빤빤하게 싸 바른 흙다리는 마치 오솔길의 연속처럼 편안했다. 그러나 비가 많이 오거나 봄의 해토 무렵엔 흙다리 곳곳에 구멍이 뚫리기도 하고 미끌거리기도 했다. 그런 불편은 잠깐, 곧 누군가의 손길로 감쪽같이 보수가 되곤 했지만 문제는 장마 중이거나 미처 보수를 하기 전이었다. 특히 계집애들은 구멍 난 흙다리를 건너기를 무서워했다. 차라리 둔덕을 내려가 신발 벗고 점벙점벙 강물로 들어가는 게 안심스러웠다. 물이 불어 봤댔자 허리 정도밖에 안 찼지만, 그럴 때는 앞서서 작대기로 물의 깊이를 알려 주고 계집애들을 인도하는 게 남학생들의 중요한 사내구실이었다. 그러나 만득이는 곱단이가 사내 녀석들하고 치마를 배꼽 위까지 걷어 올리고 속바지를 적셔 가며 물을 건너는 걸 참을 수 없어 했다. 등굣길은 물론 하굣길까지 어떻게든 시간을 맞춰 지키고 있다가 구멍 뚫린 흙다리 위로 건너게 해 주었다. 흙다리를 건너면서 곱단이가 얼마나 무섬을 타고, 앙탈을 하고, 그러면 만득이는 그걸 다 받아 주며 다독거리느라 길지도 않은 흙다리 위에서 둘이 몇 번씩이나 서로 얼싸안는 다는 소문이 자자하게 퍼지곤 했다. 그러나 구닥다리 노인들도 그런 소문 을 망신스러워하지 않고 귀엽게 여겼다. 둘은 어차피 혼인할 테고 둘이 서 로 좋아하는 것은 아름다운 한 쌍의 새가 부리를 비비는 것처럼 예쁘게만 보였다. 흙다리가 아니라 연애 다리라는 소리도 악의라곤 없었다.

중학교 상급반으로 오르면서 만득이는 문학에 눈을 뜨게 된 것 같다. 한 동안 그는 『오뇌의 무도(김억의 번역 시집(1921))』라는 시집을 책가방에 넣지 않고 옆구리에 끼고 다닌 적이 있는데 그게 그렇게 멋있어 보일 수가 없었다. 학 교 문턱에도 못 가 본 이도 남자들은 한문을 다 읽을 줄 알았다. 서당이 마 을 사내애들의 의무 교육 기관처럼 돼 있었다. 『오뇌의 무도』라고 붙여서 읽을 수는 있어도 그게 무슨 뜻인지 확 오는 게 아니었다. 글자는 한자건만 그 낱말이 불러일으키는 이미지는 이국적이고 하이칼라(서양식 유행을 따르던 멋쟁이 를 이르던 말)한 것이었다. 어디서 흘러들어온 말인지 하이칼라란 말이 우리 마 을 젊은이들 사이에서 한창 유행할 때였다. 어딘지 이국적이고 약간 겉멋 들어 보이는 건 뭐든지 하이칼라라고 했다.

마을 젊은이들 사이에 춘원 바람을 일으킨 것도 만득이였다. 『흙』, 『단 종애사』, 『무정』 같은 춘원의 책이 젊은이들 사이를 돌며 나달나달해질 때 까지 읽었다. 책은 나달나달해졌지만 거기 한번 맛들인 청년들의 눈빛은 별처럼 빛났다. 그러나 곧 춘원이 창씨개명(創氏改名 일본식 성명 강요의 전 용어. 일제가 강 제로 우리나라 사람의 성과 이름을 일본식으로 고치게 한 일)에 앞장서고 청년들을 전쟁터로 내 모는 연설을 했다는 말을 퍼트려, 청년들을 실의에 빠트리고 헷갈리게 만 든 것도 만득이였다. 그가 마을 청년들의 정신의 맥을 쥐었다 폈다 한다고 해도 과언이 아니었다. 2차 세계 대전이 말기에 접어들면서 마을의 형편 도 날로 어려워지고 있었지만, 젊은이들의 정신의 기갈은 그보다 더 심각 하였기 때문에 먹혀들기도 그만큼 쉬웠다. 만득이가 퍼뜨린 책 때문에 마 음이 통하게 된 젊은이들이 모여서 문학 얘기도 하고 세상 돌아가는 일에, 울분을 토로하기도 하는 모임이 자연히 형성되었는데, 거기서도 중심인물 은 물론 만득이였다. 그러나 고작 만학의 중학생이었다. 식민지 청년의 의 식 있는 모임이라기보다는 만득이의 지적 허영심을 충족시키는 장이었다. 그는 가끔 자기가 쓴 시를 비장한 어조로 읽어 주곤 했는데 그중 곱단이가 눈물이 글썽할 정도로 좋아하는 시가 나중에 알고 보니 임화의 시 뒷부분이었다.

> 오늘도 연기는
> 구름보다 높고
> 누구이고 청년이 몇
> 너무나 좁은 하늘을
> 넓은 희망의 눈동자 속 깊이
> 호수처럼 담으리라
> 벌리는 팔이 아무리 좁아도
> 오오! 하늘보다 너른 나의 바다

이런 시였는데 팔을 벌리고 "오오! 하늘보다 너른 나의 바다" 할 때에는 어찌나 격정적으로 목메어 부르는지 곱단이는 그때마다 만득이를 더 넓은 세상으로 내놓아야 할 것 같아 가슴이 떨린다고 했다.

곱단이는 나에게 가끔 만득이가 보낸 편지를 보여 줄 적이 있었다. 누가 보여 달랜 것도 아닌데 보여 주는 게 계면쩍었던지 혼자 보기 아까워서…… 라는 말을 덧붙이곤 하였다. 연애편지를 혼자 보기 아까워한다는 건 실상 말이 안 되는 소리다. 그건 보여 줘도 무관한 담백한 편지라는 뜻도 되지만, 곱단이 보기에 그럴듯한 문학적 표현을 자랑하고 싶어서이기도 했을 것이다. 그중 아직도 생각나는 것은 곱단이네 울타리 밑의 꽈리나무를 '꼬마 파수꾼들이 초롱불을 빨갛게 켜 들고 서 있는 것 같다'라고 표현한 거였다. 당시 우리 동네 집들은 거의 다 개나리로 뒤란(집채 뒤의 울안) 울타리를 치고 살았다. 그리고 뉘 집이나 울타리 밑에서 꽈리가 자생했다. 봄에서 여름에 걸쳐서는 거기에 꽈리나무가 있다는 것도 모를 정도로 전혀 눈에 안 띄는 잡초나 다름없었다. 꽈리가 거기 있다는 걸 알게 되는 건 풀숲이 누렇게 생기를 잃고 난 후였다. 익은 꽈리는 단풍보다 고왔고, 아닌 게 아니라 초롱처럼 앙증맞았다. 그러나 그맘때면 붉게 물든 감잎도 더 고운 감한테 자리를 내주고, 들에서는 고추가 다홍빛으로 물들 때였다. 꽈리란 심심한 계집애들이 더러 입 안에서 뽀드득대는 것 외엔 아무짝에도 쓸모없는 하찮은 잡초에 불과했다. 우리 집 울타리 밑에도 꽈리가 지천으로 자라고 있었다.

그렇게 흔해 빠진 꽈리 중 곱단이네 꽈리만이 초롱에 불 켜 든 꼬마 파수꾼이 된 것이다. 만득이는 어쩌면 그리움에 겨워 곱단이네 울타리 밑으로 개구멍을 내려다 말고 발갛게 초롱불을 켜 든 꼬마 파수꾼 때문에 이성을 찾은 거나 아닐까. 그렇지 않고서야 그 흔해 빠진 꽈리 중에서 곱단이네 꽈리만을 그렇게 특별한 꽈리로 만들 수는 없는 일이었다.

우리 마을엔 꽈리뿐 아니라 살구나무도 흔했다. 살구나무가 없는 집이 없었다. 여북해야(오죽했으면) 마을 이름도 행촌리(杏村里)였겠는가. 봄에 살구나무는 개나리와 함께 온 동네를 꽃 대궐처럼 화려하게 꾸며 주었지만, 열매는 시금털털한 개살구였다. 약에 쓰려고 약간의 씨를 갈무리하는 집이 있긴 해도 열매는 아이들도 잘 안 먹어서 떨어진 자리에서 썩어 갔다. 아름다운 마을이었다. 살구꽃이 흐드러지게 필 무렵엔 자운영과 오랑캐꽃이 들판과 둔덕을 뒤덮었다. 자운영은 고루 질펀하게 피고, 오랑캐꽃은 소복소복 무리를 지어 가며 다문다문(사이가 조금씩 떨어져서) 피었다. 살구가 흙에 스며 거름이 될 무렵엔 분분히 지는 찔레꽃이 외진 길을 달밤처럼 숨 가쁘게 그윽하게 만들었다.

「그 여자네 집」을 읽으면서 돌이켜 보니 행촌리의 그 흔한 살구나무 중에서도 곱단이네 살구나무는 특별났던 것 같다. 다 같은 초가집 중에서도 만득이에겐 곱단이네 지붕이 유난히 샛노랬던 것처럼, 그 흔해 빠진 꽈리나무 중에서 곱단이네 꽈리나무만이 특별났던 것처럼.

곱단이네는 행촌리 윗말 첫 집이었다. 뒷동산에서 흘러내린 개울물이 곱단이네를 휘돌아 아랫말로 흐르면서 만득이네 문전옥답(門前沃畓 집 앞 가까이에 있는 기름진 논) 논배미(논두렁으로 둘러싸인 논의 하나하나의 구역)를 지나게 돼 있었다. 곱단이네 살구나무는 곱단이 아버지가 딸과 딸의 동무들을 위해 튼튼한 그네를 매 줄 정도로 큰 나무였다. 만득이는 아마 개울물이 하얗게 하얗게 실어 나르는 살구꽃을 연서처럼 울렁거리며 바라보았을 것이다.

1945년 봄에도 행촌리에 살구꽃 피고, 꽈리꽃, 오랑캐꽃, 자운영이 피었을까. 그럴 리 없건만 괜히 안 피고 말았을 거 같다. 그 꽃들이 피어나기 전에 만득이와 곱단이의 연애도 끝나고 말았을까. 만학이던 만득이는 읍내의 사 년제 중학교를 졸업하자마자 징병으로 끌려 나갔다. 며칠간의 여유는 있었고, 양가에서는 그 사이에 혼사를 치르려고 했다. 연애 못 걸어 본 총각도 씨라도 남기려고 서둘러 혼처를 구해 혼사를 치르는 일이 흔할 때였다.

더군다나 만득이는 외아들이었고, 사주단자는 건네지 않았어도 서로 연애 건다는 걸 온 동네가 다 아는 각싯감이 있었다. 그러나 그는 한사코 혼사 치르기를 거부했다. 그건 그의 사랑법이었을 것이다. 남들이 다 안 알아줘도 곱단이한테만은 그의 사랑법을 이해시키려고, 잔설(殘雪 녹다 남은 눈)이 아직 남아 있는 이른 봄의 으스름달밤을 새벽닭이 울 때까지 곱단이를 끌고 다녔다고 한다. 곱단이가 그의 제안에 마음으로부터 승복했는지 안 했는지 알 길이 없다. 그러나 끌려 다니지를 않고 어디 방앗간 같은 데서 밤을 지냈다고 해도 만득이의 손길이 곱단이의 젖가슴도 범하질 못하였으리라는 걸 곱단이의 부모도, 마을 사람들도 믿었다. 그런 시대였다. 순결한 시대였는지, 바보 같은 시대였는지는 모르지만, 그때 우리가 존중한 법도라는 건 그런 거였다.

　만득이네 대문에 일본 깃대와 출정 군인의 집이라는 깃발이 만장처럼 처량히 휘날리고, 그 집 사랑에서 며칠씩 술판이 벌어져도 밀주 단속에도 안 걸리고……. 그렇게 그까짓 열흘 눈 깜박할 새 지나가 만득이는 마침내 입영을 하게 됐다. 만득이가 꼭 살아 돌아올테니 기다리라고 곱단이를 설득하기는 어렵지 않았을 것이다. 곱단이가 딴 데 시집갈 아이도 아니거니와 식구들 역시 딴 데 시집 보낼 엄두라도 낼 사람들이 아니었으므로. 설득에 그렇게 오랜 시간이 걸린 것은, 그럴 것이면 왜 혼사를 치르고 나서 떠나면 안 되냐는 곱단이의 지당한 생각 때문이었을 것이다. 곱단이는 이름처럼 마음씨도 비단결 같은 처녀였지만, 옳다고 생각하는 걸 굽힐 만큼 호락호락하진 않았으니까. 사위스러워서(마음에 불길한 느낌이 들고 꺼림칙해서) 아무도 입에 올리진 않았지만, 마을 사람들은 만득이가 사지(死地)로 가고 있다는 걸 알기 때문에 과부 안 만들려는 그의 깊은 마음을 내심 여간 대견히 여기는 게 아니었다. 만득이와 곱단이는 요샛말로 하면 마을의 마스코트라고나 할까. 둘 다 행복해지지 않으면 재앙이라도 내릴 것처럼 지켜 주고 싶어 했고, 만득이의 처사는 그런 소박한 인심에도 거슬리지 않는 최선의 것이었다.

　만득이가 떠난 후에도 마을 청년들은 앞서거니 뒤서거니 징병이나 징용으로 끌려가 마을에 남자라고는 중늙은이 이상만 남게 되었다. 곱단이의 오빠들도 도시로 나가 공장에 취직한 셋째 오빠와 부모님을 모시는 큰오빠 빼고 두 오빠가 징용으로 나가 아들 부잣집이 허룩해졌다. 장정만 데려가는 게 아니라 양식 공출(供出 일제 때 식량·물자 등을 민간에게 강제적으로 바치게 한 일)도 극악해져 그 풍요하던 마을도 앞으로 넘길 보릿고개 걱정이 태산 같았다. 궂은 날 부침질만 해도 서로 나누느라 한 채반(껍질을 벗긴 싸릿개비 따위로 울이 거의 없이 결어 만든 채그릇)은 부쳐야 했던 인심도 스스로 금가기 시작할 무렵이었다. 아주 나쁜 소식이 염병보다 더 흉흉하고 걷잡을 수 없이 온 동네를 휩쓸었다. 전에도 여자 정신대에 대해서 아주 모르고 있었던 것은 아니다. 일본 본토나 남양 군도에 가서 일하고 싶은 처녀들은 지원하면 보내 주고 나중에 집에 송금도 할 수 있다는 면사무소의 공문이 한바탕 돈 후였지만, 그럴 생각이 있는 집은 한 집도 없었고, 설마 돈벌이를 강제로 보내리라고는 아무도 짐작을 못했다. 그러나 들려오는 소문은 그게 아니어서 몇 사람씩 배당을 받은 면사무소 노무과 서기들과 순사들이 과년한 딸 가진 집을 위협도 하고 다짜고짜 끌어가는 일까지 있다고 했다. 설마설마하는 사이에 더 나쁜 일이 생겼다. 그건 같은 면 내에서 생긴 일이기 때문에 소문이 아니라 실제 상황이었다. 동구 밖에서 감춰 놓은 곡식을 뒤지려고 나타난 면서기와 순사를 보고 정신대를 뽑으러 오는 줄 지레짐작을 한 부모가 딸애를 헛간 짚더미 속에 숨겼다고 했다. 공출 독려반들은 날카로운 창이 달린 장대로 곡식을 숨겨 두었음 직한 곳이면 닥치는 대로 찔러 보는 게 상례였다. 헛간의 짚가리로 창을 들이대는 것과 그 부모네들이 안 된다고 비명을 지른 것은 거의 동시였다. 창끝에 처녀의 살점이 묻어 나왔다고도 하고, 꿰진 창자가 묻어 나왔다고도 하고, 처녀는 그 자리에서 죽었다고도 하고, 피를 많이 흘리면서 달구지로 읍내 병원으로 실려 갔는데 죽었는지 살았는지 모른다고도 했다. 아무튼 그 소문의 파문은 온 면 내의 딸 가진 집을 주야로 가위눌리게(자다가 무서운 꿈에 질려 몸을 마음대로 움직이지 못하고 답답함을 느끼게) 했다. 끔찍한 일이었다.

도시에서 군수 공장에 다니는 곱단이의 오빠가 종아리에 각반을 차고 징 달린 구두를 신은 중년 남자를 데리고 내려왔다. 신의주에 있는 중요한 공사판에서 측량 기사로 있는, 한 번 장가갔던 남자라고 했다. 곱단이 부모로부터 그 흉흉한 소문을 듣고 급하게 구해 온 곱단이의 신랑감이었다. 첫 장가든 부인이 십 년이 가깝도록 아이를 못 낳아 내치고, 새장가를 든다는 그는 곱단이의 그 고운 얼굴보다는 별로 크지 않은 엉덩이만 유심히 보면서, 글쎄, 아이를 잘 낳을 수 있을까? 연방 고개를 갸우뚱, 그닥 탐탁지 않아 했다고 한다. 그러나 워낙 총각이 씨가 마른 시대였다. 게다가 지금 그 늙은 신랑감이 하고 있는 일은 군사적인 중요한 일이라 징용은 절로 면제된다고 한다. 곱단이네는 그 고운 딸을 번갯불에 콩 구워 먹듯이 그 재취(再娶 아내를 여의었거나 아내와 이혼한 사람이 다시 장가가서 아내를 맞이함) 자리로 보내 버렸다.

곱단이가 어떤 심정으로 그 혼사에 응했는지는 알 길이 없다. 피를 보면 멀쩡한 사람도 정신이 회까닥해진다고 하지 않는가? 피 묻은 소문도 마찬가지였다. 곱단이네 식구뿐 아니라 마을 사람들도 이성을 잃고 말았다. 만득이와 곱단이의 연애를 어여삐 여기고, 스스로 증인이 된 마을 어른들도 이제 곱단이를 위해 할 수 있는 일은 일본군한테 내주지 않는 일뿐이었다. 더군다나 곱단이 어머니는 피가 무서워 닭 모가지 하나 못 비트는 착하디 착한 위인이었다. 그 피 묻은 소문에 살이 떠려 우두망찰했을(갑자기 당한 일에 정신이 얼떨떨해 어쩔 바를 몰랐을) 것이다. 곱단이는 만득이와의 언약을 저버리고 딴 데로 시집을 가느니 차라리 죽고 싶었을 것이다. 그러나 그녀도 스스로 제 목숨을 끊을 만큼 모질지는 못했다. 죽은 것과 마찬가지로 넋을 놓아 버리는 게 고작이었을 것이다. 곱단이네서 혼사를 치르고 사흘 만에 신랑을 따라 집을 떠나는 곱단이는 사자(死者)를 분단장해 놓은 것처럼 섬뜩하니 표정이라곤 없었다.

멀고 먼 신의주로 시집가 첫 근친(覲親 시집간 딸이 친정 부모를 뵘)도 오기 전에 해방이 되었다. 그녀는 열아홉에 떠난 지붕 노란 집에 다시 돌아오지 못했다. 우리 고장은 아슬아슬하게 38 이남이 되어 북조선의 신의주와는 길이 막히고 말았다. 만득이는 살아서 돌아왔다. 그 이듬해 봄 만득이는 같은 행촌리 처녀인 순애와 혼사를 치렀다. 순애는 투덕투덕 복 있게 생긴 처녀였지만 곱단이에겐 댈 것도 아니었다. 혼삿날 마을 풍속대로 신랑을 달았는데, 군대나 징용 갔다가 심성이 거칠 대로 거칠어져 돌아온 청년들이 어찌나 호되게 신랑 발바닥을 때렸던지 만득이가 엉엉 울었다고 한다. 만득이 또한 군대 가서 고초를 겪을 만큼 겪었는데 그까짓 장난삼아 치는 매를 못 견디어 울었을까? 울고 싶어, 실컷 울고 싶었을 것 같다. 이렇게 만득이의 일거수일투족을 곱단이와 연관 지어 생각하고 싶은 게 아직도 두 사람의 어여쁜 사랑을 못 잊어 하는 마을 사람들의 심정이었으니, 그리로 시집간 순애의 마음도 편치는 않았을 것이다. 그러나 두 사람은 마을 사람들이 금실을 확인해 볼 겨를도 없이 곧 서울로 세간(집안 살림에 쓰는 모든 기구. 살림살이)을 냈다. 외아들이었지만 서울 누나가 동생의 일자리를 구해 놓고 데려갔다.

6·25 전쟁 후 38선 대신 그어진 휴전선은 행촌리를 휴전선 이북 땅으

로 만들어 놓았다. 그동안 서로 만나지는 못했어도 귀향길에 만득이가 순애하고 곧잘 산다는 소식 정도는 들을 수 있었는데 그나마 못 듣게 되었다. 6·25 전쟁 때 죽지 않았으면 같은 서울 하늘 밑 어디메 살아 있겠거니, 문득문득 생각이 나던 것도 잠시 만득이는 내 기억 속에서 아주 사라져 버렸다. 서울살이라는 게 촌수 닿는 친척도 결혼 청첩장이나 부고나 받아야 마지못해 챙길 정도로, 이해관계가 닿지 않는 인간관계는 지딱지딱 잊게 돼 있었다.

만득이를 서울에서 다시 만난 지는 채 십 년도 안 된다. 지금은 돌아가셨지만 그때까지는 생존해 계시던 삼촌이 우리 고향 군민회에 가 보고 싶다고 하셔서 모시고 간 자리에서였다. 실향민들이 마음을 달래려는 자리가 흔히 그렇듯이 노인네들 천지였다. 매년 열리는 군민 회의라지만 삼촌처럼 처음 간 분은 서로 알아보는 데도 한참 시간이 걸렸다. 알아보는 걸 도와주려는 주최 측의 배려로 면 단위로 나눠서 자리를 잡았고, 우리끼리 다시 리 단위로 무리를 만들었다. 행촌리는 나하고 삼촌하고 낯모르는 노부부 네 사람밖에 없었다. 그 이듬해 돌아가신 삼촌은 그때도 이미 여든 가까운 연세셔서 고향의 흙냄새 대신 고향 사람 체취라도 맡고 싶은 마음에 느닷없이 군민회 나들이를 하고 싶어 한 것 같다. 죽을 날이 가까우면 안 하던 짓을 하게 되는 걸 자손들은 가벼운 망령 정도로 취급했다. 오죽해야 조카가 모시고 가게 됐을까. 행촌리 노신사도 삼촌을 알아보는 것 같지 않았다. 그냥 어른 대접으로 행촌리 살던 아무개라고 공손하게 인사를 했지만 나는 별로 귀담아듣지 않아 못 알아들었다. 나중에 그가 나에게 명함을 주며 인사를 청하지 않았으면 아마 끝까지 못 알아보았을 것이다. 무슨 전업사 대표 장만득으로 돼 있는 명함을 보고 나서야 뭔가 이상해서 다시 한 번 쳐다보니, 젊은 날의 그가 어디 숨어 있다가 고개를 내밀듯이 분명하게 떠올랐다. 몸집도 별로 불지 않고 얼굴도 잘 늙지 않는 동안이었다. 나하고 그는 그닥 친한 사이가 아니었다. 그는 곱단이 것이었으므로 당시의 우리 또래들은 다들 그를 소 닭 보듯 하는 걸 예절로 알았다. 그건 장만득 씨도 마찬가지였을 것이다. 그는 워낙 마을에서 유명했지만, 유명 인사가 팬을 알아보란 법은 없다. 나는 그에게 하나도 안 변했다고 말하고 나서 쑥스럽게 웃었다. 한참 동안 못 알아본 주제에 그건 말도 안 되는 소리였기 때문이다.

순애를 떠올리는 건 더욱 불가능했다. 이 유복하고^(살림이 넉넉하고) 금실 좋아 보이는 노부부 중 한쪽이 순애인지도 자신이 없었다. 오히려 순애 쪽에서 나에게 아는 척을 하며 하나도 안 변했다고 해 줘서 순애려니 했다. 나는 학교 다닌답시고 학교도 안 다니는 집에서 바느질이나 배우는 나보다 나이 많은 애들하고 동무한 적이 없었다. 만득이하고 순애는 보기 좋은 부부였다. 그냥 헤어지기는 섭섭하여 서로 전화번호를 교환했는데 뜻밖에도 순애가 자주 전화를 해서 점심도 같이하고 쇼핑도 같이하는 교분이 이어졌다. 그 여자는 장만득 씨가 아직도 곱단이를 못 잊고 있다는 얘기를 하소연했다.

아우님, 다들 나더러 팔자 좋다고 하지만 나 같은 빛 좋은 개살구도 없다우. 아우님이니까 얘기야, 딴 사람들한테 아무리 얘기해 봤댔자 나만 이상한 사람 되지 누가 내 속을 알겠수. 돈 잘 벌고 생전 외도라곤 모르고, 애들한테 잘하고, 나한테도 죄지은 것 없이 죽는시늉도 하라면 하는 남편이 어디 있냐고들 하지만, 아마 나처럼 지독한 시앗(남편의 첩)을 보고 사는 년도 없을 거유. 곱단이 년이 내 남편한테 찰싹 붙어 있다는 걸 번연히 알면서도 머리채를 잡을 수가 있나, 망신을 줄 수가 있나, 미칠 노릇이라우. 그래도 내가 아우님을 만났게 망정이지. 그렇지 않았으면 이 억울한 사정을 누구한테 말이라도 할 수가 있겠수. 그 영감 지금도 글쎄 그년한테 연애편지를 쓴다니까요. 설마라고? 나도 처음엔 설마 했지. 지도 쑥스러운지 시를 쓴다고합디다. 내가 몰래 훔쳐봤더니 뭐 '그대 어깨에 살구꽃 내리네' 아니면 '살구꽃은 해마다 피는데, 우리 임은 왜 한 번 가고 다시 아니 오시나' 이 따위가 연애편지지 그게 시란 말이유. 그뿐인 줄 알아요? 우리가 작년 중국 여행을 갔을 적에도 얼마나 내 오장을 뒤집었다구요. 속 모르고 따라간 나도 배알('창자'를 속되게 이르는 말) 빠진 년이지만, 백두산 구경하고 나서, 단동(중국 요동반도에 있는 도시)인가 어디서 배를 타고 북한 땅 가까이까지 가 보는 압록강 유람선 관광이라는 걸 했는데, 정말 저쪽 북한 땅 강가에 놀이 나온 아이들까지 보이게 배가 가까이 가니까 나도 마음이 좀 이상해집디다. 그냥 뱃놀이를 편하게 즐기는 건 다 중국 사람들이고, 표정이 심각하게 굳어지는 건 다들 남한 사람들이더라구요. 그 정도는 당연한 거지. 근데 우리 영감은 별안간 뱃전에다 고개를 떨구고 소리 내어 엉엉 울지를 않겠수. 머리가 허연 늙은이가 온몸을 들먹이면서. 분단의 슬픔이라구? 어이고, 그게 아니라 거기서 보이는 땅이 신의주였어요. 곱단이 년 사는 데가 닿을 듯 닿을 듯, 닿지는 않으니까 미치겠는 거지 뭐. 당장 강으로 밀어 처넣고 싶더라구요. 헤엄쳐서 어서 그년한테 가라구요. 그뿐일 줄 알아요. 여기서 돈 잘 벌고 사업 잘 하다가 느닷없이 아이들은 여기서 키우고 싶지 않다면서 미국으로 이민을 가잔적이 다 있었다니까요. 지나 내나 영어 한 마디 못 하는 주제에 이민을 가자는 속셈이 뭐였겠수? 뻔하지. 미국 시민권을 얻으면 북한을 마음대로 드나든다면서요. 내가 그 꼬임에 넘어갈 성싶어요? 가려면 혼자 가라구, 가서 그년 데려다 잘 살아 보라고 했더니 나를 정신병자 취급하면서 주저앉습디다. 아이들한테는 끔찍한 양반이니까요. 실상 그거 하나 믿고 여태껏 서러운 세상 견딘 거죠.

간추리면 대강 그런 얘기였다. 아닌 게 아니라 그런 얘기는 곱단이와 만득이가 연애 걸던 시절을 아는 사람 아니면 도저히 먹혀들 것 같지 않은 이야기였다. 그러나 그 여자 레퍼토리는 그 몇 가지의 에피소드에 국한돼 있었다. 아직도 만득이가 곱단이 생각만 한다는 증거를 더는 대지 못했고, 나도 비슷한 얘기를 하도 여러 번 들으니까 넌더리가 나면서 그 여자보다는 장만득 씨가 불쌍해질 무렵 그 여자의 부음을 듣게 됐다. 장만득 씨가 상처를 한 것이다. 고혈압으로 몇 년째 약을 복용하고 있었는데, 돌연 쓰러진 후 의식을 회복하지 못한 채 사흘 만에 숨을 거두었다고 했다. 문상을 가서 그 여자의 영정 사진을 보고 섬뜩했다. 이십대 후반으로밖에 안 보이는 사진이었다. 요샌 영정 사진도 너무 늙은 건 보기 싫다고, 아주 늙기 전에 찍어 놓는다고는 하지만 칠순의 남편이 눈물을 떨구고 있는 앞에 이십대의 사진은 너무했다 싶었다. 자식들이 문상객들의 그런 눈치를 채고, 어머니는 평소에도 나 죽거든 늙어 빠진 영정 쓰지 말라고 부탁하시더니, 돌아가신 후 보니까 손수 마련해 놓으신 영정 사진이 있더라고 했다. 나는 나도 모르게 그 여자의 젊었을 적과 곱단이의 젊었을 적을 머릿속으로 비교하고 있었다. 댈 것도 아니었다. 내 상상 속에서 곱단이는 더욱 요요해지고^(아주 어여쁘고 아리땁고), 그 여자는 젊다는 것 외엔 흔한 얼굴 그대로였다. 그리고 그제야 그 여자가 불쌍해졌다. 아아, 저 여자는 일생 얼마나 지독한 연적(戀敵)과 더불어 산 것일까. 생전 늙지도, 금도 가지 않는 연적이란 얼마나 견디기 어려운 적이었을까.

그 여자가 죽고 나서 만득이를 따로 만날 일이 있을 리 없었다.

그를 우연히 만난 것은 그가 상처하고 나서도 이삼 년 후 엉뚱하게 정신대 할머니를 돕기 위한 모임에서였다. 뜻밖이었지만, 생전의 그의 아내로부터 귀에 못이 박이게 주입된 선입관이 있는지라 그가 그 모임에 나타난 것도 곱단이하고 연결지어서 생각되는 걸 어쩔 수가 없었다. 모임이 끝난 후 그가 보이지 않자 나는 마치 범인을 뒤쫓듯이 허겁지겁 행사장을 빠져 나와 저만치 어깨를 축 늘어뜨리고 걸어가는 그를 불러 세웠다. 그리고 다짜고짜 따지듯이 재취 장가를 들었느냐고 물었다. 그는 아니라고 말하고 나서 앞으로도 할 생각이 없다고, 묻지도 않은 말까지 덧붙이는 것이었다.

왜요? 곱단이를 못 잊어서요? 여긴 왜 왔어요? 정신대에 그렇게 한이 맺혔어요? 고작 한 여자 때문에. 정신대만 아니었으면 둘이서 혼인했을 텐데 하구요? 참 대단하십니다.

내 퍼붓는 말에 그는 대답 대신 앞장서서 근처 찻집으로 갔다. 그 나이에 아직도 싱그러움이 남아 있는 노인을 마치 순애의 넋이 씐 것처럼 꼬부장한 마음으로 바라다보았다. 그가 나직나직 말했다.

내가 곱단이를 아직도 잊지 못한다는 건 순전히 우리 집사람이 지어낸 생각이에요. 난 지금 곱단이 얼굴도 생각이 안 나요. 우리 집사람이 줄기차게 이르집어 (오래전의 일을 들추어내어) 주지 않았으면 아마 이름도 잊어버렸을 거예요. 내가 곱단이를 그리워했다면 그건 아마 누구에게나 있을 수 있는 젊은 날에 대한 아련한 향수였겠지요. 아름다운 내 고향에서 보낸 젊은 날을 문득문득 그리워하는 것도 죄가 되나요. 내가 유람선 위에서 운 것도 저게 정말 북한 땅일까? 남의 나라에서 바라보니 이렇게 지척인데 내 나라에선 왜 그렇게 멀었을까? 그게 서럽고 부끄러워 나도 모르게 눈물이 받친 거지. 거기가 신의주라는 건 별로 중요하지 않았어요.

오늘 여기 오게 된 것도, 글쎄요. 내가 한 짓도 내가 설명할 수 있을 것 같지 않지만……. 아마 얼마 전 우연히 일본 잡지에서 정신대 문제를 애써 대수롭게 여기지 않으려는 일본 사람들의 생각을 읽고 분통이 터진 것과 관계가 있겠죠. 강제였다는 증거가 있느냐, 수적으로 한국에서 너무 부풀려 말한다, 뭐 이런 투였어요. 범죄 의식이 전혀 없더군요. 그걸 참을 수가 없었어요. 비록 곱단이의 얼굴은 생각나지 않지만 나는 지금도 생생하게 느낄 수가 있어요. 곱단이가 딴 데로 시집가면서 느꼈을, 분하고 억울하고 절망적인 심정을요. 나는 정신대 할머니처럼 직접 당한 사람들의 원한에다 그걸 면한 사람들의 한까지 보태고 싶었어요. 당한 사람이나 면한 사람이나 똑같이 그 제국주의적 폭력의 희생자였다고 생각해요. 면하긴 했지만 면하기 위해 어떻게들 했나요? 강도의 폭력을 피하기 위해 얼떨결에 십 층에서 뛰어내려 죽었다고 강도는 죄가 없고 자살이 되나요? 삼천리강산 방방곡곡에서 사랑의 기쁨, 그 향기로운 숨결을 모조리 질식시켜 버리니 그 천인공노할 범죄를 잊어버린다면 우리는 사람도 아니죠. 당한 자의 한에다가 면한 자의 분노까지 보태고 싶은 내 마음 알겠어요?

장만득 씨의 눈에 눈물이 그렁해졌다.